FRANK HERBERT
&
BRIAN HERBERT

MANN ZWEIER WELTEN

Roman

Deutsche Erstausgabe

Science Fiction

WILHELM HEYNE VERLAG
MÜNCHEN

HEYNE SCIENCE FICTION & FANTASY
Band 06/4571

Titel der amerikanischen Originalausgabe
MAN OF TWO WORLDS
Deutsche Übersetzung von Ronald M. Hahn
Das Umschlagbild schuf Josh Kirby

Redaktion: Wolfgang Jeschke

Printed in Germany 1989
Umschlaggestaltung: Atelier Ingrid Schütz, München
Satz: Schaber, Wels
Druck und Bindung: Ebner Ulm

ISBN 3-453-03160-1

SCIENCE FICTION

Herausgegeben
von Wolfgang Jeschke

Von Frank Herbert erschienen in der Reihe
HEYNE SCIENCE FICTION & FANTASY:

Atom-U-Boot 1881 · 06/3091
Die Leute von Santaroga · 06/3156
Gefangen in der Ewigkeit · 06/3298; auch als Sonderausgabe im Sammelband 06/3930
Die Riten der Götter · 06/3460
Hellstrøms Brut · 06/3536
Revolte gegen die Unsterblichen · 06/3125; auch als Sonderausgabe unter dem Titel: *Die Augen Heisenbergs* · 06/3926
Die weiße Pest · 06/4120
Auge · 06/4441
Mann zweier Welten · 06/4571 (mit Brian Herbert)

»DUNE«-Zyklus:

Der Wüstenplanet · 06/3108
Der Herr des Wüstenplaneten · 06/3266
Die Kinder des Wüstenplaneten · 06/3615
Der Gott-Kaiser des Wüstenplaneten · 06/3916
Die Ketzer des Wüstenplaneten · 06/4141
Die Ordensburg des Wüstenplaneten · 06/4234
Die Enzyklopädie des Wüstenplaneten ·
Band 1 · 06/4142
Band 2 · 06/4143

»SCHIFF«-Zyklus (mit Bill Ransom):

Ein Cyborg fällt aus · 06/3384; auch ↗ 06/4403
Der Jesus-Zwischenfall · 06/3835
Der Lazarus-Effekt · 06/4320
Der Himmelfahrts-Faktor · 06/4577

»CALEBAN«-Zyklus:

Der letzte Caleban · 06/3317
Das Dosadi-Experiment · 06/3699

Außerdem erschien in der
BIBLIOTHEK DER SCIENCE FICTION LITERATUR:

Hellstrøms Brut · 06/14

Wenn alle Dreen sterben, bricht das Universum zusammen, denn alles Leben und alle Materie werden von der Dreen-Idmagination gestützt.

Erste Fingerübungen (Kurzfassung)
Lehrplan der Dreenschulen

Beim Erwachen fühlte Ryll keinen Schmerz, und er konnte sich auch nicht an den Zusammenprall erinnern. Sein Geist tappte im dunkeln nach der Realität. Was war das für ein komischer Boden unter ihm?

Ich bin an Bord eines Fernraumers, dachte er.

Der Boden, auf dem er lag, fühlte sich an, als sei er von einer klebrigen Flüssigkeit schlüpfrig. Irgend etwas, das der Schwerkraft ähnlich war, hielt ihn dort fest. Seine Dreen-Sinne vermuteten, daß er in einer unberechenbaren Drehung gefangen war, aber es war mehr als nur das: Möglicherweise kam noch die Gravitation eines Planeten hinzu. Er verstand auch nicht, wieso er auf diese Weise sein Bewußtsein wiederfand — seine Augen schwenkten nach innen, in die Dunkelheit.

Ich bin ein Dreen.

Es war ein klarer Gedanke, und er legte Dinge nahe, die nicht in seinem unmittelbaren Gedächtnis waren. Sein Hirn tat so weh, als hätte er einen Bazeel-Kater. Die Dringlichkeit zerrte an ihm, aber er war nicht darauf aus, sich ihr zu stellen. Es war besser, darüber nachzudenken, was es bedeutete, ein Dreen zu sein.

War es gut, wenn man ein Dreen war?

Ich kann idmaginieren.

Trotz dieser schöpferischen Dreenkraft, sah er im Moment nur wenig, das an seinem eigenen Fleisch anmutig oder angenehm war, und das war eine Beobachtung, die ihn ganz besonders traf.

Doch die Geisteskräfte der Dreen konnten neue Materie (und sogar Sterne mit Planeten) sowie neue Lebensformen erschaffen. Seine Gestalt konnte das Aussehen einer jeden anderen Kreatur annehmen und seine Körperfunktionen und sein Äußeres vollständig verändern.

Warum, fragte sich Ryll, sahen die Dreen sich dann so ähnlich — mit ihren klumpigen, eiförmigen Körpern, den vier verborgenen Beinen und den zwei Armen mit den sechsfingrigen Händen, die sich nur ausstreckten, wenn man sie brauchte?

Nicht einmal Habiba, die Oberste Steuereinnehmerin Dreenors, die älteste Dreen, konnte diese Eigenart erklären. Ihren Aussagen zufolge waren die Gründe für die Form und die Fähigkeiten der Dreen in prähistorischen Zeiten verlorengegangen. Laut Habiba glichen die Dreen, was ihr begrenztes Wissen über das eigene Volk anging, anderen Lebensformen.

Ein eindringlich summendes und rasselndes Geräusch unterbrach diese Gedanken.

Welch eigenartige Geräusche. Ist Patricia *an der Arbeit?*

Welch eigenartiger Name für ein halbintelligentes Raumschiff: *Patricia.* Das war seine erste Reaktion gewesen. Patricia war kein Name, den ein Dreen leicht aussprach, selbst dann nicht, nachdem er seinen veränderlichen Körper mit einem dazu notwendigen Stimmsystem versehen hatte.

Patricia?

Erneut fiel ihm ein, wie schockiert er am Anfang über das eigenartige Benehmen des Schiffes gewesen war.

»Mein Name ist Ryll.«

Er hatte es in einem herablassenden Tonfall gesagt, und zwar in dem, den man für den Umgang mit Exkursionsschiffen lehrte. Die Antwort hatte er nicht erwartet:

»Komm mir bloß nicht in *dem* Ton.«

Ihm fiel ein, daß er im Kontrollraum gesessen hatte. Der Kommandoton des Schiffes hatte ihn schockiert. Vermutete es, daß er auf Abenteuer aus war? Er hielt seine Absichten für abenteuerlich, nicht für diebisch.

Ich wollte der Langeweile auf Dreenor entfliehen.

Ryll war des Geredes über seine Fähigkeiten und sein Potential äußerst müde gewesen. Was erwartete man von einem Sohn des Chef-Erzählers Jongleur? Er ging davon aus, daß die Senioren die Übernahme des Schiffes als Schulbubenstreich sehen würden, falls man ihn erwischte.

Also habe ich mir das Schiff genommen. Ich bin ein Dreen, und weit von Dreenor entfernt.

Er hatte keine Ahnung, wieso er das wußte. Er wußte nicht einmal, warum es wichtig war, darüber nachzudenken, daß er ein Dreen war.

Warum halte ich mich nicht für anmutig?

Lag es daran, daß er zwar sein Aussehen wechseln, aber keine allmählichen Veränderungen an sich vornehmen konnte? Die dreenischen Schlappohren hingen wie kleine, braune Lappen seitlich an seinem Körper herunter. Wie unpraktisch. Das galt auch für die lange Hornrüstnase, die sein Gesicht vom Ansatz des rosafarbenen Haars auf einem hals- und schulterlosen Leib bis zu dem verborgenen Mund beherrschte, der nur sichtbar wurde, wenn er sich zur Aufnahme von Nahrung oder zum Erzeugen von Geräuschen öffnete.

Ihm fielen plötzlich Mit-Dreen ein, die ein Schlappohr anhoben und ihr Gegenüber baten, Worte zu wiederholen. Wie unpraktisch: Ein kleiner Mund, schwache Stimmbänder, verhüllte Ohren. Wenn man idmaginierte, konnte man zwar den ganzen Körper verändern, aber die Tradition schrieb vor, daß man derlei nie auf Dreenor tat. Man metamorphierte nur außerhalb des Planeten. Dreenor war ein Ort der Zuflucht und erzählenden Kameraderie.

Ryll wünschte sich, er wäre wieder auf Dreenor und höre sich eine Geschichte über eine Fernreise und das Idmaginieren von Kreaturen und Abenteuern an.

Deswegen habe ich meinen Senioren getrotzt und das Schiff entwendet. Ich hatte das langweilige Leben eines Schuljungen satt. Ich wollte die jüngste Junior-Gelbmütze sein. Deswegen habe ich es getan. Deswegen bin ich hier auf diesem schlüpfrigen Deck.

Schlüpfrigen Deck?

Seine Augen blieben zwar nach innen zur Dunkelheit geschwenkt, aber nun tauchten weitere Einzelheiten auf.

Das Schiff.

Auf dem schlammbraunen Watt von Dreenor standen viele Schiffe, die mit den Erzähler-Kapitänen kamen und gingen. Die Schiffe waren große knollige Dinger. Sie hatten vorstehende Sensoren, wie gewellte Wimpern, die sie im Durcheinander des Weltraums durch die Spiralen der Schöpfung leiteten.

Manchmal, aus einem ungeklärten Grund, wurde ein Schiff nicht ausgewählt und blieb untätig. Dann wartete es auf den exakt zu ihm passenden Kapitän. So war es auch bei seinem Schiff gewesen: Es war von Rylls frühester Jugend an ein Teil seiner Umgebung gewesen, bis in die paar Monate hinein, die er im Saathaus verbracht hatte.

Noch bevor man ihn auf die Schule für begabte Kinder geschickt hatte, hatte er in diesem Schiff sein Eigentum gesehen und sich vorgestellt, mit ihm durch die Spiralen zu jagen.

Er hatte sich oft über die Persönlichkeit des Schiffes gewundert. Die vielfältigen Persönlichkeiten der Exkursionsschiffe, die man an der Schule lehrte, faszinierten ihn. Schiffe waren beinahe wie Lebewesen. Doch dieses hier …

»Du wirst mich Patricia *nennen!«*

Von seinen Prüfern hatte Ryll erfahren, daß die erfreulichsten Reisen durch die Wirrnis des Weltraums auf jenen Schiffen zustande kamen, deren Persönlichkeit mit der eigenen vergleichbar war. Man wählte sich sein Schiff mit großer Sorgfalt aus.

Patricia?

Unmittelbare Sinneseindrücke verlangten seine Aufmerksamkeit. Woraus bestand die klebrig-zähe Flüssigkeit unter ihm? Wieso war sein Körper so steif? Irgend etwas stimmte hier nicht. Hatte *Patricia* einen Schaden? Unmöglich! Exkursionsschiffe wurden mit aller Perfektion idmaginiert. Aber wieso hielt ihn diese ziellose Drehbewegung am Boden fest?

Ryll unternahm einen Versuch, die Möglichkeit zu bedenken, daß mit *Patricia* etwas nicht stimmte, doch statt dessen erinnerte er sich an das Äußere des Schiffes auf dem Dreenor-Watt — ein goldenes Ei mit glitzernden Wimper-Sensoren. Jedesmal, wenn er am Watt vorbeigekommen war, hatte er nachgeschaut, ob sich immer noch kein Erwachsener *sein* Schiff ausgesucht hatte.

Warte auf mich, du herrliches Schiff. Wenn ich mit der Schule fertig bin, wirst du mein sein.

Einst hatte er eine Gruppe Dreen-Erwachsener auf dem Schiff arbeiten sehen; sie hatten unter dem Kommando des Seniors Mugly gestanden. Sie hatten miteinander konferiert, Gesten gemacht und die Augen nach innen geschwenkt, um zu idmaginieren; zweifellos, um das Schiff noch perfekter zu machen.

Mit einem idmaginierten Schiff konnte einfach nichts passieren.

Oder?

Eines frühen Morgens, vor der Schule, hatte sich Ryll an dem schlafenden Aufseher vorbeigestohlen und war an Bord gegangen, um die Ausgaben der Flugsimulations-Handbücher in den scharlachroten Hüllen mitzunehmen.

Er nahm an, daß man von begabten Kindern erwartete, daß sie sich persönlich auf den Tag vorbereiteten, an dem sie als Erzähler hinauszogen, um neue Welten zu erschaffen. Doch er hatte sich im Geheimen vorbereitet, hatte sich selbst gelehrt, wie man ein Exkursionsschiff steuerte. Das ging weit über das sorgsame Abwägen des von Erwachsenen beaufsichtigten Lehrplans hinaus.

Niemand hatte vermutet, daß er *sein* Schiff steuern, es

unerlaubt entwenden und mit ihm in den Schöpfungsspiralen verschwinden konnte — weil er noch zu jung war, und noch nicht genügend Vorsichtsinstruktionen absorbiert hatte.

Ich werde der jüngste Dreen sein, der je neue Welten erschaffen hat.

Er hatte sich in der Eliteklasse der jungen Erzähler gesehen, dem Übungsgelände für den Aufstieg zum Senior.

Idmaginieren!

Wie verlockend es war, die höchste Dreen-Fähigkeit ins Auge zu fassen; die lebhaften Phantasien des eigenen Geistes greifbar zu machen; neue Lebensformen zu erschaffen und mit den Geschichten seiner künstlerischen Bemühungen nach Dreenor zurückzukehren. Deswegen hatte er *Patricia* entwendet.

Aber warum lag er dann hier an Bord in einer glitschigen Flüssigkeit? Und wie komisch es roch. Es erinnerte ihn schwach an etwas. Doch an was?

Er wagte einen Vorstoß. *»Patricia?«*

Das Schiff antwortete nicht.

Patricia hatte ihm nichts entgegengesetzt, als er die Kontrollen übernommen hatte. Sie hatte seine Ambitionen nur »einen interessanten Traum« genannt, »den deine Unreife und Langeweile hervorgerufen hat. — Aber natürlich steht er mit der Idmagination eines Dreen in Einklang.«

Hat Patricia *sich selbst vernichtet?*

Es war ein erschreckender Gedanke, und er durchflutete seinen Geist zusammen mit *Patricias* lästiger Stimme: »Du bist zu einem gefährlichen Ort unterwegs; der Erzähler, der mich kommandiert, wird wahrscheinlich sterben.«

Bei Habibas ewig währenden Saatdrüsen! Und jetzt fielen ihm auch die gräßlichen Enthüllungen *seines* Schiffes ein: »Die Erdgürtel-Patrouille hält Dreen gefangen. Ich verfüge über diese Information, damit ich weiß, daß ich mich selbst vernichten muß, bevor ich zulasse, daß die Erder meine Geheimnisse erfahren.«

Das war mehr als die Bruchstücke des Erwachsenengeflüsters über Dreen-Katastrophen.

»Die Geschöpfe, die er erschaffen hat, haben ihn angebetet!«

»Seine Geschöpfe haben sich nicht entwickelt und sind ausgestorben. — Mangelhafte Gesetze.«

Kinder hörten solche Dinge und entwickelten ihre eigenen Mythen. Doch seine momentane Lage war kein Mythos, den Erwachsene mit amüsierter Toleranz begrüßten.

Warum hat man mir nichts gesagt?

Patricia hatte gesagt, daß Kinder erst dann wirkliche Greuelgeschichten hören durften, wenn man davon ausgehen konnte, daß sie auch in der Lage waren, sie zu verarbeiten.

Das ist wirklich eine Greuelgeschichte.

Was ist aus meinem perfekten Schiff geworden?

Erneut rief er *Patricia* beim Namen, aber das Schiff antwortete immer noch nicht.

Hätte sie doch nur zu ihm gesprochen — er hätte sogar ihre sarkastischen Belehrungen willkommen geheißen. Er wollte nicht allein sein.

Wo bin ich?

Ryll schwenkte die Augen nach außen und ließ sie einrasten. Er sah Schatten, dann Stürme von Licht. Sie erzeugten Schmerz und zwangen ihn zum Blinzeln. Er lugte vorsichtig und sah genau über sich ein durchlöchertes, silbergelbes Schott — *Patricias* Kontrollraum; ganz schwer beschädigt. Vernichtet, wenn auch nicht absolut.

Er lag auf dem Rücken. Es schmerzte, als er den Arm ausstreckte, um den Boden zu berühren. Nicht kalt ... nicht heiß ... klebriges Zeug.

Weitere Erinnerungen kehrten zurück.

Er sah sein Schiff aus den Spiralen auftauchen, spürte

erneut die Erregung des Augenblicks und … und … und dann die Katastrophe!

Ein fremdes Schiff nahm den Raum ein, an dem er auftauchte!

Es war nicht nur eine Kollision, sondern der gewaltige Versuch zweier großer Objekte, zur gleichen Zeit den gleichen Raum einzunehmen. Sein Kontrollraum war bis ins Zentrum des anderen Schiffes durchgeschlagen und hatte es überstanden, was ihm sagte, daß seins das massivere Objekt war.

Als die ersten Erschütterungen und das Gedonner des Zusammenpralls erstorben waren, hatte er ein Zischen, Scheppern und Schnappen gehört und Notreparatur-Manipulatoren auftauchen sehen, die den Versuch machten, die Sektion gegen Atmosphäreverlust abzudichten. Feuer! Er erinnerte sich an Flammen. Sie hatten den geheiligten Dreen-Antrieb vernichtet!

Ich bin hier gefangen! Aber wo ist Hier?

In der Nähe konnte er immer noch die Geräusche hören, die die Notreparaturen anzeigten. Das gab ihm Hoffnung. Er rollte seinen Leib leicht nach rechts. Schmerz! Einen Moment lang kämpfte er gegen den Drang an, der alle Dreen in Gefahrensituationen überkam — sich zu einem Ball zusammenzurollen.

Die Neugier und sein Wissensdrang stützten ihn. Was waren das da für zwei Haufen, die sich über den Riß in dem Schott gelegt hatten? Er musterte sie mit mißtrauischem Blick.

Stark beschädigtes Protoplasma! Leichen aus dem anderen Schiff.

Zerfetzte Teilchen aus grünem und schwarzem Stoff verhüllten einen Teil der zermalmten Körper.

Ryll brauchte unendlich lange, um die Beine auszustrecken, die ihm dabei halfen, auf die Leichen zuzukriechen. Seine Anstrengungen ließen ihn auf schreckliche Verletzungen tippen — lebenswichtige Organe waren zerquetscht und abgetrennt. Der Schaden war zu groß für idmaginative Reparaturen, doch die Leichen da an dem zerbrochenen Schott boten eine Möglichkeit zum Überleben.

Unter Schmerzen erreichte er die erste Leiche. Er erkannte die Gestalt aus den Geschichten der Erzähler: Ein Mensch von der Erde. Der Erder war tot.

Ryll bewegte sich zum zweiten.

Blut ... viel Blut. Ein Teil seines eigenen gelben Blutes floß und mischte sich mit dem Erderrot ... Und eine klare Flüssigkeit spritzte aus einem Riß im Schott.

Der zweite Mensch atmete noch. Rylls rechtes Vorderbein zertrümmerte Augenlinsen. Schmerzharte Krämpfe verdrehten sein Fleisch; die Verteidigungsreaktion versuchte, ihn zu beherrschen.

Das darf ich nicht zulassen!

Jetzt war nicht die Zeit, bewegungs- und hilflos zu sein.

Der eigenartige Geruch blieb, aber er bemerkte kein weiteres Zischen entweichender Luft. Was war das für ein Geruch? Die Erinnerung an die einverleibte Geschichte eines Erzählers beantwortete seine Frage.

Die klare Flüssigkeit: Vol-Tol!

Es war eine äußerst künstlerische Geschichte gewesen, die das Vol-Tol erkärt hatte — den hochexplosiven Treibstoff, den die Erder in ihren primitiven Schiffen verwendeten.

Das Schiff, mit dem er kollidiert war, stammte von der Erde! Einer der Piloten war tot, der andere schien im Sterben zu liegen.

Doch das Vol-Tol verlangte sofortige Beachtung. Es konnte explodieren und die Trümmer der Kollision und jedes lebende Wesen an Bord vernichten.

Ryll wußte, daß er mit diesem Problem persönlich fertig werden mußte. *Patricia* funktionierte nicht mehr.

Ich muß schnell handeln.

Er berührte den eingeschlagenen Schädel und den Hals des Überlebenden.

Ja, er stirbt.

Schmerzende Pfeile durchzuckten Ryll, wenn er sich bewegte. Er hatte den Eindruck, daß auch er tödlich verletzt war. Er legte eine Pause ein, um eine innere Einschätzung vorzunehmen.

Beim gesegneten linken Arm der Obersten Steuereinnehmerin! Fast zehn Prozent meiner Masse sind weg!

Diesmal hatte er keine Probleme mit der Verteidigungsreaktion. Seine suchenden Hände verwarfen sich zu Wimpern, eine automatische Reaktion, die man jedem Dreen-Kind erklärte. Ryll beobachtete, wie die Wimpern in das Gesicht des sterbenden Menschen rutschten.

Fusionieren!

Er wußte, daß er es eigentlich nicht tun durfte. Das Mischen von Lebensformen führte zu unvorhersehbaren und manchmal gefährlichen Resultaten. Das war eine der Greuelgeschichten, die man allen Kindern beibrachte.

Aber ohne zusätzliche Masse werde ich bald sterben.

Ryll sah auf ein audiovisuelles Identitätsschild auf dem Rest dessen, was von der grünschwarzen Uniform des tödlich verletzten Erders übriggeblieben war.

Darauf stand in englischer Sprache: »Ich bin Lutt Hanson junior.«

Rylls sprachinterpretative Fähigkeit, eine Folge des Erzählens und der Dreen-Bildung, paßte sich sofort der richtigen linguistischen Form an.

Was die Erder sich für komische Namen aussuchten.

Trotz der Greuelgeschichten trieb ihn die Notwendigkeit des Überlebens. Er hatte keine Zeit zum Idmaginieren, er brauchte Teile dieses sterbenden Körpers, um seine Dreen-Masse zu erneuern.

Plötzlich hörte er, wie sich die Trümmer bewegten. Metall ratschte gegen Metall. Dann ... Stimmen!

Den Feinheiten keine Beachtung mehr schenkend, erlaubte Ryll es dem Erderfleisch, in das seine zu fließen und sich mit ihm zu verbinden; es war ein komisch angenehmes Gefühl. Er spürte, wie seine Dreen-Geschicklichkeit das Protoplasma des Erders verarbeitete und ließ es in seine Zellen kriechen. Fremdartige Erinnerungen drangen auf ihn ein.

Faszinierend! Seine Zellen trugen nun die Erder-Informationen — zu viele, um sie auf einmal zu sichten, aber ähnlich umsetzbar wie die Geschichten eines Dreen-Erzählers.

Plötzlich wurde hinter Ryll eine Stimme laut.

»Alle Mann von Bord!«

Ryll identifizierte den typisch dumpfen Klang eines künstlichen Verstärkers.

Der Schock der Stimme und dazu die Abschlußfusion mit einer wesentlichen Erderfleischmenge rüttelte ihn auf.

Ich muß mich verstecken!

Ryll hielt sich an die Daten in den Zellen des Erders und nahm das Aussehen Lutt Hanson juniors und seiner Kleidung an. Auf dem verbeulten Boden bildete sich ein Faksimile-Erder mit klaren, rund eingerahmten Brillengläsern — es gab keinen Anlaß, sie dem Original entsprechen zu lassen. Rylls Augen schauten nun aus einem Körper, der wie der eines Erders aussah. Das peinlich genau kopierte Gesicht war eckig und glatt. Er hatte schütteres, rötlich-braunes Haar und eine hohe Stirn. An der linken Schläfe befand sich eine hervortretende Ader, wie eine winzige Medusenschlange. Mit verwegener Schlauheit nahm er das Namensschild von der zerfetzten Uniform des Erders und verband das Fleisch, das er nicht brauchte, mit dem seines toten Gefährten.

Die eindringlichen Stimmen wurden noch lauter; Metall schlug gegen Metall. Erneut erklang die künstlich verstärkte Stimme.

»Treibstoff-Austritt! Außer den Notdienst-Freiwilligen verlassen alle Mann die Schadenszone!«

Hinter Ryll krachte Metall aufs Deck. Schwere Schritte

polterten auf ihn zu. Dann sah er eine gepanzerte Hand, und eine braune Helmscheibe beugte sich dicht an Rylls Gesicht heran.

»He! Der hier lebt noch!«

»Nimm ihn mit!«

Das war die verstärkte Stimme des Befehlshabers.

Die Erinnerungen und die Motive von Lutt Hanson junior drangen über die Nervenverbindungen wie sich vortastende Ranken in Rylls Bewußtsein ein. Welch seltsames Geschöpf dieser Erder doch war. Er sah Bilder aus dem Leben einer wohlhabenden Familie: Dispute und Intrigen. Dieser Lutt junior beschäftigte sich mit vielen Dingen — er koordinierte und plante, um einen einzigen, ihn treibenden Ehrgeiz zu erfüllen ...

»Hier ist ein Toter!«

Das war die Stimme des Erders, den Ryll gesehen hatte.

»Er ist nur noch eine geschmolzene Masse! Puh!«

»Laß ihn liegen, bring den Überlebenden mit! In einer Sekunde kann hier alles in die Luft fliegen!«

Wieder die verstärkte Befehlsstimme.

Ryll spürte, wie etwas unter seinen Körper geschoben wurde — dünnes Gewebe, doch mit Verstärkungen. Zwei gepanzerte Erder hoben ihn hoch und trugen ihn durch den Riß im Schott.

Ryll schloß die Augen. Er empfand ein Gefühl tiefer Dankbarkeit, weil man ihn rettete, selbst wenn seine Retter nur von der Idmagination der Dreen erschaffene Geschöpfe waren. Jetzt beherrschte der Überlebenswille seine Reaktionen; ein anstehendes Problem brauchte seine Aufmerksamkeit.

Lutt Hanson junior wurde sich der Fusion bewußt.

Wer bist du? Wie bist du in mein Bewußtsein gekommen?

Es war eine tonlose Stimme, aber sie brüllte in Rylls Geist.

Was machst du mit mir? Geh raus! Geh raus!

Ryll formte einen Antwortgedanken und versuchte,

ihn so besänftigend wie möglich zu machen. Doch Obertönen von Panik konnte er nicht entgehen.

Ich kann nicht raus. Es würde uns beide umbringen.

Der Mensch reagierte mit noch mehr Panik. Er versuchte, die Gewalt über ihren gemeinsamen Körper zu erlangen.

Es ist mein Körper! Ich will, daß du ihn verläßt!

Dir gehört nur ein kleiner Teil dieses Körpers. Das meiste von ihm gehört mir. Ich versuche, uns beide zu retten.

Du lügst!

Ryll gestattete sich eine Erinnerungsvision an den Augenblick, bevor die fleischliche Fusion zu einem gemeinsamen Bewußtsein geworden war. Er steuerte das, was er dem Menschen mitteilen wollte, sehr sorgfältig, ließ es jedoch, erstaunt über seine plötzliche Fähigkeit, sich zu verstellen, unzensiert erscheinen.

Mein Gott! Bin das ich? Oh ... ja. Mein Hinterkopf ist zerschmettert worden. Das hätte keiner überlebt. Ich muß im Sterben gelegen haben.

Wir lagen beide im Sterben. Es war nicht genug Fleisch da, um uns beide zu retten — es sei denn, in einem Körper.

Können wir uns nicht trennen?

Vielleicht gibt es einen Weg; aber er erfordert gewiß Zeit und Instrumente, die ihr noch nicht habt.

Wer bist du?

Ich bin ein Dreen-Fernreisender.

Das war zwar gelogen, aber der Mensch konnte es nicht wissen, da er Rylls Gedanken nicht lesen konnte. Er würde sie nur dann lesen können, wenn er sie mit ihm teilte.

Was ist ein Dreen?

Ich erkläre es später. Was hat euer Schiff am Ort meines Auftauchens getan? Ihr habt den Unfall verschuldet.

Der Erder gab keine Antwort.

Ryll witterte einen Vorteil und spielte ihn aus.

Wußtet ihr nicht, daß das Exkursionsschiff eines Fernreisenden hier auftauchen würde?

Der Mensch versuchte, das Thema zu wechseln. *Was ist das für eine Sprache, die wir verwenden? Und wie kommt es, daß ich sie verstehe?*

Es ist die Sprache Dreenors. Die Sprache Habibas. Als wir fusionierten, wurde dir etwas von meinen Sprachfähigkeiten zugänglich gemacht.

Wieso sagst du, wir hätten den Unfall verschuldet?

Ihr seid ohne Ankündigung in den Auftauchraum eingetreten.

Ich habe mein neues Schiff getestet. Eindeutig defensiv.

Tja, dein Gefährte ist tot, und unsere Schiffe sind nur noch Wracks. — Wer sind die Leute, die uns retten?

Die Erdgürtel-Patrouille. Ich hatte keine Erlaubnis, mich in ihrem Gebiet aufzuhalten; ich werde eine hohe Strafe zahlen müssen. Ich werde sicher im Kittchen landen, egal, wer ich bin.

Ryll gestattete sich einen geheimen Gedanken: *Die Erdgürtel-Patrouille! Das sind die Leute, die Dreen gefangenhalten!*

Er nahm seine überzeugendste Ausstrahlung an. *Ich habe einen Vorschlag, Lutt. Ich darf dich doch Lutt nennen?*

Sicher. Aber wie nenne ich dich?

Mein Name ist Ryll. Ich schlage vor, daß du die Kontrolle über unseren Körper übernimmst und die Fragen der Erdgürtel-Patrouille beantwortest. Ich schlage weiterhin vor, daß du ihnen nichts von mir sagst.

Schweigen. Dann: *Yeah. Sie würden mich sowieso für einen Spinner halten ... Hör mal! Wie siehst du überhaupt aus?*

Wie du, aber etwas größer als vor dem Unfall. Massiger.

Ryll spürte, wie die Tragbahre auf eine flache Oberfläche gelegt wurde und öffnete die Augen. Er bemerkte, wie Lutt sich bemühte, die Kontrolle über ihren gemeinsamen Leib zu übernehmen. Sein Blick war getrübt — er sah die schwach wahrnehmbaren Bewegungen gepanzerter Gestalten und ein graues Schott.

Eine Helmscheibe kam in Sicht.

»Er kommt wieder zu sich. Soll ich ihm eine Spritze geben?«

»Warten Sie noch. Wenn der Treibstoff hochgeht, wird es zu schweren Erschütterungen kommen.«

Als hätten die Worte den Effekt erzeugt, wurden die Schatten von roter Helligkeit ausradiert. Das dumpfe Geräusch einer gedämpften Explosion ertönte. Ryll erbebte in einem Aufwallen von Hitze.

»Heidewitzka!« Die Stimme war nahe an seinem Ohr.

Die Befehlsstimme blökte: »Holt die Feuerwehr hier rein, sonst verlieren wir das ganze Ding!«

Ryll hörte die Bewegungen vieler gepanzerter Menschen, aber er konnte sie nicht sehen, weil sich jemand ohne Panzer über ihn beugte und seine Sicht blockierte. Ryll sah einen breiten, schweren Kopf mit kurzem Haar. Hände betasteten und überprüften seinen neuen Körper. Dann eine weibliche Stimme, energisch und professionell.

»Wir könnten ihn zwar röntgen, aber es sieht nicht so aus, als ob er sich etwas gebrochen hätte.«

»Wenn das nicht das Glück der Dummen ist, ist es mir noch nie begegnet. Er lag auch noch direkt neben einem Toten.«

Das war eine männliche Stimme, die von der Seite kam.

»Auf seinem Namensschild steht Lutt Hanson junior«, sagte die Frau.

Der Mann sagte spitz: »Hanson? Das ist der Junge des alten Hanson! Ich rufe lieber mal an.«

Ryll spürte, wie Lutt juniors Herumtasten ihren Körper zu übernehmen versuchte. Äußerst zaghaft und behutsam, wie ein Insekt, das auf seinen Nerven herumkrabbelte. Dem Menschen mangelte es an der Dreen-Erfahrung der mentalen Akzeptanz des Geschichtenerzählens.

Ein klickendes Geräusch ertönte, dann ein lautes Summen.

Ryll dachte: *Mein menschlicher Kopf sitzt auf einem beweglichen Hals.* Er wandte den Kopf dem Geräusch zu, doch er konnte den Mann nicht in sein Gesichtsfeld kriegen. Seine Stimme war allerdings deutlich.

»Hier ist Sergeant Renner, Sir. Wir befinden uns am Ort des Zusammenstoßes. Es gibt einen Überlebenden. Auf seinem Namensschild steht, er ist Lutt Hanson junior.«

Schweigen. Dann: »Nein, Sir. Treibstoff ist ausgetreten und explodiert. Keine weiteren Überlebenden.«

Ryll konzentrierte sich auf das kreisförmige Wappen, das den Arm der sich über ihn beugenden Frau zierte. Er ergänzte die gemeinsame Erinnerung mit der einverleibten Geschichte eines Dreen-Erzählers.

Die Erdgürtel-Patrouille. Dies ist der gefährliche, alles umfassende Sicherheitsdienst der Vereinigten Staaten von Amerika — eine Vereinigung aller vorherigen militärischen Abwehrdienste.

Sergeant Renner sagte: »Da war nur noch eine Leiche, Sir, aber wir konnten sie nicht bergen.«

Weiteres Schweigen. Dann: »Jawohl, Sir. Zu Befehl.«

Ich sitze wirklich in der Klemme, dachte Ryll.

Er schloß die Augen und fing damit an, seine neu erworbenen Erinnerungen zu sortieren.

Welch ein Wirrwarr! Aber wichtige Daten. Das Erderschiff war mit der primitiven Form eines Dreen-Antriebs versehen. Wir sind kollidiert, weil das grobschlächtige Ding das Signal meines ankommenden Schiffes angepeilt hat. Wie dumm! Wie dumm!

Was ist mit Patricia *passiert? Ist mein perfektes Schiff für immer zerstört?*

Warum ... Oh, warum habe ich gerade dieses Schiff genommen?

Lutt junior übernahm die Kontrolle über ihren gemeinsamen Körper, und Ryll versank mit einem Gefühl der Erleichterung tief in seinen persönlichen Gedanken.

In der Schule hatte er gelernt, daß der Dreen-Partner in einer solchen stofflichen Verbindung wahrscheinlich nie dazu fähig war, sich ganz zurückzuziehen. Aber er konnte dominieren, wenn er es wollte, und er konnte die Muskel- und Nervenkontrolle jederzeit übernehmen. Das war beruhigend.

Er spürte, wie die Tragbahre hochgehoben und woanders hingebracht wurde.

Patricia, *was geschieht mit dir?*

Es war so leicht gewesen, das Schiff zu entwenden. Zu leicht. Der Chef-Aufpasser in Rylls sechzehntem Jahr außerhalb des Saathauses, eine Eminenz namens Prosik, hatte alle körperlichen Anzeichen aufgewiesen, die für Bazeel-Sucht typisch waren. Prosik hatte noch weitere Defekte, die alle zusammen dafür verantwortlich gewesen waren, daß er nie über die Stellung einer Eminenz hinausgekommen war. Er stand an neunzehnter Stelle von Habibas siebenundfünfzig gesellschaftlichen Varianten. Er schlief oft, wenn er Wache hatte, und wenn er wach war, hatte er das neugierige Kind sogar in das Schiff begleitet, wo er Erzähler gespielt hatte.

Wenn er nicht geschlafen hätte, wäre ich nie an die Flugsimulations-Handbücher herangekommen.

Trotz seines gegenwärtigen Tiefpunkts war Ryll immer noch stolz darauf, wie er das Schiff entwendet hatte. Er hatte das Bazeel, das man unmöglich idmaginieren konnte, in einem kleinen Experimentiergarten vor seinem Schlafraum gezogen, und die verbotene Pflanze unter breitblättrigen Kräutern verborgen. Seine Eltern, die den Garten bewundert hatten, hatten nie Verdacht geschöpft.

Ryll hatte das Bazeel einmal ausprobiert und war am nächsten Morgen mit schweren Kopfschmerzen und wenigen Erinnerungen an die Wirkung aufgewacht, wenn man von schwachen Visionen absah: Ryll, auf allen vier Beinen ausgestreckt. Er war beim wiederholten Abzählen seiner Beine eingeschlafen.

Ryll hatte Prosik periodisch kleine Bazeelstengel präsentiert, und eines Tages hatte er der Eminenz einen großen Wedel dieser Droge geschenkt, »um dir zu danken, weil du mich auf dem wundervollen Schiff spielen läßt«.

Kurz nach der Einnahme des Bazeels, war Prosiks Hornrüstnase in der braunen Masse seines Körpers versunken. Sie hatte sich fast eingegraben, und der Chef-Aufpasser war nur noch ein komatöser Klumpen Protoplasma gewesen. Er hatte sich nicht gerührt, als Ryll ins Schiff kroch und den Blick auf das eisgelbe Licht richtete, das aus dem Kontrollraum fiel.

Endlich! Er befand sich im Heiligtum eines Erzählers und verfügte über das Wissen, ein Exkursionsschiff zu befehligen.

Rund um Ryll befand sich eine eiförmige Umrandung. Sie war siebenmal so groß wie er, und so breit, daß nicht einmal seine längsten Auswüchse sie umfassen konnten. Er berührte die erste Kommandotafel, und silbergelbes Licht erfüllte den Raum mit einer erregenden, flakkernden Strahlung.

Ryll starrte die Kontrollen an. Dies war das Licht, das die lebenserzeugenden Fähigkeiten anzeigte.

Also habe ich die notwendigen Fähigkeiten.

Man konnte sich erst sicher sein, wenn man die Tafel im Kommandoraum berührte, doch Kindern war derlei verboten.

Einen Moment lang hatte er Angst vor den Lebensmustern, die dieser Ort eventuell zeigte, und er trödelte beim Versiegeln der Außenschleuse.

Doch das ging vorbei. Er bildete eine passende Pseudohand aus, berührte die richtigen Tafeln in der richtigen Reihenfolge, und genau wie der Flugsimulator es prophezeit hatte, fand er sich und das Schiff in den endlosen Spiralen des Weltraumgewirrs wieder.

Freudige Erregung erfüllte ihn.

Ich habe es geschafft!

Die Sensoren zeigten ihm, was draußen war — die Masse der Schöpfung badete in einem Licht, das dem Licht im Heiligtum des Erzählers glich. Dort draußen befand sich das erregendste Mysterium von allen — das Rohmaterial, aus dem die Kraft der Dreen-Idmagination neue Welten und neues Leben erschuf. Er hatte die Kontrolltafel berührt und sich die Spiralen bewußt gemacht. Jetzt ... jetzt konnte er etwas Wichtiges idmaginieren!

Kein anderer Dreen konnte seine Spur aufnehmen. Das Gedächtnis und die Schiffssysteme enthielten die Koordinaten, die seine Rückkehr leiteten. Dreenor war für ihn nicht verloren; er war nur für Dreenor verloren.

Ryll saß im Anschnallgurt des Erzählers, beugte sich in das visionäre Befehlszentrum vor und fühlte sich so wie der Erschaffer eines Wahrtraums, dem wunderbaren Vorboten der Idmagination. Und in diesem Augenblick entschloß sich das Schiff, ihn zu schockieren.

»Du wirst mich *Patricia* vom weiblichen Geschlecht nennen.«

Ryll zuckte hoch. Nichts an seiner Erziehung hatte ihn auf die Offenheit und Regulierungsfähigkeit vorbereitet, die in der Stimme dieses ... dieses Artefakts hörbar war. Er hatte auch noch nie davon gehört, daß Schiffe ein Gespräch begannen.

»Wie interessant«, hatte er schließlich gesagt. »Und warum soll ich dich *Pa ... Patrissia* nennen?«

»Patricia!« korrigierte sie ihn. »Du wirst mich *Patricia* nennen, weil es mein Name ist. Und weil wir zu einem Ort unterwegs sind, wo er eine allgemeine Bezeichnung ist.«

»Aber ich möchte durch die Spiralen gehen, und ...«

»Ich bin nur zu *einem* Ziel befohlen; ich kann nicht ungehorsam sein.«

»Mein Name ist Ryll, und du wirst ...«

»Ich stelle fest, daß du noch ziemlich unreif bist. Man muß dich sorgfältig beobachten. Es ist schwierig einzuschätzen, wieso man dich für diese Mission bestimmt hat. Vielleicht bist du entbehrlich. Das paßt zum Grundprinzip meiner Aufgabe.«

»Beantworte meine Frage!«

Stille.

»Bitte, sag mir, wieso wir nur dieses eine Ziel haben.«

»Ich bin ein Reserve-Inspektionsschiff. Ich bin konstruiert worden, um eine Idmagination zu tilgen.«

Rylls Körper fiel zu einem harten Ball zusammen, seine Hornrüstnase richtete sich dorthin, wo die Schiffsstimme über ihm aus der Tafelwand kam. Er kannte diese Körperhaltung. Es war ein reiner Verteidigungsreflex.

Ryll bildete langsam eine Stimmöffnung aus und tat das einzige, was ihm noch übrig blieb. Er legte ein Geständnis ab.

»Interessant«, sagte *Patricia.* »Aber ich bin nicht fähig, meine Mission abzubrechen. Und du bist der einzige Dreen, der die Leben-oder-Tod-Entscheidung fällen kann.«

»Warum hat Prosik mir nicht gesagt, was für ein Schiff du bist?«

»Prosik ist nur eine Eminenz. Man wird ihn natürlich schwer bestrafen. Was man mit dir machen wird, kann man nur vermuten.«

»Dann weiß man, wohin wir unterwegs sind? Und man wird mich verfolgen?«

Es war mehr eine Aussage als eine Frage.

»Man wird uns sehr langsam folgen. Man hat mich konstruiert, um die schnelle Notfall-Tilgung einer speziellen Schöpfung vorzunehmen, falls ein Erzähler sie befiehlt.«

Tilgung!

Schon wieder dieses Wort. Ryll dachte darüber nach, was es bedeutete — ein Planet und sein Leben hörten für immer auf zu existieren, und ebenso der greifbare Beweis der schöpferischen Idmagination eines Erzählers ... Alles weg, es würde nie wiederkehren. Rylls Hornrüstnase zuckte qualvoll vor und zurück.

»Aber warum sollte ...? Ich meine, wenn ...«

Ryll schaffte es nicht, es auszusprechen. Die Vorstellung war schrecklicher als alles, worüber er je nachgedacht hatte.

Greuelgeschichten. Wie wahr!

»Die Geschöpfe der betroffenen Welt stellen eine potentielle Gefahr für alle idmaginierten Schöpfungen dar, die die Dreen je erzeugt haben.«

Das war schlimm!

Ryll sah allmächlich das Extrem hinter der Erschaffung dieses Schiffes. Ein weiterer Aspekt des Problems wurde ihm bewußt.

»Soll das heißen, daß *ich* eventuell entscheiden muß, ob ... Daß ich eventuell den Befehl geben muß, den ...«

Er konnte es immer noch nicht aussprechen.

»Du bist ein Dreen; eventuell mußt du den Befehl dazu geben. Und wenn du den Befehl gibst, muß ich gehorchen.«

Das war die allerschlimmste Greuelgeschichte.

Einsamkeit hüllte Ryll ein. Schulgeschichten und Erzähler-Einverleibungen hatten ihn auf so etwas nicht vorbereitet. Er war von der Sicherheit und den Dingen, die man wußte und erwartete, abgeschnitten.

Vielleicht kehrte er nie wieder nach Dreenor zurück. Dorthin, wo alle Dreen ihre Erzählungen verbreiteten und sich erholten.

Habiba nannte es »das Anzapfen der Vergangenheit«.

Selbst wenn er die ... die ... überlebte.

Verdammte Habiba!

»Rückkehr oder Tod«, hatte Habiba oft gesagt.

Und sie hatte die lange Geschichte der Dreen-Tragödien auf ihrer Seite.

Im besten Fall habe ich neun Dreen-Jahre.

Dreen, denen es nicht gelang, innerhalb dieser Zeitspanne zurückzukehren, hatte man an fernen Orten tot aufgefunden. Die Volksweisheit besagte, daß alle Dreen die Erfahrungen aus ihren Geschichten mit den anderen teilen mußten, um zu überleben, daß Dreenor ein Lagerhaus mystischer Regeneration war und die Dreen befähigte, ewig zu leben. Man glaubt es, obwohl es hin und wieder — auf Dreenor und anderswo — zu Unfalltoden kam.

Rückkehr oder Tod.

Ryll wollte lieber sterben, als eine solche Geschichte mit nach Dreenor zu nehmen. Wer würde ihm noch die Erlaubnis geben, bei den Gelbmützen mitzumachen, nachdem er... nachdem er... nachdem er das getan hatte, was *Patricia* gesagt hatte?

Doch vielleicht war auch das eine sinnlose Furcht. Auch wenn er jetzt als Erder maskiert war — nun war er ein weiterer Gefangener in den Händen der gefürchteten Erdgürtel-Patrouille.

Es wird immer Zeitungen und immer irgendwelche vertrocknete alte Verleger — oder junge Verleger mit vertrockneten alten Vorstellungen — geben, die sich weigern, die Vergangenheit ruhen zu lassen. Zwar respektiere ich die Vergangenheit — die verpafften, emsigen Pressebüros und alles, was dazu gehört —, aber ich bin kein sentimentaler Mensch. Wir erschaffen eine bessere Zukunft, wenn wir mit unserer Vergangenheit in Verbindung bleiben, aber ich fühle mich bei meiner elektronischen Zeitung sauwohl. Sie ist mein Fundament und mein Kreativitätskanal. Ich will noch nichts über Einzelheiten reden, aber ich bin dabei, einen technologischen Durchbruch auf diese Branche loszulassen. Eine noch erstaunlichere Entwicklung, die damit zu tun hat, wird kurz darauf erfolgen.

Lutt Hanson jun. in einem Interview mit der von ihm verlegten Zeitung SEATTLE ENQUIRER

Irgend jemand bewegt meine Arme, meine Beine, meinen Kopf und bestimmt, wohin ich schaue.

Das waren panische Gedanken in Lutts Geist. Durch die runden Gläser seiner Brille sah er nebelhafte menschliche Umrisse. Er hörte das Klappern von Schlüsseln und das Klirren von Metall. Männer gingen um ihn herum — vor ihm, hinter ihm, und an beiden Seiten.

Ich bin gestolpert, dann hat irgend etwas meinen Körper übernommen.

Eine fremde Kraft hielt ihn auf den Beinen und ließ ihn gehen.

»Ich bin Ryll, der Sohn des Chef-Erzählers Jongleur.«

In seinem Kopf waren Stimmen. Wahnsinn!

Ich war in meinem Schiff, der Vortraveler, dachte Lutt. *Ich habe etwas zu Drich Baker, meinem Ingenieur und Kopiloten, gesagt. Was habe ich gesagt?*

Die Erinnerung hielt keine Antwort für ihn parat. Er wußte, daß er einen Blackout gehabt hatte. Der Blackout hatte einen Teil seiner Erinnerungen gelöscht.

Dann ging sein Geist wieder vertraute Wege, und ihm fiel der Tag ein, an dem er an Bord der *Vortraveler* gegangen war.

Wenn ich mein Gehirnschmalz trainiere und mir alles in Erinnerung rufe, was davor passiert ist, fällt es mir vielleicht wieder ein.

Er war im Gebäude des *Seattle Enquirer* gewesen, der Zeitung, die seiner Familie gehörte. Daran erinnerte er sich. Immerhin. Es war ein graues, siebzehn Stockwerke hohes Gebäude, in dem die Redaktion der elektronischen Zeitung untergebracht war.

Für Vater nur ein Steuerabschreibungsobjekt.

Die Leitung der Zeitungsabteilung des Familienunternehmens hatte in Lutt das Gefühl erzeugt, daß der *Enquirer* viel mehr war als »ein Inventarstück antiquierter Technologie«, wie sein Vater es nannte.

Lutt fiel ein, daß er sich mit dem alten L. H. an diesem Morgen im Vorstandszimmer gestritten hatte. Aber Vater hatte ja immer das letzte Wort.

»Hör auf, deine Zeit mit diesem Vortex-Spiralen-Unfug zu vergeuden! Du gibst uns der Lächerlichkeit preis, wenn du ›erstaunliche Entwicklungen‹ und ›technologische Durchbrüche‹ ankündigst, die es nie geben wird!«

»Verdammt, Vater, du glaubst doch nur, daß sie nie eintreten, weil du nicht willst, *daß* sie eintreten!«

»Junge, du klingst immer mehr wie der verrückte Bruder deiner Mutter! Wenn du so weitermachst, wirst du eines Tages noch wie dein Onkel Dudley enden!«

Lutt sah seinen Vater an. Seit Jahren hatte die Wolke einer gewaltigen Auseinandersetzung zwischen ihnen und über der Familie gehangen. Und jetzt brach der Alte seine eigenen Regeln, indem er Onkel Dudley erwähnte.

»Wie hat Onkel Dudley denn geendet?« fragte Lutt, der an dem verbotenen Namen fast erstickte.

»Ich hoffe, es stimmt, was er gesagt hat — daß er zur Venus abhaut! Er hat es nämlich verdient, daß man ihm den Arsch grillt!«

Als Lutt in seinem Vater zunehmende Zeichen von Wut bemerkte, wechselte er das Thema, doch auch das führte nur zurück zu dem Kampf über den *Seattle Enquirer,* Vortex-Spiralen und seine Zukunft im Hanson-Konzern.

Es war ein fortwährender Konflikt, mit vorhersehbaren Reaktionen auf beiden Seiten.

Aber L. H. weiß nicht, was Drich und ich schon erreicht haben.

Drich!

Die Stimme in seinem Geist hatte gesagt, daß Drich tot war. Und da war diese kurze Erinnerung — er selbst, Lutt, mit eingeschlagenem Schädel.

War ich das wirklich?

Lutt schob diesen Gedanken beiseite.

Halluzinationen. Der Patrouillenarzt hat mir eine Spritze gegeben. Das ist der Grund, warum ich mich so fühle.

Vortex-Spiralen-Kommunikationstechnologie! Das würde den Streit mit Vater beenden! Die Möglichkeit, in Nullkommanichts — oder jedenfalls beinahe — Nachrichten über Millionen von Kilometern durch den Weltraum zu schicken; Sendungen, die schneller und deutlicher waren als alles andere in der Geschichte.

Nur noch ein paar Tests und Entwicklungen, ein bißchen clevere Publicity. Dann war sein Projekt auch für das Militär und die anderen Presseagenturen interessant — ohne Frage.

Aber der alte L. H. wollte nicht zuhören; er wollte von seinen starren Methoden nicht abweichen.

Wir nennen es Vor-Spiralen-Pressedienst — VSP.

Und die Möglichkeit — nein! die *Wahrscheinlichkeit!* — von extrem schnellen Reisen durch den interstellaren Raum zeichnete sich vor ihm ab. Seine Theorie besagte, daß es Vor-Spiralen gab, die jeden Ort im Universum mit jedem anderen verbanden. Die Geschwindigkeit dieser Fortbewegungsart mußte zwar noch getestet werden, aber er wußte, daß sie sehr groß sein würde.

Plötzlich fiel Lutt ein, was er in dem Augenblick vor seinem Blackout zu Drich Baker gesagt hatte.

Die Erinnerung kam ihm so deutlich und mit solchem Detailreichtum, daß er spürte, wie er die Ereignisse erneut erlebte. Er befand sich im Cockpit der *Vortraveler.* Es war später Nachmittag, das Schiff hockte auf dem Rollfeld des geheimen Testgeländes östlich von Seattle. Es war ein regnerischer Tag, das Wasser lief an den Scheiben herunter. Das Armaturenbrett leuchtete grün. Das Antriebssystem summte beruhigend. Drich saß neben ihm, und sie kämpften darum, das Schiff in eine Vor-Spirale zu bringen, die (so besagte es die Theorie) sie mit einem anderen Sonnensystem verbinden würde.

»Vielleicht klappt's jetzt.« Das habe ich gesagt.

Lutt erinnerte sich zwar an die Worte, aber an nichts anderes. Was auch nach diesen Worten passiert war, der ... der ... Blackout hatte es ihn vergessen lassen.

Lutts verwirrte Erinnerung kehrte zu dem Morgen im Gebäude des *Enquirer* zurück. An den Punkt, als L. H. die Tür des Vorstandszimmers hinter sich zugeknallt hatte.

Ich bin in den vierzehnten Stock gegangen, ins Konferenzzimmer der Redaktion.

Acht Abteilungsleiter saßen, von elektronischen Empfangsgeräten umgeben, mit ihm zusammen um den langen Tisch herum. Ihm fiel ein, laut darauf hingewiesen zu haben, daß der Nachrichtenteil des *Enquirer* nicht flott und fetzig genug war.

Die aufgereihten Empfangsgeräte bildeten den *Enquirer* und Konkurrenzobjekte ab, um seine Argumentation zu unterstützen.

»Wir brauchen mehr sensationelle Geschichten und mehr Blickfänge!«

Er überschlug die papierdünnen Blätter der Flüssigkristallschirme, um den Leuten die Aufmacher der Konkurrenz zu zeigen.

»Seht her«, sagte Lutt und deutete auf die Schlagzeile der Titelseite des *Cincinnati-Schreiers.*

ÜBEREINSTIMMUNGEN BEI UFO-SICHTUNGEN.

»Hier haben wir eine Geschichte, die danach schreit, daß man sie liest. Der *Schreier* behauptet, daß ein vertraulicher Bericht der Erdgürtel-Patrouille gemeinsame Faktoren bei bestätigten UFO-Sichtungen aufweist. Das ist eine tolle Sache! Es heißt, daß alle UFOs Knollenform haben und überall mit fühlerartigen Antennen und flexiblen Ruten bedeckt sind, die schaukeln, als würde der Wind sie bewegen.«

»Die Typen vom *Schreier* saugen sich das Zeug doch selbst aus den Fingern.«

Das war die Lokalredakteurin Anaya Nelson, ätzend wie immer.

Anayas schmales Gesicht — ihre Augen waren stark geschminkt — wurde von glattem Goldhaar umrahmt und zeigte immer noch einen ansehnlichen Rest ihrer früheren Schönheit. Doch jetzt hatte sie einen harten Blick. Die Redaktion war der Meinung, daß ihr Gesicht nur noch einen entspannten Ausdruck kannte — den der Herablassung.

»Die Konkurrenz zitiert ganze Seiten und Absätze aus dem Bericht der Erdgürtel-Patrouille!« warf Lutt ein. »Und zum Schutz ihrer Quellen außerdem den Ersten Verfassungszusatz!«

»Dann haben sie irgendeinen Laufburschen aufgetan, der ihnen ein EGP-Märchen verkauft hat.«

»Mit sowas verkauft man Zeitungen, verdammt noch mal!«

»Haben Sie wirklich die Absicht, aus diesem Unternehmen einen Dukatenscheißer zu machen? Keine weiteren Abschreibungen mehr für unsere geliebte Mutterfirma, den Hanson-Konzern?«

Lutt fiel auf, daß die restlichen Redakteure sich bemühten, ihre Heiterkeit über den ungewöhnlichen Zusammenstoß mit der Nelson zu verbergen, aber er ignorierte sie.

Die Nelson lächelte, weil sie wußte, daß ihr Lächeln Lutt irritierte.

Verdammt soll sie sein!

Lutt hatte ihr ›unkooperatives Verhalten‹ schon des öfteren kritisiert, aber gebracht hatte es nichts.

Was konnte er in ihrer Sache tun? Die Nelson war eine knochenharte Journalistin, die sich dem Ende der mittleren Jahre näherte, und laut alten Gerüchten war sie die Geliebte des alten L. H. Lutt wußte es zwar nicht genau, aber man sagte ihr nach, daß sie in ihrer Jugend, als der Alte ihr erstmals begegnet war, eine außergewöhnliche Schönheit gewesen sei. Doch eins wußte jeder hier mit Sicherheit: Sie hatte einen Draht zu L. H., und sie konnte nicht gefeuert werden. Jedenfalls nicht von Junior.

Lutt spürte, wie ihm die Galle hochkam. »Ich dachte, das hätte ich klargemacht!«

Seine Nasenflügel bebten und fingen im Konferenzraum der Redaktion den matten Geruch von Farbe auf. *Hier wird ständig alles neu gestrichen!* Er fegte durch eine Grafikdatei, fand das, wonach er suchte, und ließ es Anaya sehen. Das Bild zeigte einen neuen Kopf für den *Enquirer,* unter dem »L. W. Hanson, Verleger«, stand.

Die Nelson musterte das Kunstwerk geringschätzig.

Adrian (Ade) Stuart, der Geschäftsführer, beugte sich

weiter vor, damit er der Nelson über die Schulter sehen konnte. Stuart, ein beinloser Querschnittsgelähmter, saß in einem Elektrowagen, der in der Lokalredaktion breite Gänge erforderlich machte. Er war übergewichtig und zeigte unter seinem grauen Haar ein weiches, rundes Gesicht. Oftmals überraschte er neue Bekannte mit seiner befehlsgewohnten Baritonstimme. Manche waren der festen Meinung, daß seine Stimme das Hauptkapital war, das ihn beim *Enquirer* an die Macht gebracht hatte.

»Sehr ehrwürdig«, sagte Stuart.

»Der Kopf sagt aber nicht, ob L. W. Hanson senior oder junior gemeint ist«, sagte die Nelson. »Müßte das nicht korrigiert werden?«

»Ich will es aber so haben!« sagte Lutt.

Jeder weiß, daß die Zeitung immer noch L. H. gehört, und daß mein Anteil gerade fünf Prozent beträgt. Sie wird zwar mit dieser Nachricht sofort zu Vater rennen, aber den Laden führe immer noch ich.

Suzanne Day, die Leiterin der Mode- und Schöner-Wohnen-Redaktion, beugte sich mit einem gewinnenden Lächeln vor. Lutt hatte gehört, daß sie dieses Lächeln übte, um ihm Honig ums Maul zu schmieren. Aber trotzdem war sie attraktiv — eine schlanke Brünette mit freundlichen Zügen. Irgendwann würden sie sich bestimmt erhärten, weil sie zuviel trank und damit prahlte, sie könne »jeden bei dieser Zeitung unter den Tisch saufen«.

»Warum bieten wir keinen Kopierdienst an?« fragte sie. »Er könnte in jedes Empfangsgerät eingebaut werden. Wir könnten ...«

Die Nelson fiel ihr mit einer genau berechneten Imitation von Lutts Stimme ins Wort: »Aber wir wollen steigende Produktivität, eine rationellere Arbeitsweise, eine höhere Auflage und mehr Werbeeinnahmen.«

»Und wir wollen vorzügliche Leistungen«, sagte Lutt.

Die Day brauchte keine weitere Ermutigung mehr. Ihr

gewinnendes Lächeln aufrechterhaltend, sagte sie: »Ich habe es nachgeprüft. Wenn ein Abonnent die Kopie eines Artikels wünscht, berührt er nur den Schirm, der den Artikel zeigt, und tippt für jedes Exemplar, das er haben will, einmal gegen ihn.«

»So was ist schon früher ausprobiert worden«, sagte die Nelson.

»Bei der *Albany-Abendbibel*«, sagte Stuart. »Mmmmm ... vor vier Jahren. Aber es gab Probleme.«

»Weil die Leute von der *Albany-Abendbibel* die ersten waren«, sagte die Day. »Sie hatten Kopfschmerzen wegen der Startkosten.«

Wie ich bei meiner Vortraveler, dachte Lutt.

Seine sprunghafte Erinnerung wandte sich sofort seinem Lieblingsprojekt zu — der Fast-Nullkommanichts-Kommunikation und den Reisen durch das Sonnensystem und den interstellaren Raum. L. H. würde das dazu nötige Geld niemals bereitstellen.

Er will, daß ich den Hanson-Konzern leite.

Seine Mutter Phoenicia wollte das gleiche — aber sie wollte es nur deswegen, weil sie glaubte, Lutt würde die Profite höherschrauben. Sie und Morey, sein jüngerer Bruder, hatten ständig die Hand in der Kasse.

Morey!

Lutt fiel eine weitere Einzelheit vom Tag vor dem Blackout ein.

Ich konnte meinen Termin mit Morey nicht einhalten. Welch ein Schock wäre es für dich gewesen, geliebter Bruder, zu erfahren, daß jemand deine finanziellen Betrügereien entdeckt hat!

Es wird mir eine Menge Geld von seinen Konten einbringen. Aber ich konnte unsere Verabredung wegen des Unfalls nicht einhalten, und ...

Ja! Ich habe mit der Vortraveler *einen Unfall gehabt!*

Diese Erinnerung führte Lutt in einem vollen Kreis zu seiner momentanen Situation zurück — in einen Gang, in dem es von Posten der Erdgürtel-Patrouille wimmelte.

Und sein von ihm gelöster Körper ging aus eigener Kraft.

Sein Ausblick wurde etwas klarer, aber er hatte noch immer keine Kontrolle über das, wem er Beachtung schenkte.

Wie schlimm bin ich verletzt?

Er fühlte sich zu schwach, um das Kommando über seinen Körper zu übernehmen. Doch Lutt hatte das sichere Gefühl, daß sich seine Augen nicht ziellos bewegten. Er sah sich um, obwohl er nicht den Eindruck hatte, daß sein Blick zielgerichtet war. Er musterte die braunen und blauen Uniformen seiner Bewacher und untersuchte den langen grauen Korridor und die vergitterten Türen der Zellen, die auf beiden Seiten zu sehen waren. Er registrierte, daß er die schwarzgrüne Gorcord-Kleidung eines Häftlings trug. Wie entwürdigend!

Ins Kittchen! Ich habe es selbst gesagt. — Aber zu wem?

Dann tat das von ihm losgelöste Fleisch etwas Erschreckendes. Es sprach — ohne seinen Willen.

»Ich will wissen, wohin ich gebracht werde!«

Es war eine knabenhafte Stimme, nicht das tiefe Organ Lutts.

Und in seinem Kopf waren seltsame, fremdartige Gedanken.

Wie können sie es wagen, mich so zu behandeln? Ich bin Ryll, der Sohn des Haupt-Erzählers! Aber ich darf nicht darüber reden. Ich muß so tun, als wäre ich ein Erder. Sie halten mich für Lutt Hanson junior.

Lutt wollte etwas sagen, aber seine Stimme gehorchte ihm nicht. Denken konnte er jedoch.

Bist du real? Ist jemand in meinem Kopf und in meinem … Körper?

Huch! Ich habe meine Gedanken nicht abgeschirmt.

Werde ich verrückt?

Du bist nicht verrückt, Lutt. Ich habe der sporadischen Aktivität deines simplen Verstandes zugehört. Deine letzten Gedanken über dein Schiff und die Spiralen bestätigen meine frü-

here Annahme. Dein primitives Schiff und deine mangelnde Vorsicht haben zu einer Katastrophe geführt.

Ryll?

Ahhh, du erinnerst dich an meinen Namen!

Du hast gesagt ... du hast gesagt, ich könnte ... unseren Körper kontrollieren.

Du hast es zu schlecht gemacht. Die Wachen sind zwar nicht sonderlich intelligent, aber man hat sie zum Mißtrauen geschult. Die Erdgürtel-Patrouille hat zwei Personen gemeldet, die nach dem Zusammenprall gefunden wurden, und jetzt weiß man, daß sich zwei Mann auf deinem Schiff befanden. Ergo: Wo ist der Pilot des anderen Schiffes? Sie werden annehmen, er ist bei der Explosion und dem Brand umgekommen — aber das tun sie nur dann, wenn wir ihrem Mißtrauen keine Nahrung geben.

Dunkelheit umgab Lutt, obwohl er spürte, daß seine Augen weiterhin offen waren.

Was geht da vor? Er läßt mich nichts sehen!

Die Bewacher und der Gefangene erreichten eine leere Zelle. Ein Bewacher öffnete die Tür, und sie schoben Ryll durch den Türrahmen. Er wehrte sich und schrie.

»Ich habe doch nichts getan! Dafür werdet ihr bezahlen!«

»Die Hansons glauben wohl, ihnen gehört das Universum«, höhnte einer der Männer.

Sie schubsten den taumelnden Ryll in die Zelle und warfen die Tür zu. Das Geräusch des zuknallenden Schlosses war laut in dem metallwandigen Raum.

»Paß auf, Kumpel!« sagte ein Bewacher. »Wir wissen zwar, wer du bist, aber du wirst trotzdem ein paar Fragen beantworten müssen. Morgen wirst du verhört; und es gibt nichts, was dein Alter oder irgendein anderer Hanson dagegen tun könnte!«

Die Bewacher polterten durch den Korridor.

Die anderen Gefangenen lachten und riefen.

»Habt ihr wirklich einen vom Hanson-Stamm hier drin?«

»Was hat er gemacht? Die Geliebte eines Generals entführt?«

Noch immer von Dunkelheit umgeben, wagte Lutt eine protestierende Frage.

Warum willst du mich nicht sehen lassen, was los ist?

Dazu besteht kein Grund.

Aber ich ...

Sei still! Ich muß entscheiden, was jetzt zu tun ist.

Am Ende des Korridors fiel eine eiserne Tür ins Schloß. Das Gelächter und die Schmährufe erstarben.

Ryll inspizierte die Zelle. Ein kleiner Verschlag mit soliden Wänden. Gitter an der Tür. Keine Innenbeleuchtung. Licht fiel durch das Gitter. Licht kam von einer kleinen Leuchtplatte an der Decke des Korridors. Gitterschatten fielen auf die Wand und den Boden. Am Boden: ein rundes, metallenes Abflußloch mit blubbernd-übelriechendem Unflat. Grauer Boden, und Wände, die aussahen, als seien sie noch nie gestrichen worden. Wasserflecke und zotige Schmierereien vorheriger Insassen. Er las eine der Inschriften an der Wand:

WILLKOMMEN IN DER HÖLLE!

Aus der Rückwand ragte eine Toilettenanlage, eine Koje freitragend aus der Seitenwand. Dünne Matratze, grobe Decke.

Der Raum strömte einen deutlich abgestandenen Geruch aus, doch der Geruch von Desinfektionsmitteln überlagerte den Urin- und Exkrementenmief nicht.

Ryll ging zum Bett und streckte sich aus, um nachzudenken.

Es hatte viel mehr ergeben als nur ein Abenteuer.

Gab es irgend etwas Nützliches unter den Daten, die die Dreen-Erzähler gesammelt hatten? Allmählich zweifelte er daran.

Keiner hat was von Erdern gesagt, die an Reisen in die Spiralen experimentieren.

Aber ein ... man hatte ein Tilgungsschiff vorbereitet.

Tilgung.

Er konnte diese Vorstellung jetzt leichter nachvollziehen.

Diese Welt war eine besondere Schöpfung. Bei jedem Idmaginierungskonflikt war höchste Vorsicht angeraten. Wer wußte, was die Erder erfuhren, wenn sie die Dreen-Kräfte bei der Arbeit sahen? Sie hielten einen Dreen in einer dunklen, muffigen Zelle gefangen! *Patricia* hatte gesagt, daß sie noch weitere Dreen gefangenhielten.

Jedenfalls wissen sie nicht, daß ich ein Dreen bin. Das ist ein beruhigender Umstand.

Das Bett war unbequem. Der Boden zog ihn als Ruheplatz nicht an. Dort unten war es schmutzig und stank. Ryll sehnte sich nach der einfachen Plattform aus Hartvegetation in seinem Schlafraum auf Dreenor. Nun, dagegen konnte man etwas tun. Er stand auf, nahm die Matratze, stellte sie gegen die vergitterte Tür und enthüllte die Koje. Eine harte Metallfläche aus Rohren, sie kamen aus der Wand. Als er sich wieder hinlegte, fühlte er sich gleich besser. Die Decke versorgte ihn mit etwas Wärme, auch wenn sie rauh war. Er spürte, wie er in den Schlaf hinüberglitt. Ja ... Er hatte eine erschöpfende Erfahrung hinter sich.

In der Dunkelheit wurde Lutt sich der harten Oberfläche des Bettes bewußt, auf dem er lag. Er beschwerte sich darüber.

Ryll schenkte seinen Protesten nur wenig Aufmerksamkeit. Die tieferen Stadien des Dreen-Schlafes waren verlockender. Er trieb in einen kombinierten Dreen-Menschen-Traum hinein.

Der Lutt-Teil des verschachtelten Traumes konzentrierte sich auf eine (für ihn) menschliche Idealfrau, die (für Ryll) zu einem Alptraum wurde. Die Frau hatte kein erkennbares Gesicht, aber sie wies üppige Körperformen auf und gab eine goldene Aura ab, die den Träumer anzog.

Im Traum liebte Lutt die Frau auf die ekelhaft menschliche Weise, die Ryll schon schockiert hatte, als sie ihm in einer Erzählung auf Dreenor begegnet war. Wie hätte ein Dreen so etwas idmaginieren können? Der Traum war in seiner Direktheit sogar noch abstoßender als in der einverleibten Geschichte. Ryll hatte fast das Gefühl, als nähme er daran teil.

Doch als der Alptraum sich fortsetzte, spürte Ryll, daß die Traumbewegung etwas Eigenartiges ausstrahlte. Die spezielle Frau, die Lutt eines Tages zu treffen hoffte, erzeugte zärtliche Gefühle in ihm, Gefühle, die beinahe wie die Dreen-Zärtlichkeit waren. Lutt nannte die Frau »Ni-Ni«; seiner Ansicht nach unterschied sie sich sehr von den Huren seiner vergangenen Erfahrungen.

Der Alptraum ging weiter; Ryll hatte den Eindruck, er würde nie enden. Ni-Ni sagte nie etwas. Sie zeigte auch ihr Gesicht nicht. Doch Lutts Traumgedanken enthüllten ihre Geschichte. Ni-Ni hatte ihre Familie in einem Krieg auf einem Planeten verloren, der nicht die Erde war. Sie liebte Lutt, aber er war gezwungen, gegen einen anderen Mann um sie zu konkurrieren. Der Träumer-Lutt verlangte den Namen des anderen Mannes und rief: »Ich werde ihn töten!«

Dann tauchte der andere Mann in dem Alptraum auf — noch eine gesichtslose Gestalt, in schattenhafter Ferne.

»Du liebst ihn auch!« schrie Lutt. »Ich weiß, daß es so ist!«

Träumer-Lutt jagte den gesichtslosen Mann, doch der Mann rannte durch furchterregende Schatten und versteckte sich in undurchdringlicher Finsternis.

Ryll spürte die quälende Frustration des Alptraums wie seine eigene, aber er konnte die Antworten auf die Fragen, die der Traum stellte, nicht finden.

War Ni-Ni real? War sie tot? War sie jemand, den Lutt im Verlauf seines Lebens treffen würde?

Inmitten seiner Frustration fand Ryll sich in einem simultanen Traum wieder. Er spielte in der Dreen-Schule für begabte Kinder. Der Prüfer Shanlis schäumte gerade wegen seiner Unaufmerksamkeit im Unterricht.

»Die Tests besagen, daß du intelligent bist!« schrie Shanlis und bedrohte den Jugendlichen mit einer biegsamen Rute. »Die Tests besagen, daß du fähig sein wirst, mehr zu idmaginieren als andere Dreen! Warum verstehst du dann nicht die einfachsten Dinge?«

Der Traum-Shanlis schlug mit der Rute auf Rylls Rükken und schrie: »Warum? Warum vergeudest du meine Zeit und stellst meine Geduld auf die Probe? Warum?«

Ryll spürte, wie die Traum-Prügel Striemen erzeugten. Er sah, wie gelbbraunes Blut an seiner braunen Haut herunterrann. Das Muster der Striemen war das des eisernen Bettgestells in der Zelle, es vermischte sich mit den Gittern an der Tür.

Der Alptraum kam zu einem abrupten Ende, als irgendwo in der Ferne eine Eisentür klirrte.

Ryll wachte auf. Einen Moment lang konnte er sich nicht besinnen, wo er war. Er spürte immer noch das Brennen der Schläge und die Frustrationen des menschlichen Alptraums.

Irgend etwas näherte sich seinem Gesicht. Noch ein Alptraum? Nein ... Es war ein Tier. Eine dicke Spinne baumelte direkt über ihm an einem seidenen Faden und ließ sich langsam herab. Ihre Beine waren anmutig gebogen und ausgestreckt wie die Stabilisatoren eines fliegenden Schiffes. Ryll sah, daß sie auf seiner Stirn landen wollte. Sie sah nicht, daß seine Augen sie beobachteten. Er rollte sich unter ihr hervor, schlug sie gegen die Wand und entdeckte dort eine Kakerlake. Sie streckte die Fühler nach ihm aus.

Ryll schwang die Beine auf den Boden, musterte die angenommene Erdergestalt und dachte: *Eine Zelle! Sie haben mich in eine Zelle gesperrt. Ich muß fliehen! Bin ich etwa aus dem Gefängnis eines Klassenzimmers geflohen, um mich im Gefängnis eines fusionierten Körpers festhalten zu lassen? Was kann ich tun?*

Lutt träumte immer noch. Ryll fing Bruchstücke aus dem Bewußtsein des Menschen auf. Komischerweise lagen sie mit seinem Schultraum auf einer Ebene. Lutt saß in einem Klassenzimmer; ein anderer Erder machte ihn gerade fertig. Lutts Lehrer war Lutt senior. Wie zäh und kalt er aussah. Er trug seltsame Instrumente über den Augen und bot ihm Geld statt Diplomen an. Der Traumvater winkte mit einem Fünfhunderttausenddollarschein, und seine Lippen formten tonlose Worte. In seinem Traum dachte Lutt junior: *Ich kann deine Lippen lesen! Ich verstehe deine Körpersprache!* Aber seine Gedanken lieferten keine Interpretation mit.

Ryll wandte sich von dem Traum ab.

Die Spinne hatte sich erholt. Sie schwang sich vom Ende des Bettgestells und ließ sich zum Boden hinab. Ryll kam plötzlich die Idee, die Gestalt der Spinne anzunehmen und seinem Gefängnis zu entwischen. Er beugte sich tief über das Tier und formte eine einzelne Wimper, die er in die Spinne einführte, als sie am Ende ihres Fadens baumelte. Das Ding war außerordentlich simpel konstruiert. Ryll fragte sich, warum sich ein Erzähler überhaupt die Mühe gemacht hatte, es zu erschaffen.

Ohne sonderlich über die Vielfältigkeit der Gestaltwandlung nachzudenken, entnahm Ryll den Zellen der Spinne alles Wissenswerte. Dann schwenkte er siegesgewiß die Augen nach innen und konzentrierte sich auf die nötigen Veränderungen, um sich zu verwandeln.

Die Veränderung war relativ einfach, doch als er sie hinter sich hatte, wurde ihm schlagartig klar, daß er einen ernstlichen Fehler begangen hatte. Nicht genug Sauerstoff! Er starb an Sauerstoffmangel! Zu spät fiel ihm eine Dreen-Schullektion ein.

»Bei einfacher Verwandlung hat man in der neuen Gestalt etwa die gleiche Masse wie vorher.«

Er war eine Riesenspinne! Die Gorcord-Kleidung platzte in der Mitte des dicken Spinnenleibs. Acht drahtige Beine brachen durch das Gewebe. Seine Schuhe und Socken fielen zu Boden, die nutzlose Brille fiel auf sie drauf.

Das primitive Sauerstoff-Aufnahmesystem der Spinne würde seine Masse nicht ausreichend versorgen!

Ryll spürte, wie er ohnmächtig wurde.

Sein gigantischer Insektenleib klatschte zu Boden. Die Beine streckten sich sinnlos nach allen Seiten aus. Die Energie verbrauchte sich schnell.

Seine Fluchtgedanken lösten sich auf. Er mußte sich darauf konzentrieren, diesen dämlichen Fehler zu überleben.

Jetzt habe ich vielleicht nur noch die Energie für einen einzigen Versuch, wieder menschliche Gestalt anzunehmen!

Verzweifelt schwenkte er die Augen nach innen und konzentrierte sich auf die Lutt-Gestalt, die er so sorglos aufgegeben hatte.

Haut es hin?

Langsam wurde ihm klar, daß er ausgestreckt auf dem Boden lag, mit dem Gesicht nach unten. Seine Nase ragte fast in den stinkenden Abfluß. Sein Brustkorb hob sich; er erkannte, daß er wieder die Gestalt des Erders angenommen hatte.

Die Gorcord-Kleidung lag in einem wirren Haufen da. Es erforderte schnelles Idmaginieren, um sie wieder in ihren Urzustand zu versetzen. Niemand durfte ihn in diesem zerzausten Zustand sehen. Ryll setzte die Brille auf seine Nase, zog Socken und Schuhe an und sank, schwach vor Erschöpfung, wieder auf die harten Kojenrohre.

Eins nach dem anderen: Er holte seine Erinnerungen an den Idmaginationsunterricht an der Dreen-Schule hervor.

Grundidmaginieren: Die persönliche Masse eines Dreen, der von lebenslanger Erfahrung gestärkt war, bestimmte das Gestaltwandeln. Die Reduktion einer Masse auf die Größe eines Insekts erforderte eine lange Ausbildung und hohe Konzentration. Man lehrte es in einer Klasse, die er noch nicht besucht hatte. Veränderungen dieser Art hinterließen einen degenerierenden Protoplasma-Rückstand, es sei denn, man konservierte ihn mit einer von mehreren gefährlichen Methoden.

»Man erlebt Geist über Angst«, hatte ein Prüfer ihm erzählt.

Ach, hätte ich es bloß schon hinter mir.

Noch eine körperliche Priorität drang in dieses Nachdenken ein. Hunger nagte an ihm. Ryll hatte seit der letzten Mahlzeit — einem idmaginierten Mahl aus suprinischen Proteinen — an Bord der *Patricia* große Energiemengen verbraucht. Jetzt ließ ihn der Hunger nur noch an Nahrung denken.

Was sollte er essen? Seine Erdergestalt und die Nähe der Erderzivilisation ließ ihn an eine Lieblingsleckerei denken. Es erforderte zwar Energie, die erforderliche Masse herbeizuschaffen, aber ...

Im Abflußloch blubberte etwas nach oben, und er warf einen Blick zu Boden und sah eine ertrunkene Ratte. Leicht verfügbare Masse! Rylls Augen schwenkten nach innen und stellten sich eine Erder-Delikatesse vor, die auf Dreenor allgemein bekannt war. Der Rattenkadaver verschwand. An seiner Stelle erschien auf dem Boden eine weiße Kunststoffschüssel. Ein Erdbeereis-Fruchtbecher. Ein Plastiklöffel steckte darin.

Ryll vertat keine Zeit, um das Fruchteis zu bewundern. Er schwenkte die Augen nach außen und setzte sich mit gekreuzten Beinen auf den Boden, um zu essen. Der Löffel hatte, wie er bemerkte, eine vertraute Inschrift: »McDonald's Restaurant«. Dies hatte Tradition auf Dreenor und war eine einfache Methode, lobenswerte Gedanken über den Dreen zu denken, der die Große Geschichte erschaffen hatte, aus der diese Leckerei stammte.

Ryll dachte bei jedem Löffel des leckeren, kremigen, schmelzenden Fruchteisbechers lobenswerte Gedanken.

Plötzlich bemerkte er, wie sich Lutts Bewußtsein meldete und einen Teil der körperlichen Kontrolle verlangte.

»Eiskrem?« fragte Lutt.

Die Stimmbänder erzeugten ein tiefes Organ.

Ryll nahm es zur Kenntnis und korrigierte sein Stimmgedächtnis — für den Fall, daß er beim nächsten Mal ihr gemeinsames Sprechsystem verwendete.

»Warum essen wir Erdbeer-Eiskrem?« wollte Lutt wissen. »Ich kann Erdbeeren nicht ausstehen!«

In der Nachbarzelle sagte jemand: »He, dieser Hanson glaubt, er ißt Erdbeeren.«

Zurufe und lautes Lachen hallten durch den Korridor.

»Warum kann er sich kein Steak zum Mittagessen einbilden?«

»Nee — Hering mit Schlagsahne!«

»Wie wär's mit Schuhsohle gedünstet?«

»Schokoladentorte!«

Eine Kommandostimme rief vom Ende des Gangs: »Jetzt reicht's aber, ihr Typen! Haltet die Schnauze, sonst gibt's heute abend nicht mal Haferschleim!«

Stille.

Als Ryll einen weiteren Löffel voll Eiskrem an den Mund hob, stieß er auf Widerstand in seinen Armmuskeln. Aber er kehrte zu gemeinsamen Gedanken zurück, als er sah, wozu das Reden auf dem Gang geführt hatte.

Du ißt kein Eis; ich esse es.

Erzähl das mal deinen Geschmacksnerven!

Erdbeeren gehören zu meiner Lieblingsnahrung. Und seit ich idmaginieren kann, was ich gern esse, werde ich sie immer essen, wenn ich es will. Ich werde mich auch an Rummungi, Worsockel und bitterten Pieps erfreuen. Du hast diese Nahrungsmittel noch nie gegessen, weil sie von fernen Planeten kommen.

Von Erdbeeren wird mir übel!

Und in der Tat, als Ryll seine inneren Reaktionen untersuchte, fiel ihm auf, daß die Erdbeeren eine Protein-Unverträglichkeit erzeugten, die Korrekturen an den Lutt-Teilen ihres Körpers erforderlich machten.

Mit einem Seufzer stellte Ryll die Schüssel auf den Boden, schwenkte die Augen nach innen und de-idmaginierte soviel Eiskrem wie möglich. Als er zum Abfluß hinüberschaute, lagen Stücke von Rattenfleisch auf dem Boden.

Keine Erdbeeren mehr, teilte er Lutt auf geistigem Wege mit. *Ich möchte, daß wir uns allmählich ein geeigneteres Auftreten zulegen.*

Was hast du gerade gemacht, Ryll?

Wir nennen es Greyn-Idmaginieren oder greynen. Greynen bedeutet ... das Wort, das ihm am nächsten kommt, müßte Wegräumen sein.

So etwas wie Tilgen?

Verwende nicht dieses Wort!

Warum nicht?

Tilgen ist ... schwieriger.

Ich hatte das Gefühl, als hätten sich meine Augen nach innen gedreht.

So war es auch.

Das Gefühl gefällt mir nicht.

Du wirst dich daran gewöhnen.

Du nennst es ... idmaginieren?

So nennen wir es, wenn wir lebendige oder unbeseelte Objekte durch Massetransfer aus einem Reservoir vorhandener Materie erschaffen. Manchmal verwenden wir Masse aus der Nähe, und manchmal aus der Ferne.

Ich glaub dir kein Wort.

Ich sehe es an deinen Gedanken.

Ich bin ein Schizo. Ich habe mir irgendwo auf dem Schiff den Kopf gestoßen.

Dein Schiff ist ein Wrack.

Nein, ich bin ein Schizo, weil ich mich verletzt habe.

Der Zustand der Schizophrenie — auf Planeten, auf dem sie vorkommen kann — ist ein chemisches Ungleichgewicht. Ein Schlag auf den Kopf ist ein unwahrscheinlicher Kausalfaktor.

Dann spinne ich eben auf andere Art.

Du bist nicht verrückter als alle anderen deiner Rasse.

Ich soll also glauben, daß wir zu zweit in meinem Körper sind?

In meinem Körper, nicht in deinem. Er sieht zwar wie der deine aus, aber du bist auf deinem Schiff gestorben. Mein Körper wurde schwer verletzt; ich brauchte etwas von deinem Protoplasma, um zu überleben. Deswegen haben wir fusioniert. Dein Bewußtsein ist mit deinen Zellen gekommen.

Dann teile ich diesen Körper also mit … einem Fremden?

Von meinem Standpunkt aus bist du vielleicht der Fremde. Es ist eine Frage der Perspektive.

Wenn es wirklich so ist, bist du der Fremde, Buddy. Wir befinden uns im Territorium der Erdgürtel-Patrouille. Hier ist die Erde, nicht … dieses Sowieso, wo du angeblich herkommst.

Dreenor. Weißt du, das ganze Universum ist ein Produkt der Dreen-Idmagination. Wir sehen uns gern als Einheit, weniger als einander fremde, getrennte Teile.

Du glaubst, ihr seid so etwas wie Gott? Jetzt weiß ich, daß ich nicht alle Tassen im Schrank habe.

Glaub, was du glauben willst. Du wirst es jedoch akzeptieren lernen. Du mußt es akzeptieren, weil wir diesen Körper wirklich miteinander teilen.

Teilen nennst du das? Du hast doch die Kontrolle.

Dann benutze deine Augen und sieh dich um. Wir sind in einer Zelle der Erdgürtel-Patrouille.

Ryll wartete ab. Lutt gehorchte. Ihr Blick huschte durch die Zelle … Eine vergitterte Tür, Wände, Boden, Decke …

Eine Halluzination!

Ich glaube, du wirst es anerkennen, wenn sie uns zum Verhör abholen.

Klar! Und ich werde … Kotz! Liegt da eine tote Ratte auf dem Boden?

Ein Rest der Masse, die ich für das Erdbeereis gebraucht habe.

Das ist alles nicht wahr! Es ist unmöglich!

Du bist hartnäckig, Lutt. Wenn ich das sagen darf.

Wenn dieser Körper so aussieht wie meiner, dann gehört er auch mir!

Ich habe unser Fleisch fusioniert und aus Sicherheitsgründen deine Gestalt angenommen. Das Wrack wimmelte von Leuten von der Erdgürtel-Patrouille. Du kannst dir vorstellen, was sie geglaubt hätten, wenn sie mich in meiner Originalgestalt gesehen hätten.

Yeahhh? Wie siehst du denn aus?

Wie ein großer Humpty Dumpty, wenn ich mir ein Bild aus deinen Kindertagen ausleihen darf.

Ich bin also wieder kindisch geworden. Das ist genau die Art von Wahnsinn, die ich …

Hör jetzt mit dieser dämlichen Ablehnung auf und stell dich den Tatsachen!

Ich entscheide, welche Tatsachen ich anerkenne!

Du erinnerst dich an den Zusammenstoß. Ich sehe es in deinem Geist. Es war dein Fehler. Du wolltest in eine Spirale eintreten, ohne …

Vielleicht ist es das! Ich bin in eine Vor-Spirale eingetreten … und sie hat mich wahnsinnig gemacht.

Spirale! Das sind Schöpfungsspiralen, um genau zu sein. Und da das Dreen-Wissen dem euren voraus ist, verwende gefälligst auch unsere Begriffe.

Was ist der Unterschied?

Die Schöpfungsspiralen sind uns heilig!

Dann ist dir meine Vortraveler *also in den Weg gekommen?*

Ich hatte Vorfahrt, Lutt! Du hättest das blaue Licht sehen müssen, das ein eintretendes Exkursionsschiff ankündigt. Wenn man das Licht sieht, erwartet man, daß die anderen so lange aus dem Weg gehen, bis er wieder frei ist.

Angenommen, ich akzeptiere diesen Wahnsinn. Was hast du in der … Spirale gemacht?

Ich wollte Abenteuer erleben.

Mann — jetzt hast du wirklich eins! Wieso hast du geglaubt, du würdest auf der Erde Abenteuer erleben?

Die Geschichten meines Volkes haben mir alles gesagt, was ich über die Erde wissen muß.

Nicht alles.

Das vielleicht nicht. Aber ich dachte, es wäre vielleicht

spannend, einen Menschenkrieg zu sehen. Wir sind nämlich nicht gewalttätig.

Hört sich langweilig an.

Ich bin gezwungen, dir zuzustimmen.

Möchtest du mal gern jemanden verprügeln?

O nein, das könnte ich nicht. Es liegt nicht in der Dreen-Natur. Ich hätte aber nichts dagegen, mir sowas mal anzusehen.

Wenn du meinen Körper dazu verwendet hast, dein Leben zu retten, fühlst du dann keine Dankbarkeit mir gegenüber?

Dankbarkeit ist eine Emotion, an der die Dreen sich nicht erfreuen. Außerdem lagst du ganz sicher im Sterben.

Und dein Leben ist es nicht wert, dankbar zu sein?

Was für ein närrisches Argument! Dreen sterben für gewöhnlich nicht, außer als Opfer dummer Unfälle. Wir haben keine Krankheiten. Das schließt auch die Krankheit mit ein, die ihr »Altersschwäche« nennt.

Ihr reist also nur herum und erzählt Geschichten?

Ja, so könnte man es ausdrücken. Wir erzählen Geschichten über Orte und Lebensformen, die wir idmaginiert haben.

Ich glaube immer noch, daß ich mir das alles nur einbilde. Ich bin irre — aber es ist interessant. Ich wußte gar nicht, daß ich eine so verrückte Phantasie habe.

Verglichen mit der Idmagination der Dreen ist dein Vorstellungsvermögen nur ein armseliger Schatten. Mein Volk besteht aus wunderbaren Erzählern.

Und einer von euch Dreen hat die Erde erschaffen?

O ja! Und wie alle anderen Dreen-Idmaginationen, kann sich die Erde selbst vernichten. Sie kann auch verfallen oder von einer anderen Dreen-Schöpfung vernichtet werden. So ist es nun mal beim Idmaginieren: Dinge, die wir idmaginieren, existieren nur so lange, wie die ursprüngliche Kraft desjenigen erhalten bleibt, der sie erschaffen hat. Oder solange die Kraft desjenigen existiert, der sich die schöpferische Geschichte einverleibt.

Wenn ihr alle aussterbt, sterben dann auch die Planeten, die ihr erschaffen habt?

Bei uns sagt man: Jegliche Schöpfung ist von ihren Schöpfern abhängig.

Und du sagst, ich bin nicht verrückt? Ich sitze nicht hier herum und habe eine religiöse Auseinandersetzung mit meinem eigenen Ich? Du sagst …

Nicht mit deinem eigenen Ich.

Mein Schiff ist zermantscht, und ich bin tot. Es ist irgendein irrer kosmischer Witz …

Ich sehe, ich muß es dir beweisen. Na schön.

Ryll spürte, wie die Energie der Eiskrem seinen Körper durchpulste. Er schwenkte die Augen nach innen und idmaginierte die Umgestaltung der Zelle. Aus energiepraktischen Gründen entnahm er das meiste dem Unflat, der im Hauptabfluß blubberte. Die Luft wurde sofort besser. Ryll plazierte eine umhüllte Duschkabine über den Abfluß und verband die Rohre mit denen des Gebäudes. Er tapezierte die Wände mit grünem Plüsch, brachte einen lustigen gelben Farbton auf Wände und Decke. Ein mannshoher Spiegel fuhr neben der vergitterten Tür hoch, und er hängte ein paar stimmungsvolle Bilder auf.

Warum … greynst du die Tür nicht einfach weg? fragte Lutt.

Man nennt es greyn-idmaginieren. Ich muß sehr aufpassen, was ich in die Erdkultur einführe. Es gibt eine besondere Verfügung gegen das, was du vorschlägst. Sie ist in der Ursprungsgeschichte enthalten.

Ich habe nicht mehr gespürt als ein komisches Verdrehen meiner Augen. Wie machst du solche Sachen?

Das Idmaginieren geschieht in einem privaten Teil meiner Gedanken, die dir nicht zugänglich sind.

Wie wär's, wenn du eine hübsche Frau für mich idmaginierst?

Wirklich, Lutt, über den lüsternen Charakter, den du von deinem Vater geerbt hast, müssen wir mal diskutieren. Dreen halten Geschlechtsverkehr für ziemlich abstoßend. Wir fassen einander nicht an.

Echt? Und wie pflanzt ihr euch fort?

Habiba gibt uns Kindssaat. Wir pflanzen sie in einem Saathaus ein. Du kannst es dir wie ein kleines Treibhaus vorstellen. Dann sitzen die Eltern drei Tage und drei Nächte davor — zwischen ihnen steht das Saathaus. Sie setzen konzentrierte Idmagination ein, um genau das Kind zu erschaffen, das sie sich entschlossen haben, ins Leben zu rufen.

Dann gibt's bei euch also keine Häßlichen oder …

Dreen-Ideale haben nichts mit dem Äußeren zu tun. Ersehnte Tugenden sind Aufrichtigkeit, Treue, friedfertige Charaktere, eine angenehme Persönlichkeit; und Treue Habiba gegenüber, unserer Obersten Steuereinnehmerin … und weitere Charakteristika dieser Art.

Mensch, klingt das langweilig! Wenn ein Dreen die Erde erschaffen hat, muß er sich dabei gelangweilt haben.

Es geht zwar langsam, aber es ist nicht langweilig. Das Saathaus muß jede Nacht mit einer Decke und idmaginierter Hitze warmgehalten werden, die die Eltern erzeugen. Wenn ein Dreen-Baby sich aus der Saat und dem Embryo entwickelt, wird es fortgebracht — in ein neues Leben.

Die Eltern fassen sich nicht an?

Sie sprechen auch nicht, während der gesamten drei Tage. Ihre Energie ist für das schwierige Idmaginationsverfahren konserviert.

Yeahhh, aber ich muß hin und wieder eine Frau haben.

Vielleicht könnten wir einen Kompromiß finden. Wenn ich Erdbeeren in jeder Form entsage, könntest du dann in Erwägung ziehen, dich nicht …

Warum suchst du nicht nach einer Möglichkeit, uns zu trennen und gehst zu deinem verdammten Dreenor zurück?

Ich wünschte, ich könnte es.

Wie sieht es überhaupt auf Dreenor aus?

Es gibt zahlreiche Ahnen-Familienheime, die aus natürlichen Schlammziegeln, Gestein und gehärteter Vegetation bestehen. Jedes Heim wird von den jüngsten verheirateten Erwachsenen der Familie und dem Kind bewohnt, das ihnen erlaubt ist.

Ein Kind pro Familie? Mehr nicht? Moment mal! Wenn ihr nur bei Unfällen sterbt, müßt ihr doch eine wahnsinnige Überbevölkerung haben! Wie werdet ihr damit fertig? Idmaginiert ihr neue Dreen-Planeten?

Für Ryll war dies eine verwirrende Frage; er dachte darüber nach, bevor er sie beantwortete.

Tatsächlich erstrecken sich unsere Familienheime tief unter der Oberfläche von Dreenors, die unteren Ebenen werden von Familienangehörigen in Reihenfolge ihres Alters bewohnt ... die Ältesten leben auf der untersten Ebene.

Wie tief reichen diese Heime?

Habiba sagt, die Tiefen sind endlos.

Sie müssen doch irgendwo aufhören.

Ich habe ... Ich habe nie darüber nachgedacht. Vielleicht sollte es einen kümmern, aber man lehrt uns, daß Kümmern ein negativer Gedankenprozeß ist, und wir kümmern uns deswegen natürlich nicht sehr oft. Besonders nicht um unwichtige Dinge wie die Frage, wie tief unsere Heime vielleicht reichen. Das würde die Erfordernis positiver Gedanken stören.

Es wird schon irgendwie alles weiterlaufen, was?

Jetzt, wo ich darüber nachdenke: Habiba sagt, wir verlassen uns auf die Vorstellung der ›Geräumigkeit‹, in der Dreenor stets groß genug ist, um alle Dreen zu beherbergen. Obwohl ich von Natur aus eigentlich rebellisch bin und verbotene Dinge denke, glaube ich nicht, daß ich meine Kräfte für dergleichen verschwenden sollte.

Dann bist du also auch ein Rebell.

Ja, aber ich muß dir von der gesamten Schönheit Dreenors berichten. Jedes Familienheim hat einen anliegenden Luftschacht. Die Dreen können eine Heliumdüse kontrollieren, die es uns erlaubt, durch diese Schächte hinauf- und hinunterzuschweben.

Wir könnten auch hier herausschweben?

Leider können Dreen dies nur auf Dreenor tun. Habiba sagt, wir haben einen mental-physischen Block, der uns bei der Geburt eincodiert wird.

Und alles, was ihr tut, wird von dieser Steuereinnehmerin gesteuert?

Wir zahlen mit Geschichten. Die Bodenbewohner jedes Heims sind Steuerzahler. Sie müssen einer Blaumütze eine oder mehrere Geschichten erzählen, die die Blaumütze dann über die Hierarchie bis zu Habiba nach oben weitergibt. Das ist ihr Tribut.

Gute Geschichten, hm?

Das beurteilt Habiba. Die beste Geschichte erhält ein Maximum von zehn Talenten, das ist die jährliche Steuer auf einen Heimtrakt. Es ist jedoch angeraten, Ersatzgeschichten bereitzuhalten, wenn der Steuertermin naht. Habiba gibt nur selten ein Maximum von zehn Talenten für eine Geschichte aus.

Die Menschen denken sich auch immer Geschichten aus, statt Steuern zu bezahlen.

Es ist war nicht ganz dasselbe, aber das Erzähler-Talent muß ein Teil eures genetischen Codes sein; schließlich seid ihr ja Produkte der Dreen-Idmagination.

Und jedesmal neue Geschichten?

O nein. Auch die alten Geschichten sind ziemlich wichtig. Sie sind das Dreen-Erbe, denn wenn eine Geschichte stirbt, ohne daß man sie mit anderen geteilt hat, verschwinden auch alle physischen Aspekte der Geschichte: Völker, Planeten und andere Lebensformen.

Mann, ist das bizarr! Und es kommt alles aus meinem Kopf.

Aus unserem Kopf.

Klar! Klar!

Normalerweise müssen Steuerzahler pro Jahr zwei oder drei Geschichten erzählen, um ihrer Pflicht nachzukommen. Steuerzahler mit einem Repertoire an überragenden Geschichten, die in der Lage sind, ihre Steuerschuld fünf Jahre hintereinander mit einer einzigen Geschichte zu begleichen, werden eingeladen, sich entweder zu den Junior-Erzählern (das sind die, die unter fünfhundert Jahre alt sind) oder zu den Senior-Erzählern (die über Fünfhundertjährigen) zu gesellen. Begabte Senioren treten Habibas persönlichem Gefolge als Elite-Erzähler bei.

Diese Habiba muß ja eine Wucht sein.

Sie ist die älteste von uns und lehrt uns das meiste. Andere Senioren kommen periodisch aus den tieferen Ebenen, um die oben lebenden Steuerzahler in der Kunst des Geschichtenerzählens zu unterweisen. So halten wir die alten Methoden und Legenden am Leben.

Ist bei euch schon mal jemand enteignet worden, weil er seine Steuern nicht bezahlt hat?

Man hört zwar schon mal davon, daß Familien insgeheim hamstern, aber ich glaube nicht, daß schon mal eine Familie in die Verbannung geschickt wurde. Habiba kann die Kindsaat zurückhalten. Kinderlosigkeit stuft einen zurück; das ist eine Höchststrafe.

Ryll stand auf und ging zum Spiegel.

Ich glaube, Lutt, daß eine Untersuchung unseres Körpers beweist, daß ich die Wahrheit sage. Dir wird auffallen, daß unsere allgemeine Erscheinung zwar eher deinem unmuskulösen Körper entspricht, aber wir sind jetzt stärker, haben mehr Masse und sind ungefähr sieben Zentimeter größer als vorher.

Ich mache zwar bei dieser Halluzination mit, weil sie interessant ist, aber deswegen brauche ich sie doch nicht zu glauben. Warum nimmst du nicht deine eigene Gestalt an und zeigst sie mir?

Es gibt ein Problem, wenn ich zwischen dir und mir wechsle. — Jetzt sieh bitte in den Spiegel!

Lutt starrte sein Abbild an.

Na schön, ich bin es. Und ich bin auch größer.

Ryll antwortete nicht. Er fand den Körper im Spiegel kurios. Aufgrund des Standards, die er aus den Geschichten und aus Lutts Erinnerung kannte, war er kein schöner Mann. Er sah ein leicht eckiges Gesicht, runde Brillengläser ... eine hohe Stirn und schütteres, rotbraunes Haar. Eine serpentinenförmige Ader pulsierte über der linken Schläfe. Eine Augenbraue verbarg teilweise ein kleines schwarzes Muttermal.

Ryll hob die Hände vor den Spiegel. Es waren die Hände eines Philosophen. Lange, schlanke Finger, die an den Enden fast spitz zuliefen. Doch dieser Mann zeigte einen deutlichen Anflug von Grobheit und Grausamkeit.

Ryll schloß, daß es Ärger geben konnte, wenn er die Kontrolle über diesen Körper abgab.

Wonach suchst du? fragte Lutt.

Ich hätte mir gern einen besseren Körper ausgesucht, aber ich hatte keine andere Wahl.

Was macht es für einen Unterschied, wie man aussieht? Es ist die Macht, die in diesem Universum die Unterschiede macht, Buddy. Wenn du Schotter hast, hast du alles, was du brauchst.

Ein schlimmer Verhaltensfehler, Lutt.

Ich werde ihn nicht diskutieren, weil die Ereignisse es mir bewiesen haben. Aber ich hätte nichts dagegen, etwas größer zu sein. Schade, daß das alles nur ein Traum ist.

Es ist kein Traum. Und es wird dir bestimmt gefallen, daß dieser Körper weiter wächst.

Wie das?

In Wachstumsbegriffen bin ich ungefähr das Äquivalent eines sechzehnjährigen Menschen. Ich bin etwa vierzig Dreenjahre alt. Der Unfall ist an dem Wachstum schuld — er hat Hormone freigesetzt.

Und du kontrollierst den Körper. Was ist das für ein Machttrip, auf dem du bist?

Um höflich zu sein, werde ich die Kontrolle hin und wieder abgeben und dir erlauben, dich so ordinär zu benehmen, wie du willst. Ich möchte das Erderverhalten studieren.

Aber ohne Frauen?

Ich habe dir das Leben gerettet, Lutt. Ist das nicht genug?

Am anderen Ende des Gangs klirrte plötzlich Metall. Das Geräusch näherkommender Schritte wurde hörbar.

Hoppla! dachte Ryll. *Das dürfen sie nicht sehen!*

Er schwenkte die Augen nach innen, änderte das spartanische Innere der Zelle erneut und streckte sich wieder auf der nackten Koje aus. Er zog die Decke bis ans Kinn und starrte durch zusammengekniffene Lider auf die Türgitter.

Eine Bewacherin tauchte hinter den Gittern auf. Sie hatte einen muskulösen Leib und ein bulliges Gesicht.

»Wollte mich nur davon überzeugen daß du's bequem hast, Schatzi«, sagte sie. »Ich hab gehört, du stehst auf Erdbeeren. Zu schade, daß ich dir keine zu deinem Abendschleim bringen kann.«

Sie bemerkte die an der Wand lehnende Matratze.

»Zäher Bursche, was? Schläft auf den nackten Rohren.«

»Auf der Matratze haben schon zu viele andere geschlafen«, brummte Ryll in einer gut gemachten Imitation von Lutts Stimme.

»Vielleicht sollte ich reinkommen und es dir bequemer machen.« Sie lachte; ein reibender Klang war in ihrer Kehle, dann wandte sie sich um. Ihre polternden Schritte entfernten sich.

Lutt wollte sich hinsetzen, aber Ryll widerstand ihm und verhinderte es. Er verspürte ein leichtes Zucken und Zerren. Ryll sandte ihm einen schulmeisterhaften Gedanken.

Du mußt wissen, daß ich diesen Körper immer kontrollieren kann, wenn ich es wünsche. Ich kenne jeden deiner Gedanken, aber ohne meine Erlaubnis kannst du an den meinen nicht teilhaben.

Dieser Traum geht mir allmählich auf den Senkel.

Dann schlafen wir doch.

Und träumen zufällig von einer hübschen Frau, die ich ...

Wir werden nur auf diesem Ding ruhen, auf Dreen-Art.

Hier ist nicht Dreenor, du Arschloch! Du möchtest das Verhalten der Erder studieren? Jetzt reicht's mir aber! Ich fühle mich nicht wohl.

Um nett zu sein, stimme ich zu, daß du die Matratze für eine Weile benutzen darfst.

Lutt, der allmählich an seinem Glauben zweifelte, daß dies eine Art Alptraum war, versuchte seine Verbitterung zu unterdrücken. Wenn Ryll wirklich jeden Gedanken lesen konnte, war es am besten, ihn bei guter Laune zu halten.

Ryll entspannte sich und erlaubte Lutt, die Koje wieder in ihren Urzustand zu versetzen. Als sie zur Koje zurückkehrten, stritten sie sich darüber, wie sie ruhen wollten — auf dem Bauch oder auf dem Rücken. Sie schlossenen einen Kompromiß und legten sich mit dem Gesicht zur Wand, eine Stellung, die für keinen die erste Wahl war.

Lutt versuchte, ihre Stimme zu kontrollieren, brachte aber am Anfang nur ein schwaches Flüstern zustande.

»Angenommen, ich glaube diese verrückte Geschichte«, sagte er, »dann bist du nur ein Dreen-Kind. Wieso hat man dich mit einem Schiff weggelassen?«

»Ich ... ähm ... habe dem Aufpasser eine Droge verabreicht und das Schiff ohne Erlaubnis der Erwachsenen genommen.«

»Die Dreen nehmen Drogen?«

»Es gibt eine. Sie heißt Bazeel. Der Aufpasser war süchtig.«

»Irre, irre. — Und nur für einen kleinen Ausflug?«

»Ich gehe davon aus, daß der beste Teil noch kommt.«

Als er dies sagte, begriff Ryll, daß seine jungenhafte Begeisterung wieder da war.

Oben ist nur dann oben, wenn man sich unten fühlt.

Sprichwort des Raj Dood

Die Temperatur an der Mangrovenküste Floridas war während der Nacht auf sechs Grad Celsius gefallen, und Dudley wickelte sich in eine rotwollene Decke, um Osceola an ihrem morgendlichen Feuer zuzusehen. Mit den nackten Unterschenkeln, die unter der Decke hervorlugten, sah er wie ein seltsamer Vogel aus. Er hatte ein langes Gesicht, und ein Büschel struppig-blondes Haar wuchs um seinen Kopf herum.

Er verstand nicht, warum Osceola auf dieser primitiven Kochmethode bestand. Wahrscheinlich hatte es etwas mit ihren Seminolen-Vorfahren zu tun. Er wußte keinen anderen Grund. Sie konnte sich die modernste Küche des Sonnensystems leisten; die Gewinnbilanz ihres Geisterglas-Unternehmens hätte bei den Kosten nicht mal *Blip* gemacht.

Dudley musterte die ihn umgebenden Dschungelgewächse, Osceolas alte Hütte, die sie auf der Erde ihr Zuhause nannten, und die wacklige Pier, die sich in die Meeresbucht hineinschob, die den Gezeiten unterworfen war. Dieser Ort garantierte ihnen *tatsächlich* die Intimsphäre, die ihnen soviel wert war.

Osceola war nach allen gegenwärtigen Standards eine häßliche alte Frau, aber sie paßte zu Dudley. Manchmal freilich wünschte er sich, sie würde sich nicht so grell kleiden. An diesem Morgen trug sie ein magentafarbenes Muu-Muu, das mit blaßgrünen und hellgelben Klecksen verziert war. Ihr langes Haar war geflochten und wurde an der Stirn von einer purpurnen Bandanna gehalten.

Goldene Spangen rasselten an ihren Handgelenken, als sie das Omelett aus Schildkröteneiern vorbereitete. Einer der in der Umgebung wohnenden Seminolen, die

Osceola ausnahmslos fürchteten und verehrten, hatte die Eier am Abend zuvor dagelassen und war gegangen, ohne sich zu zeigen ... Zumindest hatte Dudley ihn nicht gesehen. Osceola wußte stets, wann die Nachbarn Versöhnungsgaben hinterließen.

Sie stellte die Pfanne auf die rotglühenden Kohlen, um das Öl zu erhitzen und sagte etwas, ohne sich umzudrehen.

»Dein beknackter Neffe hat sich wieder mal metertief in die Scheiße geritten. Ich habe dir doch gesagt, daß es eines Tages soweit kommt.«

»Es wäre mir lieber, du ließest ihn nicht mehr überwachen, Osey.«

»Ich tu doch nur das, was du auch tust.«

»Aber ich *muß* wissen, was er macht.«

»Und als er angefangen hat, mit den Spiralen rumzumachen, hab ich dir gesagt, du sollst ihn stoppen.«

»Ich hab dich doch auch nicht davon abgehalten, von ihnen zu erfahren, oder?«

»Ich hätt nix dagegen gehabt, wenn du 'n Versuch gemacht hättest.« Sie warf Eier in das zischende Öl.

»Wahrscheinlich hätte ich ihn nicht mehr aufhalten können, als er einmal über das Geheimnis gestolpert war.«

»Gestolpert — was 'n Scheiß! Du hast ihn doch genauso angespornt wie mich! Und glaub nich, ich weiß nich, warum. Du hörst doch erst auf, wenn sein Vater Onkel schreit!«

Dudley kicherte. »Du hast den Blutdruck des alten L.H. doch auch mehr als einmal hochgebracht, Osey.«

Sie versetzte der Pfanne einen gekonnten Stoß und setzte sie zur Seite, wo die Kohlen grau waren. »Willste Röstbrot oder Grütze dazu?«

»Warum kann ich nicht beides haben?«

»Weil deine Wampe allmählich so dick wird, daß sie zu deinem Kopf paßt. Lutt weiß von dir, wetten? Wegen der irren Namen, die du den Leuten gibst, die du ihm zu

Hilfe schickst. — Sam R. Kand! Lieber Gott, Dud, er müßte 'n völlig blinder Idiot sein, wenn er nicht erkennt, daß um ihn rum irgendwas Komisches vor sich geht. Was ist jetzt — Grütze oder Röstbrot?«

»Brot.«

Sie löffelte die Eier auf einen angewärmten Teller, legte eine dicke, goldene Brotscheibe dazu und stellte ihn vor Dudley auf den Boden.

Dudley hockte sich hin und fing an zu essen. Eins konnte man über die Wartezeit sagen, wenn Osceola Feuer und Frühstück machte, dachte er: Sie ließ einem wahrhaftig das Wasser im Mund zusammenlaufen.

Osceola stand vor ihm und stemmte die Hände in die Hüften.

»Lutt hätt dabei draufgehen können, Dud.«

»Du hättest ihn doch sowieso nicht vermißt.«

»Dein eigen Fleisch und Blut! Manchmal frag ich mich, ob du's an dem Bengel ausläßt, weil du seinen Vater nicht riechen kannst.«

Dudley sagte, den Mund voller Omelette: »Ich hasse ihn nicht, Osey. Hab sogar mal versucht, ihn vor sich selbst zu retten. Ohne Erfolg. Vielleicht kann ich jetzt seinen Jungen retten.«

»Lutt ist kein Junge! Er ist 'n hinterhältiger Schweinehund, das solltest du nie vergessen.«

»Aber nicht so ein Leisetreter wie sein Bruder. Lutt hat ein paar gute Qualitäten.«

»Nenn mir eine!«

»Er ist fähig, eine Frau zu lieben.«

»So wie die Huren, die er sich nimmt?«

Dudley wischte das letzte Stück Omelett mit einer Brotecke vom Teller und verzehrte es, bevor er antwortete. »Es liegt an seinem Vater, Osey. Die meisten Dinge, die L. H. anfaßt, beschmutzt er. Meine Schwester hätte ihn nie heiraten dürfen.«

»Du warst doch genauso dämlich, als du sein Partner wurdest!«

»Das war ein Fehler. Ich gebe es zu. Damals war ich aber noch jung.«

»Und im Kopf so matschig wie heute. Ich schwör dir, Dud, alle Hansons sind 'ne Schweinebande. Am besten vergißt du sie.«

»Aber du hast es doch selbst gesagt, Osey: Lutt ist mein eigen Fleisch und Blut.«

Sie wandte sich ab, machte sich einen eigenen Teller zurecht und hockte sich neben das Feuer, um zu essen. Dann fragte sie plötzlich: »Wann gehst du zur Venus zurück?«

»Wenn genug von denen da oben mich brauchen.«

»Brauchen! Du bist 'n aufdringlicher alter Narr, Dud. Ich versteh überhaupt nicht, warum ich mich mit dir zusammengetan hab.«

»Weil du's nicht gern langweilig hast, Osey.«

Sie fletschte in einem breiten Grinsen die Zähne. »Das ist die Wahrheit, und kein Fehler. Aber wir müssen bei den Dreen aufpassen, hörst du?«

»Ich höre.«

»Diese Habiba könnte mehr Ärger machen als 'n Zwinger voll Wildkatzen, Dud. Sie mag ja friedlich sein, aber bei der hab ich 'n schlechtes Gefühl.«

»Osey! Du hast doch keinen Blick nach Dreenor riskiert, ohne daß ich davon weiß, oder?«

»Ich halt mich schön weg von denen, aber jetzt treibt sich wieder 'n neuer rum — sozusagen in unserm eigenen Hintergarten. Und ich sag dir ehrlich, ich mach mir Sorgen.«

»Es ist doch nur 'n Kind, Osey.«

»Aber er hat mit deinem Neffen fusioniert! Dud, das könnte echten Ärger bringen. Vielleicht bringt's ihn direkt zu dir!«

»Wir beobachten ihn, Osey. Wir passen auf.«

»Der Dreen könnte den Boden hier so heiß machen, daß uns nicht mal mehr die Iskeram-Anzüge deiner geliebten Venus retten können.«

»Ich hab doch gesagt, ich halt die Augen auf!«

»So wie damals — als du dem alten L. H. erlaubt hast, 'n paar von deinen besten Erfindungen zu klauen?«

»Das wirklich wichtige Zeug hat er nicht gekriegt, Osey.«

»Es hat aber gereicht, um ihn zum reichsten Mann im Universum zu machen!«

»Manche Sachen kann man nicht kaufen, Osey. Das solltest du nicht vergessen.«

»Ich hoffe, du hast recht. Hier, nimm meinen Teller. Du bist mit 'm Spülen dran.«

Während der Saathaus-Zeremonie ist Verlangen eines Dreen nach dominanter Masse seinem ganzen Charakter unterworfen, und dies wird immer dann verstärkt, wenn er seine idmaginativen Kräfte einsetzt. Die Gestaltverwandlung in eine reduzierte Masse hält das Dreen-Unterbewußtsein für eine Bedrohung der Existenz. Doch egal, ob er eine kleinere oder größere Gestalt annimmt, er muß schnellstens wieder zu der Masse werden, an die sein Körper sich erinnert. Je länger er eine andere Größe annimmt, desto schwieriger wird es für ihn, zur Dreen-Normalität zurückzukehren.

Das Unterbewußtsein des Dreen
Ein Report der Erdgürtel-Patrouille

Im trillioneneinundachtzigsten Zyklus der Herrschaft Habibas, am Nachmittag des zweiten Tages der Dreenor-Woche (die nach der Jahreszeit zwischen sieben und siebzehn Tagen variierte), machte sich Habiba die geistige Notiz, daß heute offiziell Neugeschichten-Tag war.

Das Sonnenlicht, grünstichig vom Visuplex der Hexenmützen-Kuppel des Obersten Konus, wärmte sie zwar, konnte jedoch die Kälte in ihren Saatdrüsen nicht vertreiben. Ihr stattlicher Konus, der auf einer schwebenden Insel im Mittelpunkt eines uralten Meeres aufragte, hob sie weit über die Wände eines erloschenen Vulkans. Von diesem Aussichtspunkt übte Habiba gerade die geheimen und nur ihr zustehenden Kräfte aus, um die Grenzen des Dreenor-Horizonts und tief ins Meer hinein zu schauen. Im Westen, hinter dem fernen

Watt, erkannte sie die gelbe Mütze des Seniors Mugly und die grünen Kittel seiner Helfer. Sie standen neben einem niedrigen Gebäude.

Eine niedrige Vertiefung im Boden neben ihnen enthüllte, wo das gestohlene Exkursionsschiff gestanden hatte.

Es ist weg, dachte Habiba. *Es ist wirklich weg! Jongleur hat recht daran getan, mir die ganze Geschichte zu erzählen, bevor Mugly hier auftaucht und seinem Zorn freien Lauf läßt.*

Habiba trug kein Gewand. Sie gestattete es den Steuerpflichtigen, die sie vielleicht sahen, sich vom Anblick ihres gewaltigen, braunhäutigen Mutterleibes im Kuppel-Gewächshaus beruhigen zu lassen. Die grüne Seide ihres Haars, das wie ein verwilderter Garten auf ihrem knolligen Kopf sproß, hing in einem genau berechneten Winkel über ihren Ohren. Ihr großer Hornrüssel ragte zwischen den knollig-braunen Augen vor. Ihr Mund, die verästelte Pulpa zurückgezogen, formte ein schockiertes Oval.

Mußte es so kommen? fragte sie sich.

Tief unter ihrem Spitzturm, in einem schnittigen Panorama aus der Höhe ihres Kontrollkonus erkennbar, lagen die Ahnen-Heime ihres Volkes wie verstreute Kinderspielzeuge — schlammfarbene Kopien ihres allesbeherrschenden Wohnsitzes.

Sie hielt sie in ihrer Unbeweglichkeit eher für erbärmlich.

Ein Bimssteinstaubwirbel driftete um den Konus herum, aber er legte sich nicht auf das Meer, das den erloschenen Vulkan unter ihr füllte. Das klare Wasser der See glitzerte vor reflektiertem Sonnenlicht.

Mugly der Senior und seine Helfer konnten sie auf dem fernen Konus zwar nicht sehen, aber sie rührten sich, warfen ihr Blicke zu und schauten dann weg.

Mugly glauben wahrscheinlich, daß ich das Kind angestiftet habe, das Schiff zu stehlen, dachte Habiba. *Er wird es mir zwar nicht ins Gesicht sagen, aber er wird es denken. Der arme*

Mugly. Er glaubt, daß seine Pläne, die Erde zu tilgen, wirklich ein Geheimnis sind.

Trotz der großen Entfernung identifizierte sie seine sieben Gefährten an ihren unterschiedlichen Bewegungen. Zwei von ihnen erregten ihr besonderes Interesse.

Deni-Ra und Prosik wird es übel ergehen. Ich muß ein paar beruhigende Gesten in ihrer Steuerveranlagung machen. Mugly geht manchmal zu weit.

Mugly spähte über das Watt in Richtung auf den erodierten Vulkan. Die hellgrüne Oberfläche von Habibas Konus ragte über den Rand. Er drehte sich und schaute Deni-Ra an, eine junge weibliche Erwachsene niederer Herkunft. Deni-Ra war untersetzt und schwerfällig. Sie hatte zwar tiefe Falten an den Augen, aber nur ein begrenztes erzählerisches Talent. Sie hockte auf allen vier Beinen und hielt mit ausgestreckter Hand ein Schlappohr hoch, damit sie Muglys Worte besser verstand.

»Weißt du genau, daß das Schiff einsatzbereit war?« fragte er.

»Mit einem Erzähler-Kapitän wie dir an den Kontrollen war die *Patricia* voll einsatzbereit«, sagte Deni-Ra.

»Ich wollte dieser Kapitän sein«, grollte Mugly.

Er zog die schlaffe gelbe Mütze, die auf seinem Kopf saß und das Zeichen seiner Zugehörigkeit zu den Elite-Erzählern war, in eine festere Position. Die kleine Silbernadel, die die Mütze zierte, das Symbol eines Rangs als dritter Befehlshaber nach Habiba und Jongleur, stach ihm in den Finger, und er unterdrückte einen Wutschrei.

»Wer von euch hatte Dienst, als mein Schiff gestohlen wurde?« wollte Mugly wissen. Er ließ einen finsteren Blick über die sieben Dreen schweifen, die ihn in einem Halbkreis umgaben.

Sechs Augenpaare richteten sich ruckartig auf Prosik, einen großen, dickohrigen Dreen, aber Mugly tat so, als würde er es nicht sehen.

Also war es dieser dämliche Prosik!

Mugly richtete den Blick auf Luhan, den jüngsten der

Gruppe. Er war nach Deni-Ra der zweitgescheiteste der sieben, trotz seines deformierten, aber noch ausstreckbaren rechten Arms.

Vielleicht ist er deswegen so gescheit, um die Deformation wettzumachen.

Luhan blieb gelassen. Also hatte er mit der Katastrophe nichts zu tun.

Muglys Aufmerksamkeit richtete sich auf Alade, der so sauber in seinem Waldgrün dastand. Die großen Taschen seines Kittels waren wie üblich leer und schmiegten sich flach an die schlanken Linien seiner Dreen-Idealfigur. Ein Konformist, der Anordnungen mit glanzloser Folgerichtigkeit ausführte und sich stets einen Weg ausrechnete, um sich nicht zu blamieren. Alade hatte ganz gewiß eine durch nichts zu erschütternde Entschuldigung für seine Rolle in dieser Affäre. Er stellte freilich eine gewisse Anspannung zur Schau.

Ach ja. Alade war derjenige, der Prosik empfohlen hat.

Mugly drehte sich um und bewegte sich direkt auf Prosik zu.

Prosik, kaum wach, ließ das Gewicht auf seinen beiden letzten Beinen ruhen und kämpfte darum, bei Sinnen zu bleiben. Seine Lider flatterten.

Er hat einen Bazeel-Kater! Und ist außerdem zweifellos einer von den beiden, die mich ›Mugly den Charakterlosen‹ nennen.

Mugly wartete ab, ließ die Spannung sich entwickeln. Seine Helfer sahen ihn nervös an. Mugly machte sich nichts vor; er wußte, was sie sahen. In seinem hellbraunen Gesicht waren nur wenige Falten, die von einem Erzählertalent kündeten.

Trotz des Mangels an Charakterfalten bin ich ein großartiger Erzähler!

Kein falscher Stolz blies Muglys Erkenntnis auf, daß er große Volksmassen mit Witz und Charme für sich einnehmen konnte.

Ich bin in jeder Beziehung so gut wie Jongleur!

Aber im Augenblick waren seine Helfer vertrauter mit seiner finsteren Seite: Muglys feurigem Temperament und seiner Fähigkeit, zu täuschen. Er war eine Person, die zutiefst von jenen Dreen frustriert war, die unentwegt die vielbeschworene friedliche Natur ihrer Arbeit betonten.

»Prosik!« schnaubte Mugly. »Schau dich an! Ist das eine Art? Wie kann mein Chef-Aufpasser nur so auftreten? Was ist los mit dir?«

Prosiks Augen wurden zuerst wachsam wie die eines Vogels, dann wurden sie stumpf.

»Rede, Prosik!«

»Ich ... ah ... ich bin ...«

»Bazeel — wie?«

Prosik senkte den Blick. Das war Bestätigung genug. Doch der Chef-Aufpasser brachte Mugly mit dem, was er als nächstes sagte, noch mehr in Wut.

»Ich habe Jongleur schon die ganze Geschichte erzählt.«

Er hat es gewagt — über meinen Kopf hinweg? Das ist ja ein ganz Verschlagener.

»Was hast du Jongleur erzählt?«

Prosik starrte über die Brücke seiner Hornrüstnase zu Boden. »Ryll, Jongleurs Sohn, hat Bazeel angepflanzt. Er hat es mir geschenkt. Der Junge hat es offenbar getan, um mich dienstunfähig zu machen, damit er die Möglichkeit hatte, das Schiff zu stehlen.«

»Seht ihr?« Mugly ließ den Blick über die anderen Helfer schweifen. »Ihr, die ihr unser Geheimnis kennt, daß die Erder Dreen gefangennehmen und einsperren, dürft jetzt keine Zweifel mehr daran haben, welche Gefahr von diesem tödlichen Planeten ausgeht!«

Sie wußten, was er meinte. Das Bazeel, eine schreckliche Substanz, gegen die es kein Antidot gab — die einzige Droge, die das Dreen-Verhalten verändern konnte, war ursprünglich von der Erde gekommen. Immer mehr heimtückische Dinge tauchten von diesem Planeten auf, den man einst für das Produkt einer großartigen Erzählung gehalten hatte — für die allerbeste Schöpfung von Wemply dem Reisenden.

Aber das Bazeel!

Erder, die davon überhaupt nicht berührt wurden, würzten mit Bazeel ihre Nahrung. Trotz ernsthafter Warnungen, hatten die Dreen darauf bestanden, große Bazeelmengen von der Erde mitzubringen. Man hatte auf Dreenor sogar schon heimlich angelegte Bazeelgärten gefunden.

»Ich möchte die ganze Geschichte hören«, sagte Mugly.

Sie hörten schweigend zu, als Prosik seine bedauernswerte Geschichte wiederholte. Prosik sprach laut, damit Mugly nicht gezwungen war, das Schlappohr zu heben, weil dies den Zorn des Seniors noch erhöht hätte.

»Du hast ihn regelmäßig an Bord der *Patricia* gelassen?«

»Er war ein begabter Schüler und Jongleurs Sohn. Ich habe gedacht, er spielt nur. Er sagte, der Unterricht sei langweilig.«

»Ein begabter Schüler, in der Tat! Zweifellos hat er recht schnell herausbekommen, wie man die Kontrollen bedient.«

»Er hat mir versprochen, die Kontrollen nur anzufassen, wenn ein Erwachsener dabei ist, der ihn anlernt.«

»Ein feierliches Versprechen! Na, dann ist die ganze Affäre ja wohl nicht so schlimm.«

»Ich bin davon ausgegangen, daß sich der Sohn Jongleurs ehrenhaft verhält.«

»Ehre? Bei einem Angehörigen der Familie Jongleur? Gehört er etwa nicht zu denen, die gegen die Tilgung der Erde sind?«

»Habiba ist auch dagegen«, wagte Prosik sich vor.

»Aber ich nicht! Sag mir, Prosik, wem verdankst du deine Eminenz? Mir verdankst du sie! Hast du noch nie die Möglichkeit in Betracht gezogen, daß Ryll eventuell der Agent seines Vaters ist und geschickt wurde, um mich zu sabotieren?«

Prosik wechselte vom linken auf den rechten Fuß und wieder zurück. »Aber woher haben sie dann vom Zweck des Schiffes wissen können?«

»Das Bazeel hat dein Gehirn verwirrt!« warf Mugly ihm vor. »Sie haben die perfekte Angriffszeit gewählt — als das Schiff startbereit war!«

»Gerüchten zufolge kommt Ryll mit seinem Vater nicht zurecht«, sagte Deni-Ra. »Es ist bekannt, daß der Junge sich gegen die Schule für begabte Kinder ausgesprochen hat.«

»Meinst du damit, es war ein Dummerjungenstreich?«

»Man muß es in Erwägung ziehen«, sagte sie.

Damit hat sie zwar recht, aber das hilft uns auch nicht weiter. Verdammt sollen sie sein! Mein Schiff kann nur zur Erde gehen. Aber ihre Tilgung ist eine andere Sache. Ich bin der einzige, der die ganze Sequenz kennt. Ich hätte die Tilgung automatisch vornehmen lassen sollen. Warum habe ich diese Möglichkeit nicht vorgeplant?

Mugly sah sich gezwungen, ehrlich zu sich zu sein.

Weil ich persönliche Anerkennung für die Eliminierung dieser schrecklichen Gefahr wollte! Beim verfluchten Hinterlauf des nicht besteuerbaren Dämonen! Mein Ich war mir im Weg.

»Es fängt an zu regnen«, sagte Luhan.

Mugly blickte auf den plötzlich wolkigen Himmel. *Heute ist wahrscheinlich der Nachmittag, für den wir Regen bestellt haben.*

»Wir sollten reingehen«, sagte Deni-Ra. Sie schaute spitz in die Richtung des Obersten Konus und reflektierte Muglys Mißtrauen, daß Habiba sie überall beobachten konnte.

Mugly stimmte ihr zu; als sie in der Wachstation waren, nahm er sich den einzigen Hocker und setzte sich. Die anderen standen derweil in unterwürfigem Schweigen herum.

Was jetzt? Welche Möglichkeiten habe ich außer Geheimhaltung noch?

Mugly glaubte daran, daß er seine Gedanken bei den wöchentlich stattfindenden Denksitzungen der Obersten Steuereinnehmerin verbarg. Habiba absorbierte auf diesen Sitzungen die Geschichten der Leute, die Mugly eingeladen hatte. Sicher vermuteten seine Helfer, daß er diese Fähigkeit hatte, aber natürlich wäre ihnen nie eingefallen, ihn danach zu fragen. Er war zufällig über die Methode gestolpert: Er idmaginierte eine Unterbrechung der Neuronen, die verschwörerische Erinnerungen enthielten — und dies war eine schrittweise Veränderung, die die Dreen für unmöglich hielten. Sie war zeitlich abgestimmt, einen Tag anzuhalten. Wenn es vorbei war, empfand er stets ein Schwindelgefühl, und er wünschte sich, daß es bei den Dreen Ärzte gäbe.

Mugly wußte, daß seine Geheimhaltungsmethode gefährlich war.

Erschaffe ich durch meine Unterbrechungen ein anderes Ich?

Sie gibt mit keinem Zeichen zu verstehen, daß sie mir mißtraut.

Habiba war stets mehr an den Geschichten der niedrigeren Dreen interessiert — an denen der intelligentesten Junior-Erzähler und Steuereinnehmern der Regierung. Und dergleichen. Sie war deutlich fasziniert von den Geschichten, die Dreenors Währung waren. Und mit den Geschichten zusammen ging jedes weitere Datenhäppchen in den Geistern jener, die Mugly zu einer Denksitzung einlud, auf sie über.

Sie glaubt, sie weiß alles. Ihr Wissen soll dazu dienen, daß wir aufrichtig bleiben. Aber zugunsten unseres Universums ist es erforderlich, daß ich meine Verschwörung durchführe.

Mugly hatte keine Ahnung, ob er der einzige Dreen war, der seine Gedanken verheimlichen konnte. Er wagte es auch nicht, mit jemandem darüber zu diskutieren — nicht einmal mit denen, die ihm dienten.

Wenn zwei von einer Sache wissen, ist sie schon kein Geheimnis mehr.

Das war ein kluger Spruch, den er von der Erde gelernt hatte.

Ich tute es um der Liebe Habibas wegen, sagte er sich.

Wie alle Dreen liebte er Habiba, aber er widersetzte sich leidenschaftlich ihrer Behauptung, daß Friedfertigkeit dem Dreen-Charakter angeboren war.

Mugly sah etwas vor sich, das er »das größere Bild« nannte. Darin enthalten war eine totale Katastrophe, die alle Dreen vernichtete. Dreenor mochte vielleicht der Planet der Seelenruhe und gesundheitlichen Wiederherstellung jener müden Erzähler sein, die von ihren schöpferischen Reisen nach Hause zurückkehrten, aber das äußere Universum enthielt unberechenbare Enklaven höchster Gefahr.

Die anderen Dinge sind mir gleich, aber die Erde muß vernichtet werden!

Diesen Glauben hatte er in seinen tiefsten Gedanken vergraben, und er war bereit, sie beim geringsten Anzeichen von Bespitzelung zu unterbrechen. Außer an den Denksitzungs-Tagen dachte Mugly mehrmals täglich darüber nach.

Solange ich bestimme, wer zu einer Denksitzung eingeladen wird, wird Habiba weiter glauben, daß ich reine Gedanken habe. Bis dahin ist meine Bitte, die Erde zu tilgen, nicht mehr als eine intellektuelle Angelegenheit ohne Vorhaben, sie auszuführen. Und ich werde niemals zulassen, daß sie die Gedanken jener liest, die mir dienen.

Trotzdem machte Mugly sich Sorgen. Wäre er doch nur in der Lage gewesen, *Patricia* persönlich zu gestalten und zu idmaginieren! Die Größe und Komplexität der Aufgabe hatte ihn gezwungen, sich der Hilfe von Leuten zu versichern, die ausnahmslos jünger und relativ schwache Erzählertalente waren. Unter seiner Anleitung waren sie jedoch energische Idmaginateure. Und was am wichtigsten war: sie stimmten mit ihm überein, daß die Vernichtung der Erde der Dreen-Nachwelt zum Guten gereichte.

Aber nur ich kenne alle acht Teile des Patricia-*Puzzles.*

Und man brauchte *Patricia,* weil der längst nicht mehr existierende Erzähler, der die Erde idmaginiert hatte, einen Träger der Zerstörung in Bewegung versetzt hatte.

Eigenartig, daß Wemplys Erd-Idmagination einen solchen Nachahmungskult hervorgerufen hat. Warum ist die Erde so populär? Der Tod und die Zerstörung sind doch leicht zu sehen. Die Erder sind krank. Waffen und Angriffe auf andere Lebensformen faszinieren sie. Ich bin sicher — sie würden sogar uns angreifen, wenn sie von unserer Existenz wüßten.

Mugly seufzte. Was konnte er seinen Helfern raten?

»Vielleicht wollte Ryll ein Held sein«, sagte Deni-Ra. »Ob es möglich ist, daß er vom Zweck *Patricias* erfahren hat? Vielleicht hat er gedacht, er könnte das Universum retten und im Triumphzug nach Hause zurückkehren.«

»Es ist unmöglich, daß er davon erfahren hat«, sagte Prosik.

»Ja«, stimmte Mugly zu. »Er wäre wahrscheinlich nicht gegangen, wenn er von dem Geheimnis erfahren hätte, denn dann hätte er auch erfahren, daß der Operateur des Schiffes bei der Tilgung wahrscheinlich ums Leben kommt.«

»Ganz zu schweigen vom Ableben der Dreen-Gefangenen, die von der Erdgürtel-Patrouille festgehalten werden«, sagte Luhan.

»Gibt es keine Möglichkeit, die Angelegenheit in einen politischen Vorteil für uns umzumünzen?« fragte Prosik. »Könnte man Habiba nicht die Vermutung nahelegen, daß Jongleur seinen Sohn dazu gebracht hat, das Schiff zu stehlen?«

Mugly musterte Prosik mit neuem Interesse. Trotz der Bazeel-Sucht zeigte er Anflüge echter Intelligenz.

»Die Denksitzung wird ihr sagen, daß Jongleur keinen Anteil daran hatte«, sagte Deni-Ra.

Ja, Denksitzungen komplizieren jede Verschwörung.

»Laßt mich Ryll folgen und das Tilgungsschiff aktivieren«, sagte Prosik. »Gebt mir eine Chance, mich zu rehabilitieren.«

Mugly lauschte einen Moment dem Regen, der auf das Dach der Wachstation fiel, und dachte: *Was ist, wenn auch Jongleur seine Gedanken abschirmen kann?*

»Auf der Erde wird dich das Bazeel verlocken«, sagte Mugly.

»Ich schwöre, daß ich es nicht anrühre! Glaubt mir!«

»Ich habe daran gedacht, ihm selbst zu folgen«, sagte Mugly. »Aber ich verfüge über Wissen, das für die Erder wertvoll ist, und wenn man mich einfängt ...«

»Außerdem brauchen wir dich bei den Denksitzungen«, sagte Deni-Ra.

»Prosik«, sagte Mugly, »woher wissen wir, daß wir dir trauen können?«

»Ich will mich opfern.«

Mugly lauschte erneut dem Regen, der auf das Dach fiel. Sein Tempo nahm ab. Er musterte den bußfertigen Ausdruck auf Prosiks Gesicht. Ja, Prosik konnte man am ehesten entbehren.

»Na schön. Ich werde die Geheimnisse der *Patricia*-Aktivierung mit dir teilen, und du wirst gehen. Nimm mein persönliches Exkursionsschiff, die *Kalak III.* Aber bevor du dich gefangennehmen läßt, ergreifst du die Flucht!«

»Was willst du Habiba erzählen?« fragte Luhan.

Vertraue auf Luhan — er stellt immer die quälendste Frage.

»Ich werde ihr die Wahrheit sagen — daß meine Helfer es privat auf sich genommen haben, ein Schiff für den Fall vorzubereiten, daß Habiba der Vernichtung der Erde zustimmt. Doch daß es jetzt, wo Jongleurs Sohn Ryll das Schiff gestohlen hat, zu einer Katastrophe kommen kann.«

Die Dreen sind scheinbar nur fähig, als Ausdruck dessen, was sie »idmaginieren« nennen, virale und bakterielle Lebensformen zu erschaffen. Diese Kreativität und die damit verbundene Fähigkeit des Gestaltwandelns verhängen ihre eigenen Gesetze. Idmaginierte Lebensformen folgen Evolutionsgesetzen, die ihnen und ihrer jeweiligen Umgebung inhärent sind. Die Dreen zeigen Unwissenheit über zahlreiche Aspekte ihrer Schöpfung und meinen, ein solches Verständnis sei keiner rationalen Analyse zu unterwerfen.

Dreen-Mysterien
Ein Bericht der Erdgürtel-Patrouille

Nach der morgendlichen Haferschleimsuppe eskortierten zwei in braunblaue Uniformen gekleidete Bewacher mit den Goldtressen der Offiziere der Erdgürtel-Patrouille Lutt durch den düsteren Zellenblock-Korridor und brachten ihn mit einem Aufzug in die nächste Ebene.

Lutt fühlte sich nach dem erfrischenden Schlaf aufnahmebereit und als sein eigener Herr. Nur ein kurzer Alptraum hatte ihn verstört, doch seine Einzelheiten hatten sich beim Erwachen verflüchtigt: Darin ging es um eine tapezierte Zelle und eine Duschkabine, die wieder verschwunden war.

Die Halluzinationen sind vorbei, sagte er sich.

Der Aufzug mündete in einen runden Raum mit rauchigen grauen Wandglasplatten. Sie änderten ihre Form, als er sich auf sie konzentrierte.

Geisterglas!

Man hatte ihm das Glas, ein Monopol des Osceola-Konzerns, einst in einem Hanson-Labor vorgeführt. Es war den Forschern seines Vaters nicht gelungen, ihr Geheimnis zu ergründen.

»Das Zeug ist gefährlich«, hatte ein Techniker gewarnt. »Es dreht einem den Verstand auf links.«

Ein vertrautes Flüstern unterbrach Lutts nervöse Untersuchung des glaswandigen Raumes.

»Major Hauptmann wird gleich bei Ihnen sein.«

Das ist aber interessant, meldete sich Ryll.

Lutt hielt zwischen den beiden Wächtern an, sein Körper bebte unkontrolliert. Die Stimme in seinem Kopf war wieder da! Aber sie hatte mit dem vertraulichen Flüstern, das er an seinem linken Ohr hörte, nichts zu schaffen.

Wer hat da geflüstert? fragte Ryll.

Du warst es, nicht wahr?

Ich freue mich, daß du meine Gegenwart endlich akzeptierst, aber ich versichere dir, daß ich nicht geflüstert habe.

Ich akzeptiere weder dich noch alles andere deiner Art!

Es hat sich beinahe so angefühlt, als wäre es durch die Spiralen gekommen, erklärte Ryll.

Halt die Schnauze! Verschwinde aus meinem Kopf!

Langsam brachte Lutt sein Zittern unter Kontrolle. Die beiden Wachen, sah er, schienen sich über seine offen erkennbare Angst zu amüsieren. Hätten sie nur den Grund dafür gekannt!

Das Flüstern hatte mit einem Rätsel zu tun, das Lutt sein Leben lang begleitet hatte. Es schwebte in seinem Bewußtsein. Die einzelnen Stücke prallten in unpassender Anordnung gegeneinander.

Major Hauptmann! Schon wieder so ein verrückter Name!

Im Zusammenhang mit dem gespenstischen Flüstern tauchten oft Leute mit bizarren Namen auf. Zum Beispiel Tundra Bauer, ein stämmiger Spielgefährte aus seiner Kindheit. Tunny, wie ihn die meisten genannt hatten, war stets dann zur Stelle gewesen, wenn Lutt im Begriff war, bei einer Schulhofprügelei die Jacke vollzukriegen. Der eigenartige Junge hatte solche Kinnhaken-Serien verteilt, daß nach einer Weile schon sein Auftauchen jeden Angreifer in die Flucht geschlagen hatte.

Und als Lutt herangewachsen und erwachsen geworden war, hatten andere Leute mit komischen Namen ihn begleitet: Peter Meter hatte Lutt im College durch den Mathe-Unterricht geschleust, und Sepp Saturn hatte ihm nahegelegt, er solle sich auf Raumfahrt-Design, Solare Kommunikation und das Studium des flammendurchtränkten Planeten Venus konzentrieren.

Erst kürzlich hatte ein Weltraum-Ingenieur namens Sam R. Kand sich bei Lutt vorgestellt. Jetzt leitete er verantwortlich die *Vortraveler*-Werkstatt.

Selbst der Ausdruck »Vor-Spirale« war ihm von diesem körperlosen Flüstern eingegeben worden; ein Name, dem ein solcher Wust an technischen Daten gefolgt war, daß er sie in den nächsten Rekorder hatte eingeben müssen, um sie später zu untersuchen.

Als er den Begriff in Anwesenheit seiner Mutter hatte fallen lassen, hatte sie ihn mit dem Satz überrascht: »Das habe ich deinen Onkel Dudley auch schon mal sagen hören. Was bedeutet es?«

Sie waren nach einem ihrer endlosen Nachmittagstees zu Hause gewesen, und Lutt, gelangweilt durch die obligatorische Teilnahme, war zu neuem Leben erwacht. »Onkel Dudley? Wo und wie hat er Vor-Spiralen erwähnt? Wann?«

»Tja, Liebling, das weiß ich nicht mehr. Aber es ist ein eigenartiges Wort. Hat es was zu bedeuten?«

»Ich weiß es nicht genau. Wo steckt Onkel Dudley? Ich muß mit ihm reden.«

»Du weißt doch, daß er und dein Vater Krach hatten, Liebling. Und du darfst Vater nicht verärgern.«

»Aber wo steckt Onkel Dudley?«

»Alle sagen, er ist auf der Venus; das hast du doch bestimmt auch schon gehört. Ich weiß nicht, warum, bei all der Gewalt, die dort herrscht. Am besten vergessen wir meinen armen Bruder, Liebling. Er war immer schon ein bißchen komisch.«

Mehr hatte sie über Onkel Dudley nicht sagen wollen.

Daß Sam R. Kands dann aufgetaucht war, um an der *Vortraveler* zu arbeiten, hatte Lutt dann schon nicht mehr überrascht. Er fragte sich freilich immer noch, ob Onkel Dudley hinter diesem Rätsel steckte. Und er hatte sich diese Frage besonders gestellt, als die besten Ermittler, die er hatte auftreiben können, nicht die geringste Spur dieses Mannes hatten ausfindig machen können.

War Major Hauptmann wieder ein »Helfer« mit einem komischen Namen? Angesichts der Geisterglasfenster ging Lutt davon aus, daß er jede Hilfe brauchen konnte, die er kriegen würde.

Die EGP-Wächter klemmten ihn zwischen ihre Schultern und schoben ihn in den Mittelpunkt des Raumes. »Stellen Sie sich in den Kreis in der Mitte«, brummte einer der beiden.

Lutt taumelte von seinen Bewachern fort und hörte ein schleifendes Geräusch hinter sich. Er wandte gerade noch rechtzeitig den Kopf, um zu sehen, wie sich vor der Aufzugtür eine Geisterglasplatte schloß. Sein letzter Blick auf die Wachen zeigte ihm, daß sie ihm zugrinsten.

In welchen Kreis denn? fragte sich Lutt.

Er drehte sich von der Platte weg, die den Aufzug verbarg, und sah ein spiralförmiges Muster, das sich im Zentrum des Raumes auf dem Boden drehte. Vorher war es nicht dort gewesen. Es wurde von irgendwoher projiziert, aber er konnte die Quelle nicht ausmachen.

Eine Spirale ... Schon wieder eine Spirale.

Lutt musterte das Geisterglas an der gegenüberliegenden Wand und glaubte einen Augenblick lang in dessen rauchigen Tiefen die Züge Onkel Dudleys zu sehen; so, wie er sich an sie erinnerte. Das Bild löste sich auf und veränderte sich zu einem älteren Onkel Dudley an einer wackligen Pier. Onkel Dudley schaute einer Frau zu, die mit einem Speer einen Fisch aufgespießt hatte. Er stand am Ende der Pier. Die Frau drehte sich um; Lutt erkannte Osceola; sie sah genauso aus wie in den letzten Fünf-Uhr-Nachrichten.

Die Pier, Onkel Dudley und Osceola lösten sich in grauem Dunst auf.

Ein Alptraum! Das Geisterglas übernahm sein Gehirn!

Aber Geisterglasfenster waren ein exklusives Produkt des Osceola-Konzerns. Warum konnte das Glas nicht sie zeigen?

Lutt schüttelte den Kopf. Osceola — war auch eine Barriere der Träume seines Vaters von einem Imperium. Beth Osceola, eine zweiundsiebzigjährige Seminolin, betrieb ihre Firma, ohne die Träume L. H.s zu beachten. Sie weigerte sich, den Osceola-Konzern an seinen Vater zu verkaufen. Sie beantwortete nicht mal seine Vidkom-Anrufe.

Hanson senior nannte sie zwar »die alte Hexe«, doch Lutt bewunderte insgeheim ihre Unabhängigkeit.

Eine zischende Stimme ohne erkennbare Herkunft sagte plötzlich zu ihm: »Stellen Sie sich in den Kreis in der Mitte!«

Mit dem hilflosen Gefühl, zu etwas gezwungen zu werden, trat Lutt auf die sich drehende Spirale. Das Geisterglas vor ihm wirbelte mit tanzenden Lichtern.

Sie werden mein Gehirn braten!

Wer war Major Hauptmann? Wo war die Hilfe, jetzt, wo er welche brauchte?

Er schloß die Augen, doch die Erinnerung an das Geisterglas erfüllte seinen Verstand. Was konnte er tun? Man konnte das Glas zwar mit einem Hieb zerschlagen, aber es verhielt sich eher wie eine Flüssigkeit statt wie eine feste Substanz. Er öffnete die Augen und versuchte die Fenster des Raumes zu zählen. Sie waren so gewellt, daß einem schlecht wurde.

Fünfunddreißig Fenster. So alt bin ich.

Er zählte sie noch einmal und kam auf sechzehn.

So alt bin ich, wandte Ryll ein. *Hör auf damit!*

Dich gibt es nicht. Also hör auf, mir zu sagen, was ich tun soll!

Dies hier, wurde Lutt klar, war viel mehr als ein Verhör. Und es war seiner geistigen Gesundheit nicht gerade zuträglich.

Natürlich ist es unserer geistigen Gesundheit nicht zuträglich! meinte Ryll.

Stimmen in meinem Kopf! Halluzinationen!

Lutt spürte den Schweiß auf seiner Stirn. Er rieb sich mit feuchten Handflächen über den Mund und schmeckte Maschinenöl.

Maschinenöl? Das ist der Geruch meiner Vortraveler. *Wo ist mein Schiff? Was ist mit Drich Baker passiert?*

Baker ist tot. Ich hab's dir doch gesagt. Du wärst auch tot, wenn ich uns nicht gerettet hätte. Und jetzt laß mich dir helfen, sonst schnappt das Geisterglas uns beide.

Ich glaube nicht an dich!

Hör auf damit! Kaum überlasse ich für ein paar Minuten die Kontrolle über unseren Körper, und schon verfällst du in diese irre Selbsttäuschung.

Du bist die Selbsttäuschung!

Jetzt hör mir mal zu, Lutt! Ich habe dir zwar der äußeren Erscheinung wegen das Kommando überlassen, aber ich kann es dir jederzeit wieder wegnehmen!

Hör damit auf! Hör auf, in meinem Geist herumzupfuschen!

Setz deine Intelligenz ein, Lutt! Die Leute von der Erdgürtel-Patrouille sind mißtrauisch. Mache ich einen nichtmenschlichen Fehler, merken sie es. Möchtest du den Rest deines Lebens hinter Gittern verbringen?

Wenn du echt bist, warum schläfst du dann nicht ein und läßt mich die Sache machen?

Ich muß von dir lernen, Lutt. Und wir Dreen brauchen nicht viel Schlaf; glaube also nicht, du brauchtest nur darauf zu warten, daß ich einnicke. Dreen führen ein sehr aktives Leben.

Lutt nahm seine Brille ab, fand ein Taschentuch und

wischte den Beschlag von den Gläsern. Bei der Suche nach dem Taschentuch fiel ihm auf, daß sein restlicher persönlicher Besitz — Schlüssel, Uhr, Zettel mit kurzen Notizen, ein kleiner Schreibstift — weg war.

Hat die Erdgürtel-Patrouille sie genommen?

Sie haben deine ganzen Taschen geleert, erklärte Ryll.

Da war wieder die Stimme in seinem Kopf.

Aber warum verhörte ihn die EGP?

Selbst bei der stimmlosen geistigen Kommunikation war Rylls nächste Erklärung herablassend: *Wegen des Zusammenstoßes. Das weißt du doch. Ist dir eigentlich aufgefallen, wie gut du ohne Brille sehen kannst?*

Lutt musterte die Brille in seiner Hand, dann den Raum, dann das Taschentuch. Schockiert wurde ihm klar, daß er auch ohne Brille deutlich sah.

Du siehst deswegen so gut, weil es nicht deine Augen sind, Lutt. Es sind meine. Ich habe nur normales Glas in deine Brillenfassung idmaginiert. Gut, was? Eine Technik, die ich in der Schule gelernt habe. Ich freue mich, daß ich sie beherrsche. Überzeugt dich das?

Lutt setzte die Brille wieder auf.

Ich muß meinen Verstand auf irgend etwas konzentrieren, damit ich nicht überschnappe.

Um deine Selbsttäuschung aufrechtzuerhalten, meinst du wohl!

Lutt ignorierte diesen Einwand und beobachtete, wie sich eine Geisterglasplatte vom Quadrat zu einem Kreis veränderte, dann wurde sie zu einem Oval, und dann zu einem Rechteck.

Psychiater und Polizei, hieß es, seien die Hauptabnehmer für Geisterglas. Ermittler behaupteten, es mache ein Gehirn zu Matsch, wenn man sich ihren konstant verändernden Formen über längere Zeit hinweg aussetzte. Das Geisterglas brachte einen dazu, seine finstersten Geheimnisse zu offenbaren. Das Verhörpersonal war mit Spezialbrillen ausgerüstet, um sie vor der gefährlichen Wirkung zu schützen.

Ein lautes Klicken ließ Lutt zusammenzucken. Es führte dazu, daß er sich von der Mittelspirale zurückzog. Er sah in die Richtung, aus der das Geräusch gekommen war und sah ganz in der Nähe ein braunes, gewölbtes Gebilde aus dem Boden auftauchen. Motorengesumm und das Knarren einer Schaltung begleitete das Erscheinen des Objekts. Der Maschinenölgeruch wurde stärker.

Eine weibliche Stimme erfüllte den Raum.

»Bleiben Sie in dem Kreis!«

Es ist eine Art durchgedrehte Vor-Spirale, dachte Lutt.

Spirale! — Nur Spirale! So heißt es bei den Dreen!

Dreen! Wie scheen!

Aber irgend etwas zwang Lutt auf die Spirale.

Wo ist mein Helfer? fragte er sich.

Mit zunehmend lautem Summen kam das Gebilde durch den Boden. In seiner Umgebung klappten die Bodenplatten nach hinten. Im Raum wurde es still.

Lutt sah einen gezackten Riß in dem Gebilde; er zeigte gewiß eine Beschädigung an. — War sein Gegenspieler doch nicht so gut?

Gegenspieler? Ich bin in einem Büro der Erdgürtel-Patrouille meines Landes!

»Mit welchem Recht halten Sie mich hier fest?« fragte er.

Irgend etwas im Innern des Gebildes rief ein dumpfes ›Bong‹ hervor. Lutt hörte, wie eine leise Stimme »Oh, Scheiße!« sagte. Dann hörte er noch ein dumpfes ›Bong‹.

Langsam öffnete sich das Gebilde, eine metallene Blume breitete acht gekrümmte Blätter auf dem Boden aus, der sie umgab. In ihrem Zentrum, an einem blitzenden Silbertisch, saß eine hellhäutige Beamtin in der dunkelbraunen Uniform des Spezialkommandos der Erdgürtel-Patrouille. Blauschwarzes Haar quoll unter ihrer goldbetressten Offiziersmütze hervor. Ihr Kragen zeigte goldene Ovale mit medizinischen Symbolen. Sie schien damit beschäftigt, ein großes Rad zu drehen, das sich neben ihr befand.

Irgendeine medizinische Offizierin, dachte Lutt, aber er hatte keine militärische Erfahrung, um ihren Rang oder ihr Spezialgebiet zu erkennen. Sie trug eine dunkle Brille; sie funkelte, wenn sie ihn ansah.

Die Offizierin ließ das Rad abrupt los und lachte. Es war ein bedrohlicher Klang, und es lief Lutt kalt den Rücken hinunter. Sie schlug mit der Faust gegen das Rad, und es verschwand im Innern des Tisches.

»Wozu brauchen Sie das Rad?« fragte Lutt. »Ich dachte, das Militär wäre vollautomatisiert.«

»Halten Sie die Klappe! Ich stelle hier die Fragen!«

Also freundlich ist die Dame wirklich nicht.

Sie justierte den Sitz ihrer dunklen Brille. »Ich bin Major Paula Hauptmann.« Eine spröde, autoritäre Stimme.

Wie seine periodisch auftauchenden Helfer hörte sie sich nicht gerade an. Vater hatte gesagt, man solle im Zweifel immer angreifen. Lutt holte tief Luft. »Sind Sie schon so lange Major, daß Sie schon darüber weggekommen sind, Hauptmann Hauptmann genannt zu werden?«

»Ihre lahme Frivolität ist nicht sonderlich amüsant, Mister Hanson.«

»Soll ich vielleicht eine Serie über das Thema publizieren, wie sich das Militär alle Mühe gibt, Offiziersplanstellen zu schaffen? Würde Sie das amüsieren?«

»Wollen Sie mich bedrohen?«

»Aber nein, Major Hauptmann, Madame.«

»Ich kenne jeden dämlichen Scherz über meinen Namen, den Ihr lahmes Hirn sich vorstellen kann, und ich beuge mich keiner Bedrohung. Ist das klar?«

»So klar wie Geisterglas, Hauptmann ... ich meine, Major.«

Sie warf einen Blick auf etwas auf ihrem Tisch. »Man hat Sie aufgrund einer äußerst ernsthaften Anschuldigung zu mir gebracht.«

»Verbotenes Eindringen«, sagte Lutt.

Sie beugte sich vor. »Wir hätten Sie ohne Warnung aus dem Raum pusten können. Ist Ihnen das klar?«

Lutt schaute an ihr vorbei — auf eine pulsierende Platte aus Geisterglas.

Lutt! Hör auf, auf das Glas zu starren! Das will sie doch nur.

Die Stimme in seinem Kopf! Ob sie nun echt war oder nicht, eine gute Warnung. Lutt richtete die Aufmerksamkeit auf die Majorin Hauptmann und stellte sie sich nackt vor. Dergleichen rückte diese Kommißköpfe immer in die richtige Perspektive. Hartes Kinn, große Nase, kleine Brüste. Der Tisch verbarg ihre Beine.

Die Raumbeleuchtung veränderte sich plötzlich, und aus dem Geisterglas wurden Spiegel. Das Glas reflektierte mehrere Aspekte der Majorin Hauptmann. Alle wellig und verlängert, dann verkürzten sie sich.

»Ihre Leute haben gesagt, ich soll mich in einen Kreis stellen«, sagte Lutt, »aber das da unter mir ist eine Spirale. Ich verstehe nämlich was von Spiralen.«

»Vielleicht haben Sie den richtigen Standplatz nicht erkannt«, sagte sie ohne die Spur eines Lächelns.

Sie will, daß du dich umsiehst. Tu's nicht!

Noch ein guter Rat von der Stimme in seinem Kopf. Lutt zeigte das, was er für ein sarkastisches Lächeln hielt.

Unter dem Tisch machte etwas ›Klicketiklack‹.

Majorin Hauptmann schlug mit der Faust auf den Tisch, und das Geräusch erstarb.

Lutt konzentrierte sich auf das hinter ihr befindliche Geisterglas. Graue Silhouetten fingen auf obszöne Weise an zu tanzen.

Das Glas reagiert auf deinen lüsternen Geist! Hör auf damit!

Er stellte sich Hasenöhrchen vor, und sie verbanden sich wie von selbst mit ihrem Spiegelbild.

Lutt kicherte. *Ich werde sie von Kaninchen zu Tode knabbern lassen!*

Zwei Kaninchen erschienen in den Spiegeln und fingen an, das Abbild der Majorin aufzufressen. Die Illusion verschwand mit einem hörbaren Rülpsen.

»Haben Sie je von den Dreen gehört?« fragte die Majorin.

Die Dringlichkeit ließ Ryll das Kommando über ihre gemeinsame Stimme übernehmen. »Scheen? Was meinen Sie?«

»Ich habe Dreen gesagt!«

»Was, zum Teufel, sind Dreen?« Er trat einen Schritt zurück.

»Bleiben Sie im Kreis!« schnauzte sie.

»Ich verstehe.« Ryll sprach mit sanfter Stimmkontrolle. »Schwarz ist weiß, und Gehirne sind Pudding, die man umrührt und ißt.«

Sie beugte sich vor, legte einen Ellbogen auf den Tisch und stützte ihr Kinn mit der Hand ab. Ihr Ausdruck änderte sich nicht.

Ryll spürte, daß Lutt zunehmend in Panik verfiel.

Na schön! Übernimm — aber sei vorsichtig. Sie könnte uns lebenslänglich in den Knast bringen.

Zögernd übernahm Lutt die Kontrolle. Er blinzelte ausweichend, um seine Gedanken in Ordnung zu bringen, sah sich um, versuchte erneut, die Platten zu zählen.

Hör mit dem Zählen auf. Du kommst jedesmal auf eine andere Zahl.

»Vielleicht haben Sie etwas übersehen«, sagte sie.

»Dieser Raum soll so erscheinen, als nähme er die ganze Etage des Gebäudes ein, aber dazu ist er zu klein«, sagte Lutt. »Jeder Trottel kann es sehen. Sogar Sie. Es sind nur Tricks und Illusionen. Seit ich zehn war, haben mich Kirmeszaubereien schon nicht mehr beeindruckt.«

Sie lachte und verfiel wieder in ihren hinterlistigen Tonfall.

»Ich gebe freimütig zu, daß es auf dieser Etage noch

weitere Räume gibt. Wissen Sie, welche der Platten in Wirklichkeit Türen in andere Räume sind?«

Schau sie an, nicht das Geisterglas!

Lutt schaute sie an und erkannte, daß er eine Spiegelung sah. Er sah sich um und konzentrierte sich auf das, was er für die Majorin Hauptmann an ihrem Tisch hielt.

»Ich kenne mich mit Geisterglas aus!« sagte er. »Es dient offenbar Inquisitoren wie Ihnen dazu, Hirne in Matsch zu verwandeln.«

»Wenn man bedenkt, wer Ihr Vater ist, bezweifle ich nicht, daß Sie solches Glas schon mal gesehen haben«, sagte sie. »Aber jetzt sind Sie nicht bei Ihrem Vater.«

»Er wird einen Anfall kriegen, wenn er hiervon erfährt!«

»Also los, kommen Sie! Warum sehen Sie mich nicht an?«

Lutt erkannte, daß er auf eine Spiegelung geschaut hatte. Er drehte sich um und sah den Tisch mit der dahintersitzenden Majorin Hauptmann. Sie lächelte — kalt und beängstigend.

»Seien Sie ein braver Junge und helfen Sie mir weiter!«

Die Art, wie sie »braver Junge« sagte, erinnerte ihn schwach an seine Mutter. Diese Majorin Hauptmann war ein aufreizendes Luder!

Er sah eine Hündin in einer Spiegelreflektion. Sie säugte einen Welpen, doch dann fiel sie über ihn her und fraß ihn auf. Lutt hatte das Gefühl, sich übergeben zu müssen.

»Lutt Hanson *junior*«, sagte sie, »ich habe gehört, Sie seien ein guter Journalist, aber Sie haben noch nie von den Dreen gehört.«

»Das ist doch Unsinn! Sie wollen mich nur verwirren!«

»Sind Sie ein guter Journalist?«

»Zum Teufel! Mir gehört eine Zeitung.«

»Nein. Sie gehört Papa. Er hat sie Ihnen als Spielzeug überlassen.«

Sämtliche Spiegelungen der Majorin sangen in Lutts Geist: »Sie gehört Papa ... Sie gehört Papa ... Sie gehört Papa ...«

Du halluzinierst! Hör auf!

Lutt spürte, wie ihm das Blut ins Gesicht schoß.

»Wo ist mein Schiff?« wollte er wissen. »Sie sollten mich lieber freilassen und mir mein Schiff zurückgeben!«

»Sie haben illegale Raumfahrtexperimente durchgeführt.«

»Wer sagt, daß sie illegal waren? Zeigen Sie mir, wo das steht!«

Sie drehte ihren Bildschirm in eine andere Position, musterte Lutt einen Moment lang und lächelte ihn dann süß an.

»Spiralkommunikation, ja. Und jetzt wollen Sie diese Entwicklung in den Weltraum bringen.«

»Woher wissen Sie das? Woher haben Sie ...«

»Ich stelle die Fragen; Sie antworten!«

»Dies ist doch keine Art, mit mir darüber zu verhandeln, welchen Nutzen meine Entdeckung hat! — Ist das etwa Ihre Absicht?«

»Was haben Sie entdeckt?«

»Das geht Sie einen Scheißdreck an!«

»So? Nun ja, wenn Sie's zum Patent anmelden, werden wir es sowieso erfahren.«

»Ich werde es nicht zum Patent anmelden. Ich werde es geheimhalten und mit einer Selbstvernichtungsanlage schützen.«

Sie schenkte ihm einen finsteren Blick. »Wollen Sie damit sagen, Ihr Schiff hat sich selbst vernichtet?«

»Ich sage gar nichts.«

»Was täten Sie, wenn ich sagen würde, Sie wären mit einem Schiff der Erdgürtel-Patrouille kollidiert?«

»Ich würde Sie eine Lügnerin nennen.«

»Waren Sie betrunken, Mister Hanson? Standen Sie unter Drogen?«

»Die Ärzte haben Ihnen doch schon gesagt, daß ich sauber bin. Ich mach mir doch nicht das Gehirn zu Matsch.«

»Wir haben Sie zwar nicht geröntgt, aber die Voruntersuchung besagt, Sie seien bemerkenswert unbeschädigt aus dem Unfall hervorgegangen. Wie ist Ihnen das gelungen, wo Ihr Kopilot doch umkam?«

Ich habe dir ja gesagt, daß Drich tot ist.

Halt dich da raus!

Wechsle das Thema, du Narr! Gleich wirst du ihr noch erzählen, daß das andere ein Dreen-Schiff war! Dann hängen wir wirklich tief drin!

Du weißt doch, daß ich das nicht glaube.

Du hast uns in diese verdammte Lage gebracht, Lutt, weil du falsch auf eine Spirale zugegriffen hast. Mach es nicht noch schlimmer!

Ich werde das tun, was mir — verdammt noch mal — paßt!

Trotz seiner menschlichen Erscheinung ist unser Körper hauptsächlich dreenisch. Empfindest du keine Dankbarkeit für das, was ich getan habe, um dich zu retten?

Es gibt keine Dreen.

Verdammt! Wir haben sie doch beide reden hören!

Das war auch nur 'ne Halluzination.

Ryll versuchte verzweifelt, Lutt noch einmal zu übertönen, doch der Widerstand, auf den er stieß, war größer als erwartet. Ryll versuchte ihr linkes Bein zu bewegen; er spürte, wie es kniff.

Was passierte da? Gestern war Lutt schwach und leicht zu beherrschen gewesen. Jetzt war er ängstlich, wütend und stärker.

Lutt! Die Erdgürtel-Patrouille hat Dreen-Gefangene, die vielleicht nie die Freiheit wiedersehen! Möchtest du gern zu ihnen gehören?

Ich möchte auch das nicht glauben.

Du mußt es glauben!

Es ist das Geisterglas. Es brät mein Gehirn.

Ryll zögerte. Mit einem deprimierenden Gefühl wurde ihm klar, daß er zwar die Kontrolle über den Körper übernehmen konnte, aber die dazu nötige Anstrengung würde bestimmt das Mißtrauen der Verhörbeamtin hervorrufen.

Lutt gestattete sich einen hämischen Gedanken. *Ich fühle mich heute besser. Ich bin in Ordnung — wenn man von der ärgerlichen Stimme in meinem Kopf absieht.*

Lutt legte beide Hände auf seinen Kopf, reckte sich und ließ die Knöchel knacken.

Die Dringlichkeit gab Ryll die Kontrolle über ihre Stimme, und er stieß hervor: »Aufhören!«

Majorin Hauptmann versteifte sich. »Womit soll ich aufhören?«

Ryll dachte insgeheim: *Das war ein Fehler. Bei den brachliegenden Drüsen einer sterilen Steuereinnehmerin, habe ich die Fusion nicht korrekt durchgeführt?*

Lutt grinste und übernahm wieder die Kontrolle über die Stimme. »Ich wollte nur verhindern, daß Sie einschlafen. Es sah so aus, als würden Sie müde.«

»Wie können Sie das sehen? Sie sehen doch meine Augen gar nicht.«

Lutt schloß die Augen, seufzte und konzentrierte sich auf seine körperlichen Gefühle. War es möglich, daß dieses Geschöpf, das sich Ryll nannte, wirklich existierte? Die Konzentration verlieh ihm im Moment das Gefühl des Dreen-Nachinnensehens. Es war schwer erfaßbar, genau am Rande der Wahrnehmung. Überkeiterregend.

»Sie sehen müde aus«, sagte Majorin Hauptmann.

Lutt öffnete die Augen. »Ich habe Kopfschmerzen.«

»Dann kürzen Sie die Sache ab, indem Sie mir von dem Dreen-Schiff erzählen, mit dem Sie zusammengestoßen sind.«

»Fangen Sie schon wieder mit diesem Unsinn an?«

So ist es richtig, Lutt. Wirf ihr was vor! Greif an!

Hinter der Majorin sah Lutt eine Glasplatte, die die Gestalt eines Känguruhs annahm. Es hüpfte von Platte zu Platte. Als es an der wellenförmigen Gestalt der nackten Majorin Hauptmann war, entwickelte das Känguruh einen langen Penis.

Lutt! Hör auf damit! Genau das will sie doch nur!

Das Känguruh verschwand, aber sämtliche Geisterglasplatten fingen an, sich andeutungsweise zu wellen. Multiple Spiegelungen der Majorin in einem engen, gelben Gewand tauchten auf.

Lutt versuchte zwischen den Spiegelungen die echte Majorin zu finden.

Es ist die in der Uniform, du Idiot!

Dann sah er sie, am Tisch sitzend, aber ihr Kragen war aus Spitze. Sie schien ihn direkt anzusehen.

»Was sehen Sie?« fragte sie.

»Was sehen *Sie* denn?« konterte Lutt.

»Sagen Sie mir, was *Sie* sehen!«

»Ich will hier raus, und ich will mein Schiff. Das Schiff, mit dem ich kollidiert bin, kam ohne jede Warnung aus dem blauen Himmel. Ich bin nicht schuld daran.«

»Blauer Himmel? Im Weltraum?«

»Sie wissen doch, was ich meine.«

»Tut mir leid, aber Sie müssen mir schon sagen, was Sie meinen.«

»Ich bin patriotisch eingestellt und kooperiere soweit wie möglich, aber ich gebe keinerlei Geheimnisse preis, die meiner Familie gehören. Dafür müssen Sie schon in harter Währung blechen.«

»Wir werden alles, was wir wissen müssen, aus den Wrackteilen erfahren.«

Nein, das wird sie nicht! dachte Ryll offen und erlaubte es ihm, an seinen Gedanken teilzuhaben. *Der Dreen-Antrieb war auf Selbstzerstörung eingestellt, um ihn vor fremden Händen zu bewahren.*

Lutt war zwar immer noch nicht ganz bereit, die Realität der Stimme anzuerkennen, aber jetzt war er nur zu gern bereit, zu glauben, was sie sagte.

Weißt du das sicher?

Ich habe gesehen, wie es passiert ist. Patricia *hätte sich nie in Erderhände fallen lassen.*

Patricia?

Ein sehr schöner Name; finde ich auch.

Majorin Hauptmann räusperte sich. »Wollen Sie damit andeuten, daß Sie mit einem UFO zusammengestoßen sind?«

»Natürlich nicht!«

»Von diesem Unsinn haben wir schon genug gehört. Sowas erzeugt nur Panik und Hysterie.«

Lüge! Sag, es war gar kein anderes Schiff da. Sag, du hättest Maschinenschaden gehabt, dein Schiff sei vom Kurs abgekommen und explodiert.

Das war eine gute Idee! Lutt akzeptierte sie und gehorchte.

Majorin Hauptmann hörte ihm schweigend zu. Sie schien erfreut zu sein.

Als Lutt fertig war, berührte sie einen Schalter auf ihrem Tisch. Das Geisterglas wurde zu einem ruhigen, stumpfen Schirm aus undurchsichtigem Grau.

Majorin Hauptmann nahm die Brille ab und enthüllte ein Augenpaar, das fast die gleiche Farbe zeigte wie das Geisterglas. Ihr Mund formte ein starres Lächeln. Er hatte nie zuvor einen so kalten Ausdruck gesehen.

Das war die Erklärung, die sie hören wollte.

Die verdammte Stimme in seinem Kopf!

»Damit wir uns richtig verstehen, Mister Hanson: Technisch gesehen haben Sie ein Gesetz gebrochen, als Sie ins Sperrgebiet eindrangen. Was haben Sie dort getan?«

»Ich hatte einen Unfall. Gibt es nicht das ungeschriebene Gesetz, daß man im Sturm jeden Hafen anlaufen darf? Hat die Erdgürtel-Patrouille nicht auch Pflichten den Steuerzahlern gegenüber?«

»Immer mit der Ruhe, Kleiner! Wir könnten Sie für lange Zeit aus dem Verkehr ziehen. Aber die Untersuchung Ihres Schiffes hat uns zu dem Schluß geführt, den Sie gerade geäußert haben.«

»Ich habe Ihnen die Wahrheit erzählt.«

»Natürlich haben Sie das. Aber zuerst haben Sie versucht, uns einen Bären aufzubinden, den Sie in Ihrer verdammten Zeitung hätten breitschlagen können.«

»Ich bin halt Geschäftsmann, und meine Experimente sind teuer.«

»Wir sind bereit, die Anklage gegen Sie fallenzulassen, Mister Hanson, aber nur unter einer Bedingung.«

Aha, jetzt kommt's!

Raus aus meinem Geist!

Unser Geist, Lutt. Unser Geist. Aber frag sie jetzt nach der Bedingung!

»Wie lautet die Bedingung?«

»Wenn Sie irgend etwas entwickeln sollten, das der nationalen Verteidigung dienlich ist, geben Sie es zuerst der Erdgürtel-Patrouille.«

»Das ist Erpressung!«

»Es ist ein gutes Geschäft.«

Während Lutt von dieser Vorstellung abgelenkt war, übernahm Ryll plötzlich die Kontrolle über die Stimme und sagte: »Scheiße!«

»Kein Grund, wütend zu werden, Mister Hanson. Wir zahlen gut.«

Doch Rylls Reaktion galt der plötzlichen Erkenntnis, daß er der Erdgürtel-Patrouille hätte entwischen können. Er hätte sich nur in eine lange, dünne Schlange zu verwandeln brauchen, deren Masse der eines Dreen-Körpers entsprach.

Aber dann hätten sie gewußt, daß ich ein Dreen bin. Ängstlich richtete er die Aufmerksamkeit wieder auf Lutt.

»Sie sind noch jung«, sagte Majorin Hauptmann. »Vielleicht werden Sie klüger, wenn Sie reifer werden.«

Sie öffnete eine Tischschublade und entnahm ihr einen durchsichtigen Kunststoffbeutel, den sie Lutt entgegenhielt.

»Ihr persönlicher Besitz.«

Lutt nahm sie entgegen. Er fürchtete sich vor dem, was sein sich ungebührlich aufführender Körper wohl als nächstes tat. Warum sagte er solche Sachen?

»Sie haben verdammtes Glück, daß Sie einen so einflußreichen Vater haben«, sagte Majorin Hauptmann.

Also hat Vater Druck ausgeübt!

Von dieser Erkenntnis ermutigt, sagte Lutt: »Und mein Schiff will ich auch so schnell wie möglich zurückhaben!«

»Es hat einen beträchtlichen Schaden, und es wird noch eine Anhörung zum Tod Ihres Kopiloten geben.«

»Drich hat alle Testpiloten-Verzichtserklärungen unterschrieben! Wir haben für seine Familie hohe Versicherungen abgeschlossen.«

»Daran zweifle ich nicht. Aber wir wollen den Grad Ihrer Schuldhaftigkeit nicht bestimmen.«

»Drich saß an den Kontrollen, als es passierte.«

Sie werden uns folgen und beschatten.

Hörst du endlich auf, mich abzulenken?

Majorin Hauptmann warf einen Blick auf den Bildschirm und sagte: »Was Ihr Schiff angeht ... Sie können es zwar haben, aber wir werden es Ihnen nicht bringen. Gehen Sie zu unserem Lagerhausverwalter in Sektion 154-C.«

»Wie finde ich das Lagerhaus?«

»Man wird es Ihnen sagen, wenn Sie die Entlassungspapiere unterschreiben. Nehmen Sie den Aufzug eine Etage höher und tragen Sie sich bei der Hallenwache aus. Und über die Dreen sagen Sie am besten keinen Ton.«

»Wenn ich wüßte, wovon Sie geredet haben, würde ich es mit Ihnen diskutieren, meine Dame. Ich persönlich glaube allerdings, daß Sie sie nicht alle haben.«

»Wir werden schon sehen, wer hier eine Macke hat. Ach ja, draußen wartet eine Limousine auf Sie.«

Lutt lächelte. Die Erdgürtel-Patrouille schickte ihn also stilgerecht nach Hause. Er hoffte, daß der Aufzug zu sehen war, wenn er sich umdrehte. Er war es.

Aber die Majorin war noch nicht fertig mit ihm.

»Da hat man Ihnen ja eine tolle Limousine geschickt! Ihr Vater hat diese Sachen wohl für einen chinesischen Zirkus anfertigen lassen.«

Oh, verflucht! Verflucht! Es ist eine Hanson-Limousine — eine von den verfluchten Rikschas! Dabei weiß jeder, daß ich sie nicht ausstehen kann! Warum holen sie mich in einer von denen ab?

Das Kombinieren von Lebensformen ist geschichtlich identisch mit dem Hervorbringen von Chaos.

Dreen-Warnung

Es war eine Denksitzungs-Vollversammlung der Dreen-Elite in der Visuplex-Kuppel auf Habibas Konus. Die Oberste Steuereinnehmerin hockte in einer goldweißen Robe am Gipfel des kreisförmigen Raumes und sandte ein eisgelbes Leuchten aus. Unter ihr, an der spiralförmigen Terrasse verteilt, deren Weg sich den niedrigsten Mitgliedern der Hierarchie entgegenwand, saßen die Auserwählten, die Mugly diesmal eingeladen hatte.

Rechts unter Habiba schaukelte langsam der Chef-Erzähler Jongleur und balancierte am Rand der Denksitzungs-Trance. Mugly der Senior saß auf der Terrasse einen halben Meter tiefer. Unter ihnen saßen vierunddreißig weitere — sechsundzwanzig Angehörige der Senior-Elite und acht Junioren. Alle, die unter Habiba hockten, trugen schwarze Roben mit großen Taschen und schlaffe, ockerfarbene Baretts. Die weichen Baretts der Senioren hingen nach rechts, die der Junioren hingen nach links.

Mugly krümmte sich auf seinem Sitz. Er fühlte sich benebelt und unpäßlich, weil er jetzt nicht mehr wußte, daß er seine Verschwörergedanken vor dem Eintritt in die Kuppel unterbrochen hatte. Vor ein paar Augenblikken hatte er ein Kitzeln in der Nase, im Rückgrat und unter den Haarwurzeln verspürt, als entzöge Habiba seinem Körper Energie. Augenblicklich fühlte er sich mehr oder weniger gelassen.

Habiba hatte einst erklärt, das Sitzen in einem Spiralkonus erlaubte ein Aufwirbeln der Gedanken, das sie sofort mit ihrem uralten und ewigen Gehirn absorbierte.

»Dies sind die kombinierten Informationen, aus der ich meine Staatsentscheidungen fälle.«

Mugly schaute auf die Insel hinaus, die sich unter dem Konus im Zentrum des Meeres drehte.

Das Meer aller Dinge. Warum nennen wir es so?

Habiba reagierte nicht auf seine unausgesprochene Frage.

Mugly sah sich gezwungen, die Möglichkeiten in Betracht zu ziehen, als er darauf wartete, was Habiba wohl als nächstes zur Sprache brachte.

Das Meer aller Dinge und die Insel unter ihm: Laut Habiba hatte kein Dreen irgend etwas davon idmaginiert. Eine Laune der Natur hatte die Insel erschaffen; ein rundes Boot, das von Bimsstein-Lufttaschen in der Schwebe und von dem ewigen Strudel an einem Ort gehalten wurde, der sie im Zentrum des Meeres rotieren ließ.

Was bewegt den Strudel?

Auch diesmal reagierte Habiba nicht.

Habibas Kontrollkonus saß auf Präzisionsrollen, die sich in gleichbleibend, doch in Gegenrichtung zum Strudel drehten. Dies hielt den Konus im Verhältnis zum äußeren Rand des Vulkans an der gleichen Stelle. In der Kuppel spürte man nicht, daß sich etwas bewegte.

Als sie aus ihrer Denksitzungs-Trance kam, sah Habiba die Lichter auf dem Vulkanrand, der den Konus in seiner einzigen richtungsmäßigen Orientierung festhielt. Sechshundert Lichter auf hohen Türmen umringten das Meer aller Dinge. Sie blitzten abwechselnd rot und blau. Jedesmal, wenn das Kuppel-Visuplex offen war, konnte sie das schwache, synchrone ›Pieps‹ hören, wenn die Konusempfänger ein Lichtsignal bestätigten.

Doch jetzt war die Kuppel für die Denksitzung versiegelt.

Habiba lauschte. Sie hörte nur das tiefe, weiche Atmen der in Trance versetzten Untergeordneten.

»Das Meer aller Dinge«, sagte sie und zwang die herrlichen Worte dazu, die Geister derjenigen unter ihr zu durchdringen.

Alle wandten sich um und sahen aufs Meer hinunter: Das Wasser war völlig klar, um sie auf völlig klare Gedanken einzustimmen.

Trotz seiner Klarheit erzeugte das Meer die Illusion, nicht tief zu sein. Doch Habiba wußte, daß es sich in unauslotbare Tiefen erstreckte, die der ›Geräumigkeit‹ von Dreenor selbst entsprachen. Und wie alles Dreenor-Wasser, gab es auf der Meeresoberfläche keine Unreinheiten, keine Algen und keine schwebenden Partikel. Man wußte, daß tief unten in der Dunkelheit, die nicht einmal Habibas einmalig verstärkte Vision durchdringen konnte, Geschöpfe lebten. Dort unten lebten Geschöpfe, die man per Dreen-Idmagination ersonnen hatte; die jungen Erzähler wetteiferten darum, im Meer aller Dinge die fremdartigsten Lebensformen zu idmaginieren.

Selbst Habiba, die mehr Geschichten gehört hatte als jeder andere Dreen, kannte nicht alles, was über die Reichweite ihrer geheimen Kräfte hinausging. Es gab Geschichten über Geschichten, und manche wiesen das Schrillen der Wahrheit auf. Es war eine Tatsache, daß sie nicht an *jeder* Geschichte teilhaben konnte. Also konnte sie auch nicht alles kennen, was existierte. In dieser Hinsicht stand das Meer als Symbol des Idmaginations-Mysteriums. Niemand konnte alle Dinge kennen, und das Meer konnte nicht alle Dinge enthalten — es sei denn, potentiell. Deswegen stellte das Meer als Symbol nur das Ideal eines perfekten und vollständigen Wissens dar.

Einige dieser Gedanken wurden durch die Denksitzungs-Spirale nach unten gefiltert und auf den unteren Ebenen nach der Fähigkeit jedes einzelnen Dreen akzeptiert.

Nur von Habiba und Jongleur erwartete man, daß sie während des Teilhabens aus der Denksitzungs-Trance ein- und ausgingen. Jongleur fügte gelegentlich Verfeinerungen oder Vorschläge hinzu. Er tat dies meist hinterher, bei privaten Sitzungen. Doch heute mischte sich Mugly mit fortwährendem Sorgengenörgel über die Erde ein. Es gab keinen Zweifel, daß seine Argumentation durch den Diebstahl des Sonder-Exkursionsschiffes an Kraft gewann.

Habiba war gezwungen, über die Bedrohung nachzudenken.

Ryll ist nur ein Kind; vielleicht macht er ernsthafte Fehler.

Wer konnte es abstreiten? Das Kind hatte schon eine Neigung gezeigt: die Abgabe falscher Beurteilungen.

Vielleicht hätten wir ihn mit einem Besänftiger behandeln sollen. Aber es war halt schwierig gewesen, zu sagen, daß der Erstgeborene ihres Erstgeborenen eventuell ... nun ja, geistig gestört war.

Aber was sollte man wegen der Erde unternehmen?

Das kriegslüsterne Volk dieses Planeten verfügte jetzt über Raumfahrzeuge, die in der Lage waren, andere Planeten anzugreifen. Habiba sah ihre gegenwärtigen Schiffe zwar nicht als unmittelbare Bedrohung, aber wenn die Erder den Dreen-Antrieb entwickelten, konnten sie durch die Spiralen kommen und Dreen selbst bedrohen.

Was ist, wenn sie durch irgendeinen dummen Zufall dieses Kind und sein Schiff gefangennehmen?

Es war eine grauenhafte Vorstellung, und ihre eigenen Worte kamen aus der Vergangenheit zurück, um sie heimzusuchen. Sie hatte es bei vielen Gelegenheiten zu Jongleur und anderen gesagt.

Wir haben keine Verteidigungs- und Angriffswaffen. Und so muß es auch sein. Die Geschichte hat bewiesen, daß die Einführung der kleinsten Waffe in eine Zivilisation stets zu Gewalt und letztendlichen Vernichtung des ganzen sozialen Organismus führt, der diesen Irrtum zugelassen hat.

Die Dreen-Idmagination hatte mit zahllosen Lebensformen freien Willens experimentiert — jedesmal mit dem gleichen abscheulichen Resultat. Doch die allerneuesten Meldungen, die von der Erde kamen, komplizierten ihre Grübeleien.

Mugly mischte sich mit einer seiner Warnungen ein:

»Die Gefahr nimmt zu. Schon in diesem Augenblick führt man auf der Erde Experimente mit Spiralreisen durch.«

Das war der Kern einer neuen Meldung. Es gab keinen Zweifel. Ein Erder namens Lutt Hanson junior hatte laut dieser Meldung von einem Raumschiff aus Funkbotschaften in Spiralform ins irdische Sonnensystem übermittelt.

Wie hätte es diesem Erder entgehen sollen, daß es auch Spiralreisen gab? Dieser Mensch war der Lösung vielleicht sehr nahe.

Die Krieger der Erde könnten mit ihren schrecklichen Waffen schon vor unserer Schwelle stehen.

Die unter ihr sitzenden Elite-Erzähler hatten heute noch weitaus ominösere Neuigkeiten mitgebracht; eine Meldung von der letzten Erd-Exkursion.

Die irdischen Nationen sind einmütig übereingekommen, vertraglich ein gegenseitig überprüfbares Abkommen zum Einfrieren und Drosseln ihrer furchtbarsten Waffen abzuschließen.

Demnach planten sie wahrscheinlich nicht mehr, sich selbst auszurotten. Das bedeutete, daß sie nicht mehr in der drohenden Gefahr schwebten, dem Schicksal zu begegnen, dem andere Völker begegnet waren, nachdem sie ein ähnliches Stadium der Kriegstechnik erreicht hatten.

»Unser Problem ist das Problem des Universums«, sagte Habiba. Sie warf einen Blick über das Meer aller Dinge, als dieser Gedanke auf die niedrigen Ränge niederfuhr. »Alle Dinge sind Idmaginationen, die in unserem Gedächtnis festgehalten sind. Wenn der letzte Dreen stirbt, stirbt auch das Universum.«

Eine Aussage, die keiner Erwiderung bedurfte.

Jongleur grübelte über die Worte der Steuereinnehmerin nach.

Warum mußte es mein Sohn sein, der diese Krise heraufbeschworen hat?

Habiba griff nach unten und tätschelte seinen Kopf.

Jongleur sah liebevoll zu ihr hinauf. Im vollen Licht der Sonne war Habiba eine grüne Göttin, ihr Haar eine wahre Freude.

Von ihrer Berührung beruhigt, holte er tief Luft und sah sich in der Kuppel um. Erneut überwältigte ihn Trauer. Die Fensterrahmen sonderten schwarze Flocken ab, und die grünbraune gehärtete Vegetation am Kuppelfundament mußte auch wieder poliert werden. Habiba mußte jedes Instandhaltungsdetail bestätigen, und unter normalen Umständen nahm man sich dieser Dinge wirkungsvoll durch nützliche Handarbeit und Idmagination an. Nun ja, sie hatte in letzter Zeit andere Probleme gehabt, die ihrer Aufmerksamkeit bedurften. Aber die Kuppel zeigte Vernachlässigung.

»Vielleicht sind wir zu neugierig, was die unbegrenzten Möglichkeiten in einem unbegrenzten Universum angeht«, sagte Jongleur.

»Wer sagt, daß es unbegrenzt ist?« fragte Mugly.

»Es ist geräumig«, sagte Habiba.

Jongleur dachte darüber und über touristenhafte Neugierde der Dreen nach. Übertriebene Neugierde! Die Dreen wollten stets persönlich irgendwo hingehen und sich umschauen — wollten die Geschöpfe und Wunder, von denen sie in erzählerischer Form gehört hatten, sehen. Viele Geschichten spielten deswegen auf der Erde, weil Dreen-Besucher im Laufe der Jahrtausende sie mit idmaginativen Eingriffen verändert hatten.

Variationen eines Themas.

Die Erde war zwar ein ungemein populärer Ort für einen Besuch, doch sie warf stets das Problem des freien Willens auf, den offenbar kein Dreen zu ändern in der Lage war.

Die Erde ist wirklich ein hübscher Planet, wenn man es schafft, an einen Ort zu gelangen, den die Bewohner noch nicht mit ihrer gleichbleibenden Geringschätzung für die Konsequenzen vergiftet und verschmutzt haben.

Warum hat die Ursprungs-Idmagination keinen ausdrücklichen Befehl gegen das Beschmutzen des eigenen Nestes enthalten? wollte Mugly wissen.

Weil dies gegen den freien Willen gerichtet wäre, erklärte Jongleur.

Nichts davon half Habiba bei einer Lösung des Problems Erde. Sie hatte Vertreter ausschicken wollen. Sie hätten den Planeten offen aufsuchen sollen. Sie hatte mehrere Schiffs- und Lebensformen ausprobiert. Doch die Erder hatten sofort geschossen; sie hatten ganz offensichtlich kein Interesse an der Identität oder an den Zielen der Besucher.

»Erst schießen, dann fragen«, sagte man auf der Erde.

Dann müssen wir es glauben, dachte Habiba.

Und genauso werden sie sich Dreenor nähern. Mit feuerspeienden Schießeisen und fliegenden Bomben. Angesichts unserer hohen Technologie werden sie annehmen, daß wir über eine entsprechende Rüstung verfügen. Sie werden uns fürchten, und deswegen werden sie auch versuchen, uns auszurotten. Wie können wir ihnen bewußt machen, daß das Nichtvorhandensein von monströser Waffentechnik eine höhere Stufe der Zivilisation darstellt?

»Sie halten jetzt schon Angehörige unseres Volkes gefangen«, wurde sie von Mugly erinnert.

»Aber sie haben keines unserer Schiffe und kennen unsere Position nicht«, sagte Jongleur.

»Ahhh, der Dreen-Pazifist will uns wieder mal einlullen«, höhnte Mugly.

»Alle Dreen sind von Natur aus Pazifisten«, brachte Habiba ihm in Erinnerung.

»Bin ich etwa kein Dreen?« wollte Mugly wissen.

»Du bist viel friedlicher, als du zugeben willst«, sagte Habiba. »Du kannst dich lediglich leichter aufregen; das ist eine Fähigkeit, die in unserem Volk nicht oft vorhanden ist.«

»Willst du damit sagen, ich bin das Ergebnis einer schlechten Saat?«

»Mugly!«

»Entschuldige, Habiba. Ich liebe dich sehr.«

»Mein lieber Mugly, du mußt deinen Ärger vergessen.«

»Aber die Erdgürtel-Patrouille hält einundneunzig Angehörige unseres Volkes fest, und jedesmal, wenn wir versuchen, sie zu befreien, verlieren wir noch mehr.«

»Die Erdgürtel-Patrouille ist geschickt, weil wir sie so idmaginiert haben«, sagte Jongleur.

»Aber sie trennen die Gefangenen voneinander. Sie verlegen sie oft und scheinen sie fast ständig zu verhören.«

»Deswegen müssen sie noch längst nicht unsere wirkliche Dreen-Gestalt kennen oder Zeugen unserer Idmaginationstalente geworden sein«, sagte Jongleur.

»Wird dein Sohn das ändern?« fragte Mugly.

»Was auch passiert, er kennt weder die Geheimnisse unserer Technik, noch kennt einer der Gefangenen sie. Nur du, Habiba und ich teilen dieses wertvolle Wissen.«

»Warum, glaubst du, bin ich nicht hinter meinem Schiff hergejagt?«

»Deine Leuten haben viel auf sich genommen, um ein solches Schiff zu idmaginieren«, sagte Habiba.

»Ich habe sie scharf zensiert und als Strafe bestimmt, daß keiner von ihnen bei einer Denksitzung deine wertvolle Gegenwart teilen darf!«

Weil er seine allergeheimsten Gedanken ausgeschlossen hatte, glaubte Mugly diese Unwahrheit wirklich, und für einen Moment flößte ihm die grausame Härte seines eigenen Zorns Ehrfurcht ein.

Doch zum ersten Mal war Jongleur mit ihm einer Meinung. »Du warst klug, Mugly. Deine Handlung sendet ein begrüßenswertes Signal durch ganz Dreenor.«

»Aber sie lehrt kaum mehr als die Strenge jener, die herrschen«; sagte Habiba. »Und ich bezweifle, daß sie andere davon abhält, ähnliche Tricks zu versuchen.«

Jongleur schaute auf, und als er den intensiv nach unten gerichteten Blick aus Habibas runden braunen Augen sah, wurde ihm klar, daß er sie von der Entwicklung einer Lösung dieser Krise ablenkte. Die empfindlichen Mikroneuronen der Obersten Steuereinnehmerin erforderten heitere Gemütsruhe, wenn sie am besten funktionieren sollten. Jongleur schwenkte die Augen nach innen und konzentrierte sich auf das Aussenden ruhiger Erzählgedanken. Die anderen Teilnehmer der Denksitzung fingen seinen Hinweis auf und verstärkten das Gefühl der Gemütsruhe. Nur Mugly der Senior hielt eine winzige, mißtönende Störung aufrecht, aber sie war so gering, daß nur Habiba allein sie spüren konnte.

Habiba engagierte sich nun in einer Darstellung, zu der nur sie allein fähig war. Ein Auge schwenkte nach außen, eins nach innen. Dieser Akt trennte das Bewußtsein vom Unterbewußtsein, und das sogar dann, wenn sie in die Denksitzungs-Trance verfiel. Die Trance befähigte sie, zwischen ihren getrennten Egos zu vermitteln. Unter ihr fügten sechsunddreißig zusätzliche Geister ihre Anstrengungen denen Habibas hinzu. Die dichte Energie, die diese Konzentration erzeugte, hob die Kuppel vom Dach des Konus und erlaubte es ihr, sich mit dem Wirbel des unter ihnen befindlichen Meeresstrudels zu drehen.

Höher und höher flog die Kuppel, durchdrang die Wolken und stieg in die Stratosphäre auf, bis die dortigen Winde sie bremsten. Weiter stieg sie an, stets auf den tief unter ihr liegenden Konus ausgerichtet. Habiba wußte, daß sie noch nie so hoch gestiegen war, aber die Dreen hatten auch noch nie zuvor vor einem Problem dieser Größenordnung gestanden.

Die Erde muß eine fehlerhafte Idmagination ein, dachte sie.

Endlich hörte die Kuppel auf zu steigen; sie war weit aus der Atmosphäre heraus. Die Insassen überlebten jetzt in der von ihrer kombinierten Kraft idmaginierten Luft. Die Hitze ihrer Bemühungen wärmte sie, und ihre

Konzentration schützte sie vor Gedanken an andere Dinge.

Habibas freigesetzter Geist nahm sich aller Geschichten über die Erde an, die sie je erfahren hatte. Es gab nichts mehr, was sie ablenken konnte. Ihre Aufmerksamkeit galt allen bekannten Facetten des Erder-Daseins, die die Dreen gesehen, bei der Begleichung ihrer Steuern oder auf anderen Versammlungen erzählt hatten. Sie ergaben ein umfassendes Bild, in dem Habiba nach den Motiven der Erder forschte.

Die Kuppel, die sie jetzt nicht mehr festhielt, beschleunigte weit über das Meer aller Dinge hinaus zur Seite. Nach einer Zeit, die niemand bestimmen konnte, erschien Habiba eine Lösung. Sie kehrte aus der Trance zurück und fand ihre Kuppel auf einer Wiese voller hellgelber Blumen wieder, die fast die gleiche Farbe hatten wie ihre eisgelbe Denksitzungs-Aura.

Wie die erste Kindsaat, die ich fruchtbar gemacht habe, dachte sie.

Doch es waren keine Kindsaat-Blüten. Diese Art von Pflanzen gab es nicht mehr. Sie würde sie nie wieder mit ihren Händen pflücken, und würden auch nie wieder auf Dreenor wachsen, es sei denn, die Ewigkeit verlangte, daß sie sie anpflanzte.

Habiba erinnerte sich schmerzhaft der uralten Düfte der Kindsaat-Blumen. Würde sie sich nie wieder an dieser Schönheit erfreuen? Irgend etwas an diesem *nie wieder* machte sie bekümmert und verängstigte sie. Sie wünschte sich bleibende Schöpfungen — oder zumindest erneuerbare Zyklen. Würde sie je wieder Kindsaat-Blumen sehen? Habiba wollte entweder die Antwort darauf erfahren oder ihre Frage vergessen.

Die unter ihr hockende Denksitzungs-Elite verblieb in Trance; die Leute atmeten tief, ihre Kräfte nahmen ab. Jetzt konnte man sie wecken.

Und ich werde hier sein — Habiba, die Ewige.

So sah ihr Volk sie; als Oberste Steuereinnehmerin,

als Mutter aller, als Erste Dreen. Unter ihrem Heim wohnten keine Familien-Senioren. Sie war die einzige Dreen, die keinen Partner brauchte. Die Dreen konnten sich nicht vorstellen, daß es vor ihr jemanden oder etwas gegeben hatte. Sie hatte Dreenor immer beherrscht — und damit auch das Universum befehligt. Sie würde diesen Gipfel immer einnehmen.

Gedanken dieser Art verstörten Habiba. Sie spürte, daß die Disharmonie sich den Weg zur in Trance befindlichen Denksitzungs-Hierarchie nach unten bahnte.

In ihrem Geist gab es eine *Ersterinnerung*. Sie versuchte, sie zu meiden, doch nun spürte sie, daß sie nicht dazu fähig war.

Ich wachte auf. Ich erinnerte mich an eine Leere, in der es nichts gab. Ich war ein nacktes Mädchen auf einer riesengroßen Wiese voller gelber Blumen. Woher wußte ich, daß ich sie pflücken und ihre Saat lagern sollte?

Sie erinnerte sich an die angenehme Wärme der Wiese von damals. Dort hatte sie ihren ersten Unterstand aus Schlammziegeln idmaginiert — ein Zentrum sauber gestapelter Steinbehälter, in denen die Kindsaat lagerte.

Zahllose Behälter.

Krüge, so groß wie ihr jugendlicher Körper. Sie erstreckten sich weiter, als ihre Augen sehen konnten — und ihre Augen sahen weiter als die jedes anderen Dreen.

Wo Kindsaat-Pflanzen blühten, wuchs nie wieder etwas anderes.

Ich habe alle Krüge gefüllt. Eine heilige Aufgabe. Woher wußte ich, daß sie heilig war?

Die Erntejahre kamen ihrem unsterblichen Zeitsinn nicht lange vor. Jede Zeit, die man mißt, kommt einem gering vor, wenn man sie mit der Ewigkeit vergleicht, machte Habiba sich bewußt. Sie nannte die Erntezeit »Erster Tag«.

Im Morgengrauen des »Zweiten Tages«, einer neuen

Periode von ungezählten Sonnenauf- und -untergängen, hatte Habiba die ersten Worte gesprochen:

»Dies ist die Kindsaat meines Volkes.«

Aus siebzig braunen Schoten hatte sie die ersten Kinder auf die Welt geholt — fünfunddreißig weibliche und fünfunddreißig männliche. Als sie geboren wurden, war der »Dritte Tag« heraufgedämmert, eine *ewig währende* Periode, die sich bis in die Zeit der Erdperiode erstreckte.

Die Erde!

Der Schock der Realität weckte die Elite auf.

»Ich habe die Tilgung der Erde überdacht«, sagte Habiba.

»Pauschale Massenbestrafung ist undenkbar«, wandte Jongleur ein.

Habiba brauchte nicht erst zu Jongleur hinunterzuschauen, um zu wissen, daß er sie in ängstlicher Verwirrung anstarrte. Die äonenalte Erfahrung verriet ihr jede physische Reaktion ihres Chef-Erzählers ...

Mein Erstgeborener.

»Ich bin gegen Tilgung«, sagte Habiba. »Aber nicht deswegen, weil pauschale Bestrafung fragwürdig ist. Doch der Tod der Erde würde eine Erzähler-Krankheit heraufbeschwören. Ich fürchte, daß unser empfindlicher und kreativer Geist unter Umständen eine Einbuße des Idmaginationstalents erleben würde. Wäre das nicht gleichbedeutend mit dem Tod aller Dreen?«

Jongleur nickte. Habiba war ja so weise!

Sie wechselte auf ihrem Sitz leicht die Position. Ein dünner vertikaler Schatten, den der Visuplex-Rahmen warf, legte sich über ihre rechte Gesichtshälfte.

Für Jongleur war der Schatten wie eine der tiefen Furchen, die ihre liebreizenden Züge zeichneten. Ihm fiel auf, daß Habibas Denksitzungs-Aura abnahm — das für alle sichtbar eisige Gelb, das heller und konstanter war als die Augen der anderen Dreen.

Mugly konnte nun nicht mehr schweigen.

»Aber die Tilgung würde das Problem für alle Zeiten

lösen! Liebe Habiba, wenn meine Leute auch auf eigene Faust gehandelt haben, so waren sie vielleicht nicht fehlgeleitet.«

»Die Tilgung, lieber Mugly, würde neue Probleme schaffen, und einige von ihnen übersteigen vielleicht die Möglichkeiten, die wir zur Korrektur haben.«

Mugly saß wie gelähmt da. Probleme, die die idmaginativen Fähigkeiten der Dreen überstiegen?

»Welche ... welche Probleme?« stammelte er.

»Ich weiß es wirklich nicht, Mugly. Aber sie könnten durchaus katastrophale Folgen haben.«

»Wenn eins unserer Schiffe den Erdern intakt in die Hände fällt, könnte es unser Ende sein«, sagte Jongleur. »Ich schlage vor, wir verbieten allen Dreen, die Erde zu besuchen. Das wäre ...«

»Es wäre eine Qual für unsere Erzähler«, sagte Habiba.

»Und wir würden nie im voraus wissen, was die Erder tun«, sagte Mugly. »Außerdem wissen sie schon von den Spiralen.«

»Dann laßt uns eine Barriere idmaginieren, die die Spiralen abschottet«, sagte Jongleur hartnäckig.

»Du überraschst und entsetzt mich, Jongleur«, sagte Habiba. »Hast du nicht gehört, was ich gesagt habe? — Wir sollen uns auf Dreenor beschränken, so daß unsere Kreativität kein Ventil mehr hat? Es würde die Dreen irremachen.«

Jongleur zog einen Zipfel seines Baretts nach vorn und verbarg die Augen dahinter; er wagte es nicht, Habiba anzusehen. Er suchte in seinem Geist nach etwas Intelligentem, das er sagen konnte.

»Die Idmagination der Erde war Flickschusterei!« sagte Habiba.

Jongleur wiegte zwar zustimmend seinen Körper, aber er wagte es nicht, den Namen des Dreen zu erwähnen, der die Erde mit dem Risiko idmaginiert hatte, Habiba in Verwirrung zu stürzen.

Wemply der Reisende war tatsächlich ein Dreen-Pechvogel. Erder-Soldaten haben ihn getötet, nachdem er ihre Gestalt angenommen hatte.

Wemplys Tod hatte Jongleur traurig gemacht.

»Wie kann man nur so idiotisch sein, bakterielle Lebewesen zu idmaginieren und sie mit freiem Willen und der eindeutigen Neigung zur Gewalt ausstatten!« sagte Habiba. »Das ist zu hoch für mich! Ihm muß doch klar gewesen sein, daß dies den Planeten mit allen erdenklichen Formen von Raubtieren bevölkern würde.«

»Manche Dreen werden deine Warnungen nie beachten«, sagte Jongleur und musterte Mugly spöttisch. »Die großartige Kraft der Idmagination erfordert allerhöchste Vorsicht und eine Schöpfung, die nie wahllos sein darf.«

Dann wagte Jongleur einen Blick auf Habiba. Ihr großer Leib bebte vor Emotion.

»Was machen wir also mit der Erde?« fragte Jongleur.

»Wir müssen ein Idmaginationsschild um Dreenor erzeugen, das den Planeten lebensfeindlich und unbewohnbar wirken läßt.«

Mugly war verwirrt. »Aber hast du nicht gesagt, wir dürfen nicht verhindern, daß die Dreen zu anderen Planten rei ...«

»Ich rede nicht von einer Barriere! Meine Idee basiert auf etwas, das die Erder tun. Sie produzieren Badeanzüge, die zwar undurchsichtig erscheinen, den bräunenden Sonnenstrahlen jedoch erlauben, sie zu durchdringen.«

»Wie klug!« sagte Jongleur.

»Unser Schild wird über uns schweben«, sagte Habiba. »Die Strahlen der Sonne werden ihn durchdringen, aber wer einen Blick auf Dreenor wirft, wird nur lebensfeindlichen Boden sehen.«

Widerwillig gestand Habiba sich ein, daß die Erder tolle und erfindungsreiche Ideen hatten. Vielleicht war das der ursprüngliche Grund gewesen, sie zu idmaginieren?

»Ist es nicht ironisch?« sagte sie. »Die freien Geister

der Erde bringen uns zwar in Gefahr, aber sie versorgen uns auch mit der Saat unseres Heils! — Hört! Außerdem müssen wir neue Agenten ausschicken, um Jongleurs fehlgeleiteten Sohn zu suchen. Daß Ryll auf der Erde ist, stellt eine Gefahr für uns dar, denn wir wissen nicht, wieviel er über das Tilgungsschiff in Erfahrung gebracht hat oder was er den Erdern eventuell erzählt, sollte er festgenommen werden.«

Mugly empfand verhaltene Unruhe. Der Tonfall Habibas sagte ihm, daß auch sie — trotz der Gefahren — von der Erde in den Bann geschlagen war. War ihre Schild-Idee nicht ein bißchen oberflächlich?

»Müßten wir da nicht die Kreativspiralen um Dreenor verändern, um einen Schild zu machen?« fragte Jongleur.

»Das fällt nicht ins Gewicht«, sagte Habiba. »Wir bringen die Spiralen so durcheinander, daß fremde Besucher gar nicht erst in die Nähe des Schildes kommen. Bevor wir uns mit einer Spirale verbinden, nähern wir uns dem Schild mit einfachen Rückstoßdüsen.«

»Ich nehme an, auch Dreenor war eine Dreen-Schöpfung«, sagte Mugly. »Wenn wir es schon wagen, herumzupfuschen ...«

»Wir werden nicht pfuschen«, sagte Habiba. »Meine Sinne sagen mir zwar, daß Dreenor eine äußerst gewaltige Idmagination ist, aber wir können unseren Schild machen, wenn wir die gemeinsame Energie sämtlicher Dreen einsetzen.«

Jongleur schaute Mugly an. Mugly schaute Jongleur an. Zwei Dreen mit dem gleichen Gedanken: *Trotzdem bedeutet es, daß wir an unserem Nest herumpfuschen.*

»Kommt!« sagte Habiba. »Wir gehen alle in die Denksitzungs-Trance zurück! Wir müssen die Kuppel wieder an ihren Platz bringen!«

Wir wissen nicht, warum Hanson junior mit einem Dreen-Schiff zusammengestoßen ist. Er behauptet, von den Dreen nichts zu wissen. Die Untersuchung des Wracks hat nichts von Wert ergeben. Wir gehen von einer Dreen-Selbstvernichtung aus, um der Gefangennahme zu entgehen. Hansons Schiff wird freigegeben; er selbst wird beschattet.

Tagesnotiz der Erdgürtel-Patrouille XEN-50: Major Hauptmann

Im Aufzug der Erdgürtel-Patrouille trat Lutt auf den glimmenden Stummel einer weggeworfenen Zigarre. Er wehte den abgestandenen Qualm beiseite und fragte sich, warum die Klimaanlage ihn nicht aufgesaugt hatte. Ein schmutziges Plakat gab ihm die Antwort:

ÜBEN SIE SICH BITTE IN GEDULD, SOLANGE DIE KLIMAANLAGE REPARIERT WIRD.

Das Plakat trug ein Datum, das acht Monate zurücklag.

Die Aufzugtüren schlossen sich ächzend und schnitten ihn vom Anblick Major Hauptmanns in ihrem komischen Behältnis ab. Sie saß da und musterte etwas auf ihrem Tisch.

Du hättest die Zigarre rauchen sollen, drang Ryll auf ihn ein. *Sie war nicht mal halb aufgeraucht. Ich nehme hin und wieder gern mal einen Zug.*

Der Aufzug fuhr ächzend und klirrend nach unten.

Wenn ich durchgedreht bin, muß ich eben damit fertig werden, dachte Lutt. *Schlag bloß nicht vor, daß ich anderer Leute Hinterlassenschaften aufbrauche. Das ist ein sicherer Weg, sich Krankheiten einzufangen. Außerdem rauche ich gar nicht.*

Aber ich; und wenn man einen Stummel findet, erspart es einem den Ärger, einen zu idmaginieren.

Aber die Bazillen im Speichel anderer Leute!

Dreen sind gegen alle Krankheiten immun. Dieser Körper besteht zu über neunzig Prozent aus meinem Protoplasma; ich bin sicher, daß die Dreen-Zellen ihn beherrschen.

Alter ist auch eine Krankheit. Sind wir auch dagegen immun?

Meine Prüfer in der Schule behaupten zwar, daß nicht alle Fusionen identisch sind, aber wenn wir der Erdgürtel-Patrouille und allen anderen Gefahren aus dem Weg gehen, leben wir vielleicht lange genug, um diese Frage zu einer rein akademischen zu machen.

Du weißt es also nicht genau.

Ich weiß, daß ich mich gern von dir trennen würde, Lutt!

Amen!

Du glaubst allmählich an mich, nicht wahr, Lutt?

Dieses Luder hat mich nach den Dreen gefragt. Und ... manchmal habe ich Sachen gesagt, die ...

Tut mir leid, daß ich deine Stimme so mit Beschlag belegt habe. Bis ich mehr über eure Lebensweise weiß, will ich versuchen, in der Gegenwart von anderen still zu sein. Schreib den Ausbruch meiner Jugend zugute. Dreen sollten geduldig sein und genauestens beobachten, bevor sie etwas sagen.

Der Aufzug kam bumsend zum Halten; die Türen flogen blitzschnell auf. Lutt kam in einen grüngefliesten Saal mit hoher Decke, an der winzige Lichter funkelten. Die Nachbildung eines antiken Erdgürtel-Patrouillenschiffes nahm das Zentrum des Saales ein. Die Stummelflügel des Schiffes funkelten. Mehrere Gruppen von Beamten der Erdgürtel-Patrouille standen herum und unterhielten sich. Sie schenkten Lutt kaum Beachtung. Durch die Gitter in der Tür erhaschte er einen Blick auf einen Säulengang und den Straßenverkehr. Eine Sergeantin saß neben der Tür hinter einem Schreibtisch.

Sie schaute mit einem gelangweilten Gesichtsausdruck auf, als Lutt sich ihr näherte. Er wollte etwas sagen, aber sie warf ihm mehrere Papiere zu und fiel ihm ins Wort.

»Das ist der Wegweiser zum Lagerhaus. Und hier müssen Sie bestätigen, daß man Sie nicht mißhandelt hat und daß Sie die Erdgürtel-Patrouille lieben wie Ihren Vater.«

»Au ja«, sagte Lutt. »Ich liebe sie nämlich wirklich so wie meinen Vater.«

Das war aber eine äußerst zweideutige Antwort, Lutt.

Lenk mich bloß nicht ab!

Lutt unterzeichnete die Papiere dort, wo sie angekreuzt waren, dann nahm er den Wegweiser zum Lagerhaus in Empfang. Die Sergeantin drückte einen Knopf auf ihrem Tisch.

Die Tür ächzte, ging aber nicht auf.

»Verdammte GI-Ausrüstung!« sagte die Sergeantin. Sie ging zur Tür und trat dagegen. Kratzend und quietschend ging sie auf.

Lutt eilte hindurch, aus Angst, sie würde sich wieder vor ihm schließen. Er blieb unter den Säulen stehen und sah sich den Weg an, den er einschlagen mußte.

Lutt, du mußt aufhören, in mir einen Störfaktor zu sehen. Ich möchte dein primitives Volk in den kleinsten Einzelheiten studieren. Es wird Fragen geben; dann erwarte ich Antworten von dir.

Es ist, als summe ein Moskito in meinem Ohr.

Gewöhn dich daran, oder ich nenne dich Schutt, wie es dein Bruder tut.

Ich heiße Lutt, verdammt noch mal! Und hör auf, meine Gedanken auszuspionieren!

Ich will versuchen, zu kooperieren. Wenn wir schon keine Freunde sein können, können wir wenigstens höfisch ... äh ... höflich sein.

Yeah. Behandle mich wie die Königin von Rumänien.

Lutt atmete die kühle Morgenluft tief ein. Ein betonierter Bürgersteig führte links von ihm an hohen Hekken und einem Schild vorbei, auf dem ›Transportzone‹ stand.

Ich will versuchen, zurückhaltender zu sein, Lutt. Aber ich habe dir viel zu bieten, und es ist die Art meines Volkes, offen zu sein.

Du bist ein verdammter Schwätzer!

Du erwartest doch wohl nicht, daß ich stumm bin.

Lutt betrat den betonierten Bürgersteig und gab keine Antwort. Zwischen den hohen Hecken breitete sich ein Irrgarten aus; dazwischen lagen gelegentlich geräumige Plätze mit Bänken. Über ihnen hingen Schilder mit der Aufschrift ›Herumgammeln verboten‹.

Wie ich sehe, fürchtest du Verwicklungen, meldete sich Ryll. *Du möchtest nicht nervös werden, und ... ahhh ... und rot wirst du auch. Eure emotionalen Reaktionen sind uns bekannt, siehst du?*

Es ist nicht schön, Leute in eine peinliche Lage zu bringen.

Sind Erder immer lieb?

Natürlich nicht!

Dann werde ich mich benehmen wie ein Erder; ich werde nur hin und wieder lieb sein. Es erscheint mir völlig passend, ich habe auch nicht vor, mit unserem gemeinsamen Körper Benimmfehler hervorzurufen.

Laß mir nur das Kommando, klar?

Ich werde eine mentale Zählung abhalten. Immer wenn ich einen Erder sehe, der freundlich ist — oder wenn ich von Freundlichkeit höre —, werde ich einen Eintrag machen. Wir Dreen tun solche Dinge mit Leichtigkeit.

Du redest zuviel!

Das ist nicht freundlich, Lutt!

Ich bemühe mich auch gar nicht, freundlich zu sein. Ich möchte gar nicht freundlich sein. Ich will, daß du die Klappe hältst!

Du weißt offensichtlich gar nichts über die unendliche Dreen-Kapazität in bezug auf Erinnerung. Wenn du aufmerksam wärst, wüßtest du es natürlich. Mein Vorrat an Erfahrungen und Geschichten ist zwar wegen meiner Jugend und meiner früheren Unaufmerksamkeit begrenzt, aber ich kann keine Geschichte oder beobachtete Einzelheit vergessen.

Der Weg endete vor einer breiten Treppe, die zur

nächsten Ebene hinaufführte. Dort hatte man Sträucher und Bäume gepflanzt. Lutt konnte über sich Fahrzeuge hören.

Ich bin besonders talentiert, wenn ich meinen Geist darauf richte, beharrte Ryll.

Lutt rannte die Stufen hinauf; er nahm drei bei jedem Schritt. Er ächzte, während er rannte, denn er wollte Rylls aufdringliche Stimme übertönen. Es wäre ihm lieber gewesen, er hätte den ganzen Wahnsinn hinter sich lassen können. Eine Amsel, die mitten auf dem Weg saß, hüpfte zur Seite, aber auf Menschen stieß Lutt erst, als er oben war. Zwei Frauen in der Uniform der Erdgürtel-Patrouille musterten ihn neugierig, bevor sie hinuntergingen.

»Gammelt bloß nicht da rum!« rief Lutt hinter ihnen her und lachte hysterisch.

Die Frauen beschleunigten ihren Schritt, sahen aber mit überraschten Blicken hinter ihm her.

Für jemanden, der Verwicklungen fürchtet, führst du dich recht närrisch auf, Lutt.

Ach, halt doch die Schnauze.

Ich sehe schon, ich muß dir mehr Zeit geben, damit du dich anpassen kannst.

Lutt kam auf einen breiten Bürgersteig. Daneben verlief ein gekrümmter Fahrweg, der von Autos — Lieferwagen, Limousinen und Bussen — umstellt war. Er hatte keine Schwierigkeiten, die Rikscha zu identifizieren. Das Ding war überdimensioniert und mit grellen Schnitzereien verziert. Ein schwergepanzerter Karren, der aussah wie ein riesenhafter roter Sedan-Sessel auf stoßgedämpften Rädern. Der Zugbalken ruhte auf einem aufblasbaren jadegrünen chinesischen Hund. Sechs dicke Roboter, mit golddurchwirktem Brokat bemalt — sie sahen aus wie Mandarine von früher — standen neben dem Zugbalken. Jeder von ihnen trug eine Schrotflinte; sie sahen aus wie Lasergewehre.

Der Hanson-Sicherheitsdienst hatte sie programmiert, damit sie gegen Terroristen gewappnet waren, doch ihre Erscheinung hatte L. H. angeblich selbst bestimmt — »mal was anderes für die Freunde und die Familie«. L. H. hatte einst zu einem Interviewer gesgt, er erschaffe nie etwas für seine Gegner — »es sei denn, um sie neidisch zu machen«.

Als Lutt sich der Limousine näherte, fragte er sich, ob diese Vehikel je etwas anderes als Gelächter hervorgerufen hatten. Seine Mutter tat so, als ob sie ihr gefielen, weil ihr Design »eins meiner Hochzeitsgeschenke« war. Außerdem gefiel ihr die Vorstellung, daß Robotwachen eindeutig zeigten, daß man zu den wirklich Reichen zählte. Sie um sich zu haben, sagte sie, sei »dazu angetan, Ärger zu vermeiden«.

Eine der elektrischen Türen der Limousine flog abrupt auf und wurde zu einer Rampe. Phoenicia Hanson tauchte auf, ihr folgte Morey, Lutts jüngerer Bruder. Ihr Erscheinen leitete hektische Aktivitäten der Roboter ein: Zwei von ihnen lösten sich von den Zugbalken und flankierten die Rampe. Ihre Waffen deuteten auf Lutt.

»Ich bin's, ihr Schwachköpfe!« schrie Lutt.

Die Schießeisen blieben zwar weiterhin auf ihn gerichtet, doch die Roboteraugen untersuchten die nähere Umgebung.

Lutt sah seine Mutter und seinen Bruder an und dachte: *Welch ein Kontrast!* Phoenicia, eine kleine Frau in einem knöchellangen Kleid aus weißem Stickgarn, sah unter einem Knoten aus blondem Haar blaß und zerbrechlich aus. Morey ragte über ihr auf wie ein befehlsgewohnter Patrizier. Er hatte hohe Wangenknochen, tiefliegende blaßblaue Augen und eine spitze Nase, von der manche behaupteten, sie könne Glas zerschneiden.

Kontraste innerhalb von Kontrasten, meinte Ryll.

Seine Bemerkung entsprach genau Lutts Gedanken. Phoenicias zerbrechliche Erscheinung verbarg eine Zähigkeit, die Freunde aus ihrer Kindheit in Alabama veranlaßte, sie »die stählerne Magnolie« zu nennen. Und hinter Moreys imponierender Präsenz lag ein weicher Charakter.

»Du bist gelaufen«, sagte Phoenicia, als Lutt vor ihr stehenblieb. »Bist du ausgebrochen?«

»Ich wollte in Übung bleiben«, sagte Lutt.

»Übung?« höhnte Morey. »Das hört sich aber gar nicht nach dir an, Lutt.«

»Du weißt doch gar nicht, wie ich bin«, sagte Lutt warnend. »Aber wenn du es noch einmal sagst, kann ich dir zeigen, was Schmerz bedeutet.«

»Jungs!« sagte Phoenicia. »Würdet ihr doch endlich erwachsen werden und euch wie Gentlemen benehmen.«

Lutt stieg die Rampe hinauf, gab seiner Mutter einen flüchtigen Kuß auf die Stirm und maß Morey mit einem finsteren Blick. Er war überrascht, weil Morey ihm nicht mehr so groß vorkam, wie er ihn in Erinnerung hatte.

Auch Morey bemerkte es. »Bist du gewachsen, seit wir uns das letzte Mal gesehen haben, Bruderherz?«

Lutt ignorierte die Frage und sagte: »Laßt uns in den Wagen steigen und aus diesem Eins-A-Zielgebiet verschwinden.«

»Du redest genauso wie dein Vater«, sagte Phonicia, aber sie kehrte zum Wagen zurück. Morey folgte ihr; er bewegte sich langsam, was Lutt zwang, draußen zu warten.

Er hofft immer noch, daß mich irgendein Terrorist erwischt!

Als Lutt sich bückte, um in die Pseudo-Rikscha zu steigen, fragte er sich, wieso er sich nach dem Laufen nicht abgeschlafft fühlte. Die sitzende Lebensweise eines Zeitungsverlegers und Erfinders hatte ihn soweit gebracht, mit einem geringeren Tempo zufrieden zu sein — bis gestern.

Du spürst meine Stärke, nicht die deine, sagte Ryll zu ihm. *Aber hab keine Angst, daß ich dich in eine peinliche Lage bringe. Ich möchte deine Familie beobachten, bevor ich mit ihr rede.*

Untersteh dich! Hörst du mich?

Ich kann es wohl kaum überhören, wenn wir den gleichen Körper teilen.

Die Rampe klappte nach oben und versiegelte das Innere. Lutt nahm gegenüber seiner Mutter und seinem Bruder Platz. Er wandte den Robotern, die nun ihre Position am Zugbalken einnahmen, den Rücken zu. Wie üblich fand er das verdunkelte Innere der Limousine abstoßend — roter Samt, Quasten, Brokat, roter und schwarzer Lacküberzug. Und die Sitze waren auch zu weich.

»Mußtet ihr mich in diesem blöden Kirmeswagen abholen?« fragte Lutt. »Ich habe euch doch schon tausendmal gesagt, daß ich diese Karre nicht ausstehen kann.«

»Mir gefällt sie«, sagte Morey. »Und Mama hat nette Erinnerungen daran.« Er wandte sich um und maß Phoenicia mit einem schmelzenden Blick. »Ist doch so, nicht, liebste Mama?«

»Du bist ein Schmeichler, Liebling«, sagte Phoenicia.

»Ich glaube wirklich, daß diese Limousinen zu den besseren Konstruktionen L. H.s gehören«, beharrte Morey.

Phoenicia warf ihrem jüngeren Sohn urplötzlich einen Blick zu und schnauzte: »Sei still! Du weißt ja nicht, was du redest!«

Morey verfiel in verlegenes Schweigen.

Morey der Kriecher, dachte Lutt. *Man kann nie wissen, wann es einen in Schwierigkeiten bringt, Vater zu verteidigen.* Doch Phoenicias Reaktion überraschte ihn. War etwas an den Limousinen, von dem er noch nichts wußte?

Phoenicia öffnete eine glänzend schwarze Klappe neben sich und sagte etwas. Sie sprach das kollektive Robotersystem an, das die Limousine steuerte: »Du kennst das Ziel, Heng Tifun Ten.«

Häng-tief-unten? Lutt, der Nuancen gegenüber sehr sensibel war, nahm die Anstrengung wahr, die es seine Mutter kostete, den Code auszusprechen, der nötig war, um die Limousine in Bewegung zu versetzen. Vater hatte zwar stets gesagt, er gehe auf eins seiner Lieblingsrestaurants in Portland, Oregon, zurück, aber Lutt fragte sich, ob der Name nicht ein neues Signal des mysteriösen »Helfers« war.

Die Limousine setzte sich in Bewegung. Anfangs hörte Lutt das Klappern der Roboterfüße auf dem Asphalt ziemlich deutlich, doch dann, als sie Geschwindigkeit aufnahmen, wurde es zu einem stakkatohaften Summen. Eins muß man diesen verdammten Rikschas lassen, machte er sich bewußt: Sie schafften gut und gern siebzig Klicks pro Stunde.

Lutt musterte seinen Bruder. Was sollte er gegen Morey tun? *Ich weiß, daß du den Hanson-Konzern beklaut hast, Bruderherz. Und ich weiß auch von der Millionen-Dollar-Briefmarke im linken Absatz deines Schuhs.*

Die Augen & Ohren Unlimited, eine Ermittlungsfirma, deren Dienste Lutt sich gesichert hatte, hatte verdammt interessante Informationen über Morey herangeschafft. Es war eine heikle Aufgabe gewesen, unter der Nase des Sicherheitsdienstes der Familie Hanson Nachforschungen über ihn anzustellen. Doch A & O, wie man die Firma allenthalben nannte, hatte dem verstorbenen Ricardo Green gehört. Esteban Green, sein Sohn und Nachfolger, war Lutts Schulfreund gewesen. Sie hatten als Teenies die gleiche Privatschule besucht. Green senior hatte nicht nur die Mittags- und Abendmahlzeiten der Schüler auf Herz und Nieren geprüft, sondern auch ihre Treffen mit Sexualpartnern überwacht. Dies hatte ein Band zwischen den beiden jungen Männern geschmiedet.

Anhand von Estebans Instruktionen hatte Lutt die Wanzen selbst in Moreys Umgebung angebracht. Esteban hatte ihn zwar nie gefragt, warum sein Freund das tat, aber Lutt vermutete, daß A & O auch die Wanzen verwanzt hatte. Wer die Hansons ausspionierte, konnte in Gefahr geraten; doch Esteban hatte seit dem mysteriösen Tod seines Vaters — er war beim Einsturz eines Gebäudes umgekommen, das A & O überwacht hatte — den Ruf eines höchst vorsichtigen Mannes.

Aber jetzt habe ich dich dort, wo ich dich haben will, Bruderherz. Jetzt ist es aus mit deinen Beleidigungen und deiner Renitenz.

Morey ließ nämlich hin und wieder die Bereitschaft erkennen, Mama zu hinterbringen, daß Lutt mit den allerbilligsten Huren herumvögelte. »Wenn sie das wüßte!«

Und du treibst dich mit Kriminellen rum, Morey. Du bestiehlst deine Familie. Du unterstützt den unmoralischen Handel mit Rauschdrogen, und ...

Ryll meldete sich. *Was habt ihr Erder doch für unkontrollierte Emotionen! Wie verschlagen du doch bist, Lutt.*

Halt dich raus, verflucht!

Ryll übernahm spöttisch die Kontrolle über die Stimme und sagte: »Du steckst tief in Schwierigkeiten, Morey.«

Lutt übertönte Ryll und rief: »Schweig!«

»Was sagst du?« fragte Phoenicia. »Und warum sprichst du plötzlich so komisch?«

Morey schaute ängstlich drein. »Was meinst du, ich bin in Schwierigkeiten?«

»Achte auf deine Schritte, Morey!« sagte Lutt.

»Wollt ihr euch bitte benehmen?« bat Phoenicia.

Was würde geschehen, wenn du ihnen von mir erzählst? fragte Ryll.

Du solltest dich lieber fragen, was die Erdgürtel-Patrouille mit dieser Information anfangen würde.

Würde dich deine eigene Familie ... ähm ... ans Messer liefern?

Morey ganz bestimmt.

Deine Erinnerungen bestätigen diese schmerzhafte Wahrheit.

Dann hör auf, mir das Leben mit Unterbrechungen zur Hölle zu machen!

Ich kann auch mehr tun als nur zu unterbrechen.

Ryll zwang ihre Augen dazu, sich zu schließen und schwenkte sie nach innen.

Lutt würgte und gurgelte.

Ryll stellte die Augen wieder auf normal und öffnete sie.

»Bist du in Ordnung, Liebling?« fragte Phoenicia. »Was haben dir diese schrecklichen Erdgürtel-Typen getan?«

Lutt sagte schwach: »Sie haben mich in eine Zelle gesperrt und mir einen Haufen dummer Fragen gestellt. Ihr wißt doch, daß ich einen Unfall mit meiner *Vortraveler* hatte, nicht wahr?«

»Man hat uns gar nichts erzählt«, sagte Morey. »Vater hat uns heute morgen informiert, wo wir dich finden können. Und er hat gesagt, wir sollen dich abholen.«

»Bist du bei dem Unfall verletzt worden?« fragte Phoenicia.

»Nur ein paar Schrammen.«

Du könntest sagen, du hättest mich nach dem Unfall halluziniert, schlug Ryll vor. *Dann wüßten sie von mir, ohne daß die Information für Morey nützlich wäre.*

Du bist eine Halluzination!

Ausgezeichnet. So klingt es noch echter!

Du bist irre!

Ich kann nicht gleichzeitig eine Halluzination und irre sein.

»Erzähl uns von dem Unfall, Liebling«, sagte Phoenicia.

Lutt holte tief Luft und inhalierte den leicht extravaganten Duft der Neuheit im Innern der Limousine. Kein natürlicher Geruch. Etwas aus einer Sprühdose. So wie er die Redaktionsräume beim *Enquirer* simulierte. Schon wieder eine falsche Fassade; Phoenicia probierte die meisten davon aus.

»Es hilft, wenn man über Gefahren spricht, die man überlebt hat«, sagte sie.

Lutt blickte an seiner Mutter und seinem Bruder vorbei und schaute durch ein Panzerglasfenster mit Messingrahmen. Es zeigte eine Pappelallee; die Pappeln wurden in der Ferne immer kleiner. Die Limousine bog um eine Ecke, dann waren die Bäume nicht mehr zu sehen. Sonnenlicht traf das Fenster und aktivierte einen dunkelgrünen Farbton im Glas.

»Mußt du dich deswegen schämen?« fragte Morey.

Sag es ihnen, ohne die Dreen zu erwähnen, beharrte Ryll. *Mach es, oder ich schwenke die Augen wieder nach innen.*

»Na schön!« sagte Lutt.

Er lehnte sich in die Samtkissen zurück und erzählte ihnen kurz von seinem Unfall und dem, was nachher geschehen war. Auf Rylls Drängen hin, fügte er hinzu: »Ich dachte, ein Außerirdischer hätte meinen Körper übernommen. Ich habe eine Stimme in meinem Kopf gehört.«

»Du hörst Stimmen?« fragte Morey. Er klang sehr erfreut.

Du bist ein jämmerlicher Erzähler, Lutt, meldete sich Ryll. *Ich bin zwar noch ein ziemlich junger Dreen, aber ich kann es viel besser.*

»Und der arme Drich Baker ist tot«, sagte Phoenicia. »O je! Ich werde wohl seine Familie anrufen müssen.«

»Aber Lutt hört Stimmen, Mutter.«

»Keine Stimmen, Liebling. — Eine Stimme. Sein Unfall war also doch schlimmer, als er zugibt. Wir werden Spezialisten zu Rate ziehen müssen.«

»Ist Onkel Dudley nicht auch sowas passiert?« fragte Morey.

»Mein Bruder hat nichts damit zu tun! Erwähne ihn bloß nicht noch mal, sonst zwingst du mich dazu, es deinem Vater zu sagen.«

»Ich habe mich nur gefragt, ob es vielleicht einen irren Zug in der Familie gibt«, sagte Morey wehleidig.

Dein Onkel Dudley klingt interessant, sagte Ryll.

Halt dich mal für einen Moment zurück, bat Lutt.

Du wirkst beinahe freundlich.

Ich flehe dich an. Morey und mein Vater würden das hier

gern gegen mich verwenden. Und wenn die Erdgürtel-Patrouille davon hört ...

Na gut. Aber nur, weil du freundlich bist. Ich werde es deinem Guthaben zurechnen.

»Du hättest das Raumschiff ohne das Einverständnis deines Vaters gar nicht erst bauen sollen«, sagte Phoenicia. »Du weißt, was er von Erfindungen und Dingen dieser Art versteht.«

»Wie die in dieser Limousine?«

Phoenicia runzelte zwar die Stirn, doch dann tätschelte sie Lutts Knie. »Keine Sorge, Liebling. Unsere Spezialisten werden dich heilen.«

»Er hört Stimmen«, murmelte Morey und nickte.

Phoenicia warf ihm einen warnenden Blick zu und sank in ihren Sitz zurück. Sie legte einen manikürten Finger an ihr Haar und justierte ihren Haarknoten.

Lutt bemerkte die schickeriageschulte Grazie ihrer Bewegung. Hoch das Kinn. Phoenicia hatte ihr Leben lang ein Gefühl der Überlegenheit zur Schau gestellt. Morey versuchte, ihr Verhalten nachzuäffen, doch das war nur Heuchelei — noch eine falsche Fassade. An Morey war etwas Barbarisches, Finsteres und Schleimiges, besonders in seinen Augen, die ein vergängliches Blau zeigten und ein Erbe seiner Mutter waren. Morey sah nur selten jemanden direkt an.

Phoenicia freilich konnte einen mit einem Blick verbrennen. Sie und der alte L. H. waren so verschieden, wie zwei verheiratete Menschen es nur sein konnten: Vater war ein zäher Raumhafen-Arbeiter, der durch eine harte Lehre gegangen war und es zu etwas gebracht hatte. Mutter repräsentierte das alte Südstaaten-Kapital und seine Traditionen. Aber auf ihre eigene snobistische Weise war Phoenicia nicht weniger zäh als der alte L. H.

»Dein Vater möchte mit dir reden, Lutt; über deine letzten Ausgaben«, sagte Phoenicia.

Morey grinste ihn an.

Lutt schaute aus dem Fenster. *Das wird hart!*

»Ich muß Vater auch ein paar Sachen erzählen«, sagte Lutt.

»Er wird sich sehr für die Stimme interessieren, die du hörst«, sagte Morey hämisch.

»Er interessiert sich vielleicht auch für das, was ich ihm über deine kürzlichen Aktivitäten erzählen könnte«, sagte Lutt.

Moreys Stirn legte sich in Falten.

»Du solltest besser die Klappe halten, Morey, wenn du weißt, was gut für dich ist«, sagte Lutt.

Phoenicia sah ihren jüngeren Sohn an. »Bist du schon wieder in Schwierigkeiten, Morey?«

»Sag ihr doch mal, wo du letztes Wochenende warst«, sagte Lutt.

Ist das wahr? fragte Ryll. *Hat sich dein Bruder am letzten Wochenende mit Kriminellen getroffen?*

A & O würde mich doch nicht belügen.

Da Morey nicht antwortete, seufzte Phoenicia. »Nun, bald werdet ihr beide vor eurem Vater stehen. Ich hoffe, er kann euch dazu bewegen, euch wie liebende Brüder zu benehmen.«

Lutt setzte sich aufrecht hin. »Gehen wir nach U-Gee-Eins?«

»Ich habe doch gesagt, daß er mit dir reden will«, sagte sie. »Und jetzt benehmt euch, ihr beiden. Wir sind gleich da.«

Wenn ich groß bin, will ich Präsident werden. Nein! Nicht von Papas Firma! Ich will Präsident des Sonnensystems werden!

Lutt Hanson, jun.
im Alter von zehn Jahren

»Die Elite verbreitet deine Botschaft.«

Jongleur sagte es, als er Habibas Privatunterkunft betrat. Und dann fügte er hinzu: »Bald wird dein Plan fait accompli sein.«

»Hör endlich mit diesen Erdismen auf!« fauchte Habiba. »Dieser Planet beschäftigt unser Leben schon viel zuviel!«

Als Jongleur sah, wie emotional aufgewühlt Habiba war, fühlte er sich zuerst schuldig, weil er sie aufgeregt hatte, und dann zerknirscht.

Gib ihr Zeit, sich zu sammeln, dachte er.

Er konzentrierte sich auf beruhigende Geschichten und sah sich in Habibas Unterkunft um. Sie überraschte ihn immer wieder. Sie war so klein und einfach — ein Schlammziegel- und Steingebäude mit drei Räumen und vielen Zeichen der Abnutzung. Das Gebäude stand auf der hohen, überwölbten, untersten Etage ihres Konus, versteckt zwischen alten Lagerkrügen und ausrangierten Saathülsen.

Habiba behauptete, sie hinge aus Sentimentalität daran. Es war ihre erste Behausung, jene, die sie auf einer Wiese von Kindsaat-Blumen am Ersten Dreenor-Tag idmaginiert hatte.

Doch jetzt, kaum eine Stunde nach der Rückkehr von der letzten Denksitzung, zeigte Habiba noch immer eine solch emotionale Unausgeglichenheit, daß ihr Chef-Erzähler Ängste um sie ausstand.

»Wir gehen hinaus«, sagte Habiba.

Jongleur zwinkerte zwar beipflichtend, aber er wartete ab. Sie sagte dies oft, aber erst wenn sie ihn hinausführte, wußte er, ob sie die frische Luft dort draußen meinte, oder nur das künstliche Licht auf der Konus-Hauptebene, wo man im Laufe der Zeit Humus verstreut hatte, um einen Naturgarten zu simulieren. Es war zwar nicht das gleiche wie der Garten eines Wohngrundstückes, aber Habiba sagte, es gab ihr Kommunikation mit ihrem Volk, besonders mit den Senioren, die tief unter der Oberfläche lebten.

»Das Berühren von Dreenorboden hält mich davon ab, Verhaltensweisen in der eitlen Art niedrigerer Beherrscher des Universums anzunehmen«, sagte Habiba, als sie in dem umwölbt-umhüllten Garten anhielt und sich in seinem grünlich-gelben Licht umsah.

Jongleur war mit diesen kleinen Standpauken vertraut. Sie verstärkten den Glauben, daß alle Dreen nach der perfekten Existenz streben sollten und daß das Beobachten der Entwicklung idmaginierter Welten sie die angeborenen Schwächen anderer intelligenter Lebewesen lehrten.

Jongleur wagte es nicht, seine privaten Befürchtungen zu diesem Thema zu artikulieren — daß die idmaginierten Geschöpfe und ihre Welten einen Mangel im Charakter der Dreen widerspiegelten. Er dachte jedoch daran; daher kannte Habiba seine Furcht von den Denksitzungen.

»Hast du bemerkt, wie Mugly riecht, wenn er wütend ist?« fragte sie.

Jongleur fröstelte. *Dieser Geruch!* Seine ersten Unterrichtsstunden hatten ihn gelehrt, daß Zorn einen rüsselverrenkenden Geruch erzeugte, eine Warnung, um die Dreen davon abzuhalten, einander Gewalt anzutun. Vor Mugly war der natürliche Geruch Jongleur noch nie begegnet.

»Der Geruch sagt mir, daß Mugly die Entartung einer früheren Dreenform ist«, sagte Habiba. »Ich habe mich oft gefragt, warum ein solches Phänomen ausgerechnet zu dieser Zeit auftritt.«

Jongleur wartete darauf, daß sie das interessante Thema vertiefte, aber Habiba ging zu einem anderen über.

»Das Exkursionsschiff, das dein Sohn entwendet hat, wurde nur zu dem Zweck erschaffen, zur Erde zu fliegen. Glaubst du, daß Mugly den Bau stillschweigend geduldet hat?«

Jongleur sah sie an. *Was für eine Frage!* Öffneten die Denksitzungen Habiba nicht alle Geister?

Das, was sie dann sagte, erhöhte seine Verwirrung noch.

»Ich weiß von deinem gelegentlichen Umgang mit Bazeel, Jongleur. Ich toleriere sie, weil sie nicht exzessiv sind.«

»Viele von uns ...«

»Ich weiß.«

Natürlich weiß sie davon. Aber warum dann die Frage über Mugly?

Als hätte sie sogar außerhalb der Denksitzung in seinem Geist gelesen, sagte Habiba: »Wir müssen uns fragen, ob eine Entartung wie bei Mugly vielleicht auch noch Charakteristika aufweist, die der heiteren Gelassenheit der Dreen abträglich sind.«

Jongleur unterdrückte seinen Verteidigungsreflex mit einiger Schwierigkeit und wünschte sich, jetzt eine kleine Prise Bazeel zu haben — nur soviel, um seine Nerven zu beruhigen.

»Kannst du dir bildlich vorstellen, was eventuell passiert, wenn den Erdern das Schiff unbeschädigt in die Hände fällt?« fragte Habiba. »Dann werden sie mit ihren schrecklichen Waffen hier auftauchen!«

»Aber unser Schild ...«

»... ist vielleicht nicht genug, um uns bis in alle Ewigkeit zu schützen.«

Habiba schaute auf die großen Doppelflügel, die zum äußeren Korridor hinausführten; erst jetzt hörte Jongleur draußen ein Geräusch. Er wunderte sich über Habibas perfekte Sinne. Da kam jemand.

Die Luken klickten laut, die Türen schwangen nach innen und ließen einen Junior-Erzähler herein. Er eilte näher und behielt beim Laufen die schlaffe gelbe Mütze auf dem Kopf.

Ärger! dachte Jongleur.

Niemand würde ohne ernsthaften Grund in ein Treffen zwischen Habiba und ihrem Chef-Erzähler hineinplatzen.

Der Junior-Erzähler blieb am Rand von Habibas Garten stehen und verbeugte sich. »Ich bitte um Vergebung«, sagte er, »aber ich habe eine Eilmeldung. Das gestohlene Schiff ist mit einem Erderschiff kollidiert, und die Wrackteile befinden sich in den Händen der Erdgürtel-Patrouille.«

»Überlebende?« rief Jongleur.

»Wir ermitteln so gut wir können«, sagte der Junior. »Eine Erder-Meldung besagt, daß Lutt Hanson junior aus einem explodierten Experimentalschiff geborgen wurde.«

»Und mein Sohn?«

»Von ihm war keine Rede; es hat aber gebrannt.«

Jongleur stöhnte: »Ohhh ...«

»Reiß dich zusammen, Jongleur!« befahl Habiba. »Dies ist ein Fall von höchster Dringlichkeit.«

»Ja ... Ja, natürlich.«

»Von wem wißt ihr, daß es ein Zusammenstoß war?« fragte Habiba.

»Von unseren Sensoren in den Spiralen. Eine bedauerliche Verzögerung im Meldesystem wird gerade untersucht.«

»Es ist ... in den Spiralen passiert?« fragte Jongleur.

»Bei Eintrittsphase Eins«, sagte der Junior. »Wir wissen nicht, ob die Erder die Phasen Zwei und Drei schon beendet haben.«

»Lutt Hanson junior«, sagte Habiba. »Das ist der gefährliche Erder, dessen Experimente die Krise eingeleitet haben.«

»Mein Sohn ...«, setzte Jongleur an.

»Verzeih mir meine Grausamkeit, Jongleur«, sagte Habiba, »aber man sollte den Tod der Gefangennahme vorziehen.«

Der Junior-Erzähler war noch nicht fertig. »Mugly versichert uns, daß das Exkursionsschiff darauf programmiert war, sich selbst zu vernichten, bevor man es Erder-Sonden unterwerfen konnte.«

»Aber es war ein Zusammenstoß«, sagte Jongleur.

Sie dachten alle drei über die unbekannten Möglichkeiten eines solchen Unfalls nach. Habiba war die erste, die sich erholte.

»Jongleur! Wir müssen rasch handeln. Das Erder-Wissen über unsere Spiral-Technologie, ob sie es nun unabhängig entwickelt oder von uns gestohlen haben, muß ausgelöscht werden.«

Jongleur war von der potentiellen Gewalt ihrer Befehle schockiert. »Was sagst du da?«

»Unsere Agenten werden sofort ausgeschickt. Wir müssen mit diesem Störenfried Hanson fertig werden. Entführung ist notwendig, aber keine Tötung.«

Jongleur war sprachlos. Natürlich keine Tötung! Ein Dreen konnte keinen Mord begehen! Nur Lebensformen, die sich aus Ur-Dreen-Idmaginationen entwickelt hatten, waren dazu fähig, und das auch nur, wenn man ihnen freien Willen zugestanden hatte.

»Freier Wille«, murmelte Habiba und wiederholte so Jongleurs Gedanken.

Jongleur stimmte völlig mit der Emotion überein, die er in ihr spürte. Freier Wille — jene eminent lästige Vorstellung, vor der Habiba sie so oft warnte. Aber sie unterband ihn nicht (konnte sie es nicht?), noch unterband sie Bazeel.

»Wir handeln sofort und regeln diese Dinge!« befahl Habiba.

Zutiefst verstört zog Jongleur sich aus der Gegenwart der Obersten Steuereinnehmerin zurück. Seine Gedanken vermuteten, daß Habibas Kräften Grenzen gesetzt waren — jenen Kräften, die er und andere Dreen seit zahlreichen Generationen als existent angenommen hatten.

Als Jongleur den überwölbten Raum des Konus verließ, vernahm er hinter sich die rasch schlurfenden Schritte des Junior-Erzählers.

Und mir träumte, mein Ryll würde eines Tages die gelbe Mütze tragen. Ohhh, was ist nur in meinen Sohn gefahren? Ohhh, warum habe ich nicht auf den Rat der Senioren gehört und ihn mit einem gelben Besänftiger versehen?

Die Scham hatte es verhindert, daß er diesem Rat gefolgt war, das war Jongleur klar. Jeder kleine Besänftiger — eine lebendige, weiche, pelzige Kreatur, gesichtslos und ohne Gliedmaßen — projizierte Gedanken des Ausgleichs in den Geist desjenigen, den er besänftigte. Aber die Dinger waren stets sichtbar, und das Volk neigte dazu, den Personen, die besänftigt wurden, aus dem Weg zu gehen. Wer wollte schon, daß man pausenlos seine Gedanken las? Und Besänftiger lasen mit Sicherheit die Gedanken eines jeden, der sich in ihrer Reichweite aufhielt.

U-Gee-Eins — phonetisch für UG 1, den Untergrund-(UG)-Bahnhof, in dem die private Röhrenbahn von Lutt Hanson senior Passagiere aufnimmt, die zu seinen in einem alten MX-Raketen-Lager befindlichen unterirdischen Büros und Werkstätten wollen.

Atlas der Mächtigen

Im gleichen Augenblick, als Lutt erfuhr, daß sie nach U-Gee-Eins unterwegs waren, wurde ihm klar, daß er sich bald einer Konfrontation gegenübersehen würde. Morey hatte mal wieder an den Fäden gezogen! *Du kannst es nicht lassen, Brüderchen, nicht wahr?*

Die infernalische Rikscha hopste, und Lutt fing einen Moment lang Moreys Blick auf. Es fiel ihm leicht, den jüngeren Mann zum Wegsehen zu zwingen.

Er hat keinen Mumm!

»Die Halluzination über den Außerirdischen in deinem Kopf kann von der modernen Medizin ganz leicht behandelt werden«, sagte Phoenicia.

Lutt reagierte nicht darauf. Mit etwas Glück würde Morey seine Offenbarung bloß für ein Zeichen von Schwäche werten; als etwas, das er sich zusammen mit L. H. zunutze machen konnte. Sollten sie doch glauben, daß er eine Kopfverletzung hatte. Gott! Der heutige Morgen sah so aus wie der Anfang eines abscheulichen Tages.

Vielleicht solltest du den Eindruck geistiger Stabilität verstärken, schlug Ryll vor. *Dein Bruder scheint dir feindlich gesinnt zu sein. Vielleicht war ich etwas voreilig, als ich darauf bestand, meine Gegenwart zu enthüllen.*

Genau. Machen wir uns also ein Späßchen!

Lutt brüllte plötzlich: »Graaah!« Er schwenkte wild die Arme und beugte sich mit einem drohenden Blick seiner Mutter und seinem Bruder entgegen. »Ihr glaubt, ich bin durchgedreht, was?«

Phoenicia und Morey wichen zurück.

Mit gebrochener Stimme sagte Phoenicia: »Natürlich nicht, Liebling.«

Lutt stellte fest, daß er ihre Emotionen so gut lesen konnte, wie immer. *Sie ist Vater so ähnlich. Arme Mama. Eine unausgeglichene Persönlichkeit.*

Einst hatte Lutt gehört, wie sie ihn jemanden am Vidkom beschrieben hatte: »Er sieht aus wie jemand, der viel liest. Es liegt teilweise an der Brille. Sein Haar ist zwar noch immer rötlichbraun, aber es wird schon schütter.«

Ja, stimmte Lutt ihr zu. *Ich bin genau die Art von Mensch, die man zwischen den verstaubten Regalen von Bibliotheken finden kann. Aber dort hast du mich nicht oft gesehen. Ich habe meine Lektionen dem Leben entnommen.*

Er wußte zwar, daß es Angeberei war, aber er erzählte den Leuten gern, daß er ein Zeitungsmann war, der außer Schlagzeilen kaum etwas las.

Morey musterte ihn mit einem ängstlichen Ausdruck.

Am liebsten wäre Lutt anderswo gewesen. Das kurze Aufblitzen der Freude über Moreys Mißvergnügen löste sich auf. Mutter, fiel ihm auf, hatte einen braunen Lederkoffer vor den Füßen. *Will sie länger bleiben?* Er lehnte sich in den Sitz zurück und streckte die Beine aus.

Ich lümmle rum, Mutter.

Er wußte genau, was sie gleich sagen würde.

»Lümmle nicht rum, Liebling«, sagte Phoenicia.

Man kann die Uhr danach stellen. Liebling dies, Liebling das. Immer Liebling.

»Ich heiße Lutt!« schrie er, und diesmal brauchte er seine Wut nicht mal zu spielen. »Nenn mich nicht ›Liebling‹! Nenn mich nicht ›Lutt junior‹! Nennt mich nicht ›Schutt‹. Ihr kennt meinen Namen. Also verwendet ihn!«

Phoenicia sah verletzt aus. »Ich habe dich nie Schutt

genannt. Ich nenne meine beiden Söhne aus Liebe Liebling.«

Lutt spürte ein wütendes Pochen in der Ader an seiner Schläfe und preßte einen Finger darauf.

Phoenicia schüttelte den Kopf und ließ die goldenen Ringe an ihren Ohren gegen ihren glatten Hals bumsen. »Dein Vater macht sich Sorgen um dich, Lutt. Ich auch. Du solltest wirklich nicht so herumlümmeln. Es ruiniert deine Haltung.«

»Ich bin fünfunddreißig«, sagte Lutt. »Wenn ich rumlümmeln möchte, ist es meine Sache. Ich brauche dich oder Vater nicht um Erlaubnis zu fragen, wenn ich etwas tun möchte.«

»Aber Liebling, deine Versuche bei den Erfindungen werden ziemlich gefährlich. Jemand ist umgekommen.«

»Ein Unfall! Vater will doch nur, daß ich aufhöre, weil er Angst hat, ich könnte etwas Besseres erfinden als er! Und das habe ich schon!«

»Dein Vater weiß, was man am besten erfindet, Liebling. Wenn er sagt, daß etwas falsch ist, solltest du auf ihn hören. Immerhin kostet es sein Geld.«

Lutt starrte an ihr vorbei auf die Heckscheibe und murmelte: »Ich habe das Geld mit dem ganzen Schund verdient, den ich von ihm übernommen habe.« Er sah Moreys unfreiwilliges Nicken der Zustimmung und spürte eine nachhallende Note — ein geteiltes, doch meist unausgesprochenes Leiden: zwei vernachlässigte Söhne eines Mannes, der von einem Geschäftsimperium aufgefressen wurde.

Phoenicias Schweigen deutete an, daß sie seinen Unmut teilte. Wieviel Emotion hatte sie bei dem Versuch aufgebracht, L. H. klarzumachen, wie er seine Familie vernachlässigte? War es das, was sie zu ihren Freunden aus der High Society trieb? Vielleicht. Aber wie üblich war sie zu weit gegangen.

Sie würde alles für diese katzbuckelnden Speichellecker tun!

Morey wählte diesen Moment für seinen Beitrag aus.

»Mir ist etwas an dir aufgefallen, Schutt.«

Phoenicia, die erneuten Ärger witterte, fauchte: »Du sollst deinen Bruder nicht so nennen!«

Morey zuckte die Achseln. Dann sagte er: »Er lümmelt nämlich immer so rum, wenn er Schwierigkeiten hat oder am liebsten ganz woanders wäre.«

»Wir haben doch alle unsere kleinen Eigenheiten, Liebling.«

»Klar haben wir die«, brummte Lutt. »Morey zum Beispiel spielt Schnelles Geldverlieren mit Geld, das man ihm anvertraut.«

Morey erbleichte, doch Lutts Befriedigung wurde von seiner eigenen unfreiwilligen Reaktion abgekühlt: Er setzte sich gerade hin und dachte: *Ich bin aus den Schwierigkeiten noch nicht raus.*

Lutt berührte einen Plattenknopf rechts von sich. Ein ovales Vidkom fiel am Ende eines flexiblen Rohrs aus der Decke. Das winzige Robotauge auf dem Mikrofon blinkte grün und zeigte, daß es bereit war.

»Werkstatt zwei«, sagte Lutt und stellte sich das Geräusch der Kristallklingel in der Werkstatt bei Seattle vor, wo er sein Schiff gebaut hatte. Das Gebiet war bewaldet, und im Moment fast unbewohnt. Einst war es eine bevorzugte Wohngegend gewesen, doch Hansen senior hatte die Häuser abrasiert, nachdem er das Land erworben hatte. Er ging nach einem Muster vor, das sich auf allen elf Parzellen der Familie rund um Seattle wiederholte.

Ein hoher Computerpfeifton signalisierte die Bereitschaft der Zerhackeranlage, diesem Anruf Vertraulichkeit zu verleihen.

Dann tauchte ein bärtiges Gesicht auf dem winzigen Bildschirm auf, und eine tiefe Stimme sagte: »Hallo, Lutt; welche Freude, Sie gesund wiederzusehen.«

»Yeah, Sam. Sie haben es gehört, was?«

»Ist Drich wirklich tot?«

»Das Schiff ist nur noch ein Haufen Scheiße.«

Phoenicia wandte den Blick zum Himmel. Auch wenn er ein lieber Junge war — Lutt konnte manchmal wirklich gewöhnlich sein! Und er verbrüderte sich auch noch mit Proleten! Sein Assistent, Sam R. Kand, paßte ebensowenig zu ihm, wie die Leute, die L.H. zu seinen Freunden erkor. Sie paßten ausnahmslos nicht zu ihm.

»Können wir noch etwas retten?« fragte Sam.

»Ich lasse es Sie später wissen. Fangen Sie schon mal einen neuen Kern an! Und ich möchte, daß Sie folgende Modifikationen vornehmen ...«

Lutt sah, daß Phoenicias Augen glasig wurden. Technische Details hatten sie noch nie interessiert. Und Morey war zu sehr damit beschäftigt, eine wohlgeformte junge Frau zu begaffen, die mit einem Bluthund am Rinnstein spazieren ging.

Die Limousine kam zu einem plötzlichen Halt — ein Laster, der rückwärts auf den Hof eines Lagerhauses fuhr, blockierte ihren Weg. Morey versuchte lächelnd die Aufmerksamkeit der jungen Frau auf sich zu ziehen, doch sie schenkte der grellen Limousine keinen Blick.

Lutt nahm es mit einem Seitenblick wahr. Hier unten kannte natürlich jeder die Rikscha.

Während er seine Instruktionen gab, absorbierte Ryll seine Worte für eine spätere Untersuchung.

Irgend etwas an dem specknackigen Bluthund am Rinnstein erregte Rylls Aufmerksamkeit. Der Hund erinnerte ihn an einen verhaßten Prüfer aus der Schule für begabte Kinder. Was war nur an dem Hund?

Er sah zwar Unterschiede zwischen dem Prüfer Shanlis und dem Hund, aber seine vier Beine und sein Gesichtsausdruck ließen Rylls Gedächtnis Funken sprühen. Das Hundegesicht erinnerte ihn an Shanlis, entschied Ryll: Hängebacken und mürrisch, eine breite dreenische Nase.

Das Tier sank auf die Hinterläufe und heulte.

Ryll, der das Abbild Shanlis' bei der gleichen Tätigkeit vor sich sah, lachte — und hörte das Geräusch in der

Rikscha. Und er begriff, daß er dem Körper seine Reaktion aufgezwungen hatte.

»Hörst du jetzt auf?« schrie Lutt.

Sam — auf dem Vidkom-Schirm — sah überrascht aus. »Womit?«

»Nicht Sie«, sagte Lutt.

»Bist du in Ordnung, Liebling?« fragte Phoenicia.

»Natürlich bin ich in Ordnung! Sam, wissen Sie, was Sie zu tun haben?«

»Ich krieg's schon hin. Wann sehen wir uns?«

»Ich rufe vorher an. Aber inzwischen setzen Sie schon mal vier Netz-Turbokopter in Bewegung, um das abzuholen, was vom Schiff noch übrig ist.« Lutt warf einen Blick auf den Wegweiser der Erdgürtel-Patrouille, hielt ihn vor die Kamera und sagte abschließend: »Sie sind jetzt mein Erster Assistent, Sam. Wir werden eine bessere *Vortraveler* bauen.«

Lutt ließ das Vidkom wieder in der verborgenen Rille verschwinden und sah Phoenicia an. Sie lächelte Morey zu, reagierte auf einen Wortwechsel, den Lutt verpaßt hatte.

Sie hat gesagt, daß sie sich freut, weil Morey raffinierter ist als du, half Ryll ihm aus.

Yeah! Morey der Diplomat. Morey der Arschkriecher. Er kommt sogar mit L. H. aus.

Als der Weg frei war, nahm die Limousine wieder Fahrt auf.

»Was wirst du Vater erzählen?« fragte Morey. Deutliche Anzeichen der Angst.

»Nur das, wozu mich die Umstände zwingen«, sagte Lutt.

»Er ist ganz schön wütend«, sagte Morey. Hämisch.

»Ich glaube, er sorgt sich hauptsächlich um deine Sicherheit«, sagte Phoenicia. »Und er möchte nicht, daß du deine Zeit mit belanglosen Projekten vergeudest.«

»Vielleicht läßt er dich nicht mal mehr auf die Werft«, sagte Morey.

»Zum Teufel damit!« sagte Lutt. »Ich möchte *mehr* Geld! Verdammt noch mal! Ich verdiene es, daß ich mehr kriege.« Lutt grinste Morey an. »Ist es nicht typisch für einen Hanson, Bruderherz?«

Phoenicia lächelte warm. »Hört mal, ist es nicht besser, wenn ihr euch wie Gentlemen aufführt?« Sie pustete Lutt einen Kuß zu. »Du bist in Nullkommanichts wieder gesund, wenn die Ärzte dich geröntgt und alle anderen Dinge getan haben, die sie tun müssen.«

Nein! wandte Ryll ein. *Du darfst nicht zulassen, was interne Unterschiede enthüllen könnte — unsere schwenkbaren Augen zum Beispiel. Halt dich von Ärzten fern! Sie stellen zu viele Fragen, die wir nicht beantworten können. Sag ihr, daß du dich an deine eigenen Spezialisten wendest.*

Lutt sah die Klugheit in diesen Worten und gehorchte.

Phoenicia schien zwar besänftigt, aber immer noch besorgt. »Nimm die besten, die man für Geld kriegen kann, Liebling. Ich bin sicher, dein Vater wird nichts gegen derlei Ausgaben einzuwenden haben.« Sie beugte sich vor und musterte Lutts Brillengläser.

»Du hast neue Gläser.«

»Das sieht man doch wohl, Mutter.«

»Es fällt mir auf, weil ich dir schon x-mal gesagt habe, wie verkratzt deine Brillengläser sind. Die hier sind ganz klar.«

»Ich habe sie kurz vor dem Unfall gekriegt.«

»Dann haben sie aber bemerkenswert wenig Schaden davongetragen.«

In der Hoffnung, sie abzulenken, fragte Lutt sie nach ihrem Koffer.

»Oh, ich glaube nicht, daß ich in U-Gee-Eins bleiben werde, Liebling. In dem Koffer befindet sich die Imitation einer byzantinischen Vase.« Sie sprach das Wort Vase wie ›Veys‹ aus.

»Was hast du mit der Imitation vor?«

»Es ist peinlich, Liebling. Ich habe sie letzte Woche in Shiggs Auktionshaus erworben. Mister Shigg hat mir persönlich versichert, daß es ein Original und ein Einzelstück ist. Sehr selten. Aber als ich damit nach Hause kam, habe ich entdeckt, daß ich das Original schon habe. Oder das, was ich für das Original halte. Ich hab es vor vier Jahren in Singapur gekauft. Jetzt habe ich zwei davon — und zwei Expertisen, die beide als Original ausweisen. Ich möchte, daß dein Vater sich das mal ansieht.«

»Dafür werden Köpfe rollen«, sagte Lutt.

Phoenicia legte die Hand auf ihren Mund. »Oh, ich hoffe ... nicht.«

Lutt und Morey wechselten einen wissenden Blick. Auch hier stimmten sie überein. Phoenicia war nicht darüber erhaben, sich L. H.s Muskeln zu versichern, wenn es ihren Zwecken dienlich war. Lutt seufzte. Er hätte auch gern die Zeit dazu gehabt, Kunst zu sammeln. Ein faszinierendes Hobby. Und auch noch gewinnbringend, wenn man es richtig betrieb.

Aber ich habe zu viele andere Prioritäten.

Du scheinst deine Zeit bestens zu nutzen, meinte Ryll.

Diesmal traf die Stimme in seinem Kopf voll ins Schwarze, dachte Lutt. Wie viele andere erfolgreiche Menschen, wußte Lutt, hatte auch er ein großes Geheimnis erfahren: die Fähigkeit, jeden kleinen Zeitfetzen auszunutzen.

Als Lutt sah, daß die Limousine die Autobahn nach Süden nahm, schätzte er, daß sie in einer Viertelstunde in U-Gee-Eins waren. Nun ja, immerhin transportierte diese mobile Monstrosität all erforderlichen Notwendigkeiten, um diese fünfzehn Minuten nützlich zu verwenden. Er beugte sich vor und drückte auf ein Knöpfchen an der Tür. Zwischen seinen Füßen schob sich eine niedrige Lade auf. Ein elektronischer Nachrichtenempfänger faltete sich auseinander und stellte sich vor ihm in Position.

»Schau ihn dir an!« höhnte Morey. »Er kann nicht mal fünf Minuten ohne Eleanor sein!«

Lutt lächelte. Zumindest kannte Morey den neuen Jargon. Empfänger dieser Art waren unter dem technischen Kürzel »ENR« bekannt; man hatte die Initialen flink in das mundartliche »Eleanor« verändert. Vor Lutt stand nun ein Titanrahmen mit einem dünnen LCD-Schirm. Er legte einen schwarzen Schalter um ein Viertel um, und der Schirm erhellte sich und zeigte die Titelseite des *Enquirer* — mit dem Kopf, den er angeordnet hatte:

»L. W. Hanson, Verleger.«

Also hatte der Alte keine Einwände erhoben.

Lutt blätterte durch die Seiten und überflog Überschriften und einzelne Textstellen. Eine Überschrift paßte ihm nicht.

INDIANAPOLIS KRIEGT ZUSCHLAG
FÜR 5000-KM-RENNEN
EINE NEUE CHANCE FÜR DIE
FLOTTE RENNBAHN

Lutt legte sein Veto ein und änderte die Überschrift so, daß sie lautete:

INDY SAHNT 5000ER AB
NEUE CHANCE
FÜR HEISSE REIFEN

»Die sind zu blöd, um zu erkennen, was fetzig klingt«, murmelte er. Von plötzlicher Wut gepackt, gab er eine Kurzmitteilung an Anaya Nelson ein, weil er wußte, daß die Lokalredakteurin seinen Anweisungen in dieser Sache gehorchen mußte. Auch wenn sie es mit Unmut und nur zögernd tat. Außerdem würde sie aufgrund der Tatsache, daß er Ade Stuart umging und sie zwang, die Dreckarbeit zu tun, bemerken, wie wütend er war. Das Memo war direkt und kurz:

Derjenige, der die Schlagzeile über Spalte fünf in der 14. Ausgabe von heute getextet hat, wird gefeuert!

»Du bist so energisch«, sagte Phoenicia. »Genau wie dein Vater.«

Lutt ließ Eleanor wieder in dem verborgenen Fach verschwinden und verzog das Gesicht. »Welche Schande, daß ich nicht in Vaters großartige Fußstapfen treten und sein interplanetarisches Industriimperium leiten will.«

»Wer sagt denn, daß er das will?« fragte Morey.

»Er will es, Brüderchen; er will es!«

Morey verfiel in ein mürrisches Schweigen.

Phoenicia tätschelte seinen Arm und schaute auf die hellgekleideten Roboter, die die Limousine zogen. Mit dem Imperium und der Limousine hatte Lutt natürlich recht. Die Rikscha und die Roboter waren auffallend grell. Aber ihr gefiel die Limousine; sie zu benutzen, war eine Gefälligkeit, die sie vor ihren Freunden rechtfertigen konnte:

»Es war ein Hochzeitsgeschenk von L. H. Er hat sie wirklich ins Herz geschlossen und hält sie in bestem Zustand.«

Das Fahrzeug verlangsamte. Eine Ausfahrt kam auf sie zu. Phoenicia sah zusammengesackte Hütten aus geklautem Metall, Karton, Draht, Plastikfetzen und Holzstückchen. Die Hütten, die so aussahen, als könne ein kleiner Windstoß sie umwerfen, drängten sich in einem schmalen Streifen an der Stadtgrenze entlang.

›Unterstädte‹ nannte man sie, wo immer sie rund um die Erde und auf anderen Planeten aus dem Boden schossen — ›Unter‹ wegen der Höhe der klapprigen Gebäude, und wegen des Status ihrer Bewohner.

Arme Schweine.

Die Limousine nahm den regulären Weg, den Phoenicia bevorzugte, und fuhr um die Unterstadt herum. Sie sah zerlumpte Frauen, die in den Türen hockten. Manche säugten nackte Babies. Sämtliche Kinder sahen kränklich aus.

Die Frauen schauten zu, wie sie vorbeifuhren. Sie

schauten immer zu. Männer waren nirgendwo zu sehen. Die Männer, hatte Phoenicia erfahren, waren damit beschäftigt, in irgendwelchen Rinnsteinen nach Zigarettenkippen zu suchen. Oder sie trieben sich in Gassen und Müllkippen herum, um sie nach brauchbaren Abfällen zu durchwühlen.

Für Phoenicia war es offensichtlich, daß viele dieser Leute geistesgestört waren. Der *Enquirer* behauptete, sie seien aufgrund von Unterernährung oder schlechten Genen hirngeschädigt. Die Augen der verzweifelten und ausgelaugten Menschen kamen Phoenicia alle gleich vor: Verloren, stumpf, ohne Hoffnung, fast leblos.

Lutt blickte leidenschaftslos durch das Seitenfenster aus kugelsicherem Glas auf die Unterstadt. Für ihn waren diese Leute Menschen, an denen das Leben vorbeiging. Sie lebten in einer fernen Welt der langsamen Bewegungen und des angesammelten Drecks.

Phoenicia öffnete ihr Seitenfenster und ließ die aufdringlichen Geräusche und übelkeiterzeugenden Gerüche in die parfümierte Isolation der Limousine.

Sie wird es wieder tun, dachte Lutt. *Wann wird sie bloß endlich klug?*

Phoenicia öffnete ein gekühltes Fach unter ihrem Sitz und entnahm ihm einen Kunststoffbeutel mit Lebensmitteln. Sie hielt den Beutel in die Fensteröffnung, wo er kurz zwischen beiden Welten in der Schwebe hing. Eins ihrer Platinarmbänder schlug gegen das Fenster.

Lutt beobachtete ihr Tun mit dem, was er für objektive Beurteilung hielt. Er war ein Zeitungsmann, der eine Story über den Kontrast zwischen extremem Reichtum und tiefster Armut in Erwägung zog.

Die Limousine setzte das Tempo pflichtgemäß herab. Phoenicia hob ihr Nahrungspaket hinaus. Ihre schlanken, manikürten Finger ließen den Griff des Paketes los. Es fiel zu Boden.

»Es sind immer die Stärksten und Schnellsten, die es kriegen«, sagte sie, nahm die Hand aus der Öffnung und deutete auf die älteren Kinder und Frauen, die hinter der Limousine auf das Paket zurannten.

Ein Mädchen von vierzehn oder fünfzehn in einem zerlumpten Hemd, das für seine dürren Beine viel zu kurz war, ignorierte das Nahrungspaket. Es hielt Schritt mit der verlangsamten Limousine und spuckte auf Phoenicias ausgestreckte Hand.

»Ohhh!« Phoenicia zog die Hand ruckartig ins Innere der Limousine. Als sie den bräunlichgelben Sabber auf ihrem Handgelenk sah, schnitt sie eine Grimasse.

»Häppchen!« schrie das rennende Mädchen.

Die Limousine nahm schnell wieder Fahrt auf und ließ das Mädchen und die das Nahrungspaket umringende Menge weit hinter sich.

Phoenicia reinigte ihr Handgelenk mit einem Taschentuch aus Spitze und behandelte es anschließend mit einem Desinfektionsspray aus ihrer Handtasche.

Morey drückte einen Knopf. Das Fenster schloß sich mit einem dumpfen Klopfen. Ein Ventilator reinigte summend die Luft in der Limousine. »Sie tun das jetzt immer öfter«, sagte Morey.

Lutt nickte. »Eines Tages wird einer von ihnen ein Schießeisen stehlen und dir mehr als Spucke verabreichen. Es ist verdammt närrisch, das Fenster zu öffnen.«

Lutt fielen die krabbelnden Leute und die Gesichter ein, die zur Limousine herübergesehen hatten. Er hatte keine Wut in den Gesichtern gesehen, nur Verzweiflung. Aber er wußte, daß sie trotzdem wütend waren.

Das *Verschenken* von Essenspaketen war zu einem Phoenicia-Ritual geworden, machte Lutt sich klar. Es würde einen wahnsinnig guten Artikel für den *Enquirer* abgeben.

Reiche Dame mit Schein-Gewissen ist sich nicht zu fein, den Armen zu geben, was sie selbst nicht fressen würde. Sie tut es für sich selbst, damit sie bei ihren Freunden mit ihrer Wohltätigkeit prahlen und sich über das bedauerliche Verhalten der Empfänger unterhalten kann. Was würde der Alte sagen, wenn ich diese Geschichte veröffentliche? — Tun kann ich es natürlich nicht. Wir halten schon zusammen. Aber vielleicht sollten wir trotzdem eine neue Unterstadt-Serie machen. Die unterdrückten Armen lassen uns nicht los — die unglücklichen Tröpfe hängen im Schatten unseres Lebens.

Ryll nahm es in sich auf. Sein Abenteuer, stellte er fest, ging in eine völlig andere Richtung, als er erwartet hatte. Er sah allmählich ein, daß er dem Thema Geduld und Aufmerksamkeit im Unterricht viel zu wenig Beachtung geschenkt hatte.

»Weiß L. H., daß du das tust?« fragte Lutt.

»Nun, ich möchte deinem Vater nicht sagen, daß ich das Fenster aufmache«, sagte Phoenicia. »Es würde ihn nur verstören.«

»Es würde ihn mehr als nur verstören«, sagte Lutt. »Er würde einen Wutanfall kriegen, nachdem er alles für unsere Sicherheit tut.«

»Er glaubt, irgendein dreckiger Terrorist könnte eine Bombe durchs Fenster schmeißen«, sagte Phoenicia.

»Oder einen Stapel von diesen Winzigspionen, die an den Kleidern haften bleiben«, sagte Morey.

»Euer Vater leidet unter dem Wahn, jemand könnte uns mit einem elektronischen Spurenleser zu seinen Büros folgen«, sagte Phoenicia.

Lutt sagte trocken: »Das hat man schon versucht.«

»Manchmal verstehe ich ihn nicht, sagte Phoenicia. »Er läßt seinen geschäftlichen Interessen mehr Beachtung durch die Sicherheitskräfte zukommen als seinem eigenen Zuhause.«

»Es ist nur eine andere Art von Sicherheit, Mutter«, sagte Morey. »Er hat recht, wenn er sagt, daß wir nicht unter der Erde wohnen wollen. Es ist schon schlimm genug, wenn man da unten arbeiten muß.«

»Aber er ist so ein Geheimniskrämer … selbst seiner Familie gegenüber«, beschwerte sich Phoenicia. »Wie die Geschichten, die man über das Militär hört und … daß es einfach alles wissen muß.«

»Warum hängst du nicht einen Kühlcontainer an die Limousine?« fragte Morey. »Dann kannst du hie und da einen Knopf drücken, und er wirft die Pakete automatisch raus. Vater hat wirklich recht, wenn er sagt, ein Hanson kann gar nicht vorsichtig genug sein.«

»Würdest du so einen Apparat für mich bauen, Lutt?« fragte Phoenicia.

»Klar. Bloß würde ich die Roboter das Essen rauswerfen lassen. Dann kann man das Wagenkommunikationssystem einsetzen und braucht keinen neuen Signalgeber.«

»Oh, das wäre toll!« sagte Phoenicia.

Lutt schüttelte erschreckt den Kopf. Es gab Dinge, die er nicht aussprechen konnte. *Vaters mechanische Kulis werfen dem Landvolk Häppchen zu. Das wäre eine Story, wenn ich es wagen würde, sie zu drucken! Kriegst du alles mit, Ryll?*

Ihr seid eine eigenartige Familie, Lutt, selbst wenn ich sie nach sämtlichen Standards messe, die mir je untergekommen sind. — Ohhh ... warum halten wir an?

Wir haben U-Gee-Eins erreicht.

Lutt hörte, wie die gewaltigen Sicherheitstüren hinter der Limousine zuschlugen, dann wurde das Innere der Parkzone, in der es von menschlicher und mechanischer Aktivität nur so wimmelte, in helles, künstliches Licht getaucht.

Wie üblich spürte Lutt, daß sich sein Magen zusammenzog.

Ein Trupp blauuniformierter Hanson-Wachen rannte mit gezückten Waffen auf die Hanson-Limousine zu.

»Jetzt seid aber lieb zu eurem Vater, Jungs«, sagte Phoenicia. »Wir sehen uns später.«

»Kommst du nicht mit?« fragte Lutt.

»Ich muß zum Auktionshaus, um das kleine Mißverständnis wieder geradezubiegen. Morey wird eurem Vater davon erzählen. Er weiß schon, was er sagen soll.«

Yeah! Morey weiß immer, was er sagen soll!

Tempo und Wirtschaftlichkeit waren nie ein Teil der Dreen-Psyche. Unsere Hochtechnologie konzentriert sich auf Reisen durch die Spiralen in einem sich stetig verändernden Universum. Das uralte, unveränderliche Dreenor muß ein regeneratives Nest bleiben. Die Dreen-Mahnung ›Alle Dinge sind möglich‹, muß uns stets als Bollwerk der Bewahrung dienen.

Mugly der Senior
Eine Kritik

»Warum hat sie uns nicht vorher gesagt, daß der Schild unseren Himmel verändert?« beschwerte sich Mugly.

Er blickte aus dem Fenster von Jongleurs Heim, wohin der Chef-Erzähler ihn gerufen hatte. Die Sonne des Spätnachmittags bemalte flauschigweiße Wolken mit rosafarbenen Rändern. Kurz darauf löste sich der schwache Versuchsschild auf, den Habiba idmaginiert hatte. Während des Versuchs hatten Mugly und Jongleur in eine graue Landschaft hinausgesehen; sie sah fast so aus wie in der Abenddämmerung, war ihnen jedoch völlig unvertraut.

»Sie macht Versuche, weil die Kindsaat ein besonderes Sonnenlichtspektrum erfordert«, sagte Jongleur. »Es geht um die Frage, ob der Schild das korrekte Licht durchläßt. Seltsamerweise ist das Licht, das wir brauchen, dem sehr ähnlich, mit dem die Erder am liebsten ihre Haut verdunkeln.«

»Man sagt ›bräunen‹ dazu«, sagte Mugly.

»Ich weiß, wie man es nennt!«

»Wir könnten doch ab und zu Lücken in dem Schild öffnen«, sagte Mugly.

»Und wie sollten wir Öffnungen dieser Art bewachen?« wollte Jongleur wissen. »Sollen wir Waffen bauen und Eindringlinge abschlachten?«

»Wir haben das Recht, uns zu verteidigen«, beharrte Mugly.

»Der Schild ist eine glänzende Idee«, sagte Jongleur.

»Selbst wenn wir nie wieder Kinder haben sollten — wir müssen das beschützen, was wir jetzt haben!« beharrte Mugly.

»Und was haben wir jetzt?« fragte Jongleur.

Mugly machte eine Geste, die Dreenor umfassen sollte. »Alles! Welch seltsame Frage! Du wirst allmählich wunderlich, Jongleur.«

Jongleur mußte ihm zustimmen. Erst am Morgen hatte er seine Ängste zu Habiba getragen. »Was haben wir nur mit der Erde erschaffen?«

»Wir?« hatte Habiba gefragt.

»Dreen haben sich seit der Erschaffung der Erde in alles dort eingemischt«, hatte Jongleur geklagt.

»Eingemischt? Das sind aber eigenartige Gedanken, Jongleur.«

Und Habiba hatte ihn auf eine kleine Reise in ihren Konus mitgenommen, um ihn zu beschwichtigen. Es war ein eigenartiges Gefühl, wenn man über die bunten Ebenen ging und sich vergegenwärtigte, daß sie über einem erloschenen Vulkan errichtet worden waren. Der poröse Grund unter dem Konus war ein spiritueller Wohnsitz, ein Ort geheimer Kammern und Gänge, in denen sich nur Habiba aufhielt. Jongleur wußte aus Habibas gelassenen Kommentaren von ihnen.

»Genau unter diesem Ort ist ein Loch, aus dem Gase und Dämpfe von großer Hitze aufsteigen. Es reicht sehr tief und ist völlig trocken.«

Jongleur schätzte diese Rundgänge. Die palastartigen Ebenen und Korridore waren mit Juwelen ausgelegt, die man Habiba von zahllosen Planeten mitbrachte. Sie waren ihm immer wie das permanenteste Ding im Universum erschienen.

Doch heute hatte ihn die Unbeständigkeit der Struktur erschlagen. Bei einem katastrophalen Angriff der Erder konnte alles, was es hier gab, in Fragmente zerschlagen werden.

Alle Dinge sind möglich. Einst war hier ein Vulkan. Jetzt ist es eine Bimsstein-Insel, die in der See umherwirbelt. In einer ewigen See? Gibt es etwas Ewiges?

Am Meer aller Dinge kamen einem schnell Gedanken über das Ewige, doch jetzt fand Jongleur sie beunruhigend.

Mugly riß ihn mit einer sachlichen Frage aus seinen Gedanken.

»Stimmt es, daß das Tilgungsschiff einen Zusammenstoß hatte?«

»Die Wrackteile befinden sich auf der Erde.«

»Wrackteile. Das ist gut.«

»Mein Sohn war in dem Schiff. Und wir wissen nicht, wie groß der Schaden war. Wenn sensitive Bauteile überlebt haben ...«

Jongleur führte den Gedanken nicht weiter aus.

»*Patricia* war dazu bestimmt, sich eher selbst zu vernichten als zuzulassen, daß Fremde ihre Geheimnisse in Erfahrung bringen«, sagte Mugly.

»Ein äußerst seltsamer Name für ein Schiff, Mugly.«

»Es ist ein gewöhnlicher Erderfrauen-Name. Männer werden oft in einer ähnlichen Form gerufen: Patrick. Das war nämlich ein Heiliger.«

»Hast du dein Schiff etwa für heilig gehalten?«

»Ich habe es für gar nichts gehalten. Meine Helfer haben es ohne mein Wissen und ohne meine Zustimmung gebaut. Warum hast du mich zu dir gerufen, Jongleur?«

»Habiba hat mir befohlen, dafür Sorge zu tragen, daß die Erder unsere Geheimnisse nie erfahren. Und jetzt höre ich, daß du Eminenz Prosik ausgesandt hast ... mit der Anweisungen, das ... die *Patricia* zurückzuholen.«

»Meine Leute haben zu diesem Problem beigetragen, also sollen sie es auch lösen.«

»Ist Prosik eine gute Wahl?«

»Die beste.«

Zumindest für meine Ziele, dachte Mugly.

»Ich habe versucht, so zu denken, wie du vielleicht denkst«, sagte Jongleur. »Und es ist eine Tatsache, daß du die Erde immer noch getilgt sehen möchtest. Hast du Prosik diesbezügliche Anweisungen erteilt?«

»Ihm wurde gesagt, so zu handeln, wie die Lage es erfordert«, sagte Mugly. »Du mußt doch zugeben — wenn die Erde getilgt wäre, käme es Habibas Befehl entgegen. Die Erder würden uns nie wieder bedrohen.«

»Du hast die Frage, ob die Erde getilgt werden soll ... einer gewöhnlichen Eminenz überlassen?«

»Er war zu seiner Zeit ein guter Erzähler, Jongleur.«

»Ich habe gehört, daß er ein Bazeel-Hirn hat!«

»Er nimmt es gelegentlich ein, mehr nicht. Das könnte man über viele von uns sagen.« Mugly sah Jongleur wohlgesonnen an.

Jongleur sagte schnell: »Du hast mir die Hände gebunden! Wir können nicht einfach ein Schiff hinter der *Patricia* herschicken! Jedes Schiff, das wir aussenden, ist ein potentieller Verrat unserer Geheimnisse. Ich bin gezwungen, neue Agenten und deinen Helfer Prosik einzusetzen!«

»Ich sagte doch, er ist der Beste. — Was hast du vor?«

»Das Tilgungsschiff ist in den Händen der lästigen Erdgürtel-Patrouille. Du mußt Prosik ein Spiralsignal schicken; du mußt ihm davon Mitteilung machen und ihn anweisen, als Angehöriger der Erdgürtel-Patrouille aufzutreten. Das ist die einzige Hoffnung, das Schiff zu finden und zurückzubekommen.«

»Sehr wohl. Ich werde mich sofort darum kümmern.«

»Und sage ihm, daß er die Erde nicht tilgen darf!«

»Glaubst du nicht, das sollte man unseren Dreen am Ort überlassen?«

»Nein, das glaube ich nicht! Hier geht es um eine sehr komplizierte Angelegenheit. Dein Schiff hatte nicht nur einen Unfall, Mugly. Es ist in den Spiralen mit einem Schiff kollidiert, das ein Erder namens Hanson gebaut hat!«

Mugly war zutiefst schockiert. »In den *Spiralen?*«

»Siehst du, Mugly? Da hast du uns in eine schöne Lage gebracht.«

»Die Tilgung der Erde wird immer mehr zu unserer besten Wahl!«

»In Habibas Namen — ich verbiete es! Nein! Prosik muß den Erder namens Lutt Hanson junior finden, und ich möchte, daß er nach Hinweisen Ausschau hält, was aus meinem Sohn geworden ist!«

»Du würdest uns in Gefahr bringen, um persönliche Ängste zu beruhigen?«

»Natürlich nicht! Ich folge nur einem Plan, den Habiba vorgeschlagen hat.«

Mugly seufzte. »Wie sieht Habibas Plan aus?«

»Wir werden Hanson — falls er noch lebt — zusammen mit jedem, der sein Wissen über die Spiraltechnologie teilt, entführen.«

»Und woher willst du wissen, wer dieses Wissen mit ihm teilt?«

»Es wird Pläne, Zeichnungen und Beschreibungen geben. Wir werden herausbekommen, wer sie gesehen hat.«

»Die Erder nennen das ›Blaupausen‹, und ...«

»Ich weiß, wie Erder sie nennen! Du brauchst mir doch nicht alles und jedes über die Erder zu erklären, Mugly!«

»Aber man kann nie sicher sein, ob man jeden identifiziert hat, der die Blaupausen kennt. Und was die Leute angeht, mit denen dieser Hanson gesprochen hat, als er ...«

»Es muß getan werden! Alles ist der Tilgung vorzuziehen!«

»Alles?«

»Mugly ... bitte! Du bist der gewalttätigste Dreen, der

mir je begegnet ist. Es jagt einem Angst ein. Um Habibas willen, zügle deine gewalttätige Natur!«

»Ich muß tun, was für uns alle am besten ist, Jongleur. Aber ich werde Prosik deine Mahnung zur Kenntnis geben. Er ist ja auch ein wirklich friedfertiger Charakter.«

Es sei denn, er hat gerade eine Ladung Bazeel im Kopf.

»Es freut mich, das zu hören, Mugly. Dann schreite zur Tat! Ich muß Pläne für die Entführung ausarbeiten.«

Die Autopsie von Versuchspersonen dieser Art enthüllt eigenartige körperliche Varianten. Die Augen sind oben und unten durch Pfahl und Augenhöhle mit dem Schädel verbunden. Die Augen sind um einhundertachtzig Grad schwenkbar! In einer Stellung erscheinen sie normal, doch wenn sie nach innen gedreht sind, zeigen sie eine leere graue Oberfläche. Die Bewegungen werden von Drehzapfenmuskeln großer Elastizität kontrolliert. Unsere Studien sind noch nicht in der Lage, dies zu erklären. Wir schließen nicht aus, daß chirurgische oder andere medizinische Eingriffe diese Veränderungen hervorgerufen haben. Das Forschungsteam ist der Ansicht, daß diese Eigenarten den Versuchspersonen eventuell geheimnisvolle Kräfte verleihen.

Bericht der Erdgürtel-Patrouille
TS/Dreen

Einen Trupp Hanson-Wachen im Schlepptau gingen Lutt und Morey zur Rampe des U-Gee-Eins-Bahnhofs. Kurz vor dem letzten Sicherheits-Kontrollposten drehte Lutt sich um.

Die grellbunte Rikscha stand immer noch auf dem Parkplatz. Die Robot-Kulis hingen um sie herum, als befänden sie sich im höchsten Stadium der Erschöpfung.

»Sieh dir das an«, sagte Lutt. »Sie tun es schon wieder.«

»Eine von Vaters amüsanten Spinnereien«, sagte Morey.

»Mutter weiß doch, daß Roboter nicht müde werden«,

sagte Lutt. »Ich glaube, Vater hat sie nur so programmiert, um sie zu ärgern.«

»Sie wird die Wartezeit nutzen, um die Fern-Vidkom-Rechnung etwas in die Höhe zu treiben«, lachte Morey. »Und zwar alles auf die Leitung von U-Gee-Eins. Er wird die Rechnung zu sehen kriegen, verlaß dich drauf!«

»Es ist eine Art lautloser Krieg«, sagte Lutt.

Sie bogen hinter dem Kontrollpunkt um eine Ecke und betraten einen langen, niedrigen Tunnel, der weiß gefliest und von einem einzigen Leuchtstreifen an der Decke erhellt war. Jetzt konnten sie die Parkzone nicht mehr sehen.

»Nicht so wie unser Krieg, was, Bruder?« fragte Morey.

»Darüber reden wir später. Wenn ich du wäre, würde ich bis dahin aufpassen, was ich sage.«

Der Tunnel mündete auf einen breiten Betonbahnsteig, in dem das Geräusch von Maschinen laut wurde. Vor ihnen breiteten sich die alten Spuren aus, auf denen die U-Gee-Eins-Röhrenbahn lief.

Über den lauten Maschinengeräuschen hörten sie das Summen und Quietschen einer sich nähernden U-Bahn. Kühlgelbe Wartelampen tauchten die Gleise in Zwielicht.

Lutt, der noch immer die grünschwarze Uniform trug, die Rylls Idmaginationsgabe rekonstruiert hatte, fröstelte in der kühlen Luft. Er fragte sich, ob er auch wärmere Kleidung idmaginieren konnte.

Allmählich glaubst du wirklich an mich, was, Lutt?

Versuchsweise.

Ich würde uns gern mit einer Pelzparka ausstatten, aber Morey würde es merken.

Sie waren jetzt in der Nähe des Passagierbahnsteigs. Morey musterte Lutt, als sie gingen, mit neuer Vorsicht.

»Hast du Schuhe mit hohen Absätzen an«, fragte er. »Du kommst mir größer vor.«

Lutt wartete mit seiner Antwort, bis sie stehenblieben. »Hast du noch nichts von Plutoharz-Injektionen gehört?«

»He! Plutoharz ist aber von der Ärztekammer noch nicht zugelassen worden. Wie bist du drangekommen?«

»Vielleicht trage ich auch nur Schuhe mit hohen Absätzen, Morey.«

»Wenn du an Plutoharz rankommen kannst, wüßte ich, wie wir damit einen Haufen Knete machen könnten.«

»Und wieviel könntest du für meine Schuhe kriegen?«

»Etwa soviel, wie ich für die Geschichte über den Außerirdischen in deinem Kopf kriegen würde.«

Lutt! Verkaufen Erder ihre Geschichten auch?

Er meint es ein bißchen anders.

»Da hab ich dir aber mal wieder einen feinen Bären aufgebunden, was, Morey?« fragte Lutt.

»Verfällst du wieder auf deine College-Spielchen, Lutt? Deine Streiche haben Vater einen Haufen Geld gekostet. Er mußte dich alle paar Wochen gegen Kaution rausholen.«

»Er hat längst nicht so viel ausgegeben, wie er ausgeben müßte, um dich auf Kaution rauszuholen und vor den Schwierigkeiten zu bewahren, die du hast, wenn das Gesetz dich in die Finger kriegt.«

»Laß uns Waffenstillstand schließen, Lutt. Ich unterstütze deinen Antrag auf mehr Geld, damit du dein Schiff oder um was es auch geht, finanzieren kannst. Und benimmst dich wie ein guter Bruder und hältst mir Vater vom Hals.«

»Ich werde darüber nachdenken. Warten wir mal ab, wie gut du dich heute beträgst. Weißt du, Morey, ich weiß nämlich auch, von wem Vater von meinen diversen College-Streichen erfahren hat. Von dir und deiner großen Klappe.«

Morey hob abwehrend beide Hände. »Ich werde mich benehmen. Ich verspreche es. Ich habe Vater auch nie erzählt, daß du dein Examen nur geschafft hst, weil du andere bezahlt hast, um für dich zu reden und deine Arbeiten zu schreiben.«

»Weil wir beide genau wissen, daß du auf die gleiche Art durch das Harvard-Insitut gekommen bist, Morey. Stimmt's?«

»Also waren wir mal gemeinsam betroffen und haben uns unsere Missetaten gestanden. Sind Brüder nicht dazu da?«

»Ich weiß nicht genau, wozu Brüder da sind, Morey. Vielleicht komme ich eines Tages dahinter.«

»Was ist überhaupt mit dem Schiff los, an dem du rumbastelst?«

»Wenn L. H. noch ein kleines bißchen Geld rausrückt, haben die Hansons ein Raumschiff, das das Universum schneller durchqueren kann, als es dauert, darüber zu sprechen. Wir könnten morgen im Citelli-System sein.«

Morey nagte an seiner Unterlippe.

Glaubt er dir? fragte Ryll.

Das fragt er sich auch gerade. Und wenn ich recht habe, kannst du darauf wetten, daß er darin ein Riesengeschäft sieht.

Wieso glaubst du, daß die Dreen dich in die Spiralen gehen lassen?

Wir werden die Verkehrszeichen lernen — woran man erkennt, daß sich ein anderes Schiff nähert. Du wirst mir alles beibringen, was ich wissen muß — nicht wahr, Ryll?

Ich weiß überhaupt nichts darüber.

Aber was du weißt, wirst du mir beibringen.

Jetzt glaubst du wirklich an mich!

Darauf kannst du wetten. Aber jetzt verzieh dich! Da kommt ein Zug.

Ryll richtete seine Aufmerksamkeit durch ihre gemeinsamen Augen wieder auf die interessante Umgebung. Der Ladebahnsteig stand über einem Wirrwarr von Spuren. Im Mittelpunkt des Durcheinanders war in Grün und Gold das Hanson-Familienwappen eingearbeitet. Sechs Tunnels gingen von dieser Stelle ab. Der

Tunnel, der sich unmittelbar links von ihnen befand, leuchtete im weißen Licht eines sich nähernden Magschweb-Zugs. Das Licht wurde heller, der Zug tauchte auf. Es war ein gelenkiges Fahrzeug, ein summender mechanischer Wurm, der über dem Hanson-Wappen zum Halten kam.

Ryll wußte aus Lutts Gedächtnis, daß das Fahrzeug durch einen anderen Tunnel in ein unterirdisches Labyrinth verschwinden würde. Für Ryll war die gesamte Anlage eine Parodie auf die Dreenor-Heime der Senioren, die tief in der Geräumigkeit des Planeten lebten.

Mit dem lauten Ton von Metall, das sich an Metall rieb, öffnete sich ein Teil des Fahrzeugdaches, und eine röhrenartige Rampe streckte sich aus. In ihrer Öffnung stand ein bewaffneter Sicherheitsmann.

Die Rampe hob sich an und schob sich dem Bahnsteig entgegen. Der Wächter zögerte und richtete seine Aufmerksamkeit auf Lutt.

»Er hat bemerkt, daß du größer geworden bist«, sagte Morey.

Lutt hob die rechte Hand und hielt die Handfläche vor einen Prüfer, der sich neben dem Wächter befand.

Morey sprach den Wächter an; es war einer der Spezialisten, die ihr Vater ›handverlesen‹ hatte; er trug eine grüngoldene Uniform. »Er hat was unternommen, um größer zu werden.«

Die Stimme des Wächters war ein argwöhnisches Brummen. »Das sehe ich.« Er warf einen Blick auf den Scanner, dann sah er Lutt wieder an. »Okay, Sie sind es.«

Lutt fand diese Bemerkung amüsant. Er ging an dem Mann vorbei und betrat, Morey im Schlepptau, das hell erleuchtete Innere des Fahrzeugs. Sie schnallten sich an die ersten Sitze, an denen sie vorbeikamen. Von dem Wächter abgesehen, der neben der ziehharmonikaartigen Röhre in Stellung ging, die sich nun wieder zusammenfaltete, waren sie die einzigen Passagiere.

Sobald die Außentür versiegelt war, drehte sich das

Fahrzeug auf dem Spurrad und setzte sich in Bewegung — zuerst langsam, dann schneller, bis die helle Spiegelung der Kopflichter den dunklen Schacht der Tunnelwände zeigten. Dann verlangsamte der Zug und hielt über einem anderen Spurrad an. Er wurde gedreht und hielt auf einen anderen Tunnel zu. Wieder wurde beschleunigt. Dreimal wurden sie in andere Richtungen gedreht; schließlich sahen sie die grünen Wände des Kerntunnels.

»Nur vier Richtungsänderungen«, sagte Lutt. »Sonst sind es mehr.«

»Vater manipuliert den Computer«, sagte Morey. »Er kann es nicht erwarten, uns zu sehen.«

Der Wagen kam plötzlich in dem grünwandigen Tunnel zum Halten und warf sie gegen die Sicherheitsgurte. Ein Frachtzug kam ihnen entgegen. Seine Anhänger schienen schwer beladen zu sein; sie quietschten und ächzten.

»Was er wohl geladen hat?« fragte Morey.

»Er wird es uns schon sagen, wenn er meint, daß wir es wissen sollten.«

Lutt lümmelte sich in den Sitz, der Gurt lag eng an seinem Burstkorb und seinem Magen. Morey beugte sich vor, damit er besser sehen konnte.

»Ich warte auf den Tag, an dem ich endlich alles über das Geschäft weiß«, sagte er.

Du meinst, du wartest darauf, daß der Alte stirbt, dachte Lutt. *Was bist du doch für ein Blödmann, Bruder.*

Lutt wußte, daß er das Kommando über den Hanson-Konzern selbst ohne großartige formelle Geschäftsausbildung übernehmen konnte. Genau das wollte auch sein Vater. L. H. hatte es ihm klargemacht, trotz seines Wütens gegen Lutts sonstige Aktivitäten.

Der Idiot Lutt und sein Hirngespinst von der ultraschnellen Weltraumfahrt! Würde der heutige Streit so aussehen? Die Anzeichen, daß Vater mit seinem Sohn Nummer Eins die Geduld verlor, nahmen zu.

Morey räusperte sich. »Ich habe dich gestern abend zum Dinner erwartet.«

»So ein Pech.«

»Zu der Zeit warst du in einem Gefängnis der Erdgürtel-Patrouille. Macht dich das zu einem Ex-Häftling ... neben deinen anderen Titeln?«

»Sei vorsichtig, Morey! Man hat mich nicht im geringsten überführt. Du bist der, der gültige Referenzen als Krimineller hat.«

»Was genau meinst du damit?« blies Morey sich auf.

»Unterhalten wir uns doch mal über deine Briefmarkensammlung«, sagte Lutt.

»Welche Briefmarkensammlung?« fragte Morey.

»Die in deinem linken Schuhabsatz, zum Beispiel«, sagte Lutt.

Blut schoß Morey ins Gesicht und verdunkelte es.

Lutt fletschte in einem wölfischen Grinsen die Zähne. »Ich kann beweisen, daß du in die Kassen aller Unternehmungen greifst, die du leitest. Du beklaust die eigene Familie und kaufst seltene Briefmarken. Weil man sie problemlos mit sich rumtragen kann, stimmt's, Morey?«

»Du ... du würdest doch nicht ...«

»Es Vater sagen? Nur, wenn es sich als notwendig erweist.«

»Wieviel willst du?«

»Das klingt schon besser, Morey. Du kannst also doch realistisch sein. Die Anatolische von 1995 in deinem Absatz — was würde sie bei einer Auktion bringen?«

»Glaubst du denn, du kriegst alles aus mir raus?«

»Ich will gar nicht alles. Ich möchte dich nur ein bißchen im Zaum halten, so wie Vater es mit Mutter macht. Sie kann seltenen Kunstgegenständen nicht widerstehen. Du hast den Drang, die teuersten Briefmarken zu kaufen.«

»Wenn du nicht alles willst ... Wieviel willst du?«

»Vielleicht die Hälfte. Warten wir's ab. Eine Million

brauche ich sofort. Wenn meine Quellen stimmen, würde die Anatolische dafür reichen.«

»Was willst du damit machen?«

»Vater wird mir nicht alles geben, was ich brauche, um eine neue *Vortraveler* zu bauen und zu verbessern.«

»*Vortraveler!* Du erwartest, daß ich für das verdammte Ding zahle?«

»Was Vater mir nicht gibt, wirst du beschaffen. Ich werde vierzigtausend pro Woche brauchen — nach den Anfangskosten, Bruder!«

Lutt hob abwehrend eine Hand hoch, als der erbleichende und wütende Morey etwas erwidern wollte.

»Sieh doch einfach einen vor dir, der von dir abhängig ist. Für einen neuen Abhängigen kannst du ruhig ein bißchen was ausspucken.«

»Und wenn ich mich weigere?«

»Sei nicht töricht, Morey. Du wirst eine sehr lange und unbehagliche Sitzung mit Vater und seinen Verhörspezialisten haben, wenn ich ihm die Beweise vorlege.«

»Woher soll ich wissen, daß du überhaupt welche hast?«

»Du klammerst dich an Strohhalme, Morey. Ich weiß von der Anatolischen ...«

»Aber wo ist dein Beweis?«

»Ich sorge dafür, daß du Kopien kriegst.«

Ein tiefer Seufzer ließ Morey erbeben. »Du gewinnst immer, du verfluchter Hund!«

»Dieses Mal gewinnen wir beide. Ich werde einfach größere Gewinne für einen Zweig des Hanson-Konzerns einfahren, und zwar unabhängig von Vater.«

»Nicht ist von ihm unabhängig!«

»Wenn wir erst mal anfangen, das große Geld zu machen, wird er es hinnehmen. Halte dich einfach für meinen stillen Teilhaber.«

»Und ich muß alles tun, was du sagst?«

»Wenn du's nicht tust, kannst du dir die Anatolische auf die Stirn kleben und dich mit der Post zum Pluto schicken lassen. Dann hast du nämlich keinen Grund mehr, hier herumzuhängen. Dann werde ich's dir geben, Kumpel, ein für allemal!«

Morey zog ein mit seinem Monogramm versehenes weißes Taschentuch hervor und tupfte sich die Stirn ab. »Ich habe immer gewußt, daß mit dir nicht gut Kirschen essen ist, Lutt. Wie hast du herausgekriegt ...« Er ließ die Frage unbeendet.

»Warum sollte ich es dir sagen? Wenn unsere Positionen umgekehrt wären, würdest du's mir sagen?«

Moreys Schweigen war eine deutliche Antwort.

Ryll mischte sich in Lutts Gedanken. *Wie kannst du nur so gemein zu deinem Bruder sein?*

Du behauptest doch, du kennst meine Erinnerungen. Dann weißt du doch, was das für einer ist. Und dann müßtest du auch eine gute Vorstellung vom Charakter meines Vaters haben. Das sind keine netten Leute.

Du aber auch nicht, Lutt.

Ich bin ein Überlebender. Ich tue, was ich tun muß. Du bist jetzt bei den Wölfen, kleiner Dreen, oder was du sonst bist.

Und dann muß man auch mit ihnen heulen, wie? Ja, ich kenne das Sprichwort. Ich kenne auch euren Streit über die Henne und das Ei. Was war zuerst da?

Die Erde wird dich lehren, wie man sich als Mensch verhält.

Ich kenne viele einverleibte Geschichten eures grauenhaften Planeten.

Aber die Realität ist nicht das, was du erwartet hast?

Du machst einen Fehler, wenn du mich wie ein Kind behandelst, Lutt. Ich kenne viele Dinge.

Irgendwann muß ich dich dazu kriegen, daß du mir ein paar von deinen Geschichten erzählst.

Nur wenn ich es wünsche. Meine Grübeleien gehören mir allein.

Wenn du meinst ...

Morey wählte diesen Augenblick, um Lutt etwas ins Ohr zu flüstern: »Es könnte eine Grenze geben, wie weit du mich aussaugen kannst. Vater würde vielleicht gern erfahren, wie du hinter mein Geheimnis gekommen bist.«

»Du glaubst, ich habe Vaters Horchposten angezapft? Sei nicht töricht, Morey. — Wenn es so wäre, wüßte er doch längst alles über dich.«

Morey sank mit finsterem Gesicht zurück.

Der Wortwechsel brachte Lutt zum Nachdenken. *Vaters Horchposten.*

Der Horchposten war L. H.s strengstgehütetes Familiengeheimnis und wurde nur an männliche Nachfahren weitergegeben — zusammen mit einem Paket nachteiliger Privatinformationen, damit man ihm auch glaubte. Elektronikpünktchen auf Hanson-Waren spionierten die Leute aus, die sie kauften. — Computer sortierten die Ergebnisse und lagerten sie im »Horchposten«. Sowohl Morey als auch Lutt verdächtigten ihren Vater, ein gigantisches Erpressungsunternehmen zu betreiben. Sie wußten genau, daß L. H. wichtige Leute mit gewissen Mitteln beeinflussen konnte. Sie waren sich auch sicher, daß sich keine Winzigspione auf Produkten befanden, die die Hanson-Familie benutzte. Der Hanson-Sicherheitsdienst schenkte Dingen dieser Art allergrößte Aufmerksamkeit.

Der letzte Frachtwagen fuhr vorbei. Ihr Zug nahm wieder Fahrt auf und sammelte Tempo auf einem Spurabschnitt, der scharf nach links ging. Die Brüder wurden zusammen in eine Ecke des Sitzes gedrückt. Sie trennten sich voneinander; plötzlich hielt das Fahrzeug in einer gewaltigen Kaverne an.

Lutt löste seinen Gurt und stand auf. Er blickte durch das transparente Dach in einen hell erleuchteten Raum. Vaters Mobiler Büroturm ragte in einem abnorm hohen Tunnel auf — Es war das unterirdische Versteck, in dem man einst Reihen von MX-Raketen verborgen hatte. Wie ein Echo des vergangenen Jahrhunderts fuhr der Turm auf seiner eigenen Spur. Er war in der Lage, noch viel tiefer in den Untergrund-Irrgarten hineinzufahren, der den Hanson-Konzern den Blicken entzog. Lutt hielt den Turm für die bemerkenswerteste Schöpfung des väterlichen Geistes — er war ein Wunder der Robotik und Ingenieurskunst. Wie sein Schöpfer reiste das Gebäude des Hanson-Konzerns auf einem Kurs, dem kein anderer folgen konnte, an geheime Orte.

Morey, der besorgt aussah, schien ähnliche Gedanken zu hegen, als er sich am Röhrenausgang zu Lutt gesellte. Im Geist von Hanson senior gab es finstere und geheime Stellen.

Als Lutt aufgerichtet neben seinem Bruder stand, sah er, daß Morey nur etwa sechs Zentimeter größer war. Vor der Kollision war der Unterschied doppelt so hoch gewesen.

Der Wächter trat zur Seite, als der Röhrenausgang sich öffnete. »Ihr Vater erwartet Sie.«

»Wir dürfen ihn nicht warten lassen«, sagte Lutt und ging als erster los.

»Das klingt ja beinahe diensteifrig«, sagte Morey, als er Lutt in die Röhre folgte. »Ich bin noch nie wild darauf gewesen, den Kopf gewaschen zu kriegen.«

»Glaubst du, er will mir den Kopf waschen?«

»Du magst ja sein Liebling sein, Lutt, aber auch mich hat er irgendwie gern. Du solltest lieber wissen, daß er mich gerade zum Präsidenten für Außenwelt-Angelegenheiten gemacht hat.«

»Das weiß ich doch alles, Morey. Ich weiß alles, was du tust.«

»Du bist genauso schlimm wie Vater«, beschwerte sich Morey.

»Aber Morey! Und das, nachdem er dich auf einen so mächtigen und absahngünstigen Posten befördert hat! Du bist mir vielleicht ein Undankbarer.«

»Ich kann's nicht leiden, wenn du diesen heuchlerischen Ton anschlägst!«

»Ich habe es von dir gelernt, Morey. Jetzt komm! L.H.

wartet, und wir wissen beide, daß er das nur ungern tut.«

Als Lutt den Dreen-geteilten Körper zum Röhrenausgang hinausbewegte, wälzte Ryll private Gedanken: *Ich habe mich mit einem wilden Tier verbunden. Was kann ich tun, um es zu zähmen? Ist es möglich, einer solchen Kreatur auch nur eine Spur Kultur beizubringen?*

Wer bespitzelt die Spione?

Parole des Hanson-Sicherheitsdienstes

Lutt Hanson senior sah mit gemischten Gefühlen zur Ankunftszone der MX-Kaverne und schaute zu, wie seine Söhne näherkamen.

Meine Söhne ... meine Gegner.

Jedes Wort, das Lutt junior und Morey während der Fahrt durch das Tunnellabyrinth gewechselt hatten, hatte Hanson senior hier oben in seinem Büro auf dem Gipfel des geheimen Turms der Firma gehört.

Wie biege ich die Fehler eines ganzen Lebens nur wieder gerade?

Er fühlte sich zwar schuldig, aber er war auch froh für die Vorsorge, die es ihm erlaubte, die beiden zu belauschen. Vorsorge? War er irgendwie in der Lage gewesen vorherzusehen, was aus Morey werden würde? Oder aus Lutt junior?

Aber irgend etwas hatte ihn vor neunundzwanzig Jahren auf die Idee kommen lassen, einen Robochirurgen dazu zu programmieren, in den Hals des neugeborenen Morey einen Winzigspionsender zu implantieren. So, wie er es schon vorher bei Lutt junior hatte machen lassen. Die Winzigspione, die er selbst entwickelt hatte, wurden robotisch hergestellt, wie seine anderen Sicherheitsgeräte auch. Außer ihm wußte keiner von ihrer Existenz. Nur — der Winzigspion in Lutts Hals funktionierte nicht mehr.

Ich habe damit gerechnet, daß sie ein Leben lang halten, aber jetzt ... Irgend etwas ist schiefgegangen. Was ist mit meinem Erstgeborenen passiert?

Der Winzigspion in Lutts Hals war seit dem Zusammenstoß der *Vortraveler* stumm. Jetzt konnte er die beiden nur noch belauschen, wenn sie zusammen waren.

Was ist dort draußen im Weltraum passiert?

Die Informationen waren quälend spärlich — bizarres Gerede über einen Außerirdischen in seinem Körper. Die Worte von Sohn Nummer Eins deuteten faszinierende Möglichkeiten in Sachen Kommunikation an ... falls sich dieser Spiral-Pressedienst nicht als Zeitungsente erwies.

Der in die Jahre gekommene L. H. humpelte auf automatischen Krücken an einer Einweg-Fensterwand entlang und richtete seine Aufmerksamkeit auf die Stelle, wo sich seine Nachkommen der Sicherheitsüberprüfung unterwarfen. Jeder, der hier ankam, mußte sie über sich ergehen lassen. Menschliche und robotische Wachen überprüften und sondierten die beiden, bevor sie durch ein weiteres Labyrinth gingen, das sie zur obersten Etage des Turms brachte.

Es war schwierig, in Bewegung zu bleiben und gleichzeitig auf den Ankunftsbahnsteig zu schauen. Kunstvoll gearbeitete, frei bewegliche Verstärkerlinsen aus eigener Konstruktion hingen, die Hornhaut berührend, wie die Antennen eines mechanischen Insekts vor seinen versagenden Augen. Wenn er sie trug, konnte er nicht blinzeln oder die Augen bewegen. Das System schmierte die Augenhaut und kontrollierte die Tragezeit. Wenn es schwarz vor ihm wurde, war er gezwungen, die Linsen abzunehmen. Der Ermüdungspunkt war vorausberechnet. Die Linsen zwangen ihn, den Kopf zu drehen und sich an den Sichtbereich anzupassen.

Hanson senior lehnte sich auf seine automatischen Krücken und humpelte auf und ab. Er erwartete die Ankunft seiner Söhne voller Ungeduld, aber er fürchtete sie auch.

Die jungen Hansons passierten die Kontrolle und verschwanden aus dem Blickfeld in die niedrigeren Ebenen des mobilen Turms.

Hanson senior drückte einen Knopf an einer seiner Krücken und schickte den Turm polternd tiefer in den Irrgarten des uralten MX-Komplexes hinein. Er wandte den Kopf und konzentrierte sich auf ein multifarbenes Hologramm an der gegenüberliegenden Wand — die dreidimensionale schematische Darstellung jener Hanson-Betriebszweige und Firmen, die ihnen hundertprozentig gehörten.

Der größte verdammte Konzern im ganzen Sonnensystem!

Mehr Kapitalanlagen als die meisten Nationen; ein Oktopus mit Armen, dessen monopolistische Marktbeherrschung sich sogar in Gegenden erstreckte, in denen nur wenige seine Gegenwart ahnten.

Und wer wird es erben, wenn ich sterbe?

Er fühlte sich eigenartig unglücklich. Seine beiden Söhne waren Diebe, sie verdienten es nicht. Sie arbeiteten auf verschlagene Weise gegen ihren Vater.

Was habe ich falsch gemacht?

Er fühlte sich zumindest teilweise für die entarteten Charaktere seiner Söhne schuldig — entweder lag es an den Genen, die er an sie weitergegeben hatte oder daran, wie er sie erzogen hatte. Jetzt erschien ihm ihr Leben untilgbar, und das kam ihm ironisch vor. Er war es lange gewöhnt gewesen, das ihn umgebende Universum so zu formen, wie es seinen persönlichen Gelüsten entsprach — das Beseelte und Unbeseelte so zu gestalten, wie es ihm gefiel.

Und jetzt sieht es so aus, als könnte ich nicht mal meine Söhne verändern.

Sicherheitsgeräte auf dem äußeren Korridor kündeten die kurz bevorstehende Ankunft Lutt juniors und Moreys an.

Es ist Zeit für einen neuen Hieb — und die Korrektur meiner Fehler. Und diesmal werde ich noch heimtückischer sein als sie!

Wer alle zu beherrschen versucht, wird bald mit allzu vielen Kräften jonglieren, die eine eigene Schwungkraft haben. Es ist wie das Problem des Zauberlehrlings: Wenn die Dinge zum Chaos werden, fehlt einem der richtige Spruch, um sie unter Kontrolle zu halten.

Die Weisheit des Raj Dood

Osceola blickte durch das Iskeram-Fenster auf die venusische Landschaft am Rande von Gorontium City hinaus — rötliche Flammen, Ströme aus geschmolzenem Schwefel, Kaskaden feurigen Magmas funkelten wie ein Feuerwerk am 4. Juli, und auf den giftigen Wolken tanzte orangefarbenes Licht.

Laut ihrer Armbanduhr war hier früher Morgen, doch an den Lichtvariationen konnte man es nur selten erkennen.

Sie hörte, wie Dudley in der Schleuse des Vorraums aus seinem Iskeram-Panzer stieg. Schwerfällig. Er klang wie ein Alligatorbulle, der sich an einem Balken rieb.

Ihr Penthouse mit der fünffachen Abschirmung war der beste erhältliche Schutz gegen die sengende Hitze des Planeten — 450 bis 600 Grad Celsius —, aber sie fühlte sich hier stets unbehaglich und wagte sich selten nach draußen. Am besten kam und ging man durch die Spirale.

Die Räume waren allerdings bequem, selbst wenn sie spartanisch aussahen und alle Möbel aus stumpfem Iskeram gemacht waren.

Dudley kam zu ihr und verstellte ihr den Blick.

»Quäl dich doch nicht, Osey«, sagte er. »Du brauchst es dir doch nicht anzusehen. Diesmal hättest du in Florida bleiben sollen.«

»Ich kann die Heimlichtuerei nicht ausstehen, mit der

du arbeitest. Manchmal glaub ich, du brauchst einen Aufpasser. Was war denn so verdammt wichtig, daß du das Risiko eingehen mußtest, im Panzer rauszugehen?«

»Lutt braucht eine Frau, die ihn wieder auf Vordermann bringt.«

»Dein Neffe ist auf der Erde, nicht auf der Venus.«

»Aber hier muß es zehn oder zwölf Frauen geben, die genau die Erfordernisse erfüllen, die er braucht.«

»Das ist deine Meinung! Und wie willst du es schaffen, daß er zur Venus kommt, um die Antworten auf die feuchten Träume junger Männer zu finden?«

»Ich nehme an, es wird auf natürliche Weise geschehen.«

»Natürlich — ich schnall ab! Du mischst dich schon wieder ein!«

»Nur ein bißchen.«

»Warum holst du ihn nicht her und besorgst ihm einen Passierschein für den Legionspuff? Das würde Lutt doch bestimmt gefallen.«

»Da sind keine Frauen für ihn. Er braucht eine Gattin, die ihm ein gutes Beispiel gibt.«

»Gattin? Er gehört doch nicht zu denen, die heiraten. Er gehört ebenso wenig dazu wie du.«

»Wir könnten doch auch verheiratet sein. Es müssen jetzt dreißig Jahre sein.«

»Kommt mir wie dreißig Jahrhunderte vor. Männer! Ihr glaubt, man braucht nur die richtige Frau, dann läuft alles wie von selbst.«

»Es ist einen Versuch wert, Osey. Zusammen mit dem kleinen Dreen, mit dem er den Körper teilt, ist er nicht mehr der gleiche Lutt.«

»Es wäre mir am liebsten, wenn du die ganze Schweinerei aufgibst! Du hast den Hansons nur noch Beine gestellt, seit du dafür gesorgt hast, daß L.H.s automatische Limousinenfabrik nur noch diese Rikschas herstellen kann.«

»Das war doch toll, oder nicht? Wenn er das Limousinen-Programm durcheinanderbringt, kann der ganze Hanson-Konzern zumachen, und das weiß er. Ich habe ihm die Hände gebunden.«

»Du wolltest dich an deiner Schwester rächen, nicht wahr? Weil sie ihn geheiratet hat?«

»Das ist nicht wahr, Osey.«

»Und warum hast du's dann so eingerichtet, daß sie ›Heng Tifun Ten‹ sagen muß, bevor die verdammten Dinger sich in Bewegung setzen?«

»Einige von ihren schicken Freunden halten es für amüsant.«

»L. H. auch. — Aber das beantwortet meine Frage nicht.«

»Es ist eine gute Therapie für meine Schwester. Erinnert sie daran, wo sie herkommt.«

»Therapie — auch du liebe Zeit! Diese prüde kleine Südstaaten-Schnepfe weiß doch heute noch nicht, wo ihre Söhne herkommen.«

»Osey, hör damit auf! Ich weiß zwar, daß du meine Schwester und ihre Familie nicht leiden kannst, aber manchmal gehst du wirklich zu weit.«

»Okay. Jetzt verführst du also deinen Neffen. Was kommt als nächstes?«

»Ich habe im Grunde noch gar nicht angefangen, die Dinge unter Kontrolle zu bringen, Osey. Ich beeinflusse sie nur ein bißchen.«

»Lutt kommt hierher; er könnte umkommen.«

»Ich weiß, aber die Venus ist nun mal eine Herausforderung. Er ist nie auch nur in der Nähe des Todes gewesen. Es wird gut für ihn sein.«

»Yeah, ich weiß — Therapie. Manchmal glaub ich, du hältst dich für den Seelenklempner der ganzen menschlichen Rasse.«

»Nur für die, die mich brauchen, Osey.«

»Wie ich, nehme ich an?«

»Ich war nicht derjenige, der dem klugen Mann die Fragen gestellt hat.«

»Das reicht! Wir gehen nach Hause.«

»Aber das hier ist auch unser Zuhause.« Er deutete auf den stumpfgrauen Raum.

»Das ist kein Zuhause! Das hier ist ein Spiel, das du spielst. Wir reisen ab! Jedesmal, wenn du hier bist, verwandelst du dich in einen aufgeblasenen Klugscheißer. ›Ich bin's nicht, der dem klugen Mann die Fragen stellt!‹ Pah!«

»Tut mir leid, Osey, aber ich muß noch eine Weile bleiben.«

»Ich reise jedenfalls ab! Hier kriegt man ja das Zittern. Und wenn ich sehe, was du machst, wird es noch schlimmer.«

»Ich habe ja versucht, dich zu überreden, in Florida zu bleiben.«

»Ich gehe zwar nach Hause, aber ich werde dich trotzdem nicht aus den Augen lassen, du alter Narr! Verdammt, manchmal stellst du meine Geduld wirklich auf die Probe!«

»Ich freue mich, daß du ein Auge auf mich hältst, Osey. Wenn ich Hilfe brauche, singe ich.«

»Vielleicht antworte ich; vielleicht aber auch nicht.«

Sie ging zu einem rechteckigen Platteneinsatz in der Wand neben der Eingangsschleuse. Dort drückte sie die Hand gegen einen dunklen Fleck, und ihr Körper verschmolz in der Platte und verschwand in einem verzerrten Wirbel hellen Lichts.

»Vielleicht sollte ich langsam in Rente gehen«, murmelte Dudley.

Vielleicht haben wir ein unbewußtes Verlangen, in die Zeit vorzustoßen und unere Saat zu verstreuen. Dies könnte die Existenz der Latenten erklären. Wie anders könnten wir Dreen derart unvorhersehbaren Idmaginateuren in verborgener Gestalt Obdach gewähren?

Habibas Tagebuch

Als Lutt die Büroräume seines Vaters betrat, blieb er automatisch im Türrahmen stehen und blockierte Moreys Weg. Diese Pause war erforderlich, um die Hindernisse, die vor ihm lagen, einer genauen Untersuchung zu unterziehen. Der alte L. H. war berüchtigt dafür, daß er sein Büro ewig umgestaltete und den Unvorsichtigen Fallen stellte. Lutt kannte zwar die meisten Fallgruben, aber Vater bastelte fortwährend herum. Er warnte auch die Angehörigen der Familie davor, sein Büro zu betreten, wenn er abwesend war.

»Es könnte sich fatal auswirken.«

Lutt glaubte ihm.

In Lutts Augen war der Raum ein Thronsaal mit mehreren Ebenen. Der Lord-Gründer des Hanson-Konzerns stand abwartend da und stützte sich in der Nähe der Fenster am oberen Ende einer scharlachrot ausgelegten Treppe auf seine automatischen Krücken. Zwar gab es hier keinen Thron, doch die Dekoration verlangte nach einem. Der Alte setzte sich nur selten hin. In letzter Zeit konnte man in seiner Umgebung hektische Aktivität wahrnehmen; es war die Aktivität eines Mannes, der gegen seine schlechte Gesundheit ankämpft und sich verzweifelt bemüht, in Bewegung zu bleiben. Die Venenentzündung ließ ihn zwar humpeln und verlangsamte ihn, doch Vater blieb stur auf den Beinen und richtete seine nichts Gutes verheißenden Linsen mit einem unerschütterlichen mechanischen Starren auf ihn.

»Nun, dann kommt mal rein, ihr beiden«, rief L. H., wobei seine Stimme leicht knarrte. »Ihr werdet es wahrscheinlich schaffen.«

Ein Lachanfall schüttelte den Körper des alten Mannes.

Lutt ging voraus. Er spürte, daß Morey dicht hinter ihm war. Sie gingen vorsichtig durch das Zentrum des Raumes, geradeaus auf die teppichbelegten Stufen und das Postament an den Fenstern zu. Lutt gab sich alle Mühe, keine Angst zu zeigen; er konnte den säuerlichen Angstschweiß Moreys riechen.

Yeah, Bruder. Bleib dicht bei mir. Wir werden es möglicherweise überleben.

Der Alte blieb schweigsam und musterte sie. Früher hatte er ihnen stets Warnungen zugerufen: »Tretet nicht hierhin. Setzt euch nicht dorthin.«

Lutt richtete einen Teil seiner Aufmerksamkeit auf seinen faltigen Mund.

Als sie den Raum zur Hälfte durchquert hatten, kamen die Söhne an einem Standardtisch vorbei, der rechts vor einer gelbbraunen Holzwand stand. Sie war voller Karten und Bilder von in Arbeit befindlichen Projekten. Vater benutzte ihn selten, er nahm lieber einen angrenzenden sessellosen Zeichentisch, an dem er im Stehen arbeiten konnte. Dort tat L. H. alles, was er noch tun konnte, nachdem die Computer nach seinen Kommandos tanzten. Die Computer-Terminals belegten eine graue Metallwand zur Linken — sie standen in einer Entfernung, die ein gelegentliches Hin- und Hergehen erforderte.

Als er an dem Zeichentisch vorbeiging, musterte Lutt das Display an der Wand und registrierte einige der Interessen, die L.H. gegenwärtig beschäftigten — Sonnenwind-Farmen, Besitzverwaltung, die Space Mining, Ventures Ltd., die Abteilung Konsumprodukte und die Militärmanufaktur.

Der Alte sorgt sich mehr um seine Unternehmen als um sei-

ne Familie, dachte Lutt. *Jedes Projekt, das seiner Phantasie entstammt, ist ihm wichtiger!*

Wie die technischen Spielereien, die L. H. erfand und an bekannten Orten rund um das Hanson-Imperium ausstellte, konnte er auf jede dieser Errungenschaften zeigen und sagen: »Das gehört mir.«

Lutt hatte sich schon in frühen Jahren entschieden, nie eins von Vaters Ausstellungsstücken zu werden. Morey konnte allerdings immer noch in diese Falle tappen.

Am Fuß der Treppe hielt Lutt auf eine Geste seines Vaters hin an. Morey bumste gegen ihn, was zeigte, daß sein jüngerer Bruder woandershin geblickt hatte.

»Tretet nicht auf die dritte Stufe«, sagte L. H. »Und bleibt in der Mitte — mindestens einen halben Meter von jeder Seite weg.«

»Was ist es denn, Vater?« fragte Lutt, als er die dritte Stufe ausließ. »Ein Knallfrosch? Eine Falltür? Ein Rauswurfmechanismus?«

L. H. lächelte.

»Hab ich vergessen.«

Seine Worte klangen wahr in Lutts Ohren. Die automatischen Krücken des Alten waren mit ihrer Ansammlung von Knöpfen, die verborgene Waffen und andere Gerätschaften aktivierten, ein weiteres gefährliches Wunderwerk. Lutt sorgte sich, daß L. H.s Schwäche vielleicht aus Versehen eine Waffe auslöste und jeden umbrachte, der das Pech hatte, in seiner Nähe zu sein.

Oben angekommen, gingen Lutt und Morey auf eine Bank zur Linken — »den elektrischen Besucherstuhl«. Silbern, glatt und hart, hatte die legierte Oberfläche kein Rückenteil und machte es Besuchern unmöglich, sich zu entspannen. Lutt hatte einst ein gepolstertes, anheftbares Rückenteil aus eigener Konstruktion mitgebracht und sich in Vaters Gegenwart mit einem bequemen Sitz versorgt. Er hatte es als Witz geplant, doch der Alte hatte überhaupt keine Reaktion gezeigt.

Was mir nur sagt, daß es mehr erfordert, seine Beachtung zu erringen.

Lutt hatte seine komische Apparatur dagelassen, aber beim nächsten Besuch war sie verschwunden gewesen. Wahrscheinlich hatte der mächtige, selbstsüchtige Mann sie auf eine Müllkippe werfen lassen.

L. H. setzte die Krücken zu seiner Bequemlichkeit ein und wandte sich langsam um, als seine Söhne Platz nahmen. Seine mechanischen Augen waren jedoch auf Lutt gerichtet.

»Tja, Vater«, sagte Morey.

»Schweig!« fauchte L. H.

Morey verfiel in ein verlegenes Schweigen.

»Ihr habt vielleicht beide bemerkt«, sagte L. H., »daß ich hier keine Zeitungsausstellung habe. Den Grund dafür habe ich euch schon sehr oft erklärt. Der *Seattle Enquirer* ist für mich nicht mehr als ein Abschreibungsobjekt.«

Die locker-kehlige Stimme Hanson seniors wurde zu einem Husten, das Lutt besorgt machte. Als der Krampf vorbei war, redete L. H. mit leiserer Stimme weiter, repetierte — nicht zum ersten Mal — Lutts zahlreiche Fehlschläge, und schloß mit dem Unfall seines Experimentalraumers.

Lutt wartete schweigend ab, dann sagte er: »Ich lerne ebenso aus meinen Fehlern wie du aus den deinen. Der *Enquirer* ...«

»Ein Abschreibungsobjekt! Und jetzt habe ich gehört, daß du damit Gewinn machen willst!«

»Stimmt! Ich habe neue Leute mit höheren Gehältern eingestellt, moderne Ausrüstung gekauft, das Gebäude renoviert und die Kampfmoral gesteigert.«

»Mit meinem Geld! Du gibst mein Geld für Torheiten aus!«

»Habe ich dich nicht mal sagen hören, daß es Geld kostet, wenn man Geld machen will?«

»Es verlangt auch gutes Gespür!«

»Vater, ich habe ein paar Veränderungen vorgenommen, die ...«

»... unakzeptabel sind! Zeitungen sind ein Anachronismus. Du tust närrische Dinge — du sorgst sogar dafür, daß die Büros so riechen wie in einem Verlagshaus von früher! Demnächst wirst du wahrscheinlich noch die Elektronik rausschmeißen und Papier bedrucken!«

»Das wäre doch blöd!« Lutt sprang bei diesen Worten auf, aber er registrierte, daß Morey sitzenblieb, wie Vater es am liebsten hatte, wenn er ihnen Vorträge hielt. »Ich habe nur deswegen das Ambiente eines alten Verlagshauses rekonstruiert, weil die Leute in dieser Umgebung mehr bringen! Die Konkurrenz macht es mir schon nach.«

»Ambiente!« höhnte L. H.

»Vater, ich bin Realist. Ich setze moderne Technologie bis zum Äußersten ein. Ich möchte das Alte und das Neue zu unserem besten Vorteil miteinander vermischen.«

»Sohn, wenn du in Satellitenkommunikation und Intersolare Sendenetze einsteigen würdest, würde ich dir alles Geld besorgen, das du ...«

»Vater, ich möchte den Markt beherrschen. *Auf meine Weise!* Und das werde ich auch tun.«

Nach einer verwirrend langen Pause fragte L. H.: »Wie?«

»Mit dem schnellsten und verläßlichsten interplanetarischen Pressedienst der Geschichte.«

»Und warum spielst du dann deine Spielchen mit dem *Enquirer*?«

»Ich habe es bequem beim *Enquirer.* Er ist ...«

»Bequem? Bequemlichkeit ist was für Verlierer. Man kommt nur weiter, wenn man es unbequem hat. Deswegen sitze ich auch nie an einem Schreibtisch.«

»Schön für dich, Vater; aber ich bin ehrgeiziger, als du glaubst.«

»Ich habe immer gehofft, du würdest diesem Unsinn entwachsen.«

»Der *Enquirer* ist kein Unsinn!«

»Es wird immer schlimmer mit dir. Die Zeitung ist ein Skandalblatt. Sie bringt deine Mutter in eine peinliche Lage. Man kann Mord, Vergewaltigung und Kriege auf anderen Planeten nicht sensationalisieren!«

»Warum denn nicht? — Weil sie die Auflage erhöhen? Hast du was gegen Profit?«

»Ich *habe etwas* gegen den Ton eurer Leitartikel! Wie kannst du es wagen, Ade Stuart meine Geschäftsinteressen kritisieren zu lassen?«

»Ahhh — der Artikel, der letzte Woche über das Hanson-Sonnnenergie-Monopol erschien.«

»Jemand, der mein Sohn ist, sollte ein bißchen sensibler sein, was die wirtschaftlichen Realitäten und das Familieninteresse angeht.«

»Eine lebendige, atmende Zeitung muß herausgeberische Freiheiten haben. Drohst du mir, die Subventionen zu streichen?«

»Dann würdest du doch in der letzten Nummer besonders über mich herfallen. Ich kenne dich, Lutt.«

Lutt grinste. Er war überrascht, als er das gleiche Grinsen auf dem Gesicht seines Vaters sah. Dadurch ermutigt, sagte er: »Der *Enquirer* kann viel mehr sein als ein Abschreibungsobjekt. Er könnte die Basis für mein Spiral-Kommunikationssystem sein, ein beinahe zeitloses ...«

»Diese sogenannte Vor-Spiral-Entwicklung, in die du fortwährend Geld hineinpumpst?«

»Ich habe schon Hyperlicht-Botschaften zur Erde gefunkt — von einem Raumschiff aus. Ich glaube, das ganze Universum ist durch Spiralpassagen verbunden, die es uns erlauben ...«

»... noch mehr teure Schiffe zu Schrott zu fahren!«

»Ich weiß jetzt, wie man derartige Unfälle vermeidet.«

»Schau mal, Junge, ich bin selbst Erfinder ... Ich habe *bewiesen*, daß ich einer bin. Das kleine Spielzeug, das du dir gebastelt hast, sieht ja recht nett aus, aber ...« L. H. verfiel erneut in ein Husten.

Lutt nutzte die Unterbrechung, um das Wort zu ergreifen und sagte: »Ich sehe einen großen potentiellen Profit in der Sache.«

»Deine komische Idee wird nie Gewinn bringen«, sagte L. H.

»Wie kannst du das sagen? Mein System funktioniert. Selbst ohne schnellen Materietransport, glaube ich ...«

»Glaubst du!«

»Vater, auf drei Planeten werden größere Kriege geführt. Schon das Potential für die Nachrichtensendungen ...«

»Der Hanson-Konzern hat mit diesen Kriegen nichts zu tun — wenn man davon absieht, daß er sie mit Munition beliefert; was auf unserer Umsatzstatistik aber auch nur ein kleinerer Posten ist.«

»Aber schnellere Kommunikation könnte auch verhindern, daß unsere Kapitalanlagen im Raum beschädigt werden. Sobald man die Probleme sieht, könnte man schneller handeln.«

»Unsere Kapitalanlagen dort draußen verfügen jetzt schon über Schnellwarnsysteme, die von Ausrüstung und Personal an Ort und Stelle gehandhabt werden. Du hast doch gesehen, was wir auf Uranus gemacht haben. Den Wettbewerb verschärfen, wenn es hart auf hart geht. So wird man mit solchen Sachen fertig.«

»Aber mit ein paar weiteren kleinen Investitionen ...«

»Du rechnest mit hohen Startkosten. Es könnte in ein paar Jahren einen kleinen Gewinn geben, aber er würde sich auflösen, sobald die Konkurrenz erst mal aufs Trittbrett steigt.«

»Aber ich sage dir, wir können es monopolisieren!«

»Profit ist das Wenigste, mein Sohn! Glaube mir, der Profit aus diesem hirnrissigen Vorhaben ist nichts, verglichen mit dem, was du sehen würdest, wenn du dieses Büro übernähmst.«

Morey räusperte sich laut.

»Ja, was willst du?« fragte L. H.

»Vater, vielleicht könnte ich ...«

»Laß mich gefälligst für dich entscheiden, Morey. Zeig mal ein bißchen echtes Engagement, dann ändern sich die Dinge vielleicht für dich.«

L.H. wandte sich wieder seinem Ältesten zu. »Du vergeudest Zeit und Geld und gehst unnötige Risiken ein.«

Morey war nicht stillzukriegen. »Du bist auch große Risiken eingegangen, um dahin zu kommen, wo du jetzt bist, Vater.«

»Hältst du Lutt etwa die Stange?« fragte L. H. Er klang erfreut.

»Ich glaube, er hat eine Chance verdient.«

»Damit er auf die Schnauze fällt, und du die Scherben wegfegen kannst, was?«

Als Morey nicht antwortete, stieß L. H. einen Seufzer aus und sah Lutt erneut an. »Ich weiß nicht, wieso einer meiner Jungs den Mumm und keine Vernunft hat, während der andere die Vernunft und keinen Mumm hat.« Er wankte auf einer Krücke, und hob die andere, um auf Lutt zu deuten. »Jetzt hör mir mal gut zu, Junge! Du solltest mit dem weitermachen, was ich aufgebaut habe und meinen Rücken als Sprungschanze benutzen. Junge, nimm den Vorteil doch wahr. Siehst du denn nicht, was ich dir anbiete?«

»Hör auf, mich ›Junge‹ zu nennen. Der Hanson-Konzern ist dein Werk.«

»Aber es könnte das deine sein.«

»Ich will etwas, das wirklich mir gehört. Wenn das Universum durch Spiralpassagen verbunden ist, wäre der Hanson-Konzern nur ein winziger Teil dessen, was wir erreichen könnten.«

»Du redest irre. Das Schiff hat dich beinahe umgebracht.«

»Aber ich habe überlebt und etwas gelernt.«

»Auch ich habe etwas gelernt. Ich habe dein Projekt

genau beobachten lassen. Wenn ich der Meinung wäre, daß dein Hyperlicht-System Potential hätte, würde ich eine meiner Abteilungen sofort daran arbeiten lassen.«

»Soll das heißen, daß du mir kein Geld mehr für das Projekt geben willst?« fragte Lutt, der nun bemerkte, wie sorgfältig Morey ihren Vater beobachtete, um seine Reaktion zu erfahren.

L. H. schüttelte erzürnt den Kopf. »Ebenso könntest du im Weltraum Kuchen backen!«

»Vielleicht ist der Kuchen größer als du denkst!«

L. H. unterdrückte ein Lächeln, als er sah, daß Lutt zum Angriff überging. *Ich habe ihn rufen lassen, um ihn zur Sau zu machen, weil er Geld für unautorisierte Experimente ausgibt, und er dreht den Spieß um und verwendet es gegen mich! Er ist ein sturer Hund, das steht eindeutig fest. Mal sehen, wie stur er ist.*

»Ich sag dir was, mein Sohn. Vielleicht können wir ein Geschäft machen.«

»Welche Art Geschäft?«

»Die Politik des *Enquirer* und seine Leitartikel stehen in Opposition zu meiner Meinung, junger Mann. Wie teuer ist die Freiheit herausgeberischer Politik?«

Lutt lächelte, als er sah, wie der Alte sie einzukaufen versuchte; er sah auch das beginnende Zucken eines Lächelns auf L. H.s Gesicht.

»Du hast immer gesagt, daß alles seinen relativen Wert hat«, sagte Lutt.

»Dann komm mal mit«, sagte L. H. barsch und hob eine Krücke, da Morey Anstalten machte, sich zu erheben. »Du nicht, Morey! Du wartest hier! Und ich rate dir, sitzenzubleiben. Auf diese Weise bleibst du an einem Stück, bis wir zurückkommen.«

Der Alte ließ Morey zurück, drehte sich um, ging die Treppe hinunter, schlingerte auf seinen Krücken. Sie gingen auf das Computerzentrum zu, wo L. H. mit einer Krücke neben einem Terminal auf die bloße Wand deutete und einen Krückenknopf drückte.

Lutt betete, daß er den richtigen Knopf drückte. Er war erleichtert, als er hörte, daß hinter der Wand Maschinen anliefen.

»Ich werde alt, und meine Sehkraft ist ziemlich schwach«, sagte L. H. »Jedes System in meinem Körper scheint zu versagen, und selbst meine besten Roboärzte sind keine große Hilfe. Ich hatte an sich damit gerechnet, du würdest dich etwas früher sehen lassen.«

Die Mitleidstour, dachte Lutt. *Die hat er schon ziemlich lange nicht mehr angewandt.*

»Du hast doch Morey«, sagte Lutt. »Und ich weiß, daß es in der Firma noch weitere fähige Köpfe gibt.«

»Aber nicht in der Familie.« Eine Wandplatte glitt zur Seite und enthüllte die Stufen einer stillstehenden Rolltreppe. Sie führte nach oben, in die geheimen Räume der Turmspitze. Jede Stufe war auf ihrer Vertikalfläche beschrieben:

BEREITE DICH AUF DEN TOD VOR.

DEINE ÜBERLEBENSCHANCEN SIND GLEICH NULL.

Vaters spezielle Warnungen an unautorisierte Eindringlinge, falls einer soweit kommen sollte.

Als Lutt still blieb, sagte L. H.: »Du bist vom Potential her viel fähiger, Sohn. Ich habe es schon bei deiner Geburt gespürt. Deswegen habe ich dir auch meinen Vornamen gegeben. Belastet dich das nicht?«

»Es belastet mich.«

L. H. schwenkte seine linke Krücke in einem Kreis, und die Rolltreppe fing an zu summen. Er schlingerte vorwärts und griff zum Handlauf. Das Gewicht seines Körpers setzte das System in Bewegung. Lutt folgte zwei Schritte hinter ihm und sagte: »Ist dir aufgefallen, Vater, wie wenig unsere Gespräche variieren? Es geht immer im Kreis. Immer die gleichen alten Argumente.«

»Genau wie die Rolltreppenstufen, was? Sie drehen sich auch nur im Kreis.«

Lutt schüttelte den Kopf. »Beim nächsten Mal sollten

wir ein paar Aufzeichnungen abspielen, um Energie zu sparen — du kommst mir mit einem Standardvortrag, und ich spiele dir eine Bandaufnahme vor, die dich um Zustimmung und finanzielle Unterstützung bittet.«

Das schnelle Lachen des Alten verwandelte sich in ein bellendes Husten.

Am Ende der Rolltreppe gingen sie durch einen schmalen Gang und nahmen eine schmalere Rolltreppe zum allerhöchsten Punkt — einen kleinen Raum, der mit esoterischen elektronischen Gerätschaften vollgepackt war — der Horchposten.

Auf dem Kunststofftisch am Eingang lagen zwei weiße Umschläge. Einer war mit ›Lutt junior‹, der andere mit ›Morey‹ beschriftet.

Auf ein Nicken L. H.s hin stopfte Lutt seinen Umschlag in eine Tasche seiner Uniform.

»Fragst du dich nicht, wie hoch dein Zuschuß ist?« fragte L. H.

»Ich werde es noch früh genug erfahren.«

»In der Tat. In der Tat. Nimm Morey den anderen mit!«

»Warum hast du Morey nicht mitgenommen?«

»Ich wollte allein mit dir reden. Ich mache mir Sorgen um Morey. Er verkehrt mit ein paar üblen Leuten.«

»Was kann ich dagegen tun?«

»Du kannst dich daran erinnern, daß er dein Bruder ist. Du kannst versuchen, ihn auf den rechten Weg zu bringen!« L. H. schob Lutt den anderen Umschlag zu. Lutt nahm ihn in die Hand.

Eine abwägende Stille breitete sich zwischen Vater und Sohn aus.

Lutt spürte den knisternden Umschlag in seiner Uniformtasche, sein Zuschuß kam offenbar aus Einnahmen des geheimsten Hanson-Unternehmens. Eine komische Art, Geldgeschäfte abzuwickeln, wenn man an die finanziellen Ressourcen dachte, die ihnen zur Verfügung standen; aber das war nun mal seines Vaters Methode, und die stellte man nicht in Frage.

L. H. schien auf irgend etwas zu warten. *Darauf, daß ich ihm sage, wie ich Morey unter Druck setze? Ist es möglich, daß er es weiß? Ja ... es ist möglich!*

Lutt warf einen besorgten Blick auf den Horchposten. Hier war der Mittelpunkt der allergeheimsten Erfindung seines Vaters; ein Entzerrer-Kompressions-System, das auf jede elektronische Kommunikation zurückgreifen konnte, ob es sich nun um Funkwellen oder harte Strahlung handelte. Hier war der Ort, an dem alles aufgezeichnet wurde, was die auf Hanson-Produkten versteckten Winzigspione an Geheiminformation übertrugen. Hier wurde alles anhand von Stimmabdruck-Identifikationen geprüft, gelesen und automatisch einsortiert.

Vater bezeichnete diesen Ort oftmals als ›Bank‹.

»Einen Teil davon verkaufe ich über Mittelsmänner an die Behörden«, hatte L. H. erklärt und den Rest Lutts Phantasie überlassen.

Lutt fiel ein, daß er diesem Ort während der Kindheit mit Ehrfurcht begegnet war. Vater prahlte damit, daß ihn niemand kopieren konnte, daß nur die von ihm selbst entwickelten Scanner diesen Raum oder die Winzigspione aufspüren konnten, die ihn mit Daten füllten. Als Lutt es angezweifelt hatte, hatte der Alte gesagt:

»Ich denke anders als alle Menschen, die je gelebt haben und je leben werden. Meine Ausrüstung ist außerordentlich kompliziert. Trotzdem bin ich von Natur aus vorsichtig. Man könnte das Geheimnis stehlen und gegen mich verwenden. Deswegen treffe ich gewisse Vorkehrungen.«

Welcher Art diese Vorkehrungen waren, plauderte L. H. zwar nicht aus, aber zwei transparente Gebilde, die in diesem Raum auf Piedestalen standen, enthielten je eine Kassette — auf der einen stand »Lutt junior«, auf der anderen »Morey«.

Lutt grübelte, sein Schweigen dauerte an. Wenn L. H. starb, so waren sie instruiert worden, sollten sie in den Horchposten gehen und die codierten Signale abgeben, die in den Krücken des Alten verborgen waren. Dann sollte jeder Sohn seine Kassette an sich nehmen.

»Nimm nur deine eigene. Wenn du die andere anrührst, wirst du sterben.«

Jedes Band wies Verbindungsstücke auf, die am Kopf des Empfängers angeschlossen wurden. Dann wurden die übrigen Geheimnisse der Familie direkt in den Verstand überspielt, »inklusive der Methode, wie man sie an seine männlichen Nachkommen weitergeben kann.«

Du egoistischer Pascha, dachte Lutt und richtete den Blick wieder auf die Gegenwart.

Da er weiterhin schwieg, schaute der Alte enttäuscht drein. Er nahm einen Kunststoffbehälter mit nichteisenhaltigen Werkzeugen und fing an, an einem Mikrorekorder herumzufummeln. Er wechselte einen Chip aus und prüfte ihn. L. H. hustete bei der Arbeit.

»Würdest du uns wirklich umbringen, wenn wir von diesem Raum erzählen würden?« fragte Lutt.

»So, wie ich dich davor gewarnt habe, als ich dir zum ersten Mal von ihm erzählte, mein Sohn. Du solltest es lieber nicht darauf ankommen lassen.«

»Glaubst du, Moreys kriminelle Freunde könnten ihn kompromittieren?«

»Das ist nur eine meiner Befürchtungen.« L. H. trat zurück und bewunderte seine Arbeit — ein winziges elektronisches Bauteil in einer von weiteren elektronischen Kleinstbauteilen wimmelnden Wand. Alle sahen gleich aus (fingernagelgroße Rechtecke aus Gold und Silber), doch jedes zeigte, wenn man genauer hinsah, eine einmalige Oberfläche.

Lutt hatte viele Theorien entwickelt, wie diese Sache funktionierte. Oft spielte er ein Spiel mit seinem Vater, bei dem er so tat, als wolle er die Geheimnisse des Horchpostens entschlüsseln. Er tat es, obwohl Hanson senior darauf beharrte, kein anderer Geist könne den gewundenen Pfaden dieser Schöpfung folgen. Als L. H. sein persönliches Werk beendete, fragte Lutt:

»Ist es ein Molekular-Sendesystem?«

Ein Kichern ließ den Brustkorb des Alten erbeben, aber sein Gesicht blieb todernst.

»Es gibt immer irgendeinen undichten Ort in einem Gebäude, aus dem Luft nach außen entweicht«, sagte Lutt.

Sah er einen Funken von Interesse im Gesicht des Alten?

»Botschaften, die auf atmosphärische Moleküle geprägt sind ...«

Lutt wartete einen von L. H.s gehusteten Flüchen ab, dann fuhr er fort: »Man könnte die geladenen Moleküle außerhalb des Gebäudes lesen, wenn die Luft erst einmal entwichen ist ...«

L. H. schnaubte. »Welchen Unterschied macht es, ob deine mythischen Moleküle drinnen oder draußen sind? Ein Empfänger, der etwas taugt, wartet doch nicht darauf, daß ein dummes Molekül aus dem Haus geht. Was das angeht, sind viel zu viele Häuser und Fahrzeuge luftdicht.«

Lutt blickte in die undurchschaubaren Augen seines Vaters.

»Du könntest also keine Winzigspion-Nachrichten aus luftdichten Räumen belauschen ...«

»Papperlapapp! Geladene Moleküle! Drinnen, draußen!«

»Dann bin ich auf der falschen Spur?«

»Das habe ich nicht gesagt.«

Dies war eine neue Wendung in ihrem Spiel, und Lutt dachte darüber nach. Führte der Alte ihn in eine Sackgasse? Konnte sein. Es erheiterte ihn, wenn man Zeit für ein nutzloses Projekt wie dieses verschwendete.

»Du hast dir deinen Zuschuß noch nicht angesehen«, sagte L. H.

»Er wird um die achtzigtausend liegen, aber ich brauche eine Menge mehr.«

»Um die achtzigtausend, he? Ich finde, das ist doch ein ganz hübsches Sümmchen für einen Monat.«

»Du steckst neunzig Prozent meiner Anteile in einen Rentenplan. Aber ich brauche das Geld jetzt, nicht dann, wenn ich zu alt bin, um noch etwas damit anzufangen.«

»Du meinst, wenn du so alt bist wie ich?«

»Jedenfalls denkt man über sowas nach.«

L. H. seufzte. »Wieviel brauchst du diesmal?«

»Sechs Millionen.«

»*Sechs Millionen?* — Wofür?«

»Ich habe mein Spiral-Kommunikationssystem und mein Experimentalschiff mit Material zweiter Wahl gebaut. Diesmal möchte ich es richtig machen. Ich will aus dem Kriegsgebiet eines anderen Planeten senden und beweisen, was mein System wirklich kann.«

»Für sechs Millionen?«

»Zwei Millionen gingen in den Pressedienst — für Ausrüstung, Reisekosten und Eigenwerbung. Der Rest ginge in das neue Schiff.«

»Welches Kriegsgebiet interessiert dich?«

»Venus.«

»Ich habe die Venus gesehen. Ein furchterregender Ort. Er glüht rot. Was ist mit dem Marskrieg? Dort ist es wenigstens kühler.«

Lutt war verblüfft. Bekam er die volle Summe? Seine Bitte war außergewöhnlich und sechsmal so hoch wie jede andere in der Vergangenheit. Hätte er so weitergemacht wie früher, hätte es nur noch zu Zank und Streit geführt, wie bei den Straßenhändlern auf den Habenichts-Planeten.

»Venus ist von größerem Nachrichtenwert, weil dort die Legion gegen die Mao-Garde kämpft«, sagte Lutt. »Und es ist dort auch viel gefährlicher.«

»Und du willst persönlich dort hingehen?«

»Ja.« Lutt hielt die Luft an. Wie würde der Alte sich entscheiden?

»Zwei Millionen sofort. Wenn die Sache vielversprechend aussieht, gibt es mehr«, sagte L. H.

Lutt wußte nicht, was er sagen sollte. Es war zehnmal soviel als die üblichen »zweihunderttausend für besondere Zwecke«, die der Alte ihm normalerweise gab. Welches Spiel spielte L. H.? Lutt empfand eine komplexe Reaktion; eine Mischung aus Liebe, Verehrung, Neid und Haß. Zwei Millionen waren nur ein Drittel dessen, was er wirklich brauchte!

Erneut wurde L. H. von einem krampfartigen Husten geschüttelt. Er beugte sich vor und drückte eine Krücke an seine Brust. Als der Anfall vorüber war, sagte Lutt: »Sag Mutter nicht, wo ich hingehe.«

L. H. wischte Speichel von seinen Lippen und nickte. Die prothetischen Linsen glitzerten in reflektiertem Licht, als sie sich bewegten. Ohne ein weiteres Wort führte der Alte Lutt aus dem Horchposten heraus. Er hatte keinen Dank erwartet, und er kriegte auch keinen.

Während des gesamten familiären Wortwechsels hatte Ryll beobachtet, ohne sich einzumischen, und er hatte sich so konzentriert, wie es seine analytische Aufmerksamkeit bei dem komplizierten emotionalen Thema konnte. Er wünschte sich, er hätte in den Vorlesungen über Fremdrassenpsychologie besser aufgepaßt.

Als sie wieder auf dem äußeren Gang waren, wagte er sich in Lutts Geist vor: *Warum darf die Mutter nichts erfahren?*

Sie würde sich zu viele Sorgen machen.

Dein Vater hat ohne Einwand zugestimmt.

Trotz unserer Differenzen weiß er, daß ich meinen eigenen Weg gehen muß.

Das verstehe ich nicht ganz.

Der Alte respektiert meine Unabhängigkeit und meinen Schwung.

Deine Kreativität nicht?

Ich nehme es an, aber ich höre es immer nur aus zweiter Hand, nie von ihm selbst.

Ryll verfiel in private Gedanken. Welch seltsame Geschöpfe diese Erder doch waren. Die Familie bekriegte sich gegenseitig. Die Kinder brachten ihren Eltern keine Verehrung entgegen. Der Vater war ein kaltblütiges Wesen. Den eigenen Nachwuchs umbringen?

Zum ersten Mal, seit Ryll sein Fleisch mit einem Erder fusioniert hatte, fühlte er sich wirklich allein, in einer gefährlichen Umgebung treibend, in der weit und breit nichts Vertrautes sichtbar war, das ihn beruhigte. War es überhaupt möglich, in eine solche Gesellschaft echte Bande der Zuneigung und Liebe einzuführen? Ryll war voller Zweifel.

Als ich jung war, konnte man immer noch man selbst sein — ein Individuum. Doch das zu sein, habe ich stets bekämpft.

Lutt Hanson, sen.

Vom Penthouse auf dem Dach seiner Werkstatt bei Seattle sah Lutt das Wrack seiner *Vortraveler* auf der Betonfläche zehn Stockwerke tiefer. Ein zerbeulter und verdrehter Kadaver. Arbeiter wimmelten wie Aasfliegen um sie herum. Der Frühnachmittagsschatten der Werkstatt berührte das andere Ende des Wracks, schnitt in einer welligen Linie über die demolierte Antriebssektion.

Hier, in der Privatheit seiner Unterkunft, wagte Lutt es, sich laut mit dem Partner seines Fleisches zu unterhalten. »Von deinem Dreen-Schiff hat man also nichts mitgebracht?«

Ich konnte nichts Vertrautes identifizieren.

»Die Hundesöhne von der Erdgürtel-Patrouille! Was haben sie vor?«

Sie beobachten uns, und der kleinste Fehler könnte uns ins Gefängnis bringen — und zwar für immer.

»Ich muß davon ausgehen, daß du recht hast.«

Warum sonst, glaubst du, habe ich nicht wieder die Kontrolle über unseren Körper übernommen? Ich weiß noch immer nicht genau, ob ich alle menschlichen Reaktionen nachvollziehen könnte.

»Das sagst du.«

Ich sage die Wahrheit. Sag mal, Lutt, warum behandelst du deinen eigenen Bruder auf so abscheuliche Weise?

»Hast du nicht gesehen, wie schnell er die erste Zahlung rübergeschoben hat?«

Aber dein Vater hat dir doch so viel gegeben.

»Aber keinesfalls genug! Siehst du das Schiff da unten? Ich werde ein neues bauen, und diesmal werde ich es richtig machen. Du wirst mir dabei helfen.«

Wie kann ich dir helfen? Du planst eine sehr gefährliche ...

»Du weißt doch gar nicht, was Gefahr ist! Aber du wirst es erfahren, wenn du mir nicht alle Geheimnisse des Spiralreisens sagst.«

Ich war doch nur Passagier auf einem automatischen Schiff.

»Lüg mich nicht an!«

Lutt riß das Fenster auf, vor dem er stand, und bevor Ryll sich einmischen konnte, kletterte er auf einen schmalen Sims hinaus. Dort wankte er und hielt sich mit einer Hand am Fensterrahmen fest.

Was machst du da?

»Glaubst du, du könntest uns wieder zum Leben idmaginieren, wenn ich auf das Wrack springen würde?«

Ryll erlebte das Entsetzen und das Kitzeln der Erinnerungen aus seiner Schulzeit — etwas über das Abtrennen von einverleibtem Fleisch im Augenblick des Todes. Doch alles was er sagte, war: *Das würdest du doch nicht tun!*

Statt einer Antwort ließ Lutt den Fensterrahmen los und wankte im Wind, der über den Sims blies.

Ich weiß nur, daß es siebzig Dreen-Minuten dauert, um durch die Spirale von der Erde nach Dreenor zu gelangen!

Lutt hielt sich wieder am Fensterrahmen fest. »Ich weiß zwar, was eine venusische Stunde ist, aber was, zum Teufel, ist eine Dreen-Minute?«

Ungefähr 2,57 Erdminuten. Bitte! Laß uns wieder reingehen.

Lutt kletterte durch das Fenster zurück, ließ es aber offen.

Ryll wollte es erst dann wagen, ihren Körper zu übernehmen, wenn Lutt während ihrer Auseinandersetzung einen weiteren Versuch machte, aus dem Fenster zu klettern. Er konzentrierte sich ganz auf die Öffnung, durch die Lutt auf einen fernen, schneebedeckten Berg starrte.

Ryll dachte insgeheim, daß er ihm ein paar verzweifelte Lügen würde erzählen müssen, um die angeborenen Geheimnisse zu hüten, die jedem Dreen bekannt waren.

»Siehst du den Berg da?« fragte Lutt. »Wenn du dich weigerst, mir zu helfen oder meine Fragen zu beantworten, werde ich mit einem Drachen von seiner Spitze segeln.«

Erinnerungen aus Lutts Geist machten Ryll klar, was er beabsichtigte.

Tu das bloß nicht! gab Ryll zurück.

»Da oben gibt es hinterhältige Fallwinde«, sagte Lutt. »Sie können einen zu Boden fegen — und der liegt tiefer als der unter dem Fenster!«

Du bist wahnsinnig!

»Der alte L. H. hat mir beigebracht, wie man das kriegt, was man haben will. Und du weißt, mein Drache wurde nur für mein ursprüngliches Gewicht und meine damalige Größe konstruiert.«

Aber jetzt sind wir größer und schwerer!

»Man hat mich davor gewarnt, den Gleiter zu benutzen, sobald ich fünf Pfund zunehme. Es ist sehr gefährlich. Es könnte wahrlich sportlich werden.«

Warum würdest du ein solches Risiko auf dich nehmen?

»Ich liebe die Gefahr. Lies meine Gedanken, dann weißt du, daß es stimmt.«

Aber vor dem Unfall warst du nicht so verrückt.

»Dann hat der Zusammenstoß mich vielleicht verändert. Dies hier ist der neue Lutt.«

Ryll wußte nicht, was er sagen sollte. Seine schreckliche Lage wurde von Minute zu Minute schlimmer.

Als Ryll nicht reagierte, sagte Lutt: »Wenn du einen Versuch machst, unseren Körper zu übernehmen, springe ich sofort aus dem Fenster — und zwar bei der ersten Chance, die ich kriege.«

Ryll empfand einen Ansturm der Verärgerung. *Undankbarer! Ich habe dich ins Leben zurückgeholt. Ist das der Dank dafür?*

»Was riecht da so komisch?« fragte Lutt.

Riecht? Oh, das ist der Geruch der Dreen-Wut.

Als er es enthüllte, wußte Ryll, daß er einen Fehler begangen hatte.

»Eine Art Blütenparfüm«, sagte Lutt. »Ich werde es nicht vergessen. Ich wünschte, Morey würde auch so ein Signal abgeben. Hast du gesehen, wie wütend er war, als er mir das Geld brachte?«

Er sah so wütend aus, als könne er einen Mord begehen.

»Morey? Einen Mord? Dazu ist er viel zu feige.«

Ich habe gehört, daß Erder sich verändern, wenn sie mit dem Rücken zur Wand stehen.

»Ist es bei den Dreen auch so?«

Ich habe keine Möglichkeit, es zu wissen.

»Interessant. Weißt du, was mir an unserem Arrangement gefällt, Ryll? Daß ich mich so gesund fühle. Und im Moment habe ich gerade Hunger.«

Läßt du mich wenigstens mitbestimmen, was wir essen? Wenn es zu schlimm wird, werde ich vielleicht wütend.

»Ich werde es merken, sobald du wieder den wunderbaren Duft verströmst.«

Wunderbar? Es riecht entsetzlich.

»Das sollte dir sagen, wie sehr wir uns unterscheiden. Es gibt wahrscheinlich eine Menge Dinge, die ich für wundervoll halte, während du sie nicht ausstehen kannst — oder umgekehrt. Dem einen sein Uhl ist dem andern sein Nachtigall.«

Rylls Gedanken verfielen unweigerlich auf Bazeel.

»Ich kenne einen tollen Laden, wo man essen kann«, sagte Lutt.

Er hielt nur inne, um sich einen dunkelblauen Umhang umzuwerfen, dann bestellte er eine lange Cadichev-Limousine und steuerte — viel zu schnell — durch den dichten Verkehr der städtischen Straßen.

Ryll tauchte in Lutts Gedächtnis ein und erkannte ihr Ziel, als sie sich ihm näherten. Ein rotes Neonschild über der Fassade eines Hochhauses verkündete: ›Haus der Gesundheit‹.

Als sie eintrafen, fing es an zu regnen. Sie gingen eine kurze Treppenflucht zu einer Sicherheitstür hoch und kamen in einen Salon, in dem roter Samt und Kristall eine dominierende Rolle spielten. In der Nähe erklangen leise Musik und Gelächter, das sich mit dem Geklapper von Geschirr vermischte. Der Geruch gewürzten Essens hing schwer in der Luft.

Ein stämmiger Angestellter in einem altertümlichen, formellen Gewand von schwarzweißer Farbe, nahm Lutt den Umhang ab.

»Wie schön, Sie wiederzusehen, Sir.«

Als Ryll die Erfahrungen las, die Lutt hier gemacht hatte, fühlte er sich abgestoßen. Welch seltsame Kombination von Aktivitäten!

Einige von Rylls Emotionen drangen zu Lutt durch, und er sandte ihm einen schadenfrohen Gedanken:

Es ist ein guter Laden. Deswegen hat Morey auch zweifellos sein Geld hier investiert.

Eine Kombination aus Restaurant, Fitness-Center und Bordell?

Warum nicht? Besteht Gesundheit nicht aus vielen Faktoren?

Aber ist diese Art Unternehmen nicht gegen das Gesetz?

Die reiche Kundschaft besticht die Polizei, deswegen gibt es keine Schwierigkeiten. Unter uns nennen wir den Laden ›Das Haus der Freuden‹.

Der Angestellte geleitete Lutt durch eine breite Tür in einen Vorraum, der von einem kurzen Metalltunnel mit blitzenden Lichtern und haarfeinen Sonden beherrscht wurde.

Lutt betrat den Tunnel mit sorgloser Vertrautheit und erlaubte es den Sonden, seinen Kopf und seine Hände zu berühren. Er las laut vor, was auf einem über ihm hängenden Schirm stand: »GSB + .05.«

»Gehirnsauerstoffbeschaffenheit plus .05. Soviel habe ich noch nie gehabt.«

Paß auf, Lutt! Kann dieses Gerät fremdartige Zellen entdekken?

Es prüft meine Chemie. Jetzt zeigt es, welche Organe den Sauerstoff und die anderen Elemente bereitstellen, die ich brauche.

Aber man wird die neuen Ergebnisse mit den früheren Messungen vergleichen.

Na und? Das Ding hat doch keinen Strahlentester.

Wozu dient es?

Am anderen Ende steht ein Automat, aus dem ich mir ›Supermedizin‹ holen kann, um Mängel auszugleichen. Außerdem werden dem Essen, das ich bestelle, gewisse Dinge beigefügt.

Ich ersehe, daß Essen nicht der Hauptgrund ist, aus dem du hergekommen bist.

Yeah! Dieses Bordell ist das beste auf der Erde.

Lutt, tu's bitte nicht.

Na, hör mal! Ich werde großzügig sein und dich einen Teil des Essens aussuchen lassen.

Eine bullige weibliche Angestellte in einem grünen Hosenanzug, der sich vor versteckten Waffen beulte, half Lutt am anderen Ende aus dem Tunnel.

»Hast du das gesehen?« fragte Lutt. »Für mich war nichts im Spender. Er empfiehlt gesunde Betätigung — oben!«

»Sie sind bestens in Schuß, Sir«, sagte die Angestellte. Sie hatte eine tiefe Stimme. »Meinen Glückwunsch.«

»Zuerst was zu essen«, sagte Lutt. »Aber nichts von dem dekadenten Zeug, das die Potenz hebt. Ich möchte ein Privatzimmer. Schicken Sie Priscilla mit der Speisenkarte.«

»Sie wollen nicht Toloma, Ihre Favoritin?«

»Das ist noch offen.«

Das Privatzimmer stimmte mit Lutts Erinnerungen überein. Ryll überschaute es mit einem Blick: überall waren Spiegel. Er sah einen kleinen Tisch mit Glasplatte, zwei Sessel mit dünnen Beinen, einen dicken weißen Teppich, und am Rand der Decke niedrige, gewölbte Lampen.

Was sollen die Spiegel an der Decke? fragte Ryll.

Kannst du es nicht in meinem Geist lesen?

Ich fürchte mich vor dem, was ich dort entdecken könnte!

Die Spiegel sind toll. Warte ab! Schau dir die Wandplatte an. Man zieht sie heraus, dann ist sie ein Bett. Der Tisch und die Stühle verschwinden in dem Schlitz da drüben.

Der Teppich ist so dick.

Yeahhh. Manchmal legt man dabei gar keinen Wert auf ein Bett.

Du bist wirklich abscheulich, Lutt!

Priscilla, die hinter ihnen den Raum betrat, unterbrach ihre Konversation.

»Oh, hallo, Lutty!« flötete sie.

Ryll sah eine Blondine mit schmalem Gesicht und großen Brüsten. Sie trug einen transparenten Bikini und Schuhe mit fast nadelspitzen Absätzen.

Als erstes, dachte Lutt hämisch, *machen wir den französischen Zipfelmützentrick.*

Lutt! Schick sie bitte weg!

Ich dachte, du wolltest etwas aus erster Hand über die Menschen erfahren.

Priscilla reichte ihm einen dicken Ordner. »Hier ist die Karte. Ich weiß nie im voraus, was du willst.«

Schick sie wenigstens weg, solange wir essen, bat Ryll.

Ihr Dreen seid wirklich prüde.

Wir sind bloß sehr anspruchsvoll.

Lutt sagte: »Mach die Mücke, Prissy!«

Priscilla zog eine Schnute. »Soll ich dir nichts empfehlen?«

»Ein andermal.«

Sie schob ab und sagte: »Ich schicke Toloma!«

Lutt klappte die Karte auf. »He! Sie scheinen eine neue Basilikum-Quelle ausfindig gemacht zu haben! Und Pesto Genovese steht auch wieder auf der Karte!«

Ryll verspürte einen Ansturm von Empörung. Basilikum! Der Erdername für Bazeel! Oh ... wie verlockend, aber gefährlich ... Es wäre sehr aufschlußreich für Lutt.

Kein Dreen konnte die Wirkung der Droge mit Idmagination blockieren.

Dann also Pesto, höhnte Lutt. *Und Rotwein.*

Ich könnte dein Pesto vielleicht in Rummungi oder Worsokkel verändern.

Was, zum Kuckuck, ist das?

Sie sind neben bitteren Pieps die Dreen-Favoriten. Doch Ryll dachte insgeheim: *Was ich auch tue, das Bazeel wird bleiben.* Die schreckliche Droge trotzte der Idmagination. Die Dreen munkelten, daß der Ursprung des Bazeels auf eine ›Verstreuung‹ zurückging, die schon vor Habiba passiert war. Doch niemand schien etwas genaueres darüber zu wissen.

Würde mir das schmecken? fragte Lutt.

Ich weiß nicht. Aber bist du nicht neugierig?

Yeahhh, ein bißchen, aber pfusch nicht mit meinem Pesto herum. Ich bestelle etwas anderes für dich. Lutt studierte die Karte. *Räucheraal ... Nein! Ich kann ihn nicht ausstehen. Zu fett.*

Dreen lieben fette Speisen; ganz besonders fette Desserts.

Dann sollten wir lieber bei dem bleiben, was mir das liebste ist.

Du hast es versprochen.

Manchmal halte ich meine Versprechen nicht.

Ist das etwas, das ich auch lernen sollte?

Vielleicht hast du es schon gelernt.

Ihr Erder seid so mißtrauisch! Euer Geist ist so phantasielos und abgestumpft. Und so ist auch euer Geschmack — einfach langweilig. Keine Vorstellungskraft.

Paß auf, mein Dreen-Freund, wir müssen weiterkommen. Ich gebe ja zu, daß ich dich nach dem Zusammenstoß gebraucht habe; unter Umständen gefallen mir sogar ein paar von deinen Talenten, aber ...

Wie etwa die, am Leben zu sein?

Größer und gesünder zu sein. Die Maschine dort unten lügt nicht.

Wir hängen zwar jetzt zusammen, Lutt, aber ich werde uns

so schnell wie möglich wieder trennen. Sobald ich dazu fähig bin. Das meiste von diesem Körper gehört mir!

Wann du willst, Baby. Aber jetzt essen wir erst mal Pesto.

Selbst wenn ich dagegen bin? Aus Liebe zur Geräumigkeit, könnten wir keinen Kompromiß schließen?

Wie?

Für den Anfang wählt jeder von uns die Hälfte seiner Mahlzeit aus.

Okay. Aber kannst du unsere einzelnen Geschmäcker trennen?

In der Schule hat es geheißen, es wäre sehr schwierig.

Du sagst mir aber Bescheid, wenn du es kannst, ja?

Ryll, versucht, einen befriedigten Seufzer auszustoßen, blieb von der körperlichen Kontrolle völlig getrennt. Als Bemühung in Sachen Heimlichtuerei war es nicht schlecht gegangen. Lutt brauchte also Hilfe bei der Neukonstruktion der *Vortraveler?* Na schön, das war bis zu einem gewissen Grad drin. Ryll erinnerte sich vage daran, daß die großen Erzählerschiffe etwas mit dem Brechen der Bande einverleibten Fleisches zu tun hatten. Wenn er Lutt half, das Schiff zu bauen, vermutete Ryll, kam er vielleicht auf irgendeine Weise frei.

Könnte ich mich doch bloß daran erinnern, worüber sie in der Schule geredet haben, als ich gerade mal wieder nicht bei der Sache war.

Die Erder-Existenz wurde zwar nach den Idealen der Dreen-Symmetrie idmaginiert, weist aber auch eine disharmonische Asymmetrie auf. Der Symmetrie von zwei Augen, zwei Armen und zwei Beinen steht die Asymmetrie gegenüber: eine Seite des Gesichts unterscheidet sich von der anderen, ein Arm ist länger, ein Fuß ist größer, und so weiter. Dies kann nur die Quelle anderer Disharmonien sein, da das Leben inmitten des Asymmetrischen Symmetrie zu finden sucht.

Der Habiba-Kommentar

Lutt ließ ihren gemeinsamen Körper — Ryll war von der Wirkung des Bazeels und der anderen Dinge, die sie im Bordell getrieben hatten, völlig beduselt — zum *Enquirer* zurückbringen, indem er einen Angestellten des ›Hauses der Gesundheit‹ mietete, der sie fuhr.

Ryll spürte, wie er in diesem Körper hockte: Er war schwach und unfähig, irgend etwas zu tun. Er konnte anhand von Lutts Reaktionen nur vage die Regungen des Fleisches registrieren. Die schrecklichen Spiegel! Und nicht nur an der Decke. Sie waren auch noch aus den Wänden geklappt. Dieses grunzende, rammelnde, schmatzende, schweißtreibende Kopulieren — wie entsetzlich und abstoßend! — Abgesehen vom Ende. Ein ... ein tolles Gefühl.

Lutt, eng in seinen Umhang gewickelt, streckte sich auf dem breiten Sitz aus und murmelte: »Musch noch 'n Lei ... Leitartikel für Morgn schreim ... Mööönsch! Wie kamman vonnem Flä-läschken Wein beim Essen nur so besoffn wern!«

Ryll, der sich seines Geistes kaum bewußt war, schwieg, denn er hatte Angst vor den Streichen, die sein bazeelbenebelter Verstand ihm eventuell spielen würde. Die Lichter der Gebäude, an denen sie vorbeikamen, hüpften und tanzten zu unhörbarer Musik.

Ohne darauf zu achten, ob der Fahrer vielleicht etwas mitbekam, sagte Lutt: »Wieso b-bin ich so beso-soffen, Ryll-Baby?«

Ryll antwortete nicht; das machte Lutt angriffslustig. »Ich r--r-rede mit dir, Baby.«

Der Fahrer sagte über die Schulter hinweg: »Sir?«

»Doch nich mit dir! Mit ihm!« Lutt klopfte auf seine Brust.

Der Fahrer schaute nach vorn. Er grinste, als er sicher war, daß Lutt es nicht sehen konnte.

»Du stellst dich also dumm, hä?« fragte Lutt. Er zwickte sich ins linke Ohr. »Autsch! Tut das weh!«

»Möchten Sie, daß ich irgendwo anhalte, Sir, damit Sie ein Detox einnehmen?« fragte der Fahrer.

»Fahr unsch schum *Enqui ... Enquirer.* Gott! Wasch war in dem Wein?«

Vor dem Gebäude des *Enquirer* übergab Lutt die Limousine an den Fahrer eines Fotografenteams und wies ihn an, sie auf den Parkplatz zu bringen und den Angestellten des ›Hauses der Gesundheit‹ mit einem ordentlichen Trinkgeld nach Hause zu schicken.

Seine Leute gaben sich alle Mühe, an ihm vorbeizusehen, als er durch den langen Korridor und an antiken Schildern vorbeiwankte, auf denen ›Layout‹, ›Redaktion‹ und ›Korrektor‹ stand. Das vom Band kommende rumpelnde Geräusch einer Druckerpresse war im Haus zu hören; in der Luft hing der synthetische Geruch antiken Zeitungspapiers.

»Ich liiiebe die ollen Gerüche«, sagte Lutt zu Ryll. »Kannst du's riechen? Alles künstlich erzeucht: Geruch von Druckfarbe, St-St-Staub und ... Zeitungspapier; von schlechtem Kaffee und vertrockneten Bu-Butterbroten.«

Lutt hielt an, legte beide Handflächen auf seine Wangen und konzentrierte sich auf eine deutliche Aussprache.

»Altbackenes Ambiente.« Er ließ die Hände sinken. »So nenn ich es.« Beim ›es‹ stieß er einen Hickser aus.

Er setzte sich wieder in Bewegung, erreichte sein Büro, und zog sich auf dem Weg bei Zusammenstößen mit Wänden und Türen diverse Schrammen zu.

Lutts Büro kam Ryll wie die Kommandozentrale eines primitiven Erder-Raumschiffes vor. Große Bildschirme zeigten auf Befehl Zeitungsseiten. Vor einer Wand befand sich eine Tastatur; vor ihr stand ein Konturensitz. Die Sitzlehnen enthielten Knöpfe, mit denen man den jeweiligen Modus bestimmen konnte — zum Bearbeiten von Texten, zum Ansehen von Texten und unbearbeitetem Material ... Lutt ließ sich in den Sitz fallen und bestellte Kaffee. Nachdem ein Laufjunge ihn versorgt hatte, schluckte er die Flüssigkeit, rülpste, und beugte sich über die Tastatur.

Ryll, der sich auf die Rolle des Beobachters beschränkte, schaute zu, wie auf dem Bildschirm Worte erschienen und kostete Lutts Gedanken. Trotz der Einwände von Hanson senior, hatte Lutt offenbar vor, die Emotionen anzuheizen und die Auflage des *Enquirer* zu steigern, um das Geschäft noch gewinnträchtiger zu machen.

Sein Leitartikel verlangte die Gründung eines städtisch-bundesstaatlichen Wohnungsamtes, das sich um die Unterbringung »jener armen Säcke« kümmern sollte, »die wie Schatten an unserem Leben hängen«.

Damit ist Mutter gezwungen, für ein Komitee zu arbeiten! höhnte Lutt. *Natürlich darf sie nichts davon erfahren, daß ich es war.*

Ryll war die Rolle des Beobachters bald leid, und als seine Kraft wieder da war, dachte er über die Bordell-Erfahrung nach. Toloma, Lutts Favoritin, war eine Überraschung gewesen — sie war wenigstens fünfzig Jahre alt und hatte grelles, hennarotes Haar. Lutts Gedächtnis besagte, daß Toloma Hanson senior seit über dreißig Jahren kannte. Der Alte hatte Lutt an seinem fünfzehnten Geburtstag zu ihr gebracht und gesagt:

»Reite ihn ein, Tolly!«

Was bist du doch für eine wirre und verdrehte Person, Lutt, meldete sich Ryll.

»Halt dich raus, wenn ich Leitartikel schreibe!« raunzte Lutt.

Du sollst nicht reden! Jemand könnte es hören.

»Dann halt auch du die Klappe!«

Ryll verfiel in mürrische Zurückhaltung.

Toloma war wirklich eine Überraschung gewesen. Und das galt auch für Lutts Reaktion, denn er hatte zu ihr gesagt: »Du bist meine beste Freundin, Tolly.«

Toloma hatte Erstaunen gezeigt. »Das meinst du doch nicht ernst.«

»Und ob.«

Für Ryll, den Beobachter, war es angenehmer gewesen, sich Lutts Erinnerungen anzusehen und sich der anstehenden körperlichen Vereinigung zu versagen. Das Verhalten von Hanson senior hatte Ryll schockiert. Der Alte hatte seinem Sohn vor dem ersten Besuch bei Toloma erzählt, Hanson-Männer müßten auf die gleiche Weise Kumpane werden wie Soldaten.

»Wird denn Krieg geführt?« hatte Lutt gefragt.

»Er wird gegen die Frauen geführt, Junge! Hast du das noch nicht gemerkt?«

Erneut mischte Ryll sich in Lutts Tätigkeit ein: *Dein Vater ist krank; es muß ansteckend sein. Du hast dich infiziert.*

Lutt nahm die Hände von der Tastatur und lehnte sich in den Sitz zurück. *Jetzt hör mir mal gut zu, du Dreen-Spießer! Wenn du dich das nächstemal in meine Arbeit einmischst, renne ich durch den Korridor und schreie ›Ein Dreen ist in meinem Kopf!‹*

Das würdest du nicht wagen!

Was glaubst du, wie lange es dauert, bis die Erdgürtel-Patrouille davon hört?

Sie hat bestimmt Spione hier!

Eben. Und jetzt mach dich dünn!

Lutt schrieb weiter.

Der niedergedrückte Ryll kehrte wieder zu seinen Gedanken zurück und fragte sich, ob der Dreen-Idmaginateur der Erde unter Umständen geisteskrank gewesen war. Es gab keinen Zweifel: Lutt hatte sie nicht alle. Als er mit Toloma kopuliert hatte, hatte er sich einem Wachtraum hingegeben. Er hatte sich vorgestellt, die Frau, mit der er zusammen war, sei seine gesichtslose ›Ni-Ni‹.

Die Ähnlichkeit zwischen Lutts Wachtraum und den Projektionstechniken der Dreen-Idmagination waren Ryll nicht entgangen. Konnte es ihm von Nutzen sein, von der Phantasie-›Ni-Ni‹ zu wissen? Wer war der mysteriöse ›andere Mann‹, den Ni-Ni angeblich liebte? Warum konnte Lutt ihr Gesicht nicht sehen und seinen Rivalen nicht erkennen? Es war der Stoff, aus dem die Alpträume bestanden. Wo hörte der Wahnsinn auf, wo fing die Gesundheit an?

Die Warnungen, die Ryll in der Dreen-Grundschule über das Fusionieren von Fleisch gehört hatte, suchten ihn heim. Fetzen aus dem Unterricht deuteten an, daß eine Trennung vielleicht erfolgen konnte, wenn man sich an die Ausrüstung eines Spiralschiffes adaptierte, aber nichts garantierte den Erfolg. Die Geschichten der wenigen, die je fusioniert und sich wieder getrennt hatten, wiesen einen gemeinsamen Kommentar auf:

»Der Eingang ist auch der Ausgang.«

Was immer es bedeutete! Ryll fühlte sich in seiner Lage immer hoffnungsloser. Sollte er den Körper übernehmen und das Risiko eingehen, als Dreen identifiziert zu werden? Konnte er es wagen?

Lutt beendete seinen Leitartikel, klappte eine Liege aus der Wand, streckte sich aus, dämpfte die Lichter und bereitete sich auf den Schlaf vor.

Der Leitartikel wird deinen Vater verärgern, meinte Ryll.

Mutter wird er auch nicht glücklich machen. Und jetzt laß mich schlafen!

Ryll spürte, wie sein Fleisch-Partner in den Schlaf abdriftete und fürchtete sich vor den Träumen, die er vielleicht hatte. Was war dieser Lutt doch für eine böse Kreatur! Er empfand nicht die geringste Dankbarkeit dafür, daß er ihn gerettet hatte. Andere Leute scherten ihn überhaupt nicht; ihm waren nur seine privaten Gelüste wichtig.

Wenn ich uns trennen kann, wird er sterben. Ist ihm dieser Gedanke eigentlich gar nicht bewußt?

Ryll richtete seine Erinnerung wieder auf das Spiralenschiff, das erste Erwachen nach dem Zusammenprall, und die nachfolgende Fusion ihrer Körper. Er erinnerte sich an das zellulare Eindringen in einen zerschmetterten Leib.

Der Eingang ist auch der Ausgang?

Ryll fragte sich, ob es möglich war, ihren Körper kleiner zu idmaginieren als den gegenwärtigen. Konnte man ihn genau um die Menge reduzieren, die das von Lutt requirierte Fleisch hatte?

Ryll schwenkte die Augen nach innen und setzte zu einer Idmaginierungsformel für einen neuen menschlichen Körper an, doch er begegnete sofortigem Widerstand. Sogar im Schlaf projizierte Lutt einen starken Lebenswillen.

Er will überleben, indem er meine Idmaginierungsbemühungen verhindert!

Als er zu einem neuen Versuch ansetzte, spürte Ryll, daß Lutt erwachte.

»Du hast meine Warnung also nicht geglaubt?« fragte Lutt. »Okay, Baby, heute gehen wir Drachenfliegen.«

Lutt! Nicht! Ich wollte ...

»Ich weiß, was du wolltest. Du hast es versucht, nachdem ich dich gewarnt habe!«

Ryll zog sich in sein privates Bewußtsein zurück. Er war fest entschlossen, seine Idmaginierungskraft zu steigern, indem er sich jede Schulweisheit vor Augen führte, die er je gelernt hatte.

Oh ... warum habe ich nicht besser aufgepaßt? Der Drachenflug könnte fatal ausgehen!

Ryll bemühte sich, sich an die Lektionen zu erinnern, wie man aus einem im Sterben liegenden fusionierten Körper entkam. Seine Erinnerungen wurden teilweise von seinen Tagträumen überlagert, in denen er sein Schiff durch die Spiralen steuerte. Auch sonst wiesen sie frustrierende Lücken auf. Die Worte des Lehrers vermischten sich mit seinen privaten Traumkommandos an Bord des phantasierten Schiffes.

Er fühlte sich plötzlich über Lutt verärgert.

Dieser Erder geht zu unbekümmert mit meinem Körper um!

»Ich rieche wieder diesen interessanten Duft«, murmelte Lutt.

Ryll ignorierte ihn. Zorn und Ärger hatten sich in seine frustrierenden Erinnerungslücken geschlichen. Der Lehrer hatte über das Thema gesprochen, wie man im Tod aus einer kombinierten Lebensform entkam, selbst wenn man im Leben in ihr gefangen gewesen war.

»Wagt es nicht, zu früh oder zu spät zu handeln.« Die Worte brannten in Rylls Gedächtnis.

Aber wann war es zu früh oder zu spät? War es erforderlich, daß er seine eigene Masse wiedererlangte, oder mußte man auf eine andere fleischliche Masse überwechseln?

Sein Gedächtnis versorgte ihn mit keiner Antwort, und er konnte Lutts hämische Zuversicht spüren.

Heimlich dachte Ryll: *Es ist mein Körper, verdammt noch mal! Meiner! Du bist der fremde Eindringling!*

Bestimmte Dinge weiß ich sofort, ohne daß ich die Quelle meines Wissens erklären kann. Ich weiß, daß das Besamen des Universums einen Dreen hervorgebracht hat, der auf die Möglichkeit stoßen kann, seine Gedanken vor mir zu verheimlichen. Ich habe keine Möglichkeit, zu erfahren, ob man diese schreckliche Fähigkeit an seine Nachkommen weitervererben kann. Es könnte viele Dreen mit geheimen Gedanken geben.

Der Habiba-Kommentar

Eine abendliche Brise wehte durch das hohe braune Gras und drückte die Halme gegen Prosiks neuen Körper. Es gefiel ihm zwar nicht, daß er jetzt keine Beine mehr hatte, aber die Gestalt, die er idmaginiert hatte, wies die gleiche schlüpfrige Geschmeidigkeit auf, wie das Original in dem Zoo, wo er sie zum ersten Mal gesehen hatte.

Nachdem er sein Schiff, die *Kalak III*, auf dem Grund eines Sumpfs versteckt hatte, hatte er es für einen brillanten Schachzug gehalten, sich im nächsten Erder-Zoo eine Reihe von Tieren anzusehen. Dort hatte er auch das perfekte Geschöpf gefunden, um ungesehen herumzuschleichen: *Eine Riesenschlange!* Sie war eine viel bessere Maske als die Gestalt eines Angehörigen der Erdgürtel-Patrouille in Uniform. Hier gab es zuviel Unbekanntes das ihn eventuell verraten konnte.

Durch einen breiten Torweg, der etwa dreißig Meter vor ihm lag, konnte Prosik in einen gewaltigen Hangar hineinsehen, in dem Techniker der Erdgürtel-Patrouille vorsichtig an den Überresten eines Dreen-Erzählerschiffes herumhantierten. Es waren genügend Wrackteile übriggeblieben, um die *Patricia*, das Schiff, das man konstruiert hatte, um die Erde zu tilgen, zu identifizieren.

Von der Antriebssektion waren nur noch ein paar Fetzen geschmolzenen Metalls vorhanden.

Zwischen Prosik und dem offenen Torweg lag flacher, asphaltierter Boden. Sein grüngeschuppter Schlangenkopf, dessen Zunge automatisch hin- und herzuckte, wurde von Gras und einer Erhöhung auf dem Beton verborgen.

Bald würde es dunkel sein, dann konnte er sich aus seinem Grasversteck hervorwagen und *Patricia* näher in Augenschein nehmen. Man hatte das Tilgungssystem in die Trägerstützen der Kommandobrücke eingebaut. Vielleicht hatte ein Teil davon den Zusammenstoß überstanden.

Während er wartete, spielte Prosik noch einmal die Tilgungsprozedur durch, die er sich gemerkt hatte: *Zuerst eine Drehung an dieser Tafel, und dann …*

Ein lautes, schepperndes Geräusch überlagerte seine Gedanken. Es wurde mit beängstigendem Tempo lauter; dann kam noch ein eigenartiges Rauschen hinzu. Prosik hob leicht den Kopf und lugte in die Richtung, aus der das Geräusch kam. Er konnte gerade noch einen riesigen automatischen Rasenmäher erkennen, der von rechts auf ihn zukam. Bevor er auch nur mit dem Schwanzmuskel zucken konnte, war das Ding über ihm. Scharfe Klingen fuhren durch seinen idmaginierten Schlangenleib. Schmerzen durchzuckten ihn, als der Rasenmäher sich einen Weg in seine Zentrumsektion durchfraß und Blut verspritzte und Fleischfetzen über die Wiese verstreute. Prosik gab sich alle Mühe, in dem, was von seinem Körper hinter dem Kopf noch übrig war, bei Bewußtsein zu bleiben — es war weniger als ein Drittel seiner Originalmasse. Er mußte sich beeilen — sein noch intakter Teil jagte auf die verstreuten Fleischfetzen zu, sammelte das, was er brauchte, dort ein, wo er es fand, und grapschte sich zwei unglückliche Bodennager, weil er ihre Masse brauchte.

Als er fertig war, hockte er sich am Rand der Betonerhöhung hin und schaute zu, wie der Rasenmäher einen anderen Teil der Wiese verdaute, und so die Deckung vernichtete, die er brauchte.

Hat mich jemand gesehen?

Prosik streckte sich vor dem Beton aus und wartete ab. Als der Rasenmäher sich weit genug entfernt hatte, um es ihm zu erlauben, die anderen ihn umgebenden Geräusche voneinander zu unterscheiden, gelangte er zu der Ansicht, daß sich die Töne aus dem Hangar nicht verändert hatten — dort quietschte noch immer gelegentlich bewegtes Metall, und er hörte das Knirschen von Maschinen und Stimmen.

Während des Lauschens dachte er darüber nach, wie knapp er der Vernichtung entkommen war und dachte: *Welch schreckliche Welt! Wemply der Reisende hat alle Dreen-Träume verraten, als er sie erschuf. Ich werde mich freuen, wenn es die Erde nicht mehr gibt!*

Aber wenn ich es sein muß, der diesen abscheulichen Planeten tilgt, wird es mich eventuell auch nicht mehr geben.

Prosik verspürte großes Mitleid mit sich, und er sehnte sich nach einer kleinen Portion Bazeel, um seine Verärgerung zu dämpfen.

Als die Abendschatten länger wurden, nahm er Veränderungen in den Geräuschen wahr, die vom Hangar aus zu ihm herüberwehten, und er riskierte einen Blick über den Beton. Ja ... Es sah so aus, als beendeten die Arbeiter ihre heutige Tätigkeit; als bereiteten sie sich auf den Feierabend vor. Sie verstauten ihre Werkzeuge und stellten einen Posten auf. Andere Lichter wurden eingeschaltet. Sie tauchten das Innere des Hangareingangs in einen hellen Schein, in dem man bestimmt jedes kleine, fliegende Insekt entdecken würde.

Prosik empfand tiefen Frust. Wie konnte er die beleuchtete Barriere überqueren, ohne daß man ihn entdeckte?

Er suchte das Gebäude ab, dann fiel ihm die Gestalt wieder ein, die er angenommen hatte. Schlangen konnten klettern. Er hatte es im zoologischen Garten gesehen. Er würde sich an jene Ecke des Gebäudes begeben, die in der Dunkelheit lag. Er würde durch eine Regenrinne nach oben, und dann über eine Schiebetür nach unten in den Hangar kriechen und sich an eine obere Ecke des Torwegs hängen, wo die Wächter bestimmt nicht hinschauten. Prosik gratulierte sich noch einmal zu der Gestalt, die er gewählt hatte.

Begierig wartete er auf die Nacht und registrierte, wie auf dem gesamten Gelände der Erdgürtel-Patrouille Lichter angingen. Kleine Flugmaschinen bewegten sich über dem Gelände hin und her. Prosik vermutete, daß sie den Boden mit unsichtbaren Strahlen abtasteten. Er würde zwischen zweien dieser Überprüfungen die offene Betonzone schnellstens hinter sich bringen müssen.

Dann wurde es dunkel; die Lichter am offenen Torweg des Hangars kamen ihm noch heller vor.

Habiba, hilf mir, betete Prosik. Dann glitt er in eine Ekke des Betonvorfeldes. Er wartete, bis die kleinen Flitzer vorbei waren, dann jagte er über die finstere Ausdehnung des flachen Grundes und die Regenrinne hinauf. Die Rinne ächzte alarmierend unter seinem Gewicht, doch der Schlangenleib funktionierte noch besser, als Prosik geahnt hatte. Kurz darauf fand er sich auf einer Schiebetür wieder. Hier wandte er mehr Vorsicht an. Er bewegte sich langsam und achtete auf Anzeichen, ob man ihn entdeckt hatte.

Wie er vom Boden aus gesehen hatte, hing das Tor an schweren Rollen, die auf einem Gleis liefen. Das Gleis bot ihm einen Weg, auf dem er die Toreinfahrt überqueren konnte, doch die Rollen waren dick voll Schmiere, die bald einen großen Teil seines Körpers bedeckte und es immer schwieriger machte, nicht abzurutschen. Vom Licht angezogene Insekten lenkten Prosik ab.

Als er das Ende des Tors erreicht hatte, fühlte Prosik sich erleichtert und sah in den Hangar hinunter. Der Posten saß an einem kleinen Schreibtisch in einer nahen Ecke. Er hatte die Beine hoch und den Kopf zurückgelegt; ein dunkles Taschentuch lag auf seinem Gesicht. Die rhythmischen Töne des Atmens eines Schlafenden waren für eine Weile recht deutlich zu hören.

Plötzlich ertönte ein Summen, und der Posten zuckte mit einem Röcheln zusammen. Er sah sich um und aktivierte eine Kontrolle auf seinem Tisch. Die hellen Lichter gingen aus, das Tor unter Prosik bewegte sich auf seinem Gleis und nahm ihn mit.

Prosik versuchte panisch den Rollen auszuweichen und auf dem Gleis zu bleiben. Eine Rolle ratschte über seine Schwanzspitze, und ein Stück von ihm fiel hinaus. Er schnappte sich fliegende Insekten, um seine Masse zu ersetzen, doch das lenkte ihn nur noch mehr ab, und die Tür klemmte ihn, als sie sich schloß, in eine Ecke.

Er brauchte mehrere Minuten, um sich zu befreien. Inzwischen hatte eine kleine Gruppe von Menschen den Hangar durch eine Nebentür betreten. Prosik beobachtete sie an der Stelle durch einen Spalt, wo die Tür über die Hangarwand lappte. Sein Blickfeld war zwar begrenzt, doch sein scharfes Gehör trug die Stimmen deutlich zu ihm herüber. Die Erder gingen um die Wrackteile des Dreen-Schiffes herum, während der Posten in ihrer Nähe in starrer Haltung stehenblieb.

Ihr Anführer erschien: Ein hochgewachsener, kahlköpfiger Mann. Er war schlank und hatte eine Nase, die wie ein Vogelschnabel aussah.

»Es ist ein typisches Dreen-Schiff«, sagte er. »Und wie üblich ist das Antriebssystem dermaßen zerstört, daß wir keine Hoffnung haben, irgend etwas darüber zu erfahren. Man hat uns allerdings bestätigt, daß das Schiff ungewöhnlich klein war.«

»Was sagt uns die Größe?« fragte einer der anderen.

»Daß ihre Technik der unseren haushoch überlegen ist«, sagte der Anführer. »Wir wollen als nächstes einen Versuch machen, die Antriebsverstärkungen zu zerlegen.

Wie Sie sehen, unterscheidet sich ihre Struktur von der aller anderen Schiffe, die wir erwischt haben.«

»Sind wir weit genug, ein Selbstvernichtungssystem wie dieses zu aktivieren?« fragte ein anderer.

»Darin liegt immer das Risiko«, sagte der Anführer. »Die meisten unserer Verluste sind dadurch entstanden.« Er wandte sich von den Wrackteilen ab. »Das ist es also. Ich wollte, daß Sie sich das neue Ding mal ansehen. Gehen wir jetzt ins Labor zurück und sehen uns die Fotos und Zeichnungen an.«

Als die Gruppe hinausging, blieb der Anführer kurz neben dem Posten stehen und sagte: »Irgendwelche Anzeichen von Eindringlingen?«

»Keine, Sir«, sagte der Posten.

»Ich stelle fest, daß das Wrack geködert wurde«, sagte der Anführer.

»Das ist Routine, Sir.«

Als sie gegangen waren, wartete Prosik darauf, daß der Posten wieder Platz nahm, doch der Mann wirkte nervös. Er ging zum Wrack hinüber und musterte es. Dann warf er einen Blick in alle dunklen Ecken und kehrte wieder an seinen Tisch zurück. Dort angekommen, warf er weiterhin Blicke um sich.

Prosik wagte nicht, sich zu bewegen, damit kein Geräusch den Posten alarmierte. Würde es so weitergehen, bis der Tag anbrach und das Licht ihn hier neben dem Gleis und am Türrand bloßstellte? Es war ein furchterregender Gedanke.

Die Zeit verging. Prosiks Schlangenleib tat vor Inaktivität weh.

Ein Summen erklang, und auf dem Schreibtisch des Postens flammte ein rotes Licht auf. Er drückte einen Knopf, und in der Tischoberfläche öffnete sich ein Schlitz und versorgte ihn mit einem dampfenden Nahrungsbehälter.

Als der Posten sich auf das Essen konzentrierte, fing Prosik wieder an zu hoffen. Die Erder waren berüchtigt dafür, daß sie sich durch Nahrung ablenken ließen. Und in der Tat, der Bursche schien an seiner Umgebung immer weniger interessiert zu sein.

Langsam, den Körper verdünnend und verlängernd, glitt Prosik zwischen Tür und Wand nach unten. Am Boden glitt er um den Rand der Tür herum und schmiegte sich ans Fundament der Wand.

Endlich!

Er war im Innern des Hangars, und der Posten schenkte der dünnen Verstärkung der dunklen Verbindungsstelle von Wand und Boden keine Beachtung. Doch Prosik wagte sich nicht mal zu entspannen, als er sich im Rücken des Postens befand. Er bewegte sich noch schneller voran, auf das Hangarende zu, wo das Wrack ihn verbergen würde.

Mit Engelsgeduld — Prosik hätte nicht geglaubt, daß er sie besaß — kroch er durch den Hangar und erreichte endlich das Versteck, das er gesucht hatte. Doch selbst hier entspannte er sich noch nicht. Er wagte es nicht, sich zu entspannen, denn ihm wurde überraschend klar, daß das Wrack auch den Posten verbarg. Was tat der Erder dort drüben? Prosik lauschte den fernen Geräuschen aus dem Wachlokal. Was bedeuteten sie? Und was hatte der Anführer der Erder-Gruppe mit dem ›Köder‹ in dem Wrack gemeint?

Der offene Raum zwischen der Hangarwand und dem Wrackhaufen kam ihm in seiner Angst gefährlich vergrößert vor. Prosik legte eine Pause ein, um dem Schlangenleib wieder die ursprüngliche Härte der Anakondamuskeln zu verleihen. Dann betete er noch einmal zu Habiba, kroch über den Boden und bewegte sich, so schnell er konnte.

Am Wrack angekommen, glitt er in eine Lücke und hob vorsichtig den Kopf, bis er quer durch den Hangar auf den Posten blicken konnte. Der Erder saß mit halbgeschlossenen Augen da, er war offensichtlich tief in eine Verdauungsstarre versunken.

Ausgezeichnet!

Prosik zog den Kopf ein und fing an, das beschädigte Schiff zu untersuchen. Ja, der Antrieb war, wie der Erder gesagt hatte, völlig zerstört, eine bis zur Unkenntlichkeit verschmolzene Masse. Aber das Tilgungssystem war intakt, und der Selbstvernichtungs-Aktivator war auch noch da.

Habe ich noch genug Zeit, um das System zu öffnen und die Tilgungs-Sequenz zu aktivieren?

Prosik wagte noch einen Blick auf den Posten — und verspürte den Ansturm des Entsetzens. Der Stuhl hinter dem Tisch war leer, der Posten war nirgendwo zu sehen. Als Prosik sich gerade zur Flucht entschieden hatte, sah er, wie sich hinter dem Tisch eine Tür öffnete und der Posten wieder auftauchte. Er erhaschte einen kurzen Blick auf eine Toilettenanlage, bevor die Tür sich wieder schloß. Der Posten kehrte mit einem befriedigten Grunzen an den Tisch zurück.

Prosik zog den Kopf wieder ein und studierte erneut die Verstärkungen, in denen das Tilgungssystem verborgen war. Zwei davon waren schrecklich verbogen, doch die Schutzbeschichtung war intakt geblieben. Eine kritische Untersuchung der Kontrollen zeigte ein paar Dellen, doch das System war dupliziert, und man hatte für mögliche Beschädigungen Vorsorge getroffen. Die Kernelemente hatten Schutzschirme, die wie Puffer wirkten. Prosik schwenkte die Augen nach innen und nahm die Idmagination in Angriff, einen manipulativen Arm auszustrecken. Doch bevor er dazu kam, fing er einen vertrauten Duft auf.

Bazeel!

Ein kleines Häufchen der Wunderdroge lag nur ein paar Zentimeter entfernt auf der flachen Oberfläche des Wracks.

Prosik bewegte den Kopf auf das Bazeel zu, und seine Zunge stieß, wie bei Schlangen üblich, vor und zurück. Sie nahm eine reichliche Lage Bazeel auf die Spitze. Prosik empfand das schon vertraute, dämpfende Gefühl.

Ahhhhh.

Er erlaubte sich noch ein weiteres Häppchen.

Es ist ja nur eine klitzekleine Verzögerung, redete er sich ein.

Erst als er kurz vor der totalen Bazeelstarre war, fiel ihm die Erder-Bemerkung über den ›Köder‹ ein. Ein Geräusch hinter ihm drang in sein Bewußtsein. Prosik wandte sich mit leicht schwankendem Kopf um und blickte dorthin, woher das Geräusch kam.

Oh, Grauen!

Der Posten stand da und hatte die Mündung einer langen Waffe auf ihn gerichtet.

»Na, was haben wir denn da?« fragte er.

Prosik konnte keinen Muskel bewegen. Er hatte nur noch den Wunsch, in einem Bazeel-Nebel zu versinken, doch das Grauen erlaubte es ihm nicht.

Die bedrohliche Mündung der Waffe kam immer näher.

Prosik starrte sie an; er war völlig fasziniert.

»Eine Schlange?« Der Tonfall des Postens zeigte eindeutig Unglauben.

Prosik riß all seine Kraft zusammen, zog den Kopf hinter eine zerschmetterte Metalloberfläche und suchte nach einer Möglichkeit, sich unter dem Wrack zu verstecken. Er wußte, er konnte sich nicht rückwärts bewegen, ohne sich die Schuppen von seinem Schlangenleib zu reißen, aber diese Anstrengung brauchte er auch nicht mehr.

Eine trommelfellzerreißende Explosion unterbrach seine panische Suche, und etwas Metallenes schlug gegen seinen Rücken. Der Explosion folgte sofort eine zweite und die brutzelnde Eruption eines Selbstvernichtungssystems. Flüssiges Metall ergoß sich auf eine Seite von Prosiks Schlangenleib. Er reagierte instinktiv und glitt, so schnell er konnte, aus dem Wrack hervor.

Der Posten lag auf dem Boden; die Druckwelle des Selbstvernichtungssystems hatte ihm den Kopf abgerissen.

Ohne es zu durchdenken, idmag-prüfte Prosik den toten Posten und nahm dessen Gestalt an — inklusive zerrissener Uniform und diversen blutigen, doch nicht sehr schlimmen Wunden. Alles geschah in Sekunden, dann erhob sich Prosik in seiner neuen Gestalt, um die Leiche des Postens in das Inferno zu werfen, das einst ein Tilgungsaktivierungssystem des Schiffes gewesen war.

Als er wieder zu Boden sank, damit die Erder ihn fanden, hörte er, wie sie zum Ort des Geschehens rannten, und ihm wurde klar, daß er seinem Problem neue Dimensionen gegeben hatte. Während des kurzen Augenblicks, diese Maske anzulegen, hatte er nämlich gesehen, daß die Triebwerksverstärkungen noch immer an der abgewandten Seite des Wracks standen. Wenn sie es überstanden, dann verfügte er jetzt nur noch über ein Kontrollsystem, mit dem er seine Mission erfüllen konnte. Aber wenn er in dieser Maske erfolgreich war, hatte er vielleicht ungehinderten Zugang zu dem, was vom Tilgungsschiff noch übrig war.

Führer dürfen denen, die ihnen folgen, nie ein schlechtes Beispiel geben. Aber die Gruppe der Folgenden muß ebenso ein gutes Beispiel geben — sowohl für ihre Führer als auch für ihre Genossen. Sonst löst sich der soziale Zusammenhalt auf, und die Zivilisation versinkt im Chaos.

Dreen-Aphorismus

Lutt erwachte auf der Liege in seinem Büro mit einem beachtlichen Kater, und nach einigen nach innen gerichteten Fragen stellte er fest, daß es seinem körperlichen Partner Ryll nicht anders erging.

Wir scheinen dazu zu neigen, die meisten unserer körperlichen Gebrechen und die guten Gefühle miteinander zu teilen, erklärte Ryll.

Aber ich habe nur selten einen Kater, beschwerte sich Lutt.

Vielleicht lag es an der Zusammenstellung des Essens und der Getränke, meinte Ryll.

Es war nichts dabei, was ich nicht schon mal gegessen habe ... oder getrunken.

In dieser Zusammenstellung?

Nun ja ... Es war vielleicht zuviel Pesto.

Bei der Nennung des Gerichts, in dem das Bazeel gewesen war, spürte Ryll, wie ein unwillkürliches Frösteln durch ihren gemeinsamen Körper lief.

Es sah so aus, als hätte die Pesto dir geschmeckt, sagte Lutt. Er warf einen Blick auf seine Uhr. *Himmel! Ich muß zur Redaktionskonferenz. Ich muß etwas Kaffee bestellen.*

Ryll empfand den Kaffee zwar als hilfreich, aber er spürte, was den Inhalt ihrer Mahlzeit anbetraf, die Anfänge von Mißtrauen in Lutt.

Lutt fragte sich, ob gewisse Erdnahrungsmittel eventuell eine.nachteilige Wirkung auf Dreen hatten und ob ihm dies irgendwie zum Vorteil gereichen konnte. Eine gefährliche Fragenkette, aber Ryll fühlte sich nicht in der Lage, sie abzulenken. Jeder Versuch dieser Art würde Lutts Mißtrauen bestimmt nur noch erhöhen.

Die Redaktionskonferenz war in keiner Weise eine Wiederholung derjenigen, die Ryll beobachtet hatte. Schon beim Betreten des Raums demonstrierte Lutt neues Selbstvertrauen und ein Gefühl seiner Macht.

Suzanne Day, die sich seines Katers offensichtlich bewußt war, hatte die Vorhänge der Ostfenster zugezogen, um das Morgenlicht zu reduzieren. Lutt verspürte Dankbarkeit deswegen, als er Platz nahm und sechs Gesichter in Augenschein nahm, die um den langen Tisch herumsaßen. Sein Kopf fühlte sich immer noch mißbraucht an, seine Augen brannten.

Lokalredakteurin Anaya Nelson, die in einem Stapel Papiere gelesen hatte, schaute auf und sah ihn unverblümt amüsiert an.

»Wir könnten unsere rote Tinte direkt aus Ihren Augen beziehen«, sagte sie. »Sie haben wohl letzte Nacht mächtig einen draufgemacht.«

Lutt ignorierte sie und konzentrierte sich auf Ade Stuart. Der elektrische Rollstuhl des Geschäftsführers war dicht an die rechte Seite Lutts herangefahren. Stuarts glattes, gerundetes Gesicht zeigte gleichgültige Unbeweglichkeit.

»Ich zapfe den Sonderfonds an, Ade«, sagte Lutt. »Wir stürzten uns jetzt voll auf mein Spiral-Pressedienst-Projekt, und dafür kriegen wir auch Geld von anderswo.«

Die Nelson stieß mit ihrem üblichen herablassenden Ausdruck ein bellendes Lachen aus: »Also machen wir doch keinen Profit!«

Lutt schaute auf die polierte Tischoberfläche, zählte stumm bis zehn und warf der Nelson dann einen Blick zu. Sie fuhr sich mit der Hand durch das goldene Haar und grinste ihn an.

»Ich hab die Schnauze voll von Ihnen, Anaya«, sagte Lutt. »Wenn ich noch mehr von diesem Scheiß zu hören kriege, gehen wir zu meinem Vater — bloß wir beide —, und lassen uns von ihm sagen, wer diese Zeitung leitet. Bis dahin erwarte ich bei dem, was ich tue, Ihre volle Kooperation.«

Sie wurde unter seinem finsteren Blick bleich und befeuchtete ihre Lippen mit der Zunge. Lutt konnte beinahe hören, wie die Gedanken durch ihren Kopf rasten. Anaya wußte ganz genau, was L. H. sich von seinem Sohn Nummer Eins erhoffte. Sie wußte, daß der Alte ihm bei einem Showdown den Rücken stärken würde.

Lutt nutzte seinen Vorteil aus. »Wenn ich das kleinste Anzeichen bemerke, daß Sie Sand ins Getriebe werfen, wird einer von uns nicht mehr für diese Publikation tätig sein. Ist das klar?«

Stuart, stets Diplomat und garantiert besorgt über seinen kostbaren Spiralenfonds, warf sich in die Bresche. »Wir kooperieren, Lutt, aber was planen Sie, und wieviel werden Sie aus dem Fonds brauchen?«

Lutt richtete seine Aufmerksamkeit auf Stuart, aber dies tat er erst, nachdem er registriert hatte, daß seine Worte Suzanne Day erfreut hatten. Die Moderedakteurin musterte ihn mit grüblerischem Blick; sie fragte sich offenbar, welchen persönlichen Vorteil es für sie zu erringen gab.

Die anderen — selbst der alte Mark Sorrell, der »seit er aus der Arche geklettert war«, die Wirtschaftsseiten redigierte, musterten Stuart eingehend. Jung und alt, alle wußten, wer in der Redaktion den Ärger machte.

»Ich brauche den ganzen Fonds, Ade«, sagte Lutt.

Das machte sie erst recht wach.

»Der schönste kleine Krieg, den wir haben, ist der zwischen Frankreich und China auf der Venus«, sagte Lutt und versank in Schweigen, als Ryll, der seinen Plan endlich in aller Gänze erkannte, einwand: *Nein, Lutt!*

Halt's Maul, Ryll! Ich bin beschäftigt.

»Was ist mit der Venus?« fragte Stuart.

»Ich werde persönlich hingehen«, sagte Lutt. »Ich werde mein Quartier in Pe-Duc oder in Berguun aufschlagen, und …«

»Sie wollen persönlich aus dem Krieg berichten?« fragte die Nelson.

»Persönlich.«

»Wer geht mit Ihnen?« fragte die Nelson.

»Glauben Sie, Sie wären die Richtige dafür?«

»Um Gottes willen! Auf der Venus werden Menschen umgebracht.«

»Ich werde unseren dortigen Stab einsetzen und Leute anheuern, falls ich welche brauche«, sagte Lutt. »Wir nennen es das Hanson-Einsatzkommando.«

»Und all das aus dem Sonderfonds?« fragte Stuart.

»Jeden Penny. Und noch etwas. Wir senden unseren Text in Nullkommanichts per Spiral-Transmission direkt vom Schlachtfeld.«

»Sie nennen es jetzt Spiral-, nicht mehr Vor-Spiral?« fragte die Day.

»Es hört sich besser an«, sagte Lutt. »Wir nennen den Pressedienst SPD statt VPD.«

Danke für die kleine Konzession, meldete sich Ryll.

»Wir erringen dadurch zwar einen deutlichen Zeitvorteil«, sagte Stuart, »aber der Sonderfonds ist …«

Lutt fiel ihm ins Wort. »Wir entnehmen ihm auch das Geld für eine große Einstandsparty. Laden Sie alle unsere Konkurrenten dazu ein. Jeder von Ihnen wird daran teilnehmen; wir werden unseren Pressedienst an Ort und Stelle zum Abonnement anbieten.«

Stuart war schockiert. »Aber der Sonderfonds dient dazu …«

»Wir haben ihn, damit er uns hilft, Profite zu machen«, sagte Lutt und rückte an seiner Brille. »Wenn wir Abonnenten kriegen, werden unsere Profite den Fonds wieder auffüllen.«

»Wie gerissen!« sagte Suzanne Day. »Wir werden hart verkaufen, sonst ist es mit dem Sonderfonds aus.«

»Stellt die Lizenzabteilung an die Kalkulation Ansprüche für den Abonnementspreis«, sagte Lutt. »Ich will ihn so hoch haben, wie der Markt es verkraften kann.«

Die Redakteure sahen einander an.

Die Nelson beugte sich vor und legte die Ellbogen auf den Tisch. »Wie hitzeempfindlich ist Ihre Sendeausrüstung?«

»Eine gute Frage«, sagte Stuart. »Auf der Venusoberfläche herrschen bestimmt fünfhundert Grad.«

»Reden Sie nicht über das Offensichtliche, Ade«, tadelte Lutt ihn. »Mein Labor hat alle Möglichkeiten erforscht, Iskeram an unsere Bedürfnisse anzupassen. Iskeramhüllen werden alles schützen, was wir einsetzen.«

Sie brauchten ein paar Sekunden, um das zu verdauen. Zahllose Geschichten über den Krieg und Artikel, die sich die Mühe machten, die menschliche Okkupation der Venus zu analysieren, hatten Iskeram zu einem Begriff gemacht, der in aller Munde war. Ohne die keramische Durchlässigkeit der Hochtemperatur-Isolierung von Iskeram konnte keine irdische Lebensform auf der Venus überleben.

»Werden Sie nur über den Krieg berichten?« fragte Stuart.

»Ja«, warf Suzanne Day ein, »wie sieht es eigentlich mit der Terraformung und der Rolle der Frau auf der Venus aus?«

»Ich habe gehört, daß die Fremdenlegion da oben das beste Bordell des Universums betreibt«, sagte die Nelson. »Das gäbe bestimmt eine tolle Story — aus der Sicht der Frau.«

Die Day ließ sich nicht ablenken. Sie lächelte freundlich und fuhr fort: »Man sagt, Ihr Vater geht davon aus, daß die Venus als Energiequelle ein großes Potential hat.«

Die Nelson schenkte der jüngeren Frau jetzt einen anderen, schwerwiegenderen Blick. »Woher, zum Teufel, wollen Sie wissen, was der alte Herr denkt?«

»Ich habe so meine Quellen«, sagte die Day.

Die Nelson nickte, nahm es hin. »Richtig. L. H. glaubt, daß die Venus dem Hanson-Konzern einen Haufen Geld einbringen könnte ... wenn man sie erst einmal terraformt hat. Er geht davon aus, daß man die Vulkane einspannen könnte, um die Sonnenenergie zu erhöhen.«

»Wir haben mehrfache Interessen an dem Planeten«, sagte Lutt. Er lehnte sich zurück, damit sie es verdauten.

Ryll nutzte die Gelegenheit, um seine Einwände zu erneuern. *Warum willst du uns in solche Gefahr bringen?*

Du hast doch noch keine echte Gefahr gesehen, Ryll-Baby. Anaya hat recht. Auf der Venus werden Menschen umgebracht.

Die Nelson nahm wieder ihren früheren Faden auf. Sie sagte nachdenklich: »Warum Pe-Duc oder Berguun?«

»Weil die wirkliche Action auf der südlichen Halbkugel ist.«

Stuart signalisierte endlich die volle Akzeptanz von Lutts Plan. »Die Venus ist auch der dramatischste Kriegsschauplatz — die Fremdenlegion kämpft gegen die Elite der Mao-Garde. Auch ohne Direktübertragung hat uns die Sache immer einen Haufen Artikel gebracht.«

Die Nelson zuckte die Achseln. »Okay. Dann alarmieren wir wohl jetzt unsere Büros auf den anderen Planeten. Frankreich und China sind an ihren gemeinsamen Grenzen in anderen Gebieten des Sonnensystems voll mobilisiert.«

»Aber gekämpft wird nur auf der Venus«, erinnerte Stuart sie.

»Bis einer von ihnen den atomaren Bann bricht«, sagte die Nelson.

Lutt baute ihr eine Brücke. »Anaya hat recht. Das Abkommen wird keinen atomaren Krieg verhindern, wenn einer von beiden mit dem Rücken an der Wand steht.« Er sah Albert Li an, den dunkelhäutigen und finsteren Herrn über die redaktionellen Seiten. Er saß, über allem erhaben, am anderen Ende des Tisches und schwieg meist bei Konferenzen, solange man ihn nicht persönlich ansprach.

»Sehen Sie das auch so, Albert?« fragte Lutt.

Li ließ sein Kinn ein Stück sinken.

»Stuart bereitet unsere Leser darauf vor«, sagte Lutt. »Sie, Albert, machen einen Leitartikel über die Fragilität von Abkommen. Rekapitulieren Sie alle atomaren Bann-Bemühungen und geben Sie einen Kommentar über die anderen Erdkolonien ab, wo Frankreich und China sich bekämpft haben. Und so weiter.«

Li nickte erneut; man bemerkte es kaum.

Der Wirtschaftsredakteur entschied sich schließlich dazu, ihnen eine spezielle Expertise vorzulegen. Sorrell war bei Hofe wohlbekannt, weil er seine Vorgesetzten stets auf eigenartige Weise ansprach. Jemandem mit dem Vornamen anzureden, war ein Sakrileg für ihn, deswegen sagte er stets Mister Hanson zu Lutt.

»Sie sollten lieber wissen, Lutt, daß die Kosten, die es erfordert, Sie zur Venus zu bringen, eventuell höher sind, als der Sonderfonds sich erlauben kann. Die Nationale Sicherheit ist im Begriff, neue Restriktionen einzuführen.«

»Was für Restriktionen?«

»Reisepläne zur Venus werden nur noch auf der Grundlage höchster Priorität vergeben; an Agenten der Erdgürtel-Patrouille sowie Militär- und Präsidentenberater. Die Presse kommt an letzter Stelle.«

»Okay, was wollen sie damit erreichen?« fragte Lutt.

»Höhere Bestechungsgelder für ein paar Top-Beamte. Es kostet einen dicken Backschisch, um unsere Demokratie zu stützen. Die Einsacker sind Senator Gilperton Woon und das Interplanetarische Transport-Komitee. Er teilt mit drei ITK-Vertretern und Kongreßabgeordneten.«

»Können wir es beweisen?«

»Wahrscheinlich nicht.«

»Ich sag Ihnen was, Mark«, sagte Lutt und nahm den neuen Vertrautheitsstatus des Mannes hin. »Gehen Sie zu Woon. Sagen Sie ihm, daß wir eine Presseattacke auf Korruption in der Regierung planen und vom Obersten Bundesgericht eine Untersuchung der ITK-Aktivitäten verlangen.«

»Dann lacht er vielleicht nur, und wir haben uns einen Feind gemacht«, wandte Stuart ein.

»Nicht dann, wenn Mark ihm klarmacht, daß wir keine schlafenden Hunde wecken, wenn ich Niedrigkosten-Priorität für einen Sitzplatz zur Venus kriege.«

Sorrell nickte und sagte: »Ich würde vorschlagen, Sie reisen unter einem anderen Namen.«

»Mit falschen Papieren?« fragte Lutt.

»Wir können es zu einem Teil unseres Handels mit Woon machen.«

»Gut. Arrangieren Sie es.«

Die Nelson räusperte sich. »Okay, ist die Abteilung Spiel & Spaß jetzt fertig? Wir müssen schließlich auch noch die gewöhnlichen Tagesnachrichten publizieren. Ich habe hier eine Meldung, daß jemand gestern abend versucht hat, einen Hangar der Erdgürtel-Patrouille in die Luft zu jagen.«

Lutt stand auf und sah Stuart an. »Übernehmen Sie, Ade. Ich werde Sie alle mit Memos über Ihren Teil an der Sache versorgen. Aber jetzt muß ich zum Labor raus und ein paar Dinge in die Wege leiten.«

Ohne die Wirkung seiner Worte abzuwarten, marschierte Lutt zur Tür. Ein Trick der Zimmerakustik ließ ihn aufschnappen, was die Nelson Stuart zuflüsterte: »Sollte seine Sauftour von gestern abend ein Hinweis sein, dann gründet er vielleicht auch noch eine Hanson-*Flaschisten*bewegung.«

Stuarts geflüsterte Antwort war ebenso deutlich: »Hören Sie auf, Anaya! Sie können einfach nicht verlieren. Wenn die Show Profit einbringt, wird L. H. sowieso akzeptieren. Und wenn er einen Flop baut, wird der Alte sich doppelt freuen.«

Lutt schloß die Tür mit einem leisen Klicken hinter sich und lächelte dünn.

Als sie im Außenkorridor waren, nahm Ryll seine Argumentation wieder auf. *Lutt, du hast doch einen Haufen talentierter Leute, die du schicken könntest. Es gibt doch gar keinen Grund, unser Leben zu riskieren.*

Aber wenn man etwas richtig gemacht haben will, muß man es schon selber tun.

Aber denk doch an die Gefahren!

Yeah! Auf die freue ich mich schon. Hast du gehört, was Anaya über das Bordell der Fremdenlegion gesagt hat?

Das ist doch Wahnsinn!

Vielleicht; aber es wird bestimmt auch spaßig.

Ryll verfiel in seine eigenen Gedanken. Er fragte sich, ob er es wagen konnte, den Körper zu übernehmen. Doch die neue Kraft in Lutt verängstigte ihn, und außerdem hatte er noch eine zusätzliche Furcht: *Was ist, wenn ich es versuche — und es klappt nicht?*

Jetzt waren sie im Aufzug. Und dann in der Tiefgarage. Lutt marschierte auf den reservierten Limousinenbereich zu. Er ignorierte die restlichen Aktivitäten im Innern der Garage — Leute kamen und gingen, Fahrzeuge fuhren hinein und heraus.

Ryll, der ihrer Umgebung nur einen Teil seiner Aufmerksamkeit schenkte, wurde plötzlich vom Anblick einer charakteristischen Dreen-Aura angezogen — es war ein mattgelbes Leuchten, das zwei Gestalten umgab, die sich ihnen näherten. Die beiden sahen wie gewöhnliche Erder aus und waren durchschnittliche Typen in normaler Geschäftskleidung.

Die beiden Erder, die auf uns zukommen, sind Dreen, alarmierte Ryll Lutt.

Woher weißt du das?

Vertrau mir! Sie scheinen sich sehr für dich zu interessieren.

Ja, wirklich, nicht wahr? — Aber warum?

Sie erkennen offenbar das Dreen-Fleisch.

Bevor Lutt tiefer in die Materie einsteigen konnte, waren die beiden Männer mit ihm auf gleicher Höhe. Plötzlich wirbelten sie herum und packten ihn von beiden Seiten an den Armen.

»Identifiziere dich!« grollte einer der beiden.

Mit Hilfe seiner Dreen-verstärkten menschlichen Muskeln stieß Lutt die Männer beiseite und rannte auf die Limousinen zu. Die beiden eilten hinter ihm her. Lutt fegte im Zickzack zwischen den Fahrzeugen hin und her und brachte seine Verfolger zeitweilig in Verwirrung. Er duckte sich hinter eine Limousine und beobachtete die beiden maskierten Dreen durch die Scheiben.

Was wollen sie? fragte er.

Ich glaube, sie sind geschickt worden, um mich einzufangen. Sie vermuten wahrscheinlich, wer ich bin.

Scheiße! Man würde mich zusammen mit einem Flüchtling einlochen.

Lutt schaute nach rechts und links. Die Angelegenheit schien das Interesse keines anderen Menschen in der Garage erweckt zu haben. Wenn er keine Hilfe rufen konnte, war er auf sich allein gestellt.

Laß mich helfen, bot Ryll an.

Wie?

Statt einer Antwort schwenkte Ryll die Augen nach innen und idmaginierte rund um die Verfolger eine transparente Barriere.

Die beiden prallten auf der Stelle dagegen, aber sie reagierten mit ihren eigenen Dreen-Kräften und idmaginierten eine Öffnung — um anschließend festzustellen, daß Ryll noch eine Barriere um die erste idmaginiert hatte. Und um sie herum eine weitere. Und noch eine …

Bald wurde ersichtlich, daß Rylls idmaginative Kräfte denen der Verfolger überlegen waren. Sie hielten geschlagen inne.

Ryll war erleichtert. Die beiden mußten erwachsene

Dreen sein, doch er, ein simpler Schüler, hatte sie besiegt. Am liebsten wäre er zu ihnen gegangen und hätte ihnen eine lange Nase gedreht, aber das war eines Dreen natürlich nicht würdig. Vielleicht war es seine Erderseite, die ihn mit Hybris heimsuchte. Er würde auf weitere solcher Schwächen achten müssen.

Jetzt können wir gehen, sagte er zu Lutt.

Als Lutt aus der Tiefgarage fuhr, entfernte Ryll die Barriere um die Dreen und wunderte sich über sich selbst. Hätte er den beiden erlaubt, ihn zu erwischen, wäre er wahrscheinlich bald von Lutt frei gewesen. Er fing an, seine eigene Dummheit zu beklagen.

Lutt meinte mit der ihm eigenen schadenfrohen Hemmungslosigleit: *Das war recht clever, was du da gemacht hast, Ryll-Baby. Aber du hast doch mal gesagt, du würdest gern mal einen Krieg sehen. Jetzt schauen wir uns einen an.*

Die sieben Tage der Dreenor-Woche heißen Altgeschichtentag, Neugeschichtentag, Reisetag, Heimtag, Ruhetag, Heiratstag und Geburtstag. Manche bemühen sich, ihr Leben nach diesem Muster einzurichten, aber man darf sich in allen erlaubten Möglichkeiten eines jeden Tages betätigen.

Dreen-Schulbuch

Obwohl er noch nicht fertig war, formte der idmaginierte Schild um Dreenor einen breiten grauen Fleck am Morgenhimmel. Habiba hielt es für zweckmäßig, daß der erste Schildtest am Heimtag stattfinden sollte, an jenem Tag, den sämtliche Erzähler traditionell zur Rückkehr nach Dreenor wählen sollten. Sie saß auf dem höchsten Punkt ihrer Kuppel, und nur Jongleur war in ihrer Nähe — er wartete zweifellos darauf, ihr eine neue Nachricht von der Erde zu überbringen.

Auf der öden Ebene, die sich in alle Richtungen erstreckte, knieten unzählige ihrer Untertanen in vereinter Idmaginierungsbemühung, um den Testschild zu produzieren.

Sie müssen sich mehr anstrengen, dachte sie.

Habiba kannte ihr Problem. Manche drückten sich, gaben weniger als ihre ganze Kraft. Wer konnte es ihnen verübeln? Der Schild machte einem vertrauten und notwendigen Element ihres Lebens ein Ende. Jeder wußte, daß er Veränderungen mit sich bringen mußte. Zukünftige Geburten würden Probleme darstellen. Man würde zeitweilig Lücken öffnen müssen, damit Sonnenlicht auf die Saathäuser fiel.

Aber die Bedrohung durch die Erder war real und keiner Kontrolle unterworfen.

Neue Meldungen besagten, daß die Erder inzwischen

den zehnten Planeten ihres Systems erreicht hatten. Sie nannten ihn Kassina. Der Planet, ein finsterer Eisriese, rotierte hinter der Welt, die man als Pluto kannte. Selbst ohne Dreen-Technologie würden die Erderschiffe bald hinter Kassina hinauslangen.

Jongleur hatte die Meldung mit deutlicher Angst überbracht.

»Ihre Schiffe sind zwar langsamer als unsere, aber wenn sie noch ein paar kleine Modifikationen vornehmen, könnten sie Dreenor erreichen.«

Die Schiffe würden gewiß schreckliche Waffen mit sich führen.

Wir müssen den Schild heben!

Sie schaute auf den geduldigen Jongleur hinunter. »Dränge die Leute zu äußerster Anstrengung! Warne sie vor der Bedrohung durch die Erder! Finde jene von uns, die sich dem Vertrauen an eine Chemie angepaßt haben, die dem Sonnenlicht gegenüber konservativ eingestellt ist! Konzentriere dich auf die Forderung, daß sie härter arbeiten. Der Schild muß idmaginiert werden.«

»Es wird geschehen, Habiba. Darf ich jetzt meine Meldung abgeben?«

»Wenn es nicht anders geht.«

»Wir glauben, Ryll ist gesehen worden. Er muß es gewesen sein, denn alle anderen Agenten sind identifiziert worden.«

»Warum hat man ihn dann nicht nach Dreenor zurückgebracht?«

»Er gibt sich als Lutt Hanson junior aus, Habiba, und er hat sich unseren Agenten widersetzt. Er hat eine Barriere idmaginiert, die unsere Leute nicht überwinden konnten.«

Jongleur konnte den Stolz über diese überragende Fähigkeit nicht verbergen, aber in seiner Stimme schwang auch deutliche Angst mit. Es schmerzte ihn, daß sein Sohn eventuell ein Rüpel war.

»Ich freue mich zwar, daß dein Sohn lebt, Jongleur,

aber was ist mit Muglys Tilgungsschiff? Hat Prosik es gefunden?«

»Prosik ... ja. Aber es hat am Schiff eine Explosion gegeben, und Prosik ist wahrscheinlich tot oder gefangen.«

»Hat Mugly nur Prosik geschickt?«

»Er hatte das Gefühl, daß die Erder unseren Bemühungen größere Beachtung schenken und ihre Verteidigungslinien verstärken würden, wenn er mehrere Leute geschickt hätte. Die Erdgürtel-Patrouille hält den Hanson-Burschen bestimmt unter schärfster Beobachtung.«

»Warum hast du Mugly nicht befohlen, weitere Agenten loszuschicken?«

»Habiba! Das Schiff ist Muglys Sache.«

»Aber du bist der Chef-Erzähler.«

»Du weißt doch, wie Mugly ist, wenn er schmollt. Der Geruch des Zorns ...«

»Laß dich nicht von Mugly einschüchtern. Er muß das tun, was du in Auftrag gibst. Da fällt mir gerade etwas ein, was deinen Sohn in seiner Erder-Maske betrifft.«

»Du fürchtest, er könnte mit dem Erder fusioniert haben?«

»Es würde sein Verhalten erklären. Weißt du genau, daß die Person, die man gesehen hat, ein Dreen und Ryll ist?«

»Warum sollte sich sonst ein Dreen unseren Agenten widersetzen?«

Habiba nickte auf die Art ihres Volkes, mit dem gesamten Oberteil ihres Körpers. »Fusionen rufen bizarre Reaktionen und vielfältige mentale Unordnungen hervor. Drei, die es taten, waren Selbstmörder.«

»Aber in der Regel kommt es nur unter den allerdringlichsten Umständen vor.«

»Ja, um eine ernsthafte Verletzung zu überleben. Und es hat einen Zusammenstoß mit dem Tilgungsschiff gegeben. Du hast recht. Die Beweise deuten an, daß es Ryll war, und daß er mit dem Erder fusioniert hat.«

»Vorausgesetzt, mein Sohn ist kein blinder Passagier, der irgendwo einen Ausflug macht, und der Dreen in der Maske Lutt Hanson juniors ist kein Gefangener, den die Erde irgendwie vergiftet hat.«

»Das ist unwahrscheinlich. Kein reifer Dreen würde Dreenor in Gefahr bringen.«

»Dann muß ich stärkere Idmaginateure ausschicken, um ihn zu schnappen.«

»Nein! Ich habe entschieden, daß wir die Stärksten brauchen, um den Schild zu heben. Wir können keine Leute mehr entbehren.«

»Aber was ist mit Prosik und dem Tilgungsschiff, das er sucht?«

»Nimm die Leute, die schon auf der Erde sind. Das ist ein Befehl, Jongleur.«

»Ja, Habiba. Aber wenn unsere Leute Gefangene befreien, darf ich sie dann als Agenten einsetzen?«

»Ausgenommen die starken Idmaginateure. Sie werden nach Dreenor zurückgebracht.«

Jongleur nahm seine Entlassung entgegen und eilte aus Habibas adelnder Gegenwart von dannen.

Es wäre besser, wenn mein Sohn stirbt, dachte er. *Ein fusioniertes Ungeheuer könnte alles mögliche anrichten ... alles nur vorstellbare!*

Die Liste der Dinge, die mir unverständlich sind, wird immer länger. Vielleicht ist meine Liste viel komplexer als die jedes anderen Dreen. Ich muß einen immer größeren Bereich von Angelegenheiten abwägen. Ach, schreckliche Last meiner Unwissenheit!

Habibas Tagebuch

Lutt verbrachte einen Teil der Reise zur Venus mit dem Begutachten der Daten des Planeten und fragte sich, ob er dort auf Onkel Dudley stoßen würde. Vielleicht war dem Ermittler bei der Suche nach ihm etwas entgangen. Es war nicht schwierig, auf der Venus unterzutauchen.

Die *Amita-Oho,* das ITK-Schiff, auf dem er fuhr, versorgte ihn mit einer großen Vielfalt venusischer Publikationen, einschließlich einer solchen, die den Titel »Überleben in der flammenden Hölle« trug. Er las den ersten Eintrag mehrmals.

»Die Venus-Atmosphäre verhindert das Entweichen von Infrarotstrahlung. Dieser ›Treibhauseffekt‹ erzeugt eine durchschnittliche Oberflächentemperatur von über 450 Grad Celsius. Man kann den Boden glühen sehen. Bei einem Atmosphärendruck, der über neunzigmal höher ist als der der Erde, können Venus-Winde den sorglosen Besucher in den Orkus blasen.

Auf UL-Standards abgestimmte Iskeram-Panzerungen gleichen Hitze und Druck aus, aber Ausnahmesituationen können einen töten. Von besonderer Gefahr ist das ›Thermiston‹-Phänomen, das nur auf diesem Planeten vorkommt. So bezeichnet man die extrem hohen Temperaturen, die sich unter Umständen in kleinen Mineraltaschen an der Oberfläche konzentrieren.

Taschen dieser Art erscheinen dem Auge nicht anders als die sonstige glühende Oberfläche, selbst wenn sie so heiß werden können, daß Iskeram, kommt es mit ihnen in Kontakt, in vier Minuten zerstört ist. Der sogenannte ›venusische Heißfuß‹ ist kein Witz. Bleiben Sie im Freien ständig in Bewegung. Achten Sie auf die Anzeige Ihres Hitzesensors. Reisen Sie nur in Gruppen. Gehen Sie nie ohne Medizinpack, Iskeram-Reparatursatz und funktionierenden Sender/Empfänger aus, und tragen Sie stets ein überzähliges Wind-Deflektoren-Zusatzgerät bei sich.«

Ryll, der diese Informationen mit Lutt zusammen aufnahm, fühlte sich schrecklich. Vielleicht zerfiel ihr Fleisch schon, bevor er eine idmaginierte Barriere erschaffen konnte. Er schlug das Idmaginieren von Notschichten aus Iskeram vor.

Lutt zeigte Erregung. *Kannst du das?*

Ja, aber es ist ein sehr komplexes Material, und ich werde eine Menge Übung brauchen. Ich glaube nicht, daß es mir sehr schnell gelingt.

Probier es bei der ersten Gelegenheit aus, aber nicht dort, wo man uns sehen kann.

Ich hätte schon früher daran denken sollen, aber du warst ja so mit deinem Pressedienst und der Arbeit an dem Schiff beschäftigt. Ich würde deinem Assistenten übrigens nicht zutrauen, daß er alles perfekt erledigt.

Sam ist der beste Mann für den Job.

Ryll wollte hörbar verschnupft darauf reagieren, aber vielleicht vermutete Lutt dann einen Versuch, den Körper zu übernehmen, und hier im Weltraum ... Wer konnte wissen, was er sich als Strafe ausdachte? Dennoch war Sam R. Kand in Rylls Gedanken eine Gestalt, über die man sich Sorgen machen mußte. Auch er war ein »Helfer« mit einem komischen Namen. Woher kam er?

Während des letzten Laborbesuches vor der Abreise war Kand mehr an der neuen Hülle der *Vortraveler* interessiert gewesen als an der Ausrüstung des Pressedienstes. Es war später Nachmittag gewesen, am Tag vor der Venusreise. Kand, in Lutts Schatten stehend, war ein drahtiger, dunkelhäutiger Akoluth, der sie durch die Inspektionstour schleifte. Die Nüstern seiner Adlernase blähten sich, als er zwei Arbeitern etwas zeigte, die gerade die Metallhaut einer Luke anbrachten.

»Solange im Spiralraum keine Überhitzungsprobleme auftreten, wird Plastahl reichen. Mehr strukturelle Kraft für sein Gewicht.«

»Aber was ist mit meiner Sendeausrüstung?« wollte Lutt wissen. Er deutete auf die Arbeiter. »Gehören die beiden nicht zu dem Trupp, die an den Gehäusen der Sende- und Empfangsanlage arbeiten sollen?«

»Alles, was Sie brauchen, wird zur großen Verkaufsparty fertig sein, Boss. Keine Sorge.«

»Es muß alles erste Qualität sein, Sam.«

»Deswegen sind wir ja auch mit dem Schiff noch nicht weiter. Ein paar von den Teilen mußten neu bestellt werden. Und die Kosten! Wenn Sie mit mehr Geld rüberkämen, könnte ich mehr Männer und Roboter einstellen, und die Dinge wirklich beschleunigen.«

Lutt, der wußte, daß er seinen Bruder und die anderen Quellen schon über Gebühr angezapft hatte, schüttelte den Kopf.

»Dann sollten Sie die Venus-Sache vielleicht verschieben«, schlug Kand vor.

»Bleiben Sie bei der Stange, Sam! Auf lange Sicht wird die Venus die Fertigstellung des Schiffes beschleunigen. Unsere Profite werden ziemlich groß ausfallen.«

»Wenn Sie's sagen, Boss. Wir schlachten so viel wie möglich aus dem Wrack aus. Ein Teil der Innenstruktur hat es überstanden, aber Sie haben ja gesagt, wir sollen nicht an der Qualität sparen.«

»Tun Sie alles, was Sie können, Sam! Und stellen Sie die beiden Männer da hinten wieder an die Sendeanlage. Die hat jetzt oberste Priorität.«

Ryll hatte den Wortwechsel für unbefriedigend gehalten. Der Assistent war ganz eindeutig mehr an dem Schiff interessiert als an der Sendeausrüstung des Pressedienstes — vom Standpunkt eines Dreen aus war dies eine gemischte Wohltat.

Lutt, in Rylls Innerem nach Daten suchend, um das Schiff zu verbessern, hatte ihm offenbar eine Möglichkeit geboten, eine Methode zu erschaffen, um sie von ihrem gemeinsamen Fleisch zu trennen. Aber Ryll konnte versuchen, was er wollte, er konnte sich nicht an den dazu nötigen Unterrichtsstoff erinnern. Tagträume, die ihm einfielen, blockierten sein Gedächtnis bei jedem Versuch.

Blockierte der Tagtraum ihn bewußt? Es war keine Frage: Wenn die Erder die Mittel hatten, Dreenor zu ereichen, war die ganze Dreenheit in Gefahr. Ryll mutmaßte eins: Wenn er Lutt so ablenkte, daß er sich auf Kosten des Schiffes auf den Pressedienst konzentrierte, mußte sich der Bau verzögern, bis die Dreen eine Lösung für diesen verfluchten Planeten fanden ... Etwas weniger Drastisches als (Habiba, rette uns!) eine Tilgung. Aber Lutt sah den Pressedienst nur als zeitweilige Ablenkung innerhalb seiner Bemühungen; wenn er erst mal die großen Profite einfuhr ...

Die Erder waren eine wahrhaft schreckliche Schöpfung: Unberechenbar, gierig, leicht zu korrumpieren. Der Erder-Senator, der die Reise arrangiert hatte, hatte für Ryll eine geradezu typische Gefahr dargestellt. Senator Gilperton Woon und seine Spezies kontrollierten die ITK. Der Senator hatte sich zwar angesichts des von Lutt in die Wege geleiteten Deals amüsiert gezeigt, aber in seinen Augen war etwas Hartes gewesen.

Ein gefährlicher Gegner. Ade Stuart hatte in der Beurteilung Woons recht gehabt. Kein Zweifel, aber Lutt beachtete keine diesbezüglichen Warnungen.

Und die Verwendung gefälschter Personalpapiere konnte sich eventuell übel für Lutt auszahlen, und wenn seine Rechtfertigung noch so vernünftig klang.

Lutt reiste unter dem Namen Peter Andriessen, einem Pseudonym, das er gelegentlich benutzte. Man konnte darüber diskutieren, ob berühmte Persönlichkeiten in der Öffentlichkeit Anonymität brauchten. Aber was war, wenn man diese Irreführung zum Gegenstand einer kriminellen Anklage machte?

Jetzt, als sie tatsächlich unterwegs waren, bemerkte Ryll, daß sich sein Geist auf zahllose gefährliche Möglichkeiten konzentrierte. Warum zog die Venus Lutt so an? Der Planet hatte nur wenige offen erkennbare Werte, wenn man von seinem geothermischen Potential absah. Zudem gehörten sie zu den Energiequellen, die von den industrialisierten Planeten zu weit entfernt waren, um sie sofort nutzen zu können. Doch wenn die Rede darauf kam, machte Lutt sich die Argumente seines Vaters zu eigen.

»Die Historie hat bewiesen, daß es immer eine Möglichkeit gibt, auch aus den unbewohnbarsten Planeten einen Nutzen zu ziehen.«

Er zitierte etwas, das man ›Sewards Narretei‹ und ›Xerxischen Pluto-Landerwerb‹ nannte.

Am Mittag des zweiten Tages im solaren Raum verließ Lutt seine Kammer an Bord der USS *Amita-Oho* und gesellte sich zu seinen Mitreisenden in den Salon. Die *Amita-Oho* war ein ehrwürdiges Sonnenkugel-Schiff mit spartanischen Unterkünften, aber es verfügte über reichhaltige Speise- und Salon-Einrichtungen, auch wenn sie in abscheulicher Farbe mit grünem und schwarzem Besatz gepolstert waren.

Man konnte die Venus durch den Vorwärts-Sichtschirm sehen: eine glänzende Perle, die größer wurde, je näher das Schiff kam.

Die kürzlich bekanntgegebene dramatische Fahrpreiserhöhung hatte ein logisches Resultat ergeben, fiel Lutt auf: Das Schiff war nicht einmal halb voll. Er fragte sich, ob Woon und seine Spezis den Punkt erreicht hatten, an dem der Profit nur noch rückläufig war. Es gab keinen großen Wettbewerb unter den Passagieren. Vielleicht hatte die ITK andere Motive. Lutt identifizierte lediglich drei weitere Berichterstatter unter ihnen, und zwei davon arbeiteten für Publikationen, von denen man wußte, daß ihnen die gegenwärtige Regierung die liebste war. Die irdische Geschichte war überreich an Beispielen von Dienstreisen auf öffentliche Kosten. Kontrolle war ein potentes Mittel jener, die an die Macht kamen.

Einer dieser Medienvertreter, Lorna Subiyama, stellte für Lutt ein Problem dar. Sie kannte den Namen Peter Andriessen und deutete an, daß sie ihn wiedererkannte. Als Klatschkolumnistin des All-Tex-Syndikats war die Subiyama in der Branche eine Macht, die die Administration mehrmals in Verlegenheit gebracht hatte. Sie war eine üppige Frau und trug eine toupierte blonde Perükke, die ihr feistes Gesicht umrahmte. Ihre blauen Augen waren ein bißchen zu klein für all ihr Fleisch und zeigten ein durchdringendes Starren. Im Moment hielt sie sich gerade links von Lutt auf und tratschte mit einer knochigen, dunkelhaarigen Frau in einem Hosenanzug.

Lutt nahm sich dort einen Sitz, wo er den Vorwärts-Schirm beobachten konnte. Die Subiyama brach ihre Konversation sofort ab und gesellte sich zu ihm.

»Erstaunlich, wie ähnlich Sie Lutt Hanson junior sehen«, begrüßte sie ihn.

»Der Boss ist etwas kleiner als ich«, sagte Lutt, »aber ich krieg das ziemlich oft zu hören.«

»Ich hab Ihre Sachen gelesen«, sagte die Subiyama. »Sie schreiben ziemlich gut für 'n Mann, der am Arsch der Welt tätig is.«

»Sollte ich je ein Empfehlungsschreiben brauchen, werde ich mich an Sie wenden«, sagte Lutt.

Was ist, wenn sie dich identifiziert? wollte Ryll wissen.

Dann gibt's eine gute Story, die dazu beiträgt, daß unser Pressedienst noch bessere Geschäfte macht.

»Das Gerede über die venusischen Vulkane und das große Energiepotential amüsiert mich«, sagte die Subiyama.

Oh! Oh! dachte Lutt. *Sie ist von der Ölindustrie angeheu-*

ert worden, die venusischen Entwicklungspläne auszuspionieren.

»Die Vulkane sind groß«, sagte Lutt, »und der Planet ist schon auf der Oberfläche heiß genug.«

»Teufel! Wir haben in Dallas eine Feuerwehr, die könnte den ganzen verdammten Planeten in 'ner halben Stunde löschen.«

»Yeah! In Texas ist nun mal alles größer und besser.«

»Jede Wette, Buster! Wenn ich mich in meinen Wagen setz und drei Tage lang geradeaus fahr, bin ich immer noch in Texas.«

»So einen Wagen hatte ich auch mal«, sagte Lutt.

Die Subiyama warf den Kopf mit einem lauten Lachen zurück und schlug ihm so fest auf den Rücken, daß ihm die Tränen in die Augen schossen.

»He! Sie gefallen mir, Buster!«

Jetzt habe ich es getan, dachte Lutt. *Jetzt werde ich sie nie wieder los.* Er schloß verzweifelt die Augen.

Möchtest du, daß sie abhaut?

Ich glaube nicht, daß das möglich ist. Sie wittert eine Story.

Als er diesen Gedanken hatte, spürte Lutt, wie seine Augen nach innen schwenkten. Ein klammes Gewicht setzte sich auf seinen Schoß, und als er die Augen wieder kontrollieren konnte, sah er hinunter und erblickte einen braunen, protoplasmischen Blubber.

Schockiert warf er ihn mit einem raschen Zucken seines Arms von sich. Der Blubber landete auf dem Schoß der Subiyama, und sie sprang mit einem lauten Kreischen auf. Der Blubber fiel zu Boden und wabbelte dort herum. Er kroch auf die Subiyama zu. Sie floh ans Schott und starrte das Ding entsetzt an.

»Heiliger Bimbam! Was ist das?« fragte jemand.

Für Lutt sah es aus wie ein großer Scheißhaufen, der plötzlich lebendig geworden war. Er zuckte und hopste auf die Subiyama zu und hinterließ einen schleimigen Film auf dem Boden wie eine Schnecke. Lutt roch etwas schwach Süßes.

»Halten Sie's mir vom Hals!« kreischte die Subiyama.

Jetzt bist du sie los, meldete sich Ryll.

Hast du das gemacht?

Ich habe ihn idmaginiert. Diese Reise ist ebenso entsetzlich langweilig wie Dreenor. Wenn man einen Lumpi erschafft, hat man eine interessante Abwechslung.

Was, zum Teufel, ist ein Lumpi?

Jeder Dreen macht hin und wieder einen ... zum Spaß. Lumpis sind Ur-Organismen. Aber die dummen Dinger müssen ihre Nahrung aus der Luft ihrer Umgebung beziehen.

Warum krabbelt er auf die Subiyama zu?

Ich habe die Substanz ihrer Kleidung analysiert. Sie gibt kaum wahrnehmbare gasförmige Emissionen ab. Diese Emissionen sind jetzt die Nahrung meines Lumpis.

Aber was machen wir jetzt? Wie erklären wir ihn?

Heb ihn auf und steck ihn in die Tasche. Sag, es ist ein Scherzartikel.

Der Lumpi hatte die Füße der Subiyama fast erreicht. Sie stand auf den Zehenspitzen und ächzte und zitterte, während sie auf ihn hinabstarrte.

Ein kleine Menge hatte sich versammelt, aber niemand rührte den Blubber an.

»Wo ist er hergekommen?« fragte jemand.

»Er fiel auf den Schoß dieses Typen da«, sagte ein anderer und deutete auf Lutt.

Lutt stand auf und bahnte sich eine Gasse durch die Zuschauer. Er bückte sich und nahm den Blubber in beide Hände. Er fühlte sich an wie ein Gallerthaufen. Er schob ihn in die Tasche und grinste die Subiyama an.

»Reingelegt!« sagte er. »Sie sollten mal sehen, was ich sonst noch bei mir habe. Ich habe nämlich gehört, daß es auf der Venus ziemlich langweilig sein soll.«

»Er hat ihr einen Streich gespielt!« sagte jemand.

Die Subiyama sah ihn an. »Witzbolde wie Sie sollten in der tiefsten Hölle braten!« sagte sie.

Lutt zuckte die Achseln und kehrte zu seinem Sitz zurück.

Die Subiyama rauschte aus dem Salon.

Die dunkelhaarige, knochige Frau, mit der die Subiyama bei seinem Eintreten gesprochen hatte, drehte sich um und lächelte Lutt an. Er zwinkerte ihr zu.

»Das Ding hätte ich vor einer Stunde brauchen können«, sagte sie. »Ich dachte schon, sie würde niemals aufhören, mich über Texas vollzuquatschen.«

Im Salon breitete sich zwar Gekicher aus, doch keiner der Passagiere gesellte sich zu Lutt. Er lehnte sich zurück und schloß die Augen. Er hoffte, daß sie ihn in Ruhe ließen.

Warum mußt du die Augen zum Idmaginieren nach innen schwenken? fragte Lutt.

Es ist nicht unbedingt nötig für alle Formen des Idmaginierens, aber es dient der Konzentration.

Es ist ein irres Gefühl in meinem Gehirn.

In unserem Gehirn, korrigierte Ryll. *Möchtest du, daß ich es mal mit dir zusammen mache? Wir könnten unseren Lumpi auf dem Kopf der dunkelhaarigen Dame neu entstehen lassen.*

Laß uns das Ding eliminieren. Es pißt in meine Tasche.

Na schön. Dann fang an! Schwenk die Augen nach innen.

Lutt versuchte es so, wie Ryll ihn instruiert hatte, doch er spürte keine Bewegung.

Na gut, dann tue ich es, meldete sich Ryll.

Lutt spürte, wie sich seine Augen gegen den Uhrzeigersinn drehten. Das matte Leuchten, das er durch die Lider wahrnahm, wich Dunkelheit, in der ein winziger, nadelspitzer Lichtpunkt aufstrahlte.

Konzentrier dirch auf das kleine Licht, sagte Ryll.

Lutt spürte plötzlich, wie sich die gesamte Energie seines Gehirns in dem winzigen Lichtpunkt konzentrierte. Er breitete sich in fließenden Wellen aus — es war wie das Kräuseln eines Teichs, in den man einen Stein geworfen hat.

Der feuchte Blubber verschwand aus seiner Tasche.

Dauert es immer so lange? fragte Lutt.

Ich habe es langsam gemacht, damit du es mitbekommst.

Ein pefekter Erzählergeselle kann es in einem Augenblick tun. Möhtest du es mal allein probieren? Willst du mal sehen, ob du ein kleines, unbeseeltes Objekt machen kannst?

Du glaubst, ich könnte es auch allein?

Nur wenn ich es bündle, aber es hilft auf dieser langweiligen Reise. Jetzt konzentriere dich!

Was soll ich machen?

Versuch mal ein Sandkorn. Vergiß nicht, dich darauf zu konzentrieren, wie ein Sandkorn aussieht und sich anfühlt.

Erneut spürte Lutt, wie seine Augen nach innen schwenkten. Das nadelfeine Licht erschien. Er konzentrierte sich so, wie er es als kleiner Junge getan hatte, nachdem die Gouvernante gesagt hatte, er solle um etwas beten. Lutt hatte stets um Dinge gebetet, die er hatte haben wollen — meist elektronische Spielereien. Einst hatte er um den Tod Henry Ivorys gebetet, eines vierzehnjährigen Klassenkameraden. Sie hatten beide versucht, die Beachtung von Marika Perino auf sich zu ziehen, die auch in ihrer Klasse gewesen war. Sie war ziemlich frühreif gewesen — eine junge Schönheit. Doch ihr Körper hatte sich in abstoßendes Fett verwandelt, nachdem sie erwachsen geworden war.

Ein Glück, daß Henry nicht gestorben ist und ich nicht an Marika hängengeblieben bin, dachte Lutt. *Wir haben sie immer Marika Ficka genannt, weil sie so gern vögelte.*

Hör auf zu spinnen, konzentriere dich!

Lutt wandte sich wieder seiner Aufgabe zu. *Es kommt mir doof vor, ein Sandkörnchen zu produzieren.*

Später kannst du vielleicht versuchen, das Quarz des Sandes in Glas zu verwandeln, und später kannst du es in einen Strang Fiberglas konvertieren. Das bezeichnet man als überlagertes Idmaginieren; möglicherweise kannst du es lernen.

Lutt probierte es fast eine Stunde lang aus, aber ohne Erfolg.

Schließlich stoppte Ryll seine Bemühungen. *Ich glaube, du wirst es nie allein schaffen.*

Sind die Dreen die einzigen, die idmaginieren können?

Es gibt keine Meldungen, daß andere auch dazu fähig sind. Das heißt aber nicht, daß es unmöglich ist. Uns wird gelehrt, daß alles durch Gedanken Erschaffene auch im externen Universum vorkommen kann.

Das klingt aber nicht logisch.

Habiba, unsere Oberste Steuereinnehmerin, sagt, theoretisch kann ein Nicht-Dreen vielleicht unter bestimmten Umständen idmaginieren — die konkreten Umstandsregeln sind aber offenbar in unserem Universum unbekannt.

Lutt spürte, wie seine Augen nach außen schwenkten. Er öffnete sie und schaute auf den Vorwärts-Bildschirm. Die Venus war jetzt eine sehr große Perle. Das Sonnenlicht reflektierte das cremige Gelb ihrer Schwefelsäurewolken. Ein orangefarbener Fleck in der Wolke deutete auf einen Vulkanausbruch hin.

Eine Stewardess baute sich neben Lutts Sitz auf, um die Aussicht ebenfalls zu bewundern.

»Der Mount Maxwell bricht aus«, sagte sie. »Aber kein Grund zur Sorge. Wir landen auf einem Plateau, das mindestens zehntausend Kilometer südöstlich von den Vulkanen liegt.«

Die Gespräche in Lutts Umgebung erreichten einen neuen Höhepunkt, als die anderen auf den Schirm blickten und der Stewardess Fragen stellten. Lutt hörte ihnen nur mit halber Konzentration zu.

Immerhin sei der Mount Maxwell doch über fünfzehn Kilometer hoch, fast doppelt so hoch wie der Mount Everest auf der Erde?

»Er ist nur einer von vielen venusischen Vulkanen«, sagte die Stewardess. »Sie spucken Schwefel und sengende Hitze aus.«

»Vielleicht sieht so die Hölle aus«, sagte jemand.

»Es wäre mir lieber, wenn Frankreich und China ihre Differenzen beilegen und uns mit der Entwicklung der Venus weitermachen lassen würden«, meinte ein anderer Mann.

»Haben Sie gehört, wie heiß es in manchen unterirdischen Militärkommandozentralen ist?« fragte jemand und beantwortete seine eigene Frage: »Mindestens sechshundert Grad Celsius.«

Als Lutt dies hörte, dachte er an die Iskeram-Anzüge, die er mitgenommen hatte.

»In denen ist es garantiert nicht wärmer als ein Grad Celsius über der Körpertemperatur, selbst in den Ebenen«, hatte der Verkäufer versprochen. »Es ist das Beste, was Sie kriegen können. Dieser Anzug ist so gut wie der beste, den das Militär verwendet.«

Lutt fragte sich, ob er beim Einkaufen ein paar Vergleiche hätte anstellen sollen ... aber der Verkäufer arbeitete für eine der Firmen des Alten, und die Vorbereitungen für die Verkaufsparty und die Reise hatte ihn zu schnellen Entscheidungen gezwungen.

Ich hätte mit Murphy reden sollen.

Wer ist Murphy? fragte Ryll.

Lutt informierte ihn über Murphys Gesetz (»Alles, was schiefgehen kann, wird irgendwann schiefgehen«) und fügte hinzu: *Immer wenn ich etwas nach der harten Methode lerne, sage ich mir: ›Tja, Murphy hat's ja prophezeit.‹*

Ein imaginärer, schelmischer Ire. Wie amüsant.

Aber Murphy ist wie ein Keim, der Immunität gegen Antibiotika entwickelt. Er schlägt selten auf die gleiche Weise zu.

Warum hast du diese Murphy-Einbildung nach unserem Zusammenstoß nicht verflucht?

Ich hab einfach nicht dran gedacht.

Dreen schreiben ihre Mißerfolge nie äußerer Einwirkung zu. Wir begehen alle Fehler selbst. Sie entstehen aus einem unterbewußten Antrieb. Euer Dr. Freud ist darauf gestoßen.

Die Murphy-Schule der Psychologie dient mir besser: Mach den gleichen Fehler nie zweimal.

Wenn er dich nicht schon beim erstenmal umgebracht hat.

Deswegen hoffe ich, daß Murphy uns keinen Hinterhalt legt. Ich werde unsere erste Sendung aus einem der militärischen Zentren machen.

Sollten wir nicht zuerst unsere Iskeram-Anzüge prüfen, bei diesen Temperaturen?

Du hast verdammt recht! Man kann Murphy nur schlagen, indem man seinen nächsten Schritt vorhersieht.

»Herrgott!« sagte ein Passagier. »Schaut euch das mal an!«

Lutt wandte sich wieder dem Bildschirm zu. In den Säurewolken konnte man deutliche Streifen ausmachen — dunkle und hellgelbe Flecke, durchsetzt von flammendroten Kugeln.

Die Passagieren redeten über die Oberflächentemperatur, den Krieg und darüber, wie lange sie zu bleiben gedachten. Manche, die schon auf der Venus gewesen waren, berichteten den Neulingen, was sie erwartete. Die meisten klugen Sprüche kamen aus den Broschüren, die Lutt gelesen hatte.

Ein Venus-Veteran kam mit Kommentaren über die Hotels.

»Die beiden ITK-Hotels am Raumhafen sind die besten. Man kann zwar auch billigere Unterkünfte kriegen, aber es ist gut möglich, daß sie haarfeine Lecks haben. Dann kann man die Innentemperatur nur ertragen, wenn man knapp an Kapital ist. Man muß den Panzer sogar im Bett tragen.«

»Man wird krank, wenn man in seinem Anzug leben muß«, sagte ein anderer.

»Die Venus sieht aber nicht gerade wie ein Ort aus, an dem einem das Geld ausgehen kann«, sagte die dunkelhaarige Frau.

Der Mann, der über die Hotels gesprochen hatte, sagte: »Besorgen Sie sich sofort eine Rückfahrkarte und deponieren Sie sie in der ITK-Computerbank.«

»Da ist sie am sichersten«, stimmte ein anderer zu. »Niemand kann Ihnen das Ticket stehlen, es sei denn, man kann den Abdruck Ihrer Retina kopieren.«

Als Lutt das hörte, machte er sich Gedanken über eine andere Sache. Er bewahrte seine Rückfahrkarte in Form eines dünnen, gehärteten Iskeram-Chips in einer Iskeram-Börse auf. Obwohl man ihn vor den Gefahren gewarnt hatte, hätte er diesen Weg wegen seiner Tarnidentität gewählt. Seine Retinaabdrücke befinden sich bestimmt in den Akten des Militärs. Also würde er das Tikket gegen Diebe und Mörder bewachen müssen. Eine Rückfahrkarte zur Erde war nämlich gleichbedeutend mit dem Überleben jener desillusionierten Abenteurer, die auf der Venus gestrandet waren: hauptsächlich Söldner, die weder die französische noch die chinesische Armee genommen hatte. Wenn die Hilfe der Regierung ausblieb, warteten sie auf der Venus meist auf ihren Tod.

Zwar gab keiner der anderen zu, Iskeram-Chip-Tickets zu haben, doch Lutts Dreen-verstärkte Sinne entdeckten in manchen der ihn umgebenden Gesichter Anzeichen von Besorgnis und ein paar der Stimmen zeigten deutliche Anspannung.

Lutt betatschte seine Brieftasche und versicherte sich, daß sie doppelt versiegelt war.

Ich könnte uns wahrscheinlich ein neues Ticket idmaginieren, wenn wir das da verlieren, sagte Ryll.

Das Wort ›wahrscheinlich‹ gefällt mir nicht.

Ich werde in unserem Zimmer üben. Schau mal! Wir bereiten uns auf die Landung vor.

Sicherheitskokons schnappten um die Salon-Passagiere automatisch an ihren Platz. Die *Amita-Oho* drosselte das Tempo und tauchte in die Säurewolken ein. Dann war sie plötzlich über dem Plateau, das man die Ebene von Yornell nannte, und über dem massiven Isol-Platten-Sockel, der das Fundament von Gorontium bildete. Gorontium war die sechstgrößte Stadt der Venus und eine Festung der Französischen Fremdenlegion.

Lutt fiel die Broschürenbeschreibung ein: »Der Iskeram-Sockel ist zweihundert Meter dick und wird von Freon-Austauschwasser gekühlt.«

Der Bildschirm zeigte eine düstere Szenerie aus Klumpen und gekrümmten Flächen — die Stadt selbst erhob sich auf der nebelverhüllten Ebene von Yornell über ihrem Sockel.

Die Versicherungsagenten des alten L. H. hatten Lutt zwar über diesen Ort informiert, aber keins ihrer Worte hatte ihn auf die Wirklichkeit vorbereitet. Ihre Bedenken hatten bei den statistischen Chancen gelegen.

»Keine Police, die für die Venus ausgegeben wird, versichert einen gegen das Versagen von Isol-Platten. Solche Katastrophen kommen nämlich vor.«

Einer von Lutts Mitpassagieren plapperte gerade über die Zustände auf der Venus, als sie mit einem sanften Bums auf dem Planeten aufsetzten und auf die Ausstiegsanweisungen warteten.

»Das meiste Wasser kommt von anderen Planeten«, sagte der Mann. »Es wird mit Anti-Verdunstungschemikalien behandelt und sieht aus wie bräunlichgelbe Pisse.«

Der Hotelexperte setzte noch eins drauf. »Warten Sie mal, bis Sie das Wasser in den Kanälen um sich herum sehen. Ich persönlich fahre lieber mit der Skytram, und wenn es nicht weit entfernt ist, gehe ich zu Fuß.«

Die dunkelhaarige Frau wollte wissen, ob man sicher sei, wenn man zu Fuß ging.

»Auf den öffentlichen Aussichtsplattformen an den Kanälen oder auf den Fußgängerbrücken ja«, sagte der Hotelexperte. »Aber bleiben Sie von den Nebenstraßen weg, wenn sie keine Eskorte haben.«

Eine Stewardess trat ein und unterbrach ihren Wortwechsel.

»Ihre Ausstiegsanzüge werden jetzt heraufgebracht. Legen Sie sie sofort an. Wenn Sie Hilfe benötigen, melden Sie sich. Sie können den Rest Ihres Gepäcks am Flugsteig abholen. Das Gebiet von der Gangway bis zum Flugsteig ist iskeramgeschützt. Folgen Sie den Beschriftungen. Von der Legion zensierte Stadtpläne von Gorontium werden in der Gepäckausgabe verteilt. Machen Sie keinen Versuch, in Sperrgebiete einzudringen.

Diejenigen von Ihnen, die abgeholt werden, müssen durch die Nichtpassagier-Kontrolle gehen, nachdem sie ihr Gepäck abgeholt haben. — Willkommen auf der Venus.«

Ryll, dem klar wurde, daß er jetzt auf direktem Weg in große Gefahren gebracht wurde, verspürte ein komisches Zerren, das fast wie eine erfreuliche Erregung war. Die Freude erstaunte ihn, und er begriff, daß er endlich etwas von dem spürte, was Lutt empfand, wenn er mit dem Desaster flirtete.

Laß uns nach Murphy Ausschau halten, dachte Lutt.

Der erste Hinweis, daß etwas nicht in Ordnung war, kam mit einem leichten Beben der Isol-Platte. Danach folgten sofort zwei jähe Erdstöße und die Eruption, die glücklicherweise zehn Klicks von uns entfernt stattfand. Von unserem relativ erhöhten Aussichtspunkt aus sahen wir alles im roten Licht der Lava-Rauchfahne. Die Isol-Platte platzte auf, und Gebäude, Menschen und alles andere stürzte in das Inferno. Der Dampf aus den geborstenen Kanälen verhüllte die Katastrophe schnell, aber wir hatten genug gesehen. Es war gräßlich.

Aussage eines Augenzeugen nach der venusischen Ragol-Katastrophe

Das Zimmer, das man im ITK-Hotel Nummer Eins (am Ort hieß es »Uno«), für Peter Andriessen reserviert hatte, war in erster Linie aufgrund von sicherheitspolitischen Aspekten konstruiert worden. Bequemlichkeit stand an zweiter Stelle. Es gab keine Läufer. Das niedrige Doppelbett trug auf dem Kopfbrett die Notiz, daß ein Iskeram-Kokon es im Notfall umhüllen würde. Böden, Wände und Decke waren aus Iskeram-Fliesen. Auch das Mobiliar war aus Iskeram geformt: Toilette, Waschbekken, Bettpfosten, Schränkchen mit Schubladen, zwei Stühle — alles war Iskeram. Eine Aufhängvorrichtung, die wie eine Gottesanbeterin geformt war, diente zum Aus- und Anziehen des Iskeram-Körperpanzers.

Eins der Instrumente seines Vaters sagte Lutt, daß der Raum von Spionaugen wimmelte. Als er anrief, um sich zu beschweren, erhielt er mit einem deutlichen Ausdruck von Schadenfreude zur Antwort, daß die Geräte gesetzlich vorgeschrieben waren — von der Legion befohlen, um chinesische Agenten zu enttarnen.

Als Lutt sich aus dem Panzer geschält hatte, setzte er sich auf die Bettkante, um seine Lage zu überblicken.

Der Ersatzpanzer lehnte in den Packbehältern an der Wand. Sein Iskeram-Gepäck mit den angeblich einbruchssicheren Schlössern lag auf der niedrigeren zweier Truhen. Die Vor-Kameras in den Iskeram-Reisetaschen bildeten in der Mitte des Raumes einen unordentlichen Haufen.

Er hielt den Raum für unbehaglich warm, doch der Empfangschef hatte ihn vor ›leicht erhöhten Temperaturen‹ gewarnt, die ›Teil des gegenwärtigen Energiesparprogramms‹ waren.

Lutt war sich ziemlich sicher, daß schon eine Meldung über ihn auf dem Schreibtisch eines Legionsbeamten lag, aber Woon hatte ihm versichert, daß die Legion seine wahre Identität erfahren würde. Ein Presseoffizier würde ihn in Empfang nehmen.

Soll ich das Gorontium-Büro des Enquirer *anrufen?* fragte er sich. *Nein, ich warte lieber, bis die Legion Kontakt aufnimmt.*

In Gorontium war Nachmittag; die *Amita-Oho* war erst vor einer Stunde gelandet. Ein Taxi-Boot hatte sie vom Flugsteig abgeholt und sich einen Weg durch nebelbedecktes Kanalwasser gebahnt, das unter dem orangefarbenen Himmel mattrosa glühte. Ihre Eskorte, ein großer Gorontianer in einem funkelnden, doch zerkratzten Panzer, hatte sich als »Mister Toka« vorgestellt.

Lutt hatte durch sein Panzervisier auf eine durch rauchfarbenes Iskeramglas grau getönte Szenerie geblickt. Mister Toka und die anderen Passagiere hatten wie riesige Puppengestalten unter dem gebogenen Iskeramglas des Bootes Platz genommen.

Mister Toka war sofort damit beschäftigt, Laura Subiyama im vorderen Teil des niedrigen Taxis dabei zu helfen, die thermischen Kontrollen ihres Anzugs einzustellen. Die All-Tex-Kolumnistin hatte ein gerötetes Gesicht; sie keuchte und bat um ein Medikament, bevor Mister Toka sie beruhigte.

»Ihr Problem ist das Drehventil«, sagte Mister Toka. Er deutete auf das störende Ventil an der Seite ihres Panzers. »Sie haben es offengelassen.«

Dann drehte Mister Toka sich zu den anderen um, die bis ans Ende auf beiden Seiten des Bootes saßen, und ergriff die Gelegenheit zu einem Vortrag.

»Drehventile sind manuelle Regulatoren.« Lauthals, weil die Lautsprecher seines Anzugs seine Stimme verschluckten, deutete er auf die Ventile. »In einem guten Anzug kann man sich bis zum Punkt der Hypothermie selbst kühlen. Die Ventile stellen die Temperatur ein, die man wünscht. Achten Sie auf die Temperaturanzeige in Ihrem Visier — sie befindet sich in Augenhöhe. Die meisten von uns bleiben gern zwischen achtzehn und dreiundzwanzig Grad Celsius. Wissen Sie alle mit Ihrem K-Schalter Bescheid?«

Aus Gesprächen und Lektüren wußte Lutt, daß er den Karson-Kühler im flexiblen Futter seines Panzers meinte, einen Körperkomfort-Regulator, der durch Tausende von kleinen Löchern kühle Luft auf die Haut des Panzerträgers blies. Lutt fand seinen K-Schalter auf der Kontrollplattenbox unter den Kinnverschlüssen seines Anzugs. Er berührte ihn, als er sah, daß ein paar andere es auch taten.

»Gut«, sagte Mister Toka. »Wenn Sie jetzt alle dreißig Tage die ungischen Batterien wechseln, lassen Sie auch den Atmosphären-Modulator überprüfen. Die Pumpenmotoren sind lautlos, rechnen Sie also nicht damit, sie zu hören. Wenn Sie einen AM-Ausfall haben, wird die Venus sich fatal an Sie schmiegen.«

Da niemand etwas sagte, erklärte er: »Der Atmosphärendruck wird Sie zerquetschen.« Er berührte die Zielkontrollen des Taxis. »Okay. Auf geht's!«

Während der gesamten Fahrt zum Hotel schränkte Mister Toka sein Geschwätz nicht ein.

»Sie werden hier nur wenig scharfe Kanten an den Gebäuden sehen. Gekrümmte Flächen halten mehr aus.

Hier auf der Venus kann es vorkommen, daß ein Hotel im gleichen Gebäude logiert wie eine Waffenfabrik. Es gibt keine Bezirksvorschriften und nur sehr wenig Städteplanung. Nehmen Sie immer eine Karte mit, wenn Sie hinausgehen. Wenn Sie kein Französisch lesen können, bringen Sie sich sofort die Grundlagen bei. Die meisten der hiesigen Schilder sind französisch.«

Lutt spürte, daß die flache Stimme Mister Tokas und das unaufhörliche Dröhnen und Winseln der Taxi-Triebwerke ihn immer mehr einschläferten. Er sehnte sich nach seinem Zimmer und einem Bett.

Durch die gepanzerten Scheiben sah er eine Stadt, die ihm aufgrund der aktuellen Berichte zwar vage bekannt vorkam, aber hier war sie ihm näher und reflektierte die Himmelsfarben. Sie war ›einfach da‹ und bestand, nach irdischen Standards, aus sehr hohen Gebäuden, die allerdings in Gruppen von großen Kugeln gebaut waren und eine unkontrolliert gebogene Ausdehnung zeigten. Das Gebäude, das sich gerade zu seiner Rechten befand, war eine hängende Pyramide aus silbrigen Kugeln, die nach oben hin immer größer wurden, so wie das Ding sich in den orangefarbenen Himmel schraubte. Jede Kugel war mit dem Bild eines schwarzen Diamanten markiert. Direkt hinter dem Gebäude war ein hellblauer Möbiusstreifen, auf dem eine knallgelbe Schrift auf rotem Grund verkündete: D'ASSAS ANON. Der Streifen stand auf einer scharfen Kurve und langte nach oben; er umkreiste andere Gebäude wie eine flache Schlange.

Der Kanal bog nach links ab und brachte ein anderes Gebäude in sein Blickfeld, das kein sichtbares Fundament aufwies. Das Ding schwebte, allen Schwerkraftgesetzen zum Trotz, über dem Wasser.

Jeder im Taxi starrte es an.

»Durchsichtige Säulen«, erklärte Mister Toka.

Lutt sah auf das Gebäude zurück, als sie daran vorbeikamen, und sah die schwachen Vexierspiegel der Säulen.

Hinter dem Gebäude war der Hügel des ITK-Raumhafens noch immer vor dem orangefarbenen Himmel zu sehen. Ein hell leuchtender Fleck deutete an, wo die Sonne stand. Abrupt schoß ein gelber Blitz über den Himmel, ihm folgte ein rollender Donnerschlag.

»Machen Sie sich keine Sorgen wegen der Wolkenbrüche«, beruhigte Mister Toka sie. »Alle Schwefelsäure, die sich in den Wolken bildet, verdunstet, bevor sie herunterkommt.«

Die Motoren des Taxis wechselten den Rhythmus und brüllten im Rückwärtsgang, als es an einer flachen Pier anlangte. Dahinter befand sich ein geodätisches Gebilde mit einem leuchtenden Schild: ITK X-EINS.

»Wir sind da«, gab Mister Toka bekannt. »Wenn Sie erst einmal durch die Schleuse und in der Empfangshalle sind, können Sie die Helme aufmachen. Ich rate Ihnen, Ihre Körperflüssigkeiten so schnell wie möglich zu erneuern. Drinnen gibt es eine Selbstbedienungs-Bar, an der Sie Glukose, Reisbier und Krokade kriegen können.«

Ryll, der während der ganzen Fahrt zum Hotel ein schweigsamer Beobachter gewesen war, meldete sich jetzt.

Ich hätte gern ein Schokoladeneis.

Warum nicht?

Doch das erste, was sie in der Hotelhalle begrüßte, war eine rothaarige Frau mit Lederhaut, die von Passagier zu Passagier ging und jeden einzelnen bat, Organspender-Karten zu unterschreiben. Sie hatte einen trokkenen, sachlichen Tonfall, der zu ihrer faltigen Haut paßte.

»Der Tod ist hier allgegenwärtig«, sagte sie zu Lutt. »Meine Gruppe ist nicht gewinnorientiert. Wir achten darauf, daß Ihre Organe an wirklich bedürftige Personen gehen.«

Es sind hauptsächlich meine Organe! meldete sich Ryll.

»Ich möchte erst mal hier rein«, sagte Lutt zu der Frau.

Sie drängte ihm eine Karte auf. »Bitte, rufen Sie uns an, wenn Sie Ihre Meinung ändern. Seien Sie vorsichtig! Manche Gruppen ermorden Sie, wenn Sie erst einmal unterschrieben haben. Es gibt sogar welche, die Spenderkarten fälschen und die Unterschrift aus Ihrer Brieftasche oder von anderen Dokumenten kopieren.«

Lutt wünschte sich allmählich, er hätte trotz der zusätzlichen Kosten einen Trupp Hanson-Gardisten mitgenommen. Er kam sich schutzlos vor. Waffen waren hier verboten, da die Gesetze der Legion jeden Besucher, den man mit einer Waffe erwischte, als Feind betrachteten — als potentiellen Saboteur und Meuchelmörder.

Na ja, dachte Lutt, dies hier ist halt so etwas wie der Wilde Westen. Und die Frazosen waren nervöse Burschen; die chinesischen Siege der letzten Zeit hatten sie empfindlich gemacht. Laut den neuesten Nachrichten warfen die Mao-Gardisten immer mehr Truppen in den Konflikt. Sie hatten auch neue Waffen eingeführt, darunter auch solche, die man als »Schrot-Raketen« kannte.

Die Hotelhalle bemühte sich, ein grelles Louis-XIV.-Dekor zu zeigen, aber es gab hier keine Teppiche, und alles in Sichtweite verriet deutlich die Iskeram-Basis. Ein Schild über dem Empfangstisch gab bekannt, daß dies das HOTEL LES MARRIONNIERS war, aber Mister Toka riet ihnen, es »Uno« zu nennen. »Das ist der einzige Name, den hier jeder kennt.«

Die Luft hier roch auch dann noch sauber, nachdem Lutt den Helm abgenommen hatte und an den Halsscharnieren herunterhängen ließ. Seine Leute hatten ihm versichert, daß er im besten Hotel am Platze war. Früher hatten die Offiziere der Legion sich hier die besten Unterkünfte requiriert. Laut den Meldungen hatten sie auch die besten Lebensmittel, Weine und Huren des Sonnensystems mitgebracht.

Als Lutt sich als »Peter Andriessen, Tacoma, Washington, U.S.A. Erde« eintrug, zeigte der Mann am Empfang plötzlich Interesse an ihm.

Der Angestellte, ein öliger kleiner Mann mit roten Augen, sah ihn wie eine Spinne an, die eine Fliege abschätzt, dann sagte er: »Die Legion hat darum gebeten, daß Sie im Hotel bleiben, bis man Kontakt mit Ihnen aufnimmt, Sir.«

»Senator Woon hat mir gesagt, was mich erwartet«, sagte Lutt. »Ich werde in meinem Zimmer speisen.«

Der Angestellte sagte amüsiert: »*Speisen*, Sir?«

Da Lutt davon ausging, daß Ryll ihn mit einem Sondermenü versorgte, gab er das Grinsen zurück: »Genau. Geben Sie mir Bescheid, wenn sich der Presseoffizier der Legion blicken läßt.«

Als er in seinem Zimmer auf der Bettkante saß und die Situation überdachte, fühlte Lutt sich nicht mehr amüsiert. Er war ans Hotel gefesselt. Ihm fiel plötzlich ein, wie leicht es für Woon war, den Tod eines lästigen Journalisten zu arrangieren.

Woon oder wer auch immer, warf Ryll ein. *Wir haben uns mit dieser Subiyama noch einen Feind gemacht. Was ist, wenn sie hier mächtige Freunde hat?*

Du und dein verdammter Lumpi!

Es hat dir doch auch gefallen. Gib's zu!

Frag mich doch noch mal, wenn wir gerade in einen Unfall verwickelt sind.

Sollte ich mal versuchen, etwas Iskeram zu erschaffen?

Unter den Augen der Spitzel der Legion? Hast du noch alle im Schrank?

Dann kann ich mir ja nicht mal einen Nachtisch idmaginieren.

Du hast es kapiert, Ryll-Baby! Jetzt können wir nur noch ein dummes Gesicht machen.

Na schön. Ich sehe ein, daß wir vorsichtig sein müssen. Weißt du was, Lutt? Ich bin wahrscheinlich der erste Dreen, der diesen Planeten besucht.

Ist das Leben erst frei vom Zugriff seines Schöpfers, darf es sich dem eigenen Schicksal stellen.

Dreen-Aphorismus

Am ersten Morgen auf der Venus — die Legion hatte sich immer noch nicht gemeldet — bestand Ryll darauf, im Eßzimmer des Hotels zu frühstücken.

Bei dem Durcheinander, das viele Esser machen, kann ich vielleicht etwas Ordentliches auf den Tisch bringen.

Alles wäre besser als der Saufraß, den man uns gestern abend serviert hat.

Unos Speisesaal erwies sich als hitzeschildumgebener Parkgarten mit feinem Iskeram-Mobiliar, das den Eindruck erwecken sollte, aus Metall zu sein.

Lutt, dessen Sinne auf eine leckere Mahlzeit ausgerichtet waren, zeigte Bestürzung, als er feststellen mußte, daß Lorna Subiyama, die Verzeihung in Person, ihm gegenüber Platz nahm, ohne dazu eingeladen worden zu sein.

»Keine Scherze mehr, Sie Witzbold«, begrüßte sie ihn. »Darf ich Peter zu Ihnen sagen? Ist das Essen hier nicht schrecklich?«

Als Lutt einen Kellner hinter ihr auftauchen sah, beschloß er, sich taktvoll zu geben. »Ich hab's schon schlimmer gehabt.«

Die Subiyama bemerkte den Kellner. »Ah, da sind Sie ja. Bringen Sie mir noch eins von den süßen Brötchen und eine Kanne Kaffee!« Zu Lutt sagte sie: »Die Brötchen sind genießbar. Der Kaffee ist auch nicht übel, auch wenn die Franzosen dazu neigen, ihn etwas zu bitter zu machen.«

»Ich hätte gern das gleiche«, sagte Lutt zu dem Kellner.

»Sie fragen sich bestimmt, was ich auf der Venus mache«, sagte die Subiyama. »Ich weiß, daß sich das alle fragen.«

»Ich kann's kaum erwarten, daß Sie's mir erzählen«, sagte Lutt.

Sie beugte sich vertraulich über den Tisch. »Ich bin hier, um eine Reportage über Captain Danjous Hand zu schreiben. Wir nehmen an, daß sie eine Fälschung ist; eine geschickt gemachte Kopie.«

Lutt stierte sie an. Danjous Hand? Wovon, zum Teufel, redete sie? Er brachte ein recht unverbindliches »Ach?« zustande.

»Sie wissen doch, daß er 1863 in Mexiko den Heldentod starb«, sagte sie. »Er hatte eine hölzerne Hand. Sie wird seit seinem Tod in einem atmosphärisch kontrollierten Behältnis verwahrt und nur für die Zeremonien herausgenommen.«

»Das müßte während der Herrschaft Kaiser Maximilians gewesen sein«, sagte Lutt, und er erinnerte sich an das, was er über die Geschichte Mexikos wußte.

»Ein Jahr davor, glaube ich«, korrigierte sie ihn. »Jedenfalls ist die Hand ein sehr wichtiges Heiligtum der Legion. Aber wir nehmen an, daß Danjous Hand, die sich hier auf der Venus befindet, nicht das Original ist.«

»Wäre es nicht schlecht für die Moral der Legion, wenn Sie das enthüllen würden?« fragte Lutt. »Ich meine ...«

Er brach ab, denn der Kellner kehrte zu ihnen zurück und bediente sie. Als er wieder gegangen war, sagte Lutt: »Ich meine, es könnte Ihnen allerlei Schwierigkeiten mit der Legion einbringen.«

»Wenn ein Legionär in der Nähe wäre, würde ich es natürlich nicht wiederholen, aber es heißt, es gibt im Sonnensystem einen ganzen Haufen hölzerner Hände, und sie werden alle dazu verwendet, die Truppen auf Vordermann zu bringen.«

Lutt schaute auf den Tisch. Ihm wurde plötzlich mit

Gewißheit klar, daß sich auch in diesen Räumen Spionagegeräte befanden.

»Wenn Sie so weitermachen, stecken Sie den Kopf selbst unter die Guillotine«, sagte Lutt. »Zufällig bin ich nämlich ein großer Verehrer der Legion.«

»Ach, die Legion verehren wir doch alle«, stimmte sie ihm mit vollem Mund zu. »Aber finden Sie es nicht heuchlerisch, wenn die Legion jedem Einsatzkommando erzählt, seine Mission sei von solcher Wichtigkeit, daß man ihm die Hand des Captains geschickt hat, um die Moral und den Stolz der Männer zu heben?«

»Ist Ihnen noch nie die Idee gekommen, daß die Legion vielleicht glauben könnte, Sie arbeiten für die Chinesen?«

»Wie können Sie etwas so Schreckliches sagen! Ich kann die kleinen gelben Kerle nicht ausstehen!«

»Sie sind eigentlich gar nicht gelb, und ich habe auch schon ein paar ziemlich große Chinesen gesehen«, sagte Lutt. »Ich rate Ihnen, diese Geschichte zu vergessen. Machen Sie doch eine Reportage über die Frauen der Legion.«

»Ich soll also eine liebe, brave Frau sein und über liebe, brave Frauenthemen schreiben, was? Sie sind nicht anders als die anderen Männer.– Nee, Buster, ich bin hier, um über den Krieg zu schreiben, und das tue ich so, wie's mir paßt.«

»Ich denke, Sie wollten mich Peter nennen.«

»Vielleicht nenn ich Sie noch ganz was anderes. Achten Sie drauf, daß Ihre Nase kühl bleibt, Buster! Der Boden ist hier ziemlich heiß.«

Sie aß ihr Brötchen auf, kippte eine Tasse Kaffee und überließ Lutt seinem Frühstück.

Lutt schloß die Augen und schüttelte den Kopf. Er spürte plötzlich, wie seine Augen nach innen schwenkten und wieder in ihre normale Position zurückkehrten.

Ich habe etwas frisches Obst in das Brötchen getan, sagte Ryll zu ihm.

Als Lutt die Augen wieder öffnete, sah er, daß sich das Brötchen nicht verändert hatte, aber es enthielt tatsächlich frisches Obst — und zwar sehr saftige Pfirsiche.

Ich habe einen Vorschlag in Sachen unseres Körpers, sagte Ryll.

Meines Körpers! Er gehört mir seit fünfunddreißig Jahren. Du bist erst seit ein paar Tagen da.

Du paßt aber auch nie auf, Lutt. Schon die Tatsache, daß du keine Brille mehr brauchst, sollte dir sagen, daß es nicht dein ursprünglicher Körper ist.

Wie lautet dein Vorschlag?

Mir scheint es die einzige praktische Lösung zu sein, daß wir uns die Kontrolle über jeden Tag teilen. Du steuerst ihn bis zum Nachmittag so, wie du willst; dann übernehme ich.

Hast du schon mal gehört, daß Minderheitsgesellschafter was zu sagen haben? Dieser Körper gehört mir!

Aber er besteht hauptsächlich aus mir! Es war großzügig von mir, dir eine Teilung anzubieten. Hast du vergessen, daß ich dir das Leben gerettet habe? Ohne mich wärst du gar nichts.

Ich hab ja gesagt, was ich tun werde, wenn du einen Versuch machst, ihn zu übernehmen.

Ich würde es vielleicht trotzdem überleben. In dem Augenblick, wo dieser Körper nicht mehr funktioniert, könnte ich meinen Dreen-Körper idmaginieren oder mir einen dienlicheren Menschen suchen, dem ich beiwohnen kann.

Ich möchte mal sehen, wie du das ohne Iskeram-Panzer auf der Venus machen willst.

So wie ich deinen Lebenswillen sehe, Lutt, bluffst du doch nur.

Sollen wir rausgehen und es ausprobieren?

Man läßt dich gar nicht ohne Panzer durch die Schleuse.

Als wir in der Zelle saßen, hast du mir erzählt, daß Dreen auch Unfällen zum Opfer fallen können. Wenn dieser Körper stirbt, dann stirbt er. Und in ihm ist eine Menge von dir enthalten. Du solltest es nicht darauf ankommen lassen.

Aber du hast einen starken Lebenswillen und bist darauf aus, große persönliche Macht zu erringen.

Jetzt verstehen wir uns offenbar etwas besser. Du möchtest unserer Gemeinschaft gern entfliehen; und ich wäre lieber für mich allein. Wir wollen beide die gleiche Sache.

Ryll brach den Kontakt mit ihm für eine Weile ab und dachte insgeheim darüber nach, daß sich seine mißliche Lage jeden Tag verschlechterte. Was würde die Legion tun, wenn sie einen Dreen hier entdeckte? Wenn man ihn auf der Venus bloßstellte, war es vielleicht noch schlimmer als eine Gefangennahme durch die Erdgürtel-Patrouille.

Sag mir Bescheid, wenn du soweit bist, daß du uns trennen kannst, dachte Lutt.

Bei der ersten Gelegenheit. Aber jetzt haben wir ein anderes Problem. Dieser Körper wächst weiter; ich habe dich schon früher davor gewarnt. Ist dir aufgefallen, daß deine Kleider etwas enger geworden sind?

Ich habe zwar ein bißchen mehr gegessen als sonst, aber ...

Du wächst zwar pro Woche nur um ein paar Zentimeter, Lutt, aber es summiert sich.

Mein Gott! Es würde meinen Iskeram-Panzer nutzlos machen!

Verfall nicht gleich in Panik.

Aber ohne Panzer ... Warum hast du es nicht während der Anprobe gesagt?

Ich hielt es nicht für nötig.

Du Narr! Iskeram-Panzer haben keine Wachstumstoleranz. Deswegen bringt man die Kinder, die auf der Venus geboren werden, sofort in besonderen Inkubatoren fort von diesem Planeten. Auf der Venus sind Geburten Gesetzen unterworfen. Geburtenkontrolle ist vorgeschrieben!

Dann können wir jetzt vielleicht verhandeln.

Verhandeln? Was meinst du damit?

Ich bin dazu fähig, dem Panzer größere Dimensionen zu reimaginieren. Ich bezweifle, ob irgend jemand die Veränderung bemerken würde.

»Ist Ihnen nicht gut, Sir?« Es war der Kellner. Lutt schaute zu ihm auf und sah, daß der Mann ihn anstarrte.

»Das Essen und diese Texas-Tante haben mich etwas mitgenommen«, sagte Lutt.

»Sie können auch etwas Besseres kriegen, Sir ... für einen gewissen Preis, natürlich.«

Schaff ihn dir vom Hals! beharrte Ryll.

»Wir reden später darüber«, sagte Lutt. »Ich muß mich erst mit meiner Bank beraten.«

Das Grinsen des Kellners war zwar nicht erfreulich, aber er verzog sich ohne jeden Kommentar.

Lutt nahm seine Auseinandersetzung mit Ryll wieder auf. *Du kannst den Panzer meiner Größe also anpassen.*

Unserer Größe. Ja. Teilen wir uns jetzt die Kontrolle oder soll ich die Natur ihren Gang gehen lassen?

Als ich dich das letzte Mal habe mitbestimmen lassen, hatte ich den schlimmsten Kater meines Lebens.

Die Nahrung war nicht mit meinem Dreen-Fleisch einverstanden.

Im gleichen Moment, als er es enthüllte, wußte Ryll, daß er schon wieder einen Fehler begangen hatte.

Wir haben doch gar nichts Ungewöhnliches gegessen. Die Pesto war die beste, die ich je gegessen habe, und dir hat sie doch offenbar auch geschmeckt.

Ich habe schon viele Dinge gegessen, die nicht mit mir einverstanden waren.

Was würde passieren, wenn ich jetzt eine Pesto bestellen würde? Du hast doch gehört, was der Kellner gesagt hat. Hier gibt es auch besseres Essen.

Ryll unterbrach den Kontakt fast eine Minute lang.

Kein Kommentar? fragte Lutt. Und er dachte: *In der Pesto ist irgendwas. Aber was? Sie war doch ganz normal gewesen. Die Würze? Könnte Ryll eine Aversion gegen Basilikum haben?*

Ryll fühlte sich zu machtlos, um sich in seine Gedanken einzumischen. Er wußte, daß er zu lange gewartet hatte, um Lutt von seinem Kurs abzubringen. Alles, was er jetzt sagte, würde sein Mißtrauen nur steigern. Vielleicht konnte er das Bazeel verschwinden lassen, wenn ... Aber Lutt würde es bestimmt merken.

Riskieren wir heute abend noch mal einen Kater, beharrte Lutt.

Ich möchte dir nur entgegenkommen Lutt. Wir Dreen geben uns immer alle Mühe, vernünftig zu sein. Denk über meinen Vorschlag nach, daß wir uns den Tag teilen, dann diskutieren wir später darüber.

Klar, werden wir das. Nachdem wir uns von unserem Kater erholt haben.

Sämtliche Verteidigungsminister des Sonnensystems kennen die wirtschaftlichen Realitäten. Auch wenn Roboter in manchen Kampfsituationen gut funktionieren — menschliche Truppen sind leichter und billiger zu ersetzen. Da sie unter dem öffentlichen Druck stehen, Menschenleben zu erhalten, setzen die Demokratien einige Robotruppen ein, doch die Chinesen sind Restriktionen dieser Art nicht unterworfen. Ihre bedrohliche Überbevölkerung macht die Entscheidung rein wirtschaftlich. Da wir ihnen nicht gleich viele Soldaten entgegensetzen können, müssen wir uns auf überlegene Strategien verlassen.

Aus dem Offiziershandbuch
der Französischen Fremdenlegion
NSC-Übersetzung

Als die Legion auch am zweiten Nachmittag noch keinen Kontakt mit Lutt aufgenommen hatte, entschloß er sich, die Angelegenheit selbst in die Hand zu nehmen. Zuerst rief er das *Enquirer*-Büro an. Statt Roy Humperman, der dort als Geschäftsführer tätig war, bekam er eine Frau an die Strippe, die sich als ›Roweena Humperman, Roys Witwe‹ identifizierte.

»Humperman ist tot?«

Es schien ihr nicht viel auszumachen. »Den armen Roy hat's vor drei Tagen erwischt, als die Chinesen Pe-Duc angriffen. Die Deflektorstrahlen der Franzosen brachen zusammen; es gab keine Überlebenden. — Wer sind Sie, haben Sie gesagt?«

»Peter Andriessen.«

»Ach ja. Ich habe Ihren Namen im Archiv gelesen. Tja, ich hoffe, Sie halten es länger aus als Roy. Er hat es nur elf Monate geschafft. Eins kann man über den Tod auf der Venus sagen: Hier gibt es keine Leichen zu begraben.«

»Ich bin nicht gekommen, um Roy zu ersetzen. Ich habe hier ein Sonderprojekt laufen.«

Er informierte sie kurz über Vor-Kameras, Direktsendungen und seine gegenwärtige mißliche Situation.

»Und man hat Ihnen befohlen, im Hotel zu bleiben? Mal sehen, was ich tun kann. Ich kenne einen französischen Offizier. Er ist ziemlich scharf auf mich. Vielleicht kann er Sie da rausholen. Zum Dank setzen Sie sich dafür ein, daß man mich zu Roys Nachfolgerin macht.«

»Holen Sie mich hier raus, dann haben Sie den Job.«

»So einfach? Sie scheinen ja mit den Hansons auf gutem Fuß zu stehen. — He! Stimmt es eigentlich, daß der kleine Hanson so ein geiler Bock ist?«

»Die Geschichten stimmen alle«, brummte Lutt und ärgerte sich über den ›kleinen Hanson‹. *Irgendeines Tages werde ich der große Hanson sein, Schnucki. Ich wachse nämlich noch, und bevor du dich versiehst, habe ich auch meine eigene Basis.*

»Ich wette, ich könnte ihm noch das eine oder andere im Bett beibringen. Na schön, Peter-Schatz, bleib wo du bist, ich ruf dich gleich zurück. Wenn ich meinem Franzmann sage, daß heute die Nacht der Nächte ist, kommt er vielleicht und hilft dir.«

Roweena rief nach nicht mal zehn Minuten zurück.

»Waui, Peter-Mäuschen! Ich dachte schon, ich müßte mir einen Knüppel holen und ihn an der Tür abwehren. Also, die Sache geht so: Du mußt dich durch die Bestechungskanäle schlagen. Im Uno ist es der Hausmeister. Stell dich dumm und bitte ihn um ein Verzeichnis der Militärbehörden. Er wird dich ganz einfach zum Gerichtshof dieses Verwaltungsbezirks schicken, aber du stellst dich dumm und schiebst ihm ordentlich was rüber, klar?«

»Wieviel?«

»Fünfhundert Franc dürften reichen. Ich treffe dich mit meinem Franzmann im Schlepptau im Gerichtshof.«

Der Hausmeister war ein gewaltiger Typ mit schwarz gefärbtem Haar, das angeklatscht nach hinten gekämmt war, wie die Deckflügel eines Käfers. Er hatte eine dicke, gekrümmte Nase und einen mächtig aufgeblähten Bauch, der es ihm unmöglich machte, nach unten zu schauen und seine Füße zu sehen. Lutt fragte sich, wie der Mann sich anzog und wie es ihm gelang, sich in seinen Iskeram-Anzug zu quetschen. Es war gewiß ein ernsthaftes Problem. Der Bursche wirkte wie die Würde in Person. Er saß in der Lobby hinter einem winzigen Tisch und erteilte Auskünfte auf Englisch mit starkem französischem Akzent.

»Es tut mir leid, Monsieur Andriessen«, bekam Lutt auf seine Frage zur Antwort, »aber ein solches Verzeichnis gibt es nicht.« Er peilte Lutt leidenschaftslos aus winzigen, tief in feisten Wangen liegenden Augen an, und fügte hinzu: »Um die Wahrheit zu sagen, es gibt in keinem Legionsgebiet irgendwelche Verzeichnisse.«

»Mir ist bekannt, daß ich einen Paß brauche, um an die Front zu kommen, und mir wurde gesagt, ich soll mich in diesem Hotel aufhalten. Was soll ich tun?«

»An die Front?« Der Hausmeister war entsetzt. »Ahhh, die tapferen Korrespondenten! Sie setzen sich tödlichen Gefahren aus, und wofür? Damit die Leute beim Frühstück etwas über sie lesen können.«

Lutt sagte trocken: »Das Nachrichtengeschäft macht gute Umsätze.« Er rieb Daumen und Zeigefinger aneinander. »Macht dicke Gewinne.«

»Aber warum berichten Sie nicht so über den Krieg, wie es die anderen Journalisten tun? Die Legion zeigt jeden Tag um fünf Uhr Bilder und informiert die Berichterstatter. Man nennt die Pressekonferenz ›Fünf-Uhr-Narretei‹. Sie können Ihre Reportagen doch in der Sicherheit Ihres Zimmers schreiben.«

»Ich bin Bildjournalist. Ich muß Bilder übertragen.«

»Ahhh! Die Tapfersten der Tapferen! Ich hätte es wissen sollen — man braucht Sie doch nur anzusehen. Aber, Monsieur, Sie können hier Fotografen zu vernünftigen Preisen mieten. Ich habe einen Cousin, der ...«

Er hielt inne, als Lutt eine vorbereitete Rolle mit Banknoten aus der Tasche nahm und fünfhundert Franc abzählte.

»Monsieur, jemand der so wohlhabend und tapfer ist wie Sie, sollte sich schützen. Fragen Sie mich nach Restaurants oder malerischen Lädchen, wo man Geschenke für die Dame seines Herzens erwerben kann.« Er sah sich um, ob jemand anders auf seine Dienste aus war. »Haben Sie sie mitgebracht?«

»Nein. Ich bin nicht auf einer Vergnügungsreise.« Lutt hielt die fünfhundert Franc lose in der Hand. »Wie komme ich aus dem Hotel raus? Ich möchte natürlich nicht gegen die Vorschriften verstoßen.«

»Es gibt so viele Vorschriften, Monsieur.« Die Kinne des Hausmeisters wabbelten bei diesen Worten vor Empörung. »Hin und wieder übertritt jeder mal die Vorschriften. Natürlich unbewußt. Man weiß ja nie genau, mit welchen Vorschriften es der Legion gerade ernst ist.«

»Und wie erfährt man, welche Vorschriften gerade ernst sind?«

Die Schultern des Hausmeisters hoben sich in einem gewaltigen gallischen Achselzucken. »Das hat noch keiner herausgefunden. Ich empfehle Ihnen, Sie versuchen es mal in der Ruecan D'Monsard, Nummer 1205, drei B. Das ist der Gerichtshof dieses Verwaltungsbezirks.«

»Aber verletze ich auch keine Vorschriften, wenn ich das Hotel verlasse?«

Ein breites Lächeln legte das Gesicht des Hausmeisters in Falten, als er Lutt die Scheine aus der Hand nahm und in die Tasche steckte. »Ach, was, Monsieur. Das ist schon arrangiert.«

Mit gesichertem Panzer, den Stadtplan-Chip im

Schlitz, damit er ihm den Weg auf die Helmscheibe projizierte, ging Lutt durch die Hotelschleuse und betrat die Hochofen-Welt. Seine Meßgeräte zeigten ihm, wie die Außentemperatur nach oben schoß, doch er hörte nur ein sanftes Klicken, dann spürte er die gekühlte KK-Luft auf seiner Haut.

Der Türsteher wollte ihm einen Führer besorgen, doch der Plan zeigte ihm, daß der Gerichtshof nur einen halben Kilometer weit entfernt war. Lutt ging davon aus, daß er die Strecke zu Fuß gehen konnte. Er legte nur eine Pause ein, um sich über die zunehmende Röte der Atmoshäre zu wundern.

»Im Süden wird ein Lavastrom umgeleitet. Die Rauchfahne erzeugt eine herrliche Farbe, nicht wahr?«

»Oh, ja. Herrlich.«

Der Stadtplan führte ihn über ein erhöhtes Laufband auf die andere Kanalseite. Dann ging es über eine Rolltreppe auf eine andere Dock-Ebene hinauf. Lutt bewegte sich im Strom gepanzerter Fußgänger dahin. Gelegentlich wandte sich ihm eine Helmscheibe zu, doch Gesichter waren nicht zu erkennen.

Unser Schritt ist bestimmt schwerfällig genug, um uns als Neulinge auszuweisen, sagte Ryll.

Macht nichts. Wir sind doch schon am Gerichtshof.

Nein, dies hier ist 1205 B, ich habe deutlich gehört, daß er 1250 drei B gesagt hat.

Lutt konsultierte den Stadtplan. *Yeah, es ist noch ein Stück weiter.*

Dann erreichte er 1250 BB und registrierte, daß er sich ein Trio angelacht hatte, das ihm in geflickten und korrodierten Panzern folgte.

Mir gefällt nicht, wie die drei aussehen, warnte Ryll. *Ich habe den Eindruck, unser Panzer sieht etwas zu neu aus. Auch das kann einen Neuankömmling verraten.*

Was schlägst du vor? Was soll ich tun?

Ich sehe, daß du in Selbstverteidigung geübt bist. Dreen-gestärkte Muskeln könnten wenigstens mit zwei von diesen

Briganten fertigwerden ... wenn es überhaupt Briganten sind. Laß uns wachsam sein.

Lutt konsultierte erneut den Stadtplan. Ja, der Gerichtshof lag hinter dieser schmalen Seitenstraße. Er bog in sie ein und sah, daß die drei Verfolger hinter ihm herkamen. Der Abstand zwischen ihnen und ihm verringerte sich rasch. Einer der Männer hielt irgendein röhrenförmiges Instrument in der gepanzerten Hand.

Das muß eine Waffe sein! warnte Ryll.

Lutt drehte sich um und sah das Trio an, doch bevor er eine Verteidigungshaltung einnehmen konnte, flog neben ihm eine Tür auf. Fünf gepanzerte Gestalten stürmten heraus. Lutt konnte gerade noch das Legionswappen auf ihren Helmen und Armen erkennen, dann hatten sie seine Verfolger auch schon umstellt. Es dauerte nur Sekunden. Man stellte die drei an die Wand und entwaffnete sie. Dann wurden sie mit Eisenhandschellen gefesselt; zwei der Legionäre führten sie ab.

Einer der drei restlichen Legionäre baute sich vor Lutt auf und salutierte. »Sergeant McCauley, zu Ihren Diensten, Monsieur Andriessen. Colonel Paul hat uns befohlen, Sie zum Gerichtshof zu eskortieren.«

»Gut. Dann waren diese Typen also wirklich hinter mir her, was?« Lutt setzte sich in Bewegung, um die Gasse zu durchqueren, die er in Angriff genommen hatte.

Eine gepanzerte Hand schnitt ihm den Weg ab. »Nicht diesen Weg, Monsieur. Der Verteiler im Uno hat Ihnen einen frisierten Stadtplan gegeben. Sie sollten in diese Falle tappen. Dafür wird es Bestrafungen geben.«

»Der Hausmeister?«

»O nein, Monsieur; er hat uns alarmiert.«

»Guter Gott! Hier ist es aber wirklich gefährlich!«

»Sie werden sich schon an die hiesigen Umstände gewöhnen, Monsieur. — Hierher, bitte.«

Der Gerichtshof lag zwei Ecken weiter. Es handelte sich um eine bucklige Kuppel, vor deren Eingangsschleuse ein Trupp Legionäre Wache hielt. Lutt und seine Eskorte wurden ohne Zeremonie durchgelassen.

Im Innern der riesigen iskeramgefliesten Halle sah Lutt sich einer verwirrenden Szenerie gegenüber. Unmengen an gepanzerten Menschen, die Helme auf Scharnieren nach hinten geklappte, reihten sich vor einer Theke, die von der einen Seite des Saales zur anderen reichte. Ein lautes Stimmengewirr — da und dort wurde auch gerufen und gebrüllt — erfüllte diesen Ort.

Ohne seinen Helm abzunehmen, half Sergeant McCauley Lutt dabei, den seinen nach hinten zu klappen und sagte: »Hierher, Monsieur. Colonel Paul erwartet Sie.«

Er führte Lutt auf die linke Seite des Raumes. Im Vorbeigehen registrierte er die von Groll erfüllten Menschen. Der große Raum roch nach Schweiß und zu geringem Sauerstoffaustausch. Sie gingen durch eine hohe Doppeltür in ein großes, rundes Büro, wo sich ein ungepanzerter Mann und eine Frau gegenüberstanden. Sie drehten sich um, als Lutt eintrat.

Sergeant McCauley salutierte und sagte: »Monsieur Andriessen, mon Colonel!« Dann ging er hinaus und schloß die Tür.

Der Unterschied zwischen den beiden verblüffte Lutt im ersten Moment. Die Frau war eine kleine, üppige Venus mit dunkelbraunem Haar und katzenhaften Zügen. Lachfältchen umgaben ihre Mundwinkel. Sie maß Lutt aus großen, grünen Augen mit einem durchdringenden Blick.

Colonel Paul war hochgewachsen und schlank, ein blonder, blauäugiger Wikingertyp mit scharf gemeißelten Gesichtszügen. Er trat vor und legte eine Hand auf Lutts gepanzerte Schulter.

»Ich freue mich, daß ich Ihnen zu Diensten sein kann, alter Junge.« Sein Akzent war leicht britisch. »Paul Carlson, zu Ihren Diensten.« Er wandte sich der Frau zu. »Und das ist die liebliche Roweena.«

»Ich habe mir gerade Roys codierte Unterlagen über Sie angesehen«, begrüßte sie ihn. »Warum, zum Teufel, haben Sie mir nicht gesagt, wer Sie wirklich sind?«

»Über eine offene Telefonleitung?« fragte Lutt.

»Morgen wird es sowieso ganz Gorontium wissen«, sagte sie. »Besonders das über Ihre Tüchtigkeit bei den Damen. — Dann habe ich also den Job?«

»Sie haben ihn ...« Lutt sah den Colonel an, der zwei Schritt zurückgetreten war. »Wenn ...«

»Wir werden alles arrangieren, alter Junge«, sagte der Colonel. »Wie sollen wir Sie ansprechen? Doch bestimmt nicht als Monsieur Andriessen?«

»Meine Freunde nennen mich Lutt.«

»Und Freunde werden wir sein«, sagte der Colonel.

Die Humperman grinste. »Ich bin zwar noch nie mit meinem Chef befreundet gewesen, aber Roy hat mir stets Glück gebracht.«

»Sie scheinen nicht sehr traurig über seinen Tod zu sein«, sagte Lutt.

»Er war mein Fünfter. Mein Vierter war Sergeant bei der Legion. Eine chinesische Schrot-Rakete hat es ihm besorgt; ich glaube, er ist auf die gleiche Weise umgekommen wie Roy. So ist halt das Leben auf der Venus, Lutt.«

»Und der Tod«, fügte der Colonel hinzu. »Doch zwischendurch muß man fröhlich sein. Stimmt es, daß Sie aus dem Hauptquartier der Legion senden wollen?«

»Ja, aus dem Untergrund-Hauptquartier.«

»Das wird ein paar zähe Verhandlungen erfordern.«

»Es wäre einfacher, in eine Kampfzone zu gehen«, sagte Roweena.

»Ich gehe selbst nächste Woche an die Front«, sagte der Colonel. »Sie könnten mich begleiten.«

Ryll, der alles beobachtete, war entsetzt. *Tu es nicht, Lutt!*

Halt dich raus, sonst tu ich es!

Lutt sagte zum Colonel: »Ich möchte, daß die erste

Vor-Kamera-Übertragung etwas äußerst Dramatisches bringt; am liebsten aus dem Hauptquartier, während einer Schlacht.«

»Und wer wird Zugang zu dieser Sendung haben?«

»Unsere Abonnenten auf der Erde.«

»Und die Chinesen werden davon erfahren?«

»Nach einer Weile ganz bestimmt.«

»Die Chinesen sind verschlagen«, sagte der Colonel. »Sie dürfen den Standort Ihres Senders nicht enthüllen. Es liegt auch in Ihrem eigenen Interesse. Die Chinesen verwenden Splitterbomben, die unsere Abwehrlaser nur mit Schwierigkeiten aufhalten können. Wir haben natürlich ein paar Robotruppen, die die Chinesen nicht haben.«

Roweena pflichtete ihm bei: »Die Legion geht sehr ritterlich vor. Die tapferen Männer kämpfen für Legion und Vaterland.«

»Es muß in der Legion doch Kameraleute geben«, sagte Lutt. »Könnte einer von ihnen die Kamera führen, wenn Roweena und ich die Interviews machen? Dann wäre auch sichergestellt, daß wir nichts Problematisches übertragen.«

Roweena war plötzlich aufgeregt. »Sie wollen, daß ich vor der Kamera stehe?«

»Sie sind doch die neue Bürochefin«, sagte Lutt.

»Wird das Fernsehen es auch übertragen?« fragte der Colonel.

»Nicht sofort, aber ich bin sicher, daß es sich bald in die Sache einklinken wird.«

»Wie viele dieser Spezialkameras haben Sie?«

»Drei.«

»Sind sie schwierig zu handhaben?«

»Auf einem Schlachtfeld sind sie unter Umständen gefährlich. Sie sind frisiert und vernichten sich selbst, sobald jemand an ihnen rumfummelt.«

»Ich wollte eigentlich vorschlagen, daß wir eine Ihrer Kameras an die Front schicken. Aber die neuen chinesischen Raketen geraten oft außer Kontrolle und bringen dann mehr Chinesen um als Leute von uns. Uns ist klar, daß es den Chinesen nichts ausmacht, die eigenen Leute zu opfern, solange unsere Jungs auch was abkriegen.«

»Ist das eine Art, einen Krieg zu führen?« fragte Roweena.

»Wird nach Regeln gekämpft?« fragte Lutt.

»In diesem Krieg nur nach wenigen«, sagte der Colonel. »Tja, ich will mal sehen, was ich erreichen kann. Der Sergeant wird Sie zum Hotel zurückbringen und die Verhaftungen vornehmen. Es werden Köpfe rollen.«

»Ich wußte gar nicht, daß Sie die Guillotine noch verwenden«, sagte Lutt.

»Es ist nur so eine Redensart, alter Junge. Wir werfen sie ohne Panzer in den nächsten Lavakessel. Das geht schnell, und hinterher braucht man nicht aufzuräumen.«

Roweena hängte sich beim Colonel ein und lächelte Lutt an. »Vielen Dank für den Job, Boss, aber jetzt müssen Paul und ich uns einer anderen Beschäftigung widmen.«

Der Colonel grinste zu ihr hinunter. »Oh, tatsächlich, das müssen wir.« Er grinste auch Lutt an. »Sobald Sie den Paß haben, schicke ich Ihnen ein PTM der Legion. Man wird die üblichen Passierscheine zum Uno schikken. Ich rate Ihnen, im Hotel zu warten.«

»Was ist ein PTM?« fragte Lutt.

»Ein Personaltransportmittel. Sie haben keinen Piloten und sind programmiert, einer Ionenspur zu folgen. Man ist darin relativ sicher. Sie verstehen bestimmt, daß wir Sie nicht überallhin eskortieren können.«

Als sie wieder in der Sicherheit ihres Zimmers waren, explodierte Ryll beinahe vor Empörung. *Relativ sicher! Ich kann nicht mal daran üben, uns Ersatz-Iskeram zu beschaffen. Ich kann uns nicht mal etwas Ordentliches zu essen machen, solange wir nicht unten im Restaurant sitzen — und selbst dann kann ich es nur, wenn du was bestellst, in dem ich was verstecken kann …*

Wirst du wohl die Klappe halten? Ich muß den Enquirer *anrufen, um zu erfahren, wie die Aktien stehen. Bis dahin kannst du schon mal meinen Panzer re-idmaginieren.*

Unseren Panzer!

Ach ja. Wir sind ein Junge, der noch wächst, nicht wahr? Und heute abend werden wir wirklich etwas Köstliches essen. Ich bin sicher, daß der Kellner uns eine superbe Portion Pesto Genovese besorgen kann.

Ryll versank in abgeschirmte und mürrische Nachdenklichkeit. Bazeel! Dieser hinterlistige Erder wollte gewiß nur beobachten, welche Wirkung es auf sein Dreen-Fleisch hatte. Das verlangte nach verzweifelten Abwehrmaßnahmen. Aber bestand die Möglichkeit, ihren gemeinsamen Körper zu übernehmen? Und selbst wenn — konnte ein Dreen unter diesen Umständen das Verhalten eines Erders simulieren?

Mit dem Geld, das meine Ölquelle mir einbrachte, kaufte ich mir eine große Ranch und heiratete die Tochter eines reichen Farmers. Die betreibe ich gemeinsam mit mehreren Cowboys und anderen Angestellten.

Aus einer Story von
Lorna Subiyama

Jongleur befand sich am Rande einer gereizten Raserei. Er wippte vor und zurück — aufs linke Bein, aufs rechte Bein, aufs linke Bein … Habiba saß direkt über ihm an der höchsten Stelle des Konus in ihrem Kommandosattel. Dreenors morgendliche Sonne, von einem unvollständigen Schild gedämpft, verlieh ihrer Haut olivfarbenen Glanz.

Was hatte Habiba vor? Sie hatte das Erd-Tilgungsprojekt wieder aufgenommen, und jetzt … Sie hatten so viel Anstrengung auf den Schild konzentriert, obwohl noch andere wichtige Dinge anstanden. Die Idmagination des Schildes hatte jedoch Fortschritte gemacht, und Habibas Prophezeiung eines ›baldigen Erfolges‹ hatte manchen aufgerichtet.

Aber nicht Jongleur.

»Es reicht für den Moment«, sagte Habiba. »Die Leute sollen eine Pause einlegen; heute nachmittag versuchen wir es weiter.« Der Konus wurde sofort heller. »Nun, was liegt an, Jongleur? Geht es wieder um das neue Schiff?«

»Mit dem Ersatz-Tilgungsschiff geht es laut Plan voran, Habiba. Mugly sagt, es wird bald fertig sein.«

Jongleur registrierte mit einem Stich des Bedauerns, daß er keine Schwierigkeiten mehr hatte, die Tilgung zu erwähnen. Soweit hatte das Erd-Problem es schon gebracht. Aber Habiba war bestimmt nicht dazu bereit, die

Tilgung anzuordnen. Bestimmt diente das Projekt nur dazu, Mugly zu beschäftigen, damit er ihr nicht in die Quere kam.

Oder?

»Es geht um den Nachtreport von der Erde, Habiba. Weißt du genau, daß du keine überragenden Idmaginateure beauftragen kannst ...«

»Ich habe dir doch gesagt, du sollst mich damit verschonen, bis der Schild fertig ist, Jongleur. Gib mir die Meldung!«

»Prosik ist es gelungen, durch einen unserer Agenten einen Bericht zu schicken. Das erste Tilgungsschiff wurde tatsächlich beschädigt, und ...«

»Das habe ich mir auch schon gedacht. Wo steckt Prosik? Kann das Schiff seine Mission nicht mehr erfüllen?«

»Habiba!«

»Ich habe lange und hart über meine früheren Einwände bezüglich der Tilgung der Erde nachgedacht, Jongleur. Schwierige Probleme bringen unter Umständen auch schwierige Antworten hervor.«

»Deine *früheren* Einwände?«

»Nun ja ... mehr oder weniger. Ich würde lieber eine friedliche Lösung finden. Sag mir, was ist mit Prosik und dem Schiff?«

»Ein Aktivierungssystem und die Tilgungsmechanismen sind noch intakt. Und die Erder fahren damit fort, das Schiff zu zerlegen. Es ist ziemlich sicher, daß sie die Selbstvernichtungssequenz aktivieren werden.«

»Kann Prosik das Schiff nicht stehlen?«

»Unglücklicherweise befindet sich Prosik auf dem Weg zur Venus.«

»Zu diesem höllischen Ort? Aus welchem Grund? Hast du ihm nicht befohlen, er soll ...«

»Habiba ... Bitte, laß mich erklären ...«

»Na schön, aber ich bin ungehalten.«

»Ein Erder hat ein Aktivierungssystem des Schiffes

zerstört und wurde bei der Explosion getötet. Prosik nahm seine Gestalt an, aber ... aber ...«

»Nun?«

Jongleur roch die schwache Ausdünstung von Habibas Ärger und sagte eilig: »Die Maske, die Prosik anlegte, war die des Mannes von der Erdgürtel-Patrouille, der das Wrack bewachen sollte. Man hat ihn für die Explosion verantwortlich gemacht und zur Strafe auf die Venus geschickt.«

»Dann soll er fliehen und eine andere Maske anlegen.«

»Es würde bestimmt Mißtrauen erwecken, Habiba. Kein gewöhnlicher Erder entkommt aus einem Gefängnis der Erdgürtel-Patrouille. Selbst für unsere eigenen Leute ist es praktisch unmöglich, wenn sie natürlich auch viel besser bewacht werden.«

»Von welchem möglichen Nutzen ist Prosik uns auf der Venus?«

»Weißt du noch, was wir über meinen Sohn und diese ... diese ... spekuliert haben?«

»Die Fusion mit dem Hanson-Geschöpf, ja.«

»Hanson ist auch auf der Venus.«

»Jongleur, hast du immer noch vor, deinen Sohn zu befreien?«

»Ich habe keinen solchen Befehl erteilt, Habiba. Aber Hanson kennt einen Teil des Geheimnisses der Spiralen. Wir müssen erfahren, was er vorhat.«

»Die Erde! Ach, läge das Problem doch schon hinter uns! Wie können wir Prosik auf der Venus erreichen?«

»Hanson hat vor, Nachrichten durch die Spiralen zu senden. Wir können sie natürlich abhören, und ...«

»Prosik erscheint mir irgendwie nicht helle genug, um sich Zugang zu diesen Instrumenten zu verschaffen. Tut mir leid, Jongleur, aber es sind meine Befürchtungen, die meine Zunge leiten. Ich weiß, daß du dein Bestes tust.«

»Das kann man von jedem von uns verlangen, Habiba.«

»Ja, wir tun, was wir tun müssen. So ist es immer. Nun, dann mach weiter. Ich möchte es sofort erfahren, wenn das neue Tilgungsschiff fertig ist.«

»Man wird bis zur nächsten Schicht am Schild daran arbeiten, Habiba. Ich richte mich nach deinen Befehlen. Ich werde dafür sorgen, daß die besten Idmaginateure ihre Arbeit liegenlassen und am Schild mitarbeiten, wenn du es anordnest. Bist du ganz sicher, daß wir überhaupt ein Tilgungsschiff brauchen?«

»In der Vergangenheit haben wir zuviel dem Zufall überlassen. Einen solchen Luxus können wir uns nicht mehr leisten.«

Als Jongleur das Heiligtum verließ, dachte er mit Trauer, daß sich Habiba immer mehr wie Mugly anhörte. Ach, welch verzweifelten Stand der Dinge die abscheuliche Erde doch hervorgerufen hatte!

Wir sind in dieser Abteilung für Probleme wie das Ihre nicht zuständig, Monsieur.

Typische Antwort der französischen Bürokratie auf der Venus

Am nächsten Morgen erwachte Lutt erneut mit einem gewaltigen Kater und machte sich Gedanken über die Wirkung von Pesto Genovese auf Dreen-Fleisch.

Lag es am Gewürz, am Basilikum, Ryll-Baby?

Ryll blieb ihm in seiner schmerzhaften Beinahe-Starre eine Antwort schuldig. Das diesmalige Resultat des Bazeelkonsums fühlte sich noch schlimmer an als zuvor, und er fragte sich, ob er wohl schon auf dem Weg zur Sucht war.

Ein Vidkom-Anruf unterbrach ihre Bemühungen, aufzuwachen. Es war der Hausmeister mit der Meldung, daß die Legion ein PTM für Monsieur Andriessen geschickt hatte. Der Hausmeister klang beeindruckt.

Das PTM war eine kleine knubbelige Rakete mit Stummelflügeln und einem Frachtbehälter, der sich unter ihrem Bauch befand. Lutt verstaute seine Ausrüstung darin. Im Innern des PTM saß ein zweiter gepanzerter Passagier. Sein Körper wies beeindruckende Dimensionen auf, und immer wenn er sich bewegte, wackelte das ganze Fahrzeug. Sie schnallten sich an, und erst auf dem Flug über die leuchtende, korrodierte Landschaft, erkannte Lutt durch die dicke Helmscheibe, wer neben ihm saß.

»Lorna Subiyama?«

»Sie wirken echt überrascht. Das Ding hier geht doch zur Front, oder?«

Sie zeigte ihm einen schwarzen Iskeram-Chip, auf dem PASS stand. »Meine Erlaubnis für drei Tage Action, Buster.«

»Weiß die Legion, was Sie für eine Geschichte schreiben wollen?«

»Ach, das! Die Legion glaubt, ich mach was Heldenhaftes für Schlaf-O-Vision in Dallas. Sie wissen schon — Hirnkontakt-Nachrichten für schwer beschäftigte Manager.« Ihre Stimme verfiel in den Tonfall eines Werbespots: »Nachrichten in Farbe — während Sie träumen. Lassen Sie Ihre Neuronen lernen und Ränke schmieden.«

»Und Sie gehen an die Front?«

»Einer von uns wird zuerst aussteigen. Sind Sie's, Buster?«

»Ich muß ein paar Interviews auf höchster Ebene machen.«

»Kein Scheiß? Wie kommen Sie denn dazu?«

»Einfluß. Wie haben Sie den Paß gekriegt?«

»War nicht einfach.«

»Hat man Sie auch zum Gerichtshof geschickt?«

»Zusammen mit 'nem Rudel anderen armen Schweinen. Und dann zu 'nem Schrottplatz auf der Ruecan D'Arnee, wo man mich am Place Beaumair in 'n kleines Büro schickte, und so weiter, und so weiter ... Ich hab ja schon 'ne Menge Bürokraten gesehen, aber die Franzosen machen wirklich 'ne hohe Kunst aus'm Geldrauskitzeln.«

»Immerhin haben Sie den Paß«, sagte Lutt und justierte sein Außendrehventil, weil ihm allmählich etwas zu warm wurde.

»Man hat mich nie zweimal ins gleiche Büro geschickt, deswegen dachte ich, du machst langsam Fortschritte. Natürlich gab's keine klaren Antworten. Immer nur: ›Anfragen wie Ihre schicken wir immer an die Adresse hier.‹ Und dann hab ich 'n Kärtchen oder 'n Zettel gekriegt.«

Lutt spürte, daß der Kühlmechanismus des Anzugs seine Arbeit aufnahm und sagte mit einem erleichterten Gefühl: »Aber wie sind Sie durch die Bürokratie gekommen?«

»Grün hat hier Einfluß. — Das Grün von Yankee-Dollars.«

»Die Venus ist kein Ort, an dem man gern in einem Militärknast säße.«

»Hab ich keine Angst vor. Aber ich war verdammt nah dran, es für diesen Tag aufzugeben. Dann dacht ich mir, probier doch noch 'n paar von den dämlichen Büros. Erinnern Sie sich an das Gebäude ohne sichtbares Fundament?«

»Das, das wir bei der Ankunft gesehen haben? Ja. Was ist damit?«

»Da gibt es 'n verstaubtes kleines Loch, fast ganz oben. Saß 'ne Frau drin. Irre! Sie hatte 'n Iskeram-Panzer an, der aussah wie 'n Cowgirl-Kostüm. Mit Cowboystiefeln und 'nem Helm wie 'n Stetson ... Ich mein, es war *alles* da. Und sie hatte Kontaktlinsen drin, die immer wieder 'ne andere Farbe zeigten, mal grün, mal blau. Ich sag Ihnen, das war schon was ...«

»Die war wohl anders als die anderen.«

»Sie können's mir glauben, Buster. Und genau hier auf'm Busen hatte sie 'ne große gelbe Rose. — Texas, Buster, *Texas!* Ich hab sie mir geschnappt und sie geküßt — die Rose.«

»Und dann haben Sie bezahlt?«

»Scheiße, nein! Wir Texaner kenn'n uns doch. Sie hat nur so gegrinst und gefragt, ob sie meinen Arsch durch die ganze Stadt gejagt hätte. Ich sag, meine Füße fühlen sich an, als hätt' man sie mit 'nem Lasso gefesselt und mit 'nem Brandzeichen versehen, und da sagt sie, sie wollt eh grad Feierabend machen; ob wir nicht zusammen irgendwo einen heben gehen sollen.«

»Aber wie wären Sie dann zu Ihrem Paß gekommen?«

»Ich sag Ihnen was, Buster: Die meisten Texaner machen ihren Job am besten, wenn sie 'n Drink vor sich stehn haben — Sue Ellen, das is meine neue Freundin, hat mich in 'ne nette kleine Bar am Raumhafen mitgenommen und mir alles über NRLs erzählt.«

»Was, zum Henker, sind NRLs?«

»Niedrigrangige Legionäre. Sie haben 'n komischen Ehrenkodex. Würden nie nach 'm Bakschisch fragen. Aber wenn man 'n echt freiwillig kommt und hundert Franc rausrückt ... Ich mein, wie sonst könnte sich jemand wie Sue Ellen so 'n schicken Panzer leisten?«

»Ach, so haben Sie den Paß gekauft.«

»Drei Tage Front — achtzehnhundert Franc. Sue Ellen hat ihn mir ausgestellt; wir brauchten nicht mal aus der Bar rauszugehen! Anschließend hatt ich noch 'ne heiße Nummer mit 'nem geilen alten Sergeant von der Legion. Der hatte seine Streifen auf'n Arsch tätowiert.«

Ryll mischte sich mit einer Beobachtung ein: *Könnte es sein, daß man sie an die Front läßt, damit sie umkommt?*

»Hatten Sie keinen Ärger auf der Straße?« fragte Lutt.

»Nicht viel. Ein paar Schwindler wollten mich ausnehmen, aber ich hab mich aus 'n Gassen rausgehalten und immer drauf geachtet, daß 'ne Menge Bullen in meiner Herde waren. Man soll sich nie in engen Gassen aufhalten, wo's nur 'n paar Fußgänger gibt.«

»Haben Sie das über die chinesischen Schrot-Raketen gehört?«

»Eine von denen soll sechshundert Quadratmeter plattmachen. Echt, Buster, die sind noch schlimmer als Ölfeld-Nitro.«

»Es ist genau das, was uns an der Front erwartet.«

Die Legion hat es vielleicht nicht gern, wenn du sie warnst, warnte Ryll.

»Ich werd nur aus- und dann wieder einsteigen, damit ich sagen kann, daß ich hier war«, sagte die Subiyama. »Ich bin Kriegsberichterstatterin, klar? Dann hör ich mir die Fünf-Uhr-Narretei an, wie der Rest meiner Saufkumpane. Hören Sie mal, gibt's keine Chance, mich zu einem Ihrer Interviews mitzunehmen?«

»Unmöglich! Ich möchte mit der Geschichte über die Hand nicht das geringste zu tun haben!«

»Muffensausen, was?«

»Machen Sie lieber Ihre Alpträume für beschäftigte Manager. Die Venus ist zwar nicht gerade eine Brutstätte für gute Nachrichten und hübsche Träume ...«

Die Subiyama lachte schallend, dann sagte sie: »Die Venus — eine Brutstätte! Das ist 'n Hammer, Buster! Ich sag Ihnen, das Bett, in dem ich letzte Nacht war, war wirklich heiß! Vielleicht hab ich sogar 'n Rekord gebrochen. Vierzehn Ritte in acht Stunden. Echtes Rodeo. War wirklich 'n geiler Hecht, mein Sergeant. War fast so, als hätte er 'n Texas-Sex entdeckt.«

Entsetzlich! meldete sich Ryll.

Ich wünschte, dicke Weiber würden mir gefallen, konterte Lutt. *Mit der hier könnte es ganz spaßig werden.*

Spaßig?

»Das PTM ist 'n ganz flottes Maschinchen«, sagte die Subiyama und lugte an ihrer Seite durch das Panzerglas.

Lutt schaute an der anderen Seite hinaus. Das PTM schmiegte sich an die kochende Oberfläche, um einer Entdeckung durch die Chinesen zu entgehen. Der Uno-Hausmeister hatte ihm gesagt, er brauche sich deswegen keine Sorgen zu machen.

»Sie werden alle von einem Magzug-System gelenkt, Monsieur.«

Lutt hatte zwar keine Ahnung, was ein Magzug-System war, aber es leitete das PTM in diesem Moment durch einen tiefen Cañon aus flüssigroter Lava. Dann überflogen sie eine hohe Bergkette und bewegten sich über einen Paß. Die Gipfel zeigten eine blaßblaue Farbe; es war relativ kühl in dieser Höhe, aber zweifellos noch immer ganz schön heiß.

Der Paß spuckte sie auf ein hohes, goldenes Plateau.

»Wie covern Sie Ihre Stories?« frage die Subiyama. »Ich seh gar keine Ausrüstung.« Sie hob eine dunkle Iskeram-Box auf, die neben ihr stand. »Hab mir 'ne Iskeram-beschichtete Schreibplatte zugelegt. Ist narrensicher, macht Aufzeichnungen, Notizen, einfach alles.«

»Meine Kameras sind im Frachtraum«, sagte Lutt.

»Ham Sie den alten L. H. schon mal persönlich getroffen?« fragte sie.

»O yeah.«

»Der alte Hurenbock! Meine Mom hat mir von der Zeit unten in West-Texas erzählt. Sie und 'n paar Freundinnen, die gerade nix zu tun hatten, saßen in 'ner Bar. Da kommt der Großkotz mit seiner lauten Stimme rein und sagt, heute abend zahlt keiner mehr für sich selbst. — Er war's, tatsächlich. Er ist mit einer von Moms Freundinnen abgezogen.«

Ich bin gar nicht so anders als Vater, dachte Lutt.

Ihr seid eine triebhafte Brut, sagte Ryll.

Ich nehme an, das sind wir. Vater würde nie zugeben, daß wir uns so ähnlich sind. Es fällt mir sogar selbst schwer.

Aber es stimmt. — Wie der Vater, so der Sohn.

Ist es bei den Dreen auch so?

Eltern wollen immer nur das Beste weitergeben.

Wer entscheidet, was das Beste ist?

Paß lieber auf! Sie redet mit dir.

»Ich hab gesagt, ich glaub, wir sind da«, sagte die Subiyama. »Das Ding hat ziemlich verlangsamt.«

Lutt schaute nach vorn und sah einen leuchtend gelben Streifen, der vom unausweichlichen Orange der hitzegebackenen Venusatmosphäre umgeben war. Das PTM bog scharf nach rechts ab. Lutt sah, wie auf der anderen Seite des Plateaus hellgrüne und violette Blitze zuckten.

»Sieht verdammt nach Artilleriebeschuß aus«, sagte die Subiyama. »Hörn Sie das?«

Als hätten ihre Worte es erzeugt, hörte Lutt ein fernes Klopfen und das hohe Pfeifen und Rumpeln von Explosionen.

»Wenn's die Front ist, kann sie nicht mehr weit weg sein«, sagte die Subiyama.

Das PTM bog nach rechts ab, und der Venusboden wurde zu dem dunklen Braun eines rissigen Tals. Die Umgebung erschien kühler und solider, als erzeuge der

Planet Illusionen, um sie unvorsichtig zu machen. Graue Iskeram-Bunker wurden an beiden Seiten der flachen, geschwärzten Umgebung sichtbar; ihre Ränder leuchteten gelb. Der Hausmeister hatte gesagt, das Gelb sei das Signal der Magzug-Leitung.

Lutt fragte sich, woraus die Magzug-Technik bestehen mochte. Vielleicht bezeichneten die Franzosen so eins der konventionellen Ionenspursysteme, aber das gelbe Leuchten wies auf etwas anderes hin. Ob es von Wert war, sich mal anzusehen, wie es funktionierte? Vielleicht war es ein militärisches Geheimnis. Neugier erzeugte bestimmt nur gesträubte Nackenhaare. Aber vielleicht konnte er Roweena Humperman ein paar private Fragen stellen?

Das PTM näherte sich schnell der Landebahn und setzte mit einem rutschenden Bums auf. Lange Streifen waren auf dem Boden zu sehen. Als es anhielt, blitzte ein rotes Licht an der Decke auf und ein Lautsprecher befahl in bellendem Tonfall:

»Alle Mann raus! Und in Deckung!«

Die Cockpithaube klappte zurück. Zu beiden Seiten waren Schritte zu hören. Lutt stieg aus und fand den Frachtraum offen vor. Er ergriff seine Ausrüstung und trottete um das PTM herum. Er sah, wie die Subiyama auf eine Öffnung in einer rissigen Wand zurannte. Dort stand ein bewaffneter Legionär. Er gab ihnen Zeichen und schrie:

»In Deckung! Schnell!«

Die Worte gingen in einem gleißenden Blitz von links unter. Dann ertönte ein gewaltiges Brüllen, das Lutt erschreckt straucheln ließ.

Hinter ihm quäkte eine Hupe los: *Braaak! Braaak! Braaak!*

Er rannte hinter der Subiyama und an dem Zeichen gebenden Legionär vorbei in einen schwach beleuchteten Tunnel. Das Außenmeßgerät unter seiner Helmscheibe zeigte plötzlich einen starken Temperaturanstieg an, doch der Panzer glich ihn aus, so daß er von der Außenhitze nichts mitbekam.

Der Tunnel machte einen scharfen Knick nach rechts und dann nach links, und öffnete sich in eine größere Kaverne, in der lange Reihen von humanoiden Robotern in khakifarbenem, blauem, weißem und rotem Iskeram standen.

Menschliche Legionäre eilten zwischen den Robotern hin und her; sie rannten an den Reihen entlang, prüften und richteten aus.

Subiyama blieb vor einem Legionär stehen, dessen Panzer die Streifen eines Corporals aufwies.

»Was ist hier los?« fragte sie. »Ist hier die Front?«

»Nein, Ma'am«, sagte der Corporal mit einem dicken Tennessee-Akzent, der durch die Lautsprecher seines Panzers blechern klang. »Hier is nur 'n kleines Chink-Testgebiet. Sie machen das nur hin und wieder, damit wir nich einschlafen.«

»Wuppiiii!« machte die Subiyama. »Das is ja 'n Junge von zu Hause!«

»Freut mich, Ihre Bekanntschaft zu machen, Ma'am«, sagte der Corporal.

Lutt blieb neben der Subiyama stehen. »Ich bin mit Colonel Paul Carlson verabredet. Und mit meiner Assistentin, Roweena Humperman.«

»Nehme an, der C'l'nel is gleich da, Sör«, sagte der Corporal. »Bleim'se nur hier, wo's sicher is.«

Die Roboter marschierten nun mit langen, kräftigen Schritten aus dem Durchgangslager hinaus. Ihre Bewegungen waren zwar etwas langsam und methodisch, aber sie konnten in bemerkenswert kurzer Zeit große Strecken zurücklegen.

»Sue Ellen war ganz vernarrt in die Legion«, sagte die Subiyama. »Sie hat gesagt, jeder Mann von der Mannschaft wär'n bestens ausgebildeter Athlet.«

»Sie sollen bestens konditioniert sein«, stimmte Lutt ihr zu und sprach zugunsten des Corporals. »Sie können es mit fast jeder olympischen Disziplin aufnehmen.«

»Die lassen uns ja nich mitmachen«, meldete sich der Corporal. »Die Russkis sagen, wir wär'n Profis. — Das müssen *die* gerade sagen!«

»Die Legionäre sind Kilo für Kilo die Elitetruppen und militärischen Techniker des Sonnensystems«, sagte die Subiyama. »Mein Sergeant von gestern abend hat sich seine Orden bestimmt ehrlich verdient.«

»Hab grad 'ne Nachricht über Sie gekriegt, Sör«, sagte der Corporal. »Sie sind Lutt Hanson junior?«

»Ich wußte es doch!« krähte die Subiyama.

»Ich bin's«, sagte Lutt.

»Ich soll Sie in den Kommandobunker runterführ'n, Sör«, sagte der Corporal. »Sind Sie wirklich der Hanson von all die Firmen und mit der großen Knete?«

»Er ist einer davon!« sagte die Subiyama.

»Dann versteh ich nich, warum Sie hier oben Ihre Haut riskier'n, Sör«, sagte der Corporal. »Hierher, bitte.«

»Und was ist mit mir?« fragte die Subiyama.

»Sie soll an die Front«, sagte Lutt.

»Glaub nich, daß das grad geht«, sagte der Corporal. »Die Chinks ham unser Landefeld planiert oder so. Kommen Sie doch einfach mit, Ma'am. Unten wird schon einer wissen, was man mit Ihnen anfangen kann.«

»Sehen Sie, wie es ist, wenn man 'n sauberes Leben führt?« fragte die Subiyama. »Man hat regelmäßig was Steifes im Bett, und die Geschichten fallen einem in den Schoß.«

Ist der Venusstaub von Natur oder ausschließlich die Substanz eines göttlichen Plans?

Gebetsthema
der venusischen Erzdiözese
der Episkopalkirche

Roweena Humperman, auf deren umgearbeiteter Rüstung die ›Abnäher‹ an Taille und Hüften deutlich zu sehen waren, traf in der Wärmeschleuse der Kommandozentrale mit den beiden zusammen. Sie hatte den Helm in den Nacken gekippt und ein gequältes Lächeln aufgesetzt.

»Colonel Paul steckt wegen der Sache in Teufels Küche, Lutt. Wen haben Sie da bei sich?«

Lutt klappte das Visier zurück, schnappte nach frischer Luft und stellte Lorna Subiyama vor, die sich ebenfalls aus dem stickigen Muff der Rüstung befreite.

»Ein mieser Zufall, oder?« meinte Subiyama.

»Wir werden sehen. Es hört sich so an, als wollten sie uns hier nicht mehr rauslassen. Kommt mit! Paul ist in der Nähe.«

Humperman nahm Lutt eine Kamera ab und führte die beiden durch eine zweite Wärmeschleuse, wo Wachen der Legion ihre Pässe kontrollierten, dann weiter durch einen Gang zwischen roten Felswänden entlang, die so dunkel und intensiv wie Rubine glitzerten. Die großen Bodenfliesen waren aus dem gleichen Material, aber weiß gemasert. Bänke aus rotem Gestein, auf Abstand ausgerichtet, säumten die Wände. Daneben standen rote Steinvasen, in denen dickblättrige Tropenpflanzen steckten. Von den glattpolierten Wänden und der Decke reflektierten schemenhafte Spiegelbilder.

Die Einrichtung ist kein Zufall, dachte Lutt.

Was soll das heißen? wollte Ryll wissen.

Die dunklen Spiegelbilder sind irgendwie gespenstisch. Das alles soll nach Unterwelt aussehen — mit den Schatten toter Legionshelden.

Auf mich wirkt der Ort eher morbide.

Als sie tiefer in den Kommandokomplex vordrangen, wurden sie auf hallende Stimmen und Schritte aufmerksam. Manche schienen aus der Ferne zu kommen, andere aus unmittelbarer Nähe.

Gewitzt geplant, fand Lutt, und mußte daran denken, was er über die Korrelation von Architektur und Psychologie gelernt hatte, als er mit der Umgestaltung des *Enquirer*-Gebäudes beschäftigt gewesen war.

Plötzlich waren rennende Schritte hinter ihnen zu hören. Ein Captain der Legion in Sicherheitsrüstung überholte sie, drehte sich um und hielt sie mit erhobener Hand an.

»Seid Ihr die Pressefritzen? Ja, offensichtlich. Der General sagt, daß an der Oberfläche gerade ein Kampf ausgebrochen ist. Ihnen wird richtig was geboten. Hier lang!«

Die Humperman blähte die Nüstern und warf Lutt einen alarmierten Blick zu, aber sie versiegelte als erste ihren Helm.

Sie glaubt bestimmt, daß es uns da oben an den Kragen gehen soll, interpretierte Ryll.

Für eine Weigerung war es zu spät. Der Captain trieb sie durch einen Seitengang auf einen Fahrstuhl zu. Er legte die Hand auf die Türsteuerung und wartete.

»Sie fahren rauf auf Ebene Eins C. Da ist eine Rampe, die nach oben führt. Der folgen Sie bis zur Doppeltür, wo Sie die Pässe vorzeigen und den Befehl erhalten, nach draußen zu gehen.«

»Nach draußen?« fragte die Humperman mit angeknackster Stimme.

»Auweia«, sagte die Subiyama. »Eigentlich wollten wir bloß die Offiziere treffen. Jetzt marschieren wir auf direktem Weg in den Krieg.«

»Wo ist Colonel Paul?« erkundigte sich Lutt.

Während er die Tür schloß, antwortete der Captain: »Er führt fleißig Krieg, Monsieur. Wir werden von allen Seiten angegriffen. Bleiben Sie draußen, solange es geht, hinter den Deflektoren verschanzt. Da geht's rund.«

Lutt spürte, wie sein Adrenalinspiegel anstieg und konterte Rylls Einwände mit logischen Argumenten.

Wenn du willst, daß wir überleben, hilf mir, so gut du kannst.

Sollte dir was Ernstes passieren, idmaginier ich einen Dreen-Körper oder eine andere passende Verkleidung, warnte Ryll, obwohl er wußte, daß die Drohung leer war.

Ryll, Jungchen, was du auch sagen willst: halt's Maul und laß mich mal machen!

Lutt öffnete die Kamera und forderte die Humperman auf, das gleiche mit dem Apparat zu tun, den sie ihm abgenommen hatte.

»Wie Kameras sehen die grad nicht aus«, bemerkte die Subiyama.

Lutt klärte sie auf; schließlich kam sie als mögliche Abnehmerin in Frage.

»Sofortbild? Fingerschnippen und fertig?« Sie war sichtlich begeistert.

Lutt konnte sich weitere Erklärungen sparen, denn der Fahrstuhl hatte angehalten. Die Tür ging auf. Vor ihnen tauchte die Rampe auf, die der Captain erwähnt hatte. Sie war vollgepackt mit Kampfrobotern und Bedienungspersonal.

Keiner verlangte nach Pässen. Die Robotertruppe marschierte zur Rampe hinauf und nach draußen. Lutt folgte mit surrender Kamera.

Das Aktivieren der Vor-Kameras verursachte ein heftiges Zerren in Rylls Bewußtsein. Wie alle Dreen, die mit kreativen Spiralen in Berührung kommen, spürte er, wie eine ursprüngliche Verbindung wirksam wurde — eine Verbindung zu seinem Volk, ihrer Vergangenheit und Zukunft. Die Empfindung verstärkte sein Unbehagen und das Gefühl der eigenen Zerbrechlichkeit noch. Wenn jetzt etwas schieflief, war seine Verbindung zur Dreenheit endgültig abgerissen.

Oh, sei bloß vorsichtig, Lutt! dachte Ryll.

Lutt ignorierte ihn; seine ganze Aufmerksamkeit galt dem Kampf. Zu seiner Linken hatte die Humperman die Kamera vorschriftsmäßig geschultert. Auch sie fing das Geschehen ein und kommentierte die Bilder. Die Subiyama, die ihnen nicht von der Seite wich, besprach eine elektronische Kladde. Lutt verstand nur ein paar Brocken ihrer Aufzeichnungen.

»... und rechts von mir steht Lutt Hanson junior, die Hoffnung des Hanson-Imperiums, der der Welt beweist, was er als Reporter draufhat.«

Guter Mitschnitt, dachte Lutt. *Hoffentlich kommt's an.* Das grüne Licht am Rande des Sucherfeldes signalisierte, daß die Übertragung empfangen wurde. Sie erreichten das Oberdeck. Die Iskeram-Brüstung vor ihnen war zersprungen. Überall lagen verwundete oder sterbende Legionäre und zerstörte Roboter herum. Ersatzmannschaften stapften über die Opfer hinweg. Lutt ging in die Hocke und filmte. Er sah die Humperman nach links abdrehen und mit der Kamera die Brüstung entlangfahren. Die Subiyama kauerte neben ihm und sprach ununterbrochen in ihr primitives Aufzeichnungsgerät.

»... mit großen Verlusten hier in der Kommandozentrale der Legion. Aber die tapferen Verteidiger sammeln sich zu einem Gegenangriff.«

Lutt hörte das laute, statische Knacken der Deflektorstrahlen. Vom Abwehrsystem selbst war nichts zu sehen — nur vereinzelte Blitze, die violett aufglühten.

Das gleiche Phänomen vor Augen kommentierte die Subiyama: »Das französische Deflektorsystem, um das sich so viele Spione bemühen, scheint nach kurzer Panne wieder zu funktionieren. Über mir und vor mir prallen Laserstrahlen auf. Sie sehen aus wie violette Blumen.«

Lutt schwenkte die Kamera und zielte auf einen Trupp sechsbeiniger Robosanitäter, die aus dem Kommandokomplex geeilt kamen. Sie versorgten die Verwundeten und trugen auch einige Opfer auf Iskeram-Tragen davon.

Lutt kommentierte die Aktion selbst: »Der chinesische Angriff auf die französische Festung bringt offenbar hohe Verluste mit sich. Hinter uns, auf dem Oberdeck, rüstet die Artillerie der Legion zum Gegenschlag. Wir können annehmen, daß auch die Chinesen große Verluste hinnehmen müssen.«

Im Sucher der Kamera sah er schwarze und silberne Wolken aus den Kanonen puffen. Der Boden zitterte bei jeder Explosion. Das in den Panzer eingebaute Mikrosystem drosselte automatisch die Lautstärke, um seine Ohren zu schützen.

Die Humperman rief ihm von der Brüstung aus zu: »Luftangriff aus neun Uhr!«

Lutt sah, wie sie die Kamera in Position brachte. Auch er nahm den dunklen Flugzeugschwarm ins Visier, der in mittlerer Entfernung auftauchte. Violette Blitze fuhren in das Geschwader hinein, als es auf Reichweite herangekommen war. Die Artillerie eröffnete das Feuer.

»Wir sollten von hier verschwinden!« rief die Subiyama. »Wir stehen mitten in der Zielscheibe.«

Gebückt rannte sie los. Lutt war über ihre Schnelligkeit verblüfft. Er folgte ihr zwar, hielt aber die Kamera auf die Angreifer gerichtet und kommentierte.

Hinter dem Wall trat er auf sprödes venusisches Gestein, das unter seinen Füßen zu rotem Sand zerbröselte, der noch feiner war als der Sand irdischer Strände. Der rutschige Grund bremste ihn abrupt ab.

Lutt rekapitulierte die entsprechenden Passagen des Überlebens-Handbuchs für die Venus: *Nicht stehenbleiben! Am besten ist es, die Beine in die Hand zu nehmen. Und das ist kein Witz.*

Ryll, der stumme Zeuge, konnte seine Meinung nicht

mehr zurückhalten. *So etwas wie Mitleid empfindest du wohl auch nicht mehr. Du siehst alles nur durch die kalten, gefühllosen Augen eines Pressemenschen.*

So ist es, Kleiner. Und jetzt lenk mich nicht weiter ab, es sei denn, du möchtest, daß wir draufgehen. Das ist der Krieg, den du sehen wolltest.

Ich habe genug gesehen. Laß uns zurückgehen!

Und auf die Story verzichten? Du spinnst. Halt dich gefälligst zurück!

Die Subiyama ging voran, dicht gefolgt von der Humperman. Gemeinsam passierten sie einen Auffangraum für die Opfer. Undurchsichtige Iskeram-Kokons umhüllten die Verletzten. Einige der Kokons hatten Sichtfenster, hinter denen Männer, in blutverschmierte Laken gewickelt, zu erkennen waren.

Lutt blieb kurz stehen, um ein paar Nahaufnahmen zu schießen. Von den Legionären und Robosanitätern nahm niemand Anstoß daran. Sie schienen mit Reportermethoden vertraut zu sein und machten ihn sogar auf medienwirksame Details aufmerksam.

Die Humperman lief auf Lutt zu und rief: »Sind Sie sicher, daß auf der Erde alles empfangen wird?«

»Solange das grüne Licht im Sucher leuchtet.«

»Kann man über den Apparat auch Kontakt mit uns aufnehmen?«

»Wenn der Empfangsmodus eingeschaltet ist. Das zeig ich Ihnen später.«

Ryll beobachtete das angreifende Geschwader. Er fürchtete, womöglich zum letzten Mal über die Wirbel der Kamera mit seinem Volk Kontakt zu haben. Er bekam es zunehmend mit der Angst zu tun. Ein Teil dieser Angst sickerte in Lutts Bewußtsein durch.

Bitte, Lutt, flehte Ryll. *Laß uns irgendwo einen sicheren Ort aufsuchen!*

Du hast gesagt, dein Leben sei langweilig. Ich tue dir einen Gefallen, Ryll, und nehme selbst Risiken dafür in Kauf.

Ich habe meine Meinung geändert.

Zu spät, Kleiner.

Ryll sah ein, daß Lutt von seinem Kurs nicht abzubringen war. Er gab sich geschlagen und ging dazu über, seinen irdischen Anhang nach Dreen-Methoden zu analysieren. Überrascht stellte er fest, daß Lutt in seltenen Fällen tatsächlich Mitleid aufbringen konnte. Für ihn, Ryll, hatte er aber noch nie eine solche Empfindung übrig gehabt. Ryll war für ihn nicht mehr als ein störender Juckreiz, dem man am besten durch Nichtbeachtung beikam.

Derweil blickte Lutt unentwegt durch den Sucher seiner Kamera. Als Beobachter war er von dem Elend und dem Gemetzel nicht berührt. Er dachte nicht einmal an die eigene Gefährdung.

Ryll sah darin eine äußerst merkwürdige Form von Konzentration. In ihrem Vermögen, alle äußeren Einflüsse abzuschotten, war sie noch schärfer und intensiver als die Idmagination der Dreen.

Plötzlich zog Lutt ein brennender Schmerz vom Steiß bis zum Schädel hinauf und stach durch Fleisch und Organe. Ryll, der den Schmerz mit gleicher Heftigkeit zu spüren bekam, ahnte, daß ein Geschoß die Rüstung durchschlagen hatte.

Von irgendwoher schrillte eine Frauenstimme: »Hanson ist getroffen worden!«

Lutt spürte das Zucken und die Vibration des in die Rüstung installierten Notaggregats, das eine Ersatzemulsion aus Iskeram und kühlendem medizinischen Schaum an die beschädigte Stelle pumpte.

Lutt spürte, wie ihm die Sinne schwanden, und sackte zusammen. Hellgelbe und orangefarbene Farben flakkerten durch sein Blickfeld. Die laufende Kamera glitt von seiner Schulter und schien in Zeitlupe zu Boden zu fallen. Er dachte einen Moment daran, daß alle Nachrichtensender im Sonnensystem diese Sequenz mehrmals wiederholen und in verschiedenen Sprachen kommentieren würden. Betäubender Lärm dröhnte in seinen

Ohren. Er wähnte sich von der Ohnmacht in den Schwitzkasten genommen.

Du stirbst, Erder! sagte Ryll. *Warum hast du nicht auf mich gehört?*

»Nein!« schrie Lutt.

Ich glaube doch. Du wirst zusehends schwächer und kannst mich nicht mehr halten. Ich schüttle dich ab und übernehme die volle Kontrolle. — Adieu, und mach's gut!

Nein ... Bleib! Wir können uns neu arrangieren. Ich bin zu jedem Kompromiß bereit. Du hast uns schon einmal gerettet. Ich weiß, daß du es wieder tun kannst.

Ryll, beschäftigt mit der Reparatur der Wunde, fragte sich insgeheim, ob ihm wirklich ein Ausbruch gelingen konnte. Es gab eine Möglichkeit, ohne aus sterbendem Fleisch zu entkommen, ohne zu fusionieren. Soviel wußte er. Aber als man dieses Kapitel im Seminar besprochen hatte, hatte er wieder einmal nicht aufgepaßt. Ryll jammerte über seinen Hochmut als Schüler, über die närrische Einbildung, alles schon zu wissen.

Er erkannte das Ausmaß der Verletzung und überlegte, ob er Fleisch von einem toten oder sterbenden Legionär zur Heilung brauchte.

Das warf eine weitere Frage auf: Konnten drei Charaktere ein- und denselben Körper beziehen? Ryll hielt es für möglich.

Lutts Angst und Schwäche als Hebel nutzend, nahm Ryll die Kontrolle des gemeinsamen Körpers in Angriff — zuerst nahm er die Augen in Beschlag, dann das motorische Hauptsystem. Er lag flach ausgestreckt auf dem heißen Boden und hoffte auf die Widerstandsfähigkeit der isolierenden Keramik. Die Humperman tauchte auf und beugte sich über ihn, um die Werte seiner Meßinstrumente an den äußeren Repetieruhren abzulesen.

»Können Sie mich verstehen?« fragte sie.

»Ja.« Die Stimme war dünn, aber Ryll glaubte, daß er Lutts Tonfall unter den gegebenen Umständen ganz gut getroffen hatte.

»Machen Sie sich keine Sorgen. Die Sanitäter sind schon unterwegs«, sagte die Humperman. »Ich habe alles aufgenommen. Als das Ding einschlug, hatte ich Sie genau im Visier. Sah aus wie der Querschläger einer explodierten Rakete.«

»Wo ... Subiyama?« stammelte er.

»Sie ist weggerannt und sucht nach einer Möglichkeit, ihre Story unter Dach und Fach zu kriegen. Herrje! Da kommen wieder Raketen an!« Die Humperman warf sich flach auf den Boden.

Ryll hatte den Körper inzwischen voll unter seine Kontrolle gebracht. Er spürte, wie der Boden unter ihm zu beben anfing. Ein Dauerblitz aus sprühenden Laserflammen malte den Himmel violett an. Er sah den Widerschein auf der Helmscheibe der Humperman. Sie rührte sich nicht.

»Sanitäter unterwegs?« fragte er. »Habe ich richtig verstanden?«

Die Antwort blieb aus.

Mühsam hob Ryll den Kopf und blickte auf den gepanzerten Körper der Frau. Der Teil unterhalb der Hüfte hatte sich in eine dampfende Blutpfütze aufgelöst. Ryll würgte und dachte verzweifelt darüber nach, wie er an ihre Reste herankommen konnte, um den Körper Hansons damit aufzumöbeln. Doch das hieße, den eigenen Panzer zu öffnen und die Hitze der Venus hereinzulassen, die die Humperman immer weiter aufzehrte.

Oh, warum hab ich Lutt nur in den Kopf gesetzt, einen Krieg zu erleben?

Wieder schüttelte eine Explosion den Untergrund.

Gleichzeitig und überraschenderweise meldete sich Lutt mit einem scharfen Gedanken: *Du bist also wieder am Ruder, wie? Wirst du es auch halten können, wenn ich dazwischenfunke?*

Idiot. Ich versuche, uns zu retten.

Wie ich sehe, hat's die Humperman erwischt. Wo stecken die verdammten Sanitäter?

Es hat Raketen geregnet. Vielleicht ist niemand am Leben geblieben.

Diese verfluchten Chinakracher! Sieh mal! Ihre Kamera läuft ja noch.

Deine auch, wenn ich es richtig sehe.

Tatsächlich. Was für eine Story!

Was anderes fällt dir im Augenblick nicht ein?

Doch. Die Tatsache zum Beispiel, daß du mich nicht los wirst. Stimmt's?

Ich hab's noch nicht ausprobiert.

Ich frage mich, was die Franzosen mit einem gefangenen Dreen anstellen.

Bitte, sei jetzt hilfsbereiter, flehte Ryll. *Wie sollen wir am Leben bleiben, wenn wir uns weiter beharken?* Er richtete den Blick auf die Humperman. *Willst du, daß uns das gleiche passiert?*

Lutt fand es widerlich, durch Augen zu sehen, die ein anderer kontrollierte, denn er konnte sich aus keiner einzigen Szene ausblenden. Als das ungeschützte Fleisch der Humperman verbrannte, fackelten hellgelbe und orangefarbene Flammen durch die Reste der aufglühenden Rüstung. Als letztes blieben das Gesicht und der Kopf übrig, die bis zum scheußlichen Ende unter dem Visier zu sehen waren. Schließlich verschmolzen selbst die verkohlten Überbleibsel mit dem Staub des Planeten.

Mit den Sanitätern ist wohl nicht mehr zu rechnen, bemerkte Lutt. *Daß ich einmal so enden muß ...*

Sie hat gesagt, Hilfe ist im Anmarsch.

Zuerst wird für die Soldaten gesorgt. Wir sind bloß Zivilisten, auf die man verzichten kann.

Aber sie werden uns doch nicht einfach hier liegen lassen!

Die Legion tut nur das Notwendige. So lautet ihr Motto.

Ryll spürte, wie der Heilschaum und der Iskeram-Kitt gegen seine Haut drückte. Das System hielt die Temperatur in der Rüstung angenehm kühl. *Wie lange noch?* fragte er sich.

Ich willl nicht sterben, solange ein anderer meinen Körper steuert, dachte Lutt. Er versuchte, eigene Befehle in das gemeinsame Nervensystem zu speisen. Der Körper zuckte und zappelte.

Und ich will nicht sterben, es sei denn in eigener Dreen-Haut, entgegnete Ryll stur.

Erfolgreich wehrte er sich gegen Lutts Anstrengungen, schwenkte die Augen nach innen und fing an, die Gestalt zu idmaginieren, die ihm seit der Entlassung aus dem Saathaus gehört hatte.

Doch was dabei herauskam, war nur eine häßliche, weiße Beule auf der Brust des Erders, die, sich Platz verschaffend, den Panzer sprengte und gleich darauf in der Hitze des Planeten verbrannte. Sofort wurde das Loch mit Füllschaum geschlossen. Der momentane Hitzeschock war so groß, daß Ryll einen Urschrei nach Art seiner Vorfahren ausstieß. Gemeinsam mit Lutt glaubte er in ein finsteres Loch zu stürzen. Beide verloren sie die Besinnung.

Schreiben Sie's sich hinter die Ohren: Ich bin eine Kriegsberichterstatterin! Ich hab mittendrin gesteckt in all dem Blut und Elend, und es war, verdammt noch mal, kein Spaß!

Aus einem Interview mit Lorna Subiyama

»Es war Ryll, dein Sohn«, sagte Habiba. »Sein Urdreen-Schrei hat mich über die Spiralen erreicht.«

Sie stand Jongleur in der Original-Dreen-Behausung gegenüber, die unter ihrem privaten Konus konserviert worden war. Wenn sie mit unangenehmen Dingen zu tun hatte, suchte sie diesen Ort auf, weil die braunen Lehmwände eine beruhigende Wirkung auf sie ausübten. Doch an diesem Abend half selbst das nichts.

»Ist er ... ist er ...«

Jongleurs Stimme versagte.

»Ich weiß es nicht genau, Jongleur. Ich registrierte heftige Schmerzen und Verwirrung ... Es schien, als sei an der Katastrophenmeldung auch ein Erder beteiligt gewesen.«

»Dieses unselige Fusionieren!«

»Ich fürchte, so ist es.«

»Aber du hast ihn auf der Venus lokalisiert?«

»Daran kann kein Zweifel sein. Die Berichte unserer Agenten auf der Erde, der Schmerz, den ich empfangen habe ... es sind untrügliche Indizien. Es war Feuer, Jongleur. Ich fürchte, er hat Verbrennungen erlitten.«

»Oh, mein armer, fehlgeleiteter Sohn«, seufzte Jongleur.

»Sein trauriger Fall müßte unseren Jugendlichen als beispielhafte Lehre dienen«, sagte Habiba. »So waren Rylls Entgleisungen nicht sinnlos.«

»Ja ... ja, natürlich.«

Jongleur fand in dieser Bemerkung nur wenig Trost.

Allein ihr Versuch, seinen Kummer zu lindern, war dankenswert. *Gute Habiba.*

»Morgen müssen wir die Kräfte unserer besten Idmaginateure zusammenlegen und den Schutzschild fertigstellen«, sagte sie. »Es mag grausam klingen, lieber Jongleur, aber es gibt im Augenblick nichts Wichtigeres. Alles andere muß aufgeschoben werden. Der Schutzschild hat absolute Priorität.«

»Und was ist mit dem Ersatz-Tilgungsschiff?«

»Mugly meint, daß die Arbeiten länger dauern werden als ursprünglich angenommen. Aber wie dem auch sei, wir dürfen nicht zulassen, daß Rylls Schicksal das Los der ganzen Dreenheit wird.«

»Du glaubst also wirklich, daß er ... daß er ...«

»So sieht es aus, Jongleur. Vielleicht ist es sogar das Beste für ihn. Du weißt, was mit denen passiert ist, die fusioniert haben.«

»Der Wahnsinn ...«

»Ja, es ist unberechenbar.«

Es überraschte Jongleur, daß Habiba Wahnsinn und Unberechenbarkeit gleichsetzte. War sie wirklich in der Lage, das Verhalten aller vernünftigen Dreen vorherzusehen? Ein abstoßender Gedanke. Gab es überhaupt noch private Freiräume? Durfte man nichts mehr sein eigen nennen? Natürlich, kraft ihres Amtes verfügte Habiba über alle Daten, von denen sie Kenntnis nahm. Demnach war er, Jongleur, auch nur ein Teil ihrer Gedanken. Konnte sie das Verhalten der Dreen während der Denksitzungen steuern?

Jongleurs Einstellung zu diesen Fragen hatte sich seit seiner jüngsten Beschäftigung mit Erdangelegenheiten grundlegend geändert. War es nicht falsch, jede Spur von Individualität zu unterdrücken? Oder war sein Zweifel auch schon ein kranker Gedanke?

»Woran denkst du, Jongleur?« wollte Habiba wissen.

Zum ersten Mal in seinem Leben nahm er sich vor, einen Gedanken vor Habiba zu verheimlichen.

»Ich denke an morgen und daran, wie die Idmagination des Schutzschildes am besten zu bewerkstelligen ist«, log er und fühlte dabei, wie ihm ein kalter Schauer über den Rücken rieselte. Was für Folgen hatte es, Habiba zu täuschen? Doch seine harmlose Lüge fiel wohl kaum ins Gewicht, zumal er selbst an der Verbesserung des Schutzschildes interessiert war.

»Lieber Jongleur«, antwortete Habiba. »Du bist, was meine Wünsche angeht, immer hilfsbereit. Mit deiner Unterstützung können wir nicht versagen.«

Von außen sieht das Schiff ganz schön irre aus. Und groß ist der Brummer! Groß wie ein Kriegsschiff der Legion, und auch so stark gepanzert. Will sagen, die Legion braucht ihre Huren. Sie will nicht, daß ihnen was zustößt.

Beschreibung eines Augenzeugen
Legionsbordell, Venus

Am Rand der Bewußtlosigkeit dämmernd, fiel Lutt ein Traum ein. Ein großes, weiches Wesen mit vier Beinen blinzelte ihm in diesem Traum zu und beschimpfte ihn wegen seiner Geheimnistuerei.

Schmerzen fühlte er keine, aber da war diese merkwürdige Empfindung, wiederholt in den Körper rein- und aus ihm rauszuschlüpfen.

Macht sich so das Sterben bemerkbar?

Da bewegte sich was. Er spürte es, konnte aber nichts sehen. Oder träumte er bloß?

Eine Frauenstimme riß ihn aus seinem Dämmerzustand.

»Schnell, er blutet stark!«

Wo bin ich?

Plötzlich erinnerte er sich wieder. *Venus. Von einer chinesischen Rakete verwundet. Ryll! Bin ich diesen Bastard endlich los?*

Keine Antwort von Ryll.

Lutt spürte, wie er aufgehoben wurde. Die Schmerzen kehrten zurück. Der Panzer drückte.

Ein verschwommenes Bild, in rosa- und orangefarbenes Licht getaucht, ließ drei, vielleicht vier Wesen in hülsenförmigen Panzern in Erscheinung treten. *Sanitäter?*

Sie steckten in grauem Iskeram. Von einem Abzeichen war nichts zu sehen.

Schlitzaugen etwa?

Ein Helm beugte sich über sein Visier, und er entdeckte ein Frauengesicht hinter Panzerglas. Ihre Züge verrieten eine Mischung aus orientalischem und europäischem Einschlag. Sie wirkte besorgt. Mit Hilfe der anderen lud sie ihn in einen grauen Lastenaufzug, der von einem über ihm schwebenden Schiff herabgelassen wurde. Angestrengt schaute er hin, um das Schiff zu identifizieren.

Es war riesig und verdeckte den orangefarbenen Himmel. Der Länge nach mit bunten Streifen bemalt. Chartreuse. Er sah weiße und blaue Ornamente in neo-viktorianischem Stil, die Luken, Bullaugen und Lüftungsklappen verzierten.

Was ist das denn für'n Ding? Chinesisch? Legionslazarett?

Lutt fand seine Stimme wieder. »Was ist das? Ein fliegendes Bordell?«

Hinter ihm meldete sich eine Frauenstimme: »Schlaues Kerlchen. Mal sehen, ob wir wieder ein bißchen Leben aus ihm rauskitzeln können.«

Ein schrilles Kichern schien Beifall zu signalisieren.

Lutt versuchte, sich nach der lachenden Person umzusehen, aber in dem Moment klappte ein Iskeram-Deckel zu, und er steckte allein in einer düsteren, großen Zelle, die, hochgehievt, in Schwingungen geriet.

Irgend etwas in dieser Zelle verursachte ein surrendes Geräusch, und er fühlte das angenehme Schwinden von Schmerz und Besinnung. Man hatte ihn mit einem Sonosthetikum benebelt. Er war wohl doch auf dem Weg ins Lazarett.

Lutt wachte auf. Er lag festgegurtet in einem Bett. Die Zimmerdecke war grün. Darunter ein flächiges Rot. Der Körper: an medizinische Versorgungsschläuche angeschlossen. Er fühlte sich behaglich, wie in Watte gepackt. Ein Krankenhauszimmer. Er sah seine Brille, blankgeputzt und unversehrt, auf einem Tischchen liegen.

Das Ding könnte ich eigentlich wegwerfen, dachte er. *Komm auch ohne aus, seit ich Rylls Sehvermögen teile.*

Da waren Geräusche zu hören: Stimmen, ein Hantieren, ein Maschinengebrumm und eine Serie hallender Donnerschläge. Explosionen?

Jemand rückte in sein Blickfeld. Er sah ein elegantes, schwarzes Kostüm, das sich aufreizend an eine schlanke Gestalt schmiegte.

Das hübsche Gesicht, das er in dem Panzerglashelm entdeckt hatte, beugte sich über ihn. Eine seiner Retterinnen. Rekrutierte die Legion weibliche Sanitäter?

Sie hatte braune Augen mit ausgeprägten Lidfalten. Haut dunkel und glatt. Ein winziges, schwarzes Schönheitspflästerchen rechts neben den vollen Lippen. Nase leicht aufwärts geschwungen. Eine europäische Nase.

»Fühlen Sie sich besser?« Eine leicht lispelnde Stimme. Hinter den geöffneten Lippen kamen kleine, ebenmäßige Zähne zum Vorschein.

Sie streckte eine Hand mit langen Fingern aus und berührte seinen Arm. Kribbelnde Wärme durchflutete ihn.

»Wo ... bin ich?« hauchte er.

»Sie sind in unserem Krankenhaus. Haben Sie noch Schmerzen?«

»Und wie.« Er hob den Kopf ein wenig und verzog das Gesicht. »Mein Rücken tut weh.«

»Bleiben Sie ruhig liegen. Unsere Ärzte haben Sie vor zwei Tagen mit einem roten Laser akupunktiert, um den Zellenaufbau an der Wunde zu aktivieren.«

»Vor zwei Tagen?«

Er sah sich um; sein Blick war schärfer geworden. Rote Wände, flauschig tapeziert, mit aufgedruckten kleinen, gelben Blumen. Messinglampen. Möbel aus dunklem, reichverziertem Holz. Alles fest verschraubt. Ein ovales Bullauge zur Linken öffnete den Blick auf eine ferne hügelige Venuslandschaft.

»Sie sind seit drei Tagen bei uns«, sagte sie. »Ihr Personalausweis ist auf den Namen Peter Andriessen ausgestellt. Aber ich habe eine von der Erde ausgestrahlte Sendung gesehen, und darin war von Ihnen als Lutt Hanson junior die Rede. Wie heißen Sie denn nun wirklich?«

»Lutt.«

»Himmel! Wir haben einen berühmten Besucher unter uns!«

»Was ist das für ein Schiff?«

»Das fliegende Bordell der Legion. Wir kreuzen immer da auf, wo wir gebraucht werden.«

Ist's denn möglich? Ein fliegender Puff!

Ungeniert gaffte er seine Retterin an. »Sind Sie ...?«

»Man nennt mich die keusche Chanteuse. Ich singe für die Jungs, trete aber nie in Rückenlage auf.«

»Sie waren doch mit den anderen unten auf der Venus und haben mich gerettet, stimmt's?«

»Ja. Auch das gehört im Notfall zu unseren Dienstleistungen.«

»Wie schlimm ... bin ich verwundet?«

»Die Ärzte sagen, daß Sie großes Glück gehabt haben. Leichte Verbrennungen und Prellungen. Keine ernsten inneren Verletzungen.«

Mein Dreen hat also schon für die vorläufige Reparatur gesorgt, bevor er verschwunden ist.

»Und mein Rücken?«

»Das Rückgrat ist unverletzt geblieben.«

Beim Lächeln zeigten sich Grübchen an beiden Seiten ihres Mundes.

»Ich habe Durst«, sagte er.

Mit geschmeidigen Bewegungen ging sie ans Waschbecken und füllte einen Becher mit Wasser. Als sie ihm beim Trinken half, nahm er einen dezenten Nelkenduft wahr.

»Sie singen also«, sagte er, nachdem er den Becher leergetrunken hatte.

»Ich bediene auch an den Tischen, schneidere Kleider und beaufsichtige die Näherinnen an Bord.«

»Und Sie helfen den Verwundeten.«

»Ihnen helfe ich, weil ich Ihre Sprache spreche. Außerdem bin ich neugierig. Warum riskiert ein Hanson hier sein Leben?«

»Das ist mein Job.«

»Ziemlich gefährlich.«

»Und warum sind Sie hier?«

»Ich bin von zu Hause aus sehr arm und ...« Sie zuckte die Achseln. »Aber Sie ... Geht es Ihnen hier wirklich um einen Job?«

»Ja.«

»Als uns klar wurde, daß Sie womöglich ein Hanson sind, hat eins unserer Mädchen gesagt: ›Wenn ein Hanson aus einem Fenster im zehnten Stock springt, ist man gut beraten, ihm zu folgen, denn er tut nichts ohne Aussicht auf Profit.‹«

»Ist das fliegende Bordell profitabel?«

Sie kicherte. »Die tüchtigeren Mädchen sind jedenfalls nicht mehr arm. Sie sind keine Huren, sondern Spezialisten in Sachen Liebe, und die zäheste und verdienstvollste Truppe der Legion.«

»Wie sind Sie ... Ich meine, was hat Ihnen ...« Er brach ab und fragte sich, ob ihm das Verlangen an den Augen abzulesen war.

»Mein Vater und drei meiner Brüder waren Legionäre. Sie sind alle bei einer Schlacht gegen diese verfluchte Mao-Garde ums Leben gekommen. Eine Frau kann der Legion nur dienen als ...« Sie sah sich um. »Im übrigen bin ich streng katholisch und um mein Seelenheil besorgt.«

»Bei Ihrer Schönheit ist das angebracht.«

»Das sagt man oft zu mir, aber ...« Wieder zuckte sie die Achseln. »Ich habe meinem Vater und meinem ältesten Bruder versprochen, mich nie für Geld besteigen zu lassen.«

»Die keusche Chanteuse«, sagte er.

»Es zerreißt mich«, gestand sie. »Madame meint, es

sei gut fürs Geschäft, wenn die Klientel etwas bewundern aber nicht besitzen kann.«

»Wie heißen Sie?« fragte Lutt.

»Nishi D'Amato.« Ihre Augen schimmerten wie polierte Haselnüsse, als sie ihn anlächelte. »Jetzt muß ich aber gehen. Man braucht mich auch woanders.«

Das enganliegende schwarze Kleid warf kleine Falten an ihren Hüften, als sie den Raum verließ.

Nishi. Ist sie die Ni-Ni meiner Träume? Bin ich zur Venus geschickt worden, um ihr zu begegnen?

Deine Venus auf der Venus. Das hättest du wohl gern. Du hebst ab, Freund Lutt.

Der verdammte Dreen war ja immer noch da!

Wir teilen immer noch denselben Leib, Lutt. Freu dich, daß ich da war, um deinen Körper zu reparieren. Die Ärzte scheinen unser Geheimnis nicht entdeckt zu haben.

Offenbar.

Als wir im Sterben lagen, hast du versprochen, den Körper fair aufzuteilen. Ich glaube, es ist Zeit ...

Gib's auf, Schmarotzer! Wenn's mir dreckig geht, versprech ich alles.

Du hast dein Wort gegeben.

Ich hab dich vorgewarnt. Versprechen lassen sich auch brechen.

Das werde ich mir merken, Lutt. Nächstes Mal ...

Tu nicht so! Du hast mir doch bloß geholfen, um dich selbst zu retten.

Bei der erstbesten Gelegenheit werde ich für unsere Trennung sorgen, Lutt. Das verspreche ich dir. Und Dreen halten, was sie versprechen.

Viel Glück, Rylly! Aber ich glaube nicht, daß es dir gelingen wird.

Auf der Venus wird es nie richtig dunkel. Dieser Krieg findet bei mörderisch orangefarbener Beleuchtung statt. Die Nacht erscheint wie eine nostalgische Erinnerung, und rundherum zeigt sich die Fratze der Hölle.

Eine Story von der Venus
von Lorna Subiyama

In einer venusischen Kaserne stierte Prosik durch eine gepanzerte Fensterscheibe und verwünschte sein Los, das ihn an diesen Ort verschlagen hatte. Die Landschaft glühte, und schaudernd dachte er an das, was er über den Planeten in Erfahrung gebracht hatte. Im Falle eines Schadens an seinem Iskeram-Panzer konnten Schmerz und Verbrennungen jeden Rettungsversuch per Idmagination unmöglich machen.

Das Kasernenquartier, das er mit neun weiteren Männern der Erdgürtel-Patrouille bewohnte, sah wie ausgestorben aus: zehn Spinde, zehn Pritschen, Garderoben mit Panzern zum Wechseln — alles in einheitlichem Iskeram-Grau. Die anderen Männer waren nach dem gemeinsamen Frühstück ihren Aufgaben nachgegangen. Keiner von ihnen hatte den Sergeant Lew Doughty von der Erde gekannt, den Prosik jetzt mimte. Alle glaubten, er sei strafversetzt worden und hatten Mitleid gezeigt, als er ihnen vom Schaden an dem Dreen-Schiff erzählt hatte, für den er verantwortlich gemacht worden war.

»Ich hab auch mal ein paar Dreen bewacht«, sagte einer. »Zum Kotzen ist das. Wir sollten sie allesamt in die Luft jagen.«

Der Dienst auf der Venus galt vor allem dem Schutz des ansässigen Konsulats der Vereinigten Staaten. Sergeant Doughty mußte sich für die Wachablösung in zwei Stunden bereithalten. In der Zwischenzeit ging er ein

Handbuch mit dem Titel ›Überleben auf der Venus‹ durch. Die Lektüre war alles andere als beruhigend.

In seiner Tarnrolle als Patrouillen-Mann Doughty mußte Prosik einen einfältigen und hitzigen Charakter darstellen, und das fiel ihm nicht besonders schwer. Gleichfalls versuchte er sich an all den Erdgeschichten zu orientieren, die er sich in Erinnerung rufen konnte. Aber viel Mühe brauchte er sich nicht zu machen. Man hielt ihn für tolpatschig. Einmal hatte Prosik gehört, wie ein Kamerad einem anderen zugeflüstert hatte: »Wetten, der hält sich keine zehn Tage.«

Prosik blätterte im Handbuch herum. Seine Laune sank in den Keller, als er las:

Gehen Sie stets in Begleitung und nie allein in die Stadt. Sie könnten Ihres Panzers und Ihrer Organe wegen umgebracht werden.

Gorontium gehört zum Territorium der Legion. Streiten oder prügeln Sie sich nie mit einem Legionär! Sie würden verlieren.

Halten Sie sich vom Legionsbordell fern! Selbst wenn es Ihnen gelingt reinzukommen, Sie werden es nicht schaffen, lebend wieder herauszukommen.

Essen und trinken Sie nur von den Rationen der Erdgürtel-Patrouille. In öffentlichen Bars und Restaurants werden des öfteren Suchtmittel und andere Drogen unter Speisen und Getränke gemischt.

Stellen Sie neuen Bekanntschaften nie persönliche Fragen. Man wird Sie für einen Spion halten, was Sie das Leben kosten kann.

Beherzigen Sie die obersten Tugenden: Höflichkeit, Vorsicht, Gelassenheit und Mut. Seien Sie allem und jedem gegenüber argwöhnisch. Vertrauen Sie nur Ihren Kameraden der Erdgürtel-Patrouille.

Prüfen Sie vor und nach jedem Einsatz Ihren Panzer. Nutzen Sie stets die Funktionskontrolle in der Ausgangsschleuse. Mit defekter Rüstung können Sie draußen nicht überleben.

Habiba, schütze mich! dachte Prosik.

Aber mit einemmal kam ihm das vertraute Stoßgebet sinnlos vor. Hatte es ihn davor bewahrt, hierhergeschickt zu werden? Nein. Hatte es ihm je seine Wünsche erfüllt? Nie.

Prosik sehnte sich nach einer Prise Bazeel und nach Muße, um es zu genießen.

Bazeel, mein einziger Trost.

»Sergeant Doughty«, rief es aus dem Lautsprecher, der am anderen Ende der Halle über der Ausgangsschleuse hing.

»Yo!« Er hatte gehört, daß alle auf diese Weise antworteten.

»Ihr Dienst wird vorgezogen. Melden Sie sich in zwanzig Minuten beim Konsulat.«

»Aber ich habe noch nicht mal meinen Panzer kontrolliert, und ...«

»Sie müssen einen gefallenen Kameraden ersetzen. Machen Sie sich auf den Weg!«

Prosik warf das Handbuch auf die Pritsche und stieg in den Panzer. Immerhin kannte er sich damit aus. Das hatte man ihm während des Transports an diesen verfluchten Ort eingedrillt.

Wo soll ich nur die Zeit und die Gelegenheit hernehmen, um den Erder Hanson und Ryll aufzuspüren, diesen Bengel, der mir all das hier eingebrockt hat? Was hat Mugly sich wohl dabei gedacht, mir einen solchen Auftrag zu geben? Er wird doch wissen, wie schwer das ist. Verdammte Bande!

Erder legen großen Wert auf Werkzeuge und andere Spielsachen. Besonders attraktiv sind Waffen für sie, obwohl die Erfahrung lehrt, daß ihr Gebrauch für den Anwender ebenso gefährlich ist wie für den vermeintlichen Feind.

Der Habiba-Kommentar

Am Abend brachte Nishi Lutt das Essen ans Bett. Sie klärte ihn darüber auf, daß das fliegende Bordell im Heimathafen von Gorontium festgemacht hatte. Im Bullauge des Krankenzimmers sah er die Konturen der Gebäude in sprühendem Orangelicht verschwimmen.

Doch für Lutt bot Nishi in ihrem enganliegenden Einteiler einen viel strahlenderen Anblick. Er seufzte tief, verscheuchte seine Gelüste und blickte ihr fest in die Mandelaugen.

»Was ist mit meiner Ausrüstung passiert? Mit den Kameras?« fragte er, als sie das Tablett auf dem Beistelltisch absetzte und die Kissen durchschüttelte.

»Sie sind in einem benachbarten Zimmer verstaut und völlig unbeschädigt, wie's scheint.«

»Woher wissen Sie das?«

»Ich habe nachgesehen. Sind die Apparate wertvoll?«

»Ziemlich.«

»Dachte ich mir. Deshalb habe ich dafür gesorgt, daß keiner an sie rankommt.«

»Warum kümmern Sie sich so vorbildlich um mich?«

»Ich interessiere mich für Sie. Habe Ihren Lebenslauf gelesen.«

»Sie sind neugierig.«

»Ja. Und sehr praktisch veranlagt. Sie sind sehr reich und unverheiratet.«

Ihre Offenheit machte ihn sprachlos. Nishi schien nicht lange um den heißen Brei herumzureden. Daß er eine gute Partie war, gab sie unumwunden zu.

»Könnten Sie sich vielleicht auch dazu aufraffen, mich rein äußerlich attraktiv zu finden?« fragte er.

Sie setzte ihm die Brille auf. »Oh, das fällt mir am wenigsten schwer. Sie sind sehr tapfer und haben den intelligenten Gesichtsausdruck, den ich so schätze. Wenn ich mich je einem Mann versprechen sollte, müßte er so sein wie Sie.«

Lutt war geschmeichelt und amüsiert. Ihre Offenheit färbte auf ihn ab. »Können Sie sich vorstellen, die Frau eines reichen Mannes zu sein? Wie würden Sie diese Rolle ausfüllen wollen?«

»Ich würde auf seine Gesundheit achten und darauf, daß ihm die richtige Ernährung zukommt. Ich bin eine äußerst gute Köchin. Außerdem würde ich ihm bei hohen Besuchen als vollendete Gastgeberin zur Seite stehen.«

»Aber reiche Männer leisten sich bezahlte Köche. Und woher wissen Sie, wie man hohen Besuch angemessen unterhält?«

»Bezahlte Köche müssen beaufsichtigt werden, und was den hohen Besuch angeht ... Nun, Sie wären überrascht, wenn ich Ihnen die Namen unserer Stammgäste offenbaren würde.«

»Mag sein. Aber ist es in diesem Etablissement nicht auch äußerst simpel, die Gäste bei Laune zu halten? Ich meine ...«

»Oh, wir haben nicht nur Sex zu bieten. Uns ist beigebracht worden, die wahren Wünsche unserer Gäste zu erraten. Darin bin ich besonders gut.«

»Sie wissen also, was ich will?«

»Sie wollen mich. Aber da ist noch etwas: Ihnen liegt viel daran, große Macht zu haben.«

Lutt war verblüfft über ihren Scharfsinn.

»Sie sind überrascht«, stellte sie fest. »Mir fällt übrigens noch etwas sehr Seltsames an Ihnen auf, Monsieur Hanson. Und das ist an Ihren Augen abzulesen.«

Lutt wurde argwöhnisch. »Was ist damit?«

Sie musterte seine großen, olivfarbenen Augen. »Sie schauen den Dingen auf den Grund. Vielleicht liegt es an der Todesnähe, die Sie erfahren haben. Aber ... nein. Da ist noch etwas anderes. Sie betrachten die Dinge aus einer ganz ungewöhnlichen Perspektive.«

»Vielleicht haben Sie recht.«

»Wie funktionieren eigentlich Ihre Kameras?«

Der abrupte Themenwechsel erschreckte ihn. »Wieso?«

»Ich bin Amateurfotografin und würde einem reichen Mann auch in dieser Beziehung gern behilflich sein.«

»Ich verstehe nicht.«

»Wissen Sie immer, welche Fotos besonders gut zu vermarkten sind?«

»An was denken Sie?«

»An Innenaufnahmen des Bordells hier zum Beispiel.«

Lutt stürzte von einer Überraschung in die nächste.

»Sie haben doch sicher schon Geschichten über dieses Schiff gehört, oder?«

»Ein paar. Ist es verboten, hier zu fotografieren?«

»Wir sind hier in einem Privatunternehmen. Sein Besitzer ist D'Assas Anon. Man darf alles ... vorausgesetzt, Madame ist nicht dagegen.« Nishi setzte sich aufs Bett und nahm Lutts Hand in beide Hände. »Erzählen Sir mir was über Ihre wertvollen Kameras!«

Warum nicht? fragte er sich. *Vielleicht bringt uns das näher.* Und nichts war ihm lieber als das.

»Wie alt sind Sie?« fragte er.

»Dreiundzwanzig. Wollen Sie mir beibringen, wie man mit den Kameras umgeht?«

»Holen Sie einen Apparat her!« antwortete er.

Sie stand vom Bettrand auf, ging nach draußen und kehrte bald darauf mit dem Iskeram-Koffer zurück, in dem eine der Kameras verstaut war.

Lutt richtete sich im Bett auf, legte die Kamera in den Schoß und fing an, ihre Funktionsweise zu erklären.

Nishi lernte schnell. Ihre Fragen waren präzise.

»Explodiert die Kamera, wenn ein Fremder sie öffnet, um hinter ihr Geheimnis zu kommen?« wollte sie wissen.

»Sie zerstört sich von selbst.«

»Weiß jemand in der Legion über diese Apparate Bescheid?«

»Colonel Paul und ... sonst niemand, glaube ich.«

»Er ist tot. Er hat versucht, Madame Humpermans Leiche zu bergen.«

»Das ... das wußte ich nicht.«

»Wo liegen eigentlich die Spiralen, die die Filmsignale empfangen?« fragte sie.

»Überall. Nirgendwo. Ich weiß nicht.«

»Wenn man nichts darüber weiß, warum nennt man sie Spiralen?«

Eins war ihm klar: über die *Vortraveler* und die Dreen durfte er ihr nichts sagen. Er suchte nach einer ausweichenden Antwort. Zögernd sagte er: »Weil man einen merkwürdigen Schwindel erlebt, wenn die Kamera eingeschaltet wird.« Und das war dazu nicht einmal gelogen.

»Und die Übertragung passiert wirklich ohne jeden Zeitverlust?«

»Fast.«

»Glauben Sie, daß diese Spiralen je entdeckt werden?«

»Das hoffe ich.«

»Können Sie auch Botschaften ohne Bild senden?«

»Natürlich.«

»Kann jemand, der eine solche Kamera nicht besitzt, die Meldungen abfangen?«

»Ausgeschlossen.«

»Die Legion hätte bestimmt Verwendung dafür, Monsieur Hanson.«

Erst jetzt kam ihm zu Bewußtsein, daß er es womöglich mit einer Geheimagentin der Legion zu tun hatte.

Vielleicht war das ganze Zimmer vollgespickt mit elektronischen Spionagegeräten.

»Wie wertvoll könnte die Kamera für die Legion sein?« fragte er.

»So wertvoll, daß ich Sie zur Vorsicht in ein unbeobachtetes Zimmer verlegt habe. Für einen Geschäftsmann sind Sie ziemlich naiv, Monsieur Hanson. Sie scheinen nicht einmal die Möglichkeiten Ihrer eigenen Erfindung zu kennen.«

Beleidigt entgegnete er: »Und Sie sind auffällig gerissen für eine dreiundzwanzigjährige Jungfrau, die in einem Bordell als Sängerin auftritt.«

»Mein Vater hat immer gesagt, daß ich das Erbe meiner bourgeoisen Vorfahren mit mir rumschleppe. Ich glaube, Sie brauchen mich, Monsieur Hanson.«

Sie hatte recht, das war ihm klar. Er streckte die Hand aus und tätschelte ihren Po.

Nishi wandte sich brüskiert ab. Ihre Augen blitzten zornig. Dann beruhigte sie sich wieder und sagte: »Nicht so hastig, Monsieur.«

»Ich wünschte, Sie würden mich Lutt nennen.«

»Na schön. Aber glauben Sie nicht, daß ein solches Entgegenkommen Sie mir gegenüber zu Freiheiten berechtigt.«

»Wollen Sie das denn nicht?«

Sie musterte ihn eine Weile und meinte dann: »Ich war wohl ein wenig zu forsch. Meine Offenheit ist kein Anbiederungsversuch.«

Lutt konnte sich vor Lust kaum halten. »Hab ich denn überhaupt eine Chance, bei Ihnen zu landen?«

»Vielleicht. Aber zuerst müssen wir uns mit den Kameras beschäftigen.«

»Was haben Sie vor?«

»Ich will Ihren Leuten auf der Erde Bilder übersenden und ihnen mitteilen, wo Sie sind. Ich gebe mich als Ihre Assistentin aus. Es wäre gut, wenn man auf der Erde über Ihre Lage Bescheid wüßte.«

»Warum?«

»Die Legion kennt keine Skrupel, Lutt. Nur wer Macht hat, kann sie zu Verhandlungen zwingen.«

»Und im Augenblick bin ich für den Verein nur ein Gefangener.«

»O nein. Sie sind Gast einer unabhängigen, aber profitorientierten Dienstleistungsgesellschaft. Es dreht sich alles ums Geschäft, Lutt. Vergessen Sie das nicht!«

»Sie wollen sagen, daß die Leute, die den Laden hier führen, sich auch ein Stück vom Kuchen sichern wollen?«

Sie zuckte nonchalant die Achseln. »Wir können sie vielleicht davon abhalten, zu gierig zu werden, und darauf vertrauen, daß sie der Gans, die goldene Eier legt, nicht den Hals umdrehen.« Sie knuffte neckisch seine Wange. »Und Sie sind eine besonders fette Gans.«

»Wenn schon, dann Gänserich. *Ihr* Gänserich?«

»Vielleicht. Aber das Nestchen bauen wir später, gell?« Um ihre Mundwinkel spielte ein kesses Lächeln.

»Geben Sie mir einen Kuß, um den Handel zu besiegen.«

»Welchen Handel?«

»Daß Sie für mich arbeiten.«

»Davon haben Sie noch nichts gesagt.«

»Dann sag ich's jetzt. Sie arbeiten ab jetzt für den *Enquirer,* und zwar als voll angestellte Reporterin.«

»Und was verdiene ich?«

»Wieviel bekommen Sie hier?«

»Dreihundert neueste Francs plus die Hälfte meiner Trinkgelder. Wenn's gut läuft, komme ich auf umgerechnet tausend Dollar im Monat.«

»Ihr Anfangsgehalt beim *Enquirer* ist fünftausend.«

»Das ist zu viel. Ich will das Geld nicht in Ihrem Bett verdienen, Monsieur. Nein! Sie zahlen mir zweitausend plus Spesen, zuzüglich fünf Prozent der Einnahmen, die ich für Sie bei der Legion lockermache. Einverstanden?«

Mehr denn je von ihrem Charme entzückt, antwortete Lutt nickend: »Einverstanden.«

»Und jetzt zum Thema Kameras.«

»Ich hab Ihnen erklärt, wie sie funktionieren.«

»Ja. Aber mich interessiert vor allem der Empfängerteil. Ließe der sich gesondert herstellen? In kleinerem Format?«

»Ähm ... Ja, sicher.«

»Dann werde ich jetzt Ihre Leute auffordern, einen solchen Empfänger für die Legion zu bauen. Das bringt viel Geld. Mit wem soll ich Kontakt aufnehmen?«

Ihre Habgier brachte Lutt zum Grinsen. Aber er dachte: *Warum nicht?* »Lassen Sie sich vom *Enquirer* mit Sam in meiner Werkstatt verbinden«, antwortete er und deutete auf die Kamera in seinem Schoß. »Nehmen Sie die. Und wenn's Nachfragen gibt, kann ich die Sache bestätigen.«

»Hat eine Frau dem reichen Ehemann damit geholfen?« fragte sie.

Lutt brach in schallendes Lachen aus. »Sie sind also wirklich auf mein Geld aus.«

»Denken Sie daran, was ich über mein bourgeoises Erbe gesagt habe. Ich will kein Angebot, sondern einen Antrag.«

»Nishi, den sollen Sie haben.«

»Wann?«

Plötzlich auf der Hut, aber immer noch amüsiert, sagte er: »Ich denke genau wie Sie: Alles zu seiner Zeit.«

»Sehr gut!« antwortete sie. »Jetzt zeige ich Ihnen, wie gehandelt wird. Darin scheinen Sie Nachhilfe nötig zu haben.« Sie nahm die Kamera, schaltete sie mit behutsamen Bewegungen an, gab den Code der Empfängerstation auf der Erde ein und richtete das Objektiv auf Lutt.

Lutt legte das Tablett beiseite, als sich Ade Stuart im Antwortfenster zeigte: »Lutt, sind Sie's wirklich?«

»Ja, Ade.«

»Wo, zum Teufel, stecken Sie? Wir haben geglaubt, Sie seien tot.«

»Ich bin in der Krankenstation des Legionsbordells auf der Venus. Man hat mich gerettet.«

»Höre ich recht? ... Unfaßbar! Ich bin sicher, selbst wenn Sie in eine Sickergrube fallen, würden Sie darin noch 'ne Goldmine entdecken. Wer bedient die Kamera?«

»Nishi D'Amato, eine neue Mitarbeiterin. Setzen Sie die Frau auf die Gehaltsliste! Sie bekommt zweitausend im Monat plus Spesen. Wie ist die Verkaufsparty gelaufen?«

»Riesig. Mann ... diese Bilder von der Schlacht! Alle haben sich darum gerissen. Wir waren in jeder wichtigen Zeitung auf der Titelseite. Selbst aus Übersee sind massenhaft Anfragen gekommen.«

»Hat sich L. H. gemeldet?«

»Ja, aber er wollte bloß eine Kopie der Verkaufsliste. Wie geht's Ihnen? Sind Sie schwer verwundet?«

»Morgen werde ich wohl wieder auf den Beinen sein.« Er langte zur Kamera und richtete sie auf Nishi. »Das ist Nishi D'Amato. Sie gibt Ihnen ein paar Aufträge durch. Schalten Sie Sam in der Werkstatt ein! Jetzt gleich!«

Nishi zeigte ihre Grübchen und setzte dann eine ernstere Miene auf: »Informieren Sie zuerst den französischen Botschafter in Washington und die französische Regierung in Paris über Ihren dortigen Botschafter, daß Monsieur Hanson hier ist und den Schutz D'Assas Anons, des Schiffseigners, genießt.«

»Soll ich wirklich ausplaudern, in welchem Etablissement Lutt sich aufhält?«

»Warum nicht?«

Lutt schaltete sich dazwischen: »Tun Sie, was sie sagt!«

»In Ordnung. Aber Ihre Mutter wird einen Schock bekommen, der womöglich noch größer ist als die Todesmeldung. Sie ist ziemlich fertig mit den Nerven, und ...«

»Tun Sie's, Ade!«

»Das Leben von Monsieur Hanson kann davon abhängen«, sagte Nishi. »Es muß sofort geschehen.«

»Verstanden. Was noch?«

In knappen Worten und geschäftsmäßigem Ton gab Nishi den Auftrag an Sam R. Kand durch.

»Nur Kommunikatoren?« fragte Stuart.

»Ja, und zwar so klein bemessen wie möglich«, antwortete sie. »Wenn die Apparate fertig sind, müssen sie an Monsieur Hanson über D'Assas Anon geschickt werden. Sorgen Sie dafür, daß niemand daran herumbasteln kann.«

»Selbstzerstörer wird eingebaut«, sagte Stuart. »Was sonst noch? Wann bekommen wir weiteres Bildmaterial?«

»Nishi wird Ihnen bald was übertragen. Einen Exklusivbericht über das Bordell.«

»Pornos?«

Lutt sah Nishi an und schüttelte den Kopf.

»Nein. Ein gewöhnliches Feature. Ein Interview mit Madame und dem einen oder anderen Mädchen. Bilder von Frauen nach Feierabend, bei der Begrüßung ihrer Klienten, beim Anziehen, Essen und während der Kaffeekränzchen. Vielleicht kann ich auch einen Legionär vor die Linse kriegen.«

»Bordellgeschichten! Großartig. Wann können wir damit rechnen? Unsere Abnehmer sind ganz scharf auf neue Reportagen.«

»Heute noch«, antwortete sie. »Wir dürfen jetzt keine Zeit verlieren. Informieren Sie die Botschafter!« Nishi schaltete die Kamera aus und stellte sie neben dem Bett ab. »Das war der erste Streich.«

»Und was kommt nun?«

»Ich habe mir über uns beide Gedanken gemacht. Bei meinen Leuten ist es Sitte, einen Ehevertrag aufzusetzen.«

»Soll das ein Antrag sein?«

»Ist das nicht recht und billig?«

»Natürlich. Aber sind Sie auch sicher, daß wir kompatibel sind?«

»Kompatibel? Ah, ich weiß, worauf Sie hinauswollen, Sie Fuchs! Sie wollen mich erst einmal testen.«

»Wir sollten uns gegenseitig testen.«

Sie schüttelte den Kopf. »Ich bin zwar keine Professionelle, Lutt, aber ich habe den anderen bei der Arbeit zugesehen.«

»Zugesehen ... heimlich.«

»Mit Erlaubnis, oder wenn sie's öffentlich getrieben haben. Sie werden feststellen, daß ich eine gute Schülerin war. Meine Kompatibilität steht außer Frage.«

Lutt griff nach ihrer Hand und zog sie an sich. »Es wird Zeit für eine vertraulichere Anrede zwischen uns. Gibst du mir einen Kuß zum Abschluß unseres Geschäfts?«

»Aber nur einen Kuß, und damit basta! Sei nicht zu keß. Es sind Männer der Legion an Bord. Wenn ich um Hilfe rufe, geht's dir dreckig.«

»Und das wollen wir doch nicht«, sagte er und zog sie näher an sich heran. Er umschlang sie mit den Armen und drückte seine Lippen auf ihre Wange, dann auf ihren Mund. Als er ihre Brust mit der Hand umfaßte, stieß sie ihn von sich.

»Luttchen, du Luder!«

Er wollte sich auf sie werfen. Würde sie wirklich um Hilfe rufen? Den Gänserich ans Messer liefern? Er war schon auf dem Sprung, als Ryll dazwischenfunkte.

Das reicht, Lutt!

Verflixt und zugenäht! Du bist immer noch da?

Wir sind unzertrennlich. Ich habe die ganze Sache miterlebt und nachgedacht. Du läßt dich auf ein gefährliches Spiel ein. Für wen arbeitet die Frau?

Für mich. Das hast du doch gehört.

In der Tat. Ich hab alles gehört.

Sie ziert sich bloß noch ein bißchen.

Im Gegenteil. Sie führt dich an der Nase rum, und zwar sehr geschickt.

Sie will meine Frau werden.

Und das nimmst du für bare Münze? Kommt dir nicht in den Sinn, daß eine so schöne Frau einen Geliebten hat?

Sie sagt, sie sei noch Jungfrau.

Auch das hab ich gehört. Sie scheint eine Vorliebe für Geld zu haben. Wieso ist sie eigentlich nicht auf dein erstes, großzügiges Angebot eingegangen?

Ihr Anteil an den Geschäften mit der Legion wird sie sehr reich machen.

Aber sie hat keinen Vertrag. Seit wann machst du Geschäfte ohne Vertrag? Hat sie nicht von einem Heiratsvertrag gesprochen? Sie spielt ein gefährliches Siel, Lutt. Du solltest etwas argwöhnischer sein.

»Lutt, warum siehst du mich so merkwürdig an?« fragte Nishi. Sie löste sich aus seinen Armen und stand auf.

»Wieso merkwürdig?«

»Ich kann's kaum beschreiben. Irgendwas an deinem Blick macht mir Angst. Du schaust mich an wie ein Fremder.«

»Bei einem Verkehrsunfall habe ich mir mal eine Kopfverletzung zugezogen«, sagte er. »Manchmal spür ich Nachwirkungen.«

»Bist du ein Schizo?«

»Das nicht. Nur hin und wieder ein bißchen zerstreut. Nichts Besorgniserregendes.«

Sie holte tief Luft. »Nimmst du Medizin?«

»Bisweilen. Hör zu, wir hängen hier an einem verrückten Ort auf einem bestußten Schiff während eines idiotischen Krieges um die Vorherrschaft über einen nutzlosen Planeten. Verspürst du in der Situation nicht auch manchmal seltsame Anwandlungen?«

»Du nennst das hier einen verrückten Ort. Seit fünf Jahren kenne ich nichts anderes. Wenn man gelernt hat, hier zu überleben, kann's einem sogar gefallen.«

»Du warst also bei deiner Ankunft noch gar nicht erwachsen.«

»Körperlich ja, aber mein Verstand hing noch ein bißchen zurück. Ich habe inzwischen dazugelernt, und was ich von anderen Orten so höre, kommt mir viel verrückter vor.«

»Ich glaub, wir brauchen einander, Ni-Ni.«

Sie schluckte. »Wie hast du mich da genannt?«

»Ni-Ni.«

»So haben mich nur mein Vater und meine Brüder genannt. Woher wußtest du das?«

»Es ... es kam mir wie von selbst über die Lippen.«

Ihre Züge entspannten sich wieder. »Ich mag es, wenn man mich so nennt. Du darfst mich Ni-Ni nennen, wenn wir uns lieben.«

»Und wann wird das sein?«

Sie tätschelte seine Hand, zog sich aber flink zurück, als er sie zu ergreifen versuchte. »Bald. Sei nicht so ungeduldig! Zuerst müssen wir einen rechtskräftigen Vertrag aufsetzen.«

Was habe ich gesagt? warnte Ryll.

Sie will sich als gute Geschäftsfrau bloß absichern. Sie ist genau die Richtige für mich, Ryll. Meine Ni-Ni.

Sie hat wahrscheinlich andere Liebhaber. Viele Männer, die unanständige Sachen mit ihr machen.

Das glaube ich nicht. Sie mag auf Geld aus sein, aber ich weiß, daß ihre eigentlichen Wünsche tiefergehen. Sie ist Ni-Ni. Endlich hab ich sie gefunden!

Viele der kleineren Planeten, die von unseren Erzählern geschaffen wurden, haben Abwasser- und Müllprobleme. Dreenor ist in einer glücklicheren Lage. Abfälle werden per Idmagination in diverse Köstlichkeiten umgewandelt. In diesem Schuljahr werdet ihr das Verfahren anzuwenden lernen. Ihr könnt nicht erwarten, daß die Erwachsenen zeitlebens euren Dreck wegräumen.

Prüfer-Unterricht
Dreen-Grundschule

Prosik erreichte das Konsulat, als ein Sonderkommando gerade die Reste desjenigen wegräumte, den er ersetzen mußte. Viel gab es für den Trupp nicht zu tun: Von dem gefallenen Wachposten waren nur ein paar Panzerscherben und eine Handvoll Asche übriggeblieben.

Das Konsulat war in einem Kuppelgebäude untergebracht, das auf einer Iskeram-Plattform oberhalb der Basis von Gorontium stand. Es sah aus wie eine riesige Eierschale auf einem verbrannten Stück Toast. Eine große US-Flagge und ein goldener Adler — beides aus koloriertem Iskeram — prangten über der Eingangsschleuse.

Der Gefallene erwies sich als der Mann, der die Wette hatte eingehen wollen, daß Prosik nicht länger als zehn Tage durchhalten würde.

»Er ist von 'nem Heckenschützen erwischt worden, der sich irgendwo da oben am Kanal versteckt gehalten und 'ne Rakete auf ihn abgeschossen hat«, erklärte ein Wachkamerad. »Ich glaub, es hat Ärger wegen einer Frau gegeben; vielleicht war der Mörder der Gehörnte. Laß dich auf der Venus nie mit 'ner Frau ein, die schon einen Kerl hat.«

Prosik wand sich vor Abscheu und bezog seinen Posten in der Schleuse. Zu zweit schoben sie Wache und kontrollierten Pässe.

Prosik erinnerte sich an den Namen des Nebenmannes, der ihm am Morgen vorgestellt worden war: Hollis Weatherbee, ein schlanker Rotschopf mit Brandnarben im Gesicht.

»Du heißt Doughty, Lew Doughty, stimmt's?« fragte Weatherbee, als es ruhiger geworden war.

Prosik nickte.

»Soll'n wir uns zusammentun? Wir könnten gegenseitig auf uns aufpassen. Ich bring dir ein paar Tricks bei, und du hältst mir den Rücken frei.«

Prosik blickte nach draußen, wo gerade die letzten Aschekrümel des Getöteten vom schwarzen Iskeram gefegt wurden.

»Hicks hat sich nie mit einem Kumpel zusammentun wollen«, sagte Weatherbee. »Ich glaub, der hatte Schiß, daß man über ihn lästert. Versteh mich nicht falsch. Mir sind Frauen lieber.«

Prosik verstand zwar kein Wort, aber er nickte zustimmend.

»Na, was ist?« fragte Weatherbee. »Wenn ich dafür sorgen kann, daß du lange genug am Leben bleibst, um alle Tricks von mir zu lernen, könnten wir ein richtig gutes Team werden.«

»Ja. Ich bin dabei«, antwortete Prosik. »Warum ist Hicks nach draußen gegangen?«

»Weiß nicht. Er ist gegangen, ohne ein Wort zu sagen. Ich glaub, es hat ihm jemand zugewinkt — 'ne Frau, wahrscheinlich. Scheint abgekartet gewesen zu sein. Was ist mit dir? Stehst du auch auf Frauen?«

»Solange sie mich nicht in den Tod winken«, sagte Prosik.

»Du redest ziemlich komisch, aber was du sagst, ist nicht dumm. Ich glaub, wir kommen gut miteinander aus, Kumpel. — He, paß jetzt gut auf! Da kommt der Konsul höchstpersönlich.«

Prosik schlug die Hacken zusammen, als eine gepanzerte Gestalt durch die Schleuse kam und an ihnen vorbeimarschierte, ohne ihren Gruß zu erwidern oder den Helm abzunehmen. Kaum war er außer Hörweite, als Weatherbee sagte: »Scheißkerl. Hat sich nicht mal nach Hicks erkundigt.«

Prosik hörte nicht zu. Eine ihm vertraute Empfindung hatte ihn abgelenkt — ein schwindelndes Aufmerken, das den Zugang zu den Spiralen signalisierte. Irgend jemand öffnete gerade die Tore der Unendlichkeit, und zwar in unmittelbarer Nähe. Die Empfindung war zwar schwach, aber eindeutig. Sie mußte von der primitiven Apparatur des Erders herrühren.

»Welche Nachbarn gibt's hier?« fragte er Weatherbee.

»Das geht uns nichts an. Wir haben ringsum freies Schußfeld. Aber wenn du da hinten ans Fenster gehst und nach rechts guckst, siehst du den fliegenden Puff der Legion. Er ist vor ein paar Stunden gelandet. Aber halt dich in dem Punkt besser ans Handbuch! Der Puff ist 'ne wahre Schlangengrube.«

»Wieso?«

»Die Legionäre lassen nur selten einen Außenseiter rein. Einer unserer Jungs hat mal vor ein paar Jahren einem Kommandanten der Legion das Leben gerettet. Als Belohnung durfte er zwei volle Tage auf Besuch in den Puff. War total übergeschnappt, als er wieder rauskam, und hat geschworen, nie wieder in 'nen anderen Puff zu gehen. Selbst das schwimmende Hurenhaus vor Los Angeles wär'n Scheißdreck dagegen, hat er gesagt. Und dabei dachte ich immer, es gäb nichts Besseres. Mann! Ich würd wirklich mal zu gerne zu den Luxuskätzchen.«

Prosik nickte und tat verständnisvoll. Die spiralintiierte Empfindung war abgeklungen. Hatte sie im Bordell ihren Ausgang genommen? Bei den Luxuskätzchen?

Aus seinen Studien über die Erdbewohner wußte er etwas über ihr Sexualverhalten, aber die Details waren ihm entfallen. Was hatten Katzen an einem solchen Ort zu suchen? Er wagte nicht, danach zu fragen. Zu viel Unkenntnis zu verraten, war gefährlich.

Diese kaum verhohlenen, Lüsternheit weckenden Obszönitäten müssen als Vergehen gegen den Pronographieparagraphen angesehen werden. Nichts an dieser Darstellung kann mit dem Hinweis auf freie Berichterstattung entschuldigt werden.

Aus der Anklageschrift gegen den Seattle Enquirer

Lorna Subiyama betrachtete mit scheelem Ausdruck das Äußere des fliegenden Bordells und blickte dann auf die gepanzerte Gestalt ihrer Begleiterin Sue Ellen Pratt. Sue Ellens Cowgirl-Panzer spiegelte das tanzende Orangelicht der Wolken, die den winzigen Funken der Mittagssonne filterten.

»Ist es das?« fragte die Subiyama.

»Schick, was?«

»Der in Lubbock ist viel schicker. Bist du schon mal drin gewesen?«

»Bin doch bloß 'ne Zivilangestellte der Legion, Herzchen. Von uns kommen da nur die rein, die sich auch umlegen lassen. Glaub mir, ich hab oft mit dem Gedanken gespielt. Die Girls da machen 'n Schweinegeld.«

»Was hält dich ab?«

»Ich kann mir doch jeden Riemen der Legion einziehen, und brauch mich nich mal auf Routine einzulassen. Außerdem, was soll's, Herzchen. Ein Riemen ist wie der andere.«

»Ich wär mir gern sicher, ob er wirklich da drin ist.«

»Hör zu, Herzblatt! Er ist da drin, darauf kannst du wetten. Die Kerls von der Legion würden mir keinen Quatsch erzählen.«

»Er muß doch irgendwann wieder rauskommen.«

»Hängt davon ab, was er da treibt.«

»Weißt du eigentlich was über Lutt Hanson junior? Sein Alter war schon 'n geiler Bock, aber der Filius soll noch viel schlimmer sein. Ich möcht nur wissen, wie er da reingekommen ist.«

»Vielleicht hat er 'n Legionär gerettet. Das wird meist mit 'nem Freifahrschein bei den Edelnutten belohnt.«

»In der Reportage war davon nichts zu sehen. Trotzdem, die Story hat allemal 'n Helden aus ihm gemacht. ›In bester Journalistentradition‹ ... Wenn ich das schon hör!«

»Wir sollten nich länger hier rumhängen, Herzchen.«

»Können wir den Puff irgendwo im Auge behalten, ohne wie zwei Hühner auf der offenen Straße zu stehen?«

»Ja. Da gibt's 'n Fenster in der Halle vom Konsulat mit Blick auf die Schiffshauptschleuse. Vielleicht können wir den Wachen was vorgurren, damit sie uns 'ne Weile dabehalten.«

»Versuchen wir's! Meine Chefs sind wie irre hinter der Story her, besonders nach den *Enquirer*-Erfolgen mit den Schlachtbildern und dem Reißer über das Leben im Bordell. Verdammt. Das muß ich ihm lassen. Dieser Schießkerl Hanson ist gut!«

»So gut wie du, Herzchen?«

»Der Kerl muß erst geboren werden, der mir das Wasser reichen kann. Ob beim Trinken, Vögeln, Schreiben oder Kämpfen ... Ich nehm's mit den besten Typen auf, und laß alle alt aussehen.«

Osey kam in mein Zimmer gestürzt und sagte: »Das war's dann, was dich angeht! Er hat im Legionspuff 'ne Frau gefunden.«

Memoiren des Raj Dood

An Lutts fünftem Morgen im Bordell sagten die Ärzte, er könne sich etwas anziehen und Nishi zum Frühstück in den Speisesaal begleiten. Lutt fand die Haltung der Ärzte und des gesamten Personals einigermaßen merkwürdig. Nicht, daß sie ihm gegenüber unterwürfig waren, aber ihre Höflichkeit überstieg das zu erwartende Maß.

Nishi jedoch hielt ihn immer noch auf Abstand, was seiner Verliebtheit noch mehr Zunder gab. Er fragte sich, ob ihre Widerspenstigkeit schuld daran war.

»Ich bin deine Unterhändlerin«, sagte sie. »Die Legion möchte deinen Kommunikator noch einmal demonstriert haben. Ich überlege mir gerade, wie wir dabei vorgehen sollen. Wir dürfen uns die Kontrolle über die Situation nicht aus der Hand nehmen lassen.«

»Wäre es nicht besser, wenn ich die Gespräche führte?« fragte er, als sie sich an einen Tisch in Eingangsnähe setzten. Nishi trug die Einheitstracht der Kellnerinnen: ein rotes Kleid mit weiß und blau abgesetzten Applikationen. Sie schürzte die Lippen und sagte: »Der Meinung bin ich nicht.«

Lutt sah sich im spärlich besetzten Zimmer um. An einem Ecktisch saßen drei Frauen in Schwarz; zwei Frauen in Rot hatten an einem Tisch in der Mitte Platz genommen. Unmittelbar daneben stocherte ein vierschrötiger Legionär in vollem Lametta in seinem Hühnerrisotto herum.

»Warum soll ich nicht mit ihnen sprechen?« fragte Lutt.

»Wichtige Leute halten sich nicht lange mit Vorgeplänkel auf. Ist dir aufgefallen, wie entgegenkommend man dich behandelt? D'Assas Anon hat angeordnet, dich als bevorzugten Ehrengast anzusehen. — Gaff den Mann nicht so an!«

Sie berührte Lutts Arm, um seinen ungenierten Blick auf den Legionär abzulenken.

»Hier hat man es nicht gern, wenn man von Fremden angestarrt wird«, erklärte sie. »Ist dir aufgefallen, wie er die kleine Frau in Schwarz mustert?«

»Ich ... ähm ...«

»Es ist dir *nicht* aufgefallen. Sie ist gerade frei, und er scheint sich an sie ranmachen zu wollen. Vielleicht wird er's sogar mit ihr hier im Speisesaal treiben.«

Lutt massierte sich die pulsierende Schläfe. »Hier? Vor unseren Augen?«

»Wenn's ihm beliebt, auf der Tischkante. Womöglich mit allen drei Frauen.«

»Er müßte seinen Panzer ausziehen.«

»Die Damen werden ihm dabei helfen. Wenn einen Legionär die Lust packt, geht's manchmal mit ihm durch. Dann wirft er Tische und Stühle um, und alles, was ihm im Weg steht.«

»Und keiner hat was dagegen?«

»O nein. Die spielen sich nur auf, um anderen Legionären eine Show zu bieten. Der Dicke da wird wahrscheinlich zahm bleiben. Er ist allein. Ich glaube nicht, daß du ihm Publikum genug bist.«

»Er hat doch nicht etwa auch auf dich ein Auge geworfen, oder?«

»Rübergeschaut hat er schon. Aber jeder hier weiß, daß ich nicht zur Verfügung stehe. Allerdings macht er sich bestimmt über unser Verhältnis Gedanken.«

Der Legionär ging plötzlich dazu über, wütend das Essen vom Teller zu schaufeln und in sich hineinzuwürgen. Dann legte er die Gabel ab und winkte die kleinere der schwarzgekleideten Frauen zu sich — eine Wasserstoffblondine mit dunklen Augenbrauen und knabenhaften Gesichtszügen. Sie reagierte sofort und schlenderte mit betont langsamen Bewegungen an seine Seite. Der Legionär packte ihren Arm, zog sie zu sich herunter und zischte ihr etwas ins Ohr. Sie warf einen Blick auf Lutt und schüttelte den Kopf. Der Mann langte in ihr Haar und brachte sie mit brutalem Nachdruck zum Nikken.

»*Oui*«, sagte sie. »*Oui!*«

»Was hat er vor?« flüsterte Lutt.

»Vielleicht hat er ihr befohlen, dich zu vernaschen.«

»Nein!« Und insgeheim dachte Lutt: *Wie kommt's, daß ich solche Gelegenheiten ausschlage?*

Der Legionär gab die Frau frei. Sie ging ans Buffet und sprach mit einer Serviererin.

»Lutt, flüsterte Nishi. »Ich muß dich warnen. Er hat was für dich bestellt. Was es auch sein mag, du mußt es essen.«

»Warum?«

»Ich glaube, er will dich auf die Probe stellen.«

»Was könnte er bestellt haben?«

»Wahrscheinlich Fugu.«

»Was ist das?«

»Das weißt du nicht? Ich dachte, das sei allgemein bekannt. Japanische Samurai sind darauf gekommen. Fugu ist ein seltener Fisch. Wir haben extra japanische Köche eingestellt, die ihn nach allen Regeln der Kunst zubereiten können.«

»Warum bietet er mir eine Delikatesse an?«

»Fugu kann sehr giftig sein, wenn der Koch einen Fehler macht. Das Gift steckt in Leber, Rogen und Eingeweiden. Wenn der Fisch nicht aufs sorgfältigste gesäubert und gekocht wird, ist schon ein kleiner Happen tödlich.«

Die Wasserstoffblondine nahm einen Teller aus der Hand der Serviererin entgegen und kam an Lutts Tisch. Sie setzte ihn klappernd ab und eilte wortlos davon. Auf dem dunkelblauen Teller lag ein einziges kleines Filet aus gräulichem Fleisch, geschmückt mit einem grünen Zwiebelstengel.

Lutts Magen zeigte erste Reaktionen, als er einen Blick auf das Essen warf. Das unbehagliche Gefühl kannte er vom Drachenfliegen und den Risiken, die er dabei einging.

Laß die Finger davon, Lutt! warnte Ryll.

Wenn ich kneife, macht der Legionär mich kalt.

Nein. Er wird dich als Feigling hinstellen, sonst nichts.

Halt dich da raus!

Es ist Schwachsinn!

Was verstehst du davon? So sieht das wahre Leben aus!

Lutt nahm die Gabel zur Hand und zerteilte den Fisch. Ryll wollte ihn aufhalten, aber Lutt widerstand und drohte: *Willst du als Dreen entlarvt werden?*

Wenn du dabei draufgehst, muß ich mir eben einen neuen Körper suchen. Ryll tat souverän, aber er ahnte, daß ihm die Idmagination kaum gelingen würde. *Oh, warum habe ich nicht besser in der Schule aufgepaßt? Augenblick! Warte! Es könnte doch sein …*

Halt jetzt den Mund! Ich bin am Zug.

Lutt steckte einen Bissen Fugu in den Mund und kaute. Fade. Er nahm ein Stück vom Zwiebelgrün und einen zweiten Fischhappen.

Nishi musterte Lutt mit fasziniertem Augenausdruck.

»Hast du schon mal jemanden daran krepieren sehen?« fragte Lutt.

»Nein, aber in unseren Speiseräumen sind schon sechs Leute an Vergiftung gestorben. Die Köche, die dafür verantwortlich waren, haben Harakiri begangen. Von den neuen Köchen hat sich noch keiner vertan.«

»Wann wirkt das Gift?«

»Sehr bald, wie ich mir habe sagen lassen. Es kommt zu Krämpfen und Lähmungserscheinungen. Die Legionäre essen Fugo als Mutprobe. Ich glaube, du hast sie heil überstanden.«

»Warum hast du nichts unternommen, um mich davon abzuhalten?«

»Wenn ich dich verloren hätte, wäre ich dem Legionär an den Kragen gegangen.«

Lutt stierte sie an. Ihre fanatische Entschlossenheit ängstigte ihn. Was war das nur für eine Frau?

Plötzlich stand Nishi auf, nahm den Teller, der erst zur Hälfte leergegessen war, ging auf den Legionär zu und knallte ihm die halbe Portion auf den Tisch. Der Mann sah sie entgeistert an.

»Der Fisch ist genießbar. Essen Sie den Rest!« sagte sie. »Und merken Sie sich eins: Bei meinem seligen Vater ... Wenn der Fugu giftig gewesen wäre, hätte ich Sie ins Jenseits befördert, egal wie!«

Der Legionär wurde rot vor Wut. Er streckte die Hand nach ihr aus, besann sich aber eines besseren.

Nishi machte auf dem Absatz kehrt und ging an ihren Platz zurück. Der Legionär rückte geräuschvoll vom Tisch ab, stand auf und verließ den Raum.

»Er kann sich freuen, mich nicht berührt zu haben«, sagte Nishi. »Meine Freunde hätten ihn in Stücke gerissen.«

»Ich hab noch Hunger«, sagte Lutt.

»Du könntest dir eine zweite Portion Fugu bestellen. Das wäre eine starke Geste«, meinte Nishi. »Willst du?«

»Ich fand's ein bißchen fad.«

Es war vorzüglich, widersprach Ryll so prompt, daß er selbst überrascht war. *Ich habe darüber nachgedacht. Bestell dir ruhig noch einen Teller. Ich kann uns vor einer Vergiftung schützen.*

Wie das?

Idmagination mit Wirkung auf komplexe Proteine beherrsche ich durchaus. Und an die eigene Adresse fügte er hinzu: *Sind das meine Worte? Hat die Überheblichkeit der Erder auf mich abgefärbt?*

Na gut, Freund Ryll. Aber diesmal soll's nach meinem Geschmack gewürzt sein.

Ryll ahnte Schlimmes und wetterte heftig: *O nein, ich hasse das Zeug!*

Lutt grinste und sagte: »Nishi, bestell bitte beim Koch eine zweite Portion. Er soll mir aber zur Abwechslung einen Schlag Pesto-Sauce dazutun.«

»Pesto?«

»Eine Sauce aus frischem Basilikum, Parmesankäse, Olivenöl, Knoblauch und Pistazienkernen. Schmeckt gut zu Fisch.«

»Ich bin nicht sicher, ob wir frisches Basilikum haben.«

Als Nishi ans Buffet ging, übte Ryll sich zur Vorsicht in mentaler Isolation. Alle Anwesenden hörten, wie sie Fugo bestellte, doch der Rest ihrer Worte war verhaltener gesprochen. Ryll spitzte die Ohren; ihm wurde mulmig zumute. Wie gern hätte er jetzt eine Prise Bazeel zu sich genommen — nur ein kleines Quentchen. Zuviel könnte gefährlich werden. Lutt ahnte nämlich schon etwas von der Wirkung dieser Droge auf den Dreen-Körper.

Nishi kehrte zurück und schüttelte den Kopf. »Tut mir leid. Kein frisches Basilikum. Der Koch will ersatzweise eine Tarragona-Sauce zubereiten.«

»Kann man denn nichts von dem Kraut besorgen?« fragte Lutt.

»Warum ist dir das so wichtig?«

»Ich muß es haben!«

»Ah, du bist ein Perfektionist, selbst wenn's ums Essen geht. Es geht mir ganz ähnlich, und ich kann dich verstehen. Ich sollte noch mal mit dem Koch sprechen.«

Als sie den Tisch verließ, meldete sich Ryll verzweifelt: *Ich könnte deine Pesto-Sauce in etwas umwandeln, das auch meinen Geschmack trifft.*

Was hast du nur gegen die Sauce, Freund Ryll?

Ich möchte auch mal wählen dürfen.

Ich gestatte dir anschließend ein Erdbeerkompott.

Das ist nicht fair.

Du magst das Basilikum nicht, stimmt's?
Ich finde deine Sauce widerlich.

Nishi kam zurück. »Er hält dich für einen verrückten Yankee, will aber versuchen, dich zufriedenzustellen. Aus unerklärlichen Gründen wird allzuoft Basilikum verlangt. Seit fast einem Jahr ist nichts mehr nachgeliefert worden. Aus offiziellen Quellen ist kein Blättchen zu beziehen. Aber vielleicht gibt der Schwarzmarkt noch was her.«

Kurz darauf wurde Nishi durch ein Signal wieder ans Buffet gerufen. Sie kehrte mit einem blauen Teller samt der gewünschten Portion Fugu mit grüner Sauce zurück.

Lutt machte sich sofort darüber her und bemerkte, daß ihm die anderen Anwesenden neugierig zusahen. Auch diesmal schien der Fisch ungiftig zu sein. Als er den Teller geleert hatte, lehnte er sich behaglich zurück.

»Du hast ja noch gar nichts gegessen, Nishi«, sagte Lutt.

»Ich esse mit dem Personal, und zu anderen Zeiten. Komm, wir gehen zurück aufs Zimmer! Ruh dich aus fürs Geschäft.«

»Ich wüßte, was mich schnell wieder auf Touren brächte.«

»Aber wir haben noch keinen Ehevertrag aufgesetzt, mein süßer Gänserich.«

»Wirst du mir wenigstens Gesellschaft leisten?«

»Natürlich. Das ist meine Aufgabe, und zwar so lange, bis mich die Legion zur Geschäftskonferenz bittet. Sie ist sehr interessiert. Madame hat angekündigt, daß D'Assas Anon persönlich anwesend sein wird. Dir ist voller Schutz und Mitspracherecht garantiert.«

»Was bedeutet das?«

»Keiner wird dir was antun. Man verspricht dir sogar, bei der abschließenden Konferenz anwesend zu sein. Komm, es ist Zeit, zurück ins Zimmer zu gehen!«

»Kann ich davon ausgehen, daß es immer noch wanzenfrei und unbeobachtet ist?«

»Ich denke doch.«

»Wo ist mein Panzer?«

»Er wird repariert. Der Inhalt aus den Taschen ist mit den Kameras unter Verschluß.«

»Bring mir die Sachen aus meinen Taschen bitte aufs Zimmer! Es ist ein Gerät dabei, mit dem ich feststellen kann, ob man mir nachspioniert.«

Im Flur vor dem Eßzimmer stellte sich ihnen der Legionär in den Weg, der das Fugu-Gericht spendiert hatte. Er war ein bulliger Typ mit finsterem Blick und trug immer noch seinen Panzer.

»Sie versuchen also, mit unserer keuschen Sängerin anzubandeln«, knurrte er.

»Scheren Sie sich weg, oder es geht Ihnen schlecht!« zischte Nishi.

Der Mann nahm sie nicht zur Kenntnis: »Sie verstekken sich hinter einer Frauenschürze, he?« höhnte er und ging zum Angriff über.

Lutt reagierte schulmäßig — er hatte ein Spezialtraining absolviert. Mit Dreen-verstärkten Muskeln und Reflexen wich er aus, hebelte den Angreifer, dessen eigenen Schwung nutzend, aus dem Gleichgewicht, und ließ ihn vor der Wand am Ende des Flurs zu Boden krachen. Der Legionär raffte sich auf und schüttelte den Kopf. Mit wütendem Knurren stürmte er erneut auf Lutt zu, der erneut auswich und ihn gegen die andere Wand krachen ließ.

Benommen stand der Legionär auf, doch bevor er eine weitere Attacke starten konnte, öffnete sich eine Seitentür, und ein Offizier der Legion trat heraus. Er hatte buschiges dunkles Haar, eine gebogene Nase und große, braune Augen. Außer einer Hose trug er nichts. Er sah Nishi mit liebevollem Blick an und fragte: »Was ist hier los, mein Täubchen?«

Nishi zeigte auf den rasenden Legionär. »Der Mann hat mich beleidigt, General. Mein Begleiter hat ihn dafür bestraft.« Sie umklammerte Lutts linken Arm.

Der Legionär hatte sich ausreichend erholt und war drauf und dran, erneut anzugreifen. Der Offizier baute sich vor ihm auf. »Ist es wahr, daß Sie unsere Sängerin beleidigt haben? Reden Sie!«

Erst jetzt erkannte der Legionär, wen er vor sich hatte. »*Mon General!* Ich ... ich ...«

»Ich habe Ihnen eine Frage gestellt, Sie Flegel!«

Aus einem Nebengang kamen vier rotuniformierte Männer, mit Schlagstöcken bewaffnet, herbeimarschiert. Als sie den General erblickten, blieben sie wie angewurzelt stehen.

Lutt bemerkte das D'AA-Abzeichen auf den Uniformen und warf Nishi einen Blick zu. Sie führte einen Finger zum Mund, um Lutt zum Schweigen aufzufordern.

Der wütende Legionär deutete auf Lutt. »Der Kerl da macht sich an sie ran!«

Der General nahm Lutt in Augenschein.

»Das ist mein Arbeitgeber und Beschützer«, sagte Nishi und schmiegte sich an Lutts Seite.

»Ich erkenne Sie, Monsieur«, sagte der General. »Lutt Hanson junior, nicht wahr? Ich bin hier, um die Legion bei den Verhandlungen um Ihre Geräte zu vertreten.« Und dann, an die Garde D'Assas Anons gewandt: »Sie werden hier nicht gebraucht, meine Herren. Die Legion paßt auf sich selbst auf, auch auf ihre Flegel.« Schließlich richtete er die Aufmerksamkeit wieder auf den unglücklichen Legionär. »Sie haben meine Frage immer noch nicht beantwortet. Widersetzen Sie sich meinen Befehlen?«

»*Mon General,* ich ... ich wollte niemanden beleidigen — nur diesen Yankee da.«

Der General musterte Lutt. »Und Sie, Monsieur?«

»Wenn ich angegriffen werde, verteidige ich mich, General.«

»Haben Sie ihn bestraft?«

»Ich habe ihn vor die Wand da hinten prallen lassen und ihn, als er immer noch nicht genug hatte, in die andere Richtung geschickt.«

»Prallen lassen?«

»Das stimmt«, sagte Nishi.

»Aber, er ist einer unserer Legionäre ... in voller Montur«, meinte der General und sah Lutt anerkennend an.

»Möchten Sie, daß ich die Sache rekonstruiere?« fragte Lutt.

»Hmmmm.« Der General warf einen scharfen Blick auf den Legionär.

»Mit Ihrer Erlaubnis werde ich diesem Yankee die Knochen einzeln brechen«, sagte der Legionär.

»Das bezweifle ich. Haben Sie getrunken?«

»Nein, *mon General.*«

»Monsieur Hanson hat mit bewundernswerter Zurückhaltung davon Abstand genommen, Sie zu töten. Das hat mir Mademoiselle D'Amato soeben zu verstehen gegeben. Ich werde in Ihrem Fall weniger zurückhaltend sein. Sollte es Ihretwegen noch einmal Ärger geben, lasse ich Sie draußen anpflocken. — Verstanden, Sie Flegel?«

»Oui, mon General.« Die Angst des Mannes übertraf seinen Stolz.

Zu den Wachen sagte der General: »Schafft ihn weg. Ihm werden über sechs Monate alle Privilegien gestrichen.«

Als die Wachen mit dem Gefangenen verschwunden waren, deutete der General mit knapper Geste eine Verbeugung an. »Entschuldigen Sie den Vorfall, Monsieur. Sie haben mein Wort — das Wort von General Claude Speely DeCazeville —, daß so etwas nicht wieder vorkommt ... Es sei denn, Sie liebäugeln wirklich mit unserem Täubchen.«

»Er hat um meine Hand angehalten«, sagte Nishi.

»Tatsächlich? Und was haben Sie darauf geantwortet, Gnädigste?«

»Meine Antwort hängt ab vom Ausgang der Verhandlungen über einen Ehevertrag.«

»Sehr weise.« Der General grinste Lutt an. »Wenn Sie

gewinnen, Monsieur, wird die gesamte Legion Sie beneiden. Nun denn ...« Der General wandte sich wieder der Tür zu, aus der er gekommen war. »... es warten noch andere Angelegenheiten auf mich. Ich nehme an, wir sehen uns bald wieder.«

Im Krankenzimmer angelangt, faßte Lutt Nishi bei den Schultern und fragte: »Was hatte das alles zu bedeuten?«

»General Claude ist hier, um mit dir zu verhandeln. Hätte ich nicht gleich gesagt, wie es um uns steht, wäre der Zwischenfall womöglich anders ausgegangen. Er kannte meinen Vater und meine Brüder. Auf ihre eigenen Leute läßt die Legion nichts kommen.«

»Um so erstaunlicher, wie er den Legionär runtergeputzt hat. Was sollte das heißen, als der General ihm drohte, draußen angepflockt zu werden?«

»Es kommt manchmal vor, daß ein Verurteilter unter freiem Himmel an Iskeram-Pflöcke gefesselt wird. Mit der Zeit löst die Hitze die Rüstung auf. Den Rest kannst du dir denken.«

»Gütiger Himmel! Das nenn ich, auf eigene Leute aufpassen!«

»Die Legion straft grausam. Der arme Kerl wird an seinem sechsmonatigen Bordellverbot ganz schön zu knacken haben.«

»Zweifellos.«

»Du warst so tapfer und stark. Ich habe Angst um dich gehabt. Wie du mit dem Legionär umgesprungen bist! Alle Achtung.«

Nun, ich war auch nicht ganz unbeteiligt, warf Ryll ein.

Nishi schmiegte sich Lutt an die Brust und preßte ihre Stirn an seinen Hals. »Du bist nicht nur reich, sondern auch stark. Oh, was habe ich für ein Glück!«

Lutt umarmte sie und bot ihr seinen Mund zum Kuß. Doch sie drehte den Kopf weg. »Nein! Ich könnte schwach werden.«

»Prima.«

»Nein!« Sie befreite sich aus seiner Umarmung. »Bitte, hör auf! Sonst muß ich um Hilfe rufen.«

»Das brächtest du fertig?«

»Laß es nicht drauf ankommen. Wir haben außerdem jetzt andere Dinge zu besprechen«, sagte sie geschäftsmäßig.

»Den Ehevertrag?«

»Das hat Zeit. Zunächst müssen wir uns Gedanken über die Presse machen.«

»Was, zum Teufel, hat die Presse mit uns zu tun?«

»Da ist eine gewisse Subiyama, die mit dir die Schlacht erlebt und offenbar erfahren hat, daß du dich hier aufhältst. Komisch, aber wahr: Sie hat die Wache des amerikanischen Konsulats dazu überreden können, auf unser Schiff achtzugeben. Sie will wissen, wann du rauskommst und wo du hingehst.«

»Sie hat die Wache überreden können? Woher weißt du das?«

»Über die EGPMs sind wir immer bestens informiert.«

»EGPMs?«

»Erdgürtel-Patrouillen-Männer. EGPM. Die Subiyama ist zwar feist, aber ziemlich aufreizend. Sie hat sich einen der Jungs ... wie sagt man ... zur Brust genommen. Möchtest du, daß sie verschwindet?«

»Nicht nötig. Vielleicht kann sie uns noch von Nutzen sein.«

»Ahhh, mein Beschützer ist gerissen. Womöglich bist du ein besserer Verhandlungsführer, als ich dachte. Ich muß auf der Hut sein. Aber jetzt leg dich erst mal schlafen, Süßer! Und daß dich niemand stört, dafür sorge ich schon.«

Sie packte ihn ins Bett und wich seinen angelnden Händen unter dem Vorwand aus, seine Kleider aufzuhängen.

»Du darfst mich nur mit meinem Einverständnis berühren«, sagte sie.

»Im Ausweichen bist du sehr geschickt.«

»Ich hatte viel Übung darin.«

»Was ist mit den Sachen aus meinen Taschen?«

»Die hole ich später. Versuch zu schlafen! Das ist ein Befehl der Ärzte und von mir.«

Tu, was sie sagt, warnte Ryll. *Wenn's zu den Verhandlungen kommt, brauchst du ein waches Köpfchen. Und ich spüre, wie müde du bist.*

Willst du dich etwa ausschließen?

Ich bin auch ziemlich schlapp. Aber für mich gibt's noch ein paar Reparaturen an unserem Körper vorzunehmen.

Mach das, solange ich schlafe. Mir wird schlecht, wenn du meine Augen nach innen schwenkst.

Nishi stellte einen Stuhl ans Fußende des Bettes und ließ sich mit eingezogenen Beinen darauf nieder.

»Schlaf, mein Süßer!« flüsterte sie.

Mein Süßer, wiederholte er im stillen. Ihm war wohlig zumute, und bald nickte er ein.

Ryll kämpfte gegen die eigene Müdigkeit an und wartete, bis ihm die mentalen Rhythmen signalisierten, daß Lutt fest eingeschlafen war. Dann schwenkte er die Augen nach innen. Er stand vor einem komplizierten Idmaginationsproblem. Zeitliche Abstimmung und Plazierung erforderten äußerste Genauigkeit.

Kurze Zeit später trudelte ein kleiner Zettel von der Decke in Nishis Schoß. Sie nahm ihn zur Hand und las die Botschaft:

Vermeiden Sie jede Störung! Lutt darf nicht aufwachen. Unser Leben hängt davon ab. Diese Nachricht stammt von demjenigen, der mit Lutt den Körper teilt. Essen Sie den Zettel auf, wenn Sie mehr erfahren möchten!

Nishi sah den Schläfer an, zerkaute dann mit nachdenklicher Miene das Papier und schluckte es hinunter.

Ryll ließ eine zweite Nachricht materialisieren, die Nishi in der Luft aufschnappte, bevor sie auf ihren Schoß geflattert war.

»Wie machen Sie das?« flüsterte sie.

In Erwartung dieser Frage hatte Ryll bereits die Antwort in der neuen Botschaft niedergeschrieben: *Ich habe die Gabe, solche Dinge entstehen zu lassen. Das müßte als Beweis meiner Ehrlichkeit reichen. Geben Sie ihm unter keinen Umständen Basilikum zu essen. Es könnte sehr gefährlich werden. Schlucken Sie diese Nachricht, und ich lasse Ihnen eine weitere zukommen!*

Gehorsam aß Nishi auch diesen Zettel und schaute zu der Stelle hinauf, an der die Botschaften aus dem Nichts auftauchten. Mit geweiteten Augen sah sie, wie ein dritter Zettel entstand, der langsam auf ihren Schoß segelte.

Mein Name ist Ryll. Lutt hat meinen Körper gestohlen. Sein eigener ist ihm bei einem Unfall schwer verletzt worden. Jetzt versucht er, diesen Körper in seine Kontrolle zu zwingen, und zwar durch die Einnahme von Basilikum, was auf mich wie eine Droge wirkt. Aber das Kraut wird auch ihn lähmen, da er seine Kraft hauptsächlich von mir bezieht. Schlucken Sie auch diese Nachricht!

Nishi schluckte und flüsterte dann: »Was wollen Sie von mir?«

Die nächste Botschaft ließ eine Weile auf sich warten. Ryll hatte nicht damit gerechnet, soviel Energie für diese Art der Kommunikation aufbringen zu müssen. *Verweigern Sie ihm das Basilikum. Im Gegenzug werde ich dafür sorgen, daß Sie mit viel Geld zur Erde zurückkommen. Essen Sie den Zettel!*

»Aber ich möchte den Mann heiraten«, wisperte sie, nachdem sie den Zettel runtergewürgt hatte, was ihr von Mal zu Mal schwerer fiel.

Ryll bot letzte Energiereserven für die Antwort auf: *Das läßt sich regeln. Allerdings sind von seiner Mutter Einwände zu befürchten, die sich als problematisch erweisen könnten. Vertrauen Sie mir! Trauen Sie diesem Hanson nicht! Er will nur seine unanständigen Gelüste befriedigen. Ich weiß es, weil ich auch Anteil an seinem Denken habe. Essen Sie jetzt den Zettel!*

Nishi zerkaute langsam den Zettel und schluckte ihn hinunter.

Als eine weitere Nachricht ausblieb, beugte sie sich über den Schlafenden und hauchte: »Was beweist mir, daß das alles wahr ist? Sagen Sie es mir!«

Aber Ryll, um alle Energie gebracht, war seinem Blutsbruder in den Schlaf gefolgt. Ein sonores Schnarchen schüttelte die ruhende Gestalt.

Die chinesische Bevölkerungspolitik des letzten Jahrhunderts hat maßgeblich zur jetzigen Krise beigetragen. Der neuen Generation blieb angesichts der vorgefundenen Situation — Millionen von Ein-Kind-Familien, vierzig Prozent der Bevölkerung über fünfundsechzig Jahre alt — nichts anderes übrig, als alte Restriktionen abzubauen und mit den Geburtsraten anderer Nationen gleichzuziehen, was zu Anfang bei einem Männer-Frauen-Verhältnis von 3,4 zu 1 kaum zu erreichen war. Dieses Ungleichgewicht resultierte vor allem aus der hohen Sterblichkeitsrate der weiblichen Kleinkinder. Um diesem Problem Abhilfe zu schaffen, wurden drastische Maßnahmen getroffen: Verbot der Abtreibung, Kindergeld, Raub von Frauen aus benachbarten Staaten, Scheidungsverfügung bei Unfruchtbarkeit, die Einrichtung einer amtlichen Behörde zur Verbreitung von Pornographie und die Förderung ›wilder Ehen‹.

»Die Liebesraum-Krise«
NSC Analyse

Entzückt und verwundert blickte Lorna Subiyama auf Lew Doughty. »Ist es wirklich wahr? Ich bin die erste für dich?«

Sie saßen in dem verstaubten Bunker, den Sue Ellen für die Subiyama organisiert hatte. Die vollgepferchte Wohnung war im Stil der Erder eingerichtet und gehörte, wie Sue Ellen versichert hatte, zur Schutzzone, für deren Sicherheit die Legion garantierte.

Die Subiyama hatte keinen Zweifel daran, daß Sue Ellen einen Teil der Miete in die eigene Tasche steckte, aber das war Teil der hiesigen Spielregeln. Außer zwei kleinen Zimmern standen ihr eine winzige Küche und ein angemessenes Trockenbad zur Verfügung. Das Bett jedoch ließ sich nur als »intim« bezeichnen.

Sie und der Sergeant waren nach Dienstende vor etwa drei Stunden hier angekommen, die Arme beladen mit Iskeram-Behältern voller Schwarzmarktwaren. Die Subiyama brüstete sich mit ihren kulinarischen Fähigkeiten und sagte wiederholt: »Wer nicht gern ißt, hat auch keinen Spaß im Bett.«

Ihr neuer Liebhaber hatte, was das Essen anging, ganz besondere Wünsche. Er wollte unbedingt Basilikum in seine Speise. Es klang merkwürdig, so wie er das Wort aussprach: »Bazeel«. Aber was er damit meinte, war klar. Die Basilikumsauce, die den sündhaft teuren Karibu-Steaks beigegeben wurde, übte eine seltsame Wirkung auf Doughty aus. Er hatte sie buchstäblich vom Tellerrand geschlürft und mit einem amerikanischen Chablis zweifelhafter Herkunft runtergespült. Bald darauf machten sich Zeichen von Trunkenheit bei ihm bemerkbar.

Sein Verhalten im Bett fand die Subiyama ebenfalls wunderlich. Er zeigte großen Gefallen an ihrer strammen, dunkelhäutigen Gestalt, und wenn es mit ihm durchging, nannte er sie »gesegnete Habiba«. Manchmal rief er auch: »O wunderwirkendes Bazeel!« Seine ungezügelte Lust reizte die Subiyama zu Experimenten. Mit beachtlichem Erfolg praktizierte sie ein paar Stellungsvarianten, die sie bisher nur vom Hörensagen oder aus einschlägiger Lektüre kannte.

Als sie ausgestreckt und erschöpft nebeneinander lagen, wartete er mit der größten Überraschung auf. »Es war für mich das erste Mal. Ich habe mir immer vorgestellt, daß es widerlich sein muß. Aber jetzt finde ich es äußerst genüßlich, besonders nach dem Bazeel.«

Zuerst wollte die Subiyama ihm nicht glauben. »Wie kann man so lange Patrouillen-Mann und immer noch … ah … unschuldig sein?«

»Ja, ich schäme mich«, sagte er und lief tatsächlich rot an.

Sie ahnte jetzt, daß er die Wahrheit gesagt hatte und fragte: »Wie läßt sich das so lange verheimlichen?«

Er senkte den Blick auf seinen lakenbedeckten Schoß und antwortete: »Wenn man sich in Sitten und Gebräuchen auskennt, läßt sich einiges vortäuschen.«

Die Subiyama fand seine Antwort sehr fein und gelehrt. Sie war von seiner Unschuld restlos überzeugt, als er sie mit Kuhaugen ansah und fragte: »Kannst du mein Geheimnis für dich behalten?«

»*Unser* Geheimnis, mein Lämmchen. He! 'ne Jungfrau hab ich noch nie im Bett gehabt. Du bist meine erste. Heißa! Was ich dir alles beibringen kann …«

»Und wirst du dabei lieb zu mir sein?«

»So lieb wie möglich.« Sie deckte ihn mit Küssen zu und spürte, wie sein Körper sich in frischer Erregung aufbäumte, als sie ihre Lippen spielen ließ. »Du lernst schnell, Süßer. Was ich jetzt zeige, nennt sich ›australisches Kraulen‹.«

»Könnte ich danach noch ein bißchen Bazeel haben?«

»Alles, was dein Herz begehrt, Süßer. Weißt du was? Seit meiner ersten Orgie zu Hause in Dallas hat mir das Vögeln nicht mehr so viel Spaß gemacht wie mit dir.«

Die in der zweiten Hälfte des 20. Jahrhunderts aufkommenden Kultbewegungen waren der noch grobschlächtige Beginn jenes um sich greifenden Aussteigertums, für das die Raj-Dood-Jüngerschaft auf der Venus beispielhaft ist. Daß diese bunt zusammengewürfelten Gruppierungen die gleiche Korruption und Heuchelei an den Tag legen wie Kultisten der Vergangenheit, kann einen unvoreingenommenen Beobachter nicht verwundern.

»Kulte und deren Anhänger«
Artikel in ›Psychologie Heute‹

Nishi weckte Lutt mit einer Tasse bitteren Kaffees auf. Sie hatte den Tascheninhalt seines Panzers, verstaut in einem Tragenetz, aufs Bett gelegt.

Sie wartete, bis er den Kaffee getrunken hatte, und fragte dann mit ernster Miene: »Wer ist Ryll?«

Die Tasse fiel ihm aus der Hand und zerbrach auf dem Boden. Lutt saß aufrecht und steif im Bett.

»Wo hast du den Namen gehört?«

»Das ist nicht wichtig. Du versprichst mir die Ehe, obwohl dir klar ist, daß deine Mutter ihren Segen verweigern wird.«

»Was hat sie damit zu tun?« schimpfte Lutt.

»Meine Familie ist ihr wohl nicht vornehm genug, stimmt's?«

»Sie wird verdammt genau wissen, was du hier auf der Venus treibst, aber das kann doch uns nicht ...«

»Ich habe immer noch meine Ehre!«

Lutt schickte einen argwöhnischen Gedanken an Ryll. *Woher weiß sie von dir?*

Der Dreen antwortete nicht.

Du hinterlistiges Monster! Du hast es ihr gesteckt! Gib's zu!

Ryll hielt sich bedeckt.

»Es ist also wahr«, stöhnte Nishi.

Mir ist zwar nicht klar, wie du es angestellt hast, aber dafür wirst du büßen! wütete Lutt.

»In deinem Körper ist noch jemand«, sagte Nishi. »Das habe ich an deinen Augen gesehen.«

»Es ist mein Körper, er gehört ganz allein mir«, entgegnete Lutt.

»Und wie stellst du's an, kleine Zettel von der Decke flattern zu lassen?« zischte Nishi.

Ah, das war also dein Trick!

Nishi fing an zu weinen. »Wenn du mir eine Pistole herbeizaubern könntest, würde ich mich auf der Stelle erschießen«, schluchzte sie.

Ryll war schockiert. Eine Pistole herbeizaubern? Er konnte fast jedes Industrieprodukt idmaginieren, vorausgesetzt ihm standen Rohmaterial und Vorlagen zur Verfügung. Ausbildung und Talent hatten ihm den Weg zu dieser höheren Form der Dreen-Kreativität geöffnet ... Aber eine Waffe? Würde er eine Waffe idmaginieren, wäre er der erste Dreen, der so etwas täte, und auf diese Vorreiterstellung war er nicht scharf.

Diesmal bist du wirklich zu weit gegangen, zürnte Lutt. *Wir brauchen sie, um zu überleben, und du hast sie uns zur Feindin gemacht.*

Ryll konnte sich nicht länger zurückhalten. *Wieso brauchen wir sie?*

Ein ungünstiges Wort von ihr, und wir sind tot.

Du wärst tot. Ich würde überleben.

Angepflockt in der heißen Wüste?

So weit wird's nicht kommen.

Wollen wir wetten? Ich vergewaltige sie, dann werden wir ja sehen, was passiert.

Nein! Warte!

Warum?

Sie will die Ehe. Versprich ihr, sie zu heiraten!

Lutt dachte darüber nach. Ni-Ni heiraten? War das nicht immer schon der Wunsch seiner Träume gewesen? Aber die mysteriösen Umstände eben dieser Sehnsucht machten ihm Angst. *Wie ist es möglich, daß ich von ihr geträumt habe, ohne zu wissen, daß sie überhaupt existiert?*

Vielleicht gab's einen Glitch bei der Idmagination der Erde, bot Ryll als Erklärung an.

Glitch?

Ein Schnitzer im idmaginierten Plan.

Das gefällt mir nicht.

Du hast keine Lust, sie zu heiraten. Gib's zu!

Lutt sah Nishi an. Sie hatte aufgehört zu weinen, musterte ihn aber mit einem sonderbaren Ausdruck, der gleichzeitig Furcht und Hoffnung verriet.

»Ni-Ni, Liebes«, sagte Lutt. »Wir brauchen einander. Du möchtest doch zur Erde zurück ... als meine ...«

»Ich brauche niemanden! Ich komme ganz gut allein zurecht.«

»Wärst du nicht gern die Frau eines reichen Mannes?«

Sie legte einen Finger ans Kinn und schien zu kalkulieren. »Du erinnerst dich also an meine Herkunft.«

»Und ich will dich.«

»Du sprichst immer vom Wollen, nie von der Liebe.«

»Aber heißt Lieben nicht auch Wollen?«

»Es ist mehr ... viel mehr.«

»Ich habe nie daran gedacht, eine andere Frau zu heiraten.«

»Willst du mich wirklich heiraten?«

»Ja, verdammt!«

Ein bezauberndes Lächeln schmiegte Grübchen in ihre Wangen. »Dann werde ich General Claude bitten, den Ehevertrag aufzusetzen, sobald die Leasingverhandlungen über deine Erfindung abgeschlossen sind.«

»Gibst du mir dein Jawort? Werden wir heiraten?«

»Vorausgesetzt, die Vertragsbedingungen stellen mich zufrieden; außerdem möchte ich vorher alles über diesen Ryll erfahren.«

»Zuerst ein paar Vorsichtsmaßnahmen«, antwortete Lutt. Er nahm den Spionagedetektor seines Vaters aus dem Tragenetz und schwenkte die Sonde durch den Raum. Das Gerät ortete eine Wanze an der Kopfblende des Bettes. Lutt kratzte das Ding heraus, nahm es in Augenschein und zerstörte es.

»Bloß eine Lauschvorrichtung«, sagte er. »Von wem wohl?«

»Von der Legion oder von D'Assas Anon«, meinte sie. »Andere kommen nicht in Frage.«

»Die Sache mit Ryll erkläre ich dir lieber später. Es könnte nämlich sein, daß hier noch Dinger versteckt sind, die sich nicht aufspüren lassen.«

»Versprochen?«

»Versprochen!«

Wenn sie wüßte, wie leer deine Versprechungen sind, frotzelte Ryll.

Halt's Maul, du Spanner! Dich nehme ich mir später vor. Vielleicht bauen wir uns einen Drachenflieger aus Iskeram, mit dem wir zusammen auf Venuswinden segeln.

»Lutt, da ist noch eine Sache zu besprechen«, sagte Nishi.

»Was jetzt?«

»Die Fugu-Köche haben mich gebeten, eine Story über sie zu schreiben und ...«

»Warum nicht? Aus dir wird noch eine richtige Reporterin. Vielleicht gibt dir der General ein Interview. Anschließend könntest du ein bißchen an der Sexfront recherchieren.«

»Du läßt mich für mein Gehalt arbeiten? Das gefällt mir. Aber da ist noch eine delikate Angelegenheit, und ich zögere, darüber zu sprechen.«

»Delikat? Schieß los!«

»Mein Guru weiß, daß du hier bist.«

»Dein *Guru?*« Lutt lachte laut auf.

»Mach dich nicht lustig. Er ist der wichtigste Guru auf der Venus: Raj Dood. Viele Legionäre holen sich bei ihm Rat. Auch mein Vater war auf ihn eingeschworen.«

»Und ist trotzdem umgekommen.«

»Weil er den Rat von Raj Dood nicht befolgt hat.«

»Woher weiß der Knabe, daß ich hier bin?«

»Ich hab's ihm gesagt. Ich soll dir ausrichten, daß er dich unbedingt sprechen will. Es ist sehr wichtig. Das hat er mehrfach wiederholt.«

»Was, zum Teufel, könnte ein ausgeflippter Guru von mir wollen außer Geld und Einfluß?«

»Du verkennst ihn. Er ist nicht auf Geschenke aus. Sein einziges Ziel ist es, Bedürftigen zu helfen.«

»Das glaube ich dir aufs Wort.«

»Er hat sich große Sorgen gemacht, daß mich ein betrunkener Legionär anfallen könnte, und mir eine magische Fluchformel beigebracht, die ich bei Gefahr aufsagen soll. Und vor kurzem riet er mir, die magischen Worte auch in deiner Gegenwart zu gebrauchen.«

»Und dann hat er dir eine kleine Puppe gegeben, die du mit Nadeln durchbohren sollst.«

»Nein, Lutt. Raj Dood ist kein gewöhnlicher Mann. Er hat so viel Macht, daß er niemanden fürchtet, nicht einmal die Legion. Ich wußte, daß du dich darüber lustig machen würdest.«

Lutt grinste. »Mache ich dir solchen Kummer?«

»Ich habe großen Kummer.«

»Dann sprich die magischen Worte! Aber wenn sie nichts nutzen, mußt du zu mir ins Bett steigen. Abgemacht?«

Sie stampfte mit dem Fuß aus. »Männer können manchmal schrecklich sein.«

»Laß mich des Gurus magische Formel hören!«

»Sei's drum! Aber zu dir ins Bett steige ich erst nach Vertragsabschluß und einer anständigen Feier. Das laß dir gesagt sein, Lutt Hanson junior!«

»Womit muß ich rechnen, wenn du die Beschwörungsformel anstimmst?«

»Wart's ab!« Sie preßte die Lippen zu einem grimmigen Strich zusammen und schloß die Augen. In tiefer Stimme murmelte sie: »Om Mani komm zu mir mein melancholisches Baby Padme Sayonara Hummmm komm durch die Kellertür.«

Kaum hatte sie das letzte Wort ausgesprochen, als ein grellroter Blitz durch den Raum zuckte, der Lutts Augen zudrückte. Er spürte, wie er fiel und kurz darauf der Länge nach auf eine harte Oberfläche prallte. Er öffnete die Augen und fand sich auf einem gläsernen Boden wieder — inmitten eines unüberschaubar hohen Metallzylinders. Von Nishi, dem Krankenzimmer, dem Bett und all dem anderen war keine Spur zu sehen. Er lag ganz allein da in seinem Schlafanzug.

Ein Spiralenphänomen, erklärte Ryll.

Doch nicht nur.

Behutsam richtete Lutt sich auf und schaute durch den gläsernen Boden. Der Zylinder schien auch abwärts bis ins Unendliche zu reichen. Jetzt fiel ihm auf, daß der vermeintliche Boden offenbar völlig substanzlos war. Bis auf die eigenen Bewegungen hörte er nichts. Er roch nichts, nur den eigenen Angstschweiß.

Was soll das heißen: Spiralenphänomen? fragte Lutt.

Bevor Ryll antworten konnte, meldete sich eine körperlose Männerstimme, tief und resonant: »Hier spricht Raj Dood.«

»Zum Teufel, wo bin ich?« Lutt sprang auf die Beine.

»Du kennst mich als deinen Onkel Dudley«, sagte die Stimme.

»Onkel Dudley? Du bist dieser Raj-Typ?«

»Für dich bin ich nur Raj Dood. Schau auf den Boden!«

Lutt blickte nach unten und schmeckte erneut aufstoßende Galle.

»Dieser Boden ist dein Lebenswille«, sagte die Stimme. »Wenn du den Willen verlierst, verschwindet der Boden.«

»Hör auf, Onkel Dudley! Laß die Scherze.«

»Es ist kein Scherz.«

»Mit solchen Tricks beschäftigst du dich, seit du vor fünfundzwanzig Jahren untergetaucht bist?«

»Ich bin nicht untergetaucht, sondern in das Geheimnis spiritueller Überlegenheit vorgedrungen. Paß auf!«

An Lutts Seite knackte es elektrostatisch, und plötzlich war Nishi da — mit dem Tragenetz in der Hand. Sie taumelte und ließ das Netz fallen. Es fiel durch den Boden und verschwand im Nichts.

»Der Beutel hat keinen Lebenswillen«, erklärte die Stimme. »Hallo, Nishi, mein Engel! Der Boden unter deinen Füßen ist euer gemeinsamer Wille zu überleben, euer einziger Halt in der Unendlichkeit.«

»Was tut Ihr, mein Guru?« hauchte sie.

»Ich stelle Lutt auf die Probe, mein Engel. Ich habe eine Nachricht für ihn.«

»Im Ernst, Onkel Dudley«, empörte sich Lutt. »Behandelt man so seinen eigenen Neffen?«

»Lutt!« schimpfte Nishi. »Was nimmst du dir raus?«

»Er ist der älteste Bruder meiner Mutter. Er hat früher mit meinem Vater zusammengearbeitet, aber dann gab's Krach, und ...«

»Krach gab es nie, Lutt«, tönte die Stimme. »Doch mir kam die Erleuchtung, während dein Vater im Dunkeln verharrte.«

»So so. Ich habe was anderes gehört. Es ging um eine gemeinsame Erfindung, stimmt's?«

»Du bist ignorant und respektlos«, tadelte die Stimme. »Entspanne dich und höre, was ich dir zu sagen habe!«

»Ich weiß zwar nicht, worauf du hinaus willst, Onkel Dudley, aber wenn du was sagen willst ... nur zu!«

»Die Nachricht, die ich dir mitzuteilen habe, stammt von deinem Vater persönlich. Er will, daß ich dich vor deinem Bruder warne, der dir zusammen mit Senator Woon auf der Venus nach dem Leben trachtet.«

»Morey? In ein Mordkomplott verwickelt?«

Ich habe dich gewarnt: Treib's nicht zu weit mit Morey! unterbrach Ryll.

»Ich habe Angst«, flüsterte Nishi.

»Von meinem Bruder ist nichts Schlimmes zu befürchten«, beschwichtigte Lutt sie. »Er ist ein Tollpatsch, der über die eigenen Füße fällt.«

»Oh, der Boden wird weicher. Ich fühl es genau!« stammelte Nishi.

»Blödsinn! Onkel Dudley? Bist du noch da?«

Eine blecherne, abgehackte Stimme meldete sich: »Hier spricht der Anrufbeantworter von Raj Dood. Der Meister wurde zu dringenden Geschäften gerufen.«

Nishi umklammerte Lutts Arm. »Der Boden wird tatsächlich weicher!«

»Wer Sie auch sind, hören Sie zu!« wetterte Lutt. »Wir sind hier, weil dieser Raj-Typ gesagt hat, Nishi solle die idiotische Fluchtformel gebrauchen.«

»Die Fluchtformel, so ist es«, schnarrte die mechanische Stimme. »Ahhh, ich erinnere mich. Der Meister wollte Ihnen eine persönliche Nachricht übermitteln. Haben Sie die Nachricht erhalten?«

»Ja, verdammt.«

»In dem Fall ist es wohl das Beste, wenn Sie im Wartezimmer auf seine Rückkehr warten. Ich bedaure, daß er keine Instruktionen hinterlassen hat. Sein Aufbruch erfolgte sehr plötzlich.«

»Lutt!« keuchte Nishi.

Er schaute nach unten und sah ihre Füße im Boden versinken.

»He!« schrie Lutt. »Holen Sie uns hier raus! Wir wollen dahin zurück, wo wir herkommen ... ins Schiff!«

»Es tut mir wirklich leid«, antwortete die mechanische Stimme. »Meine Hände sind gebunden. Die Fluchtformel läßt sich nicht ohne weiteres rückgängig machen. Ich kann Sie allenfalls ins Wartezimmer von Raj Dood schicken.«

Die Chinesen auf der Venus möchten, daß ihre Gegner glauben, sie bringen nur geistlose Massen zum Einsatz und erobern nur durch reine Überzahl und Raketenbeschuß. Diese listige Propaganda hat den Zweck, die Kampfmoral der Legion zu schwächen. Jeder, der diesen Standpunkt öffentlich vertritt, muß als Gegner Frankreichs angesehen und strengster Bestrafung unterworfen werden.

Claude Speely DeCazeville
Kommandierender General
Neunte Legion

»Ich habe gute und auch schlechte Nachrichten«, sagte Mugly.

Er stand Jongleur im niedrigsten Vorraum von Habibas Konus gegenüber. Sie hatte ihm den Raum zur Verfügung gestellt, weil ihre Zeit immer knapper wurde. Der Raum war winzig, nach Westen gerichtet und dunkel. Der Filtereffekt des neuen planetaren Schildes, der das nachmittägliche Licht wenigstens um die Hälfte reduzierte, machte ihn noch dunkler.

Durch das einzige, hinter Mugly befindliche Fenster, konnte Jongleur die Sonne sehen — ein matter Fleck am stumpfgrauen Himmel.

»Ich möchte sie hören«, sagte Jongleur.

»Ich habe damit gerechnet, ich könnte Habiba die Nachrichten persönlich überbringen.«

»Sie hat mich angewiesen, mir alle Botschaften anzuhören und nur die wichtigsten an sie weiterzugeben. Habiba denkt nur über den Schild und seine Wirkung auf Dreenor nach.«

»Wie ich höre, funktionieren die Klappen, die das

Sonnenlicht auf die Saathäuser fallen lassen, ausgezeichnet«, sagte Mugly.

»Ist das deine gute Nachricht?«

»Es hat mit meinen Neuigkeiten nichts zu tun. Es war bloß ein Kommentar.«

»Mugly, du verschwendest meine Zeit. Wie lauten deine Neuigkeiten?«

»Welche möchtest du zuerst hören? Die gute oder die schlechte?«

»Die Reihenfolge ist mir gleich; du sollst nur endlich reden.«

»Die schlechte Nachricht hat mehrere Bestandteile. Erstens: Wir haben keinen Kontakt mehr mit Prosik auf der Venus. Aber es gibt dennoch deutliche Anzeichen dafür, daß Hanson junior seine primitive Spiralentechnologie dort einsetzt.«

Mugly räusperte sich umständlich. »Zweitens: Die Erder sondieren *Patricia* weiterhin, um ihre Geheimnisse kennenzulernen. Sie scheinen aufgrund ihrer jüngsten Bemühungen auch recht zuversichtlich zu sein, wenn wir auch nicht wissen, was sie erreicht haben.«

»Und das hältst du für eine Nachricht, die ich wagen soll, Habiba zu überbringen?«

»Warum nicht?«

»Glaubst du, sie wird dann den sofortigen Einsatz des neuen Tilgungsschiffes befehlen?«

Mugly zuckte die Achseln. »Das müßtest du doch besser wissen als ich. — Das bringt mich zu der guten Nachricht: Das neue Schiff müßte innerhalb einer Woche fertig sein. Wir arbeiten jetzt an den letzten Feinheiten. Die neuen Idmaginateure, die Habiba geschickt hat, sind ausgezeichnet.«

Jongleur ächzte. »Und das nennst du eine gute Nachricht?«

»Du bist ein schlechter Verlierer, Jongleur«, sagte Mugly.

»Wie kannst du es wagen, die Angelegenheit so auf die leichte Schulter zu nehmen?«

»Jongleur! Ich entschuldige mich. Ich weiß zwar, daß sich dein Sohn noch immer in diesem verfluchten Sonnensystem aufhält, aber wir müssen jetzt an die ganze Dreenheit denken.«

»Und genau das, wünschte ich, würdest du tun. Die Erde treibt uns in den Wahnsinn! Bei allem was wir tun, wittere ich eine Katastrophe! Habiba ... Die gesegnete Habiba ... Mugly, sie hat sich verändert.«

»Verändert? Auf welche Weise?«

»Es ist schwierig zu beschreiben. Sie sitzt schweigend da, viel öfter als je zuvor. Und wenn ich bei ihr bin, ist sie immer kurz angebunden. So war sie früher nie. Und ... Mugly, ich habe gehört, wie sie dich verflucht hat.«

Mugly war entsetzt. »Verflucht? Mich?«

»Und Wemply den Reisenden, der die Erde idmaginiert hat. Sie verflucht auch ihn. Ich habe gehört, wie sie euch beide in einem Atemzug verflucht hat.«

»Jongleur — ich muß mit ihr reden!«

»Nein! Sie verbietet es!«

»Sie verbietet es? Laden wir denn nicht zu einer Denksitzung ein, um ...«

»Sie verbietet auch die Denksitzung. Ich habe Angst um sie, Mugly. Sie klingt so traurig ... und sie sieht so traurig aus.«

»Aber der Schild funktioniert doch. Wir sind geschützt. Wir haben jetzt genug Zeit, um alles zu tun, was wir ...«

»Zeit? Ist Zeit nicht gerade das Problem, Mugly? Haben die Dreen sich je um die Zeit gekümmert? Wir haben die Ewigkeit gehabt. Und was haben wir jetzt? Wir haben einen dunklen Himmel, und ein Volk, das sich unter ihm duckt und sich fragt, wie lange er noch so sein wird. Mir liegen Eingaben von Dreen vor, die danach fragen, *wann* Habiba wegen der Erde einen Beschluß faßt. Wann, Mugly! Wir berechnen unsere Zeit nach Habibas nächster Proklamation. Jeder von uns sorgt sich plötzlich um die Zeit. Wir, die wir die Ewigkeit hatten, sorgen uns jetzt um die kleinste Zeitspanne. Die Erde hat uns verflucht. Der Teufel soll sie und ihre Unverschämtheit holen!«

Wenn ich über das Unendliche nachsinne, erkenne ich die Lebenskraft der Zeit. Die Spiralen, bis ins Unendliche verknüpft, können nicht alles Existierende und jegliche Substanz berühren. Diese erfordern Zeit. Wenn wir die Zeit ignorieren und das Unendliche als unser heiliges und bedingungsloses Recht hinnehmen, sind wir weniger, als wir sein könnten. Ist es nicht das, was die Erde uns lehrt?

Habibas Tagebuch

Mit einem atmosphärischen Brüllen und dem Aufblitzen roter Lichter kamen sie in Raj Doods Wartezimmer an. Der Raum kam Lutt überraschend gewöhnlich vor — bis er links von sich aus dem Wandfenster sah. Er schaute von der Seite her auf die metallene Röhre, in die es ihn aus dem Krankenrevier verschlagen hatte.

Hast du schon daran gedacht, deinen Onkel zu fragen, wie er das macht? fragte Ryll.

Weißt du es?

Ich sagte doch schon, daß es eine Form der Spiraltechnologie ist.

Der Zylinder da sieht aber nicht wie eine Spirale aus.

Aber ich spüre das Kitzeln des Spiralenkontaks, wenn dein Onkel uns mit seinem Kommando bewegt.

Mein Gott! Ist es etwa das, worum er und mein Vater sich vor so langer Zeit bekämpft haben?

Ich habe keine Möglichkeit, eine solche Frage zu beantworten, Lutt. Ich würde allerdings sehr gern sein Kontrollzentrum sehen und zusehen, wie es funktioniert.

»Lutt?« Nishi zupfte an Lutts Ärmel.

»Was ist denn?«

»Ist Raj Dood wirklich dein Onkel?«

»Das hat er doch gesagt.«

»Wie macht er das?«

»Mit Zauberei. Und wir sind die dummen Eingeborenen, die sich wahrscheinlich vor Schreck in die Hosen machen, wenn er seine Macht demonstriert.«

»Wie kannst du das einfach so ...«

»Ich habe den alten Hundesohn gekannt. Sieh dir diesen Raum mal an — die Sessel, das Sofa, den Tisch und die Zeitschriften.« Er hob eine Illustrierte hoch und schwenkte sie vor ihrer Nase her. »Der ›*Wochenend-Golfer*‹. Und hier — eine Ausgabe der ›*Modernen Psychiatrie*‹.«

»Aber das!« Sie deutete auf den Zylinder.

»Yeah, das ist wirklich was.«

»Wo ist denn der Mann, der sich als Anrufbeantworter bezeichnet hat?« fragte Nishi. »Hier ist doch niemand.«

»Ich bin kein Mann. Ich bin ein Gerät.« Die mechanische Stimme kam aus dem Nirgendwo, und doch von überall her. »Was wünschen Sie von mir?«

»Kann die Legion oder sonst jemand hören, was wir hier reden?« fragte sie.

»Der Raj Dood erlaubt nicht, daß jemand ihn belauscht.«

»Lutt — während wir warten, erzählst du mir, was mit diesem Ryll los ist.«

Warum nicht? dachte Lutt. Und er sagte: »Er ist ein Dreen, der in meinen Körper gelangt ist, nachdem ich mit meinem neuen Schiff einen Unfall hatte.«

»In deinen Körper gelangt?«

»Ja. Er hat sich reingeschlichen, als ich bewußtlos war.«

Ich bin nicht reingeschlichen! Ich habe dir das Leben gerettet!

Aber du hast mir keine Wahl gelassen!

Ryll zog sich mürrisch zurück — die Wahrheit in Lutts Antwort hatte ihn schockiert. Wäre er etwa lieber gestorben? Aber er hatte ihn wirklich nicht gefragt.

»Kann er reden?« fragte Nishi. »Ich möchte mich mit ihm unterhalten.«

»Natürlich kann ich reden!« Die Stimme wurde zu einem zittrigen Falsett, als Ryll sich Lutts Überraschung zunutze machte und die Kontrolle übernahm.

»Hör … auf damit!« wandte Lutt ein, doch es war seine Stimme, die nun brach und zitterte. Das Gesicht verzog sich, der Leib zuckte, als beide um die Herrschaft kämpften.

»Es ist … mir … gleich, wer … es … sieht!« sagte Ryll. »Ich … will … mit … ihr … reden!«

Lutt versank in bestürzte Passivität. Er witterte sowohl Verärgerung als auch ein Drängen in Ryll. Und da war auch wieder dieser Blütenduft.

»Die Erde und das Sonnensystem werden vielleicht ausgelöscht, während dieser Narr seinen blöden Machtgelüsten frönt«, sagte Ryll. Und er erklärte ihr schnell, was es mit dem Tilgungsschiff *Patricia* auf sich hatte.

»Wie kann all dies …« — Nishi deutete um sich — »… etwas sein, das du gemacht hast?«

»Ich habe es nicht gemacht. Es war Wemply der Reisende.«

»Das ist doch irre!«

»Ich glaube auch, daß Wemply einen leichten Dachschaden hatte.«

Nishi schüttelte den Kopf; sie sah, daß sie aneinander vorbeiredeten. Dann kam ihr ein anderer Gedanke. »Aber … aber das Schiff … Du hast doch gesagt, es sei bei dem Zusammenstoß mit dem Schiff Lutts unbrauchbar geworden.«

»Mein Volk kann ohne weiteres ein neues machen.«

Bist du fertig? fragte Lutt. *Du ängstigst sie!*

Ich freue mich, daß wenigstens einer meine Befürchtungen teilt.

Warum hast du es mir nie so deutlich gemacht?

Ich bin davon ausgegangen, dafür wäre noch Zeit, aber mit zunehmender Reife …

Du bist reifer geworden? — Du?

Streßsituationen lassen uns reifen. Es ist wirklich komisch, daß es dir nicht auch so geht, Lutt.

Mach nur weiter! Beleidige mich! Aber ich bin in dir drin, und ich weiß, daß du ein abgefeimter Lügner bist.

Ich war mehr als aufrichtig zu dir, obwohl die Umstände extrem verlockend waren und es für mich von Vorteil gewesen wäre, dich zu beschwindeln.

Nishi hatte inzwischen aus dem Fenster gesehen und dabei an ihrer Unterlippe gekaut. Nun sagte sie, ohne sich umzudrehen: »Ryll, du sagst, du hättst fusioniert, um euer Leben zu retten. Kann man euch trennen?«

»Es ist möglich, aber ich weiß nicht genau, ob ich die dazu nötigen Fähigkeiten habe.«

»Und die Erdgürtel-Patrouille wird dich gefangennehmen, wenn sie erfährt, daß du ein Dreen in der Maske eines Menschen bist?«

Jetzt siehst du, was du angerichtet hast! schäumte Lutt. *Jetzt kann sie mich dazu zwingen, alles zu tun, was sie will! Sie braucht nur damit zu drohen, mich an die EGP zu verpfeifen!*

Ein Risiko, das man, wie ich glaube, eingehen muß. Sie ist auf einen reichen Ehemann aus. Du kannst sie in eurem Ehevertrag versprechen lassen, den Mund zu halten — sonst kriegt sie bei einer etwaigen Trennung keinen Peso.

Uff! Du entwickelst dich allmählich wirklich zu einem harten Verhandlungspartner.

Ich lerne, indem ich beobachte. Schau! Da draußen ist irgend etwas los.

Eine Menschenmenge hielt sich in dem zylindrischen Gebiet auf, das man durch das Fenster in der Wand sehen konnte. In ihrer Mitte stand eine hochgewachsene Gestalt, die Lutt wiedererkannte.

Onkel Dudley!

Die Zeit hatte es gut mit dem mißratenen Bruder seiner Mutter gemeint. Die knochigen Gesichtszüge des Mannes zeigten einen gütigen Ausdruck. Seine Haut war glatt. Blondes Haar, von einem grauen Schweißband zusammengehalten, fiel über seine Schultern. Seine blauen Augen funkelten. Aber sein Kostüm! Onkel Dudley trug eine weiße Robe, auf der in roten und blauen Buchstaben stand: »Raj Dood ... Raj Dood ...« Er schritt durch die Menge, während flehende Hände sich nach ihm ausstreckten, ohne ihn zu berühren.

In der Erregung des Augenblicks übernahm Lutt zaghaft die Kontrolle, die Ryll ihm überließ.

Er ist dein Onkel. Es ist besser, wenn du mit ihm verhandelst. Aber krieg heraus, wie der Zylinder funktioniert.

Das Fenster verzerrte plötzlich den Ausblick. Die Szene wurde unscharf, als befänden sich die Leute auf der anderen Seite unter Wasser. Doch Onkel Dudley blieb klar.

Geisterglas! dachte Lutt.

Onkel Dudley marschierte durch das Glas ins Wartezimmer. Die Menge folgte ihm, und als die Leute eintraten, wurde das Fenster wieder klar. Lutts und Nishis Umgebung füllte sich mit schwitzenden und bettelnden Menschen. Sie drückten die beiden zusammen mit dem Raj Dood in eine Ecke.

Der Guru brachte das Gebrabbel mit einem lauten Schrei zum Verstummen: »Eczema!« Er legte einen Finger an seine Wange. »Oder heißt es Eureka?«

Als er Lutt und Nishi bemerkte, sagte er: »Vergebt mir meinen plötzlichen Aufbruch, aber Osceola legte Wert auf meine Gegenwart. — Nun, wo waren wir stehengeblieben? Ach, ja. Morey und Moon — die Verschwörung.«

Ohne auf ihre Reaktion zu warten, wandte er sich um und warf einen Blick auf die Menschen, die sich im Raum versammelt hatten.

»Ich muß an Orte gehen, Orte sein.«

»Raj Dood sei gepriesen!« schrien die Leute.

»Die beiden da sind Deserteure«, flüsterte Nishi Lutt ins Ohr. Sie deutete auf zwei Männer in Legionärsuniform. »Ich habe ihre Steckbriefe gesehen.« Dann drehte sie sich überrascht zu drei Chinesen in der Uniform der Mao-Garde um. »Der Himmel steh uns bei! Feindliche Soldaten!«

Auch Lutt musterte die Menge, die sich nun näher um den Raj Dood scharte. Er bemerkte eine Frau mit einem weinenden Baby; ein Quartett singender Trunkenbolde mit irischem Akzent; eine Frau in der Uniform eines Raumtruckers; zwei Frauen in Gewändern, die das winzige D'AA-Zeichen trugen, was sie als Angestellte D'Assas Anons identifizierte; einen sephardischen Juden, und einen dicken Mann mit Schwimmflügeln ... Kunterbunt war das einzige Wort, das auf diese Gruppierung paßte.

Als der Guru die Leute ansah, fingen sie auf der Stelle wieder an, ihn mit Bitten zu überschütten. Lutt hatte Schwierigkeiten, die unterschiedlichen Bitten voneinander zu unterscheiden.

»Könntet Ihr doch nur ...«

»Ich befürchte, daß mein ...«

»Wann wird ...«

»Ihr sagtet, daß mein Gatte ...«

»Wo ist ...«

»Silenzio!« schrie Raj Dood.

In die schlagartig einsetzende Stille hinein lamentierte er: »Ich bin zu gütig. Es wird Zeit, meine Zaubersprüche zu ändern.«

»Ich glaube nicht, daß der, der mich hergebracht hat, einen Sittenstrolch davon hätte abhalten können, Nishi zu vergewaltigen«, sagte Lutt. »Als sie mit ihrem Sprüchlein fertig war, hätte er es längst hinter sich gehabt.« Er berührte den Arm des Gurus.

»Du hast mich berührt!« keuchte Raj Dood. Sein Gesicht verzog sich vor Abscheu. »Man berührt keine Heiligen!«

»Warum nicht?« fragte Lutt.

»Es ist so vorgeschrieben, das reicht doch wohl«, sagte der Guru. Er berührte sein Schweißband.

Jetzt fiel Lutt auf, daß es aus Metall zu sein schien. Es war zerkratzt und hatte Dellen.

»Du hast recht, was die Länge dieser Formel angeht«, sagte der Guru. »Ich werde sie kürzen.« Er faltete die Hände über dem Bauch und sah Lutt sinnierend an.

»Onkel Dudley, ich möchte gern wissen, wie der Zylinder funktioniert«, sagte Lutt.

»Rede mich als Raj Dood an!« sagte der Guru. »Der Zylinder, wie du ihn nennst, *funktioniert* nicht. Er ist einfach.«

»Ist es das, worüber Vater und du euch zerstritten habt?«

»Die Vergangenheit ist nur die Vergangenheit«, sagte der Guru. »Paß auf!«

Ohne zu wissen, wie es geschah, sah Lutt Bilder aus seiner Vergangenheit. Es war eine ganze Szenenparade: Ansichten von Ereignissen, die ein Vierteljahrhundert zurücklagen, als Onkel Dudley sie besucht hatte. Die meisten Visionen zeigten sie am Speisetisch im Haupthaus der Hansons, an einem See. Es waren Sitzungen, bei denen Onkel Dudley L.H. seine Ideen nahezubringen versuchte. Manchmal arteten sie in Streitereien aus, und einmal verließ L.H. den Tisch, ohne seine Mahlzeit zu beenden. Die Visionen endeten mit Onkel Dudleys Abreise, und Lutt begriff, daß er seinen letzten Besuch miterlebte. Onkel Dudley war nie zurückgekehrt.

»Ich habe mich mal erkundigt, warum du dich nie wieder hast blicken lassen«, sagte Lutt. »Und ich habe von einem Angestellten erfahren, du hättest dich mit meinem Vater geprügelt.«

»Verläßliche Hilfe findet man selten«, sagte Onkel Dudley. »Doch jetzt schweig! Ich muß entscheiden, was das Beste ist. Wir können keinen Brudermord zulassen. Morey darf nicht zum Zuge kommen. Und was Woon betrifft, ist es Zeit, seinen Lebenswillen zu testen.«

Lutt war beeindruckt. Onkel Dudley zeigte ein grundlegendes Gefühl von Würde.

Aber was weiß er von den Spiralen? fragte Ryll.

»Ryll soll meine Meditationen nicht stören«, sagte der Guru.

Er hat mein Gespräch mit Nishi belauscht!

»Ich habe nicht gelauscht. Es ist nicht nötig. Ich weiß stets, was ich wissen muß. Schweig, Ryll! Deine mißliche Lage ist nichts, was mich im Augenblick bekümmert.«

Schweigen senkte sich über den Raum, als der Guru die Augen schloß und den Kopf neigte. Plötzlich sah er Nishi an.

»Ja, eine Heirat wäre das Beste.« Er sah Lutt an. »Einer von euch beiden muß den Körper zwar stets beherrschen, doch mit der Kooperation des Partners. Um Moreys Rechnung zu durchkreuzen, geht ihr sofort zur Erde zurück.«

»Aber ich habe hier noch Geschäfte zu tätigen«, protestierte Lutt.

»Man kann nicht gleichzeitig auf den Knien beten und ein Tänzchen machen«, sagte der Guru. »Eine gütige Monarchie ist das beste.«

Wovon redet er? fragte sich Lutt.

Er erklärt uns, daß wir gegenseitig Toleranz walten lassen sollen. Er erinnert mich an Habiba.

»Das Körperliche und das Ätherische sind im Grunde nicht getrennt«, sagte der Guru. Er schwenkte einen Arm, und die Menge verschwand aus dem Wartezimmer. Nur Lutt und Nishi blieben bei ihm zurück.

»Ich wünschte, du würdest mir erklären, wie du das machst«, sagte Lutt.

»Du würdest versuchen, es zu verstehen, doch das würde dein Verständnis hemmen«, sagte der Guru. »Halt es doch einfach für Zauberei.« Er schenkte Nishi einen erneuten Blick. »Du liebst den Teil von ihm, der sich seinem Vater nicht gebeugt hat. Welch ein Glück.«

»Onkel Dudley«, sagte Lutt. »Du mußt mir unbedingt das aus dem Nichts kommende Flüstern erklären, und was mit den geheimnisvollen Leuten los ist, die so komische Namen haben ...«

»Liebst du Nishi?« fiel der Guru ihm ins Wort.

»Ja, aber ...«

»Auf deine Weise liebst du sie tatsächlich.«

Nishi fühlte sich von Wärme überspült. Lutt gab zu, daß er sie liebte! Irgendwie fühlte sie sich deswegen für ihn verantwortlich. »Wie können wir die Venus verlassen, solange unser Geschäft mit der Legion noch nicht abgeschlossen ist?« fragte sie.

»Eure Verhandlung mit der Legion können andere tätigen«, sagte der Guru. »Willst du sie heiraten, Lutt?«

»Meine Rechtsabteilung wird einen Ehevertrag aufsetzen«, sagte Lutt. »Du kriegst deine Vermittlungsgebühr schon.«

»Versuch nie, einen Guru einzuwickeln«, sagte der Raj Dood. »Nishi, du kümmerst dich um Rylls Interessen. Ich befürchte, daß er vielleicht nie wieder nach Dreenor zurückkommt. Und jetzt ab mit euch! Osceola wartet.«

»Halt!« wandte Lutt ein. »Ich muß dich noch über die Vor-Spiralen befragen, und ...«

»Das Wesentliche wartet nie!« rief der Raj Dood und fügte mit leiserer Stimme hinzu: »Natürlich ist all das Zeug über das Wesentliche Scheißdreck, aber ich lehre es eben. Jetzt kehrt ihr aber wirklich zur Erde zurück.«

Woon ist auf dem Mond.

Raj Dood-Zauberspruch

»Wirklich, es ist, als hätte man einen Ameisenhaufen in Brand gesteckt!«

Hollis Weatherbee, Prosiks *Kumpel*, stand mit zurückgeklapptem Helm im Wohnschlafzimmer der Unterkunft der Subiyama in Gorontium. Der rothaarige Mann von der Erdgürtel-Patrouille maß Prosik, der in grünen Shorts neben der Subiyama stand, mit einem finsteren Blick. Die Subiyama ragte in ihrer gewaltigen pinkfarbenen Robe mit dem goldenen Gürtel wie ein Sumo-Ringer über ihm auf.

»Es war richtig, mit dieser Sache sofort zu mir zu kommen«, sagte sie. »Wie spät ist es?«

»Viertel vor sieben. Wir haben zwar noch ein paar Stunden, bis die Frühschicht anfängt, aber Harper hat mich in der Kaserne angerufen und gefragt, ob wir's dir erzählen sollen. Ich bin rausgegangen und hab mich umgesehen. Es ist ein Irrenhaus. Deswegen hab ich, wie schon gesagt, diesen Freund angerufen.«

»Erzähl's mir noch mal von vorn«, sagte die Subiyama. »Was hast du genau gesehen?«

»Leute, die rumrannten und schrien. Der große französische General stand vor der Schleuse des fliegenden Puffs und sagte den Leuten, was sie machen sollten. Ich habe gehört, wie Hansons Name fiel, aber er war nirgendwo zu sehen. Könnte natürlich auch sein, daß sie ihm einen Panzer der Legion verpaßt haben.«

»Und dann hast du deinen Freund bei der Legion angerufen?«

»Nun, er ist 'ne Art Bekannter. Meine Schwester auf der Erde ist mit einem Typ verheiratet, der diesen Typ aus Marseille rausgeschmuggelt und ihm falsche Papiere besorgt hat, damit er in die Legion eintreten konnte. Sie hat mir von ihm geschrieben, und ... Na ja, wir haben ein paarmal einen miteinander getrunken.«

»Und was hat er gesagt?«

»Er sagt, Hanson wäre barfuß und im Schlafanzug aus dem Schiff geschlichen, und bei ihm wäre 'ne Dame gewesen, die man ›die keusche Chanteuse‹ nennt — vorausgesetzt, du kannst dir 'ne keusche Frau in 'nem Puff vorstellen.«

»Dieser gerissene Schweinehund!«

»Die Raumhäfen werden überwacht, aber ... Scheiße! Mit den Verbindungen, die die Hansons haben, könnte der Hundesohn schon überall sein.«

»Glaubst du wirklich, daß er sich auf französisch verabschiedet hat?«

»Ja, glaube ich. Mein Freund war echt aufgeregt. Er hat gesagt, die Legion würde Hansons Arsch grillen, weil er mit der Frau verduftet ist. Sie scheint so 'ne Art Maskottchen zu sein.«

»Wie stehen seine Chancen, die Venus zu verlassen?«

»Zum Teufel! Hier kann man alles kaufen.«

Weatherbee beugte sich zur Seite und wandte sich Prosik zu. »Lew, ich hab 'ne Nachricht vom Captain für dich. Du sollst dich sofort bei ihm melden.«

»Hat er gesagt, warum?«

»Nein, aber der Spieß sagt, es geht um deinen Vertrag. Die Verlängerung ist fällig. Er sagt, deine Papiere wären erst spät eingetroffen; du wärst zehn Tage über dem Wiedereinstellungsdatum. Es ist nur Routine.«

»Moment mal«, sagte die Subiyama. »Bedeutet das, daß du nicht mehr an die EGP gebunden bist, Lew-Schätzchen?«

Weatherbee grinste. »Lady, auf der Venus hat die EGP einen sicher, weil sie uns am Arsch haben. Entweder verlängert man den Vertrag oder man verliert die Rückfahrkarte. Deswegen hat man Lew ja auch zur Venus geschickt. Damit er was von der Strafe merkt!«

»Und wenn er eine Rückfahrkarte hat?« fragte sie.

»Dann wird sein Panzer beschlagnahmt. Der ist nämlich EGP-Eigentum.«

»Wie teuer ist ein guter Panzer?« fragte sie Subiyama.

»Dreißig- bis vierzigtausend. Es kommt immer drauf an.«

Die Subiyama lächelte Prosik sanft an. »Lew, Schätzchen, warum sagst du dem Captain nicht, wo er sich seinen Vertrag reinschieben kann?«

Prosik zuckte zusammen. »Aber was soll ich dann ...«

»Schätzchen, meine Familie hat Knete mit Öl gemacht. Ich kann dir unter die Arme greifen.« Sie kniff ihm in den Hintern. »Für einen gewissen Preis.«

»Wohin soll ich dann gehen?« fragte Prosik.

»Wir, Schätzchen! Wir kehren zur Erde zurück. Ich hab so den Eindruck, als wäre dieser aalglatte Arsch Hanson nach Hause abgezischt, um die Knete für seinen kleinen Werbefeldzug einzustreichen. Er ist nur aus einem Grund hierher gekommen — um seinen Pressedienst an den Mann zu bringen. Ich hab gehört, er hat schon jetzt einen Haufen Geld gemacht. Jetzt braucht er die Millionen nur noch einzusammeln.«

»Aber was kann ich dabei tun?«

»Du sorgst dafür, daß ich glücklich bin, Schätzchen, und ... Tja, ich denk noch drüber nach. Du stehst doch auf diesem Gewürz. Ich frage mich, warum gründen wir nicht 'n gemeinsamen Hausstand auf 'nem Stück Land, das mir bei Austin gehört? Du könntest da Basilikum züchten, so viel du willst. Für das Zeug muß es doch irgendwo einen Markt geben.«

Prosik stierte sie an; er konnte sein Glück kaum fassen. »Ich soll unser eigenes Bazeel anbauen?«

»Basilikum, Bazeel — wie du's auch nennen willst, Schätzchen!«

Prosik schloß die Augen und fragte sich, ob er es wagen konnte, eine Kleinigkeit zu idmaginieren — irgendein kleines Geschenk, um seine Dankbarkeit zu zeigen. Aber es würde Fragen aufwerfen, die er nicht beantworten konnte. Diese süße Erderin dürfte nie erfahren, daß er von Dreenor kam.

»Was sagst du dazu?« drängte sie ihn.

»Ich tue alles, was du sagst, meine süße Habiba«, sagte er.

»Das ist 'n Wort, Schätzchen.«

Weatherbee grinste Prosik an. »Hast du ein Schwein! Ich weiß zwar noch nicht, wie's im einzelnen aussieht, Lew, aber dich erwartet allerhand. Auch wenn ich's nicht so gut getroffen hab wie du — ich freu mich, daß ich dem Captain die Nachricht bringen kann. Der kleine Arsch wird vor Wut die Zähne in den Teppich schlagen.«

Prosik schlang seinen Arm um die Subiyama und streichelte zärtlich ihren Hintern. Sie grinste ihn an.

Es könnte ein tolles Leben werden, dachte Prosik. Natürlich mußte er einen Weg finden, um das Tilgungsschiff zu sabotieren und der Erdgürtel-Patrouille einen Tip zu geben, falls neue Schiffe dieser Art zur Erde kamen. Anonyme Briefe? Vielleicht.

Die Subiyama sagte zu Weatherbee: »Du stehst immer noch auf meiner Gehaltsliste. Versuch rauszukriegen, ob Hanson entwischt ist. Ich werd mal meine Erdkontakte befragen. Wenn er sich da unten zeigt, werden wir's erfahren.«

Ossi-Ohla! Ossi-Ohla! Ossi-Ohla!

Morgendlicher Aerobic-Gesang in der Geisterglas-Fabrik

Ich frage mich, ob dein Onkel entdeckt hat, wie man idmaginiert, meldete sich Ryll. *Das könnte dieses Phänomen erklären.*

Lutt machte sich nicht die Mühe, ihm zu antworten. Er fühlte sich zu euphorisch, auch wenn es sich körperlich nicht zeigte. Sie hatten vom Wartezimmer zum Zylinder nur einen Schritt durch das komische Geisterglas getan. Er hielt Nishis schweißnasse Hand und schaute nach hinten, um sich das Geisterglas anzusehen, aber irgend etwas am Ende des Zylinders — über dem Fenster — verlangte seine Aufmerksamkeit.

Die Venus! Kein Zweifel — was er dort oben sah, war das heiße Rot der Vulkane ohne die darüberliegende Wolkendecke. Und das Sperrfeuer der chinesischen Raketen. Er und Nishi schwebten im Innern des Zylinders. Unter ihnen war kein Boden. Es gab keinen Wind. Hier gab es gar nichts Stoffliches, nur den sie umgebenden silbrigen Zylinder. Allmählich zweifelte er daran, ob die sie einhüllende Wand überhaupt etwas Stoffliches war.

»Schau mal!« Nishi zog an seiner Hand und deutete nach unten.

Lutt sah nach unten. Am anderen Ende des Zylinders wurde die knorrige blaue Murmel der Erde mit alarmierender Geschwindigkeit größer. Jetzt konnte er in der Landschaft Braun und Grün erkennen. Weitere Farbspritzer und Einzelheiten wurden auf der Oberfläche sichtbar — Täler, Berge, Gebäude. Ein Flugzeug zog einen Kondensstreifen über das Land. Er sah einen Ozean, dann die vertrauten Umrisse eines Hafens. Buchten … eine Stadt.

»Er schickt uns nach Seattle«, sagte Lutt.

»Ist dies das Ziel eurer Wahl?« ertönte hinter ihnen eine heisere Stimme. Lutt und Nishi verwickelten sich ineinander, als sie sich umdrehen wollten. Als sie sich voneinander getrennt hatten, hielten sie weiterhin auf Armeslänge Händchen — und sahen sich einer dunkelhaarigen, faltigen Greisin gegenüber. Sie trug ein langes Gewand, das mit hellgrünen, gelben, roten und orangefarbenen Blumen bedruckt war.

Sie schwebten alle drei in dem Zylinder; die hohen Gebäude von Seattle waren genau unter ihnen.

»Was glotzt ihr so?« fragte die Frau.

Lutt wollte schlucken; seine Kehle war trocken. Das Gesicht kam ihm sehr vertraut vor. Sein euphorisches Gefühl ließ nach.

»Wer sind Sie?« fragte Nishi leise.

»Osceola. In Person. Wer denn sonst?« Sie grinste Lutt an. »Wenn ich es nicht für diesen verfluchten Dood täte, würde ich euch im nächsten Urwald runterlassen. Wie schön es doch ist, endlich mal einen Hanson in der Hand zu haben.«

Sie hob einen knorrigen Arm, ballte die Hand zur Faust und schüttelte sie vor seiner Nase.

»Ich ... ich habe Ihnen doch nie etwas getan«, protestierte Lutt.

»Unschuld ist keine Verteidigung!« fauchte Osceola. Dann ließ sie die Faust sinken. »Wo wollt ihr also hin?«

»Vielleicht in mein Büro beim *Enquirer*?«

Sie schaute Nishi an. »Du auch, Herzchen?«

»Ja«, sagte Nishi leise. »Ich gehe mit Lutt.«

»Verliebte Frauen zeigen selten Vernunft«, sagte Osceola.

»Wie machen Sie das?« fragte Lutt. »Wir waren doch auf der Venus, und dann ...«

»Ihr Hansons stellt nie die richtigen Fragen«, sagte Osceola. »Und ihr wißt auch nie, wann ihr die Klappe halten und einfach zuschauen sollt. Das ist eine Sache, die dein Onkel Dudley dir voraus hat. Er weiß seine Sinne einzusetzen. Manchmal frage ich mich, ob er vielleicht ein Seminole ist.«

Sie schwenkte den rechten Arm, und in ihrer Hand erschien ein Tennisball. Sie drückte auf den Ball, und aus ihm sproß eine Lilie, die sich in eine Klapperschlange verwandelte und dann zu einem Stock wurde. »Zauberei«, sagte sie. »Damit machen wir es.«

Es hat mit Idmagination zu tun! meldete sich Ryll. *Ich weiß es!*

Lutt spürte, wie seine Lider sich schlossen und seine Augen nach innen schwenkten. Als sie wieder zurückschwenkten und sich öffneten, hielt Osceola den tropfenden Stengel eines Seetanggewächses in der Hand und hatte einen überraschten Ausdruck im Gesicht.

»Wenn du schon weißt, wie es geht, was verschwendest du dann meine Zeit?« fragte sie und maß Lutt mit einem finsteren Blick. »Oder warst du es?« Ihr Blick wechselte zu Nishi. »Oder ist es der verdammte Dood mit seinen kleinen Scherzen? Bist du hier irgendwo, Dood? Hast du dir eins gelacht? Ich krieg dich schon noch, bei Gott; du kommst nie wieder in mein Bett!«

Nishi drückte Lutts Hand. »Es war Ryll, nicht wahr?« fragte sie.

»Was, im Namen von dreitausend weißen Teufeln, hat Krill damit zu schaffen?« fragte Osceola.

»Ich war's«, sagte Lutt. »Aber das, was Sie und Onkel Dudley können, kann ich nicht.«

Lügner! warf Ryll ihm vor. *Wie kannst du es wagen, mit meinen Scherzen anzugeben?*

Willst du, daß ich ihr sage, wer du bist?

Als Ryll nicht antwortete, sagte Lutt: »Entschuldigen Sie, Osceola. Ich bin wirklich nur ein Anfänger.«

»Für 'n Anfänger war das ziemlich gut«, sagte sie und schüttelte Tang und Meerwasser von ihrer Hand. »Willst du immer noch in dein Büro?«

»Wenn Sie nichts dagegen haben?«

Du bist aber sehr freundlich, meldete sich Ryll.

Zwischendurch: [redacted] Lutt und Nishi erleben auf dem Weg nach Seattle allerhand Erstaunliches: Und wirklich – was Osceola vorführt, ist schon verblüffend. Wir hingegen beschränken uns auf eine ganz zweckmäßige Zauberei, die auch zwischendurch immer eine genußvolle Überraschung für Auge, Gaumen und Magen ist. [redacted] Man braucht für dieses Kunststück nur heißes Wasser, einen Löffel und die... [redacted]

Diese Dame könnte uns in den nächsten Vulkan werfen, wenn sie Lust dazu hat!

Sie kommt mir wie eine überragende Adeptin vor. Es ist sehr eigenartig. Ich habe zwar gelernt, daß andere Lebewesen unter Umständen auch auf die Möglichkeit stoßen können, zu idmaginieren, aber hier handelt es sich um eine Kombination von künstlerischen Fähigkeiten, die ich nicht erwartet habe. Sie braucht nicht einmal ein Erzählerschiff. Und wenn es eine Spirale war, durch die wir gekommen sind, war es eine äußerst sonderbare.

Lutt gab keine Antwort.

»Mutter Gottes«, betete Nishi, »steh uns bei!«

Ryll stellte fest, daß er wieder die Kontrolle über den fusionierten Körper hatte; seine Aufmerksamkeit richtete sich nach außen, und er konzentrierte sich mit einer Kraft, die zu besitzen er nicht vermutet hatte. Die Stadt lag dicht unter ihnen, doch noch immer berührte sie kein Wind. Er spürte, wie Nishis Hand die seine fest drückte. Auf den Straßen waren Menschen; ein Zoo ... Insekten. Ihm fiel auf, daß er die kleinsten lebendigen Partikel wahrnahm; Dinge, die kein Dreen oder Erder mit dem nackten Auge erkennen konnte.

Und dann war es vorbei. Er und Nishi standen in Lutts Büro im *Enquirer*-Gebäude. Ryll hatte das eigenartige Gefühl, daß sich sein Fleisch aufgelöst und neu geformt hatte. Die Fähigkeit, die winzigsten Dinge zu sehen, war wieder verschwunden. Der Geruch des Büros entsprach seiner Erinnerung — Tinte, Kaffee, Staub, ranziges Essen. Es waren die synthetischen Düfte, die Lutt aus absonderlichen Gründen hier versprühen ließ.

Ryll bemerkte plötzlich, daß Gerüche eine Art der Idmagination waren, die er im Grunde nie erforscht hatte.

Was für eine herrliche Idee! Wenn ich je eine Welt idmaginieren sollte, wird sie ein Ort wunderbarer Düfte sein — ein Ort, den man nicht mal in einer einverleibten Geschichte leicht beschreiben kann.

»Sind Sie in Ordnung, Lutt?«

Ade Stuart saß in seinem elektrischen Rollstuhl im Türrahmen.

Ryll verspürte Kälte. Er packte Nishis Hand. Es gab kein inneres Anzeichen mehr von Lutt. Was war mit ihm los? *Bist du da, Lutt?*

Keine Antwort.

»Ich ... ich bin okay«, sagte Ryll und bemühte sich, Lutts Stimme nachzuahmen.

Nishi sah ihn mit einem fragenden Ausdruck an. Seine Stimme klang anders.

»Sie sind doch die Frau, die die Geschichte über das Venusbordell gemacht hat«, sagte Stuart und sah Nishi an. »Das haben Sie toll gemacht! Und Sie sind auch verdammt schnell wieder hier. Hat das Militär Sie zurückgebracht?«

»Wir ... äh ... sind mit einem Sonderflug gekommen«, sagte Ryll.

»Das glaube ich auch. Aber ich freue mich, daß Sie wieder hier sind. Eine tolle Story wirft gerade ihren Schatten voraus. Die Erdgürtel-Patrouille hat einen Tag nach Ihrer Abreise zur Venus einen Außerirdischen erwischt — in einem streng bewachten Sperrgebiet. Es ist durchgesickert. Es wimmelt von Gerüchten. Sie haben ihn geschnappt, aber er ist entkommen. Wer weiß? Wir arbeiten mit dem ganzen Team daran.«

»Wir haben die Vor-Kameras an Bord gelassen!« jammerte Nishi plötzlich. »Die Legion wird rauskriegen, wie sie funktionieren — und dann sehen wir keinen Pfennig!«

»Die Kameras sind hier«, sagte Stuart. »Sie sind mit einem Sonderkurier gekommen. Mit einer Notiz: ›Mit freundlicher Empfehlung des Raj Dood.‹ Ist das nicht der ausgeflippte Venus-Guru? Haben Sie auch eine Story über ihn?«

»Keine ... Geschichte über ihn«, sagte Ryll.

»Wieso haben Sie einen Schlafanzug an?« erkundigte sich Stuart.

»Wir mußten ziemlich schnell abreisen«, sagte Ryll.

»Laufbursche!« schrie Stuart.

Ein schlanker junger Mann in einem schwarzen Einteiler tauchte hinter ihm auf. »Sir?«

»Holen Sie Mr. Hanson aus dem Schrank dort hinten etwas zum Anziehen.« Stuart deutete in eine Ecke des Büros.

Der Laufbursche quetschte sich an ihm vorbei und ging zum Schrank. »Möchten Sie irgend etwas Spezielles, Sir?« fragte er und sah Ryll an.

»Ist mir wurscht«, sagte Ryll. Er sah Nishi an.

»Du klingst so komisch, Lutt«, sagte sie. »Hast du Zug gekriegt in der … ich meine, unterwegs?«

»Mir geht's ganz gut«, sagte Ryll.

»Wo soll ich es hinlegen, Sir?« fragte der Laufbursche. Er hielt ein paar rote Hosen, ein schwarzes Hemd, eine weiße Krawatte, ein schwarzes Jackett, weiße Schuhe, weiße Socken und feine baumwollene Boxershorts hoch.

»Dorthin.« Ryll deutete auf einen Schreibtisch.

»Wollen Sie das wirklich anziehen?« fragte Stuart. »Sie werden aussehen wir ein Mafia-Killer in einem Schundfilm.«

»Ach, mir gefällt's«, sagte Ryll.

»Du klingst wirklich anders, Lutt«, sagte Nishi. Sie legte eine Hand auf seine Stirn. »Du schwitzt.«

»Ich bin in Ordnung«, sagte Ryll. *Lutt? Lutt, wo steckst du?*

»Der Spiral-Pressedienst ist ein wahnsinniger Erfolg«, sagte Stuart. »Wir kriegen jeden Tag neue Abonnenten. Und der Sonderfonds hat sich auch wieder bekrabbelt.«

»Wie schön«, sagte Ryll. Er musterte den bunten Kleiderstapel.

»Was sollen wir wegen der Story über den Außerirdischen unternehmen?«

»Machen Sie nur weiter wie bisher!«

»Würden Sie mir einen Gefallen tun, Lutt?« fragte Stuart. »Sagen Sie mir, wie Sie hier hereingekommen sind, ohne daß einer von uns Sie hat kommen sehen?«

»Das ist ... ein Familiengeheimnis«, sagte Ryll.

»Verzeihen Sie, Lutt, aber ich hatte eine irre Idee. Wissen Sie, die Gerüchte besagen, der Außerirdische sei in einer Art Schiff gekommen, das unter Umständen dem gleicht, das Sie und Sam bauen. Man munkelt, es hätte etwas mit ... Nun, man munkelt, es hätte etwas mit ›Spiralen‹ zu tun. Da ist mir ganz automatisch der Gedanke gekommen, es könnte etwas mit unserem neuen Pressedienst zu tun haben.«

»Ja, ja, natürlich«, sagte Ryll. Er wünschte sich, Stuart würde die Klappe halten oder verschwinden. Was war mit Lutt passiert?

»Es war wirklich eine irre Idee«, sagte Stuart. Er deutete auf eine große graue Box mit einem leuchtend roten Schirm, der links von Ryll an der Wand stand. »Eigentlich bin ich gekommen, weil ich gehört habe, wie der Vor-Daten-Empfänger loslegte ... Und dann treffe ich auf Sie. Da dachte ich mir: Bei Gottvater und seinem Sohn — ob er vielleicht auch mit dem Spiralending *reisen kann*?«

»Wirklich, eine irre Idee«, sagte Ryll. Er warf einen Blick auf den roten Schirm. Fleisch — aufgelöst und wieder zusammengefügt? Konnten Osceola und Onkel Dudley Menschen ebenso übermitteln wie Bilder?

Lutt! Lutt, wo bist du?

Immer noch kein Zeichen von seinem Partner. Ryll fühlte sich urplötzlich beraubt. Sollte er Lutts Verhalten nachahmen und ohne den verdammten Erder weitermachen? Nishi war jetzt schon mißtrauisch. Sollte er Krankheit vortäuschen?

»Hat die Maschine Sie da transmittiert?« fragte Stuart.

Vielleicht war es so, dachte Ryll. *Hat sie Lutt von mir getrennt?* Er wagte es nicht, sich dieser Hoffnung hinzugeben.

Ryll ließ plötzlich Nishis Hand los, drängte sich an Stuart vorbei und eilte durch den Korridor. Stuart rief hinter ihm her: »Ihre Kleider, Lutt! Sie sind doch nicht angezogen!«

Was hatte Raj Dood über das Wesentliche gesagt? Ihm kam plötzlich der Verdacht, daß Lutt im Zuge der Transmission verzögert worden war. Vielleicht suchte er in diesem Augenblick ihren Körper.

Ich muß mich so weit wie möglich von diesem Vor-Daten-Ding entfernen!

Ryll fegte im Schlafanzug — auf nackten Füßen gleitend und rutschend — durch den Gang auf eine Tür zu, auf der AUSGANG stand. Er öffnete sie. Er landete auf Betonstufen und eilte, stets drei davon auf einmal nehmend, die Treppe hinunter und zählte dabei die Türen. Im Parterre stieß er eine schwere Tür auf und stürmte in die Empfangshalle. Ihr Boden bestand aus kalten Fliesen, die seinen Fußsohlen arg zusetzten. Ein Wandspiegel bestätigte, daß er zwar noch immer wie Lutt aussah, doch er hatte die Brille verloren. Der Spiegel zeigte ihm auch noch etwas anderes, und das verschreckte ihn.

Lutts Mutter marschierte durch die Empfangshalle. Ryll wandte sich vom Spiegel ab und bemerkte, daß sie ihn erkannte. Sie blieb stehen. Phoenicia Hansons Kinn klappte in einem offensichtlichen Schock nach unten. Ein Ausdruck des Grauens legte sich auf ihr Gesicht. Ihr Mund verzog sich; ihre Züge wurden schärfer.

Jetzt gibt's nur noch eins, dachte Ryll. Wenn er mit Lutts Mutter redete, bemerkte sie bestimmt, daß er nicht ihr Sohn war. Sie hatte die Geschichte der Körper-Invasion gehört. Er zischte an ihr vorbei.

»Du!« kreischte sie, als er an ihr vorbeilief. »Was hast du für schreckliche Dinge getan? — Diese Bilder aus der Venusbasis! Noch nie bin ich so erniedrigt worden! Was ist nur in dich gefahren, Lutt?«

Er ignorierte sie und hechtete durch die Schwingtür auf den Bürgersteig hinaus. Dort angekommen, verfiel er in einen gelassenen und gleichmäßigen Dauerlauf. Die Leute sahen ihn zwar komisch an, aber Jogger waren ihnen natürlich ein vertrauter Anblick. Ein Mann rief: »He, du harter Typ! Du hast 'n tollen Pyjama an. Ist Barfußlaufen jetzt die neue Mode?«

Scheiße! Was hast du gemacht? Es war Lutt; sein Gedanke klang in Rylls Geist panisch. *Wohin gehen wir? Warum rennst du so?*

Ryll behielt seine Gedanken für sich. Er bemühte sich, die körperliche Kontrolle zu behalten, aber Lutts Drängen wurde stärker. Ryll spürte, wie seine Muskeln zuckten.

Die verdammte Hexe! schimpfte Lutt. *Sie hat mich durch die Hölle geschickt! Ich war in 'nem Vulkan. Wie 'n Insekt, das 'n Vogel gefressen hat. Kam mir vor wie 'n Fisch, der von 'nem Hai gefressen wird. Noch schlimmer! Ich hab die ganze Zeit gehört, wie sie gelacht hat. Verdammtes Gekicher! Wo, zum Teufel, sind wir, Ryll?*

Auf der Straße, beim Enquirer.

Wo ist meine Nishi?

Ich habe sie zuletzt in deinem Büro gesehen.

Warum haben wir noch den Schlafanzug an?

Keine Zeit zum Umziehen.

Ich übernehme, Ryll! Laß unseren Körper los, sonst kannst du dich drauf verlassen, daß ich was mache, von dem die EGP hören wird.

Deine Mutter ist in der Lobby, und sie ist mächtig geladen.

Ryll gestattete ihm einen kurzen Einblick in sein Gedächtnis.

Warum rennst du denn so? fragte Lutt.

Anfangs kam es mir wie eine gute Idee vor. Ich kann Osceola auch nicht ausstehen.

Hat sie dir auch was getan?

Reden wir nicht drüber!

Na schön. — Aber jetzt mach Platz, Ryll-Baby, ich übernehme!

Mit einem deutlichen Gefühl der Erleichterung entließ Ryll den Körper aus seinem Griff und spürte, wie Lutt die Kontrolle übernahm. Es überraschte ihn, wie sehr es ihm gefiel, wieder die Rolle des Beobachters zu spielen. *Entwickle ich mich etwa zum Voyeur?*

Auf dem Bürgersteig standen überall Menschen um ihn herum. Manche gingen vorbei, andere gafften ihn nur an.

Eine Frau sagte: »Er sieht nicht gut aus.«

Ein Mann sagte: »He! Das ist doch Lutt Hanson junior! — Bist du krank, Kumpel?«

Lutt schaute nach rechts. Der *Enquirer* war zwei Häuserblocks von ihm entfernt; auf der anderen Straßenseite. Er erinnerte sich an den Zwischenfall in der Unterstadt und an die junge Frau, die auf Phoenicias Hand gespuckt hatte.

Ich stehe im Freien — ohne Hanson-Wachen! Und die Leute wissen, wer ich bin! Das ist nicht so gut.

Der Mann, der sich nach seiner Gesundheit erkundigt hatte, trat einen Schritt näher. »Brauchen Sie Hilfe, Mr. Hanson? Ihr Fuß blutet. Warum laufen Sie denn barfuß?«

»Es geht um eine Wette. Ich habe sie gewonnen.«

»Diese verrückten Hansons«, sagte einer der Gaffer. Gelächter ertönte, aber es war freundlich gemeint.

»Entschuldigen Sie«, sagte Lutt. Er bahnte sich einen Weg durch die Menge. Die Leute machten bereitwillig Platz.

Jemand fragte: »Wieviel haben Sie gewonnen?«

»Einen Haufen«, sagte Lutt.

»Na, dann rennen Sie mal weiter!« rief ein anderer.

Wieder lachten die Leute. Offenbar hatte er hier keine Feinde; aber Lutt ging dennoch mit raschen Schritten zum *Enquirer* zurück. Doch erst als er wieder in der Empfangshalle war und einen Trupp Hanson-Wachen auf sich zukommen sah, atmete er auf.

»Wir wollten gerade nach Ihnen sehen, Sir«, sagte einer der Männer, die ihn umringten. »Sie hätten nicht ohne uns gehen sollen.«

Seine Mutter war nirgendwo zu sehen.

»Haben Sie meine Mutter gesehen?« fragte Lutt.

»Sie ist hinausgegangen, Sir«, sagte ein Wächter. »Aber sie will Sie sofort sprechen. Wohin möchten Sie jetzt, Sir?«

»In mein Büro zurück. Ich will mir was anziehen. Und dann zum Hanson-Familiensitz. Weiß jemand, wo mein Bruder steckt?

»Mr. Morey ist nicht in der Stadt, Sir«, sagte ein Wächter. »Er macht eine Reise auf Wunsch Ihres Vaters.«

Ich wette, er hat ihn deswegen irgendwohin geschickt, damit er nicht in meine Nähe kommt, dachte Lutt.

Aber dein Bruder hat kriminelle Bekannte, erinnerte Ryll ihn. *Und die könnten in seinem Auftrag handeln. Und wo steckt dieser Woon?*

Das werde ich herauskriegen.

Du führst ein gefährliches Leben, Lutt. Aber allmählich sehe ich, welchen Reiz es hat.

Hoppe, hoppe Reiter,
wenn er fällt dann schreit er.
Fällt er in den Graben,
fressen ihn die Raben!

Kinderlied aus der Jugend
Lutt Hansons sen.

Die nachmittägliche Sonne heiß und gleißend im Rükken, blieb Lorna Subiyama in der Balkontür zum Pool-Innenhof ihres Quartiers im texanischen Austin stehen. Sie trug einen maßgeschneiderten fleischfarbenen Badeanzug, der den Eindruck erweckte, als sei ihr gewaltiger Leib splitternackt, und als sie in den Schatten des Raumes trat, ignorierte sie die feuchte Spur, die sie hinter sich herzog.

Prosik stand in einem zitronengelben Einteiler in der Mitte des Raums an einem Tisch und blätterte einen Papierstapel durch.

»Carmelita hat gesagt, du wolltest mich schnellstens sehen, Schätzchen«, sagte sie. »Was möchtest du denn? Das, was ich mir erhoffe?«

»Oh.« Prosik schaute von seinen Papieren auf. »Dein Büro hat angerufen. Man hat Hanson in Seattle gesehen. Da steht die Nachricht. Ich sollte es dir sofort sagen.« Er deutete auf einen Vidkom-Schirm, der links von ihm in die Wand eingebaut war.

Sie versetzte ihm einen festen Schlag auf den Hintern und hinterließ einen feuchten Handabdruck. »Wie kommst du mit der Gartenplanung weiter, Schatzi?«

»Wir pflanzen morgen. — Die Marketing-Leute kommen nächste Woche, um einen Plan zu machen. Sie wollen auch ein Labor anheuern.«

»Warum denn das?« Sie blieb am Kommunikator stehen und betätigte ein paar Tasten.

»Sie wollen eine bessere Methode austüfteln, damit

man das Bazeel frisch verschicken kann. Wenn es uns gelingt, das Zeug ohne Schaden bis nach New York zu bringen, wird der Gewinn ziemlich hoch sein.«

Sie beugte sich dicht über den Vidkom-Schirm und las, während sie weiterredete. »Du bist ein ausgezeichneter Geschäftsmann, Lew-Schätzchen. Würde mich nicht wundern, wenn wir mit deinem Bazeel ein Riesengeschäft machten.«

»Ich lerne von dir, meine süße Habiba. Es war lehrreich, als du nach unserer Rückkehr aus dem Wiederverkauf meines Panzers einen Gewinn gemacht hast.«

»Das reicht für unsere Hochzeitsreise, nicht wahr?« Sie schaute ihn an. »Mister Lew Subiyama! Mann, ich hab gedacht, der Typ klinkt aus, als du ihm sagtest, du würdest meinen Namen annehmen. Und erst der Pastor!«

»Es ist eine eigenartige Sitte, daß Männernamen mehr zählen«, sagte er.

»Meine Urgroßmutter war 'ne Choctaw; sie hat das auch immer gesagt. Sie sagte, nur 'n kluges Kind würd' seinen Vater kennen, aber seine Mutter ganz bestimmt. Sie hat gesagt, die Weißen sind verrückt. Frauennamen verschwinden wie Zucker im Wasser. Hast du auch indianisches Blut, Schatzi?«

»Ich glaube nicht. War die Nachricht wichtig?«

»Hanson ist in Seattle gesehen worden. Der Schweinehund ist im Schlafanzug durch die Straßen gerannt. — Die Flitterwochen sind vorbei, Lew. Jetzt geht's wieder an die Arbeit! Überlaß die Pflanzung Jesus. Er ist 'n guter Majordomus. Und sag den Marketing-Leuten, sie sollen sich Zeit lassen. Wir fahren nach Seattle.«

»Ja, meine süße Habiba.«

Sie trat an seine Seite, schwang ihn herum und umschlang ihn mit einer gewaltigen Umarmung.

»Ich kann mein Glück noch immer nicht fassen, Schatzi«, sagte sie. »Du liebst mich wirklich. Wenn du willst, daß ich abnehm, brauchst du's nur zu ...«

»Ändere dich nicht, süße Habiba! Ich liebe jedes Pfund an dir!«

»Genau das hab ich gemeint. Sag mal: Du hast mir noch nie erklärt, warum du mich ›süße Habiba‹ nennst. Es klingt so arabisch.«

»Es ist eine Sache aus meiner Kindheit. Eine Mutterfigur.«

»Und ich hab immer gedacht, du wärst irischer Abstammung.«

»Nennt man diese Welt nicht einen Schmelztiegel?«

Sie drückte ihn fest an sich. »Sie ist einer, Schatzi. Laß uns verschmelzen! Hast du schon mal daran gedacht, daß wir Kinder haben könnten?«

Seine Stimme wurde von ihrem Busen gedämpft. »Ich denke oft an Kleine. Dann sitzen wir vor dem Saathaus ...« Er brach ab, denn jetzt erinnerte er sich wieder an das Fortpflanzungssystem der Erder.

Sie schob ihn sanft von sich. »Wo sitzen wir?«

Er streichelte ihren Bauch. »Vor dem Saathaus, in dem unser Kleines wächst.«

Ein lautes, bellendes Lachen schüttelte sie. »Du hast wirklich nur den Garten im Kopf, Schatzi! Ach, ist das schön! Aber jetzt beeil dich! Wir müssen packen. Der Hanson-Hundesohn bedeutet 'ne erstklassige Story, und die lassen wir uns nicht entgehen.«

Idmaginieren ist ein vielfältiger Prozeß. Seine Vielgestaltigkeit schließt zahlreiche Varianten ein — ein Verfahren für Lebewesen, ein anderes für unbeseelte Gegenstände, ein weiteres zur Korrektur von Fehlern. Die Varianten müssen endlos sein. In einem endlosen Universum kann man der Unendlichkeit keine Grenzen auferlegen.

Habibas Tagebuch

Nishi war schwer beeindruckt, als Lutt sie in sein Haus auf dem Hanson-Besitz bei Seattle brachte.

Das Haus, eins von fünfen, die zwischen hohen Silberfichten um einen See herumstanden, war an diesem heißen Nachmittag kühl und schattig. Das Haus von Hanson senior war auf der anderen Seeseite auf seiner freitragenden Plattform gerade sichtbar. Wie Lutts Haus hatte man es aus einem Material erbaut, das in einem Hanson-Unternehmen namens Fabriwood hergestellt wurde. Es sah zwar so aus als bestünde es aus Echtholz, doch es brauchte nie gestrichen zu werden und war bestens gegen Insekten und Verfall geschützt. Das Haus des Seniors wirkte wie eine Ansammlung zusammengesteckter Silberblöcke. Lutts dunkelbraunes Heim wies einen japanischen Charakter auf und wurde von Bäumen und Gebüschen fast verdeckt. Moreys Haus lag im Osten; es kopierte das seiner Eltern. Die beiden restlichen Residenzen — dort wohnten die Wachen und Bediensteten — waren vollständig von Bäumen umgeben.

»Wie schön es hier ist«, sagte Nishi. Sie schaute Lutt an, der in seinem rotweißschwarzen Aufzug neben ihr stand.

Das Foyer, in dem die beiden standen, wurde von eingetopften Bambusgewächsen umsäumt und führte zu einer Treppe, die in eine tiefergelegene Wohnzone mündete. Sie war mit Korbmöbeln ausgestattet.

»Freut mich, daß es dir gefällt«, sagte Lutt. »Ich habe mir alles von einem netten kleinen Japs gestalten lassen.«

»Das Wort gefällt mir aber gar nicht«, sagte Nishi. »Ich habe nämlich nicht nur fanzösische, sondern auch japanische Vorfahren.«

»Japaner, Japse — was macht es für einen Unterschied, solange du weißt, was ich meine?«

»Manchmal meinen wir mehr als wir denken.« Sie ging in die Wohnzone hinunter. »Vielleicht hätte ich doch nicht mitkommen sollen.«

»Und warum nicht?«

»Du wirst versuchen, dir Freiheiten herauszunehmen.«

»Und du hast keine Legionäre, die dich beschützen können.«

»Oh, ich glaube doch, daß ich einen Beschützer habe. Ryll, würdest du mich beschützen?«

Wenn du einen Versuch machst, ihr was anzutun, kriegst du Ärger, meldete sich Ryll.

Was zum Teufel, könntest du schon tun?

Ich glaube, ich könnte den Blutstrom zu deinem ... ähm ... zu einem wichtigen Organ unseres Körpers unterbrechen.

Untersteh dich!

Dein Onkel hat Nishi beauftragt, mich zu beschützen. Deswegen werde ich auch sie beschützen.

Du Sohn einer räudigen Hündin!

Ich bin der Sohn einer Dreen. Das ist doch wohl etwas anderes.

»Warum antwortest du nicht, Ryll?« fragte Nishi.

Ryll übernahm die Kontrolle über die Stimme und sagte in einem leisen Falsett: »Ich kann dich beschützen. Ich habe ihn schon gewarnt.«

Lutt riß die Kontrolle über die Stimme wieder an sich und rief: »Eines Tages krieg ich dich, Ryll! Dann wirst du sehen, was ich alles kann! Und wenn ich dich kriege, Kleiner ...«

»Siehst du?« sagte Nishi. »Ich werde mich nie weit von meinem Beschützer entfernen.«

Lutt erwiderte mürrisch: »Oben ist ein Gästezimmer, an der Treppe rechts. Ich laß dir von der Haushälterin ein paar Kleider bringen.«

»Du hast Kleider für weibliche Gäste?«

»Hier gibt es allerhand.«

»Und so viele Bedienstete.«

»Hast du die Hunde und die Wachen gesehen, als wir reinkamen? Niemand kommt auf dieses Grundstück oder verläßt es, es sei denn, er wohnt hier. Das solltest du dir merken.«

»Das ist aber nicht sehr nett, was du da sagst, Lutt.«

»Mir hängt das Katz-und-Maus-Spiel allmählich zum Hals raus!«

»Du bist nur daran gewöhnt, alles zu kriegen, was du haben willst. Ja, das ist mir völlig klar.«

»Osceola hat gesagt, du liebst mich. Stimmt das?«

»Ich frage mich allmählich, ob ich dich liebe, oder ob ich Ryll in dir gesehen habe — und vielleicht ihn liebe.«

»Du liebe Zeit!«

Nishi sagte mit leiser Stimme: »Mein Guru sagt, daß du mich auf deine Weise liebst, Lutt. — Was ist das für eine Weise?«

Lutt sah sie in wütendem Schweigen an. *Ja! Ich liebe sie. Sie ist meine Ni-Ni. Aber durch welche Hölle muß ich gehen, um sie auch zu kriegen?*

Vielleicht wirst du dich ändern müssen, sagte Ryll.

Leck mich doch im Arsch! Sie wird sich ändern müssen!

Würdest du sie dann noch lieben?

Die Frage schockierte Lutt.

Doch bevor er sie beantworten konnte, klopfte jemand an die Eingangstür.

»Lutt! Du bist zu Hause, Lutt! Ich weiß, daß du da bist!«

Es war das vertraute Bellen L.H.s.

Lutt trat an eine Wand, ließ eine verborgene Platte zur Seite gleiten und drückte einen Knopf. Sie hörten, wie sich die Eingangstür öffnete.

L.H. humpelte auf seinen Krücken in ihr Gesichtsfeld. Seine Ersatzaugen suchten nach ihnen, wie die Fühler eines Insekts. Dann blieb er stehen und starrte Nishi an.

»Na, was haben wir denn da?«

»Das ist Nishi D'Amato«, sagte Lutt.

»Wir werden heiraten«, sagte Nishi und fragte sich anschließend, warum sie es überhaupt erzählte.

L.H. maß sie von Kopf bis Fuß.

»Wirklich?«

»Ja.« Lutts Stimme war eindeutig mürrisch.

»Da hast du dir was angelacht, das ziemlich sexy aussieht, Junge«, sagte L.H. »Hast du sie schon ausprobiert?«

»Das geht dich gar nichts an«, sagte Lutt.

»Sie spielt wohl Pflänzchen-rühr-mich-nicht-an, was?« L.H. wandte sich wieder Lutt zu. »Jetzt sage ich dir was, das mich *wirklich* etwas angeht: Du hast die Schlösser auswechseln lassen. Ich habe es dir verboten.«

»Das hier ist *mein* Haus! Und ich schließe es ab, wie ich es will, verdammt noch mal!«

»Aber es steht auf *meinem* Grundstück, Jungchen!«

»Willst du mich rausschmeißen?«

»Junge, warum ärgerst du mich so? Du mußt nur wollen, dann könntest du der Chef des ganzen Ladens sein.«

»Möchtest du *noch* einen Sklaven haben?«

»Ich habe jetzt keine Lust, darüber zu streiten. Aber wenn du die Schlösser nicht wieder rausnimmst, werde ich es tun.«

»Damit Morey es leichter hat, hier einzudringen, was?«

»Du hast meine Warnung also bekommen. Wie geht's dem alten Dudley?«

»Er sieht ganz gut aus.«

»Der dämliche Arsch! Hat sich ewig gefragt, was unsere Erfindungen wohl aus den Menschen machen. Ich habe immer gesagt ›Wen kümmert das, solange sie Profit abwerfen?‹«

»Siehst du, Lutt?« sagte Nishi. »Ich habe doch gesagt, daß der Raj Dood ein guter Mensch ist.«

Lutt ignorierte sie. »Du hast doch die Gewinnbilanz meines Spiral-Pressedienstes gesehen, Vater. Was sagst du jetzt?«

»Trinkgelder. — Aber die Geschichte über den Legionspuff hat mir gefallen.«

»Nishi hat sie produziert«, sagte Lutt und grinste sie boshaft an. »Wußtest du das?«

L.H. musterte sie mit neuem Interesse. »Sind Sie eins von den Mädchen?«

»Ich bin noch Jungfrau«, sagte sie.

»Mich trifft der Schlag! Was hast du dir da ins Haus geschleppt, Junge?«

Lutt maß seinen Vater mit einem finsteren Blick.

L.H. nickte, als hätte er für sich allein einen Beschluß gefaßt. »Du hast meine Nachricht bezüglich Morey also bekommen. Was hast du inzwischen unternommen?«

»Ich habe mich darauf konzentriert, auf mich aufzupassen.«

»Was hast du getan, daß er so gereizt ist?«

»Ihn dazu gebracht, in meine Projekte zu investieren. Wo hast du ihn hingeschickt?«

»Zum Uranus. Ein paar neue Wasserstoff-Claims abstecken. Er macht es auf Provisionsbasis. Wird bald wieder da sein. Aber du kannst dich ganz gelassen ausruhen, Junge. *Ich* habe die Morey-Woon-Verbindung gekappt und dafür gesorgt, daß sich die Legion auf der Venus um Woons Killer gekümmert hat. — Ich möchte dich und Morey in meinem Büro sehen, sobald er wieder hier ist.« L.H. wandte sich wieder Nishi zu. »Erzählen Sie mir was über Ihre Familie!«

Sie starrte in seine Ersatzaugen, als sie es ihm erzählte.

»Legionäre. Das ist ein Problem. Phoenicia wird ungeheuren Wirbel machen.«

»Weil die Hansons nur gutes Zuchtmaterial heiraten?« fragte Lutt mit deutlich sanfter Stimme.

L.H. reagierte mit einem bellenden Lachen, das in einen Husten überging.

Er will mich schon wieder auf die Mitleidstour kriegen, dachte Lutt.

Als das Husten aufhörte, sagte L.H.: »Habe ich dir nicht beigebracht, wie man mit Frauen umgeht? Vielleicht bist du mir doch nicht so ähnlich, wie ich immer dachte. Morey hingegen ...« Er beendete den Satz nicht.

Lutt fragte verstimmt: »Hast du ihn je mit ins Haus der Freuden genommen?«

»Nö. Seine sexuelle Bildung habe ich eurer Mutter überlassen. Ich glaube, sie hat ihm ein Buch gegeben.«

L.H. wandte sich wieder Nishi zu. Er griff in die Tasche und entnahm ihr eine goldene Brosche, die das Hanson-Wappen zeigte. »Als Lutt auf die Welt kam, habe ich sie seiner Mutter geschenkt. Als sie die Venuspuff-Geschichte sah, hat sie sie verbogen und sie mir an den Kopf geworfen. Ich wollte sie eigentlich wieder richten lassen, aber ich lasse es wohl doch.« Er gab sie Lutt in die Hand. »Hier! Falls du die Dame heiratest, schenk sie ihr, sobald sie einen Jungen produziert.«

Lutt nahm die Brosche an. Er fragte sich, welches Spiel der Alte jetzt wohl spielte.

Nishi sagte mit hochrotem Kopf: »Ich werde für diese Familie überhaupt nichts produzieren, solange ich keinen Ehevertrag habe!«

»Einen Vertrag will sie auch noch!« L.H. schien erfreut zu sein. »Suchst du nach dem goldenen Topf, Schätzchen?«

»Es ist bei meiner Familie so üblich! Sie waren alle Helden der Legion!«

»Das muß man sich mal vorstellen!« L.H. richtete seine Ersatzaugen auf Lutt. »Hast du irgend etwas dazu zu sagen, Junge?«

»Nishi hat mir auf der Venus das Leben gerettet. Ich bin ihr etwas schuldig.«

»Dann zahl sie aus und schaff sie dir vom Hals!«

Lutt schob die Brosche in die Tasche. »Nein, wir werden heiraten.«

»Du bist der begriffsstutzigste und starrsinnigste Hanson, der je geboren wurde! Die ist doch nur hinter deinem Geld her! Dein Leben hat sie gerettet? Sie hat's doch nur für sich selbst gerettet!«

»Als sie mich rettete, wußte sie gar nicht, wer ich war!«

»Nein, was hat sie doch für ein gutes Herz! So was können wir in unserer Familie nicht gebrauchen!«

Das beleidigende Verhalten des Alten machte Lutt nur noch wütender. »Du änderst meine Meinung nicht! Wir heiraten, basta!«

L.H.s Blick richtete sich auf Nishi. »Du willst also einen Vertrag? Ich sag dir was: Du handelst ihn mit Phoenicia aus.«

Es hat zwar hohe Verluste gegeben, doch die Namen der Opfer werden bis zur Benachrichtigung der nächsten Angehörigen zurückgehalten. Laut Zeugenaussagen hat die Explosion die gesamte Nordwest-Ecke der EGP-Basis herausgerissen. Vermutlich haben die Explosion und der anschließende Brand auch das mysteriöse außerirdische Schiff vernichtet, das Berichten zufolge dort studiert wurde. Zwar will die EGP dies weder bestätigen noch dementieren, doch man hat aus Gründen der Nationalen Sicherheit um Zensur ersucht, um unseren Bericht zu unterdrücken. Die Zensurbehörde hat es abgelehnt, den ›Mantel des Schweigens‹ zu reglementieren. Vermutlich handelte sie dabei auf Anweisung des Präsidenten.

Aus einem Enquirer-*Artikel*

»In dieser Stadt geht irgend etwas vor sich, und der Blitz soll mich treffen, wenn es keine superheiße Sache ist«, sagte Lorna Subiyama.

Sie saß in Seattle in ihrem neben dem Schlafzimmer gelegenen Hotelbüro vor einem tragbaren Vidkom und beugte sich vor, um dem Mann auf dem Bildschirm genau in die Augen zu sehen.

»Wir haben dich dort raufgeschickt, damit du uns heiße Sachen meldest«, sagte der Mann. »Wie schnell kannst du eine Fortsetzung zu dieser Explosionsgeschichte liefern?«

»Drängel mich nicht, Jake! Wir haben ein paar heiße Spuren, aber du kriegst erst was, sobald wir sie bestätigt bekommen haben.«

»Wir? Hast du Leute angeheuert, ohne mich zu ...«

»Lew hilft mir.«

»Der Typ von der EGP, mit dem du's treibst?«

»Mit dem ich's treibe? Verdammt, wir sind verheiratet!«

»Die Geschichte ist zu groß für einen Amateur ...«

»Nun mach aber mal halblang, Jake! Lew ist der Mann, der alles weiß, was auf der Basis vor sich geht. Er ist verdammt auf Draht. Hast du schon vergessen, daß er bei der Patrouille war?«

»Wir brauchen mehr — und zwar schnell! Die Leser gieren nach Material!«

Lorna Subiyama setzte sich zurück und nagte an ihrer Unterlippe. Dann sagte sie: »Okay. Ich wollte es eigentlich so lange zurückhalten, bis Lew mir noch ein paar Details bringt, aber dann mußt du dich halt auf die ›eingeweihten Kreise‹ beziehen. — Kapiert?«

»Soll ich dir den Text dann noch mal zum Bearbeiten rüberjagen?«

»Nein! Du schreibst es. Und setz bloß nicht meinen Namen drunter! Ich will nicht, daß mir die Hanson-Truppen auf den Pelz rücken.«

»Was hast du rausgekriegt?«

»Lew sagt, auf der Basis wird erzählt, Lutt Hanson junior hätte einen Zusammenstoß mit einem außerirdischen Raumschiff gehabt. Die EGP hat ihn gerettet, eingebuchtet und verhört. Sie haben ihn nur freigelassen, weil er versprochen hat, kein Wort über das außerirdische Schiff zu sagen.«

»Mann!«

»Das ist noch nicht alles. Hansons Schiff — also das, das mit dem Außerirdischen zusammengekracht ist — war ein Experimentalraumer, der angeblich schneller ist als ein Windhund mit einem Knallfrosch im Arsch. Sein Co-Pilot soll bei dem Zusammenstoß umgekommen sein. Wir wollen uns das nur bestätigen lassen und seinen Namen rauskriegen.«

»Mein lieber Schwan!«

»Es geht noch weiter. In der Basis heißt es, die Explosion sei erfolgt, als man gerade damit beschäftigt war, ein Selbstvernichtungssystem im Innern des außerirdischen Schiffes zu untersuchen.«

»Und auf dieser Nachricht hast du rumgesessen?«

»Das Letzte sollte die nächste Schlagzeile abgeben.«

»Hast du noch kein Glück gehabt, Junior zu einem Interview zu bewegen?«

»Wenn du darauf warten willst, solltest du die Luft nicht anhalten. Er hat sich auf den Hanson-Besitz zurückgezogen, und da wimmelt's von Mauern, Wächtern und Hunden. Er redet ja nicht mal mit seiner eigenen Zeitung.«

»Hältst du sonst noch was zurück?«

»Eine Kleinigkeit, aber sie ist zu heiß, um sie ohne Rückversicherung zu bringen. — Lew macht sich ganz gut, was, Jake? Ich meine, für einen Amateur?«

»Gib mir 'n Stichwort — über das, was du zurückhältst.«

»Nein. Dann bringst du es vielleicht doch. Deine Geschichte hast zu jetzt. Sei damit zufrieden!«

»Was ist mit der Frau, die er aus dem Legionsbordell geholt hat?«

»Es gibt 'ne Meldung, daß sie mit ihm zusammen auf dem Familiensitz ist, aber wag es nicht, das zu bringen.«

»Wie hat man sie genannt? Die keusche Chanteuse?«

»Ich sag dir — bring es nicht! Und setz dich mit unseren Anwälten in Verbindung! Die Puppe kann uns die Legion oder noch Schlimmeres auf den Hals hetzen. Oben auf der Venus kannst du Geschichten darüber hören, wie sich die Legion um Leute ›kümmert‹, die sie nicht leiden kann. Sie klingen nicht sehr erfreulich.«

»Wann erwartest du die nächste Meldung von deinem EGP-Mann?«

»Mein *Gatte* müßte in ungefähr einer Stunde hier sein. Und jetzt laß mich in Ruhe, oder ich such mir 'ne Agentur, die besser zu mir paßt.«

Wir scheißen auf die Fairneß!
Wir machen keinen Spaß!
Wir hauen auf die Kacke!
Und machen alle naß!

Marschlied der EGP

Wie ein General, der gerade eine Schlacht gewonnen hat und sich anschickt, die Gefangenen zu begutachten, marschierte Phoenicia Hanson in Lutts Wohnzimmer. Sie begutachtete Nishi, die auf einem Korbsofa saß. Lutt stand hinter ihr. Phoenicia machte eine Geste mit der Hand.

»Laß uns allein!«

»Mutter, ich ...«

»Du hast schon genug getan, um unsere Familie zu entehren. Um diese Angelegenheit kümmere ich mich. Bist du schon beim Arzt gewesen?«

»Was?« Ihre irrige Folgerung überraschte ihn.

»Ich weiß doch genau, daß dein entartetes Verhalten auf deinen Unfall und die Einbildung zurückzuführen ist, daß du deinen Körper mit einer zweiten Persönlichkeit teilst. Schlichtweg Schizophrenie, die durch ein unglückliches Trauma hervorgerufen wird. Bist du beim Arzt gewesen?«

»Ja«, log er. »Er hat mich völlig auf den Kopf gestellt.«

»Und was hat er gesagt?«

»Daß mit mir alles in Ordnung ist.«

»Wir nehmen uns einen anderen. Und jetzt laß mich allein mit dieser ...« — sie sah auf Nishi herab, als hätte sie unter einem Stein etwas Schleimiges entdeckt — »... mit dieser *Person!*«

»Diese Person ist meine Verlobte, Mutter. Sie ist ...«

»Darüber reden wir später.«

Nishi stand auf. Ihr Gesicht war blaß; ihr Mund verzog sich zu einer dünnen Linie. »Ja, Lutt-Liebling, laß uns allein. Deine Mutter und ich müssen über ein paar Dinge reden.«

Lutt sah seine Mutter an. Dann sah er Nishi an, dann wieder seine Mutter. Nishi, fiel ihm ein, war Expertin, wenn es herauszufinden galt, was Menschen wirklich wollten. Sie mußte wissen, daß Phoenicia darauf aus war, sich diesen Eindringling von der Venus vom Hals zu schaffen. Aber gab es noch andere Dinge, auf die seine Mutter aus war? Das zu erfahren interessierte ihn sehr.

»Okay«, sagte er. »Dann kämpft ihr es aus. Ich muß sowieso mit Sam reden. Und ich muß mich über den Bau meines Schiffes informieren.« Er küßte Nishi auf die Wange. »Bis später, Schätzchen.« Es amüsierte ihn, das abweisende Glitzern im Blick seiner Mutter zu sehen, als er Nishi seine Zuneigung bewies.

Als die Tür sich hinter Lutt geschlossen hatte, setzte Nishi ein süßes Lächeln auf und sagte: »Nehmen Sie doch Platz!« Sie deutete auf einen Sessel, wie eine großzügige Hausherrin, die einen Besucher empfing.

»Was ich zu sagen habe, kann ich auch im Stehen sagen.«

»Na schön.«

»Wieviel?«

»Wie bitte?«

»Wieviel Geld wollen Sie? Wie hoch ist — wie mein Gatte zu sagen pflegt — Ihre Ablösesumme?«

»Wir sind hier, um einen Ehevertrag zu diskutieren; einen Vertrag, der mich bei einer Ehe mit Ihrem Sohn beschützt.«

»Sie werden Lutt nur über meine Leiche heiraten!«

»Ich hoffe, das meinen Sie nicht ernst. Es würde Lutt bestimmt sehr vergrätzen.«

»Was ihn vergrätzt, interessiert Sie doch sowieso nicht!«

»Lutt interessiert mich sehr. Ich will ihm eine gute Frau sein. Ich bin genau die Art Frau, die er braucht.«

»*Sie?*«

»Madame Hanson, Sie verstehen meine Situation nicht im geringsten.«

»Sie haben in einem ... einem ...« Phoenicia schaffte es nicht, das Wort über die Lippen zu bringen.

»Ja, das stimmt. Aber ich bin eine *virga intacta,* eine Jungfrau, die ihre Jungfräulichkeit auch beweisen kann.«

»Sie erzählen mir eine *Geschichte*!«

»Ich kenne auch noch andere. Als ich bei D'Assas Anon angestellt war, habe ich viele Geschichten gehört. Ich bin sicher, einige davon würden auch Sie interessieren.«

»Das einzige, was mich an Ihnen interessiert, ist die Frage, wie teuer es kommt, daß Sie verschwinden!«

»Aber die Geschichten handeln von Lutt und Ihrem Gatten. Die Mädchen in einem solchen Etablissement unterhalten sich nämlich. Manche von ihnen kommen herum und bringen ein paar Geschichten mit.«

Phoenicia erbleichte. »Was soll das heißen?«

»Es soll heißen, daß ich — vorausgesetzt, mir läuft ein Verleger über den Weg, der pikante Bücher macht — ein paar spannende Geschichten zu erzählen hätte. Einen Haufen nachweisbarer Geschichten über Lutt und über Ihren Ehemann.«

Phoenicia langte nach hinten, packte eine Sessellehne und nahm Platz. Dann musterte sie Nishi mit einem Blick, als habe sie gerade eine Giftschlange entdeckt.

»Was Sie sich wirklich am meisten wünschen, Madame«, sagte Nishi, »ist ein guter Name und die Anerkennung Ihrer Freunde. Als Lutts Gattin ...«

»Niemals!« keuchte Phoenicia.

»Ich wollte gerade sagen, Madame, daß ich Ihnen natürlich einen guten Namen und die Anerkennung Ihrer Freunde garantieren werde. Man wird mich für eine Heldin halten, weil es mir gelungen ist, unter derart schwierigen Bedingungen meine Jungfräulichkeit zu bewahren.«

»Was ... was könnten Sie ...«

»Ich könnte mir eine Klatschtante suchen. Jemanden wie diese Lorna Subiyama, die interessante Geschichten über den Unfall Ihres Sohnes und die Ereignisse bei der Erdgürtel-Patrouille und in der Legion schreiben könnte.«

»Die Subiyama? Mein Mann sagt, sie ist ein Blutegel!«

»Selbst Egel können ihrenWert haben. Und ich werde ihr eine wirklich hübsche Geschichte erzählen — wie ich um mein Leben gesungen habe, statt es mir auf dem Rücken zu verdienen.«

Phoenicia schüttelte sich.

Nishi sank auf das Korbsofa und brachte ihre Augen mit denen Phoenicias auf die gleiche Höhe. »Wir lassen uns von einer medizinischen Kapazität bestätigen, daß ich eine *virga intacta* bin. Sind wir nicht wagemutig?«

»Das meinen Sie doch nicht im Ernst?«

»Und ob, Madame. Es wird eine wundervolle Story abgeben — wie ich Lutt aus der Schlacht gerettet habe, während um uns herum die Raketen einschlugen. Und wie ich ihn gesundpflegte, als er zwischen Leben und Tod schwebte.«

»Das haben Sie doch gar nicht getan.«

»Natürlich. Und die Legionäre werden von meinem Heldentum und meiner Aufopferung berichten. Sie haben mich nämlich ›die keusche Chanteuse‹ genannt.«

»Wirklich?«

»Und ich werde erzählen, wie Lutt und ich uns im Lazarett ineinander verliebten.«

»Aber was ist mit den gräßlichen Bildern aus dem ... aus dem ...« Phoenicia konnte das Wort immer noch nicht aussprechen.

»Denken Sie doch mal an die Gefahren, die ich meistern mußte, um das schreckliche Dasein der Frauen zu enthüllen, die dort leben. Denken Sie doch mal daran, wie es zu meinem Heldentum beiträgt, daß mir die Flucht mit intakter Ehre gelang.«

»Sie ... Sie können es wirklich beweisen?«

»Sie können den Arzt bestimmen, der mich untersuchen soll, Madame.«

»Ich ... ähm ... Es wäre mir lieber, Sie würden mich nicht so nennen.«

»Wie soll ich Sie nicht nennen?«

»Madame.«

»Wie soll ich Sie dann anreden?«

»Mrs. Hanson sollte im Moment reichen.«

»Aber ich werde auch eine Mrs. Hanson sein.«

Phoenicia sah sie an, dann sagte sie: »Unter der Voraussetzung, daß Ihre Geschichte stimmt, dürfen Sie mich Phoenicia nennen. Aber tun Sie es bitte erst in der Öffentlichkeit, wenn mir Ihre Geschichte bestätigt worden ist.«

»Sehr schön, Phoenicia. Aber jetzt müssen wir über meinen Ehevertrag reden.«

»Aber was ...«

»Ihr Sohn hat ein ziemlich liederliches Leben geführt. Ich bin sicher, daß Sie davon wissen. Er liebt mich zwar, aber welche Garantie habe ich, daß er nicht wieder in den alten Schlendrian zurückfällt, wenn wir erst einmal verheiratet sind?«

Phoenicia legte eine Hand über ihre Augen, dann senkte sie den Kopf und bedachte Nishi mit einem vertraulichen Blick. »Die Hanson-Männer sind wirklich eine Prüfung.«

»Ich bin sicher, wir werden uns gegenseitig eine große Hilfe sein«, sagte Nishi. »Aber natürlich muß ich ein unabhängiges Einkommen haben, das meinem neuen Status gerecht wird.«

Phoenicia seufzte. »Ja. Das kriege ich auch.«

»Wirklich?«

»Mein Vater hat darauf bestanden.«

»Ahhh, welch ein kluger Mann!«

»Er hat L.H. zwar bespitzeln lassen, aber er hat mir nicht gesagt, was dabei herausgekommen ist.«

»Manche Dinge bleiben besser unausgesprochen.«

»Wie recht Sie haben, meine Liebe. Aber Sie haben keinen Vater mehr, nicht wahr?«

»Ich bin Waise. Mein Vater und meine Brüder sind auf der Venus gefallen. Sie haben mich dazu gebracht, beim Namen meiner Mutter zu schwören, meine Ehre zu erhalten.«

»Ohhh, Sie arme Kleine! Vergessen Sie nicht, das zu erwähnen, wenn Sie von Lutts Rettung berichten.«

»Vertrauen Sie mir, Phoenicia. Wenn Sie mir beistehen, wie kann ich dann versagen?«

Wir müssen den Erdern dafür danken, daß sie uns Einblick in das Phänomen gewährt haben, das sie unbewußtes Verhalten nennen. Vor Wemplys Kreation waren den Dreen Vorstellungen dieser Art nicht bekannt. Doch nun müssen wir uns die Möglichkeit eingestehen, daß manche unserer Handlungen auf Ziele zuführen, die wir nicht vorhergesehen haben.

Habibas Tagebuch

»Mugly hat mich gerade informiert, daß das neue Tilgungsschiff fertiggestellt und einsatzbereit ist«, sagte Jongleur. Er sprach in einem ernsten Tonfall und mußte sich zu diesen Worten zwingen. Habiba nahm seine Qual deutlich wahr.

Ein gewaltiges Frösteln ließ Habiba erbeben. Sie war in der grauen Abenddämmerung nur eine schwach erkennbare Gestalt im Kontrollsattel auf dem Konusgipfel. Früher hatte sie diese Tageszeit am liebsten gemocht — wenn die Schatten länger wurden und sie sich entspannen und die Dreenor-Landschaft bewundern konnte. Doch jetzt war unter dem Schild alles grau und diffus.

»Will Mugly das Schiff immer noch freiwillig steuern?«

»Das will er.«

»Gibt es irgend etwas Neues von Prosik?«

»Laut der letzten Meldung war er auf der Venus, aber dort gibt es nichts Neues. Wir müssen davon ausgehen, daß er auf diesem gräßlichen Planeten umgekommen ist.«

»Schon wieder eine tapfere Seele, die wir verloren haben.«

»Und was ist mit jenen tapferen Seelen, die Gefangene der Erdgürtel-Patrouille sind?« fragte Jongleur. »Was ist mit unseren Agenten auf der Erde?«

»Was soll ich deiner Meinung nach für sie tun?«

»Zumindest sollten wir die warnen, die noch frei sind und die Erde verlassen können.«

»Und wie sollen wir das tun?«

»Habiba, du hast doch bestimmt einen Plan für sie.«

»Bei Angelegenheiten dieser Art verlasse ich mich auf meine Berater!«

Jongleur glaubte, einen Anflug von Hysterie in Habibas Stimme gehört zu haben. Er trat einen Schritt zurück und fiel beinahe von der Spiraltreppe, auf der er während der Denksitzung saß.

»Habiba, ich weiß nicht ... Ich meine, ich dachte, du hättest ...«

»Muß ich denn an alles denken?«

»Es wird Zeit erfordern, ein paar Alternativen auszutüfteln«, sagte Jongleur.

»Zeit! Zeit! Über etwas anderes redet man hier überhaupt nicht mehr!«

»Bitte, Habiba! Ich bitte dich. Du glaubst nicht, was ich hinter mir habe. Und jetzt mache ich mir Sorgen um die armen Gefangenen und unsere Agenten. Müssen sie etwa geopfert werden?«

»Ach, Jongleur, verzeih mir. Natürlich hast du recht. Wir müssen etwas für unsere Freunde auf der Erde tun. Sie haben sich nicht freiwillig gemeldet, damit wir sie opfern. Sie haben ein Recht darauf, daß wir uns um sie kümmern.«

»Es muß doch etwas geben, das wir tun können«, sagte Jongleur. »Soll ich mich um Freiwillige bemühen, die sie warnen und die Gefangenen befreien?«

»Jedesmal wenn wir das getan haben, haben wir noch mehr Leute verloren«, stöhnte Habiba. »Diese schrecklichen Erder!«

»Vielleicht haben wir für die, die wir zur Erde geschickt haben, nicht die richtigen Masken ausgesucht«, sagte Jongleur. »Vielleicht ...« Er verstummte, dachte nach und ließ seine Schlappohren durch die Luft zucken.

»Dir ist etwas eingefallen«, sagte Habiba.

»Ich weiß es wirklich nicht, Habiba.«

»Raus damit, Jongleur! Was ist dir eingefallen?«

»Nun ... Als ich mir die zur Verfügung stehenden Daten über die Venus ansah, ist mir die kuriose militärische Gruppierung aufgefallen, die sich Fremdenlegion nennt.«

»Ja, ja. Ich weiß. Sie tut viele gewalttätige Dinge.«

»Und sie ist sehr gefürchtet, Habiba.«

Habiba sagte leidenschaftslos: »Es liegt an der natürlichen Evolution, wie die Erde idmaginiert wurde.«

»Sogar die Erdgürtel-Patrouille fürchtet die Fremdenlegion. Sie sagt ihren Leuten auf der Venus, daß man keinen Konflikt mit der Legion gewinnen kann.«

»Ich weiß nicht, was du damit andeuten willst.«

»Habiba, Lutt Hanson junior hat sich den Zorn der Legion zugezogen, als er sich aus ihrer Mitte ein Weibchen erwählte. Vielleicht sollten wir einen Trupp in der Maske von Legionären ausschicken, um diese Angelegenheit zu Ende zu bringen.«

»Welche Angelegenheit, Jongleur? Ich verstehe nicht, wovon du redest.«

»Ich rede von der geraubten Frau, Habiba.«

»Aber würde eine solche List nicht sofort auffallen?«

»Nicht dann, wenn wir die Erde verwirren, indem wir so tun, als hätten Legionäre die Sache selbst in die Hand genommen.«

»Glaubst du wirklich, daß du das hinkriegst?«

»Habiba, ich glaube, daß unsere Fehlschläge in der Vergangenheit auf zuviel Geheimhaltung zurückzuführen waren. Die Erder erwarten, daß wir uns bei ihnen einschleichen. Aber wenn wir ganz offen in der Maske von Legionären auftreten ...«

»Vielleicht ist deine Idee durchführbar, Jongleur. Ich werde die Tilgung verschieben, während du deinen Plan ausarbeitest.«

Sämtliche Freiwilligen für das Unternehmen Seattle erhalten doppelten Sold und eine schriftliche Bestätigung über die Verdoppelung ihrer Legionärspension. Vergeßt nicht, daß es hier um den Ruhm der Legion und den Schutz einer Dame geht, die zu den unseren zählt! Außerdem sind wir natürlich auch darauf aus, das neue Gerät zu erbeuten, das Mademoiselle D'Amato uns vorgeführt hat.

General Claude Speely DeCazeville
Privatbefehl Nr. 50112

Am späten Nachmittag, nachdem sie einen Teil von Lutts Haus inspiziert hatte, saß Nishi dösend am Speisezimmertisch und nippte an einer Tasse Tee, die ihr die Automatenküche eingeschenkt hatte.

Es fiel ihr nicht leicht, den Wohlstand zu akzeptieren, von dem sie umgeben war. Nishi empfand beinahe Schuldgefühle. Da saß sie nun an einem Tisch aus exotisch dunklem Holz, und ihre Sitzgelegenheit war ein weiches Ding, das ihre Arme stützte. Der dunkelblaue Kimono, den sie trug, schmiegte sich seidig an ihre Haut.

Sie hatte in einem Whirlpool gebadet und in einem ›Sensurround‹ geduscht, der ihren Leib mit parfümiertem Wasser abgespült hatte. Sie hatte sich mit süßem Puder bestäubt, Blütenduft auf ihre Haut gesprüht, und dann den Kimono angezogen, den jemand auf ihr Bett gelegt hatte.

Nishi hatte keinen Bediensteten kommen oder gehen sehen. Vielleicht war es einer der kleinen Roboter gewesen, den die Haushälterin programmiert hatte.

Sie leerte ihre Tasse, inhalierte den überladenen Duft

von Jasmin und kehrte in die Automatenküche zurück. Mit gläsernen Fronten versehene Geschirrschränke und Wände enthüllten Küchengeräte, Nahrungsvorräte, blinkende Lichter und die Transporteinrichtungen des Automatenkochs. Um sie herum waren überall Aufschriften und Etiketten.

Ein Schild über einem roten Knopf besagte: »Hauptschalter zum Selbstkochen.«

Sie drückte den Knopf, und eine mechanische Stimme fragte von der Decke herab: »Möchten Sie nur die Gewürze auswählen oder ein ganzes Rezept zusammenstellen?«

»Gewürze«, sagte sie.

Links von ihr erwachten mit hellgelbem Leuchten zwei frontverglaste Platten zum Leben. Nishi beugte sich vor, um die Aufschriften zu lesen: »Cayenne ... Cumin ... Dattelzucker ... Dobinoi ... Elm (süß) ... Fenugreek ...« Sie überschlug ein paar: »Limonenessenz ... Majoran ... Paprika ...« Alles war alphabetisch sortiert. Plötzlich fiel ihr Blick auf die oberen Regalreihen. »Basilikum!«

Das war das Gewürz, das Ryll so sehr fürchtete. Sie nahm den Behälter an sich, öffnete den Deckel und roch daran. Ein vertrautes Prickeln begrüßte ihre Nasenflügel. Auch ihr Vater, fiel ihr ein, hatte ein bestimmtes Gericht, das er sich oft gewünscht hatte, stets mit Basilikum gewürzt haben wollen. »Wopfutter«, hatte er es genannt. Ihre japanische Mutter hatte ihm damit gedroht, sie würde es ihm über den Kopf schütten.

Eine Träne lief über Nishis Wange.

Sie schluckte den Klumpen in ihrem Hals hinunter, kippte das Gewürz in den Ausguß, spülte es weg und ließ den Behälter verschwinden. Als sie zum Decken-Voder hinaufsah, sagte sie: »In diesem Haushalt wird kein Basilikum mehr verwendet.«

»Bitte geben Sie mir ein Schlüsselwort für diesen Befehl.«

»Auf Anweisung der Hausherrin!«

»Zu Befehl.«

Nishi drückte den roten Knopf noch einmal, und die Lampen über den Gewürzen gingen aus.

Als sie in der Küche stand und sich fragte, ob es reichte, um Ryll zu schützen, summte es an der Eingangstür. Auf der Wand links von ihr erwachte ein Bildschirm zum Leben. Er zeigte einen hochgewachsenen Mann, der vor der Tür stand.

»Lutt?« fragte der Mann. »Bist du zu Hause?«

»Wer ist da, bitte?« fragte Nishi.

»Sie müssen neu sein! Ich bin Lutts Bruder Morey.«

»Lutt ist nicht zu Hause.«

»Wer sind Sie?« fragte Morey.

»Ich bin Lutts Verlobte. Wir werden heiraten.«

»Die Hure von der Venus? Und er hat gesagt, er würde dich heiraten? Das ist ja toll, Schnucki! So was verspricht er oft.« Morey zog einen Umschlag aus der Tasche und schob ihn in einen Schlitz neben der Tür. »Sag ihm, ich hätte gebracht, was er angeordnet hat. Und wenn du gerade nichts zu tun hast — könntest du mich nicht zu einem kleinen Spielchen einladen?«

»Ich werde ihm Ihre Botschaft ausrichten«, sagte Nishi. »Inzwischen können Sie Ihrer Mutter erzählen, was Sie mich genannt haben.«

»Von ihr weiß ich doch von dir, Schätzchen.«

»Ihre Mutter und ich haben eine Übereinkunft getroffen, Morey. Nachdem Sie sich mit ihr unterhalten haben, erwarte ich Ihre Entschuldigung.«

Auf Moreys Stirn zeigte sich jetzt eine sorgenvolle Falte. »Eine Übereinkunft? Sie hat doch gar nichts davon ...«

»Ihr Wissen ist möglicherweise nicht auf dem neuesten Stand«, sagte Nishi. »Kommen Sie nicht wieder — es sei denn, um sich zu entschuldigen.«

Nishi verließ die Küche und begegnete der Haushälterin, die sich im Durchgang zwischen Küche und Speisezimmer herumtrieb. Sie war eine grauhaarige, ältere Frau mit leicht orientalischen Gesichtszügen, und ihre Augen glänzten wissend.

»Wie heißen Sie?« fragte Nishi.

»Mrs. Ebey.«

»Hören Sie oft zu, wenn in diesem Haus Gespräche geführt werden, Mrs. Ebey?« fragte Nishi.

Ein Lächeln zuckte um Mrs. Ebeys Mundwinkel. »Sonst könnte man hier nicht überleben.«

»Dann haben Sie auch mein Gespräch mit Lutts Bruder gehört?«

»Und ob! Der Kerl ist Abschaum! Mr. Lutt läßt ihn übrigens nie ins Haus.«

»Und wie hat Ihnen mein Gespräch mit seiner Mutter gefallen?«

»Passen Sie auf diese Frau auf. Sie ist gerissener als sie aussieht.«

»Sind Sie auf meiner Seite, Mrs. Ebey?«

»Im Moment. Sie schlagen sich ziemlich wacker. Sind Sie wirklich noch Jungfrau?«

»Bin ich.«

»Dann sind Sie bestimmt die erste, die je über diese Schwelle getreten ist.«

»Gibt es eine Möglichkeit, meine Zimmertür so zu sichern, daß Lutt nicht hereinkommen kann?«

»Ich kümmere mich darum. Möchten Sie ein Handflächenschloß, eins für Retinaabdrücke, oder einen Fünfschlitzschlüssel?«

»Was würden Sie empfehlen?«

»Schlüssel. Wenn's nur einen davon gibt, kann man ihn nicht nachmachen lassen. Er könnte natürlich die Tür einschlagen, aber das würde Stunden dauern. Das Haus ist solide gebaut.«

»Vielen Dank, Mrs. Ebey. Ich werde Ihre Hilfe nicht vergessen.«

»Damit rechne ich auch. Sie sollten vielleicht wissen, daß Mr. Lutt etwas später nach Hause kommt. Im

Haupthaus findet eine große Party statt. Man wird ihn am Tor abfangen.«

»Abfangen?«

»Er wird zur Party eskortiert.«

»Was ist an der Party so wichtig?«

»Seine alte Dame möchte ihm noch eine andere Frau vorführen, die sie für geeignet hält. Sie hofft immer noch, sie könnte Sie irgendwie aus dem Feld schlagen. Kennen Sie wirklich so viele Hurengeschichten über Lutt und den alten L.H.?«

»Mehr als genug.«

»Wie schön! Jeder weiß natürlich davon, aber es zu beweisen, ist eine andere Sache.«

»Ich kann es beweisen.«

»Das bedeutet mehr Macht für Sie, Schätzchen! Ich hoffe, Sie saugen diese Sippschaft ordentlich aus. Brauchen Sie sonst noch etwas?«

»Im Moment nicht.«

Mrs. Ebey durchquerte den Korridor und ging um eine Ecke. Das Klicken ihrer Absätze war noch eine Weile hörbar. Es verstummte erst, als sich eine Tür schloß.

Nishi blickte in den leeren Korridor und überdachte die neue Lage. Irgendwie waren die hiesigen Zustände nicht viel anders als auf der Venus. Man mußte stets wachsam sein, nach geheimen Motiven suchen, den Tonfall von Stimmen analysieren und sich jener Orte bewußt sein, an denen man einem auflauern konnte. Die Venus war ein gutes Übungsgelände gewesen, um in der Hanson-Familie zu überleben.

Die Meldungen unseres Geheimdienstes auf der Venus lassen deutlich erkennen, daß die Legion zunehmendes Interesse an Lutt Hanson junior entwikkelt. Ich empfehle eine Rund-um-die-Uhr-Überwachung seiner Person. Außerdem sollten wir einen Agenten in seine sich in der Nähe des Familiensitzes befindliche Werkstatt einschleusen.

Major Paula Hauptmann
EGP-Sicherheitsmemo

Zum erstenmal seit Dreengedenken wandte sich Habiba direkt an ihr Volk. Sie überging die Elite und zeigte sich jedermann, als sie in der Kuppel über Dreenor hinwegflog. Die Spirale der unter ihr nach ihren Rängen ausgerichteten Elite diente nur der Antriebskraft. Habiba strampelte in fürstlicher Unermeßlichkeit in ihrem Sattel, als sie über die steuerpflichtigen Massen hinwegblickte, die sich laut ihrer Anweisung auf den Ebenen versammelt hatten.

Die von dem Verteidigungsschild gefilterte Mittagssonne warf stumpfe Schatten. Die Landschaft kam Habiba leicht abstoßend vor, doch sie verdrängte alle Gedanken dieser Art, weil sie befürchtete, sie könnten zu ihrer in Trance versunkenen Elite hinabsickern.

Habiba verwendete einen in der Basis der Kuppel befindlichen Verstärker und rief dem Volk zu: »Bleibt tapfer und geduldig! Vertraut auf meine Liebe! Der Idmaginationsschild schützt uns bestens! Ich arbeite für das Wohlergehen aller und für die Rückkehr zur guten alten Zeit des überragenden Geschichtenerzählens!«

Das Volk schaute mit Verehrung zu ihr auf und antwortete mit einem lauten Ächzen der Unterwerfung.

»Dreenor muß für die Dreen unversehrt erhalten bleiben«, rief sie. »Die ungestörte Erbfolge unseres Lebens wird restauriert werden!«

Und während sie flog, wiederholte sie es immer wieder.

Als sie ihre Kuppel wieder an den alten Standort gebracht hatte, entließ Habiba alle bis auf Mugly. Sie blieb still sitzen, als die Elite hinausging, und fragte sich, ob ihre Worte die Ruhe wiederhergestellt oder nur zur Unruhe beigetragen hatten. Jongleur hatte den Auftritt empfohlen, nachdem ihm bei den jungen Leuten Anzeichen zunehmender Unrast aufgefallen waren.

»Der graue Himmel ist ebenso daran schuld wie alles andere«, hatte er gesagt.

Habiba beobachtete, wie Jongleur sich am Ende der Prozession hinausbewegte, und sah, wie er einen besorgten Blick in Muglys Richtung warf. Doch er gehorchte ihrem Befehl und ging mit den anderen. Auf Jongleurs unerschütterliche Verehrung konnte man sich immer verlassen.

Als sie mit Mugly allein war, blickte Habiba über seinen Kopf hinweg auf das Meer aller Dinge und registrierte die Spiegelungen auf der glatten, grauen, öligen Oberfläche: eine verdoppelte Landschaft aus vulkanischen Schlackewällen. Die Mattheit des Lichts paßte zu der Szenerie.

Mugly räusperte sich und sagte: »Gesegnete Habiba, ich bin überglücklich, daß du dich endlich entschlossen hast, mich zu empfangen.«

»Es ist unerläßlich, daß wir miteinander reden, Mugly. Du bist von all meinen Untergebenen höchstwahrscheinlich der, der etwas tun wird, womit ich nicht gerechnet habe.«

»Habiba!«

»Streite es nicht ab! Ich bin mir bewußt, daß du einige deiner Gedanken vor mir verbirgst — und zwar mit einer Methode, von der ich gar nicht erst erfahren will.«

Mugly, der seine geheimen Gedanken schon vor der

Denksitzung abgeblockt hatte und momentan nichts von ihnen wußte, fühlte sich wegen der Ungerechtigkeit von Habibas Anklage bitterlich schockiert.

Bevor er antworten konnte, sagte Habiba: »Es ist meiner Aufmerksamkeit nicht entgangen, daß du behauptet hast, mein Idmaginationsschild reiche nicht aus, um uns vor den Erdern zu schützen.«

Weil dies zu den Gedanken gehörte, die Mugly jetzt nicht zugänglich waren, konnte er sie nur mit finsterer Miene anstarren. Er hatte das Gefühl, in eine Situation geraten zu sein, die etwas Wahnsinniges ausstrahlte. Verwechselte Habiba ihn mit irgendeinem anderen? War dies wirklich Habiba?

»Wenn der Schild nicht ausreicht, Mugly, was könnten wir sonst noch tun?«

Sie wollte ihn auf irgendeine Weise prüfen, wurde Mugly klar. Spielte sie auf sein äußerstes Mittel an? *Der Schild — nicht ausreichend?* Was also konnten sie tun?

»Wir alle fragen uns, wie wir uns verteidigen könnten, wenn die Erder angreifen«, sagte er.

»Und wie, Mugly, sollten wir uns verteidigen?«

»Das muß dir überlassen bleiben, gesegnete Habiba.«

»So wie mir das erste Tilgungsschiff überlassen blieb?«

Eine eigenartige Frage, fand Mugly. Ihm war, als hätte Habiba selbst das Schiff auf irgendeine Weise bestellt. Ging sie nach dieser Methode vor? Er konnte sich allerdings nicht daran erinnern, schon einmal so geprüft worden zu sein. Hatte sie ihm befohlen, es zu vergessen?

»Ich werde dir in allem gehorchen, gesegnete Habiba«, sagte er.

»Nein, das wirst du nicht! Jongleur gehorcht mir — du nicht.«

»Habiba«, sagte er leise.

»Raus damit!« befahl sie. »Was würdest du tun, um uns unverletzlich zu machen?«

»Verteidigungswaffen idmaginieren?« fragte er.

»Das habe ich mir doch gedacht!«

Jetzt war Mugly wütend. »Es ist mir erst eingefallen, als du mich gefragt hast. Aber drastische Zeiten verlangen eben nach drastischen Maßnahmen.«

»Das ist eine Wischiwaschi-Antwort, Mugly«, warf Habiba ihm vor.

Mugly holte tief Luft. Er roch den gräßlichen Mief seines eigenen Ärgers.

»Da du darauf bestehst«, sagte er, »laß uns die Frage von Verteidigungswaffen diskutieren.«

»Also gibst du endlich zu, daß du für solche Dinge bist!«

»Ich bin nicht dafür! *Du* hast doch die Frage aufgeworfen!«

»Es ist ein bitterer Tag, wenn du deiner eigenen Habiba einen solch falschen Vorwurf machst«, sagte sie.

»Falschen Vorwurf? Aber du hast doch ...«

»Genug! Ich warne dich, Mugly — auch du bist nicht gegen eine Zensur gefeit!«

»Habiba, ich bemühe mich, dir so gut zu dienen, wie ich nur kann, und die Frage der Verteidigungswaffen ...«

»Wird augenblicklich fallengelassen! Wenn wir Waffen erschaffen, wird die Möglichkeit eines vorsorglichen Angriffs auf die Erde jede andere ersticken! Es würde unausweichlich zur Vernichtung von allem führen, was uns lieb ist. Selbst die, die geistig am höchsten stehen, könnten den Ausrottungsfeldzug nicht mehr aufhalten, der sich dann in unserem Universum breitmachen würde. Ich werde die Existenz von Waffen auf Dreenor nicht dulden!«

Mugly zitterte, entsetzt über den Gedanken, der ihm gerade gekommen war.

»Aber ist das Tilgungsschiff nicht auch eine Waffe?« flüsterte er.

Habiba starrte ihn in lähmendem Schweigen an. Mugly hatte recht. Das Entsetzliche war bereits eingetreten. Sie fing unkontrolliert an zu zittern.

»Habiba, es tut mir leid«, sagte Mugly.

Ihre Stimme war ein häßliches Krächzen, das genau zur grauen Düsternis des Tages paßte. »Es ist zu spät, um sich Sorgen zu machen, Mugly.«

Obwohl Woon dem Raj Dood das Verdienst zukommen läßt, ihn gerettet zu haben, weigerte er sich, aus »Gründen nationaler Sicherheit« Einzelheiten über die heroische Großtat des bekannten venusischen Gurus bekanntzugeben. Laut Aussage wurde Woon die ganze Zeit über ohne Kontakt zu Menschen in einer kleinen Zelle auf dem Mond festgehalten. Die Entführung, behauptet er, »war ein gewalttätiger Akt. Sie wurde von außerirdischen Lebewesen ausgeführt, die so abscheulich waren, daß ich sie nicht beschreiben kann.«

Aus dem Seattle Enquirer

Lutt hatte seine Mutter noch nie so deutlich danach streben sehen, ihn zu beherrschen. In gewisser Hinsicht, fiel ihm auf, war sie noch schlimmer als sein Vater.

Sie hatte den ›Unterwasserraum‹ im Haupthaus für ihre Zusammenkunft ausgewählt. Bei Einbruch der Nacht hatte man hinter dem Panzerglas Lampen eingeschaltet, damit sie die hier herumschwimmenden exotischen Fische beleuchteten. Ein Titicaca-Hai schwenkte gerade an der Scheibe vorbei, als Lutt in einem kastanienbraunen Smoking eintrat. Er fand den Hai passend. Ein Raum voller Haie zog sicher auch die echten Haie an.

Phoenicia kam ihm am Fuß der Treppe entgegen. Sie hatte eine junge Frau im Schlepptau.

»Lutt-Liebling, Eola Van Dyke ist extra aus Spokane gekommen, um heute abend bei uns zu sein.«

Er musterte Eola Van Dykes Gesichtszüge. Sie waren ihm natürlich aus der Schickimicki-Presse vertraut: harte Augen, spitze Knochen, umrahmt von hellblondem Haar. Sie trug ein Ballkleid aus Silberfasern, das ihre

Brüste unglaublich spitz erscheinen ließ. Er stierte mit Absicht in ihren Ausschnitt und grinste, als ihr das Blut ins Gesicht schoß.

»Eola Van Dyke«, sagte er und nahm ihre Hand. »Darf ich Sie VD nennen?«

»Lutt!« keuchte Phoenicia.*

Eolas Gesichtszüge verdunkelten sich, als sie noch mehr errötete, aber sie brachte ein leises Lachen zustande.

Lutt ließ sie los und richtete seine Aufmerksamkeit auf das Stimmengewirr, das in diesem Raum herrschte. Er erkannte zwei Bankiers und ihre Frauen. Morey war bereits betrunken. Mehrere ältere Freundinnen Phoenicias waren mit ihren Gatten da. Eolas Eltern standen an einem Unterwasserfenster und gaben sich alle Mühe, die Begegnung am Fuß der Treppe nicht wahrzunehmen. Und natürlich wimmelte es überall von Hanson-Wachen in Louis-Quatorze-Livreen, die Drinks und Hors d'Œuvres servierten.

»Wo ist Vater?« fragte Lutt.

»Dein Vater fühlt sich nicht wohl. Er hat sich früh zurückgezogen. Ich mache mir solche Sorgen um ihn, Lutt. Er ist so darauf bedacht, daß du endlich die Position in der Firma einnimmst, die dir zusteht.«

»Die Firma«, sagte Lutt und schaute Eola an. »So nennen wir unseren Konzern. Aber das wußten Sie wohl schon, oder?«

»Man hört so viele Geschichten über Sie«, sagte Eola. »Da weiß man nie genau, welche man glauben soll.« Nur ein leichtes Zittern in ihrer Stimme verriet ihren Ärger.

»Sehr gut!« sagte er. »Glauben Sie sie alle — besonders die schlimmsten!«

»Du bist einfach gräßlich«, beschwerte sich Phoenicia.

* Die entsetzte Reaktion hat ihren Grund. VD ist eine Abkürzung für »Venereal Disease« (= Geschlechtskrankheit) — *Anm. d. Übers.*

»Ich bin nur ich selbst, Mutter.« Er nickte Eolas Eltern zu und zwinkerte. »Ich glaube, Ihre Mutter möchte gern mit Ihnen reden, Eola«, sagte er. »Und ich brauche einen Drink.«

Eola entschuldigte sich, und als sie gegangen war, funkelte Phoenicia ihn an. »Mußt du meine Geduld so auf die Probe stellen? Du gehörst zu den begehrtesten Junggesellen der Welt. Sogar deine Konkurrenz berichtet über deine Begegnungen mit jungen Frauen, und Eola ist ein süßes Mädchen.«

»Ich bin schon mit einem süßen Mädchen verlobt, Mutter.«

»Du solltest dir wirklich mehr Zeit lassen, um über diese Liaison nachzudenken«, sagte Phoenicia. »Du weißt doch, daß ich nur an dich denke, Liebling, wenn ich sage, du sollst in eine bessere Familie einheiraten. Und Eola ...«

»... ist mehr als langweilig, Mutter. Sie verbreitet die Langeweile derjenigen, die reich zur Welt gekommen sind und ihr Hirn verkümmern lassen.« Er nahm sich einen Drink von einem Tablett. »Ob ich mal nach Vater sehen sollte?«

»Er hat gesagt, er will nicht gestört werden.«

»Hat er diesmal nach einem Arzt verlangt?«

»Du weißt doch, daß er mir so was nicht erzählt.« Sie zupfte eine Fluse von seinem Ärmel. »Ich freue mich, daß du dir die Zeit genommen hast, den Smoking anzuziehen. Du siehst wirklich gut aus, wenn du ...«

»Hör auf, Mutter! Deine Leute haben darauf bestanden, und ich war nicht in der Laune, deswegen Krach zu schlagen. Ich habe allerdings ...« — er zog ein Hosenbein hoch, um seine hellrot-gelbkarierten Socken zu entblößen — »... meine Socken anbehalten.«

Gekicher und Gelächter zeigten an, daß ein paar Gäste seine Zurschaustellung registriert hatten.

Phoenicia erbleichte. Sie wollte etwas sagen, doch dann überlegte sie es sich anders.

Mit lauter Stimme, so daß er im ganzen Raum deutlich zu hören war, sagte Lutt: »Ich sehe nach Vater und schleppe ihn her.«

Phoenicia sagte leise: »Lutt, er hat klar und deutlich gesagt, daß er nicht gestört werden möchte.«

Lutt ignorierte sie und erwiderte: »Wenn ich ihn herbringe, stehe ich wieder in der Gnade meiner Mutter. Wir können doch keine Fete ohne den Alten feiern.«

Phoenicia riß die Arme hoch. »Du bist unverbesserlich!«

Lutt gab ihr einen flüchtigen Kuß auf die Wange und ging, den nicht angerührten Drink in der Hand, die Treppe hinauf. *Wo kann L.H. stecken? Wahrscheinlich in seinem Arbeitszimmer.*

Er fand die Tür zum Arbeitszimmer einen Spalt geöffnet vor und schob sie leise auf. L.H.s Bürostuhl wies eine hohe Rückenlehne auf, die der Tür zugewandt war. Ein Teil seines Kopfes war zu sehen. Die Ersatzaugen des Alten lagen neben ihm auf dem Schreibtisch.

»Habe ich mir doch gedacht, daß ich dich hier finden würde«, sagte Lutt.

Keine Antwort.

Lutt stellte sein Glas auf dem Schreibtisch ab und ging um ihn herum, um L.H. anzusehen. Hanson senior saß mit geschlossenen Augen in einer Ecke des Sessels.

Lutt, meldete sich Ryll, *er atmet nicht mehr.*

Lutt berührte L.H.s Wange mit der Hand. Die Haut war kalt. Er schob eins seiner Lider nach oben und schaute ins Leere.

Also so passiert es, dachte Lutt. Er zog einen Stuhl zu sich heran und nahm vor der Leiche Platz. L.H. sah so friedlich aus, wie er ihn nie zuvor gesehen hatte.

»Wir haben uns nie von Mann zu Mann unterhalten«, sagte Lutt. Er sah sich in dem Raum um, und sein Blick fiel auf die ausgewählten Stücke der Souvenirsammlung des alten Mannes.

Lutt musterte einen verbeulten, rotweißen Stahlhelm,

der hinter dem Toten an der Wand hing. »Ich war immer schon der Meinung, daß dieses Zimmer besser zu dir paßt als das verdammte Büro im MX-Komplex. Weißt du noch, wie du mich mit deinem alten Raumwerfthelm hast spielen lassen?«

Lutt, er ist tot, wandte Ryll ein.

Das weißt du doch nicht.

Werde nicht makaber!

Laß mich in Ruhe! Er war mein Vater — auf Gedeih und Verderb.

Ich glaube, daß du wirklich Trauer empfindest.

Vielleicht ist es wirklich so.

Lutts Aufmerksamkeit richtete sich auf die Ersatzaugen, die auf dem Schreibtisch lagen. Langsam wurde ihm klar, daß sie ein Stück Papier beschwerten, auf dem etwas geschrieben stand. Er beugte sich darüber, nahm das Papier an sich und las das vertraute Gekrakel seines Vaters:

Ich weiß, daß dies das Ende ist, Lutt. Ich hoffe, daß du den Zettel findest. Jetzt gehört alles dir. Ich kann nicht …

Was immer sein Vater ihm auch hatte mitteilen wollen, es endete in einem nach unten verlaufenden Tintenstrich.

»Jetzt gehört also alles mir, was?«

Lutt starrte auf den Zettel und spürte, wie wilde Wut in ihm aufstieg. »Du hältst es wahrscheinlich für einen tollen Witz, Vater, was?«

Er starrte in das friedliche Gesicht. »Du lachst ja! Ich weiß, daß du lachst!«

Lutt schwenkte den Zettel hin und her. »Okay, aber ich werde derjenige sein, der zuletzt lacht! Mit diesem Zettel werde ich den Laden beherrschen. Du wirst es erleben!«

»Lutt! Sei doch nicht so laut! Wir können dich bis nach unten hören!«

Phoenicia stand im offenen Türrahmen.

Lutt faltete das Papier mit den letzten Worten seines

Vaters zusammen und schob es in seine Brusttasche. Er fühlte sich höchst gelassen und eiskalt.

»Diesmal hat er es wirklich getan, Mutter. Er hat es wirklich getan.«

Als er sich an ihr vorbeidrängte, wollte sie seinen Arm festhalten, aber er schüttelte sie ab.

»Wo gehst du hin?« fragte sie.

»In mein Haus, um mir diesen Affenanzug auszuziehen und in sein Büro zu gehen. Dort sollte ich mich jetzt aufhalten.«

Jeder von euch hat die alten John Wayne-Filme gesehen. Ich möchte, daß ihr sie als Vorbild benutzt. Jeder von euch muß in seiner Legionärsmaske stark und schweigsam sein. Die Schweigsamkeit wird euch schützen. Die Stärke wird dafür sorgen, daß man euch fürchtet.

Jongleurs Instruktionen an die Dreen-Freiwilligen

Als Nishi hörte, wie Lutt die Haustür zuschlug, zog sie sich auf ihr Zimmer zurück, wo sie die Tür verschloß und den Schlüssel in ihre heiße Hand nahm. Ein Fenster neben ihr zeigte, daß im Haupthaus noch immer Lichter brannten. Aus dem direkt vor ihm liegenden See kam ein seltsames Unterwasser-Leuchten.

Die Geräusche, die Lutt bei seinem Marsch durch das Haus erzeugte, klangen ungestüm. Er knallte die Türen, schrie nach Mrs. Ebey und fluchte. Schließlich hörte sie, wie er die Treppe hinaufpolterte und an der Klinke ihrer Tür rüttelte. Dann knallte eine Faust gegen die Türfüllung.

»Nishi!«

Sie zwang sich, gelassen zu sprechen. »Was ist denn, Lutt?«

»Mach die Tür auf!«

»Das werde ich nicht tun, Lutt.«

»Na komm schon, Ni-Ni! Mein Alter ist gerade gestorben; ich muß mit dir reden.«

»Dein Vater ist tot?«

»Ja. Komm schon, Ni-Ni! Ich muß mit dir reden.«

»Es tut mit sehr leid um deinen Vater, Lutt, aber wir können uns auch durch die Tür unterhalten.«

»Mach die Tür auf, sonst hole ich Mrs. Ebey, und sie macht es!«

»Es gibt nur einen Schlüssel, Lutt.«

An der Tür wurde gerüttelt, dann war es für einen Moment still. »Das ist doch Blödsinn, Ni-Ni! Mach doch auf!«

»Das werde ich *nicht* tun, Lutt!«

»Wenn du es nicht tust, werde ich Basilikum essen und Ryll ausschalten!«

»Das könnte schwierig für dich werden, Lutt.«

»Mach doch endlich die verdammte Tür auf!«

Nishi blieb still und starrte die dunkle Tür an. Würde sie, wie Mrs. Ebey es gesagt hatte, halten, wenn er einen Versuch machte, sie einzuschlagen?

»Ich möchte doch nur mit dir reden.«

»Reden wir jetzt nicht, Lutt? Was möchtest du mir sagen?«

»Ich brauche dich, Ni-Ni.«

»Dessen bin ich mir bewußt.«

»Es ist aber eine verdammt gemeine Art, mir deine Liebe zu zeigen. Hast du nicht gehört, daß ich gesagt habe, daß mein Vater gerade gestorben ist?«

»Ich leide mit dir, Lutt, aber die Tür bleibt zu!«

»Ich muß in sein Büro.«

»Wolltest du mir das sagen?«

»Nein, verdammich! Du bringst mich ganz durcheinander. Ich liebe dich, aber jetzt will mich meine Mutter an eine Idiotin aus der High Society verkuppeln!«

»Aber deine Mutter und ich haben doch ein Abkommen geschlossen. Sie hat gesagt, sie wird mich anerkennen.«

»Das ist typisch! Aber gerade eben hat sie mir diese Eola Van Dyke an den Hals gehängt.«

»Wer ist Eola Van Dyke?«

»Die dämliche Schnepfe, die ich heiraten soll!«

»Sind *wir* nicht verlobt, Lutt?«

»Klar sind wir es! Und jetzt mach die Tür auf!«

»Du darfst mein Schlafzimmer erst betreten, wenn wir verheiratet sind.«

»Verflucht noch mal, Ni-Ni! Mach die Tür auf — sonst wird es dir noch leid tun!«

»Gute Nacht, Lutt. Ich werde für deinen Vater eine Andacht halten.«

»Halt deine verdammte Andacht! Und ich hoffe, es befriedigt dich!«

Sie hörte, wie er wieder nach unten polterte. Die Außentür krachte zu, aber sie machte keinen Versuch, die Tür aufzuschließen.

Eine Treppenstufe ächzte. *Kommt er zurück?* Etwas kratzte an ihrer Tür. »Alles klar, Schätzchen?«

Es war Mrs. Ebey.

»Ich bin in Ordnung, Mrs. Ebey.«

»Habe ich ihn sagen hören, daß der Alte tot ist?«

»Das hat er gesagt.«

»Wissen Sie was? Ich bin reich!«

»Mrs. Ebey? Was haben Sie gesagt?«

»Ich stehe in seinem Testament, Schätzchen! Ich ging ein paar Monate lang mit ihm ins Bett — jetzt bin ich reich!«

Mrs. Ebey klapperte die Treppenstufen hinunter.

Nishi trat ans Fenster und musterte die Lichter im Haupthaus. Das Unterwasser-Leuchten im See war zwar erloschen, aber das Haus erstrahlte nun in noch hellerem Glanz, und sie konnte an den Fenstern Bewegungen wahrnehmen.

Welch außergewöhnliche Familie, dachte sie.

Kaufen Sie hundert Pfund getrocknetes Basilikum und lassen Sie es in Ein-Pfund-Pakete aufteilen. Fünf davon kommen in mein Büro. Schicken Sie fünf Pakete mit der Anweisung an meine Werkstatt, daß Sam sie verwahren soll. Legen Sie ein Paket in jede unserer Limousinen und liefern Sie den Rest in meinem Haus ab.

Lutt Hanson jun.
Anweisung an die Buchhaltung des Enquirer

Dies könnte meine einzige Chance sein, eine heroische Geste zu machen, dachte Luhan. Er hatte unter Muglys Kontrolle seit Jahren sein Bestes gegeben und war sich dennoch stets bewußt gewesen, daß er, weil der Senior ihn so gering einschätzte, niemals eine Position innerhalb der Elite erringen würde. Es lag an seiner Deformation — dem sichtbaren Arm, der sich nicht einziehen ließ, wie es bei den Dreen gang und gäbe war.

Doch Luhans Erder-Maske zeigte keine Deformation. Er trug einen Dschungel-Tarnanzug und hockte mit fünf ähnlich gekleideten Dreen-Gefährten neben einem Waldweg bei Seattle und wartete auf die Dunkelheit, die sich in ungefähr einer Stunde einstellen mußte.

Die exotischen Gerüche der Umgebung stürmten auf seine Nase ein — der feuchte Rückstand von kürzlich gefallenem Regen, der Duft von Tannennadeln, und die Erder-modifizierten Erregungshormone seiner Gefährten.

Der vor ihnen liegende Weg führte auf eine flache Mulde zu, ging über einen baumbepflanzten Kamm, und lief dann an der rückwärtigen Umzäunung des Hanson-Besitzes vorbei.

Die Befehle, die Luhan erhalten hatte, waren von trügerischer Einfachheit: »Dringe mit deiner Gruppe dort ein und nehme Hanson persönlich fest! Vergiß dabei nie, daß du es mit einem fusionierten Dreen-Erder zu tun hast!«

Welch abstoßender Gedanke! dachte Luhan.

Laut Jongleurs Instruktionen wiesen die sechs Dreen-Freiwilligen, die an dieser Mission teilnahmen, eine familiäre Ähnlichkeit auf. Jeder von ihnen hatte ein vierschrötiges Erder-Äußeres angenommen: Sie waren hager, hatten muskulöse Leiber, scharfe Gesichtszüge, langes braunes Haar, einen durchdringenden Blick und grimmig verzogene Lippen, die sich selten öffneten. Die Redewendungen, die sie einstudiert hatten, waren prägnant — es waren hauptsächlich melodramatische Ausrufe wie: »Zum Ruhme der Legion! Tod dem Feind! Wir geben niemals auf! Heidenschwein! Ich spucke auf dein Grab!«

Für besondere Fälle hatten sie Antworten gelernt, die garantiert Respekt erzeugten und ihre Gegenspieler verängstigten. Besonders gefiel Luhan der Spruch »Legionäre weinen nicht«. Er fragte sich, ob er je in die Lage kommen würde, »Bevor ich auspacke, sterbe ich lieber!« zu sagen.

Die Filme und Lesestoffe, aus denen er und seine Kameraden ihr Fachwissen bezogen hatten, ließen Luhan sich wie einen alten Haudegen fühlen. Tollkühne Nonchalance hatte den Konservatismus der Dreen ersetzt.

»Wir sind den Erdern nie mit dem entgegengetreten, was sie verdienen«, murmelte er. »Daß wir es überhaupt zugelassen haben, daß die verdammte Erdgürtel-Patrouille unsere Leute festnimmt! Wieso haben wir bloß solche Schwächlinge geschickt?«

Deni-Ra, die neben ihm kauerte, fragte: »Was meinste, Kumpel?«

Von allen Helfern Muglys, die sich freiwillig zu diesem Kommando gemeldet hatten, erschien Deni-Ra Luhan als die jämmerlichste. Obwohl sie nun männlich wirkte, war sie immer noch eine Frau. Und Kampf war nichts für Frauen. Die Legion verschanzte sich doch nicht hinter Weiberröcken!

»Es ist bald dunkel«, sagte Luhan. »Dann zeigen wir den Saftsäcken mal, was wir können.«

»Drum, schätz ich, sind wir hier«, nuschelte Deni-Ra.

Es stank Luhan gewaltig an, daß Deni-Ras Akzent dem, den sie während dieser Mission anwenden sollten, am nächsten kam. Es gab keinen Zweifel; sie hatte sich den Tonfall und die Redewendungen am besten gemerkt. Er brauchte nur die Augen zu schließen und ihr zuzuhören, dann wurden die Gestalten, die sie auf dem Bildschirm gesehen hatten, lebendig.

»Tut nur, was ich sage«, sagte Luhan, »dann läuft hier alles wie geschmiert.«

»Gebongt, Kumpel«, sagte Deni-Ra. »Darauf kannste einen lassen.«

»Wenn nötig, bis zum letzten Mann«, murmelte Luhan.

»Mich sieht keiner türmen«, sagte Deni-Ra.

»Hör auf damit!« fauchte Luhan.

»Mit was, Kumpel?«

»Mit deiner Scheiß-Angeberei!«

»Bin nur am Üben, Mann«, sagte Deni-Ra und verstummte.

Luhan schaute über ihren Kopf hinweg auf die anderen. Gute Männer, jeder einzelne. Die besten überhaupt. Was in dieser Nacht auch geschah, der Feind würde erfahren, daß die Dreen ihre besten Leute geschickt hatten. Hätte Mugly ihm doch nur erlaubt, Deni-Ra abzulehnen. Luhan fühlte sich für sie verantwortlich. Sie komplizierte ihre Mission nur.

»Deni-Ra«, flüsterte er, »du bleibst hinten. Wenn die Sache haarig wird, machst du die Mücke! Dann kehrst du nach Dreenor zurück und meldest, daß wir unser Bestes getan haben.«

»Ich schätz, ich geh lieber übern Jordan, auch wenn mir's Wasser im Arsch kocht«, sagte sie. »Mach dir keine

Sorgen, Kumpel. Ich hab keine Angst. Sind doch alles nur Saftsäcke.«

»Ich hab gesagt, du sollst damit *aufhören*!« schrie Luhan. »Jongleur hat mir das Kommando erteilt. Du gehorchst meinen Befehlen!«

»Ich muß doch drauf vorbereitet sein, wenn mich einer schnappt«, protestierte Deni-Ra.

»Du gehorchst nur den Befehlen, dann schnappt dich keiner.«

Deni-Ra verfiel in ein mürrisches Schweigen.

Luhan warf einen Blick auf seine Armbanduhr. Es war eng in seinem Magen. Bald war es dunkel. Dann brauchten sie nur noch die Straße runter und über den Kamm. Er wünschte sich, Jongleur hätte ihnen Waffen zugestanden.

Wenigstens einen Raketenwerfer. Oder Messer. Die Legion ist bekannt für ihre tollen Messerhelden.

Aber nein! Jongleur hatte ihnen nur Drahtschneider und Brechstangen erlaubt, um durch die Zäune zu kommen.

»Wenn ihr angegriffen werdet, dürft ihr euch verteidigen, aber nur mit den Händen und euren überlegenen Dreen-Muskeln.«

Was nützen einem Hände gegen echte Waffen?

Die Erder hatten alle Vorteile auf ihrer Seite — außer der Dreen-Tradition und dem Korpsgeist, den sie sich von der Legion ausgeborgt hatten.

Die Nacht brach herein. Luhan hörte, wie die Leute sich vor ihm bewegten. Metall schrappte gegen Metall. Verdammt noch mal! Sie sollten doch auf seine Befehle warten! Er dachte daran, ein Kommando zu brüllen, aber das war kein Zeichen von Stärke. Und leise ging das auch nicht.

»Es ist dunkel«, flüsterte Deni-Ra. »Sollten wir jetzt nicht zuschlagen?«

»Ich wollte den Befehl dazu gerade geben«, sagte Luhan. Er hob eine Hand und deutete nach vorn; dann wurde ihm klar, daß niemand seine Hand in der Finsternis sehen konnte.

»Für die Ehre der Legion!« sagte er. »Laßt uns gehen! Bleibt zusammen, bis wir auf die Umzäunung stoßen!«

»Volles Rohr, Sartsch«, sagte Deni-Ra. »Hoppla!«

Ihr letztes Wort kam daher, weil sie über Luhan gestolpert war und sie beide zu Boden fielen.

»Ich habe befohlen, daß du hinten bleibst!« fauchte Luhan und rappelte sich auf.

Erneut peilte er den dunklen Weg an, doch jetzt waren vor ihm Geräusche zu hören.

»Wartet!« zischte er und kollidierte mit einer Gestalt, die vor ihm stehenblieb. »Faßt euch an, bis wir an der Umzäunung sind«, flüsterte er.

»*Oui*«, sagte die Gestalt, die ihn berührte.

Sollen wir Französisch sprechen? fragte sich Luhan. *Nein! Wir dürfen nicht zulassen, daß der Feind unsere Herkunft erfährt!*

»Sprecht englisch!« befahl er. »Sie dürfen nicht erfahren, daß wir zur Legion gehören.«

»Er hat recht«, sagte jemand rechts von ihm. »Ihr wißt doch, was der General gesagt hat. Bevor wir uns entehren lassen, sterben wir lieber!«

Der General? fragte sich Luhan. Und wessen Stimme hörte er da? Sie kam ihm ganz und gar nicht vertraut vor.

Die Hand, die er hielt, fühlte sich ziemlich schwielig an, und etwas Metallenes bumste gegen Luhans Seite. *Bolzenschneider? Drahtscheren?*

»Da ist der Zaun«, sagte jemand, der vor ihm war. »Geht in Deckung; wir bringen jetzt die Ladung an.«

Die Ladung? Luhan fühlte sich äußerst verwirrt. *Ich soll doch hier die Befehle geben!*

Doch jetzt wurde die Umzäunung vor ihm sichtbar — im matten Schein der Bioleuchten, die in die obersten Stränge des Stacheldrahts eingearbeitet waren.

Jemand versetzte Luhan einen Schubs gegen die

Schulter und zwang ihn, sich flach hinzulegen. »Der Sartsch hat gesagt, ihr sollt den Arsch einziehen!«

Als sich seine Augen an die matte Zaunbeleuchtung gewöhnt hatten, schaute Luhan sich um. Er sah viel zu viele Gestalten, viel mehr als sein kleines Dreen-Kontingent. Was war da los?

Eine gewaltige Explosion schnitt ihn von seinen Gedanken ab.

»Für die Legion!« Ein einstimmiger Schrei, heiser und triumphierend.

Luhan spürte, wie er hochgerissen und nach vorn gestoßen wurde. Sie setzten zu einem wilden Angriff auf die große Lücke an, die im Zaun klaffte.

Ist das nicht der größte Hammer, den du je gesehen hast? Schau dir bloß mal an, wie sie sich um L. H.s Geld und Einfluß balgen!

Raj Dood (zu Osceola)

Lutt saß auf den Treppenstufen im Büro seines Vaters und las die eine Seite, die er unter der Umhüllung im Horchposten gefunden hatte.

Helles Licht fiel aus dem MX-Komplex hinter ihm durch das Fenster. Auf der Erdoberfläche war es zwar Nacht, aber sein Vater ließ es hier unten nur selten dunkel werden.

»Letzte Worte.« Das stand ganz oben auf der Seite. Der Alte hatte es in seiner schnörkeligen Handschrift geschrieben. Lutt bezweifelte allerdings, daß er die wirklichen »Letzten Worte« seines Vaters je zu Gesicht kriegen würde. Dafür hatte der Alte mit dieser Seite gesorgt.

Lutt spürte immer noch, wie das euphorische Hoch ihn verließ, das ihn nach dem Durchqueren der fallengespickten Route durch das Heiligtum befallen hatte. Doch die Kontrollschalter in der Krücke, die er an der Wand neben der Bürotür lehnend gefunden hatte, hatten funktioniert, ohne Explosionen zu erzeugen. Zum Glück hatte er immer genau zugesehen, wenn L. H. sie eingesetzt hatte. Die Türen hatten sich für ihn geöffnet; die Rolltreppe hatte ihn ohne Zwischenfall nach oben gebracht. Und das Schutzgebilde hatte sich auf seine Identifikation hin geöffnet. Und dort hatte er Vaters handgeschriebene Seite gefunden.

»Du weißt, daß du immer mein Favorit gewesen bist, Lutt. Dein Bruder ist ein verschlagener Typ, der vor keinem Verbrechen zurückschreckt, wenn er ein Ziel vor Augen hat. Er ist freilich genau der Typ, den der Hanson-Konzern zum Überleben braucht. Dein Problem war ein interner Kampf, das konstante Aufbegehren gegen das, was, wie ich weiß, das Beste für dich ist.

Er hat Morey für verschlagener gehalten als dich? fragte Ryll. *Da hast du ihn aber schön an der Nase herumgeführt!*

Lutt ignorierte die Unterbrechung und las weiter: »Ich habe mit deiner Mutter darüber gesprochen. Sie wird Moreys Bewerbung unterstützen, den Konzern zu leiten. Vielleicht gewinnt er sogar dabei.

Du wirst die Firma nur dann übernehmen, wenn du Morey in seinem eigenen Spiel schlägst. Dies würde dich zum besten Direktor machen, den sie je gehabt hat. Wenn du versagst, wird Morey sie eben leiten, und dann kommt es auf die nächste Generation an. Vielleicht kann ich damit rechnen, daß du einen passablen Erben zustande bringst.

Ich weiß zwar nicht, was bei deinem Unfall passiert ist, aber der Horchposten kann dich seitdem nicht mehr empfangen. Ja, ich habe dich und Morey bespitzelt. Wenn du dies liest, kann es nur bedeuten, daß du als erster hier bist. Moreys Instruktionen bestehen darin, deine Notiz mit einer Methode zu vernichten, die ihm erklärt wird. Dir gestehe ich dieses Privileg nicht zu. Aber der Horchposten gehört dir, und zwar dir allein. Das ist dein Vorteil.«

Was meint er damit? fragte sich Lutt. *Auf dem Zettel hat doch gestanden, jetzt gehört alles mir.* Verwirrt las er weiter:

»Deine Mutter wird mein Testament sofort verlesen lassen. Da du sowieso nicht in der Lage bist, es anzufechten, verschwende deine Zeit nicht damit. Mein Rat an dich lautet: Bleib hart, und trau den Frauen nicht!«

Lutt faltete das Papier zusammen und schob es zu den anderen »letzten Worten« seines Vaters in die Brusttasche.

Was hatte L.H. mit »alles« gemeint? Konnten die gekritzelten Worte, die er neben seiner Leiche gefunden hatte, seine Äußerung des Alten ändern, daß er das Testament nicht anfechten konnte? Wenn der Tod vor einem stand, so hieß es doch, legte mancher Geist ein sonderbares Verhalten an den Tag.

Warum sollte er annehmen, du würdest das Testament anfechten? fragte Ryll.

Ich füchte, das werde ich noch früh genug erfahren. Aber die Notiz, die neben ihm lag, ist nicht unterschrieben, verdammich.

Lutt schaute in den Gang hinaus, der zum Horchposten führte. Er war immer noch offen — er konnte sich seiner bedienen.

Tja, aber über Fallgruben habe ich in meinem Leben auch etwas gelernt.

Lutt machte sich erneut auf den Weg zum absoluten Heiligtum seines Vaters, und als er es auch diesmal schaffte, lächelte er. Sollte Morey doch mal versuchen, dort heraufzukommen! Er schloß die Tür, die zur Rolltreppe führte, und wandte sich um, um das Büro zu untersuchen.

Da war Morey schon! Er stand im Türrahmen. Offenbar hielt ihn nur seine Angst zurück.

»Es wäre klüger, wenn du da stehenbleibst!« rief Lutt ihm zu. »Ich habe den Schlüssel für den sicheren Weg gefunden. Ich habe ihn verändert und mit ein paar eigenen Gags versehen. Du würdest es nicht überleben, und wenn du nur drei Schritte machst!«

»Das hier ist jetzt mein Büro!« schrie Morey wütend. »Mutter hat mir erzählt, was Vater will. Sie weiß, was in seinem Testament steht!«

»Dieses Büro«, schrie Lutt, »gehört dem, der es betreten und halten kann! Komm doch rein, wenn du glaubst, daß du es schaffst!«

»Aber Vater hat etwas für mich im Horchposten hinterlegt!«

»Dann komm doch rein und hol's dir!«

»Mutter und ich werden keinen Pfennig mehr in deine bescheuerten Projekte stecken!« sagte Morey.

»Der Horchposten wird mich schon mit dem Geld versorgen, das ich brauche«, sagte Lutt.

Doch dann verspürte er ein Gefühl des Unbehagens. Morey würde solche Prahlerei nicht aussprechen, wenn er sie nicht auch durchziehen konnte.

»Und die Venus-Hure wirst du auch nicht heiraten!« sagte Morey. »Mutter will es nämlich nicht.«

»Und Mutter kriegt ja immer, was sie will.«

»Das steht in Vaters Testament!«

»Ich weiß immer noch genug, um dich in den Knast zu bringen!« schrie Lutt.

»Mutter sagt, sie kann dich völlig kaltstellen, wenn du uns bekämpfst!«

»Dann sollten wir vielleicht besser einen Kompromiß schließen«, sagte Lutt.

»Niemals! Du bist draußen, Lutt! Jetzt nehmen Mutter und ich die Dinge in die Hand!«

»Du solltest lieber abhauen, bevor ich wütend werde«, sagte Lutt. »Du wolltest mich auf der Venus umbringen lassen. Wenn ich je einen Grund brauche, um dich abzuschaffen, reicht der mir völlig aus!«

»Lutt, ich komme hier rein — und wenn ich die Hanson-Wachen vorschicken muß, um alles abzusichern.«

»Du schaffst vielleicht drei Schritte. Unsere Wachen würden keine zwei Schritte schaffen — und das wissen sie! Aber du kannst es natürlich versuchen.«

Lutt berührte eine Kontrolle in der Krücke seines Vaters, und die Bürotür, in der Morey stand, schloß sich und schob ihn hinaus. Bevor die Tür völlig zu war, schrie Lutt: »Du bist der, der draußen ist, Morey!«

Als die Tür sich klickend schloß, quäkte Morey: »Dafür wirst du mir büßen, Lutt! Wehe, wenn ich dich kriege!«

Lutt, der immer noch die Krücke seines Vaters in der Hand hatte, umging die Stufen und trat ans Fenster. Er blickte in den MX-Komplex und das dortige Aktivitätsgewimmel. Züge kamen und gingen, Frachten wurden ein- und ausgeladen. Menschen ... alle waren beschäftigt. Vom Fenster aus ging er zu den Computerkonsolen und den Schirmen, die die Aktivitäten der Firma im Sonnensystem anzeigten. Hier war L.H.s Steuerzentrum. *Kann ich es wagen, es zu benutzen?*

Werde ich es überleben, wenn ich seine Computer anfasse? Sie sind bestimmt irgendwie gesichert. Ob es im Horchposten einen Hinweis gibt? Aber der ist bestimmt auch gesichert.

Als er darüber nachdachte, fiel Lutt ein blinkendes rotes Licht an einem kleinen Schirm an der unteren rechten Seite der großen Wandtafel auf. Der Schirm zeigte ein vertrautes Gesicht in einer vertrauten Uniform.

Major Hauptmann von der Erdgürtel-Patrouille!

Lutt drückte ohne nachzudenken den Audio-Schalter. Dann holte er tief Luft. Er war ganz schön mutig. Nichts explodierte.

Die Stimme der Majorin Hauptmann war nun hörbar; allem Anschein nach sah sie ihn durch ein Kameraauge in Vaters Büro.

»Da sind Sie ja, Hanson! Wo sind Sie genau?«

»Das geht Sie einen feuchten Kehricht an. Warum rufen Sie mich an?«

»Ich habe Ihren Vater angerufen.«

»Mein Vater ist tot. Ich leite jetzt die Firma.«

»Scheiße! Ist er auch umgebracht worden?«

»Auch? — Wovon reden Sie?«

»Wo stecken Sie, Hanson?«

»Das spielt keine Rolle. Was ist los? Warum haben Sie meinen Vater angerufen?«

»Wissen Sie das nicht?«

»Wenn ich es wüßte, würde ich nicht fragen.«

»Ein Einsatzkommando hat ihren Familiensitz überfallen. Wir glauben, es war die Fremdenlegion. Man hat mindestens zwanzig Ihrer Wachen umgebracht und Ihr Haus auseinandergenommen. Wie ist Ihr Vater gestorben?«

»Warum fragen Sie nicht seinen Arzt? Was meinen Sie damit, ein Einsatzkommando hätte mein Haus auseinandergenommen?«

»Man hat eingebrochen und jemanden gekidnappt.«

Nishi!

»Wen haben sie mitgenommen?« fragte er.

»Wir wissen es noch nicht, aber wir haben eine ganze Kompanie ausgeschickt, um die Sache zu untersuchen.«

»Wenn es wirklich die Legion war, schicken Sie beser ein ganzes Bataillon.«

»Sehr komisch, Hanson! Haben Sie irgend etwas angestellt, weil die Legion so sauer auf Sie ist? Wen könnte man aus Ihrem Haus entführt haben?«

»Vielleicht hat man meine Verlobte entführt.«

»Die Frau, die Sie von der Venus mitgebracht haben?«

Als Lutt nicht antwortete, sagte sie: »Wo wir gerade dabei sind ... Wie sind Sie zur Erde zurückgekommen? Sie stehen auf keiner Passagierliste.«

»Wir sind zu Fuß gegangen«, sagte Lutt. »Wie sieht es auf unserem Familiensitz aus?«

»Im Zaun ist ein Loch, und Ihr Haus braucht ein paar neue Türen. Vielleicht sollten Sie sich auch überlegen, bessere Leute einzustellen. Und jetzt beantworten Sie meine Frage. Wie sind Sie zurückgekommen? Sonst schicke ich Ihnen eine Vorladung, und Sie können es mir hier erzählen.«

»Osceola hat mich durch ihr Spiegelchen zurückgebracht«, sagte Lutt.

»Ich werde die Wahrheit schon aus Ihnen rausholen, Hanson, früher oder später! Wenn Sie's unbedingt auf die harte Tour haben wollen ...«

»Die harte Tour macht Ihnen doch am meisten Spaß«, sagte Lutt und unterbracht die Verbindung.

Was soll ich jetzt machen? Wenn sie Nishi entführt haben ... Geschieht ihr recht, daß sie mich abgewiesen hat! Aber wenn sie sie wirklich entführt haben ...

Er empfand plötzlich ein Gefühl der Leere und Verlorenheit.

Der Teufel soll sie holen! Ryll? Was soll ich jetzt machen?

Du bittest um meinen Rat?

Ich würde den Teufel persönlich fragen, wenn es mir helfen könnte!

Nach meinen Berechnungen war es wirklich die Legion, die sich Nishi geholt hat.

Aber warum denn?

Das weißt du doch. Du willst es nur nicht einsehen. Die Legion hält eben zu ihren Leuten.

Das ist doch Scheißdreck!

Dank Nishi hat die Legion eventuell große Sehnsucht nach deinem primitiven Spiralengerät.

Glaubst du wirklich, sie steckt mit der Legion unter einer Decke?

Es ist möglich, daß die Legion glaubt, ein absolut geheimes Kommunikationssystem könne ihr einen Vorteil über die Chinesen verschaffen.

Das hat Nishi auch geglaubt. In Ordnung. Was soll ich also unternehmen?

Wenn man Moreys Drohungen glauben kann, bist du nicht in der Lage, irgend etwas zu unternehmen.

Ich werde ihnen Verhandlungen anbieten. Ich kann Sam von der Arbeit an der Vortraveler *abziehen; dann könnten wir mehr von diesen ...*

Willst du nicht zuerst hören, was im Testament deines Vaters steht?

Aber Nishi ist ...

Die Legion wird ihr nichts tun. Außerdem befriedigt sie deine tierischen Gelüste erst dann, wenn du sie geheiratet hast.

Der Teufel soll sie holen! Ja, was das Testament angeht, hast du recht. Ich muß rauskriegen, was der Alte aufgesetzt hat. Also immer schön der Reihe nach.

Die Firma hat sämtliche Zahlungen für das Projekt Vortraveler *eingestellt. Wir haben auch das ganze Geld aufgebraucht, das die Abonnenten für den Spiral-Pressedienst eingezahlt haben. Ade Stuart sagt, unser Sonderfonds sei leer. Unsere Lieferanten wollen nicht mehr liefern, es sei denn, wir zahlen bar. Was jetzt?*

Sam R. Kand
Notiz an Lutt Hanson jun.

Habiba wiegte sich im Sattel ihrer Kuppel fortwährend vor und zurück. Schildgefiltertes Morgenlicht warf graue Schatten über ihren immensen Leib, wenn sie sich bewegte.

Ich hätte nie eine Denksitzung einberufen sollen.

Jetzt, wo die Allgemeinheit von der Existenz des zweiten Tilgungsschiffes wußte, erkannte sie zahlreiche Anzeichen einer Erzählerkrankheit. *Sie belügen sich gegenseitig!* Die Tilgung der Erde würde eine Epidemie hervorbringen.

Aber was kann ich sonst tun? Wie kann ich die Elite beruhigen?

Unter ihr saß die Elite zwar in Trance, doch die Debatte ging auf geistiger Ebene weiter. Die Qual der Anwesenden drang bis zu Habiba hinauf; es erforderte ihre gesamten Kräfte, sie abzuwehren. Aber es war ungeheuer vertraut.

Wenn wir eine Waffe erlauben, können wir auch mehr erlauben.

Nein! Es entspricht nicht dem Dreen-Charakter!

Wir müssen die Bedrohung durch die Erder beenden!

Der Schild wird uns beschützen.

Aber für wie lange?

Es war unausweichlich gewesen, daß sich Muglys Ansicht auf Dreenor verbreiten würde.

Habiba verspürte die tiefgreifendste Bestürzung ihres Lebens, da sie diesen Zustand hervorgerufen hatte — sowohl durch ihr Handeln als auch durch Ihr Nichtstun.

Wie konnte ich die Tatsache übersehen, daß ein Tilgungsschiff auch eine Waffe ist?

Jongleur hatte es bestimmt erkannt. Er hatte nicht die geringste Überraschung gezeigt, als sie ihm Muglys Beobachtung mitgeteilt hatte.

»Natürlich ist es eine Waffe! Was sollte es sonst sein?«

Zum erstenmal seit den mehr oder weniger unbekümmerten Zeiten, in denen sie die Kindersaat kultiviert und Dreenor auf seine fröhliche Bevölkerung vorbereitet hatte, fragte Habiba sich nach ihrem eigenen Ursprung und den inneren Zielen ihrer Existenz.

Warum hatte sie Dreenor und die Dreen für grenzenlos gehalten?

Wenn sie ihre innersten Gefühle befragte, erschien ihr die Endlosigkeit noch immer als Domäne der Dreen. Sie nahm es gelassen hin. Aber was war mit Dreenor? Was war die besondere Bedeutung der Geräumigkeit? Und warum blieb das Bazeel ein furchterregendes Geheimnis? Dies war der Hauptgrund ihrer Bestürzung.

Unter ihr bewegte sich ruhelos die Elite; man befand sich ausnahmslos am Rande des Auftauchens aus der Denksitzungs-Trance. Sie würden erwachen, ohne Antworten auf ihre Qualen zu bekommen.

Was kann ich tun? Wie kann ich ihnen helfen?

Platitüden und Aufrufe, die Oberste Steuereinnehmerin zu verehren, erbrachten nicht mehr die ersehnten Resultate. Sogar Jongleur reagierte mit einem fast höhnischen Schnauben, wenn sie an seine Liebe und Verläßlichkeit appellierte.

»Liebe funktioniert nicht mehr so wie früher. Ich muß nun jedesmal darüber nachdenken.«

Habiba hatte das Gefühl, daß man sie auf eine Rutschbahn geworfen hatte, von der es kein Entkommen gab. Sie rutschte immer weiter nach unten, und

Dreenor mit ihr. Die Unausweichlichkeit dieser Tatsache schockierte sie. Sie konnte an keine Alternative zu ihren Entscheidungen und Handlungen denken. Sie hatte getan, was rechtens und akzeptabel war.

Was war es noch, was die Erder »Kismet« nannten? Das Schicksal?

Von dem Augenblick an, als Wemply die ersten Elemente der Erde idmaginiert hatte, waren alle gegenwärtigen Umstände vorhersehbar gewesen — im nachhinein. Was hatte ihre Voraussicht geblendet?

Die einzige Antwort, die ihr darauf einfiel, war nicht annehmbar.

Auch die Dreen gehorchen heimlichen Gesetzen.

Es wurde immer schwieriger, die Elite im Trance zu halten. Habiba löste ihren Griff ein wenig, und die anderen wachten allmählich auf. Jongleur als erster, dann Mugly... dann breitete sich eine Welle aufmerksamer Wachsamkeit in den Rängen aus.

Habiba behielt ihre Gedanken für sich. Was konnte sie sagen? Man erwartete eine große öffentliche Erklärung. Man war es von tausend anderen Denksitzungen her gewöhnt, deshalb erwartete man es. Unter dem gegenwärtigen Druck war die Erwartungshaltung fast explosiv.

»Unsere Liebe zu Dreenor hat uns unserem Schicksal gegenüber blind gemacht«, sagte Habiba. »Wir werden keine weiteren Waffen mehr machen. Welchen Sinn sollten sie haben, wenn nicht den, die Grundlagen unseres Charakters zu untergraben?«

»Wann schicken wir das Tilgungsschiff ab?« fragte Mugly.

Sie hörte, wie die anderen die Luft anhielten, während sie auf ihre Antwort warteten.

»Wenn es notwendig wird«, sagte sie.

»Jetzt im Moment ist es nicht notwendig?« Die Frage kam vom Ende der Ränge, von einem Platz aus, von dem man selten ein spontanes Argument zu hören bekam.

»Nur ich kann bestimmen, wann es nötig ist«, sagte Habiba. Und das, wußte sie, war eine grundlegende Wahrheit.

»Warum verzögern wir es?« fragte Mugly.

»Wenn wir Gewalt anwenden, werden die Konsequenzen für uns verheerend sein«, sagte Habiba. Wieder spürte sie, daß die grundlegende Wahrheit aus ihrem Mund kam.

»Nichtstun könnte ebenso verheerend sein«, wandte Mugly ein.

»Ihr habt meinen Beschluß gehört!« fauchte Habiba. »Ich dulde jetzt keine Einwände mehr. Ihr könnt gehen — ihr alle.«

Die anderen gehorchten, aber Habiba spürte ihr Zögern, und sie erkannte, daß die Denksitzung ein Fehler gewesen war. Sie hatte die Qual der Leute nur verstärkt.

In Ihrem Geheimversteck am Mittelmeer, bewacht von phantastischen Soldaten der Fremdenlegion Frankreichs, sprach Nishi D'Amato über ihr schwieriges Leben auf der Venus und den märchenhaften Anfang ihrer Beziehung zu Lutt Hanson jun.

Lorna Subiyamas Exklusiv-Interview mit Nishi D'Amato

»Die wären wir Gott sei Dank los!« sagte Phoenicia. »Eines Tages wirst du dankbar dafür sein, daß sie dich verlassen hat.«

Wieso glaubt sie, daß Nishi abgehauen ist? fragte Ryll.

Lutt ignorierte den geistigen Einwand. Ihm schwirrte noch immer leicht der Kopf nach der morgendlichen Testamentsverlesung. Er stand im Korridor vor dem Anwaltsbüro und stierte seine Mutter an. Da sie ein Morgenmensch war, zeigte sie auch diesmal keinerlei Anzeichen von Erschöpfung. Sie und Morey hatten alles bekommen. Damit war das »alles« seines Vaters zu einem leeren Versprechen geworden. Und jetzt wagte sie auch noch zu sagen, Nishi hätte ihn verlassen!

»Sie ist nicht davongelaufen! Sie ist entführt worden!«

»Glauben diese Leute etwa, daß du Lösegeld zahlst? Woher sollst du das Geld denn nehmen?«

Morey kam aus dem Büro und faltete einen Zettel zusammen.

»Gleich haben sie den Gerichtsbeschluß«, sagte er zu Phoenicia.

»Wir werden es nicht hinnehmen, daß du uns Hindernisse in den Weg legst, Lutt«, sagte Phoenicia. »Wie kannst du es wagen, Morey gerade jetzt den Zutritt zum Büro seines Vaters zu verwehren?«

Lutt lächelte Morey an. »Ich hab's ihm doch gar nicht verwehrt.«

»Du hast mir die Tür vor der Nase zugeknallt!« sagte Morey.

»Aber ich habe auch gesagt, du sollst reinkommen.«

Morey deutete mit einem Finger auf Lutt und sagte zu Phoenicia: »Er hat gesagt, er hat das Büro so manipuliert, daß es mich tötet, wenn ich es betrete!«

»Ich bitte dich, Morey«, sagte Lutt und weidete sich nach der großen Niederlage bei der Testamentsverlesung an seinem kleinen Sieg. »Unser Vater hat die Fallen selbst aufgestellt. Weißt du nicht mehr? Ich glaube, er prüft uns noch immer. So, wie er es getan hat, als wir noch kleine Jungen waren. Wer überlebt, gewinnt.«

»Du bist zum ... du weißt schon ... durchgekommen«, sagte Morey anklagend.

»Was bedeutet dieses ›du weißt schon‹?« wollte Phoenicia wissen.

»Vater hat uns einen feierlichen Eid schwören lassen, daß wir es nie verraten«, sagte Lutt. »Ich freue mich, daß Morey den Eid immer noch respektiert.«

»Darüber reden wir später, Morey«, sagte Phoenicia.

Lutt sah seine Mutter nun mit anderen Augen. Jetzt, wo sie die Zügel in der Hand hielt, wirkte sie überhaupt nicht mehr weich. Vater hatte sich ihrer Stärke oft gerühmt. Doch diese Phoenicia war eine andere; jetzt schwang sie die Peitsche.

Sie schenkte Lutt ein hartes Lächeln. »Jetzt, wo euer Vater nicht mehr lebt, müssen wir zuammenhalten. Gewiß erkennt ihr das an.«

»Morey hat gesagt, es gibt keine Kompromisse«, sagte Lutt. »Ich bin draußen, und ihr zwei seid drinnen.«

»Das war ein bißchen barsch, Morey«, sagte sie.

»Aber du hast doch gesagt ... Und im Testament steht, daß ich der Aufsichtsratsvorsitzende des Hanson-Konzerns bin.«

»Eine äußerst schlechte Wahl«, sage Lutt. »Besonders, wenn man bedenkt, daß du unter der Fuchtel des organisierten Verbrechens stehst.«

»Das ist eine Lüge!« schäumte Morey.

Die Erder sind im Lügen wirklich ungeheuer geschickt, kommentierte Ryll.

Halt dich raus! Ich kann mich selbst verteidigen!

»Keine kriminelle Organisation kann es mit den Hanson-Wachen aufnehmen«, sagte Phoenicia. »Was Morey getan hat, schert mich nicht. Das ist Vergangenheit. Vaters Testament sagt aus, daß er die Firma leitet — das ist genau die Pflicht, vor der du dich stets gedrückt hast.«

Sie sah Morey an, dann Lutt, dann fiel ihr Blick auf Morey. Ihr fiel auf, daß sie nun beide gleich groß waren.

»Trägst du Schuhe mit hohen Absätzen?« fragte sie.

Lutt hob einen einfachen schwarzen Oxford, damit sie es sehen konnte. Doch sein Verstand beschäftigte sich mit der unsignierten Botschaft, die neben seinem toten Vater gelegen hatte. Bis jetzt wußte noch keiner davon. Er bezweifelte, daß sie einen Wert hatte. Er mußte sich einen Anwalt suchen, und zwar einen solchen, der nicht Morey und Phoenicia gehörte.

Morey musterte Lutt mit einem boshaften Grinsen. »Wenn du einen Versuch machst, mich als Kriminellen zu denunzieren, lassen wir dich in einer Klapsmühle verschwinden. Wir haben dein wüstes Gebrabbel über den Außerirdischen, der in dir steckt, nämlich nicht vergessen.«

»Du hast gehört, was im Testament steht«, sagte Phoenicia. »Du hast die Urkunde für dein Haus, für deinen Pressedienst und für deine Zeitung, mehr nicht.«

»Und wir kontrollieren die Knete!« höhnte Morey.

Aber ich kontrolliere den Horchposten, dachte Lutt.

»Versuch bloß nicht, das Testament anzufechten!« sagte Phoenicia. »Und ich warne dich, zu behaupten, dein Vater sei nicht mehr bei Sinnen gewesen. Wir sind darauf vorbereitet, damit fertig zu werden.«

»Ich hab dir doch gesagt, daß ich dich kriege!« sagte Morey.

Phoenicia brachte ihn mit einer Geste zum Schweigen. »Das reicht jetzt, Morey. Du magst zwar vielleicht der Vorsitzende des Aufsichtsrates sein, aber die wirkliche Kontrolle hat Vater mir überlassen.«

Morey verfiel in ein verdrießliches Schweigen.

»Ich bin jedoch bereit, großzügig mit dir zu verfahren, Lutt«, sagte Phoenicia. »Und außerdem steht noch die Frage an, was du mit deinem Leben anfängst, wenn du nun in der Firma keine bedeutende Rolle mehr spielst.«

»Ach? Du hast schon alles für mich geplant, was?«

»Komm mir bloß nicht mit diesem Ton!« fauchte sie. »Hör zu, ich habe dir etwas zu sagen. Vielleicht gefallen dir meine Vorstellungen ... Es sei denn, du möchtest mir einen Strich durch alle Rechnungen machen.«

»Er wird uns bekämpfen«, sagte Morey. »Ich konnte es schon immer von seinem Gesicht ablesen.«

»Ich habe dir schon einmal gesagt, du sollst still sein!« sagte Phoenicia. Sie zeigte Lutt ein kaltes Lächeln. »Als Kind hast du gesagt, du möchtest Präsident des Sonnensystems werden. So etwas gibt es ja nun leider nicht, aber wie wär's mit dem Präsidenten der USA?«

»Was, zum Henker, soll das heißen?« fragte Lutt.

»Du hast doch eine Zeitung und einen Pressedienst. Wenn du ein paar Zeitungen mehr hättest, und ein paar Kabel- und Satelliten-TV-Stationen, die offziell mehreren anderen Firmen gehören, könntest du Präsident werden.«

»Niemand wird ein solches Medienmonopol zulassen!« wandte Morey ein.

»Dann werden wir die Eigentümerschaft eben streuen«, sagte Phoenicia. »Jetzt habe ich dir zum zweitenmal gesagt, du sollst dich raushalten. Schieb ab! Geh durch den Korridor und warte bei den Aufzügen auf mich!«

»Aber Mutter!«

»Los!« Phoenicia wartete, bis Morey außer Hörweite war, dann sagte sie: »Morey braucht eine starke Hand, die ihn leitet.«

»Er hat geplant, mich umzubringen«, sagte Lutt. »Wenn du ihm eine zu starke Hand bist — glaubst du, daß er dagegen gefeit ist, den Schritt vom Bruder- zum Muttermord zu tun?«

»Ich habe mir schon gedacht, daß du versuchen wirst, mich gegen Morey aufzuhetzen. Aber das lasse ich nicht zu. Ich bin allerdings bereit, alles zu unterschreiben, was dich zum Präsidenten macht. Ich gebe dir einen Blankoscheck.«

Lutt dachte mit neu erwachtem Interesse darüber nach. Einen Blankoscheck? Woher wollte sie wissen, was er dann mit dem Geld machte?

»Du hast große Pläne«, sagte Lutt. »Und wenn ich gewinnen sollte, denkst du bestimmt auch darüber nach, wie man einen Präsidenten beherrschen kann ...«

»Nicht nur einen Präsidenten«, sagte Phoenicia. »Meine Berater haben größere Dinge im Sinn ... viel größere.«

»Welche Berater?«

»Gilperton Woon wird deinen Wahlkampf leiten.«

»Himmel! Mutter! Morey und er haben gemeinsam geplant, mich zu ermorden!«

»Hör auf, mich gegen deinen Bruder aufzuhetzen!«

Sie ist schlimmer als dein Vater, meldete sich Ryll.

Lutt schwieg, und Phoenicia sagte: »Woon hat einen ausgezeichneten Plan. Du spielst die Rolle des zu kurz Gekommenen, und wir werden die Sympathie, die du bei den Habenichtsen hast, voll ausspielen. Dein Artikel über die besseren Unterkünfte für die Armen hat ihm besonders gefallen.«

»Vater hat er nicht gefallen. Seiner Meinung nach wird es uns eine Menge Geld kosten, wenn wir staatliche Wohungen bauen.«

»Dein Vater hat meine politischen Ambitionen nicht geteilt. Ich fürchte, er hat nie weiter gedacht als bis zum schnellen Profit.«

»Und du würdest schnelle Profite opfern, um an die Macht zu kommen?«

»Die Präsidentschaft kann sehr profitabel sein, wenn

man sie richtig managt. Woon hat eine Wahlkampfplattform ausgearbeitet, nach der du nur gewinnen kannst, und wenn du den Job erst einmal hast, können wir ...«

»Jetzt verstehe ich«, sagte Lutt. »Wählt Lutt Hanson junior! Glück und ein Hündchen für jedermann!«

»Darüber solltest du nur im Zuhause Witze reißen. Woon hat genau die richtigen Vorstellungen, um den Nerv der kleinen Leute zu treffen. Dein Wahlkampf wird unter dem Motto geführt ›Für das Volk: Wärme und ein voller Magen!‹.«

»Hab ich es nicht gesagt?«

»Ich warne dich Lutt. Witze nur zu Hause.«

»Aber natürlich, Mutter.«

»Das Wohnungsbauprojekt ist ideal, weil du deinen Standpunkt schon öffentlich kundgetan hast«, sagte sie. »Es steht völlig im Einklang, wenn du auch noch bessere öffentliche Verkehrsmittel, höhere Sozialhilfe und niedrigere Krankenkassengebühren und so weiter verlangst.«

»Als nächstes wirst du noch vorschlagen, daß wir den Wahlkampf in den Unterstädten führen«, sagte Lutt.

»Darum wird sich Woon hinter den Kulissen kümmern. Während du im Rampenlicht stehst und höhere Rüstungsausgaben verlangst — und die Jobs, die dadurch zustandekommen.«

»Ich werde mich um das Präsidentenamt bemühen, während Woon und die Amerikanische Unabhängigkeitspartei die Punkte machen.«

»Oh, nein! Woon wird die AUP sabotieren, indem er sie als Marionette der Reichen und Privilegierten hinstellt. Im gleichen Atemzug wirst du unter seiner geheimen Führung die Große Alte Partei wieder zum Vorreiter für die Armen aufbauen.«

»Mutter, du bist unglaublich!«

»Ich wußte doch, daß dir die Pläne gefallen, die ich für dich gemacht habe.«

»Nein, Mutter. Ich werde mich nicht zum Narren machen — nicht einmal für dich. Wir haben keine Chance, die Leute davon zu überzeugen, daß die Hansons für die Armen sind.«

»Du unterschätzt mich, Lutt.«

»Keinesfalls, Mutter. Das passiert mir nie weider.«

Das harte Glitzern blieb zwar weiterhin in ihren Augen, doch ihr Tonfall wurde sanfter. »In gewissen Dingen bist du cleverer als Morey, Lutt. Ich vertraue auf deine Intellienz. Wir haben die perfekte Strategie. Sie garantiert, daß du Präsident wirst.«

»Leere die Köpfe und fülle die Mägen; Brot und Spiele; und samstags eine Nummer schieben.«

»Am schlimmsten bist du, wenn du grob wirst! Schweig und hör mir zu! Niemand weiß davon, aber wir haben einen der Angreifer gefangengenommen, die unseren Besitz überfallen haben. Wir haben ihn versteckt, und er wird bewacht.«

»Ihr habt einen Legionär festgenommen?«

»Einen Angreifer — aber es ist kein Legionär. Er hat sich zwar als Legionär verkleidet, aber in Wirklichkeit ist er ein Außerirdischer, ein Eindringling aus dem Weltraum.«

Sie haben einen Dreen-Agenten geschnappt? fragte Ryll. *Finde es heraus!*

Hör auf, mich abzulenken! Ich muß rauskriegen, was sie vorhat. Sie ist heimtückischer als L.H.!

»Wie, zum Teufel, soll ein gefangener Außerirdischer meinen Wahlsieg garantieren?« fragte er.

»Wir werden ihn im richtigen Moment präsentieren. Er ist in eine Verschwörung verwickelt, deren Ziel in der Auslöschung der Erde besteht, und er gibt es zu. Er wird es auch öffentlich sagen. Draußen im Weltraum existiert ein schreckliches Schiff, das darauf wartet, uns *auszulöschen!* Man wird dich unter der Voraussetzung wählen, die Invasion abzuwehren, und natürlich wirst du dabei in der Rüstungsindustrie einen Haufen Arbeitsplätze schaffen.«

Es ist ein Dreen! meldete sich Ryll. *Es muß einer sein.*

»Ich habe es mir anders überlegt, Mutter«, sagte Lutt.

»Ich mache mit, aber nicht aus den Gründen, die du dir vorstellst.«

»Solange deine Gründe die Sache nicht verwirren, ist es mir gleich, mein Junge.«

»Die Bedrohung ist echt, Mutter. Ich habe eigene Gründe, um anzunehmen, daß die Außerirdischen es ernst meinen. Ich werde den Wahlkampf zwar unter dem Aspekt führen, daß ich mich dieser Bedrohung annehme, aber ich habe keinen Bluff vor.«

»Natürlich nicht! Lauterkeit bringt Stimmen. Aber wenn der Außerirdische, den wir geschnappt haben, typisch für seine Rasse ist, haben wir es mit Debilen zu tun. Dann haben wir keine Schwierigkeiten, sie zu schlagen.«

»Ich möchte ihn sofort sehen.«

Es muß ein Dreen sein, meldete sich Ryll. *Ich muß mit ihm reden.*

Du wirst die Klappe halten, bis ich dir das Reden gestatte!

»Eine gute Idee«, sagte Phoenicia. »Aber zuerst geben wir Morey die Gewalt über das Firmenbüro.«

»Später, Mutter! Vater hat es mit sehr vielen Todesfallen gespickt.«

»Die du überlebt hast!«

»Ich habe auch mehr auf dem Kasten als Morey, nicht?«

»Du mußt ihm sagen, wie er das Büro benutzen kann.«

»Wenn es mir paßt. Es ist mein einziges As, Mutter. Ich werde es ausspielen, bis ich einen Vorteil sehe.«

»Dein Vater hat gesagt, du wärst ein harter Verhandlungspartner. Das ist zwar gut, aber treib es nicht zu weit mit mir! Du bist zwar mein Sohn, aber die Firma muß behütet sein. Woher weißt du, daß die außerirdische Bedrohung echt ist?«

Sie will dich mit einem schnellen Themenwechsel hereinlegen, warnte Ryll. *Erzähl ihr bloß nichts von mir!*

Da Lutt nicht antwortete, sagte sie: »Es liegt an dem

irren Gerede von dem Außerirdischen in deinem Körper! Irgend etwas ist daran wahr!«

Erzähl ihr von dem Zusammenstoß mit meinen Schiff, sagte Ryll. *Es war das erste Tilgungsschiff. Sag, du hättest von seinem Auftrag erfahren.*

Du lernst ziemlich schnell, wie man lügt, Ryll.

Ich habe ja auch ausgezeichnete Lehrer! Außerdem ist das, was ich vorschlage, die Wahrheit!

Aber nicht die ganze Wahrheit.

Ich sehe allmählich ein, daß die Wahrheit die beste Form der Lüge ist.

»Bist du wirklich Lutt?« fragte Phoenicia. »Seit deinem Unfall bist du so komisch. Und größer bist du auch.«

»Ich bin dein Sohn, Mutter. Der Unfall hat meine Hormone durcheinandergebracht.«

Sie schüttelte sich. »Sag mir wenigstens, woher du weißt, daß die Dreen eine echte Bedrohung sind.«

Lutt folgte Rylls Vorschlag, und als er seinen Vortrag beendet hatte, nickte sie verständig. »Warum hast du es geheimgehalten?«

»Ich dachte, es könnte mir von Vorteil sein. Ich habe sogar mit Vater darüber gesprochen«, log er.

»Wie seltsam. Er hat mir nie davon erzählt.«

»Du weißt doch, was er für ein Geheimniskrämer war. Aber du solltest dir ansehen, wie er in den letzten Monaten unser Kapital in der Rüstungsindustrie erhöht hat.«

»Natürlich! Und es paßt alles in meine Pläne. Wir werden riesige Profite einfahren!«

»Ich möchte den Fremden jetzt sehen. Dann sage ich dir, wie es mit deinen politischen Ambitionen für mich weitergeht.«

»Sehr gut! Ich werde Gil Woon anrufen, und wir werden ...«

»Nein! Bloß wir zwei, die Wachen und der Außerirdische. Und ohne Morey. Ich möchte wissen, ob der Fremde uns dienlich sein kann.«

Große Alte Partei (GAP), ehemals Republikanische Partei. Eine mehr oder weniger untätige politische Gruppierung, die momentan einen Sitz im Senat und zwei im Parlament hält. Die GAP hat sich seit achtzig Jahren nicht mehr um die Präsidentschaft beworben und seit fünfzig Jahren keinen Gouverneur mehr gestellt.

Driesens Politisches Handbuch
37. Ausgabe

Nishi stand im Säulengang ihrer Gefängnisvilla und bewunderte das abendliche Leuchten der Sonne über den grünen Wassern des Mittelmeers. Sie hörte, wie Lorna oben arbeitete und Lew in der Küche dem Koch zur Hand ging. Er war gut in dieser Rolle, dachte Nishi, aber seine basilikumdurchsetzten Gerichte schrien nach einer Korrektur. Und er konnte keinen Alkohol vertragen. Sie hatte ihn nun schon oft in der Säuferstarre gesehen. Lorna schien nichts dagegen zu haben: Eine tolerante Mutter mit einem unberechenbaren Kind.

Nishi hatte die Entführung bizarr gefunden, fast sogar schon amüsant. Während des Fluges über den Pol hatte sie dem Einsatzleiter O'Hara berichtet, sie sei freiwillig mit Lutt gegangen und habe vorgehabt, ihn zu ehelichen. Dies hatte O'Hara zwar überrascht, aber dann hatte er sich über einen ›gebrochenen Vertrag‹ beschwert — den Spiralkommunikator, den Lutt der Legion zu verkaufen versprochen hatte.

»Ich muß mir neue Instruktionen holen«, hatte O'Hara gesagt.

Ein Posten der Legion, sah Nishi, kam vom Landeplatz über den Steinpfad. Er hatte eine stämmige Frau in einem langen schwarzen Kleid bei sich. *Eine neue Bedienstete?* Die Legion tat alles, um ihre Wünsche zu erfüllen.

Aber die Fragen über den Spiralkommunikator machten Nishi klar, daß sie ein dickes Eisen im Feuer hatte. Ausgezeichnet! Ihr Vater hatte sie gelehrt, stets aus der Position der Stärke heraus zu verhandeln.

Die Legion braucht mich. Wenn die Subiyama genug über unsere Geschichte erzählt hat, werden wir die Hansons anrufen und das kriegen, was sie braucht. Ich darf nicht vergessen, daß meine Familie der Legion verpflichtet ist.

Nishi stieß einen dumpfen Seufzer aus. Sie fühlte sich eigenartig erleichtert, so weit von der Hanson-Familie entfernt zu sein. *Ich brauche Zeit, um meine Gefühle zu analysieren. Zwar vermisse ich Lutt, aber ...*

Der Posten und die Frau machten eine letzte Wendung, dann stiegen sie zur Terrasse der Villa hinauf. Die Frau hob den Kopf, und Nishi erkannte sie.

Mrs. Ebey? Haben die Hansons einen Unterhändler geschickt?

Der Posten war kein anderer als Captain O'Hara, ein Draufgänger mit wellig-schwarzem Haar und großem Selbstbewußtsein. Er hielt sich zwar für unwiderstehlich, aber Nishi hatte sich erst einmal gezwungen gesehen, sich seiner zu erwehren. O'Hara verkörperte die Legion wie kein anderer. Er blieb einen Schritt vor der untersten Treppenstufe stehen, die zu Nishi hinaufführte, und hielt Mrs. Ebey zurück.

»Sie sagt, sie hätte eine Information von hohem Wert, aber sie will es nur Ihnen sagen, Mademoiselle«, sagte O'Hara.

»Es geht schon in Ordnung, Captain«, sagte Nishi. »Mrs. Ebey ist mir bekannt.«

»Sie hat keine Waffen«, sagte O'Hara.

»Was soll ich auch damit!« protestierte Mrs. Ebey.

»Sie können uns allein lassen, Captain«, sagte Nishi.

O'Hara verließ sie, aber erst nachdem er Nishi mit einem sehnsüchtigen, bewundernden Blick bedacht hatte.

Als er weg war, fragte Nishi: »Nun, was möchten die Hansons von mir?«

»Zum Teufel mit den Hansons und allem was sie sich ersehnen!« sagte Mrs. Ebey.

»Ich verstehe nicht«, sagte Nishi. »Als wir uns das letzte Mal sahen, haben Sie da nicht gesagt, Sie wären reich, und der alte L.H. hätte Sie in seinem Testament bedacht?«

»Lügen! Alles Lügen! In seinem Testament werde ich mit keinem Wort erwähnt!«

»Warum sind Sie dann gekommen? Wie lautet die Information, die nur für meine Ohren bestimmt ist?«

»Die Hansons haben mich gefeuert, Miss Nishi, aber ein paar von den Wachen und Angestellten reden noch mit mir. Die Hansons haben ganz große Pläne. Sie wollen Mr. Lutt mit irgendeiner hirnlosen High Society-Tante verheiraten und ihn zum Präsidenten der Vereinigten Staaten machen! Das ist es, was ich erfahren habe!«

»Im Namen aller Heiligen — wie können sie erwarten, daß irgend jemand Lutt wählt?«

»Sie wollen es wirklich versuchen. Sie haben einen Gefangenen, der ihm den Posten sichert.«

»Einen Gefangenen? Was für einen Gefangenen?«

»Man sagt, es sei einer der Legionäre, die Sie entführt haben.«

»Aber die Legion hat keinen Mann verloren. Ich habe zwar gehört, daß es einige Verwirrung gab, weil sich ein paar unregistrierte Freiwillige in das Unternehmen einmischten, aber das ursprüngliche Kader kam sicher wieder heraus.«

»Davon weiß ich nichts, Miss Nishi.«

»Außerdem bin ich gar nicht entführt worden. Man hat angenommen, man müsse mich retten. Wir haben über diesen Irrtum gesprochen. Aber ich bin sicher, daß es bei dem Unternehmen keine Verluste gab.«

»Es sind nur Gerüchte, die den Gefangenen betreffen, aber es gibt keinen Zweifel daran, daß die Hansons Mr. Lutt zum Präsidentschaftskandidaten machen wollen. Und die Hochzeit steht auch schon fest. Man hat gehört, daß Madame Phoenicia es selbst gesagt hat.«

»Warum bringen Sie mir diese Informationen, Mrs. Ebey?«

»Ich habe gehofft, Sie werden mir eine Stelle geben, Miss Nishi. Ich habe den Rest meiner Ersparnisse ausgegeben, um Sie hier zu besuchen, und jetzt bin ich mittellos.«

»Woher soll ich wissen, ob Sie nicht für die Hansons spionieren?« fragte Nishi.

»Für die? Ich spucke auf die Hansons! L.H. und seine großartigen Versprechungen!«

»Ich glaube, ich werde es riskieren«, sagte Nishi.

»Sie gehen kein Risiko ein, Miss Nishi. Sie brauchen es nur zu sagen, dann bringe ich jeden Hanson für Sie um!«

Nishi fröstelte angesichts der Verbitterung in der Stimme der alten Frau, doch als sie antwortete, ließ sie sich nichts davon anmerken.

»Sagen Sie Captain O'Hara, er soll Sie als meine persönliche Zofe auf die Gehaltsliste setzen. Wenn er fragt, welche Informationen Sie gebracht haben, sagen Sie es ihm. Sagen Sie ihm, wenn Lutt wirklich Präsident werden will, schadet unser Wissen seinem Ruf noch viel mehr.«

»Ich hoffe, Sie ruinieren die ganze Bande, Miss. Ich hoffe es inständig.«

Der Tragbare Redeanalysator (TRA) analysiert die Reaktion der Masse auf den Inhalt Ihrer Rede und sagt Ihnen, welche Punkte am besten angekommen sind. Außerdem erhalten Sie eine Sofortwarnung, falls die Gefahr besteht, daß Sie die Kontrolle über Ihr Publikum verlieren. Das Allerwichtigste: Der TRA gibt Ihnen eine sofortige Korrekturanweisung, mit der Sie das Publikum wieder in den Bann schlagen können.

Gebrauchsanweisung der Politiker-Zubehör GmbH für das TRA-Modell 80147

Lutt musterte den eingesperrten Gefangenen. Er wirkte durchaus menschlich. Hatte verwitterte Gesichtszüge ... Erinnerte irgendwie an John Wayne.

Der Käfig stand unter einem Flutlicht-Riegel im Zentrum des geheimen Unterkellers im Haupthaus des Hanson-Besitzes. Reihen von Spionaugen schauten von der Decke und den Wänden herab. Tödliche Waffen ragten neben den Spionaugen aus Löchern hervor. Die Waffen und Spioninstrumente, sagte Phoenicia, wurden rund um die Uhr vom Hanson-Personal bewacht.

Lutt und seine Mutter waren direkt vom Anwaltsbüro gekommen. Es war immer noch früh am Tag.

Phoenicia stand an der Seite; der größte Teil ihrer Aufmerksamkeit galt Lutt. Sie warf nur hin und wieder einen Blick auf das Wesen im Käfig.

Der Gefangene, stellte Lutt fest, musterte ihn mit offener Intensität.

Es ist ganz klar ein Dreen, meldete sich Ryll. *Er nimmt meine Dreen-Aura ebenfalls wahr. Er weiß, wer ich bin.*

Ich kann keine Aura sehen.

Natürlich nicht. Du bist ein Erder, kein Dreen.

Lutt warf seiner Mutter einen Blick zu und sagte: »Dein Gefangener sieht aber nicht gerade besonders außerirdisch aus. Glaubst du nicht, die Leute werden sagen, wir bluffen nur, um mehr Wählerstimmen zu kriegen?«

Phoenicia fröstelte. »Warte nur, bis das Ding dir seine wahre Gestalt zeigt.«

Lutt sagte zu dem Gefangenen: »Wie heißt du?«

Der Gefangene runzelte die Stirn, dann sagte er mit barscher Stimme: »Von mir aus, Bubi, kannste Deni-Ra zu mir sagen. Ich frag mich aber noch, wie ich dich nennen soll.«

»Was meinst du damit?«

»Ich schätz, du bist 'n fusioniertes Ungeheuer. Weiß nicht, ob ich dich Ryll nennen soll oder wie?«

»Wovon redet es?« fragte Phoenicia.

»Ich versuche es herauszukriegen«, sagte Lutt.

Paß auf! warnte Ryll. *Sie mißtraut dir. Wir könnten in einem Knast der Erdgürtgel-Patrouille enden.*

Ich weiß. Aber sei still! Außer du hast etwas Nützliches.

»Mein Name ist Lutt Hanson junior«, sagte Lutt. »Sie können mich Mr. Hanson nennen.«

»Ich schätz, das is'n Name, der so gut is wie jeder andere. 'n Ungeheuer bleibt 'n Ungeheuer, wie man's auch nennt.«

»Sie halten die Menschen also für Ungeheuer?«

Deni-Ra sah Phoenicia an. Dann die aus den Wänden ragenden Waffen. Und dann wieder Lutt. »Du bist 'n feiges Ungeheuer, Mr. Hanson.«

»Wir werden euch zeigen, wer feige ist, wenn die Kämpfe erst mal richtig losgehen«, sagte Lutt.

»Wird nicht zu Kämpfen kommen. Löschen euch alle aus. Wird so sein, als hätt's euch nie gegeben.«

»Warum spricht es mit diesem komischen Akzent?« fragte Phoenicia.

»Ich sag Ihnen was, Ma'am, machen Sie sich lieber

klar, was Ihnen bevorsteht. Hat keinen Sinn, auf'n Busch zu klopfen.«

»Ich habe gehört, du bist bereit, öffentlich zuzugeben, daß du ein Außerirdischer mit dem Auftrag bist, der Erde Böses anzutun«, sagte Lutt.

»Ja.«

»Warum willst du das tun?«

»Ich sag's dir, Kleiner. Selbst 'n feiger Saftsack hat's verdient, daß er gewarnt wird, bevor ihm die Scheiße um die Ohren fliegt.«

»Sag mal, Deni-Ra, warum sollte irgend jemand dir glauben?« fragte Lutt.

»Ich schätz, ihr braucht wohl 'n Beweis, damit ihr klarseht«, sagte Deni-Ra. »Dann paßt mal auf, ihr blöden Typen!«

Als Lutt in den Käfig blickte, schmolz die Gestalt des Gefangenen zu einem Häufchen Protoplasma zusammen. Dann formte sie sich zu einer geduckten, vierbeinigen Gestalt. Sie hatte einen knolligen Kopf mit langen Schlappohren und funkelnde, rosafarbene Augen. Der hornige Auswuchs im Gesicht hob sich und enthüllte einen breiten Mund.

Eine jämmerliche Idmagination, aber der Sache angemessen, bekam er von Ryll zu hören. *Ich könnte es viel besser. Beim gesegneten Rüssel Habibas! Das ist ja eine weibliche Dreen!*

Deni-Ras Mund öffnete sich, dann ertönte wieder die vertraute bärbeißige Stimme. »Jetzt weißt du's, Kleiner. Bald ham wir euch am Arsch. Dann kommt die große Abrechnung.«

Lutt musterte die komische Gestalt. Der Dreen sah zwar so aus, wie Ryll sich beschrieben hatte, aber man konnte nichts erkennen, um sein Geschlecht zu bestimmen. Da Phoenicia bei ihm war, beschloß Lutt, Rylls Information in die Form einer Frage zu kleiden.

»Bist du männlich oder weiblich?«

»Ist doch wurscht, Bubi. Ihr seid am Arsch.«

Die Redeweise des Dreen kam Lutt plötzlich lächerlich vor. Er grinste.

»Für mich siehst du nicht sehr gefährlich aus, Deni-Ra. Ich meine, du sitzt als Gefangener in einem Käfig. Deine Drohungen sind doch lächerlich.«

»Das Lachen wird euch noch vergehen, wenn unsere Superwaffe hier ist.«

»Warum sollten wir dir glauben?«

»Die EGP kann's dir sagen, Kumpel. Die hat 'n paar von ihren besten Leuten verloren, als sie eins von unseren Schiffen filzen wollte.«

Frage sie, ob sie ein neues Tilgungsschiff haben! meldete sich Ryll.

»Habt ihr ein neues Schiff gemacht, um uns anzugreifen?« fragte Lutt.

»Ja. Die alte Habiba hat's persönlich befohlen.«

Phoenicia trat an Lutts Seite. »Hast du jetzt genug gehört und gesehen, Lutt? Ist das nicht ein häßliches Ding?«

»Im Grunde wirkt es nur lachhaft«, sagte Lutt. »Schau dir mal die blöden Arme und die komischen Hände an.«

»Paßt bloß auf«, sagte Deni-Ra. »Irgendwann platzt mir der Kragen, und dann setzt es was!«

Lutt fing an zu kichern. »Schau nur, Mutter! Man wird sich über dieses Ding kaputtlachen — aber sonst nichts!«

Provoziere sie nicht, warnte Ryll. *Sie ist eine erwachsene Dreen, und sehr gefährlich.*

»Ich schätz, ich muß es euch zeigen«, sagte Deni-Ra bekümmert.

Sie wurde erneut zu einem Häufchen Protoplasma, doch als sie wieder Gestalt annahm, war sie eine Kobra. Sie hob den Kopf und brachte ihn auf die Höhe von Lutts Augen. Das Schlangenmaul öffnete sich, dann war wieder die barsche Stimme zu hören.

»Ihr glaubt wohl, das Ding hier könnte mich aufhalten, häh?«

Phoenicia wich zurück an die Wand, doch Lutt blieb stehen.

»Sei vorsichtig, Lutt«, sagte Phoenicia.

»Man würde dich in tausend Stücke blasen, bevor du zwei Zentimeter aus dem Käfig heraus bist«, sagte Lutt.

»Dann nehm ich eben 'ne neue Gestalt an«, sagte die Schlange. »Bevor mir nix mehr einfällt, habt ihr keine Munition mehr.«

»Warum bist du dann immer noch gefangen?« fragte Lutt.

»Jemand muß euch Pfeifen doch sagen, daß wir eure Zäune bald einreißen«, sagte Deni-Ra.

Der zweiundachtzigste Zusatz zur US-Verfassung schafft den Vizepräsidenten ab, schreibt einen zu wählenden Senatsvorsitzenden vor und macht den Kandidaten mit dem zweithöchsten Stimmenanteil zum Hauptverwalter, wenn der Amtsinhaber auf unnatürliche Weise ums Leben kommen sollte. Die sogenannte »Meuchelmordhürde« des Verfassungszusatzes bestimmt Neuwahlen, wenn der Amtsinhaber durch Gewalteinwirkung sterben sollte. Damit hat der Verlierer kein Motiv mehr, den Wahlsieger umzubringen. Man argumentierte, der Vizepräsident sei eine zeremonielle Gestalt, und seine Position zöge nur wenige Bewerber mit überragenden Fähigkeiten an.

Die Geschichte der Vereinigten Staaten
und ihrer Kolonien
Verlag Sidmons Söhne, New York und Jupiter

»Osey, was interessiert dich überhaupt daran?« fragte Raj Dood. »Wenn es um die Hansons geht, bist du noch schlimmer als ich.«

Er lag im Mangrovenschatten in einer Hängematte auf der Veranda von Osceolas Sumpfhütte bei Gum City, Florida, und faulenzte sich durch den heißen Nachmittag.

Das Haus hinter ihnen bestand hauptsächlich aus verwitterten Brettern, zwischen denen große Lücken klafften, und die auf Pfählen stehende Veranda sah so aus, als könne ein heftiger Wind sie wegblasen.

Etwas früher hatte es Alarm gegeben. Ein tropisches Tief über dem Atlantik hatte sich zu einem Sturm ausgewachsen, aber die Störung war nach Norden abgezogen, auf die Küste Carolinas zu.

»Ach, du weißt doch, wie's ist, Dud«, sagte Osceola. »Hin und wieder spiele ich mit dem Gedanken, mich in ihre Firmen einzuschleichen und sie so zurückzulassen wie eine vertrocknete Eidechse, die zu lange in der Sonne gelegen hat.«

»Teufel, Osey, dann wärst du ja noch schlimmer als sie. Warum, zum Henker, glaubst du, habe ich den alten L.H. sitzenlassen?«

»Du hast ja recht, Dud. Aber Tagträume sind nun mal was Schönes.«

»Das ist auch wieder wahr. Ich frage mich, was wohl aus dem Sturm geworden ist. Ich hatte schon erwartet, er käme hier vorbei und würde den Stall wegblasen. Hast du irgendwas Wertvolles in der Hütte?«

»Meine Geisterglassammlung. Aber die kann man leicht ersetzen. Du bist irgendwie ruhelos. Was tut sich grad in deinem Kopf?«

»Ich dachte gerade, ich könnte eins von den Dreentierchen herholen; einen der kleinen gelben Besänftiger, die telepathisch mit einem reden.«

Osceola richtete sich auf und schwang die Beine über den Rand ihrer Hängematte. »Du hast doch wieder was vor, du alter Schweinehund.«

Er grinste zum Verandadach hinauf, wo sich eine Spinne gerade zwischen zwei Stützbalken ein Netz baute. »Nun ja, Nishi ist jetzt ganz allein, und ...«

»Sie ist nicht allein!« sagte Osceola.

»Aber wem kann sie vertrauen? Der Ebey nicht. Die würde doch ihre eigene Mutter verkaufen, wenn es Gewinn brächte.«

»Aber sie spioniert nicht für die Hansons.«

»Weil man ihr nicht angeboten hat, sie dann wieder einzustellen.«

»Es ist auch unwahrscheinlich, daß sie es tun, nachdem sie mit Nishi und den Legionären am Mittelmeer sitzt«, sagte Osceola.

»Nishi hält sich gut«, sagte Raj Dood. »Deswegen bin

ich auch nicht für Verhandlungen mit der Legion. Außerdem mag ich die Chinesen irgendwie. Sie sind nicht so aggressiv wie die verdammten Franzosen.«

Osceola krümmte sich. »Aber sie lebt wie eine königliche Gefangene.«

»Darin ist sie stark, Osey. Die Legion will Lutts Kommunikator haben, und sie ist der Schlüssel dazu.«

»Wenn sie nur nicht so verliebt wäre«, sagte Osceola.

»Hast du bedacht, was passiert, wenn die Erdgürtel-Patrouille von den wirklichen Zielen der Legion erfährt?«

Osceola spitzte die Lippen. »Man kann nie wissen, was die Hansons machen. Vielleicht bringen sie die EGP sogar an den Verhandlungstisch.«

»Phoenicia würde keine Minute zögern, wenn sie darin eine Chance sähe, Gewinn zu machen. Sie war schon immer ein unberechenbares Ding. Sie ist sich auch nicht zu fein dafür, ihre Schmutzarbeit selbst zu tun.«

»Sieh mich an, Dud! Hast du deine Finger da drin?«

»Nicht so richtig. Ich hatte an sich vor, ihnen hin und wieder einen Knüppel zwischen die Beine zu werfen, aber du weiß ja, wie es ist. Das Wetter ist zu heiß, um was anderes als geistige Arbeit zu leisten.«

»Du denkst zuviel.«

»Kann sein. Aber ich habe auch über die Dreen nachgedacht. Die Sache könnte uns aus der Hand gleiten, Osey. Die Dreen sind absolute Fachidioten. Wissen die halbe Zeit nicht, was sie tun. Idmaginieren nur in drei Dimensionen. Und der, der in Lutts Körper hockt, ist bloß ein Kind.«

»n' mächtig gerissenes Kind, wenn du mich fragst.«

»Er lernt offenbar. Aber wie weit kann man's schon bringen, wenn man Lutt und seine Sippe als Lehrer hat?«

»Ich verstehe, was du meinst. Wir behalten die Sache lieber im Auge und passen auf, ob wir sie ausgleichen können, wenn's nötig werden sollte.«

»Du bist wie 'ne Glucke, Osey.«

»Und du bist mein wichtigstes Hähnchen im Stall, du alter Schweinehund. Manchmal frage ich mich, was wohl passiert wäre, wenn der Falsche die Entdeckung gemacht hätte, die du gemacht hast.«

»L.H. wäre mindestens zum Diktator des Universums geworden. Schon das wenige, das er aus meinen Notizen herausgelesen hat, hat ihn ziemlich weit auf seinem Machttrip gebracht. Sieh dir doch an, was er daraus gemacht hat: den verdammten Horchposten!«

»Kommt mir komisch vor, daß die Dreen das Problem nicht auch hatten«, sagte Osceola.

»Es entspricht nicht ihrem Charakter.«

»Ich würde mich gern mal in ihre Heimatgefilde schleichen und sie beobachten«, sagte sie.

»Sie würden's merken, wenn man sie bespitzelt. Dann wäre die Hölle los. Das können wir nicht riskieren.«

»Trotzdem würde ich Habiba gern mal kennenlernen«, sagte Osceola. »Jeder Dreen, den wir gesehen haben, scheint sie für Gott zu halten.«

»Alle Steuereintreiber halten sich für Götter. Und jetzt laß mich ein bißchen allein! Ich möchte eins von den kleinen Pelzdingern hervorzaubern.«

Die Politik ist nie eine Wissenschaft gewesen. Sie ist eine Kunstform. Nur wer nicht mit Phantasie gesegnet ist, kann die Politik für eine Wissenschaft halten. Ihre »Gesetze« erleben sofort einen Umschwung, sobald ein Bedürfnis für Kreativität entsteht. Faktisch ist dies der Reibungspunkt zwischen allen Wissenschaften und jeder Art von Kreativität.

Die Kunst der Politik
von Sil Amil
Seminolen-Veröffentlichung

Senator Gilperton Woon kam eine Stunde zu spät zu seiner Konferenz mit Lutt. Zehn Minuten vor zwölf betrat er Lutts *Enquirer*-Büro. Er wirkte flott, wenn auch recht mitgenommen.

Lutt, vom Redaktionsarchiv gewarnt, saß an seinem Schreibtisch und mampfte Canard l'Orange und frisches Hammelragout. Einer von Woons Standardschachzügen, hatte ihm das Archiv mitgeteilt, bestand darin, zu spät zu kommen und das Gespräch so lange auszudehnen, bis sein Gastgeber hungrig war. Er selbst schlug sich zuvor stets die Wampe voll.

Der Senator, eine graumähnige, pompöse Gestalt mit kalten kleinen Schweinsaugen und feisten Wangen, rülpste freundlich, als er Lutts Mahlzeit sah. Dann sagte er: »Ich wußte gar nicht, daß wir ein Arbeitsessen haben.« Seine Stimme war tief und einschmeichelnd.

Lutt winkte Woon zu einem Sessel auf der anderen Seite des Schreibtisches und wartete, bis er sich gesetzt hatte. »Es *ist* auch kein Abendessen. Ich hoffe, die Mahlzeit bei Rossellini hat Ihnen gemundet. Der Fasan ist dort besonders gut.«

»Haben Sie mich etwa bespitzeln lassen, mein Sohn?« fragte Woon.

»Ein berühmter Mann wie Sie wird stets erkannt, Sir, wohin er auch geht«, sagte Lutt. Er schob die Reste seines Essens beiseite und wartete auf den Laufburschen, der sie abholte. Als die Tür sich schloß und sie nur noch zu zweit im Büro waren, sagte Lutt: »Hören wir mit den Spielchen auf. Wir müssen eine Wahl gewinnen.«

Woon faltete die Hände über seinem gewaltigen Bauch. »Und was, mein Sohn, würden Sie sagen, ist unser dringlichstes Problem?«

»Nummer eins: Hören Sie auf, mich ›mein Sohn‹ zu nennen. Ich bin Lutt Hanson, der Präsidentschaftskandidat. Nummer zwei: Wie werden wir mit Phoenicia fertig? Sie könnte sich zu einem echten Problem entwikkeln, wenn wir ihr nicht einen Dämpfer verpassen.«

»Nun ... tja ... Mr. Hanson. Ihre Mutter hat gesagt, Sie wären ein recht scharfer Charakter. Freut mich zu sehen, daß sie Recht hat.«

»Wissen Sie, was sie gerade macht?« fragte Lutt.

»Sie sagt, sie müßte ein wichtiges Geschäft erledigen und könne deswegen nicht an dieser Konferenz teilnehmen.«

»Sie und mein Bruder bauen ein neues Firmenhauptquartier für den Familienbetrieb auf.«

»Ach? Mir hat sie gesagt, sie wolle einen Tempel aus dem alten Büro L.H.s machen. Stimmt das?«

»Es macht sich gut in der Presse«, sagte Lutt.

»Sollte ich irgendwas Näheres darüber wissen? Könnte das Vorhaben zu einem Rohrkrepierer werden?«

»Ich werde Ihnen soviel sagen, wie Sie wissen müssen«, sagte Lutt. »Aber eins muß *ich* wissen: wie weit sind Sie mit Ihrem Plan gekommen, mich auf der Venus zu ermorden?«

Woons kleine Augen funkelten. Er erbleichte sichtlich. »Mr. Hanson — ich muß wissen, wie Sie davon erfahren haben.«

»Mein Vater hat es mir erzählt.« Lutt lächelte freundlich und pfefferte seine Behauptung mit einer Lüge. »Er hat mir auch noch ein paar andere Dinge erzählt, die er über Sie wußte.«

»Scheiße im Trompetenrohr!« sagte Woon. »Da hat man den einen Hanson vom Hals, und schon rückt einem der nächste auf den Pelz und nimmt seinen Platz ein!«

Also gehört Woon zu denen, die Vater über seinen Horchposten manipuliert hat, dachte Lutt. *Dann müssen die Einzelheiten über die gegen mich gerichtete Verschwörung auch irgendwo da oben liegen.*

»Ich möchte Ihnen nur klarmachen, wer hier das Sagen hat«, sagte Lutt. »Meine Mutter war nie in die privaten Quellen meines Vaters eingeweiht.«

»Das hat er auch immer gesagt; aber seinen Sohn hat er nicht erwähnt.«

»Es ist ein Teil meines Erbes«, sagte Lutt. »Haben Sie beim Reinkommen die Hanson-Wachen gesehen, die überall hier herumwimmeln?«

»Wie könnte ich sie übersehen haben? Man wollte eine Leibesvisitation an mir vornehmen, bis ich ihre Mutter anrief. Sie hat sich entschuldigt und gesagt, die Leute handeln nur auf ihren Befehl. Was geht hier vor?«

»Es gibt eine kleine Meinungsverschiedenheit in der Familie — darüber, wer was kontrolliert.«

»So klein kommt sie mir nicht vor. Ich mußte mindestens an fünfzig Wachen vorbei, und alle waren bis an die Zähne bewaffnet.«

»Wenn es notwendig werden sollte, können wir eine Terroristendrohung vorschützen«, sagte Lutt. »Sie können die Sache für eine Demonstration der Stärke meiner Mutter halten. Sie will mir zeigen, wer die Hanson-Wachen kommandiert.«

»Kontrolliert sie auch das Kapital?«

»Ich habe andere Quellen.«

»Und teure Hobbies. Um was geht's bei diesem Projekt in Ihrer Werkstatt?«

»Um eine Erfindung, die uns einen Haufen einbringt.«

»Wann?«

Lutts Schreibtischkommunikator summte und enthob ihn einer Antwort. Jemand in der Vermittlung sagte: »Verzeihung, Mr. Hanson, aber Ihre Mutter ist auf Leitung drei.«

Lutt öffnete die Leitung. »Ja, Mutter?«

Phoenicias Mädchenpensionaträllern kam mit einem leichten Silbenverschlucken aus dem Hörer. »Im Testament deines Vaters hat nichts über deine Werkstatt gestanden, Lutt. Ich habe sie unter Sonderbewachung stellen lassen.«

Lutt machte ein finsteres Gesicht. »Damit ich nicht mehr reinkomme, was?«

»Ich bitte dich, mein Sohn! Kand und du, ihr könnt jederzeit wieder rein, sobald die neuen Sicherheitsmaßnahmen durchgeführt sind.«

»Also hast du Sam auch rausgeworfen. Ich verstehe.«

»Die Entdeckungen, die deine Werkstatt gemacht hat, wurden in der Arbeitszeit gemacht, Lutt. Und sie wurden mit Firmengeld finanziert. Du warst doch die ganze Zeit über ein Angestellter des Hanson-Konzerns.«

Lutt unterdrückte ein Aufwallen von Zorn. Seine Mutter war ein ausgekochtes Luder! Egal, was auch in Vaters Testament stand, sie würde jeden Schritt blockieren, den er machte, bis er sich ihrem Willen unterwarf.

»Ich verstehe, Mutter«, sagte er. »Aber in Vaters Testament steht, daß der *Enquirer* und der Spiral-Pressedienst mir gehören. Bestreitest du das auch?«

»Aber nein! Aber das komische Raumschiff ist doch etwas anderes, nicht wahr?«

»Es arbeitet nach den gleichen Prinzipien wie die Kommunikatoren«, sagte Lutt.

»Was ist mit dem Raumschiff?« fragte Woon.

»Wer ist da bei dir?« fragte Phoenicia.

Lutt ließ die Teletaste klicken und sah das Gesicht seiner Mutter auf dem Schreibtischschirm. Jetzt sah sie auch, wer in seinem Büro saß.

»Oh, Sie sind es, Senator«, sagte Phoenicia. »Sie sind bei Lutt, um sich über den Wahlkampf zu unterhalten.«

»Guten Tag, Madame«, sagte Woon. »Wie schade, daß Sie nicht bei uns sein können.«

Welch öliger Tonfall, ließ Ryll sich vernehmen. *Macht er deiner Mutter den Hof?*

Könnte sein. Wir passen lieber auf.

»Ich hoffe, Sie können meinem Sohn Manieren beibringen«, sagte Phoenicia.

»Und ich, Madame, hoffe, es gibt um das Erbe Ihres Sohnes keine dramatischen Schlachten vor Gericht. Das wäre in der Tat ebenso närrisch wie ein politischer Selbstmord.«

Phoenicia legte eine Hand auf ihren Mund.

Lutt sah den Senator an. Hatte dieser abgefeimte Schurke etwa beschlossen, ihm den Rücken zu stärken? Vielleicht hatte eine Mischung aus Angst und politischer Schlitzohrigkeit einen solchen Entschluß bewirkt. Man mußte ihn auf die Probe stellen.

»Ich fürchte, ich müßte meine Kandidatur zurückziehen, wenn es dazu käme«, sagte Lutt.

»Eine weise Entscheidung«, sagte Woon.

»Niemand wird meine Beschlüsse blockieren, soweit sie den Hanson-Konzern betreffen!« sagte Phoenicia laut.

»Mit Kleinigkeiten kann man leicht fertig werden, wenn man einen Kompromiß findet«, sagte der Senator. »Darf ich Ihnen meine Dienste als Unparteiischer anbieten?«

»Es gibt keinen Grund, warum wir zueinander in Opposition gehen sollten«, sagte Phoenicia.

Lutt hörte Versöhnung in ihrer Stimme.

Ich verstehe die Motive deiner Mutter nicht, sagte Ryll.

Sie ist gespalten. Ihr mütterlicher Stolz will mich zwar als Präsidenten sehen, aber sie sieht mich auch als Bauern in ihren wirtschaftlichen Intrigen.

Ihr Erder seid wirklich bizarre Wesen.

»Ich bin sicher, daß ich für alle Beteiligten eine zufriedenstellende Lösung ausarbeiten kann«, sagte Woon.

»Das ist mir durchaus recht«, sagte Lutt. »Mutter?«

»Was ist es, das du wirklich willst, mein Sohn?« fragte sie.

»Ich bin immer meine eigenen Wege gegangen. Vater hat das verstanden. Es wird Zeit, daß du es auch verstehst. Ich möchte nicht an der Leine geführt werden.«

»Ich habe deine Zügel doch schon genug gelockert. Ich habe dir einen Blankoscheck für deine politischen Ambitionen gegeben und dir versichert, daß ich ...«

»*Deine* politischen Ambitionen, Mutter.«

»Unsere politischen Ambitionen?« lockte sie.

»Wenn wir alle einen kühlen Kopf bewahren«, sagte Woon, »werden wir alle bestens davon profitieren.«

»Genau!« sagte Phoenicia.

»Du solltest die Sache mit dem Senator diskutieren«, sagte Lutt. »Aber euer Treffen sollte lieber im Geheimen stattfinden.«

»Na schön«, seufzte Phoenicia.

Lutt hatte dieses Seufzen schon einmal gehört; es war das Signal für einen kleinen Sieg.

Sie stieß ein trällerndes »Auf Wiedersehen!« aus, das Lutts Verdacht nur bestätigte und unterbrach die Verbindung.

Als der Schirm leer war, maß Lutt Woon mit einem harten Blick. Es war Zeit für seinen Bluff. »Senator«, sagte er mit einem Pokergesicht, »beim ersten Anzeichen, daß Sie mir in den Rücken fallen, werde ich Sie ruinieren. Ich habe alle Munition dazu, die ich brauche.«

»Mr. Hanson, ich bin Ihr Mann — ebenso wie ich der Mann Ihres Vaters war. Sie sind ihm sehr ähnlich, und ich kann damit leben.«

»Halten Sie sich von Morey fern. Er ist die dünnste Stelle in der Familienrüstung; man kann ihm nicht trauen. Ich weiß alles, was er treibt, aber er kann nicht das geringste tun, um es zu unterbinden.«

»Wahrscheinlich nicht mehr als ich, nehme ich an. Sie haben irgendein Spionagesystem, Mr. Hanson.«

»Das allerbeste. — Also, Sie gestehen meiner Mutter nur Phrasen zu. Wir betreiben diesen Wahlkampf; Sie und ich. Klar?«

»Klar. Und was kann ich ihr anbieten?«

»Sie will, daß ich Präsident werde. Dann soll sie sich auch davor fürchten, was ich über die Geschäfte des Hanson-Konzerns enthüllen könnte. Treibt sie mich dazu, daß ich mir mein Einkommen selbst beschaffen muß, weiß ich, wo ich mein Wissen verkaufen kann.«

Woon spitzte die Lippen und stieß einen lautlosen Pfiff aus. Dann sagte er: »Ihre Mutter möchte, daß Sie diese Dame aus Spokane heiraten — Eola Van Dyke. Wie sehen Ihre Gefühle in dieser Hinsicht aus?«

Lutt lehnte sich zurück. *Eola heiraten?* Er dachte an Nishi, die sich auf der anderen Seite des Globus befand. Kein einziges Wort von ihr. Sie war auch nur ein Luder! Sein Vater hatte recht gehabt. Vertrau bloß keinen Frauen!

»Wenn es ein Zugeständnis ist, mit dem wir sie herumkriegen können, gehen Sie darauf ein«, sagte Lutt.

»Was ist mit dem alten Büro im MX-Komplex?«

»Das gehört mir. Kein Kompromiß. Sie würde nur alles umbauen und etwas daraus machen, das mein Vater nie betreten würde.«

»Sie schien ganz schön sauer auf das zu sein, was Sie dort tun«, sagte Woon. »Aber ich habe nicht rausgekriegt, um was es dabei geht.«

»Ich habe sie und meinen Bruder ausgesperrt.«

Woons Lippen vibrierten in einem leisen Summton. »Und was ist, wenn sie uns den Geldhahn zudreht?«

»Wir haben andere Einnahmequellen, verlassen Sie sich drauf. Die Spenden und die Spender würden Sie überraschen.«

Woon hievte seine Massen aus dem Sessel. »Das habe ich mir schon gedacht.« Er sah auf Lutt hinunter. »Wissen Sie, Mr. Hanson, Sie sind viel größer, als ich Sie in Erinnerung habe. Wachsen Sie etwa noch?«

»Mein Unfall. Bestimmt haben Sie davon gelesen. Ich bin in eine Chemikalie eingetaucht; da sind meine Wachstumshormone umgekippt. Es ist nichts, worüber man sich Sorgen machen müßte. Körperlich bin ich bestens in Form.«

»Ich habe Ihren letzten Report im Haus der Freuden gesehen«, sagte Woon lächelnd.

»Ich bin wohl nicht der einzige, der Informationsquellen hat, was?« fragte Lutt. »Aber ich würde an Ihrer Stelle dafür sorgen, daß *diese* Quelle verstopft wird.«

»Deswegen habe ich's Ihnen ja gesagt, Mr. Hanson. Und bleiben Sie ruhig. Ihr Wachstum ist eine gute Sache. In der gesamten Geschichte der Präsidentschaftswahlen der Vereinigten Staaten hat immer noch der Größere gewonnen.«

Es besteht Grund zu der Annahme, daß Ihre Mutter die Medikation Ihres Vaters ohne dessen Wissen verändert hat. Ich weiß zwar nicht, ob Sie bereit wären, dies gegen sie auszuspielen, aber man könnte einen Fall konstruieren, laut dem sie sein Ableben beschleunigt hat.

Ermittlerbericht
für L.H. jun. (persönlich)

Nishi, in eine blaue Plüschrobe gehüllt, ging im mondbeschienenen Wohnzimmer der dunklen Villa auf und ab, ohne zu wissen, was sie um ihren Schlaf gebracht hatte. Sie trug zwar keine Armbanduhr, aber sie wußte, daß es nach Mitternacht war. Als sie an einem Fenster vorbeikam, konnte sie einen hellen Streifen silbernen Mondlichts über dem Meer sehen. Die Topfpalmen an der Balustrade der Terrasse warfen lange Schatten — wie die Silhouetten großer, schwarzer Hexen.

Lorna Subiyamas Schnarchen ertönte wie ein fernes Grollen. Nishi hörte und spürte, wie die Wogen unterhalb der Villa gegen die Felsen schlugen. Der Boden bebte, wie ein uralter Herzschlag.

Was tun wir jetzt, nachdem Lornas Artikel ihren Lauf genommen haben?

Was willst du jetzt machen?

Die Frage schwebte in ihrem Geist, und sie fragte sich, woher sie gekommen war. Heute nacht, meinte Nishi, spielte ihr Verstand ihr Streiche.

Was ich tun möchte?

Das sein Frage.

Sie schob einen Knöchel zwischen die Lippen und biß darauf.

In einer Ecke des Raumes rührte sich etwas.

Eine der Katzen der Haushälterin, dachte Nishi.

Nicht Katze. Drahtding weh tun.

Nishi keuchte. Sie blieb stehen und starrte in die Ecke, aus der das Geräusch gekommen war. Dann trat sie zur Tür und schaltete das Licht ein. Das blasse Leuchten der Wandlampen erhellte den Raum, und sie sah in der Ecke einen pelzigen gelben Umriß, der sich im Kabel einer Stehlampe verheddert hatte.

Sie konnte zwar weder einen Kopf, noch einen Schwanz oder Krallen ausmachen, aber die Form und die Farbe deuteten auf eine Katze hin, die sich zu einem schützenden Ball zusammengerollt hatte.

Drahtding weh tun.

Da war es! Ein klarer Gedanke, der auf ihren Geist gerichtet war!

Das Geschöpf wehrte sich nun gegen das, was es begrenzte, und das Fellbüschel drehte sich in einem zukkend in dem verhedderten Kabel.

Aua!

Mit instinktiver Sympathie eilte Nishi in die Ecke, löste den Knoten, zog das Kabel vorsichtig zurück und befreite das Geschöpf. Sie sah noch immer keinen Kopf. Auch keinen Schwanz oder Krallen.

»Was bist du?« fragte sie und streichelte das seidige Fell.

Freund von Dreen.

Dreen? Ryll war ein Dreen. Sie erinnerte sich an die Zettel, die ihr aus der Luft in den Schoß gefallen waren. *Du bist ein Geschenk von Ryll!*

Ryll, Ryll, Ryll. Ryll Dreen. Freund von Dreen.

Nishi nahm auf dem Boden Platz und hob den pelzigen Ball auf ihren Schoß. Er roch schwach nach Moschus, aber nicht unangenehm. Irgendwo in seinem Innern ertönte ein leises Schnurren. Nishi spürte, wie das Ding atmete, aber sie sah weder einen Kopf noch ein Maul oder Beine. Es fühlte sich weich und warm an und pulsierte in ihren Händen.

Der Moschusgeruch weckte alte Erinnerungen in ihr.

Die Vergangenheit kehrte wieder zurück. Da war das Gesicht ihrer Mutter, das durch die Stangen des Kinderbettes lugte. Es beugte sich über sie und gab ihr einen Gutenachtkuß. Legte ein Fläschchen und ihr liebstes Donald Duck-Gummiauto auf die Zudecke. Nishi hatte seit Jahren nicht mehr an das Spielzeugauto gedacht. Es war hellblau gewesen. Donald saß in einem dazu passenden blauen Matrosenanzug auf dem Fahrersitz. Er war viel zu groß für das Auto gewesen.

Was ist wohl aus diesem Spielzeug geworden?

Nicht wissen.

Das Ding, das sie auf dem Schoß hatte, redete mit ihr, indem es seine Gedanken direkt auf ihren Geist richtete. Nishi wußte es; sie erkannte zwar die fremdartige Wunderlichkeit der Situation, doch sie konnte den Ansturm der nostalgischen Gefühle, die ihr die Tränen in die Augen trieben, nicht verhindern.

Ich weine über ein verlorenes Spielzeug.

Nishi sein viel traurig.

Das Ding auf ihrem Schoß hatte recht. Die Tränen galten vielen Dingen, die aus ihrem Leben verschwunden und nie zurückgekehrt waren — Freunden, dem Vater und den Brüdern, die im Krieg gefallen waren ... ihrer Mutter, die kaum ein Jahr nach dem gräßlichen Tag gestorben war, als der Captain der Legion vor ihr salutiert und ihr »unsere Sympathie für Ihren tragischen Verlust« mitgeteilt hatte.

Nishi spürte, wie die Tränen über ihre Wangen liefen und auf das pelzige Geschöpf fielen, das auf ihrem Schoß saß. Sie nahm einen Zipfel ihres Gewandes, um das Fell des Dings zu trocknen, dabei bemerkte sie dünne schwarze Streifen in dem Gelb. Das Ding rollte sich in ihren Händen und schob die schwarzen Streifen nach unten. Nun erschien es völlig gelb.

Die schwarzen Streifen sind deine Unterseite.

Unterseite Oberseite nicht wichtig.

Wie soll ich dich nennen?

Nishi gelb mag?

O ja. Du bist mein gelbes Ding.

Gelbes Ding.

Gelbes Ding, dachte sie. *Ein komischer Name für ein komisches Wesen.* Sie empfand Ryll gegenüber ein plötzliches Aufwallen von Dankbarkeit. *Er muß gewußt haben, daß ich einsam bin. Ach, Ryll, wo bist du? Wo hat Lutt dich hingebracht?*

Sie musterte das Geschöpf auf ihrem Schoß und trocknete ihre Augen. Wie dämlich, hier herumzusitzen und über etwas zu heulen, das man nicht ändern konnte.

Gelbes Ding, dachte sie. *Ich werde dich Wytee nennen.*

Sie wiegte Wytee in den Armen und kehrte in ihr Zimmer zurück, wo sie das neue Haustier aufs Bett legte und Anstalten machte, ihre Robe auszuziehen.

Mann am Fenster!

Ein scharfer und eindringlicher Gedanke. Nishi hielt inne. Sie hatte die Robe noch auf den Schultern. Sie schaute in die tiefe Laibung ihres Schlafzimmerfensters. Captain O'Hara saß im Schatten des Fensterbretts. Er hatte eine Zigarette im Mund und ein wissendes Lächeln auf den Lippen.

»Sah, daß Sie noch Licht hatten. Dachte, Sie wären vielleicht einsam«, sagte er.

Er rutschte auf dem Hintern nach vorn und glitt von der Fensterbank in ihr Schlafzimmer. Sie sah, daß er nur ein dünnes weißes Gewand trug.

Nishi sagte mit eiskalter Stimme: »Gehen Sie raus, oder ich schreie! Ich bin noch Jungfrau. Und ich habe die Absicht, es auch zu bleiben.«

Er kam langsam und stetig auf sie zu. »Nein, ich glaube nicht, daß du schreien wirst. Es wird Zeit, daß ein echter Mann mal nachprüft, ob du wirklich noch Jungfrau bist.«

Nicht anfassen!

Nishi spürte den harten Ansturm von Wytees Gedanken. O'Hara schien ihn ebenso zu spüren. Er blieb stehen.

»Raus hier!« befahl Nishi.

Du gehen — oder viele Kopfschmerzen! sagte Wytees ominöse Warnung.

O'Hara machte zwei Schritte zurück. Er warf einen Blick auf das Ding auf dem Bett und dann auf Nishi. »Wie machen Sie das?«

»Verschwinden Sie ganz leise, sonst werden Sie es bereuen«, sagte Nishi.

Wollen Kopfschmerzen?

O'Hara kniff die Lider etwas zusammen und drückte die Hände gegen seine Schläfen.

»Aufhören!« stöhnte er.

»Gehen Sie«, sagte Nishi, »und kommen Sie nicht wieder, es sei denn, ich lade Sie ein.« Sie deutete auf die Schlafzimmertür.

O'Hara öffnete die Augen und jagte an ihr vorbei nach draußen.

Als die Tür hinter ihm ins Schloß fiel, setzte Nishi sich neben Wytee und streichelte sein gelbes Fell. »Du bist mehr als ein Haustier«, sagte sie.

Nishi Freund. Böser Mann will geil brüten Nishi. Nishi will geil brüten Lutt.

Das stimmt. Aber er darf diese Macht nicht über mich haben ... Noch nicht.

Ihre Gedanken, soweit sie Lutt betrafen, wurden wehmütig. Ob er die Frau aus der High Society heiratete? *Er braucht mich doch. Er hat keinen Freund außer mir.*

Sie hatte den Eindruck gewonnen, daß Lutt Hanson junior der komplizierteste Mensch war, den sie je kennengelernt hatte — ein Einzelgänger, getrieben von Zwängen. Er wollte gar keine Freunde haben. Er hatte keine Zeit für sie. Es kostete Kraft, Freundschaften zu erhalten. Freunde machten Ärger. Aber dennoch wollte er sie — eine intime Beziehung, Liebe, Freundschaft. Ob es ihm je gelingen würde, das notwendige Verständnis für sein eigenes Sehnen aufzubringen? Und welchen Einfluß konnte Ryll auf den Mann haben, mit dem er den Körper teilte?

Lutt war ein Mensch, der zwei Leben führte, nicht nur wegen Ryll, sondern auch wegen der Ambivalenz seiner eigenen Zwänge.

Nishi löschte schläfrig die Lichter und kroch unter die Decke. Wytee schmiegte sich eng an ihren Hals.

Nishi schlafen. Wytee nicht lassen Böses kommen.

Ein beruhigender Gedanke. Sie schlief ein, während sie Wytees seidiges Fell streichelte, und erwachte im Morgengrauen, um seine erfreuliche Gegenwart wieder an der Wange zu spüren. Nishi hörte das freundliche Schnurren seiner Zufriedenheit. Sie reckte sich und gähnte. Seit sie in der Villa angekommen war, hatte sie nicht mehr so gut geschlafen.

»Danke, Wytee.«

Freundin kommen.

Ein Klopfen an der Schlafzimmertür, dann Lorna Subiyamas leise Stimme: »Bist du wach, Nishi?«

»Was ist denn, Lorna?«

Die Subiyama trat ein, eine üppige Gestalt in einem roten Bademantel; ihr Haar war in einen roten Handtuchturban eingedreht. »Wir sind auf 'ne Goldader gestoßen, Schätzchen. Nachricht von meinem Büro, kam durch die Legion. Phoenicia Hanson möchte höchstpersönlich mit dir reden.«

»Mit mir?«

»Sie plant 'n schrägen Zug, Schätzchen. Wollen wir wetten, daß Sie dich bestechen will?«

Nishi richtete sich im Bett auf, griff nach der Robe und legte sie über ihre Schultern.

»Sie hat es schon mal versucht, und ich habe ihr die Antwort gegeben, die ihr gebührte.«

Das Bett sackte ein, als die Subiyama sich auf die Kante setzte. »Sicher, Schätzchen. Aber denk doch auch an die tolle Story. Lutts Mutter versucht, dich zu bestechen — und du bist dabei und kannst darüber berichten.«

»Ich glaube nicht, daß sie mir noch einmal Geld anbietet. Diesmal geht es um etwas anderes. Um etwas Hinterlistigeres. Darauf kannst du wetten.«

»Es gibt nur eine Möglichkeit, das rauszufinden, Schätzchen. Soll ich deinen Kumpels von der Legion sagen, sie sollen sie herschicken?«

»Warum nicht?« Nishi stieg aus dem Bett und schob die Arme in die Robe. »Wo ist Mrs. Ebey?«

»Macht uns grad Kaffee.« Die Subiyama warf einen Blick auf den gelben Fellball in Nishis Bett. »Es macht mehr Spaß, mit 'nem Mann zu schlafen statt mit 'ner Katze, Schätzchen. Und Captain O'Hara ist mächtig scharf auf dich.«

»Aber ich will ihn nicht.«

»Du glaubst immer noch, du kannst bei Hanson landen, was? Tja, warum auch nicht? Ein Milliardär hat bestimmt mehr Stehvermögen als ein verdammter Captain der Legion.« Sie drehte sich um und ging zur Tür. »Bis später, Schätzchen. Ich glaube, ich werde jetzt Lews Stehvermögen auch noch mal testen.«

Als sie gegangen war, rührte sich Wytee. Dann: *Dicke Frau will geil brüten Dreen.*

»Sie ist kein Dreen, Wytee. Sie ist so menschlich wie ich.«

Dicke Menschfrau will geil brüten Dreen, beharrte Wytee.

Nishi kicherte: »Ich glaube, dafür, daß sie ein Mensch ist, ist sie auch ganz schön geil.«

Dicke Frau will geil brüten viele Menschen. Dicke Frau denken geil böser Mann O'Hara.

»Ich bin sicher, du hast recht, Wytee. Lorna ist genau das, was wir total versext nennen.«

Mrs. Ebey erschien mit einer dampfenden Kaffeetasse im Türrahmen. »Mit wem reden Sie, Miss Nishi?«

»Mit mir selbst, Mrs. Ebey. Stellen Sie den Kaffee auf das Nachtschränkchen!«

»Soll ich Ihnen etwas zum Anziehen herauslegen?«

»Ich kümmere mich schon darum. Gehen Sie jetzt frühstücken; später reden wir dann über Phoenicia Hanson. Ich möchte über alles informiert sein, was Sie von ihr wissen.«

»Aus einem speziellen Grund?«

»Sie kommt mich besuchen.«

»Lornas Geschichten haben sie wohl aufgebracht! Holen Sie aus ihr raus, was Sie können, Miss Nishi. Millionen!«

»Mal sehen, Mrs. Ebey. Aber jetzt hauen Sie ab!«

Als sie gegangen war, rührte Wytee sich auf dem Bett. *Ebey-Frau hat böse Gedanken Phoenicia. Ebey-Frau hat viele Gedanken Geld. Warum Ebey-Frau denken Geld?*

Da Nishi jemand auf dem Korridor hörte, kam ihre Antwort in einem stummen Gedanken: *Mrs. Ebey wird alt und hat Angst. Es gibt niemanden, der sich um sie kümmert.*

Ebey-Frau denken Phoenicia Hanson böser Mensch.

Wahrscheinlich ist sie das auch.

Wytee nicht lassen böse Menschen Nishi verletzen. Wytee Nishi-Freund.

Nishi hob den pelzigen gelben Ball auf und schmuste mit ihm. *Ich weiß, daß du mein Freund bist. Hast du Hunger, Wytee? Was ißt du?*

Wytee essen kleine Luftdinger. Holt tief Luft und essen. Keine Sorge. Wytee nie hungrig.

Heute wurde in Spokane die Verlobung von Miss Eola Van Dyke und Lutt Hanson jun. durch die Eltern der Braut, Mr. und Mrs. Percival S. Van Dyke, bekanntgegeben. Das Datum für die Hochzeit steht zwar noch nicht fest, doch informierte Kreise sagen, daß die Trauung wahrscheinlich im Weißen Haus stattfindet, je nachdem wie Mr. Hansons Bewerbung um das Präsidentenamt ausgeht.

Aus der SPOKANE BREEZE

Lutt, das Hemd offen bis zum Nabel, saß mit dem Gesicht zur Tür im Büro seines Vaters im MX-Komplex. Große Aktivitäten, die aufgrund von Anweisungen Phoenicias stattfanden, machten es an diesem Abend so heiß wie im *Enquirer*-Gebäude. Laut seines verlegerischen Plans zur Sparsamkeit war die Klimaanlage der Zeitung abgeschaltet worden. Lutt hatte sich in seinem *Enquirer*-Büro nicht wohl gefühlt. Ihm war der Schweiß über die Brust in den Gürtel gelaufen, deswegen war er mit der Ausrede in den Komplex geflohen, er wolle sich dort mit Woon treffen.

Woon hatte für die Treibhausatmosphäre beim *Enquirer* nur Lob übrig; er hatte Fotos in Auftrag gegeben, die Lutt unter schweißtreibenden Bedingungen bei der Arbeit zeigten.

»Die Umfrageergebnisse zeigen einundsechzig Prozent für Sie«, hatte Woon gesagt. »Wegen Ihres ›ständigen Einsatzes für die Belange des Volkes‹.«

Das Volk kann mich im Arsch lecken, dachte Lutt.

Doch der Wahlkampf lief gut. Sogar Morey war dieser Meinung. Ob er sie vertrat, weil Phoenicia ihn dazu angewiesen hatte oder weil er schönes Wetter machen wollte, stand zwar nicht genau fest, aber jedenfalls machte er keine schweinischen Bemerkungen mehr über »meinen Bruder, den Präsidenten«.

Warte nur ab, bis ich das Justizministerium unter der Fuchtel habe, Morey. Dann zeige ich dir, wie die Gerechtigkeit unter meinem Befehl ihren Lauf nimmt!

Ein Anruf, den Lutt zu schätzen wußte, war von der Majorin Hauptmann gekommen. Sie hatte ihn an jenem Tag beim *Enquirer* erreicht, als sie seine Kandidatur öffentlich bekanntgemacht hatten. Jetzt, wo sie Lutt als potentiellen Chef sah, wurde sie diensteifrig und geschäftsmäßig.

»Angesichts des neuen Status, den Sie bekleiden, Mr. Hanson, möchte ich Ihnen im Namen meines Generals jede Unterstützung anbieten, die Sie vielleicht vom Regionalkommando der Patrouille brauchen. Natürlich sprechen wir uns wegen Ihres Schutzes mit dem Geheimdienst ab. Sollten Sie darüber hinaus noch irgendwelche Gefälligkeiten brauchen, rufen Sie uns einfach an.«

Lutt war der Meinung, daß er große Zurückhaltung geübt hatte. Er hätte sie ja auch fragen können, ob sie noch immer daran dachte, ihn zu einem Verhör vorzuladen. Die Majorin schien sich über ihre bisherigen Begegnungen auch Gedanken gemacht zu haben, denn sie hatte gesagt: »Sollte ich Ihnen in der Vergangenheit zu nahe getreten sein, denken Sie bitte an unsere Dienstvorschriften und meinen Treueeid.«

»Für den Fall, daß ich die Wahl gewinne, Major Hauptmann, kann ich Ihnen versichern, daß die Patrouille als erstes davon profitiert.«

Für Lutt war dies eine Bemerkung, die eines Staatsmannes würdig war. Woon hatte sie auch gepriesen.

»Mein Gott, Sie klingen allmählich wirklich wie ein Präsident! Jetzt brauchen wir bei denen nur noch den richtigen Arsch zu peitschen, dann haben Sie die passende amtliche Eskorte.«

Ihr Sofortergebnis bestand aus drei EGP-Schwadronen — eine im *Enquirer*-Gebäude, eine auf dem Familiensitz, und eine mobile, die Lutt auf den Wahlreisen begleitete. Die Hanson-Wachen und seine Mutter waren zwar dagegen, doch Lutt hatte ihnen süffisant erklärt:

»Sie sind verpflichtet, mich zu schützen. Ihr könnt doch nicht von mir verlangen, daß ich diesen tapferen Burschen sage, sie sollen ihrer Pflicht entsagen.«

Lutt fand es amüsant, wenn er sah, wie sich die Wachen und die Leute von der Patrouille die Beine ausrissen. Jeder wollte der erste sein, und alle wollten sie ihn bespitzeln. Die EGP, nahm Lutt an, erstattete Woon Meldung. Die Wachen unterrichteten seine Mutter.

Und ich höre mir in Vaters Horchposten an, was sie melden.

Lutt sah sich im Büro um. Alles sah noch so aus wie in der Nacht, als sein Vater gestorben war. Er ging zwar davon aus, daß er die meisten Fallen entdeckt hatte, aber der Horchposten dort oben war ihm noch nicht ganz geheuer. Die Fallen, wußte Lutt, waren nach einem bestimmten Muster aufgestellt, aber er konnte es nicht in Worte kleiden. Dennoch befriedigte es ihn, daß Morey und seine Mutter es nicht gewagt hatten, ihn hier aufzusuchen, auch wenn die Hanson-Wachen momentan mit der mobilen EGP-Schwadron draußen auf Posten standen. Die Wachen hatten sich sofort geweigert, L.H.s Räumlichkeiten zu betreten.

Ich glaube, ich denke allmählich wie der Alte. Und genau das könnte der fatale Fehler sein, mit dem er gerechnet hat.

Die Hauptcomputer pulsierten noch immer. Meldungen aus den entlegensten Filialen des Hanson-Konzerns trafen hier ein, auch wenn Phoenicia und Morey versucht hatten, die Büroleitungen zur Firma zu kappen. Lutt wagte freilich nicht, eigene Befehle in die Verbindungen einzuspeisen. Wenn seine Mutter sich bei Woon beschwerte, legte der Senator eine Verzögerungsplatte auf und bat um mehr Zeit.

Lutt hatte das Büro von Anfang an als einen Ort verwendet, an den er sich zurückziehen konnte. Er hatte bei Morey und Woon den Eindruck hinterlassen, daß er von dort aus alle ihre Schritte verfolgte — so wie sein Vater es getan hatte. Klar, sie würden ihn auf die Probe stellen. Und dann würde alles herauskommen.

Verdammt! dachte Lutt, als er zum Eingang der Rolltreppe sah, die zum Horchposten führte.

Ryll, der schweigende Beobachter der gesamten kürzlichen Aktivitäten Lutts, erkannte plötzlich, welche Richtung die Gedanken seines Körperpartners nahmen. Er protestierte.

Nein, Lutt! Es ist zu gefährlich!

Wenn ich den Horchposten nicht einsetzen kann, ist es aus mit mir. Dann bin ich nur noch eine von Phoenicias Marionetten ... Oder noch schlimmer — eine von Woons Marionetten.

Lutt erhob sich von seinem Stuhl und spürte, wie sich unter ihm etwas bewegte. Er warf sich instinktiv zu Boden. Eine Pfeilsalve zischte über ihn hinweg und deckte genau das Gebiet ein, in dem er sich gerade noch aufgehalten hatte. Er sah, wie sie gegen das Panzerglasfenster krachten und zerbrachen. Bruchstücke der Pfeile fielen zu Boden. Ein Servoroboter kam aus einem nahen Wandschlitz und sammelte die Überreste ein.

Ob er meine Reste auch eingesammelt hätte?

Dein Vater war ein wildes Tier! protestierte Ryll. *Bleib von diesem Horchposten weg!*

Es geht nicht um dein Leben, Ryll-Baby. Jetzt geht es um ihn oder um mich. Ich lasse mich doch nicht von einem Toten schlagen!

Lutt nahm die Schaltkrücke seines Vaters, durchquerte den schmalen Gang zur Rolltreppe und aktivierte sie. Dann ließ er sich von den gräßlichen Stufen mit den Warnungen nach oben tragen und beobachtete die ihn umgebenden Wände, den Treppenabsatz, und den schmalen Gang, der zum Horchposten führte.

Der Alte könnte noch ein paar andere Fallen aufgestellt haben — wie den Stuhl, der erst losgeht, wenn man sich zum zweiten Mal auf ihn setzt.

Lutt, warnte Ryll, *geh bitte zurück!*

Ob ich rückwärts oder vorwärts gehe, beides ist gleich gefährlich. Vielleicht ist es sogar gefährlicher, wenn man zurückgeht, ohne diese Ecke durchleuchtet zu haben. Hör auf, mich abzulenken! Schon das könnte uns umbringen.

Lutt hielt vor dem Horchposten inne und untersuchte den Türpfosten. Er wies zwar keine erkennbaren Fallen auf, aber das Geheimnis des Stuhls hatte sich ihm ja auch nicht sofort offenbart.

Er berührte einen Krückenschalter und trat beiseite, aber die Tür öffnete sich ohne Zwischenfall. Lutt lehnte sich so auf die Krücke, wie sein Vater es getan hatte, dann trat er langsam über die Schwelle.

Hier befand er sich — der innerste Schlüssel zur Seele seines Vaters. Das Gebilde, das die ›Letzten Worte‹ für Morey enthielt, war noch intakt. Die Akte war darin sichtbar.

Lutt musterte die Wandmodule, die eigenartig gestalteten Grafiken und die LEDs, die ihn überall umgaben. Ihm fiel ein, daß sein Vater bei seinem letzten Besuch an einem Modul gearbeitet hatte. Ah, da war die Einheit ja! Lutt erinnerte sich daran, daß er sich die Position gemerkt hatte. Er hatte vom Boden hoch und von der nächsten Ecke an gezählt.

Warum habe ich das getan?

Lag es an irgendwelchen Handlungen, die sein Vater damals vorgenommen hatte? Steckte in dem, was sein Vater getan hatte, ein Hinweis für ihn? *Vielleicht wollte er mir etwas zeigen; mich auf die Probe stellen, ob ich etwas merke.*

Lutt blickte auf das transparente Gebilde, unter dem die für ihn bestimmten ›Letzten Worte‹ gelegen hatten. Der Deckel war auf seinen Scharnieren zurückgeklappt, und nun sah Lutt zum ersten Mal ein fast mikroskopisch feines Drähtchen, das sich unter dem Siegel befand. Er beugte sich darüber, untersuchte es und folgte seinem Verlauf unter den Ständer. Das Drähtchen lief in einer mit Mörtel überzogenen Linie über den gefliesten Boden, die Modulwand hinauf und ... Ja, es endete in der Einheit, die sein Vater herausgenommen und ausgetauscht hatte.

War der rote Draht das, was er zu sein schien?

Lutt dachte darüber nach.

Der Horchposten gehört jetzt dir, und zwar dir ganz allein.

Die ›Letzten Worte‹ seines Vaters.

Nein, Lutt! wandte Ryll ein, als er den Gedanken las, der sich in Lutts Geist formte. *Dein Vater war heimtükkisch und gemein!*

Aber er lag auch im Sterben, und das hat er gewußt.

Du kannst ihm nicht trauen! Das Spiel ist zu riskant!

Lutt gab keine Antwort. Er legte eine Hand auf das Modul, das sein Vater ausgetauscht hatte. Mit einem schnellen Ziehen riß er die Einheit aus der Wand und sah sie an. Wendbar! Er drehte das Modul herum und steckte es wieder in die Wand.

»Hier oben, Lutt.«

Die Stimme seines Vaters! Lutt schaute auf. Die Decke hatte sich in einen Bildschirm verwandelt. Er sah seinen Vater im Büro an den Hauptcomputern sitzen.

»Eine verdammt gute Aufzeichnung, was?« sagte der sitzende Mann. »Wenn du willst, kannst du antworten, aber eigentlich bin ich nicht wegen unserer alten Gespräche hier. Sie waren ja ganz schön langweilig.«

Die Gestalt schaute aus dem Bildschirm direkt zu ihm herab; die Ersatzaugen ragten wie Fühler aus seinem Kopf.

»Es hat dir zwar Mühe gemacht, mir zu vertrauen, aber ich nehme an, du hast den roten Draht gesehen und in ihm einen meiner simplen Ein-Aus-Schalter erkannt. Aber sicher konntest du dir natürlich nicht sein.« Ein Lachen schüttelte die Gestalt auf dem Bildschirm.

»Du alter Schweinehund!« sagte Lutt. »Du bist tot — und trotzdem spielst du noch deine Spielchen mit mir!«

»Es hat keinen Zweck, mich zu verfluchen«, sagte die aufgezeichnete Gestalt. »Oh, ich kenne dich ziemlich gut, mein Sohn. Ich habe dich sehr lange studiert. Du wirst deine Mutter und Morey nicht ins Büro lassen, aber sie haben bestimmt versucht, meine Steuer- und Kommunikationssysteme zu kappen. Typisch.«

Erneut wurde die Gestalt auf dem Schirm von Gelächter geschüttelt.

»Was für ein Spiel spielst du diesmal?« murmelte Lutt.

»Der einzige, der die Verbindungen eventuell unterbrechen kann, ist dein Onkel Dudley«, sagte L.H. »Ich glaube zwar nicht, daß er es tut, aber du solltest dich nicht darauf verlassen. Dud war immer schon ein unberechenbarer Charakter.«

Ein Husten unterbrach den Vortrag. Als er vorbei war, deutete der alte Mann auf Lutt herunter. »Der Posten gehört dir, mein Sohn, aber er wird dir nicht viel nützen, wenn du ihn nicht so einsetzt, wie er eingesetzt werden muß. Du mußt schon rücksichtslos sein!«

»Er prüft mich immer noch«, flüsterte Lutt.

»Die Horchpostenkontrollen sind unter der Stelle, an der ich dir meine letzten Worte hinterlassen habe«, sagte L.H. »Nachdem du meine Notiz hattest, sind alle Fallen — außer der unter meinen letzten Worten für Morey — abgeschaltet worden. Morey kann als einziger an seine Worte heran, aber dazu wirst du es nicht kommen lassen. Du fragst dich bestimmt, was ich deinem Bruder zu sagen habe. Du wirst mich auch jedesmal verfluchen, wenn du daran denkst. Aber diesen Stich muß ich dir verpassen, mein Sohn, damit du meinen Ratschlag auch wirklich beherzigst: Sei so skrupellos, wie ich es war. Nur so kann man gewinnen.«

Ein erneutes Husten unterbrach die Rede des Alten. Als L.H. weitersprach, klang seine Stimme zwar schwächer, doch Lutt traute der Erscheinung nicht.

»Ich nehme an, daß deine Mutter etwas mit meiner Medizin angestellt hat. Aber ich hätte es ohnehin nicht mehr lange gemacht. Sie war ja schon immer ungeduldig. Deswegen habe ich sie geheiratet. Ich habe ihre schrullige Art zwar nie leiden können, aber sie ist zäh. Ich dachte, sie würde mir auch zähe Kinder schenken.«

Eine knochige alte Hand kam hoch und winkte Lutt zu. »Mach's gut, Lutt. Jetzt bin ich wirklich weg. Glaubst du, du kannst meine Erwartungen erfüllen?«

Der Deckenbildschirm erlosch.

Lutt berührte den Ständer, auf dem seine Notiz gelegen hatte. Kalt. Er drückte auf die flache Oberfläche. Nichts. Der rote Draht? Er schob einen Fingernagel darunter und zog. Der Ständer öffnete sich wie eine Muschel. Vor ihm breitete sich die vertraute Anordnung eines CRT-Schirms mit einer Tastatur aus. Dann noch ein Bildschirm, darunter ein Vidkom. Lutts Finger tanzten über die Tasten, dazu sprach er Moreys Namen aus.

Moreys gesichtslose Stimme kam aus dem Lautsprecher unter dem CRT: »Ich sag dir, Gil, er blufft nur. Ich glaube nicht im geringsten, daß er uns bespitzeln kann.«

»Vielleicht hast du recht; aber was ist, wenn du dich irrst?« *Woon!*

Ist es eine Aufzeichnung? Oder etwas, das in diesem Augenblick passiert?

Lutt zog den Mini-Vidkom hoch und gab Moreys Namen ein. Lichter blinkten an den Wänden, als die Systeme des Horchpostens den Aufenthaltsort seines Bruders suchten. Ein Summen ertönte.

»Wer kann das sein?« fragte Morey. Ein Klicken wurde hörbar. »Ich habe doch gesagt, daß wir nicht gestört werden wollen.«

»Ich werde dich auch weiterhin stören, wenn mir danach ist«, sagte Lutt.

Aus dem Lautsprecher kam ein Keuchen. »Wer sind Sie? Ich habe kein Bild.«

»Es ist genau das Bild, das du haben sollst, Morey«, sagte Lutt. »Ich bluffe nicht. — Woon! Setzen Sie Ihren Arsch in Bewegung und bleiben Sie meinem Bruder fern, sonst kriegen Sie was auf die Rübe! Kapiert?«

»Ja, Sir. Ja, Mr. Hanson.«

Lutts Stimme verfiel in einen leisen, ebenmäßigen Tonfall. »Morey, würdest du bitte darauf achten, daß Mutter mir so wenig wie möglich in die Quere kommt? Dann kannst du dich auch weiter deines Lebens erfreuen. Ach! Nur für den Fall, daß du gewalttätig wirst — alles, was ich von dir weiß, geht an die Öffentlichkeit, wenn ich nicht mehr da sein sollte, um es zu verhindern. Alles!«

Lutt unterbrach die Verbindung. Er wollte das Vidkom gerade wieder an seinen Platz stellen, als ihm eine andere Idee kam. War es möglich? Er gab Phoenicias Namen ein. Nichts passierte. Wie hatte sein Vater sie privat genannt? Ein Kosename kam wohl nicht in Frage. Vielleicht hatte er ihr einen Kodenamen gegeben. L.H. hatte sie für zäh gehalten. Lutt gab »zäh« ein. Immer noch nichts. Launisch? Auch daraufhin keine Reaktion. Lutt setzte sich hin und dachte nach. »Vertraue keiner Frau« war zu lang. *Frau?* Lutt probierte es aus und vernahm die Stimme seiner Mutter.

»Lutt wird schon klein beigeben, wenn ich genug Druck mache.«

Eine Aufzeichnung?

Konnte er wagen, ihr zu offenbaren, daß er sie bespitzelte? Mit wem sprach sie, und wo war sie? Zu Hause?

Er gab dem Vidkom die Nummer des Haupthauses, dann wurde das Arbeitszimmer seiner Mutter auf dem Schirm sichtbar. Phoenicia saß hinter einem verzierten antiken Schreibtisch. Ihr Gesprächspartner war nicht zu sehen.

»Ach, da bist du ja, Mutter«, sagte er. »Hast du Besuch?«

»Wie nett von dir, mich anzurufen, Lutt«, sagte Phoenicia. »Sprichst du von einem sicheren Gerät aus?«

»Niemand zapft Vaters Büro an.«

»Ach, dort bist du. Ich muß mit dir darüber reden. Ich habe den Eindruck, daß Morey ...«

»Morey hält sich aus dem Wahlkampf und aus diesem Büro heraus!«

»Dein Ton gefällt mir nicht, Lutt.«

»Morey sitzt mit Gil zusammen, und ich habe keine Ahnung, wer sonst noch davon weiß.« Er berührte die Fragetaste des Vidkoms, und der Schirm buchstabierte Namen und Position von Phoenicias Gesprächspartner: »Barbara Morrison, Senator Woons Verwaltungsassistentin.«

»Ich rufe dich an, Mutter, weil ich gehört habe, daß du dich mit Barbara Morrison, Gils Verwaltungsassistentin, triffst. Ist sie gerade bei dir?«

Phoenicias Tonfall wurde eisig. »Wieso interessiert es dich, daß ich mich mit Barbara treffe?«

»Unsere Verbindung mit Woon muß so lange geheim bleiben, bis wir weit genug sind, um sie bekanntzugeben.«

»Ich bin durchaus fähig, Geheimtreffen zu organisieren!«

»Aber ich habe davon erfahren!«

»Wie?« Ihr Ton war befehlend.

»Das werde ich dir nicht sagen.«

»Du bist so schlimm wie dein Vater!«

»Ich kann auch noch schlimmer werden. Über was redest du mit Barbara?«

»Sie sagt, daß dein Wahlkampf sehr gut verläuft. Weigerst du dich wirklich, mit deinen Gegenkandidaten zu diskutieren?«

»Ich weigere mich.«

»Ist das klug?«

»Es wird keinen Grund mehr für eine Debatte geben, wenn wir Deni-Ra vorzeigen.«

»Aber Debatten würden dir eine tolle Gelegenheit geben, deinen staatsmännischen Charakter zu demonstrieren.«

»Wer sagt das?«

»So lasse ich mich nicht verhören!«

»Ich habe vor, die Wahl zu gewinnen, Mutter. Aber dein Treffen mit Miss Morrison könnte Probleme hervorrufen.«

Phoenicia sagte kalt: »Damit du's weißt — über genau diese Frage haben wir gesprochen.«

»Wie interessant. Und zu welchem Ergebnis seid ihr gekommen?«

»Der Senator muß so schnell wie möglich bekanntgeben, daß er deine Kandidatur unterstützt. Er wird eine Menge AUP-Stimmen mitbringen. Die Amerikanische Unabhängigkeitspartei wird natürlich Einwände erheben, aber unsere Wahlkampfstrategie muß auch an die Stimmen denken, die Senator Woon kontrolliert.«

»Miss Morrison?«

Der Schirm verwischte sich, dann zeigte er beide Frauen im Profil. *Welch wunderliche Übereinstimmung,* dachte Lutt. Miss Morrison war eine Brünette mit verkniffenem Gesicht. Sie trug eine Brille mit Halbgläsern, die sie noch mehr wie eine geschlechtslose Bürokratin aussehen ließ.

Sie schaute in die Kamera. »Ja?«

»Einen Moment«, sagte Lutt. Er gab ihren Namen in das Spionsystem ein und bat um eine kurze Zusammenfassung. Über dem oberen Bildschirm lief ein Text — Geburtsort, Schulbildung, Beförderung. Dann: »AUP-Spionin im Büro von Senator Gilperton Woon. Berichtet regelmäßig dem AUP-Vorstand.«

Er sah ihr in die Augen. »Mir ist zugetragen worden, Miss Morrison, daß sie im Auftrag der AUP Gils Büro bespitzeln.«

Sie schnappte nach Luft.

»Lutt, wovon redest du?« fragte Phoenicia.

»Immer mit der Ruhe, Mutter!«

Lutt gab »Rufschädigende Informationen« in das Spionsystem ein und las mit zunehmender Erleichterung die neuen Daten.

»Ihr Häuschen in Virginia ist mir ebenso bekannt wie

das, was Sie dort treiben, Miss Morrison«, sagte Lutt. »Ich weiß auch von Ihrem Handel mit dem französischen Botschafter. Wissen Sie denn nicht, daß es gefährlich ist, auf zwei Hochzeiten zu tanzen?«

Die Morrison nahm den Kopf in beide Hände und stierte ihn entsetzt an.

»Wissen Sie, was Sie jetzt tun, Miss Morrison?« sagte Lutt. »Sie sagen dem AUP-Vorstand, daß Gil es sich anders überlegt hat. Er hat die Absicht, mich reinzulegen. Das können Sie doch, oder nicht?«

Sie nickte, ohne die Hände von den Wangen zu nehmen.

»Sie sagen ihren Chefs, daß sich die Geschichte über den außerirdischen Gefangenen als unwahr erwiesen hat. Es gibt keinen solchen Gefangenen. Kapiert?«

Wieder nickte sie.

»Und Sie werden sich täglich bei mir melden, damit ich Sie instruieren kann, was Sie dem AUP-Vorstand und dem französischen Botschafter mitteilen können. Verstanden?«

»Ja.« Ihre Stimme war kaum mehr als ein Flüstern.

»Und jetzt verlassen Sie das Haus meiner Mutter und achten darauf, daß niemand Sie sieht.«

»Moment mal!« wandte Phoenicia ein.

Barbara Morrison zitterte.

»Raus!« befahl Lutt.

Woons Assistentin ergriff die Flucht.

Lutt schaute seine Mutter an. »Deine politische Naivität hätte uns beinahe Kopf und Kragen gekostet, Mutter. Sie hatte nichts anderes im Sinn, als mich bei einer Debatte bloßzustellen, damit ich wie ein Trottel aussehe.«

»Lutt ... Ich schwöre, ich habe nichts davon gewußt.«

»Natürlich hast du nichts davon gewußt! Von jetzt an triffst du keine politische Entscheidung mehr, ohne dich vorher mit mir abgestimmt zu haben!«

Phoenicia warf verächtlich den Kopf zurück. »So dumm

bin ich nun auch nicht, Lutt. Und ich bin immer noch deine Mutter.«

»Aber du bist nicht die Leiterin meines Wahlkampfes.«

»Ja, Lutt.«

Lutt fiel ein, daß sie diesen Ton schon mal bei seinem Vater angeschlagen hatte. Er ließ sich nicht davon narren.

»Du wirst es bedauern, wenn du mir in die Quere kommst«, sagte er.

»Willst du mir drohen?«

»Ich sehe, du hast mich verstanden.«

»Aber ich bin doch deine Mutter!«

»Dann verhalte dich auch so!«

»Ich traue meinen Ohren nicht.«

»Da ist noch etwas, Mutter. Ich möchte, daß du das Budget für Sam Kand und meine Werkstatt erhöhst.«

Ihr Rücken versteifte sich. »Das sind finanzielle Dinge. Morey und ich haben beschlossen ...«

»Dann macht den Beschluß rückgängig, Mutter! Deine Schickeria-Freundinnen freuen sich sonst vielleicht, wenn sie zu hören kriegen, daß du beinahe meine politische Zukunft ruiniert hättest.«

»Du würdest deinen eigenen Wahlkampf zunichte machen, nur um mir weh zu tun?«

»Laß es nicht drauf ankommen, Mutter. Ich lasse mich nicht gern von Kleinigkeiten ablenken, wenn es gilt, die GAP mit neuem Leben zu erfüllen.«

Er unterbrach die Verbindung und sah zur Decke hinauf.

»War das skrupellos genug, Vater?«

Madame Hanson wird von Marseilles aus in einem versiegelten Hubschrauber, so daß sie nicht hinaussehen kann, zur Insel gebracht. Sie darf nicht bewaffnet sein und wird auf dem ganzen Flug bewacht. Wenn das Treffen mit Mademoiselle D'Amato im privaten Kreis stattfinden sollte, werden sämtliche Gespräche zwischen den beiden heimlich aufgezeichnet werden.

Sonderbefehl OEB Nr. 30,
Französische Fremdenlegion

Nishi blieb nach der Abreise des Kuriers noch ein paar Minuten am Fenster stehen. Das Mittagessen lag ihr schwer im Magen.

Phoenicia würde also in einer Stunde hier sein.

War es falsch, Lorna zu sagen, daß sie bei dem Treffen mit Phoenicia nicht dabei sein kann?

Ein Geräusch hinter ihr ließ sie herumfahren. Servoroboter reinigten und entstaubten den Empfangsraum, bereiteten ihn vor. Einer der Roboter, meldete Wytee, war ein Spioninstrument.

Erneut schaute sie aufs Meer hinaus. Ein scharfer Wind kräuselte das Wasser. Es war ein kalter Tag im Spätherbst. Sie hatte nicht damit gerechnet, daß es am Mittelmeer so kalt werden konnte. Nishi fröstelte.

Oder ist es nur eine dunkle Vorahnung wegen des Treffens?

Wytee lag auf einem kleinen Sofa in der Nähe und kräuselte sein gelbes Fell. *Nishi nicht machen Sorgen. Wytee helfen.*

Ich weiß, daß du mir helfen wirst, Wytee. Ich verstehe nur nicht, warum Phoenicia persönlich herkommt.

Bald wissen.

Sie musterte ihr Haustier liebevoll. *Nein ... Er ist viel*

mehr als ein Haustier. Seit Wytees Ankunft war ihr Leben problemloser und interessanter verlaufen. Das Wesen setzte sie nicht nur über die Gedanken der Menschen in Kenntnis, mit denen sie täglich zu tun hatte, sondern auch über die Gedanken jener, die in ihre Nähe kamen. Was würden Phoenicia Hansons Gedanken enthüllen?

Die ganze Hanson-Familie ist unberechenbar, entschied sie. *Warum ist Lutt nicht gekommen? Ist er wegen Lornas Geschichten wütend? Aber er hat nicht mal den Versuch gemacht, sich zu melden, obwohl es jetzt drei Monate her ist! Natürlich hat er mit seinem Wahlkampf zu tun. Aber all diese Geschichten über seinen Plan, Eola Van Dyke zu heiraten ... Das kann er doch nicht im Ernst meinen.*

Nishi nicht machen Sorgen!

Sie spürte, wie Wytee einen Schwall beruhigender Anteilnahme auf sie abstrahlte und versuchte, sich zu entspannen.

Lutt, der Mann zweier Welten — Dreen und Mensch, Privatmann und Politiker. Warum ist er auf ein so hohes Amt aus?

Nishi bald wissen, sagte Wytee.

Und was geschieht mit dem armen Ryll?

Ryll Dreen, Dreen Freund, erwiderte Wytee.

Von ihrem Fenster aus konnte sie zwei Geschützbatterien der Legion sehen — mit Türmen versehene graue Wälle, aus denen lange Rohre hervorragten. Alle waren umrahmt von einem Hintergrund aus Immergrün.

Überall Waffen. Selbst Lorna hatte eine Waffe mitgebracht, eine Antiquität, die sie »meinen Gleichmacher« nannte. Die Legion hielt die Waffe für einen Witz.

Nishi seufzte. Das Neunzig-Tage-Wunder der Artikel Lornas war vorbei; die Verleger schrien nach neuen Enthüllungen. Sie wollten sogar ein Buch daraus machen. Lorna sprach von hohen Angeboten.

»Sie werden Millionen blechen, Schätzchen!«

Phoenicia kommt, weil sie sich vor den Enthüllungen des

Buches fürchtet. Was tut sie, wenn ich sage, daß Lutt ein Versprechen bricht, das er mir gegeben hat?

Es war Lornas Idee gewesen, doch Mrs. Ebey hatte sie sofort aufgegriffen. Laut Mrs. Ebey brauchte sie sich nur auf das Geld zu konzentrieren.

Nun ja, warum nicht? Was habe ich denn sonst? Und mein Leben ist meine Sache. Lutt erweckt den Eindruck, als würde er sich keine Sorgen um mich machen!

Nishi Umstandskrämer, witzelte Wytee.

Wytee hatte den Begriff aus dem Geist eines anderen übernommen und wendete ihn nun jedesmal an, wenn er es für nötig hielt, ihr den Rücken zu stärken.

Nishi lächelte. Dann runzelte sie die Stirn. Das Rätsel, das Nishi darstellte, kümmerte sie zwar nicht sonderlich, aber hin und wieder fragte sie sich, ob das Geschöpf vielleicht einen heimlichen Einfluß auf sie ausübte. Es gab kuriose Vorkommnisse. Jeder hielt Wytee für eine Katze. Selbst O'Hara war zu dieser Vorstellung übergetreten; er hatte sich für sein »unangemessenes Betragen« entschuldigt. Er habe »zuviel getrunken gehabt«. Doch niemand hatte das Tierchen untersucht. Wehrte Wytee Neugier ab?

Wytee Nishi-Freund, meinte Wytee.

Sie spürte, daß die Anteilnahme des Wesens sie besänftigte. Nishi schüttelte den Kopf. Sorgen brachten einen auch nicht weiter. Ihr Blick fiel auf den Horizont. War der dunkle Punkt dort hinten der Hubschrauber, der Phoenicia Hanson brachte? Der Punkt wurde mit alarmierender Schnelligkeit größer und verwandelte sich in einen Helikopter der Legion. Sie hörte das Triebwerk und die Rotoren. *Ist es die Maschine?* Manchmal kamen andere Helikopter, manche mit Funktionären, die ihr von der Lage auf der Venus berichteten und sie zum Handeln drängten, damit sie an Lutts Kommunikatoren herankamen.

Von Wytee wußte sie, daß es nicht nur Kommunikatoren waren, auf die die Legion aus war.

Sie war auf etwas Größeres aus. Die Legion wollte Lutts Spiralentechnik, weil sie Vorteile für die Raumfahrt bot.

Doch nun waren schon drei Monate vergangen, und allmählich verlor Nishi die Geduld mit der Legion und mit Lutt. Wo blieb außerdem Raj Doods versprochene Hilfe?

Ich hätte nie bei meiner Ehre versprechen sollen, keinen Fluchtversuch zu machen!

Der örtliche Präfekt der Legion war fast schon Grund genug, um auf die Ehre zu pfeifen. Er war ein schmieriger, dicker Mann mit einem schwarzen Toupet und sprach in einem öligen schmeichlerischen Tonfall. »Wir dürfen die Neugier des Feindes nicht wecken. Sie sind eine Frau, der man Unrecht getan hat; sie haben ein natürliches Interesse an diesem Hanson.«

Der Mangel an Offenheit, den der Präfekt an den Tag legte, hatte Nishi geärgert. »Sehen die Chinesen etwa keine Berichte von Monsieur Hansons Pressedienst?« hatte sie gefragt.

»Natürlich! Aber sie zeigen keine gefährliche Neugier.«

Und der Präfekt hatte kein Wort über die Telegramme gesagt, die sie Lutt geschickt hatte. Er hatte nicht eins beantwortet! Was sollte sie denn sonst noch tun? Vor Lutt auf dem Boden kriechen? Das würde sie nicht einmal für die Legion tun!

Sie konnte die Platitüden des Präfekten nicht mehr hören. »Die Yankees wollen immer das meiste aus einem herausholen«, hatte er gesagt. »Quetschen Sie die Hansons aus, Kleine. Unsere Agenten berichten, daß die Geschichten von Madame Subiyama ihn schon gehörig ins Schwitzen gebracht haben.«

Also arbeitete die Legion statt mit Geld mit Erpressung! Was war daran ehrenhaft? Es war unentschuldbar, selbst wenn die Dinge in Paris schlecht und auf der Venus noch schlechter standen. War es etwa ehrenhaft, solche Spielchen zu spielen, während die liebe »Kleine« in dieser dämlichen Villa verrottete?

Ich habe genug getan, dachte Nishi. *Ich bin nicht mehr willens, eine Gefangene zu sein; nicht mal eine Gefangene der Legion.*

Der sich nähernde Hubschrauber schwang sich weit über die Villa hinweg und ging auf dem kleinen Feld im Norden nieder, wo sich laut einheimischer Geschichten der römische Kaiser Trajanus einst in der Kunst des Reitens geübt hatte.

Es gab ihr eine seltsame Verbindung mit der Historie, meinte Nishi. Lorna und sie benutzten den Platz für Zielübungen mit der antiken Pistole, die dem Großvater der Subiyama gehört hatte. Obwohl die Legion das alte Schießeisen amüsant fand und für nicht sehr gefährlich hielt, ließ man sie nur unter Bewachung damit üben.

Nishi sah, wie eine Frau in einem gut sitzenden grauen Anzug aus dem Helikopter stieg und sich unter die Rotoren duckte. Die Frau warf einen Blick auf die Villa, und Nishi erkannte Phoenicia Hanson. Ein Offizier, der sie begleitete, hielt ihren Arm und brachte sie zu einem Haltepunkt außerhalb der Gefahrenzone. Dort unterhielten sie sich, doch der Lärm des Helikopters sorgte dafür, daß ihre Worte unverständlich blieben. Der Offizier gestikulierte und sagte etwas in einem heftigen Tonfall, aber Phoenicia schüttelte den Kopf.

Nishi! Es war Wytee. Er hatte etwas Dringendes.

Was ist denn, Wytee?

Phoenicia-Frau bringt Giftding zu töten dich!

Nishi warf Wytee einen Blick zu, dann sah sie aus dem Fenster, wo Phoenicia sich noch immer mit dem Legionsoffizier stritt.

Bist du sicher?

Wytee genau wissen.

Aber wie hat sie es geschafft, ohne geschnappt zu werden?

Gift brauchen drei Tage. Machen kein Lärm. Du nicht fühlen Giftding. Wachen-Männer nicht finden.

Der Teufel soll sie holen!

Nishi eilte schnell aus dem Raum, die Treppen hinauf und in Lornas Unterkunft. Die Subiyama trug einen wogenden roten Hausmantel und lag mit einem Buch im Bett. Nishi ließ sich jedoch nicht von ihrer Bereitwilligkeit täuschen, an dem Treffen mit Phoenicia nicht teilzunehmen. Lorna hatte vor, sich nach unten zu schleichen und sie von dem Moment an zu bespitzeln, wenn sie im Empfangsraum beschäftigt war.

»Du hast es dir also anders überlegt«, sagte die Subiyama. »Du willst, daß ich dabei bin, wenn du mit der Hanson redest.«

»Nein. Wo ist deine Waffe?«

»Meine Waf ... Du meinst Opas Schießprügel?«

»Die Kanone, mit der wir schießen!«

»Was, zum Teufel, willst zu mit dem Ding? Willst du dich mit der alten Schachtel duellieren?«

Nishi streckte die Hand aus. »Bitte, gib mir den Revolver!«

»Okay, Schätzchen. Aber mach bloß was Gutes draus.« Sie langte unter die Matratze und zog die antike Pistole hervor, eine rostfreie .375er Magnum mit angepaßten Griffschalen.

Nishi nahm sie an sich.

»Sei bloß vorsichtig mit dem Ding!« warnte die Subiyama. »Vergiß nicht, daß der Abzug sehr empfindlich ist.«

Der Revolver lag schwer und tödlich in Nishis Hand, und beinahe hätte sie ihn zurückgegeben. *Aber ich muß mich doch schützen!* »Ist er schießbereit?« fragte sie.

»Und voll geladen. — Jetzt sag mir, was los ist!«

»Komm mit runter! Du kannst an der Tür lauschen.«

Die Subiyama nahm eine kleine Kamera und hievte ihre Massen aus dem Bett. »Ich wußte doch, daß du's dir noch überlegen würdest!«

Ohne anzuhalten, um zu sehen, ob sie hinter ihr herkam, eilte Nishi aus dem Raum und die Treppe hinunter.

Im Empfangsraum zog sie einen kleinen Tisch von der Wand, stellte einen Stuhl dahinter auf und nahm dort Platz, den Revolver versteckt auf dem Schoß. Die Tür zur Veranda stand offen; sie konnte Schritte hören, die von dort her lauter wurden. Wytee blieb ein gelber, zusammengerollter Ball auf dem nahen Sofa.

Giftding in Griff von Tasche, informierte er sie. *Soll Wytee geben Kopfschmerz?*

Schreck sie nicht ab! Wir müssen erfahren, was sie denkt.

Wytee Nishi sagen.

Phoenicia, die eine Handtasche trug, die zu ihrem grauen Anzug paßte, trat durch die offene Tür und blieb stehen, um die Augen an das Halbdunkel zu gewöhnen. Ein älterer Offizier, den Nishi mehrmals in der Begleitung des Präfekten gesehen hatte, trat neben sie und blieb ebenfalls stehen. Er blinzelte Nishi zu.

»Ach, da sind Sie ja, Mademoiselle.«

»Lassen Sie uns allein«, ordnete Nishi an.

»Ich werde in der Nähe bleiben, falls Sie rufen, Mademoiselle«, sagte er und verbeugte sich, bevor er hinausging.

»Also die haben vielleicht Nerven!« sagte Phoenicia. »Ich mußte allein kommen! Ich durfte nicht mal meine Sekretärin mitbringen.« Sie ging in den Raum hinein und drehte die Handtasche ein Stück, bis der Griff fast auf Nishi gerichtet war.

Warnung! sagte Wytee. *Böse Frau warten Mann weg.*

Nishi spannte den Hahn und hob den Revolver hoch. Er zielte genau auf Phoenicia. »Wenn Sie das Ding noch mal in meine Richtung drehen, werde ich Sie töten«, sagte sie.

Phoenicia erstarrte. Sie sahen einander an, wägten die Lage ab — Nishi in höchster Alarmbereitschaft, Phoenicia nach etwas suchend, was ihr einen Vorteil verschaffen konnte. Nishi bemerkte die Härte in Phoenicias blaßblauen Augen und die einstudierte Stärke ihres Gesichts. Nishis Lippen fühlten sich trocken an, aber sie schrak davor zurück, sie zu befeuchten, weil sie nicht wollte, daß man ihre Angst sah.

Phoenicia machte keinen Versuch, ihre Absicht zu bestreiten. »Woher haben Sie das gewußt?« fragte sie.

»Ich habe meine Quellen«, sagte Nishi. »Lassen Sie die Tasche fallen!«

Phoenicia öffnete die Hände, und die Handtasche fiel klatschend zu Boden. Der Aufprall löste den geheimnisvollen Mechanismus aus. Man hörte nicht mal ein Zischen, sondern nur ein leises »Klick«, als das Projektil eine hölzerne Jungfrauenstatue neben der Bibliothekstür traf.

»Und jetzt?« fragte Phoenicia.

»Ich denke nach«, sagte Nishi. »Sie wissen doch, daß die Legion noch immer die Guillotine anwendet, wenn man sich gegen den Staat verschwört, nicht wahr?«

Phoenicia erbleichte. »Das meinen Sie doch nicht im Ernst!«

»Ich glaube, mein Lutt wäre Sie liebend gern los«, sagte Nishi.

»Wissen Sie eigentlich nicht, wer ich bin?« fragte Phoenicia und rieb ihren Hals.

Böse Dame denken Kopf abschneiden, meinte Wytee.

Warum hat sie geglaubt, sie müsse mich umbringen?

Wytee versorgte sie mit einer Informationsflut, die Nishi beinahe schwindlig machte.

Lutt Sohn will geil brüten mit Nishi. Lutt Sohn will ... will ... Böse Frau will Lutt Sohn geil brüten Eola-Frau ... will Lutt Sohn machen Präsident. Was Präsident ist? Oh, Subiyama machen böse Geschichte Lutt Sohn. Vielleicht Lutt Sohn nicht machen Präsident.

Hat ihr das gereicht, um mich umzubringen?

Böse Frau will weh tun Lutt Sohn. Will Lutt Sohn hat Angst.

Phoenicia verlagerte ihr Gewicht auf das linke Bein, und Nishi, die befürchtete, sie könnte noch eine Waffe haben, hob den Revolver ein Stück höher.

»Machen Sie keine plötzlichen Bewegungen«, sagte Nishi. »Diese Waffe hat einen empfindlichen Abzug.« Sie kaute auf ihrer Unterlippe. Sie war sehr aufgeregt.

Keine Giftdinger mehr, sagte Wytee.

»Es muß doch irgend etwas geben, das Sie sich so sehr wünschen, daß wir darüber verhandeln können«, sagte Phoenicia.

»Ihren Sohn?«

»Sie überraschen mich, Miss D'Amato.«

»Sie überraschen mich nicht, Phoenicia.«

Phoenicias Lippen wurden bei dieser Vertraulichkeit dünn, aber sie sagte nichts.

Böse Frau hat Sorgen Sohn Lutt zuviel trinken, sagte Wytee. *Böse Frau Nishi Schuld geben.*

»Glauben Sie, daß es meine Schuld ist, daß Lutt neuerdings zuviel trinkt?« fragte Nishi.

»Zum Teil. Aber es liegt auch am Tod seines Vaters.«

»Und ich störe Ihre Pläne.«

»Mein Sohn muß lernen, sich wie ein Erwachsener zu benehmen«, sagte Phoenicia. »Er muß dem Weg folgen, den ich für ihn vorbereitet habe.«

»Und diese Eola Van Dyke heiraten?«

»Er muß in seiner gesellschaftlichen Klasse heiraten. Ich bin sicher, daß Sie das verstehen. Ihr Franzosen wißt doch auch, daß es soziale Notwendigkeiten gibt.«

Böse Frau denken Nishi will viel Geld, sagte Wytee.

»Sie glauben immer noch, daß Sie mich bestechen können«, sagte Nishi.

»Jeder hat seinen Preis«, sagte Phoenicia.

»Aber es wäre viel billiger gekommen, mich einfach umzubringen, nicht wahr?« fragte Nishi.

»Ich bin Geschäftsfrau, Miss D'Amato.«

»Deswegen denken Sie in Centimes und Francs. Ich bin ja nur eine Hure, die man mit Geld abfinden kann. Und anschließend können Sie zu Lutt zurückkehren und ihm sagen, ich hätte mich kaufen lassen.«

»Es ist zu seinem eigenen Besten!«

»Er ist ein zerbrochener kleiner Junge, der von seiner Mutter beherrscht wird und nicht in der Lage ist, sein eigenes Leben zu führen! Ich glaube nicht, daß ich einen solchen Mann haben möchte.«

»Was wollen Sie also dann?«

»Ich will das Geheimnis von Lutts Spiralkommunikationssystem und eins von seinen Raumschiffen; es muß voll einsatzbereit sein.«

»Was wollen Sie?«

»Sie haben es doch gehört. In ein paar Minuten werde ich meine Beschützer von der Legion hereinrufen. Sie kommen sowieso, denn ich bin mir sicher, daß sie alle Gespräche, die in dieser Villa geführt werden, abhören. Man wird Ihre Handtasche untersuchen und den darin verborgenen Mechanismus finden.«

»Glauben Sie wirklich, daß man *mich* anzeigt?« fragte Phoenicia. Ihre Stimme klang nicht sehr überzeugt.

»Man wird Sie wegen eines Verbrechens gegen den Staat festnehmen. Man wird Ihrem Sohn den Preis für Ihr Leben mitteilen. Glauben Sie, daß er zahlen wird?«

Phoenicia rieb ihren Hals und sagte mit schwacher Stimme: »Werden Sie nicht melodramatisch, junge Frau.«

Böse Frau denken Lutt Sohn sie nicht retten, sagte Wytee.

»Sie zweifeln an Ihrem Sohn«, sagte Nishi. »Vielleicht kommt er gar nicht zu Ihrer Rettung, wie die Legion zu meiner kam?«

»Niemand wird es wagen, die Mutter des nächsten Präsidenten der Vereinigten Staaten festzunehmen!«

»Und wenn ich es verhindere, daß er gewählt wird?« fragte Nishi. »Wenn Sie die Mutter eines Verlierers wären, würden Sie sich dann noch von irgendeinem anderen verbrecherischen Meuchelmörder unterscheiden?«

Phoenicia öffnete den Mund und schloß ihn wieder, ohne etwas gesagt zu haben.

Böse Frau denken Nishi viel weh tun, sagte Wytee. *Nishi nicht sicher. Böse Frau denken viel Lutt Sohn. Nishi wissen wollen was böse Frau denken?*

Sag 's mir, ordnete Nishi an.

Böse Frau hassen toten Vater. Jetzt hassen Lutt Sohn. Lutt Sohn tun weh böse Frau. Vielleicht er Grund für Kopf ab. Lutt Sohn sagen böse Frau machen nicht Politik. Lutt Sohn geil brüten viele Frauen. Lutt Sohn nicht sagen Wahrheit. Lutt Sohn weh tun Morey Bruder. Lutt Sohn böser Mann.

Das reicht! gab Nishi zurück.

Sie holte tief und bebend Luft. Sie hatte zwar vermutet, daß der Einfluß dieser schrecklichen Familie nicht ohne Auswirkungen auf Lutt geblieben war, doch angesichts von Wytees Enthüllungen gab es keinen Zweifel mehr. »Ich kenne Lutt«, sagte sie. »Seinen Drohungen muß man glauben.«

Phoenicia errötete über das ganze Gesicht.

Nishi deutete mit dem Revolver nach rechts und berührte den Abzug. Das Brüllen eines Schusses erfüllte den Raum, die Kugel krachte in die Stuckwand und verstreute Gips über die Fliesen.

Der Offizier, der Phoenicia hergebracht hatte, war wieder da, ehe Nishi bis zwei zählen konnte. Ein Trupp der regulären Wachen unter Captain O'Hara folgte ihm auf dem Fuße.

Phoenicia duckte sich und hielt sich beide Hände vor dem Mund.

Nishi machte eine Geste mit dem Revolver. »Da ist die Tasche mit dem Gerät, mit dem sie mich umbringen wollte. Der Giftpfeil ist in die Jungfrauenstatue dort drüben gedrungen. Ich möchte den örtlichen Präfekten sprechen.«

»Sobald er hier ist, Mademoiselle«, sagte O'Hara. Er packte Phoenicias rechten Arm mit einem festen Griff. »Sie waren sehr scharfsinnig, Mademoiselle D'Amato, daß Sie den Vorteil der Situation ausgenutzt haben. Ich bin sicher, daß wir jetzt alles kriegen, was wir benötigen.«

»Ich bin mir dessen *nicht* so sicher«, sagte Nishi. »Wenn Sie die Sache nicht korrekt angehen, kann es durchaus sein, daß Lutt nichts dagegen hat, wenn sie auf der Guillotine landet.«

Die Subiyama baute sich neben Nishi auf und hob ihre winzige Kamera. Sie stieß einen leisen Pfiff aus. »Ich hab alles drauf, Schätzchen. Denkst du jetzt das gleiche wie ich?«

»Lutt wird niemals verlieren, wenn er es verhindern kann«, sagte Nishi. »Wir dürfen uns keine falschen Vorstellungen über das machen, was er alles anstellen wird, um zu gewinnen.«

Und sie fragte sich, wieviel Druck sie auf ihn ausüben konnte. Sollte sie die Sache über den Dreen enthüllen, mit dem er den Körper teilte? Nein. Das würde Ryll in eine üble Lage bringen. Sie wußte, daß sie es nicht tun konnte. Besonders seit der Raj Dood ihr die Pflicht auferlegt hatte, den Dreen zu schützen. Aber Lutt brauchte ja von ihren Vorbehalten nichts zu erfahren.

Ryll Dreen, sagte Wytee. *Dreen helfen.*

»Wenn du die Bienenkönigin hast, hast du auch ihn«, sagte die Subiyama.

Nishi seufzte. Also verstand nicht mal die Subiyama Lutt.

»Seine Mutter, eine gewöhnliche Mörderin?« krähte die Subiyama. »O nein. Soweit kann er es nicht kommen lassen. Damit wäre die Wahl für ihn gelaufen?«

»Wir müssen dafür sorgen, daß er sich der gesamten Tragweite der Situation bewußt wird«, sagte Nishi. »Wo ist Mrs. Ebey? Ich möchte, daß sie meinem Ex-Verlobten eine Nachricht überbringt.«

»Du gibst ihn also auf?« fragte die Subiyama.

»Ich möchte mit einer solchen Familie nicht verbunden sein«, sagte Nishi. »Es ist bedauerlich, weil ich die perfekte Frau für den armen Mann abgegeben hätte.«

Mit größtem Bedauern beende ich meine langjährige Beziehung zur Amerikanischen Unabhängigkeitspartei. Doch gleichzeitig bin ich glücklich und stolz darauf, bekanntgeben zu dürfen, daß ich von nun an Lutt Hanson junior und die Große Alte Partei unterstützen werde. Die Entwicklungen der letzten Zeit haben mir keine andere Wahl gelassen. Die AUP, die sich einst wie keine andere für die Menschenrechte stark gemacht hat, ist zu einem skurpellosen Werkzeug der Reichen verkommen. Doch zum Glück gibt es die GAP, die die heilige Fackel wieder aufnehmen kann.

Gilpertoon Woon
Offizielle Bekanntmachung

Ich lasse nicht zu, daß du Dreenor bedrohst, beharrte Ryll. *Wenn deine kriegerische Haltung nur ein politischer Trick wäre, würde ich sie tolerieren, aber falls du vorschlägst, einen Angriff auf meine gesegnete Heimat zu starten …*

Hör auf, du Dreen-Idiot! Ich bin dazu bereit, die Franzosen oder die Dreen zu bekämpfen. Ich werde alles tun, das ich will, verdammt noch mal, und du wirst mich nicht davon abhalten!

Lutt stand am Fenster des alten Büros seines Vaters im MX-Komplex und hielt einen feuchten Klumpen Basilikum in der Hand. Der Gedanke, das Basilikum zu kauen und zu schlucken, behagte ihm allerdings nicht, und hatte sich schon den ganzen Morgen deswegen genervt. Das Gewürz machte ihn irgendwie betrunken. Doch jetzt, nach dem Ende der Sitzung mit dem französischen Botschafter, mußte er das Zeug wieder einnehmen.

Das hier ist mein Mittagessen, Ryll-Baby, höhnte er und hob das Gewürz hoch.

Ryll dachte mit Abscheu und Sehnsucht an Bazeel.

Wie herrlich es doch war, in einem Bazeelrausch dahinzutreiben. Dann hatte man keine Sorgen und stritt sich auch nicht mit seinem Partner. Doch Lutt konnte die schreckliche Droge vertragen, wenn er auch streitsüchtig wurde und sein Verstand seine Schärfe verlor. Hin und wieder stolperte er auch. Aber es gab keinen Zweifel darüber, wer ihren Körper beherrschte, wenn er mit Bazeel gesättigt war.

Es ist nötig, daß ich wachsam bleibe und fähig bin, dich zu beraten, sagte Ryll, als Lutt das Bazeel vor ihren Mund hob.

Wozu mich beraten, Ryll-Baby?

Lutt biß einen Mundvoll Gewürz ab und schluckte es.

Du machst viele Fehler, sagte Ryll eindringlich.

Zum Beispiel?

Die Patrouille hat ihre eigenen Pläne, wenn sie dein Geheimnis über Deni-Ra für sich behält. Es war ein Fehler, daß du es deinem Bruder erlaubt hast, das zu arrangieren. Und dein Beschluß, deine Mutter hängenzulassen, ist auch falsch!

Mutter hat sich ihr eigenes Grab gegraben! Und Morey — ich will, daß er sich vor Angst in die Hosen scheißt! Lutts Geist reagierte zwar schon leicht belämmert, doch die gehobene Stimmung trieb ihn an. *Weißt du, was ihn am meisten ängstigt? Die Vorstellung, daß ich Präsident werden könnte!*

Aber die EGP und Deni-Ra sind gefährlich, ich sage es dir! Ryll merkte, daß sein Geist noch schneller schwand als der Lutts.

Morey kann niemanden auf die Beine stellen, ohne daß ich davon erfahre. Der Horchposten kriegt alles mit. Außerdem sagen mir Deni-Ras Wächter, über was sie reden.

Woon ist unterwegs. Er wird dich für betrunken halten!

Na und?

Verzweifelt versuchte Ryll erneut das, was noch kein Dreen vor ihm geschafft hatte — das idmaginierte Abblocken von Bazeel. Und wie immer mißlang es ihm.

Lutt, der den Versuch und Rylls schwindende Geisteskraft mitbekam, fing an zu lachen.

Das Gelächter brachte Ryll in Wut. Er spürte, wie er in die Bazeel-Ekstase eintauchte. Durch den drogeninduzierten Nebel sah er, wie Woon das Büro betrat und die Treppe zu Lutts Ebene heraufkam.

Meine Ebene.

Es war ein sinnloser Gedanke. In der Bazeel-Halluzination schien der Senator sich aufzublasen wie ein Ballon, dann schrumpfte er zu einer Miniatur zusammen.

Ryll hielt es für komisch. Er versuchte, Lutt an seiner Erheiterung teilhaben zu lassen. Doch Lutt ignorierte sein Eindringen und nahm am Fenster Platz, wo er sich auf den Besucher konzentrierte.

Ihre Konversation kam durch den Bazeel-Filter verzerrt bei Ryll an. Manchmal waren ihre Stimmen leise, dann waren sie ein Echo, dann laut, entfernt, nahe, deutlich, undeutlich ... Ryll war nicht fähig, sie abzublocken und sich in private Gedanken zurückzuziehen.

»Die AUP hat der Hure Toloma einen Haufen Geld geboten, wenn sie gegen Sie aussagt. Stimmt es, daß Sie sie verprügelt haben?«

Woon. Zuerst laut, dann flüsternd.

»Ich war besoffen und hatte einen Moralischen. Das Luder hat sich die Frechheit rausgenommen, zu mir zu sagen, ich wäre schließlich zum Vögeln und nicht zum Heulen zu ihr gekommen.«

Das war Lutt. Ryll hätte am liebsten gekichert.

»Was?« *Wieder Woon.*

Lutt wiederholte den Satz für den Senator, der dann zu schreien schien:

»Toloma sagt, Sie hätten um irgendeine Ni-Ni geheult. Man munkelt, Sie hätten zu ihr gesagt, von Huren nähmen Sie keine Ratschläge entgegen.«

»Was hätte ich denn davon gehabt? Warum hat sie auch sagen müssen, ich wäre all die Jahre am falschen Ort gewesen, wenn ich auf 'ne Jungfrau aus sei?«

»Sie müssen vorsichtiger sein, Lutt. Es wird uns einen Haufen Geld kosten, sie zum Schweigen zu bringen. Sind Sie im Moment auch besoffen?«

»Nein, zum Teufel!«

»Ihr Kopf wackelt aber so komisch, Kumpel.«

»Ich bin nicht Ihr Kumpel, Woon! Ich bin Ihr Präsidentschaftskandidat!«

»Sie haben gesoffen, verdammich, und es ist nicht mal Mittag!«

»Was und wann ich saufe, geht Sie nichts an!«

»Aber nur so lange nicht, wie Sie nicht so in der Öffentlichkeit auftreten.«

Lutt beugte sich streitsüchtig vor. »Wollen Sie mir vorschreiben, was ich zu tun habe?«

»Ich bin Ihr Wahlkampfleiter, Lutt!«

»Sie sind mein Strohmann, Woon! Das sind Sie!«

Der Ansatz eines Wutanfalls verzerrte die feisten Wangen des Senators, löste sich jedoch sofort wieder auf. Er lächelte.

»Ich werde mich bemühen, es nicht zu vergessen ... Mr. Hanson.«

»Und warum wollten Sie mich sprechen?«

»Dieser Venus-Guru, dieser Raj Dood, hat mich heute morgen ganz überraschend angerufen. Er wollte über eine Abmachung reden, die Sie angeblich mit der französischen Fremdenlegion haben. Was, zum Teufel, haben Sie mit der Legion zu schaffen?«

»Yeah, Onkel Dudley hat davon geredet, daß jemand die Verhandlungen weiterführen soll. Sagen Sie ihm, er kann mich mal!«

»Onkel Dudley? Soll das heißen, der Raj Dood ist ...«

»... der Bruder meiner Mutter.«

»Heilige Scheiße! Wenn das rauskommt! Können Sie ihn im Zaum halten? Will er Geld für ...«

»Onkel Dudley scheint kein Interesse an Geld zu haben. Ich glaube, daß er mit der alten Osceola unter einer Decke steckt.«

»Mit der Geisterglas-Tante? Meinen Sie die Osceola?«

»Welche denn sonst?«

Woon suchte sich einen Sessel und ließ sich hineinfallen. Lutt fand es erheiternd, daß er sich ausgerechnet den aussuchte, den der alte L.H. so präpariert hatte, daß er es jedem gab, der auf ihm Platz nahm. *Ich hätte ihn so lassen sollen, wie er ihn präpariert hat.*

»Haben Sie noch andere schöne Überraschungen für mich?« fragte Woon.

»Yeah! Wahrscheinlich wird die Presse sowieso bald darüber berichten. Der französische Botschafter war bei mir. Er hat gesagt, daß meine gute alte Mama versucht hat, Nishi D'Amato zu ermorden. Der Botschafter hat Nishi als das Maskottchen der Legion bezeichnet. Er meint, der Mordversuch sei ein Verbrechen gegen den Staat.«

Lutt fuhr mit einem Finger über seine Kehle.

»Oh, mein Gott!« keuchte Woon.

»Die Sache hat aber auch eine gute Seite«, sagte Lutt. »Mama wird uns keinen Knüppel mehr zwischen die Beine werfen.«

»Über sowas können Sie Witze reißen?«

»Warum nicht? Denken Sie doch mal an die Knete, die dabei für uns abfällt. Wir weisen die Beschuldigung zurück. Meine Mutter würde sowas doch nie tun! Die Franzosen hacken ihr die Rübe ab, und wir trauern. Sowas bringt Sympathie. Bei der Wahl wird es einen Erdrutsch geben.«

»Ihre eigene Mutter? Das meinen Sie doch nicht im Ernst!«

»Stimmt an meiner Analyse irgend etwas nicht?«

»Ihre Scheiß-Analyse interessiert mich einen Dreck!«

»He! Sind Sie nun mein Wahlkampfleiter oder nicht?«

»Okay! Dann sollten Sie aber auch wissen, daß sich sowas wie ein Bumerang auswirken und uns ruinieren kann. Die Opposition könnte behaupten, Sie wollen nur Präsident werden, um sich an den Franzosen zu rächen.«

»Yeah, vielleicht will ich das.«
»Sind Sie verrückt geworden?«
»Ich werde die Wahl gewinnen, Woon. Und wenn ich sie gewonnen habe, werde ich Ihnen anhand einiger Beispiele zeigen, wie man mit der Macht umgeht.«
»Sind die Franzosen bereit, mit uns zu verhandeln, damit die Sache nicht unnötig aufgebauscht wird?« fragte Woon.
»Der Botschafter sagt, meine Ex-Haushälterin ... Sie erinnern sich an Mrs. Ebey? Er hat gesagt, sie kommt mit einer Botschaft von Nishi. *Vielleicht* bin ich zu Verhandlungen bereit, wenn Nishi bereit ist, es mir zu besorgen.«
»Zu ... zu besorgen?«
»Herrgott! Verstehen Sie keine Redewendungen?«
»Ich fürchte doch. Wollen Sie damit andeuten, Sie wären bereit über das Leben Ihrer Mutter zu verhandeln, wenn Nishi mit Ihnen ins Bett geht?«
»Endlich hat er's kapiert!«
Woon stierte Lutt mit weit aufgerissenen Augen an — als hätte er einen völlig Fremden vor sich. Als er wieder das Wort ergriff, war seine Stimme tief und brummig. »Haben Sie 'ne Ahnung, was die Franzosen wollen?«
»Klar! Sie sind auf mein Kommunikationssystem und mein Raumschiff aus. Wenn ich diese kleine Konzession mache, tauschen sie meine Mutter aus.«
»Geben Sie ihnen, was sie haben wollen.«
»Wenn sie *mir* geben, was *ich* haben will.«
»Ich hab ja in meinem Leben schon viele Dinger gedreht«, sagte Woon, »aber neben Ihnen komme ich mir vor wie ein Sonntagsschullehrer.« Er packte die Lehnen des Sessels und raffte sich auf. »Ich werde mit der Ebey reden. Und ich glaube, ich werde mich auch mit Ihrem Raj Dood treffen.«
»Tun Sie das! Und bitten Sie um seinen Rat.« Lutt veränderte seine Stimme und ahmte den polternden Tonfall Woons nach. »Ich habe gehört, Dood hat wirklich bombige Ratschläge auf Lager.«

Ich wünschte, Wemply der Reisende würde noch leben. Ich würde ihm gern den Auftrag geben, den Boden des Meers aller Dinge zu suchen.

Habibas Murmeleien

Ich bin nicht mehr die Habiba von früher, und ich werde es auch nie wieder sein.

Der Gedanke zog durch Habibas Geist und war weg.

Sie starrte aus ihrer Kuppel auf die grauen Morgenschatten ihres geliebten Dreenor. Ihr verstärkter Blick zeigte ihr, wie eine Menge ihrer fähigsten Steuerzahler auf einem Weg in der Nähe des Horizonts daherschlingerten. Sie waren offensichtlich von Bazeel berauscht. Habiba hatte nicht das Herz, sie zu maßregeln oder die Droge zu verbieten. Sie wurde neuerdings recht offen in zahlreichen Heimen angepflanzt.

Jongleur war gerade gegangen. Er hatte sie über Deni-Ras Gefangennahme in Kenntnis gesetzt.

»Mugly sagt, daß Deni-Ra eine Latente sein könnte«, hatte Jongleur gesagt.

Latente wiesen die Gabe der unkontrollierbaren und unvorhersehbaren Idmagination auf. Sie waren ein periodisches Problem der Dreen, aber dank der Besänftiger-Therapie war man bisher noch immer mit ihnen fertig geworden.

Unter den gegenwärtigen Umständen war es unwahrscheinlich, daß man Deni-Ra mit einem Besänftiger versehen konnte.

Erst kürzlich war Habiba der Gedanke gekommen, daß Wemply vielleicht auch ein Latenter gewesen war. Es erklärte viele Dinge, aber die Vermutung war ihr viel zu spät gekommen.

»Wir werden keinen unserer Leute mehr zu diesem verfluchten Planeten verschwenden«, hatte Habiba befohlen.

»Soll das heißen, du schickst das Tilgungsschiff *nicht* ab?« fragte Jongleur mit zitternder Stimme.

»Es bedeutet nur das, was ich sage!«

Als eine Welle von Habibas Zornduft ihn traf, zog Jongleur sich zurück und floh ins Freie hinaus, ohne daß sie ihn entlassen hatte.

»Schick mir Mugly!« hatte sie hinter ihm hergerufen.

Mugly tauchte gerade auf, doch er blieb an der untersten Stufe der Spiraltreppe der Kuppel stehen. Glaubte er etwa, dies könne ihn vor ihrem prüfenden Blick bewahren?

»Angenommen, ich würde eine sofortige Denksitzung anberaumen, was würde ich dann von dir erfahren?« fragte sie.

Mugly, der nicht genug Zeit hatte, um einen Gedankenblock zu idmaginieren, schaute sich ängstlich und zitternd um. In der Kuppel hielt sich kein anderer der Elite auf. Er hatte noch nie von einer Denksitzung gehört, an der nur einer teilnahm. Gab es so etwas überhaupt?

»Ich weiß, auf was ich stoßen würde«, sagte Habiba.

Hat mein idmaginierter Gedankenblock versagt?

»Ich habe nie Denksitzungen gebraucht, um in die Herzen der Steuerpflichtigen zu schauen«, sagte Habiba. »Du hast gegen mich konspiriert, Mugly!«

»Gesegnete Habiba! Ich habe stets nur zum Guten Dreenors gehandelt.«

»Hör auf mit deinem ›Gesegnete Habiba‹-Unfug! Du bist der stolzeste Dreen, der mir je begegnet ist. Du hast von Anfang an geplant, Kapitän des Tilgungsschiffes zu werden!«

Mugly riß sich auf allen vier Beinen zusammen. »Ich bin bereit, mich zum Nutzen meines Volkes zu opfern.«

»Es ist nicht *dein* Volk. Was weißt du schon, was für die Dreenheit das Beste ist? Du hast uns alle mit einer Krankheit infiziert, für die es wahrscheinlich kein Heilmittel gibt!«

»Habiba!«

»Lösch die Erde aus, und die Folgen werden katastrophal sein!« sagte sie. »Der verfluchte Planet und seine Lebensformen sind mit all unseren Legenden und Überlieferungen verknüpft. Bevor ich einen Bann auf sie legte, war die Erde der am regelmäßigsten besuchte Ort unserer Erzähler!«

»Um so mehr ein Grund, sie zu tilgen, Habiba.«

»Du hörst mir nicht zu! Wenn die Erde nicht mehr ist, wird es die Fähigkeiten der Dreen verkrüppeln. Die Erzähler werden die Konsequenzen jeder einzelnen Idmagination fürchten. Sie werden sich fragen, ob sie vielleicht eine neue Erde erschaffen. Und das Universum wird in einem Ausbruch von Erzählerfrust explodieren!«

»Aber die Defekte der Erde sind uns bekannt. Der freie Wille und seine Evolution haben …«

»Stolz, das ist der Defekt! Der gleiche Stolz, der dich antreibt, Mugly, hat Wemply dazu gebracht, diese verrückte Welt zu erschaffen!«

»Habiba, was ich tue, kann doch nicht so schlimm sein wie …«

»Dein Stolz hat dich dazu gebracht, sogar meine Worte zu bezweifeln!« warf Habiba ihm vor. »Dagegen habe ich ein Heilmittel, Mugly. Wir werden auf der Stelle eine Denksitzung abhalten. Ich werde *dich* prüfen. Du bist eine Schande für die Dreenheit. Das Böse an dir soll allen bekannt werden!«

Muglys Hornrüstnase bebte. Er setzte sich abrupt in Bewegung und stieg die Treppe herauf.

Habiba sah ihn näherkommen. Sein Verhalten erweckte ihre Neugier. Sie hatte ihn nicht gebeten, heraufzukommen. Was hatte er vor?

Zwei Stufen unter Habiba hielt Mugly inne. Der Geruch seiner Verärgerung war unmißverständlich. Sie sah, wie er die Augen nach innen schwenkte, um zu idmaginieren. Ein Stück der Treppe löste sich auf, um ihn mit Materie zu versorgen; dann tauchte ein langer Stab in seinen Händen auf. Als er die Augen wieder nach außen schwenkte, zielte er mit dem Stab auf sie.

Ein Speer!

Sie erkannte ihn aus den gewalttätigen Geschichten von der Erde. Der Geruch des Lähmgiftes auf der Speerspitze ließ sie frösteln. Mugly wollte sie ermorden!

Habiba zuckte zur Seite, als der Speer ihren linken Arm ritzte. Sie reagierte unter Schmerzen und mit Bestürzung. *Ich brauche eine Abwehrwaffe!*

Aus den Tiefen ihres Überlebenstriebs und mit überlegender Idmagination verschloß sie die Wunde und erschuf eine Waffe. Eine Maschinenpistole tauchte in ihren Händen auf, als Mugly zu einem weiteren Stoß ausholte. Ohne bewußten Willensentschluß betätigte Habiba den Abzug. Ein knatterndes Krachen betäubte ihre Gehörgänge, als die Kugeln eine Reihe gelber Löcher in Muglys Brustkorb stanzten. Der Aufschlag warf ihn von der Treppe, und er fiel mit einem klatschenden Geräusch zu Boden.

Habiba fühlte sich kalt und geistesabwesend, als sie sich nach vorn beugte, um ihn anzusehen. War er bei Bewußtsein? Konnte er seine Verletzungen durch Idmagination schließen? Doch durch den Sturz hatte er das Bewußtsein verloren. Sie sah, wie Muglys gelbes Blut über den Boden rann. Er lag unbeweglich da, während das Leben ihn verließ.

Habiba spürte den Augenblick von Muglys Tod. Eine schreckliche Stille durchdrang sie und leerte ihren mütterlichen Geist. Ihre Stirnhaut verengte sich und ließ die Erzählerfalten verschwinden.

Sie sah die Maschinenpistole an, die sie in den Händen hielt und greynte sie mit einem Frösteln des Ekels ins Nichts zurück.

Was habe ich getan?

Sie versuchte, den schrecklichen Vorfall rational zu erklären.

Mugly hätte mich umgebracht. Ich habe mich zum Besten aller Dreen verteidigt.

Klang das nicht verdächtig nach Muglys Argument?

Bin ich die stolzeste aller Dreen?

Es war ein niederschmetternder Gedanke. Hatte Mugly, was die Erde anbetraf, etwa recht gehabt? Nein! Ihre Argumente über die Konsequenzen hatten etwas viel Tieferes in ihrem Bewußtsein berührt. Irgendwo in ihr war die Gewißheit, daß es mit Dreenor aus war, wenn man die Erde tilgte.

Die vorsätzliche Ausrottung allen Lebens? Ich kann mich nicht dazu überwinden, es anzuordnen.

Aber ich habe Mugly umgebracht.

Langsam ging sie die Treppe hinunter und blieb bei Mugly stehen. Er sah böse zugerichtet aus. Eine Welle von Zorn durchströmte sie. Sie hob die Leiche auf und hielt inne, um die Beweise der Katastrophe vom Boden zu greynen. Erneut fühlte sie sich von tödlicher Stille geleert. Die uralte Vertrautheit des Gefühls ließ sie zittern.

Die Steuerpflichtigen dürfen nicht erfahren, was ich getan habe.

Sie trug Mugly in einen privaten Gang in das rote Schlammziegelhaus, ihr erstes Heim auf Dreenor. Dort idmaginierte sie ein tiefes Loch in den Boden und legte Mugly hinein. Als der Boden wieder sein ursprüngliches Aussehen angenommen hatte, kniete sie sich nieder und überdachte ihr Problem.

Ich bin nur eine einzige. Ich kann die ganze Schöpfung nicht allein zusammenhalten.

Worin besteht der Unterschied, wenn ich mich vor Mugly und die Dreenheit durch die Tilgung der Erde schütze?

In den Konsequenzen.

Die Konsequenzen der defensiven Handlungen mußten stets abgewägt werden. Mugly war tot; sein Verschwinden würde sie mit Sicherheit zu einer kunstvoll ausgetüftelten Erzählerschwindelei zwingen.

Bin ich nicht die Höchste Erzählerin?

Der Gedanke brachte tief in ihrem Innern einen seltsamen Akkord der Erinnerung zum Klingen. Sie wußte nicht genau, woher er kam. Aber jemand hatte sie einst so genannt.

»Du bist die Höchste Erzählerin. Darin besteht deine Pflicht.«

Sie konnte die Stimme fast hören. Sie gehörte jemandem, den sie nicht identifizieren konnte. Jemandem, der nicht mehr existierte.

Wie konnte es das geben? Kannte sie nicht jeden Dreen?

Sie blieb hocken, zitterte vor den Dingen, die in ihr verborgen waren und war sich einige Herzschläge lang nicht bewußt, daß Jongleur zurückgekehrt war und im Türrahmen zum unteren Korridor stand.

»Habiba?« fragte er. »Was war das für ein Lärm? Viele haben ihn gehört, aber ...«

»Ich habe dich nicht gerufen«, sagte sie.

»Die Liebe führt mich her, Habiba. Was ist geschehen?«

So fängt die Schwindelei also an, dachte sie und sagte: »Ich mußte Mugly auf eine schwierige Mission schikken.«

»Mugly? Ich habe ihn nicht gehen sehen. Auf was für eine Mission, Habiba? Doch nicht etwa mit dem Tilgungsschiff?«

»Auf eine viel schwierigere Mission«, sagte sie.

Uns vorliegende medizinische Unterlagen beweisen, daß der Kandidat Hanson in den letzten paar Monaten um mehrere Zentimeter gewachsen ist und mindestens sieben Kilo zugenommen hat. Wie erklärt er das? Leidet er etwa an einem gefährlichen Hormon-Ungleichgewicht? Die Öffentlichkeit hat ein Recht auf rückhaltlose Aufklärung dieser Unstimmigkeiten.

Pressemitteilung der Opposition

»Meine Damen und Herren, in zwei Tagen wählen wir den nächsten Präsidenten der Vereinigten Staaten.«

Der Sprecher, Utley Trask, eine vertraute, wohlwollende, grauhaarige Gestalt, die man speziell für diesen Moment ausgewählt hatte, hielt inne und lächelte, als die sich im Saal aufhaltende Menge in Jubel, Pfiffe und Rufe ausbrach.

Lutt, der mit Eola Van Dyke *Hanson* links von Trask saß, war der Meinung, daß es seinen Leuten bestens gelungen war, den Saal bis 21.00 Uhr zu füllen. Er warf Eola einen Blick zu und sah das Funkeln ihres neuen Eherings. Eola bedachte die jubelnde Menge mit dem typischen Lächeln einer höheren Tochter. Obwohl Lutt an diesem Tag davon abgesehen hatte, Ryll mit Basilikum zu betäuben, empfand er ein Aufwallen von Kampfeslust.

Eola für die Show, Ni-Ni fürs Bett!

Die Franzosen hatten zwar noch nicht geantwortet, aber er war zuversichtlich. Die Legion hielt die Phoenicia-Geschichte noch unter Verschluß. *Ein sicheres Zeichen, daß man meine Forderungen nicht ablehnen wird.*

Utley Trask hob die Hände, um die Menge zu bändigen. Die Rufe und der Jubel erstarben allmählich.

Lutt warf einen Blick auf die Kulissen zu seiner Rechten. Hinter ihnen wartete ein Karren auf Rädern, der Deni-Ra in menschlicher Maske enthielt.

In ein paar Minuten entscheiden wir todsicher die Wahl! dachte Lutt. *Die Angst der Leute und die Arbeitsplätze, die ich verspreche, werden dafür sorgen. Es wird einen Erdrutsch geben.*

»Jetzt ist der Moment gekommen, um Ihnen zu zeigen, warum Lutt Hanson junior der einzige Mann im ganzen Universum für diesen heiklen Job ist«, sagte Trask. »Doch vorher kommt noch einer der erfreulichsten Augenblicke meines Lebens.«

Er grinste Eola an und wandte sich wieder der Menge zu. »Es geht um eine wunderbare Überraschung, Leute. Heute morgen sind Lutt Hanson junior und Eola Van Dyke in einer stillen Zeremonie in seinem Heim in den heiligen Stand der Ehe getreten!«

Ein ohrenbetäubendes Gebrüll wurde im Saal laut. Die Rufe und das Triumphgeschrei dauerten fünf Minuten lang an. Als der Lärm abgeklungen war, grinste Trask und deutete auf Lutt.

»Meine Damen und Herren, der nächste Präsident der Vereinigten Staaten — Lutt Hanson junior!«

Lutt nahm seine Position an den Mikrofonen ein, blickte in die Kameras, die auf ihn gerichtet waren, musterte die Menge und sah dann auf den Tragbaren Redeanalysator, der an seiner linken Handfläche klebte. Er warf Eola ein einstudiertes Lächeln zu und zeigte es dann den Leuten im Saal. Dann hob er beide Arme hoch.

Der Tumult legte sich schnell. Das Publikum war auf eine Bekanntmachung von großer Tragweite vorbereitet: Geschichten über eine »Enthüllung, die die Erde beben lassen wird«, machten schon die Runde. Auf den Gesichtern, die zu ihm heraufsahen, konnte man Erwartung ablesen. Sogar die Pressevertreter saßen aufgeregt hinter den Scheiben ihrer Kabinen. Sie wußten, daß man sie nicht hätte aufbauen lassen, wenn es keine großartige Story gäbe.

Was hatte es mit der »außerirdischen Bedrohung« auf sich, von der man aus Hansons Hauptquartier hörte?

»Meine Freunde«, sagte Lutt, »wir alle wissen, daß für uns jetzt die Zeit gekommen ist, unserer großen Nation neues Leben einzuhauchen. Meine Opponenten haben uns in eine verzweifelte Situation gebracht. Die Lebensmittelpreise haben sich im letzten Jahr verdoppelt. Die Arbeitslosigkeit nimmt zu.«

Er machte eine Pause und zeigte einen grimmigen Gesichtsausdruck. Dann fuhr er damit fort, die vorbereitete Rede abzulesen, die auf den transparenten Schirm des Redepults projiziert wurde.

»Kann es uns gleichgültig sein, wenn zahlreiche Amerikaner ein kümmerliches Dasein in miesen Hütten fristen?«

Das war für die Wählermassen, die Woons Leute in den Slums an die Urnen treiben würden.

»Nein!« rief er. »Wir brauchen Nahrung für die Armen. Nein! Wir brauchen Jobs für jene Leute, die meinen Opponenten gleichgültig sind! Für jene Leute, die wieder stolz sein werden, wenn sie wissen, daß sie für sich selbst sorgen können.«

Lutt schob den TRA in die Handgelenkscheide und legte die Hände auf die Seiten des Redepults. Er umklammerte das Holz, bis seine Knöchel weiß wurden — eine Geste, die Woon ihm beigebracht hatte.

»Aber es gibt noch etwas viel Bedrohlicheres, das meine Opponenten ignoriert haben — obwohl sie genau darüber im Bilde sind!«

Er schaute in die aufgereihten Kameras. Die Opposition war dort draußen und nahm jedes Wort und jede Bewegung auf.

»Ich stelle mich Ihnen heute mit fester Entschlossenheit und der tiefen Überzeugung, daß wir zusammenhalten müssen wie nie zuvor. Wird meine Botschaft ignoriert, sind wir alle mit Gewißheit dem Untergang geweiht!«

Er gab den wartenden Hanson-Wachen und den Angehörigen der Erdgürtel-Patrouille das Zeichen, Deni-Ras Käfig ins Freie zu rollen.

Der Käfig fuhr mit genau berechnetem Räderknirschen auf die Bühne. Die Menge bewegte sich unruhig. Blitzlichter flammten auf. Die Kameras wandten sich der neuen Entwicklung zu. Leises Geflüster machte sich im Saal breit.

»Was, zum Teufel, hat er da in dem Käfig?«

»Sieht aus wie 'n übriggebliebenes Double von John Wayne.«

»Haltet die Klappe und hört zu!«

Die Männer ließen den Wagen zwei Schritte rechts von Lutt anhalten und blieben mit gezückten Waffen neben ihm stehen.

Deni-Ra packte die Gitterstäbe und musterte die Menge mit einem trotzig-wilden Blick.

Lutt deutete auf die gefangene Dreen. »Unter uns halten sich Kreaturen wie diese auf!« rief er. »Sie würden keinem von uns auffallen, weil sie so menschlich aussehen wie wir alle! Aber sie sind nicht menschlich! Sie stammen nicht von der Erde! Sie haben die Absicht, uns auszurotten!«

Aufs Stichwort hin sackte Deni-Ras Maske zu einem Häufchen Protoplasma zusammen und nahm Dreen-Gestalt an. Zwei sechsfingrige Hände rüttelten an den Gitterstäben und brachten den Käfig leicht zum Wanken.

Die Menge schnappte hörbar nach Luft. Die Wachen richteten ihre Waffen auf die Dreen, und einer der Männer sagte: »Hör auf damit, oder wir schießen!«

Deni-Ra sank auf alle vier Beine. »Schießt doch, wenn ihr wollt, ihr miesen Schweine!« brüllte sie. »Wir werden euch 'n Arsch aufreißen! Ihr seid hier im Dreen-Gebiet! Wehe, wenn ihr euch bis zum Sonnenaufgang nicht verpißt!«

Lutt deutete auf Deni-Ra und rief: »Eure sogenannten Führer haben uns trotz dieser Pest völlig hilflos gelassen! Ich will, daß diese Vogel-Strauß-Politik endlich aufhört! Wir müssen Waffen und Kriegsschiffe für den Einsatz im Weltraum bauen! Wir müssen die Außerirdischen auf ihrem eigenen Grund und Boden schlagen!«

Lutt neigte den Kopf und ließ den Blick über die Menge schweifen. »Die Opposition verbreitet hinter meinem Rücken, ich würde insgeheim mit einem potentiellen Gegner kungeln — mit den Franzosen. Das ist eine Lüge! Glaubt auch nur einer von euch, daß die Legion sich weigert, an der Seite unserer tapferen Erdgürtel-Patrouille zu kämpfen, wenn sie diese Pest erst einmal gesehen hat?«

Jubel brandete durch den Saal und verstummte allmählich.

Lutt warf Deni-Ra einen Blick zu. Wie schon zuvor hatte die Dreen jetzt die Gestalt einer Kobra angenommen und drohte, durch die Gitterstäbe zu schlüpfen. Die Wachen trieben sie wieder in den Käfig zurück.

»Die ganze Erde wird angesichts dieser Bedrohung hinter uns stehen!« schrie Lutt. »Wir müssen Fabriken umfunktionieren und neue bauen! Wir wissen, mit welcher Technologie wir die Außerirdischen ausrotten können! Ja! Ich habe sie selbst erfunden! Ich bin auf diese schreckliche Aufgabe vorbereitet? Seid ihr es auch?«

Die gebrüllte und gestampfte Antwort sagte Lutt alles, was er wissen mußte. Ein Blick auf den TRA bestätigte es ihm. Die Leute waren auf seiner Seite. Ihre Furcht vor der außerirdischen Bedrohung bedeutete Arbeitsplätze in einer neuen Rüstungsindustrie. Das war jedem klar. Zudem hatten seine Leute genug Geschichten über die *Vortraveler* in Umlauf gebracht. »Eine Erfindung des schöpferischen Geistes von Lutt Hanson junior.«

Wenn die Franzosen mitziehen wollen, okay. Aber nur zu meinen Bedingungen!

Ryll hatte genug gesehen und genug gehört. Das, was er auf der Erde gelernt hatte, sagte ihm, daß es jetzt an der Zeit war, etwas zu tun.

Lutt-Baby, meldete er sich.

Halt die Klappe, Dreen!

Nix da, Lutt-Baby. Was wird wohl aus der Wahl, wenn die Erdgürtel-Typen sehen, wie du dich in einen Dreen verwandelst?

Das würdest du nicht wagen!

Wenn ich schon ins Gefängnis muß, Lutt-Baby, dann ist es mir egal.

Hör auf, mich so zu nennen!

Dich was zu nennen?

Baby!

Ich habe es von dir gelernt. Jetzt schreiten wir zum Showdown. Lutt-Baby. Selbst wenn ich die Kontrolle über unseren Körper nicht wiedererlangen kann — diese Aufgabe werden wir später lösen —, ich kann aber bestimmt Fragen aufwerfen, auf die die EGP die Antworten hat. Kapiert?

Du meinst es ernst?

Überleg es dir gut! — keine Ni-Ni, keine Präsidentschaft. Nur eine Zelle für das Wesen, das sich als Lutt Hanson junior ausgibt. Du wirst zu einem Teil der außerirdischen Bedrohung werden, die du selbst heraufbeschworen hast.

Was willst du, Ryll?

Ich habe dir gesagt, ich werde nicht zulassen, daß ihr Dreenor angreift.

Okay, also kein Angriff.

Das meinst du doch nicht ernst.

Ich verspreche es.

Das ist doch ein leeres Versprechen.

Was soll ich tun?

Das weißt du doch. Gib die Körperkontrolle an mich ab, sobald ich danach verlange, und hör auf, uns mit Bazeel zu vergiften; es sei denn, ich verlange danach.

Niemals!

Niemals ist eine verdammt lange Zeit, Lutt. Besonders dann, wenn man in einem EGP-Knast sitzt.

Können wir uns die Kontrolle über meinen Körper teilen?

Unseren Körper.

Okay! Unseren Körper.

Das habe ich doch schon immer vorgeschlagen. Falls du mir zustimmen solltest ... Vergiß nicht, daß ich alle deine Gedanken lesen kann.

Der Tumult im Saal nahm ab. Lutts Schultern sackten herab. Der Tragbare Redeanalysator ermahnte ihn sofort: »Aufrichten. Ernst und lauter dreinschauen.«

Er gehorchte.

Ryll beobachte ihn insgeheim und faßte einen Entschluß. *Ich werde diesen Erder beherrschen!* Und jetzt wußte er auch, wie es ihm gelingen würde. Es war eine grundlegende Wahrheit, die er aufgrund seiner Beobachtungen erfahren hatte. *Bringe jemanden dazu, sich etwas zu ersehnen, dann kannst du ihn durch dieses Sehnen beherrschen.*

Lutt wollte Macht. Nach Macht gelüstete es ihn noch mehr als nach Frauen.

Nishi darf sich nie an diesen Erder binden, dachte Ryll. *Ich werde sie davor bewahren.*

In dieser Position wirkt die Klingenpistole wie ein normales Taschenmesser mit kurzer Klinge. Geben Sie dem Griff lt. Abb. eine halbe Drehung und drücken Sie auf die erhabene Verzierung (Diagramm Nr. 3), dann schießt die Klinge auf das Ziel zu und ist bei einer Reichweite von acht Metern tödlich. Das Automatik-Magazin der KP führt sofort ein neues Projektil ein. Sie haben sieben weitere Schüsse. Gift- oder Lähminjektor-Klingen sind lieferbar und werden in Kartons à 24 Stück abgegeben. Auf den aus hochverdichtetem Kunststoff hergestellten Messergriff sprechen Metalldetektoren nicht an.

Privatbroschüre für Funktionäre

Nishi durchquerte ihre Suite im Madison Hotel in Washington D.C. und bewunderte das antike französische Dekor und die Sepia-Gravuren aus dem napoleonischen Paris. Selbst ihr Vidkom war in einer zierlichen Vase versteckt. Vorhänge verhüllten die Straßen und dämpften das morgendliche Sonnenlicht. Man konnte sich fast vorstellen, in der Zeit zurückgereist zu sein und sich in den weniger frenetischen Zeiten aufzuhalten, die man auf den Wandgemälden sah.

Wytee lag wie ein Ball aus gelbem Fell auf einem Empire-Sessel. Er hatte seine Gedankenlesefähigkeit wegen *Viele böse Gedanken hier* defensiv reduziert.

Die existierende Boshaftigkeit in der Hauptstadt dieser Nation, nahm Nishi an, überwältigte die Naivität seiner Rasse.

Mrs. Ebey war im Zimmer nebenan. Lorna und Lew Subiyama wohnten in den sich daran anschließenden

Räumen, und ihr Präfekten-Beschützer mit den Legionswachen in Zivilkleidung hatten ihre Unterkünfte hinter denen der Subiyamas.

Sie sah auf die Uhr. Lutt mußte in wenigen Minuten hier sein.

Präsident Lutt Hanson junior.

Es war eigenartig, so von ihm zu denken, aber Nishi hatte in den Medien die Berichte über seine Amtseinführung und seine Antrittsrede gesehen. Sie hatte ihn auch bei der Vorführung des gefangenen Dreen gesehen. Und sie wußte, daß die Hauptstadt der Vereinigten Staaten von neuen Aktivitäten nur so wimmelte — viele Nationen wollten sich an der Menschlichen Verteidigungsliga und ihren lukrativen Rüstungsaufträgen beteiligen.

»Menschliche Verteidigungsliga«! Welch gerissene Bezeichnung. Ihr Präfekt war auch wegen dieser Organisation hier.

»Wir müssen uns die Last teilen.«

Wollen teilen Profite, übersetzte Wytee. *Wollen Nishi sein Chef von Lutt Präsident.*

Bin ich deswegen hier? fragte sich Nishi. *Als Köder? Als Tauschobjekt?*

Aber die Franzosen hatten doch Phoenicia und die noch immer nicht bekanntgegebene Beschuldigung ihres Angriffs auf den Staat. Sie konnten sie zum Tode verurteilen.

Warum hat Lutt darauf bestanden, daß ich komme? Er ist doch verheiratet.

Lutt Präsident will geil brüten Nishi, sagte Wytee.

Lorna und Lew Subiyama kamen durch die Verbindungstür. Lew wirkte ängstlich und hatte den Blick zu Boden gerichtet. Er sah Wytee an, als glaube er, Nishis Haustierchen wolle ihn angreifen.

»Ist er noch nicht da?« fragte Lorna. »Herrgott! Der eiskalte Präsident der Vereinigten Staaten kommt zu dir, statt dich zu sich zu holen! Du hast echt Einfluß auf die Eier dieses Schweinehundes, Schätzchen.«

»Der Präfekt hat darauf bestanden, daß wir das Hotel nicht verlassen«, sagte Nishi. »Hier haben wir den Schutz unserer eigenen Leute.«

Präfekt-Mann spionieren, sagte Wytee.

»Die Geschäftsanzüge deiner Legionäre haben den Unterhändler vom Weißen Haus zwar nicht eine Sekunde hinters Licht geführt«, sagte Lorna, »aber es hat mich überrascht, wie schnell er klein beigegeben hat.«

»Ich habe einen Diplomatenpaß«, sagte Nishi.

»Ja, Schätzchen, aber Lutt ist immerhin der Präsident. Ich wette, er ist ganz scharf auf deine Muschi. Sollen wir euch allein lassen?«

»Ich habe meine Position bereits klargemacht!« sagte Nishi.

»Aber 'n Girl hat doch das Recht, sich die Sache anders zu überlegen«, sagte Lorna. »Laß es mich also wissen, wenn du ihn ranläßt, damit wir Mücke machen.«

Ein leises Klopfen ertönte an der Korridortür. Sie ging auf und zeigte Captain O'Hara in einem Tweedanzug. »Ihr Gast kommt mit dem Aufzug herauf, Mademoiselle«, sagte er. »Beamte des Geheimdienstes sind hier; wir haben den Korridor freigemacht.«

»Sehr gut, Monsieur«, sagte Nishi.

»Lew, halt mal die Tür auf!« sagte Lorna.

Lew beeilte sich, ihr zu gehorchen. Er übernahm den Türknauf von O'Hara, der sich wieder zurückzog. Man konnte seine Stimme hören. »Ein Mann an jeden Aufzug. Seid freundlich, aber streng.«

»Ist es nicht süß, daß Lew alles tut, was ich sage?« fragte Lorna.

Nishi hatte keine Zeit für eine Antwort. Ein plötzlicher Andrang von Geräuschen auf dem Korridor kündigte die Ankunft des Präsidenten an. Lutt, begleitet von zwei Geheimdienstlern, schob sich an Lew vorbei und blieb drei Schritte vor Nishi stehen. Er musterte sie von oben bis unten.

»Bis auf Nishi alle raus!« sagte er.

»Aber, Sir!« protestierte ein Geheimdienstler.

Lutt deutete mit dem Daumen über die Schulter. »Raus!« Er schaute die Subiyama an. »Sie auch!«

»Viel Spaß«, sagte Lorna augenzwinkernd. Sie nahm Lews Arm und ging mit den Geheimdienstlern hinaus.

Als sich die Tür hinter ihnen geschlossen hatte, fragte Lutt: »Na, wie findest du das, Ni-Ni? — Präsident Hanson?«

»Und wie geht's deiner First Lady?« fragte Nishi.

»Vergiß sie, Ni-Ni! Sie ist nur für die Show da; damit Mutter ihre Freude hat.«

»Möchtest du jetzt über die Lage deiner Mutter reden?«

»Ich bitte dich, Ni-Ni! Hat dir dieser französische Hundesohn etwa nicht gesteckt, was Sache ist?«

»Ich verstehe nicht, Herr Präsident.«

»Na, komm schon, Ni-Ni! Zieh deine Klamotten aus, dann legen wir gleich los!« Er knöpfte sein Jackett auf.

»Auf keinen Fall!« sagte Nishi und wich zurück. *Wytee? Hilf mir, Wytee!*

Wytee helfen.

Lutt stöhnte plötzlich auf und hob beide Hände an den Kopf. »Himmel! Was ist das denn?« Er taumelte nach links. »Machst du das, Ryll, du Schweinehund?«

»Ich will mit Ryll reden«, sagte Nishi.

Ryll bemühte sich nicht zum erstenmal seit der vergangenen Woche, Kontrolle über den Körper zu erlangen.

Du hast mir ein feierliches Versprechen gegeben, Lutt, und ich weiß, daß du es ernst gemeint hast. Wenn du dein Wort jetzt brichst, mache ich meine Drohung wahr!

Zum Teufel mit dir!

Jetzt durchschaue ich alles! sagte Ryll. *Du hast nur gelernt, wie man einen ehrlichen Eindruck macht. Du hast wirklich vor, Dreenor anzugreifen!*

Lutt schüttelte den Kopf und stöhnte. »Du lügender Dreen-Schweinehund!«

Ich habe dich gewarnt. Ich lasse keinen Angriff auf mein Volk zu!

»Du bringst mich um«, stöhnte Lutt. »Bitte, hör auf!«

Ich bin nicht der, der dir diese Schmerzen zufügt, erwiderte Ryll. *Es ist das gelbe Lebewesen auf dem Sessel.*

Du bist es! Immer wenn die Dinge sich großartig entwikkeln, machst du mir alles kaputt!

Ich versichere dir, es ist der Besänftiger. Ich weiß nicht, wo Nishi ihn her hat. Sie sind für Latente und Entartete reserviert.

Lutt taumelte auf das Empire-Sofa zu und brach darauf zusammen.

Genug, Wytee! befahl Nishi.

Lutt holte tief Luft und ließ langsam die Hände sinken. Nishi sah den Kampf des Übergangs zu Ryll als ein leichtes Flackern von Bewegungen in seinem Gesicht und seinen Augen. Lutts Unterkiefer sackte ein Stück herab, dann war ein hellerer Glanz in seinen Augen; er verblaßte und wurde erneut sichtbar.

Es war Ryll, der schließlich auf der Couch zurückblieb. »Ich freue mich, daß es dir gut geht, Nishi«, sagte er. »Es gibt Zeiten, in denen ist man versucht ...«

»Warum hat er mich herkommen lassen?« fragte sie.

Lutt versuchte sich einzumischen und die Kontrolle wieder an sich zu reißen. Ihr gemeinsames Gesicht verzog sich. Die Lippen bewegten sich, ein Grunzen kam aus dem Mund.

Wytee, sagte Nishi.

Wieder griff Lutt sich an den Kopf.

»Okay! Okay!« röchelte er.

Nishi wartete ab, bis Wytee den Schmerz abklingen ließ. Dann sagte sie: »Ryll?«

Erneut kam Rylls Stimme aus dem vertrauten Mund. »Er will nur abscheulich lüsterne Dinge von dir, Nishi.«

»Das dachte ich mir doch!«

»Der französische Gesandte hat gesagt, Lutt müsse sich schon selbst darum kümmern, seine ekelhaften Gelüste bei dir durchzusetzen. Man hat ihn in dem Glauben gelassen, du seist einverstanden.«

»Der Präfekt? Davon hat er mir nichts erzählt!« protestierte Nishi.

»Das habe ich mir gedacht.«

»Wie gräßlich!« sagte Nishi. »Hat die Legion mich verraten?«

Ryll schaute Wytee an. »Mir kommt eine Idee.« Er wandte sich wieder Nishi zu. »Könntest du deinen Besänftiger entbehren?«

»Meinen was?«

Ryll deutete auf Wytee. »Deinen Besänftiger.«

»Wytee? Was willst du denn von ihm?«

»Ach so. Du hast ihm einen Namen gegeben. Ich habe gehört, das soll üblich sein.«

Er schwieg und neigte den Kopf zur Seite. Plötzlich idmaginierte er eine Notiz für Nishi. Sie fing sie aus der Luft auf, als sie an ihren Augen vorbeitrieb.

»Mit Hilfe eines Besänftigers könnte ich diesen Körper kontrollieren, ohne unsere außergewöhnliche Lage zu enthüllen«, las sie.

Verstehst du, was er meint, Wytee?

Wytee sagte, Spiondinger hier.

Aber was meint er damit, daß er dich braucht?

Lutt-Präsident krank. Nishi nicht krank.

Würdest du mit Ryll gehen?

Nishi sagen, Wytee gehen Lutt/Ryll?

J-ja.

Wytee gehen.

Es tut mir leid, dich zu verlieren, Wytee.

Wytee Freund Nishi. Wytee Freund Dreen. Wytee Kranken helfen. Lutt-Präsident Wytee brauchen. Ryll Wytee brauchen.

Nishi sah den Mann auf dem Sofa an und nickte zustimmend.

Ryll stand auf. Lutt unternahm einen weiteren Versuch, die Kontrolle zu erringen, aber ein schmerzhaftes Zucken zwang ihn, sich sofort zurückzuziehen.

Das ist nur ein kleiner Vorgeschmack von dem, was du zu spüren kriegst, wenn du dich einmischst, versprach Ryll ihm. Er hob den Besänftiger auf und versteckte das Geschöpf unter seinem Jackett.

»Was ist mit den Verhandlungen?« fragte Nishi.

»Ich werde die Franzosen über das Geheimnis der Spiralentechnik informieren.«

Und Ryll dachte: *Aber ich werde sie auf eine falsche Fährte locken. Kapiert, Lutt? Ich habe doch gesagt, daß ich nicht zulasse, daß jemand Dreenor angreift.*

Ryll wandte sich der Tür zu und blieb stehen, als in einer Vase zu seiner Linken ein melodisches Läuten ertönte. Die Vase öffnete sich an einem vertikalen Saum und enthüllte ein Vidkom.

Nishi ging zu dem Gerät und drückte den Antwort-Knopf.

Major Hauptmanns Gesicht erschien auf dem Bildschirm. »Da sind Sie ja, Sir«, sagte sie und sprach die Gestalt an, die sie für den Präsidenten hielt.

»Was ist?« fragte Ryll.

»Ich habe eine erstklassige Scheißmeldung für Sie, Herr Präsident.« Sie sah Nishi scharf an.

»Sie können ruhig vor Mademoiselle D'Amato reden«, sagte Ryll.

»Ich weiß nicht, Sir. Es geht um eine heikle Sache. Ich bin der Meinung, Sie sollten lieber einen Geheimdienstler mit einer Kommunikationsbox anrufen. Sowas sollte nicht über eine offene Leitung gehen.«

»Na schön.« Ryll ging zur Tür und winkte einem der auf dem Korridor wartenden Geheimdienstler.

Dann setzte er sich mit einer Verzerrerkappe auf dem Kopf hin. Er sah die Majorin wieder an.

»Sir, Ihr Bruder ist Amok gelaufen«, sagte sie. »Er hat mit einem Passierschein, der Ihre Unterschrift trug, das Sperrgebiet betreten, in dem Deni-Ra festgehalten wurde. Und bevor man ihn aufhalten konnte, hat er den Dreen getötet.«

»Morey? Morey hat Deni-Ra umgebracht?«

»Ist das nicht eine Scheiße? Alles ist voll mit gelbem Blut. Und wie es stinkt! Ich mußte mich übergeben, obwohl ich selbst Ärztin bin.«

»Aber wie konnte er das tun? Welche Waffe ...«

»Es war eine von den verdammten Klingenpistolen! Mit einem tödlichen Gift. Wir wissen nicht, ob die Klingen oder das Gift den Dreen getötet haben. Ein paar von unseren Experten sind dabei, eine Autopsie vorzunehmen, aber vielleicht werden wir es trotzdem nicht erfahren. Die Frage ist: Was machen wir mit Ihrem Bruder?«

»Nehmen Sie ihn in Schutzhaft.«

»Und was sagen wir, wenn etwas an die Öffentlichkeit dringt?«

»Wieso glauben Sie, es könnte etwas an die Öffentlichkeit dringen?«

»Das Weiße Haus ist ein Sieb, Sir!«

»Sagen Sie, mein Bruder ist im Krieg gegen die außerirdische Pest gefallen, aber lassen Sie ihn bloß nicht frei.«

Ryll unterbrach die Verbindung und gab dem Geheimdienstler die Verzerrerbox zurück.

Lutt? Warum hat dein Bruder das getan?

Lutt zeigte keine Reaktion.

Ich bestehe auf einer Antwort, Lutt. Oder bist du schon wieder auf Kopfschmerzen aus?

Ich glaube, Morey hat nur ein Experiment durchgeführt. Er weiß jetzt, wie man einen Dreen umbringen kann.

Warum sollte er so etwas wissen wollen?

Er hat nicht vergessen, daß wir ihm von dem Außerirdischen in unserem Körper erzählt haben. Morey hat vor, uns zu ermorden.

Wie kann er das, wenn er einsitzt?

Stell dich nicht dumm! Er hat Komplizen.

Alarmiert stieß Ryll hervor: *Wir müssen in den Horchposten zurück. Wir haben etwas übersehen!*

Es gibt eine ganz einfache Erklärung dafür, warum die beiden sich Ni-Ni und Ryll nennen. Verliebte sprechen sich immer mit Kosenamen an.

Bericht des Präfekten

Ryll hatte zwei harte Tage hinter sich, deswegen war er auch nicht in der rechten Stimmung, um zum Dulles-Flughafen zu fahren, wo Phoenicia kurz nach Mitternacht eintreffen sollte. Aber er kam nicht darum herum. Er schnappte sich Wytee und gürtete sich für die Feuerprobe.

Während der langen Fahrt zum Flughafen dachte er über die Probleme nach, mit denen Lutt und er konfrontiert waren.

Was hatten sie im Horchposten übersehen? Es war kaum möglich, daß Morey dazu fähig war, direkt unter ihrer Nase eine Verschwörung in Szene zu setzen. Wenn man nicht jedem Schritt Moreys mißtraute — und man kam kaum umhin, dies zu tun —, war alles, was er vor der Ermordung Deni-Ras getan hatte, völlig gewöhnlich erschienen. Das einzige, was ungünstig für ihn aussah, war ein Besuch bei Nishi gewesen, doch den hatte Woon arrangiert, und zwar aus gutem Grund: Er hatte noch immer Angst, daß die Subiyama und Nishi weitere Enthüllungen auf den Markt brachten.

»Die Geschichten, die die Subiyama verbreitet, sind gefährlich und peinlich!« hatte Woon geschäumt. »Das muß aufhören! Und wenn die D'Amato kein Geld annehmen will, dann vielleicht das Luder von der Presse!«

»Woher wollen Sie das Geld nehmen, um sie zu bestechen?« hatte Ryll gefragt.

»Wie wär's mit der Kasse des Hanson-Konzerns? Hat Ihr Bruder was auf der Seite?«

»Mehr als jeder andere.«

»Dann will ich mal sehen, was ich machen kann.«

Phoenicia kam später am Flughafen an als erwartet — es war weit nach Mitternacht.

Die verdammten Franzosen und ihre Concorde! beschwerte sich Lutt.

Weil er wütend über ihre frustrierende Suche im Horchposten war, schäumte er verbittert über die unzuverlässige Concorde IX. Die Franzosen hatten darauf bestanden, Phoenicia in einer dieser Maschinen nach Hause zu bringen.

Ein gewöhnliches Flugzeug könnte in Washington National landen — aber nein! Sie müssen uns wieder ihre verdammte Concorde vorführen! Und wir müssen deswegen nach Dulles rausfahren!

Phoenicia betrat die VIP-Lounge, wo sie auf einen Mann stieß, den sie für ihren Sohn hielt. Sie sah ihn und seine Gattin Eola und setzte die beste Miene auf, die sie nach ihrem Reinfall mit Nishi — sie hielt ihn nur für einen Fauxpas — auf Lager hatte. Sie stürzte sich auf Eola, gab ihr einen flüchtigen Kuß auf die Wange, dann drehte sie sich um und wandte sich Ryll zu. Aber der wich zurück.

»Wie lieb von dir, mich abzuholen, Eola«, sagte Phoenicia. »Wie schön, dich zu sehen, mein Sohn.«

Ryll tätschelte ihren Arm, damit sie nicht auf die Idee kam, ihm ihre Zuneigung zu beweisen. Mit der besten Lutt-Stimmenimitation sagte er: »Wir müssen uns beeilen. Draußen warten die Limousinen.«

Ryll und Eola hatten zwar einen Wagen des Weißen Hauses vor der Tür der VIP-Lounge stehen, auf dessen Rücksitz Wytee lag, aber auf Eolas Vorschlag hin hatten sie auch die grellbunte Rikscha für Phoenicia mitgebracht.

»Deine Mutter benutzt sie doch ständig. Es gefällt ihr bestimmt, wenn sie bei der Ankunft etwas Vertrautes sieht. Außerdem brauchst du dann nicht mit ihr zu fahren. Ich weiß doch, daß du es nicht magst.«

Als sie die Lounge verließen, warf Phoenicia einen

Blick auf die vor der Rikscha verteilten Robokulis und stieß dem Mann vom Geheimdienst, der sie begleitete, in die Seite. »Bringen Sie das verdammte Ding weg!« schrie sie und deutete auf die Rikscha.

»Aber Mutter«, sagte Ryll. »Ich dachte, du fährst gern in der Rikscha.«

»Ich bin nur damit gefahren, um deinen Vater versöhnlich zu stimmen. Er hat stets darauf bestanden, daß ich sie benutze. Hast du das denn nicht gemerkt?«

Ryll winkte einem Helfer, das Fahrzeug wegzubringen. Er vertraute darauf, daß die Erregung und die Flugmüdigkeit Phoenicia anhielten, irgendwelche Persönlichkeitsveränderungen an ihm wahrzunehmen, und sagte, immer noch seine Lutt-Stimme einsetzend: »Wir quartieren dich im Blair House ein. Ich hoffe, du hast Verständnis dafür. Ich kann dir im Moment nicht eine Minute widmen. Und Eola hat Aufgaben als meine Gastgeberin.«

Phoenicia funkelte ihn an. »Du hetzt sie gegen mich auf, was?«

»Mutter! Sie ist meine Gattin! Die First Lady!«

Eola klammerte sich an Rylls Arm. »Phoenicia, bitte!«

»Das ist eine Familienangelegenheit!« fauchte Phoenicia. »Du hältst dich da raus!«

»Aber ich gehöre jetzt auch zur Familie«, winselte Eola.

Ryll tätschelte ihre Hand. »Schweig, Liebe!«

»Ich weiß doch, daß ihr euch alle gegen mich stellen würdet, wenn du die Wahl gewonnen hast«, sagte Phoenicia.

Ryll, dem plötzlich klar wurde, was man in Situationen wie dieser von Lutt erwartete, zeigte plötzlich ein höhnisches Grinsen.

»Du solltest dich aufs Altenteil zurückziehen, Mutter. Kümmere dich um deine Parties und deine Freunde!«

»Du bist absolut hassenswert! Wo ist Morey?«

»Morey ist ... ähm ... nicht hier.«

»Das sehe ich selbst!«

»Er hat bei der Erdgürtel-Patrouille zu tun.«

Sie beugte sich vor. »Was hast du mit deinem Bruder gemacht?«

»Gar nichts, Mutter.«

»Ich will Morey auf der Stelle sehen! Wir müssen dringende Firmenangelegenheiten besprechen.«

»Das ist alles delegiert worden, Mutter.«

»Ich leite die Firma noch immer!«

»Natürlich tust du das, Mutter. Du kannst mit dem Hanson-Konzern machen, was du willst.«

»Du verheimlichst mir etwas.«

»Über Staatsgeheimnisse darf man nur in einem begrenzten Umfeld reden, Mutter.«

»Was könnte Morey schon mit Staatsgeheimnissen zu tun haben?«

»Das ist ein Staatsgeheimnis«, sagte Ryll und genoß die Leichtigkeit, mit der er ihre Fragen abschmetterte.

»Hat es etwas mit dem greulichen Außerirdischen zu tun? Hat es mit dem Kriegsgerede zu tun, von dem ich gehört habe?«

»Irgendwie schon, Mutter.«

»Du bist noch ein größerer Geheimniskrämer als dein Vater!«

»Meine neuen Pflichten machen es erforderlich.«

Sie musterte ihn einen Moment lang, dann sagte sie: »Kriegt die Firma auch ein paar Rüstungsaufträge?«

»Nur auf der Basis von Ausschreibungen, Mutter. Ich darf damit nichts zu tun haben. Das wäre sonst unethisch.«

»Lutt, warum behandelst du mich so?«

»Wie behandle ich dich denn, Mutter? Ich habe dir gerade das Leben gerettet. Die Franzosen wollten dich köpfen.«

»Schwachsinn.«

»Dein Kopf hätte in einem Korb gelegen«, sagte Ryll. »Ich gebe den Franzosen, was sie sich ausbedungen haben. Du hast mir noch nicht mal gedankt, obwohl ich ein großes Opfer bringe.«

Ein Helfer berührte Rylls Arm. »Sir? Die chinesische Botschaft erwartet Sie um 8.00 Uhr.«

»Ich weiß«, sagte Ryll. »Gute Nacht, Mutter.«

Mit Eola am Arm folgte Ryll dem Helfer auf die Limousine des Weißen Hauses zu.

Phoenicia rief hinter ihnen her: »Eola! Was macht er im Moment?«

»Er ist jetzt Präsident«, rief Eola zurück.

Als die Limousine das Flughafengelände verließ und eine ganze Kolonne von Helfern und Wachen ihn umgab, lehnte Ryll sich zurück und schloß die Augen. Gnädigerweise war Eola zu müde, um eine Neuauflage ihres geliebten Gesprächsthemas über ihre »Position in der Gesellschaft« anzustreben.

Das hast du echt gut gespielt, Ryll, meldete sich Lutt.

Nicht wahr? Du warst mir auch ein guter Lehrmeister.

Wie wär's, wenn ich heute abend ein bißchen mit Eola spielen dürfte? Ni-Ni hast du mir ja nicht gelassen. Da könnte ich doch wenigstens eine Runde mit meiner Gattin bumsen.

Du stößt mich ab, Lutt.

Möchtest du einen Kampf um die Kontrolle?

Möchtest du ein bißchen Kopfschmerzen?

Nein! Wie machst du das? Macht es wirklich die Katze auf dem Rücksitz?

Es ist keine Katze. Es ist ein Besänftiger.

Ich finde ihn nicht sehr besänftigend.

Da hast du recht. Wytees Kontakt zu den Menschen scheint irgendwie auf ihn abgefärbt zu haben.

So wie bei dir?

Bevor Ryll eine Antwort geben konnte, schwenkte die Kolonne der Limousinen durch das Seitentor des Weißen Hauses, fuhr an Wachen vorbei, die vor ihnen strammstanden, und rollte auf den hinteren Parkplatz. Ein Beamter der Erdgürtel-Patrouille öffnete Ryll die Tür. Als Ryll sich nach vorn beugte, um auszusteigen, sah er weitere EGP-Männer, die den matt beleuchteten Hintereingang des Weißen Hauses bewachten.

»Freut mich, daß Sie sicher nach Hause gekommen sind, Sir«, sagte der Beamte an der Wagentür.

Ryll nahm Wytee wie ein weiches Bündel hoch und stieg aus. Niemand, nicht einmal der Beamte, der die Wagentür aufhielt, gab mit einem Zeichen zu verstehen, daß er sich darüber wunderte, wieso der Präsident eine *Katze* auf dem Arm hatte.

Erdgürtel-Mann viel Denken an geiles Brüten mit Sekretärin-Frau, meldete Wytee.

Auch Lutt kriegte es mit.

Was ist mit meinem Bedürfnis zum ›geilen Brüten‹, Ryll?

Ryll ignorierte ihn, aber Lutt war nicht zum Schweigen zu bringen.

Eola ist gar nicht so übel im Bett, Ryll. Ein bißchen prüde, aber gerade das finde ich anregend.

Wenn ich es erlaube, hörst du dann auf, dich in kritischen Momenten einzumischen?

Ich verspreche alles, Ryll. Wenn man nur zusehen darf, ist es todlangweilig.

Wirklich? Ich fand es faszinierend.

Ausgenommen beim Sex.

Ja, das dachte ich mir.

Vielleicht solltest du in einem engeren Kontakt mit mir bleiben, wenn ich dich in die schönen Seiten des Lebens einführe. Vielleicht gefällt es dir irgendwann besser.

Hör sofort damit auf, sonst nehme ich meine Zusage zurück!

Okay, okay. Ich wollte dir doch nur helfen.

Du willst mich zu deinen abscheulichen leiblichen Erdergelüsten verführen. Du glaubst, daß du mich so besser kontrollieren kannst.

Basilikum scheinst du aber zu mögen.

Kein Bazeel! Verstehst du mich, Lutt? Mit dem Bazeel ist es aus!

Wie du willst, Ryll.

Ich meine es ernst!

Ich verstehe. Aber laß mich heute abend Eola haben. Sie fängt sich nämlich schon an zu wundern, warum du sie nicht regelmäßig brütest.

Na schön. Aber wenn du irgendwelche Tricks versuchst, kriegst du Kopfschmerzen.

Ich werde lieb sein.

Das kannst du doch gar nicht, Lutt.

Ein Besänftiger darf niemals zu lange mit einem extrem kranken Patienten in Kontakt bleiben. Besänftiger nehmen nicht nur die Eigenarten ihrer Patienten an, sondern werden auch stark von anderen beeinflußt, mit denen sie im Zuge der Therapie geistigen Kontakt aufnehmen. Deswegen muß es zu Besänftiger-Eifer kommen, wenn sich nur ein gestörter Geist in ihrer Reichweite aufhält.

*Dreenfibel
für Höhere Schulen*

Wieder saßen Ryll/Lutt im Horchposten, um die eingegangenen Daten zu sichten. Sie waren bei Sonnenuntergang mit einer Militärmaschine — einem Heuler — über das Land gerast, »einer Rakete mit Flügeln«, wie die Presse sie nannte.

Im Innern des Horchpostens dominierte Lutt, weil er mit der Umgebung besser vertraut war. Sie unterhielten sich auf normale Weise, indem sie nacheinander die Stimmkontrolle übernahmen. Sie waren sicher, daß der alte L.H. dafür gesorgt hatte, damit niemand diesen Raum abhörte.

»Wenn du recht hast ... Wenn es eine Verschwörung mit dem Ziel gibt, uns zu ermorden — was ich mir zwar vorstellen, aber nicht so recht anerkennen kann —, sind die verdächtigsten Ereignisse die Besuche bei Nishi«, sagte Ryll.

»Soll das heißen, sie steckt mit drin?«

Ryll sagte im erderhaftesten Brustton der Überzeugung: »Nishi? Im Leben nicht!«

»Auf was willst du dann hinaus?«

»Woon ist Moreys logischer Komplize. Schließlich war er schon mit ihm zusammen, als dein Bruder uns auf der Venus umbringen lassen wollte.«

»Der Wampen-Senator weiß doch ganz genau, was ihm blüht, wenn ich nicht mehr da bin, um es zu verhindern!«

»Vielleicht ist deine Abschreckung unzulänglich.«

»Was meinst du damit?«

»Vielleicht glaubt er, er könnte in einem besseren Licht dastehen, wenn *du* zum Brennpunkt des nationalen Zorns wirst. Er läßt dich schlecht erscheinen — und wirkt im Vergleich mit dir gut.«

»Aber er hat sich nicht mehr mit Morey getroffen. Er hat ihn nur übers Vidkom angerufen und ihn gebeten, mit einem Sack voll Geld zum Madison Hotel zu gehen. — Doch Nishi hat das Geld abgelehnt.«

»Sehen wir uns die beiden Burschen noch mal an«, beharrte Ryll.

»Aber jetzt zum letzten Mal!«

Lutt betätigte die Horchpostenschalter, und ein Bildschirm erwachte zum Leben. Er zeigte die mittlerweile langweilige, ihm vertraute Sequenz. Woon betrat Nishis Suite im Madison.

»Er kommt rein und gibt der Ebey seinen Hut und seinen Mantel«, sagte Lutt. »Das ist ganz normal. Wir haben nämlich Winter.«

»Und er hat nicht mal eine Aktentasche bei sich«, stimmte Ryll ihm zu.

»Und worüber reden sie? Über genau das, was Woon mir erzählt hat! Daß es keine Subiyama-Enthüllungen mehr geben soll. Nishi sagt, sie wird kein Wort mehr reden. Woon sagt, Morey käme vorbei, um die Subiyama zu ›entschädigen‹.«

»Könnte die Subiyama seine Komplizin sein?« fragte Ryll.

»Die? — Quatsch! Die Tante schreibt Geschichten; sie erfindet keine. Außerdem hat er keinen direkten Kontakt zu ihr gehabt.«

»Könnte es mehr als einen Komplizen geben?«

»Wen denn? Wir wissen alles, was sie geredet haben.

Schau hin! Woon geht. Und später kommt Morey«, sagte Lutt.

»Spiel es noch mal ab!« sagte Ryll.

Lutt gehorchte.

»Nishi muß inzwischen mit der Subiyama geredet haben«, sagte Lutt. »Sie hat Ihre Antwort parat.«

»Aber Morey hat einen Aktenkoffer voller Geld.«

»Den er aber nie aufmacht!«

»Dann geht Morey raus«, sagte Ryll. »Er sieht aus, als würde er sich über irgend etwas freuen.«

»Morey freut sich immer, wenn er hübsche Frauen ansehen darf.«

»Nishi hat ihn aber nicht ermuntert.«

»Sie zeigt deutliche Entzugserscheinungen, weil sie von mir weg ist.«

»Du hast noch nie ... noch nie ...«

»Aber ich werde es bei Ni-Ni noch einmal versuchen, Ryll. Solange sie noch in der Hauptstadt ist, warum auch nicht?«

»Ich werde es nicht erlauben!«

»Schau mal, Ryll! Wir sind Partner. Du hast deine Gelüste, und ich habe meine.«

»Ich sehe, was du denkst, Lutt.«

»Dann weißt du auch, was ich möchte. Was ist falsch daran?«

»Du wirst Nishi weh tun, und ich habe die Aufgabe, sie zu schützen.«

»Herrgott! Du bist der größte Spießer der Welt!«

»Sollen wir uns noch ein paar Daten ansehen?« fragte Ryll.

»Was gibt es denn noch zu sehen? Wie Woon das Wahlkampf-Hauptquartier auf Vordermann bringt? Wie Morey mit seiner Klingenpistole auf die dämliche Deni-Ra losgeht?«

»Glaubst du jetzt, es gibt gar keine Verschwörung?«

»Könnte sein. Wir wollen aber trotzdem vorsichtig sein. Keine Besuche von Morey. Vielleicht versucht er's doch noch mal. Ich habe ihn nie in meiner Nähe haben wollen; das weiß er auch. Und wir halten uns auch Woon vom Hals.«

»Wie lange halten wir Morey hinter Schloß und Riegel?«

»Ich hoffe, er sitzt sicher. Wir halten ihn so lange fest, wie wir können.«

»Die EGP scheint gefügig zu sein, aber deine Mutter wird allmählich lästig.«

»Soll sie sich doch belasten, womit sie will. Dann hat sie was zu tun.«

»Ich übernehme jetzt die Kontrolle«, sagte Ryll. »Laß uns die Wachen rufen und nach Washington zurückkehren.«

»Weißt du«, sagte Lutt, »es gefällt mir, auf diese Weise mit dir zu reden. Mit etwas Übung könnten wir leicht tauschen. Es wäre vielleicht hilfreich, denn manchmal bist du nicht so gut, wenn du mich imitierst.«

»Ich bin gut genug, um deine Mutter zu narren.«

»Aber was ist, wenn sie mißtrauisch wird?«

»Vielleicht ist dir aufgefallen, Lutt, daß ich jeden Tag besser werde.«

»Es gefällt dir, den Boss zu spielen, was?«

»Mir gefällt die praktische Anwendung meines Wissens.«

»Trotzdem — wir sollten einen Tausch nicht vergessen, falls wir ihn mal brauchen.«

»Deine neue Kooperationsbereitschaft ist erfreulich, Lutt.«

»Könnte sie dazu führen, daß du mir ein paar Freuden zugestehst?«

»Da ich die Freuden kenne, die du dir ersehnst, werden wir jeden deiner Aufträge nach seinem Nutzen beurteilen.«

Wytee rührte sich in der Spezialtasche und strahlte einen Gedanken ab, der von Ryll und Lutt gleichermaßen aufgefangen wurde.

Freude kranke Menschen gesundmachen!

Ryll brauchte eine Weile, um sich von der heftigen Projektion zu erholen. Als er seine Sinne wieder beisammen hatte, protestierte er.

Wytee! Du hast Nishi versprochen, du würdest mir helfen!

Wer du?

Ich bin Ryll ... der Dreen!

Eine lange Pause. Dann: *Ryll Lutt mischen. Heilen Ryll heilen Lutt.*

Ich brauche keine Heilung! Du sollst mir helfen, Lutt zu beherrschen. Sonst greift er Dreenor an.

Lutt Dreen nicht weh tun. Wytee sonst ihm Kopfschmerzen.

Ja, Wytee. Das sollst du tun.

Wytee schmerzen viel Kopf die nicht denken gut!

Erneut lähmte die Kraft von Wytees Denken Ryll. Lutt übernahm ihre Stimme und sagte schwach: »Was, zum Teufel, geht hier vor?«

»Es ist Wytee«, flüsterte Ryll. »Ich weiß auch nicht, was mit ihm los ist.«

Wytee nicht krank! Lutt krank! Ryll krank! Wytee wieder ganzmachen.

Bitte, Wytee, bat Ryll. *Ich kann nicht denken, wenn du das tust.*

Du Ryll? Du gehen jetzt großes weißes Haus. Du anrufen Nishi. Du sagen Nishi bald treffen.

Wytee! Wir können das nicht t ...

Ryll brach ab und griff sich in einem aufzuckenden Schmerz an den Kopf.

Wytee sagen, du gehen Nishi jetzt.

Die Vortraveler II-*Tests haben alle Erwartungen übertroffen. Habe die Venus-Umlaufbahn in achtzehn Sekunden erreicht, habe weitere siebenundzwanzig Sekunden zum Mars gebraucht und war in zweiundzwanzig Sekunden zurück. Verbrauchte Gesamtzeit: Eine Minute sieben Sekunden.*

Sam. R. Kands Meldung

»Dir fällt eine schreckliche Aufgabe zu, Jongleur«, sagte Habiba. Sie sah von der nachtbeleuchteten Plattform im Innern des Schlammziegelheims auf ihren Erstgeborenen hinunter.

Jongleur war durch die Dunkelheit geeilt, um Habibas Ruf zu folgen. Er hatte zwar keine Vorstellung von der genauen Zeit, aber es war spät ... oder früh. Er hatte seit Tagen nicht mehr geschlafen, und die dunkle Vorahnung dessen, was die Oberste Steuereinnehmerin gleich sagen würde, glättete seine Stirn.

Sie sah schrecklich aus, fand Jongleur. Sie hatte tiefe, dunkle Schatten unter den Augen, und neben ihrer Hornrüstnase waren glatte Flächen. Er hatte noch nie gesehen, daß Habibas Haut sich glättete.

Jongleur bebte. Seine vier Knie schmerzten. Warum stand sie auf der Plattform?

»Das Tilgungsschiff muß starten«, sagte Habiba. »Ich glaube, es ist unser Schicksal.«

Jongleurs Kinnlade sank herab. *Schicksal*? Dreen dachten nicht in solchen Begriffen. Schöpfung, Ursache und Wirkung — das ja. Aber Schicksal? — Nie.

»Aber warum hast du mich gerufen?« fragte er mit zitternder Stimme.

»Du mußt die Erde tilgen«, sagte Habiba. »Ich kann diese schreckliche Pflicht keinem anderen aufbürden.«

Jongleur glaubte für einen Moment, er würde die Besinnung verlieren. »Habiba«, krächzte er, »bitte!«

»Es ist deine Aufgabe, Jongleur«, sagte sie. »Du bist *mein* überragendster Erzähler.«

Ihre Worte erfüllten ihn mit schmerzhaftem Stolz. *Habibas überragendster Erzähler. — Aber die Konsequenzen!*

»Sollten wir nicht auf Muglys Rückkehr warten?« bat er. »Die ganze Sache war doch seine Idee.«

»Ich fürchte, Mugly wird nicht zurückkehren«, sagte sie.

Schock folgte auf Schock! Mugly ... kehrte nicht ... zurück? Mit welch gefährlichem Auftrag hatte Habiba ihn betraut?

»Bist du ... sicher ... Habiba?«

»Ich bin es.«

»Aber ... Muglys Helfer sind doch noch ... Ich meine, da ist Luhan. Er könnte ...«

»Luhan? Jetzt ist keine Zeit für Scherze!«

»Ich wollte nicht ...«

»Das ist ja noch schlimmer! Ich gebe dir einen direkten Befehl: Nimm das Schiff, begib dich zur Erde und radiere diesen schrecklichen Ort aus! Sofort! Wenn du jetzt gehst ... Ich habe ausgerechnet, daß es dann in vierzig Stunden vorbei ist.«

»Habiba, du hast eine Katastrophe prophezeit, wenn ...«

»Sofort, Jongleur!«

»Werde auch ich ... nicht zurückkehren?«

»Du *könntest* zwar überleben, aber es ist unwahrscheinlich, daß du zurückkehrst.« Ihr Tonfall wurde etwas sanfter. »Es macht mich traurig, mich auf diese Weise von dir zu trennen.«

Sie war nicht umzustimmen. Er sah es ein. »Habe ich noch Zeit, um ein paar Worte mit meiner Familie zu wechseln?« bat er.

»Es würde nur Trauer und Furcht verbreiten. Geh zum Schiff! Tu das, was getan werden muß!«

»Und Ryll ... mein Sohn ... auf der Erde?«

»Du vergeudest Zeit, Jongleur! Weg mit der Erde! Das Schicksal jedes einzelnen in dieser abscheulichen Schöpfung ist besiegelt.«

Wieder dieses Wort: *Schicksal.*

Zitternd und schwankend ging Jongleur hinaus. Er hatte das Gefühl, als würde er seine Vergangenheit so abstreifen wie manche Tiere ihre Haut. Doch eine schwerere Last ersetzte die Vergangenheit. Wer hätte je gedacht, daß die Zukunft ein solches Gewicht haben könnte? Das ewige Jetzt, an dem er sich einst erfreut hatte — ausgelöscht. Zukunft und Vergangenheit wurden ihm fremd.

Draußen fädelte Jongleur sich durch die Gruppen der Elite, die sich in den matten Nachtlichtern des Kontrollkonus versammelt hatten, weil sie sich fürchteten, vor Habiba hinzutreten, ohne gerufen worden zu sein. Sie riefen ihm zu:

»Jongleur! Was ist mit Habiba? Warum bist du so niedergeschlagen?«

Er konnte nur den Kopf schütteln.

Doch nun wurde ihm klar, warum Habiba von einer Erhöhung aus auf ihn heruntergeschaut hatte. *Sie konnte mir nicht in die Augen sehen.*

»Da stimmt doch etwas nicht!« rief jemand. »Du mußt uns sagen, was passiert ist!«

Trauer und Furcht. Schon seine Gegenwart verbreitete diese scheußliche Mischung von Gefühlen. *Und ich bin machtlos. Ich kann nichts anderes tun, als Habiba zu gehorchen. Ich bin ihr Höchster Erzähler. Und das ist die Konsequenz!*

Wenn man stets in der Gewißheit lebt, immer die richtigen Entscheidungen gefällt zu haben, lebt man in großer Gefahr.

Graeco-Dreen-Aphorismus

Ryll kam sich wie ein Verschwörer vor, als er durch den Lieferanteneingang des Madison schlich, wo ein Vorauskommando des Geheimdienstes einen Lastenaufzug besetzt hatte. Sie fuhren zu Nishis Etage hinauf, und die ihn umgebenden Wachen grinsten. Einige hatten Nishi schon gesehen. Man wußte von ihrer Schönheit, und man wußte ebenso, wo sie auf der Venus gearbeitet hatte. Natürlich *wußten* alle, warum er hier war und warum sein Besuch geheimgehalten werden mußte.

Doch Nishi hatte ihn selbst gebeten, »schnellstens zu kommen«, auch wenn ihre Nachricht den Grund dafür nicht nannte.

Die Anwesenheit Wytees in seiner Jackentasche hatte ihm diktiert, daß er ihrem Ruf sofort gefolgt war.

Du nicht gehen Nishi, Wytee machen Kopfschmerzen.

Ryll hatte genug von Wytees Macht kennengelernt, um zu wissen, daß er sich dem Besänftiger nicht widersetzen konnte.

Nishi begrüßte ihn im Salon. Das hinter ihr liegende Schlafzimmer stand offen und enthüllte über einem Sessel liegende Straßenkleidung. Sie trug unter einem blauen Hausmantel ein dünnes Nachthemd. Passende Troddelslipper bedeckten ihre Füße.

»Bist du Ryll oder Lutt?« begrüßte sie ihn.

»Ryll«, sagte er. »Was hast du …«

»Ich spreche jetzt für Mrs. Ebey: Lutts Vater hat sie schamlos ausgenutzt. Das mußt du korrigieren.«

»Ja, aber Wytee ist … ist …«

Ryll nicht reden Wytee. Reden Liebeskur!

Ryll brach unter der Kraft der Projektion fast zusammen.

Nishi errötete. »Wytee ... ähm ... redet mit mir«, flüsterte sie. »Er möchte, daß ich ... Ich kann es nicht!«

Du gehen Nishi Bett! befahl Wytee.

Ryll schüttelte sich, und als Wytee ihm eine erneute Kostprobe seiner Kraft zeigte, griff er sich an den Kopf. *Bitte, nicht! Nein ... Wytee! Nein!*

He, meldete sich Lutt. *Wenn du's nicht willst — ich will!*

Wytee reagierte sofort. Ein stechender Schmerz machte sich in ihrem gemeinsamen Rückgrat breit.

»Was ist denn, Ryll?« fragte Nishi, als sie ihn wanken sah.

»Er ... quält mich ... mit ... Kopfschmerzen.«

»Mutter Gottes!« Nishi schlug die Hände vor den Mund.

Du gehen Nishi Bett! Wytee wiederholte seinen Befehl mit neuem Nachdruck und einem kurzen Schmerzensstich.

Ryll fiel gegen Nishi. Sie hielt ihn mit überraschender Kraft fest. »Oh, Ryll ... Es tut mir leid.«

Was für 'ne dumme Frage, meldete sich Lutt. *Geh ran! Ich möchte auch mitmachen.*

Ryll versuchte sich von Nishi zu lösen, aber sie hielt ihn nur noch fester.

»Nein«, flüsterte er.

Dann laß mich doch übernehmen, beharrte Lutt.

Nein!

Du bist ein ganz verdammter Spielverderber!

Was Wytee will ... hat mit Sport nichts zu tun.

Lutt zeigte sich erheitert. *Aber klar doch!*

Nishi führte ihre Lippen an Rylls Ohr und streichelte seinen Kopf. »Tut es immer noch weh?«

»Nicht ... mehr so viel.«

Sie legte einen Arm um ihn, stützte seine taumelnden Schritte ab und führte ihn zum Schlafzimmer.

»Wohin ... wohin gehen wir?« fragte Ryll leise.

Nishi sagte mit freimütiger Sachlichkeit: »Ich kann doch nicht ewig Jungfrau bleiben.«

»Ohhh, Nishi ... nein!«

Du nicht Liebeskur mit Nishi, Wytee machen Kopfweh!

»Das habe ich schon kapiert«, sagte Nishi.

Sie erreichten das Schlafzimmer. Empire-Dekor mit einem grünen Himmelbett. Nishi schob Ryll nach hinten, bis er über ein weiches Sitzkissen stolperte und aufs Bett fiel. Dann fing sie an, sich auszuziehen.

»Es ist alles in Ordnung«, sagte sie, als er erneut Protest einlegen wollte. »Ich habe Mrs. Ebey für heute abend freigegeben. Wir sind allein.«

Ryll wollte sich aufrichten.

»Was machst du da?«

»Was für eine dumme Frage«, sagte sie. »Ich habe doch nicht vor, dich zu lieben und dabei meine Kleider zu zerdrücken.«

»Nishi ... Ich kann den Schmerz nicht ertragen. Du brauchst doch nicht ...«

Wytee machen Kopfweh. Ryll fühlen Schmerz.

Ryll schrie laut auf.

Um Himmels willen, wandte Lutt ein, *tu, was Wytee will!*

Nishi ließ die letzten Hüllen fallen, zog Ryll das Jackett und das Hemd aus, und machte sich dann daran, ihm Schuhe und Hosen auszuziehen. Sie trat zurück, und Ryll sah zum ersten Mal einen unbekleideten weiblichen Erder. Komischerweise gefiel es ihm. Bevor sie ins Bett kam, löschte Nishi das Licht.

Ryll schloß die Augen und spürte, wie sie an seinem rechten Ohr knabberte.

»Bleib ganz ruhig liegen«, sagte sie. »Ich hab's so oft gesehen, daß ich alles kann.«

Wytee helfen! Ryll und Nishi empfingen es gleichermaßen.

Schlagartig wurde Ryll sich einer starken körperlichen Reaktion bewußt. Sie überraschte ihn.

»Siehst du?« flüsterte Nishi. »Du weißt auch, was du tun mußt.«

Die wunderbaren Gefühle, die Ryll nun überschwemmten, führten dazu, daß er allmählich die Kontrolle über sich verlor.

»O gesegnete Habiba«, flüsterte er. »Warum hat mir das niemand gesagt?«

Er spürte, wie Wytee in jeden geschlechtlichen Kontakt eindrang, die Reaktionen seiner Nerven verstärkte und an seinem Erlebnis teilnahm.

Als das schöne Gefühl sich zur Ekstase steigerte, wurde Rylls Konzentration so intensiv, daß nicht einmal Wytee die Rückkehr Mrs. Ebeys wahrnahm.

Sie blieb zögernd an der Tür stehen. Na, bitte! Genau das, was sie erwartet hatte! Das Hanson-Ungeheuer zwang der armen Nishi seinen Willen auf!

Nun, ein paar Minuten Arbeit, dann bin ich wirklich reich. Und dann ist Nishi für immer von den Hansons befreit!

	Gefangene	*Basilikum-süchtige*
Erwachsene (männlich)	59	53
Erwachsene (weiblich)	46	37
Kinder (männlich)	0	0
Kinder (weiblich)	0	0
Gesamt	105	90

Gefangene Dreen
Bericht der Erdgürtel-Patrouille

Ein starker Südwestwind, der über Südflorida Regen verbreitete, hatte den Mangrovensumpf hinter Osceolas Hütte den größten Teil des Tages durchtränkt. Sie und Dodd waren eine Weile damit beschäftigt gewesen, Barrieren aufzubauen, um die klaffenden Spalten in jenen Wänden zu verstopfen, die in Windrichtung lagen. In der Abenddämmerung hatte der Regen aufgehört. Der Wind nahm jetzt ab, obwohl gelegentlich noch eine Bö an den losen Brettern rüttelte.

Raj Dood ruhte nach getaner Arbeit nackt auf Osceolas Bett und schaute zu, wie sie in einer Ecke des Raumes arbeitete. Sie behandelte gerade einen kürzlich gefangenen Pompano, den sie in der heißen Asche der Feuerstelle backen wollte, die unter dem Hüttenvordach im Trockenen lag. Osceola trug ein hellrotes Gewand mit verwaschenen violetten Klecksen, die wie zerdrückte Insekten aussahen.

»Weißt du, Osey«, sagte er, »es fordert einem verdammt 'ne Menge ab, so kleine Dinge wie Winddeflektoren zu erschaffen. Ich frage mich, wie die Dreen das alles hinkriegen, ohne daß sie dabei zusammenbrechen.«

»Wahrscheinlich haben sie mehr Mumm«, sagte Osceola. Sie umwickelte den Fisch mit Blättern und hob das Bündel hoch. »Fast sechs Pfund. Bis er fertig ist, hab ich sicher 'n unheimlichen Kohldampf.«

»Wieso können sie so viel besser sein, wo sie doch so beschränkt sind?« fragte er.

»Hast du doch selbst gesagt: Sie sind Fachidioten. Wissen nichts von anderen Dimensionen. Konzentrieren sich nur auf das, was sie haben. Das beantwortet vielleicht auch deine andere Frage: Sie beschränken sich auf das, was sie kennen.«

Sie ging mit dem Fisch nach draußen. Als sie zurückkehrte, fand sie ihn auf dem Bett sitzend vor, mit offenen Augen und dem gläsernen Blick kreativer Konzentration.

»Ich dachte, du wärst müde«, murmelte sie und nahm neben ihm auf dem Bett Platz.

Er antwortete nicht.

Osceola seufzte. Manchmal wünschte sie sich, ihr Geliebter hätte seine bizarren Entdeckungen nie gemacht. Aber dann hätte sie auch nicht das Geisterglas entwickelt — oder die Methoden, im Universum herumzuschwirren. Es machte ihr Spaß, andere Orte zu sehen, aber die Langeweile der Reisen vergällte einem meist den Spaß daran. So wie es war, hatten sie das Beste von allem. Dood konnte auf der Venus seine Spielchen spielen und seine Zeit dort verbringen. Und sie konnte hingehen, wohin sie wollte — im Rahmen der Vernunft.

Ich frag mich, was der alte Narr jetzt grad wieder macht.

Sie sah ihn an und versuchte sich auf seine Tätigkeit einzustimmen. Das kreative Aufwallen, das sie erwartet hatte, kam jedoch nicht. Die Gedanken, die er ausstrahlte, waren ein reiner Zufallssudel.

Was, zum Henker, macht er da?

Allmählich machte sie sich Sorgen. Es war gar nicht seine Art, sich so lange bei seinem kreativen Tun aufzuhalten. Sie rüttelte an seiner Schulter.

Langsam, wie ein Schlafwandler, kam er wieder zu sich. Er sah Osceola stirnrunzelnd an.

»Ich kann nur hoffen, daß ich das richtige getan habe«, murmelte er.

»Was hast du denn getan?«

»Eine Illusion erzeugt.«

»Alles ist eine Illusion, du alter Narr!»

»Osey, die Dreen schicken ein Schiff aus, um die Erde auszulöschen.«

Osceola richtete sich schlagartig auf. »Sie wollen uns ausradieren? Was soll das heißen?«

»Sie löschen uns aus, als hätte es uns nie gegeben. Alles, was mit uns zusammenhängt, wird verschwinden.«

»Wir müssen etwas tun!«

»Ich habe schon was getan. Ich hoffe nur, es reicht auch.«

»Was hast du getan?«

»Ich habe sowas wie 'ne dimensionale Fußangel aufgestellt, um das Schiff aus den Spiralen zu holen, damit es genau über einer halluzinierten Erde auftaucht.«

»Was meinst du damit?«

»Daß sie zwar wie die Erde aussieht, aber nur als Projektion aus 'ner anderen Dimension existiert.«

»Und was willst du damit erreichen?«

»Die Dreen sind komische Viecher, Osey. Die, die wir studiert haben, haben alle einen blinden Fleck. Tun so, als wüßten sie nichts über andere Dimensionen. Aber sie müssen aus einer anderen Dimension kommen.«

»Was nützt uns das, wenn wir's wissen?«

»Sie sind zur Passivität gezwungen, bis sie von etwas bedroht werden, das sie geschaffen haben. Und das sind wir.«

»Wir bedrohen sie doch nicht.«

»Ich fürchte doch. Den Menschen fällt es schwer, den gleichen Raum mit anderen Tieren zu teilen. Wir haben eine Wir-oder-sie-Natur. Wenn wir sie nicht einsperren oder auf irgendeine Weise beherrschen können, wollen wir sie umbringen. Die Dreen wissen das. Zum Teufel, Osey, sie haben die Welt erschaffen!«

»Das sagst du nicht zum erstenmal. Aber ich …«

»Es ist aber wahr, Osey.«

»Was hat das mit dem Schiff zu tun, von dem du sagst …«

»Das ist es ja gerade, verstehst du nicht? Um uns zu stoppen, müssen sie gegen einen grundlegenden Instinkt angehen und etwas eliminieren, das sie geschaffen haben. Mit Gewalt!«

»Und was passiert, wenn sie deine Illusion in die Luft gejagt haben?«

»Ich weiß es nicht genau. Aber es gibt uns Zeit, um über eine dauerhaftere Lösung nachzudenken. Solange sie nichts über andere Dimensionen spitzkriegen, kann ich sie am laufenden Band austricksen.«

»Woher willst du das wissen?«

»Habiba führt ziemlich viele Selbstgespräche. Und sie führt Tagebuch.«

»Du hast sie bespitzelt, du alter Narr! Wir waren doch übereingekommen, daß das zu gefährlich ist!«

»Im Moment sind sie nicht ganz bei der Sache, Osey. Sie sind nicht mehr so auf Draht wie früher.«

»Du warst da?«

»Nein. Hab nur ein bißchen durchs Schlüsselloch gespäht, wie damals, als wir über sie gestolpert sind. Verdammich! Sie haben eine primitive Halluzination um Dreenor gelegt, um ein falsches Dreenor, damit alles dort unbewohnbar aussieht. Dadurch bin ich auf die Idee gekommen, sie in die Irre zu führen.«

»Der eine Blick damals hat mir schon gereicht«, sagte Osceola. »Da kriegt man ja Pickel.«

»Dreenor ist sicher ein eigenartiger Ort. Im Grunde kein richtiger Planet. Hat Wurzeln im Unendlichen. Sie nennen es ›Geräumigkeit‹. Der Gedanke ans Unendliche scheint ihnen nicht ganz geheuer zu sein.«

»Mir auch.«

»Aber du bist sterblich und weißt es. Sie haben sich immer für mehr oder weniger unsterblich gehalten ... außer bei Unfällen.«

»Und hier geht's nicht wieder um einen deiner kleinen Scherze, Dood?«

»Ich schwöre es, Osey. Ich hatte 'ne dunkle Vorahnung, deswegen habe ich nach dem Grund gesucht. Du weißt doch, wie ich bin.«

»Ja, du steckst deine Nase sogar in eine Entkörnungsmaschine, wenn du glaubst, dort gäb's was Wichtiges zu sehen. Bist du ganz sicher, daß deine Illusion die Dreen aufhält?«

»Ich halte doch auch die Fremden aus unserem Sumpf aus, oder etwa nicht?«

»Die Dreen sind aber keine Menschen.«

»Trotzdem glauben sie an das, was sie sehen. Sie sind nicht anders als die Jäger, die einen Sumpf voller wütender Alligatorbullen sehen und daran glauben, sie hätten sich in einem Wald voller Stechmücken verlaufen.«

»Aber wenn du dich irrst ... Dann haben wir ein größeres Problem, als irgendeinem Fremden zu erklären, wieso wir hier draußen leben.«

»Vertrau mir, Osey! Die Dreen mögen zwar beim Erschaffen bestimmter Dinge besser sein als ich, aber sie haben nicht die geringste Ahnung, wie man von einer anderen Dimension aus ein Betrugsmanöver inszeniert.«

»Manchmal verschaffst du mir 'ne Gänsehaut, Dood.«

»Weißt du was, Osey? Solange wir darauf warten, daß der Fisch gar wird ... Wie wär's mit 'ner kleinen Runde Kitzeln? Komm her, ich helf dir aus dem Kleid!«

Das Leben ist voll von Entscheidungen, aber es gibt keinen absolut sicheren Kurs. Vernunft und Logik erzeugen oft nur die Illusion der Sicherheit.

Erder-Aphorismus
Eine Sammlung von Träumen

Als sie sah, was zu sehen sie schon erwartet hatte — das abscheuliche Hanson-Monster verlustierte sich an der armen Nishi —, hob Mrs. Ebey die Klingenpistole. Sie hatte sie erworben, nachdem Senator Woon ihr in seinem Hut eine Botschaft hatte zukommen lassen. Laut seinem Schreiben hielt Morey eine riesige Geldsumme für sie bereit, und man hatte ihr noch größere Reichtümer zugesagt, wenn sie das tat, was man von ihr verlangte.

Sie hob die Waffe, drehte den Griff so, wie es in der Gebrauchsanweisung stand, zielte und betätigte den Abzug. Die Klingenpistole funktionierte genau so, wie es in den Instruktionen stand: Nur ein leises ›Klatsch‹ war zu hören, als der mit einem Anästhetikum versehene Pfeil sein Ziel traf.

Ryll, mitten im Banne des tollsten Gefühls, das er je erlebt hatte, verspürte ein kurzes Stechen, hielt in seiner rammelnden Bewegung inne und griff an seinen Hintern.

»Ryll-Liebling«, flüsterte Nishi. »Macht es dir auch solchen Spaß?«

»Mich hat was gestochen«, sagte Ryll.

Seine tastende Hand berührte etwas Feuchtes. Ein harter Gegenstand ragte aus seinem Leib. In seinem Hinterteil breitete sich eine lähmende Wirkung aus. Seine Dreen-Sinne meldeten Gift.

Wytee, der nun auch aus seiner intimen Konzentration kam, wurde sich zwar Mrs. Ebeys bewußt, aber nun war es zu spät, um ihre Gedanken zu lesen.

Böse Frau Ebey machen Giftding in Ryll!

Ryll spürte plötzlich, wie der Besänftiger den Kontakt mit ihm abbrach.

Lutt meldete sich. *Was ist los? Da stimmt etwas nicht. Warum läßt du mich nichts spüren?*

Ryll blockte ihn ab und bemühte sich, bei Bewußtsein zu bleiben. Er löste sich aus Nishi und rollte sich von ihr herunter, die benommen murmelte: »Ich mach's nur mit dir, Ryll. Nie mit Lutt.«

Wytee? fragte Ryll. Sein Gedanke war schwach; er vernahm keine Antwort. Was war mit dem Besänftiger passiert? Lebte er nicht mehr?

Wytee kehrte langsam aus seinem reflexartigen Rückzug zurück. In der Natur des Besänftigers war kein Bedauern darüber vorgesehen, daß Mrs. Ebeys stumpfer Geist ihn dazu gebracht hatte, den geistigen Kontakt mit ihr zu vermeiden. Ihm wurde auch nicht bewußt, daß das Mordkomplott nur durch Notizen und Gesten in Szene gesetzt worden war, doch nun explodierten in ihm Zuchtjahrtausende im Sinne gutartiger therapeuthischer Unterstützung der Dreen. Der Besänftiger lief Amok.

Mrs. Ebey ließ die Klingenpistole fallen und kreischte. Sie griff sich an den Kopf und wankte im Schlafzimmer herum.

Böse Frau Ebey weh tun Dreen! Wytee weh tun böser Frau!

Mrs. Ebey brach zu einem stöhnenden Haufen Elend zusammen. Ihr Ächzen wurde schwächer. Ihr Atem wurde langsamer und setzte aus.

Fast besinnungslos sandte Ryll einen Ruf aus: *Wytee!*

Sofort spürte er, daß er wieder zu sich kam.

Lutt schrie: *Wir sterben! Ich weiß es! Tu etwas!*

Ryll reagierte auf seine Panik: *Wytee! Lutt schwächt mich! Block ihn ab!*

Um Rylls Geist legte sich eine Wand, die Lutt zum Schweigen brachte. Dann: *Was Ryll wollen?*

Ich sterbe. Es gibt eine Möglichkeit, mich zu retten, aber ich habe sie nicht gelernt. Weißt du, wie es geht?

Wytee Dreen helfen.

Ryll spürte umhertastende Ranken in seinem Geist, ein Zwicken hier, ein Kneifen da. Erneut durchlebte er die Schule, doch diesmal nahm er mehr Anteil. Die Methode zum Überleben breitete sich vor ihm aus — seine Erinnerungen wurden klarer. Endlich hatte er die Antwort!

Der Eingang ist der Ausgang. Aber ich brauche einen neuen Körper!

Die Umwandlung erforderte beinahe die gesamte Kraft eines Erzählerschiffes ... Und er mußte töten! Oder sich Fleisch aneignen, das bereits tot war.

Böse Frau Ebey, bot Wytee ihm an.

Die Bestürzung drohte, Ryll in einer Ohnmacht versinken zu lassen. Wo konnte er ein Erzählerschiff finden?

Schiff kommen, beharrrte Wytee. *Da!*

Ryll spürte, wie er sich als dünner Lebensfaden von Nishis Bett ausstreckte und hinausgriff — auf den Rand des Sonnensystems zu. Wie ein Magnet verband sich die äußere Spitze des Fadens mit dem näherkommenden Schiff, und er erkannte seinen Kapitän.

Vater!

Er hatte nicht mal Zeit, sich zu fragen, ob der Dreen-Senior sich der fadenhaften Gegenwart seines Sohnes bewußt war. Das Überleben erforderte Konzentration. Ryll erlaubte es seinem Faden-Ich, die Schiffsenergie anzuzapfen. Er kam sich unendlich gestärkt vor und schien über unbegrenzte Zeit zu verfügen.

Sein Faden-Ich wickelte sich um Mrs. Ebeys Leib. Welche Form sollte er annehmen? Ohne zu ahnen, daß Wytee ihn mit den nötigen Daten versorgte, begriff Ryll, daß Nishi dunkle irische Typen mit schwarzem, kurzgelocktem Haar gefielen. Er hielt sich an seinem Faden-Ich fest und raubte dem Schiff fast sämtliche Energie, um in rasendem Tempo eine gewaltige Idmagination in Angriff zu nehmen. Mrs. Ebey zerschmolz zu einem Nichts; ihre

Zell-Erinnerungen wurden von Wytee im Interesse der geistigen Gesundheit des Dreen ausradiert.

Ein ansehnlich aussehender Erder nahm auf dem Boden von Nishis Schlafzimmer Gestalt an. Abgesehen von seinen Dreen-Augen glich er O'Hara, dem Captain der Legion, aber seine Wangen und sein Kinn waren härter.

Als Ryll spürte, daß sein neuer Körper Form annahm, empfand er einen Ansturm von unbekümmerter Erleichterung. Jetzt! Jetzt wußte er, was Lutt dazu getrieben hatte, sein Leben in verzweifelten Spielen zu riskieren! Welch wunderbares Gefühl, zu leben! Also das bedeutete es, wenn man *lebendig* war!

Jongleur warf an Bord des Tilgungsschiffes einen Blick auf das, was er für die Erde hielt und stellte fest, daß die Instrumente einen gefährlichen Energieverlust anzeigten. *Die Erder schlagen zu!*

Er schaltete auf Notenergie um, raste durch die acht Stadien der Tilgung und drückte den letzten Knopf, ohne einen Gedanken an die Konsequenzen zu verschwenden.

Raj Doods illusionierter Planet verschwand.

Jongleur fiel in einem Schock zu Boden. *Ich habe getötet! Ich habe im Namen aller Dreen einen Massenmord begangen!*

Sein hochenergetischer Gedanke schoß hinaus und wurde von sämtlichen Dreen im Universum empfangen. Nur zwei nahmen ihn nicht wahr.

Ryll, noch ganz im Bann der Verwandlung und an die Notwendigkeit des Überlebens gebunden, empfing die Botschaft seines Vaters nicht.

Prosik, daheim in Texas, und in der tiefsten Bazeel-Ekstase seines Lebens gefangen, nachdem er fast einen halben Liter Bazeel-Extrakt getrunken hatte, verharrte in seiner komatösen Kopie Lew Doughtys. Die neben ihm im Bett liegende Subiyama streichelte sein Haupt und fragte sich, was es wohl für ein Schnaps war, den er neuerdings brannte.

Doch die auf der Erde gefangenen Dreen und die Massen auf Dreenor empfingen Jongleurs Signal. Als Augenblicks-Gedächtnisschwundler folgten sie dem uralten Aufruf und flohen in andere Dimensionen, wo sie sich wie Löwenzahnsamen zerstreuten, der vom Wind fortgeweht wird.

Es ist vollbracht, dachte Habiba und gesellte sich dem Exodus hinzu.

In Nishis Schlafzimmer beendete Ryll die Umwandlung seiner Gestalt und beschloß, erst Kräfte zu sammeln, bevor er Kleidung für sich idmaginierte. Er ließ seine neuen Muskeln spielen und setzte sich hin. Sein Körper hatte zwar weniger Masse als der alte, doch Wytee besänftigte ihn.

Ryll sicher.

Was ist mit Lutt? fragte sich Ryll.

Wytee Dreen retten. Lutt Erder tot.

Ryll stand auf und sah auf die schlafende Nishi hinab. Wytee lag wie ein zusammengerollter Ball aus Fell an ihrem Hals. Neben ihr lag eine männliche Gestalt ... ohne zu atmen. Ryll musterte die vertrauten Umrisse, die er — so schien es ihm — seit Äonen geteilt hatte. Ein schmerzhafter Stich des Bedauerns fuhr durch seinen Körper.

Welche Verschwendung!

Das verlorene Potential des Erder-Lebens erfüllte Ryll mit Frustration. Hätte das Geschöpf sich doch bemüht, etwas zu lernen!

Ein leises Klopfen ertönte an der Schlafzimmertür.

»Herr Präsident?«

Ryll erkannte die Stimme eines Geheimdienstlers.

Mit plötzlicher Bestürzung wurde ihm klar, daß er nackt in einem Schlafzimmer stand — zusammen mit einem Mordopfer, das die Geheimdienstler als den Präsidenten der Vereinigten Staaten identifizieren würden. Um Zeit zu gewinnen, imitierte er Lutts Stimme.

»Was ist denn?«

»Das Weiße Haus hat angerufen, Sir. Eine Eilmeldung der EGP. Es geht um geflohene Dreen-Gefangene.«

Meine Leute sind entkommen? Ryll grinste erleichtert. Doch wie würde Lutt darauf regieren?

»Scheiße!«

»Sir, man besteht darauf, daß Sie kommen«, sagte der Geheimdienstler.

»Sagen Sie ihnen, sie sollen sich nicht in die Hose machen. Ich komme, so schnell ich kann.«

Nishi, von den Stimmen geweckt, richtete sich auf und musterte Rylls neuen Körper. Dann legte sie eine Hand auf ihren Mund. »Wer sind ...«

»Ich bin's — Ryll«, flüsterte er.

Sie sah den Körper neben sich an, dann musterte sie den neuen Ryll.

Er beugte sich zu ihr hinunter und flüsterte: »Mrs. Ebey hat ihn umgebracht. Ich mußte mir einen neuen Körper machen.«

Sie ließ die Hand sinken. »Mrs. Ebey?« Sie sah sich im Zimmer um. Mrs. Ebey war nirgendwo zu sehen.

»Wytee hat sie getötet«, flüsterte Ryll.

Wytee helfen.

Nishi neigte den Kopf auf die Seite, dann richtete sie sich auf.

»Wytee sagt, du hast dir einen Körper gemacht, der mir gefällt.« Sie maß ihn von Kopf bis Fuß. »Sehr hübsch. Ich wußte gar nicht, daß du das kannst.« Sie sah zur Tür. »Was jetzt?«

Die Sachlichkeit ihrer Frage zeigte Ryll, daß sie die Situation ohne weitere Diskussion hinnahm. Ihm wurde klar, daß sie erst später Vergleiche anstellen würde. Vorausgesetzt, es gab ein Später.

Ryll schaute zur Tür und stellte sich vor, welche Ungeduld jetzt dort draußen herrschte. Was sollte er tun? Wenn er eine neue Kopie von Lutt versuchte, würde man sehen, daß er kleiner war ... Es sei denn ... Nein! Er wollte sich nicht noch einmal mit diesem Leib belasten. Ein Stück von Lutt Hanson konnte in den Zellen zurückgeblieben sein. Und *eine* Erfahrung mit Lutt Hanson reichte ihm!

Den Mordbeweis beseitigen?

Es erforderte Zeit, den Körper von dem Gift zu reinigen, und selbst dann noch würden Experten ein faules Spiel wittern. Er und Nishi würden das Unmögliche erklären müssen. Nein. Das Risiko war zu groß.

Irgend etwas klickte im Schloß der Schlafzimmertür. Sie öffnete sich einen Spalt. Ein Geheimdienstler lugte herein. Als er einen Fremden im Zimmer sah, riß er die Tür weit auf.

»Wer sind Sie?« Er sah die vertraute Gestalt seines Präsidenten im Bett — eine sehr stille Gestalt, die auf sein Eindringen nicht reagierte. Die Hand des Mannes flog in sein Jackett und kam mit einem tödlichen Lähmer wieder hervor.

Wytee, der schon wieder eine Gefahr auf einen wertvollen Dreen zukommen sah, schlug erneut zu.

Der Geheimdienstler ließ die Waffe fallen, griff sich an den Kopf und fiel zu Boden. Er war tot, bevor Ryll ihn erreichen konnte. Ryll brauchte nur einen Moment, um festzustellen, daß der Besänftiger zum zweitenmal getötet hatte. Also hatte er schnell gelernt, wie man Gewalt einsetzte.

Wytee! Du darfst niemanden töten!

Nicht lassen böse Leute Dreen weh tun!

Ryll richtete sich auf. »Zieh dich an, Nishi! Wir müssen hier weg.«

Sie schaute mit gerunzelter Stirn zur Tür.

Wytee, bereite ihnen ein bißchen Kopfschmerzen, bat Ryll.

Der Besänftiger reagierte nicht.

In der Hoffnung, daß er seiner Anweisung gehorchte, sagte Ryll: »Wytee hilft uns.«

Nishi nahm es hin und zog sich an. Sie nahm die Kleider, die über dem Sessel lagen.

Ryll idmaginierte sich einen Tweedanzug mit schwarzen Schuhen, ein weißes Hemd und eine dunkelgraue Krawatte. Er sah sich im Badezimmerspiegel an und bemerkte, daß Nishi angezogen hinter ihm stand.

»*Merde* in der Lampenschale«, sagte sie und musterte den Leichnam im Bett.

»He! Was dauert denn da so ...«

Ein zweiter Geheimdienstler stand im Türrahmen des Schlafzimmers. Er sah seinen Kollegen auf dem Boden, den leblosen Körper im Bett und Nishi und Ryll in Straßenkleidung. Seine Hand fuhr zum Schulterhalfter, aber er beendete die Bewegung nicht. Er fiel mit einem lauten »Bums« um.

Nishi Ryll Wytee nehmen jetzt gehen!

Die Projektion Wytees lähmte sie.

Nehmen Wytee gehen!

Wytee verstärkte seine Anweisung mit einem kurzen, schmerzhaften Stechen.

Da er wußte, daß er sich nicht widersetzen konnte, hob Ryll den umnachteten Besänftiger auf und eilte mit Nishi im Schlepptau auf die Tür zu.

Im Korridor wurden sie von Schmerzensschreien empfangen. Die Wachen lagen zuckend auf dem Boden und hielten sich den Kopf.

»Wohin gehen wir?« fragte Nishi, als Ryll über die außer Gefecht gesetzten Wachen hinwegsprang und sie rennend zu den Aufzügen führte.

»Wir suchen uns ein Flugzeug«, sagte Ryll. »Wir gehen nach Frankreich, wo die Legion dich beschützt.«

Die Straßen vor dem Madison zeigten ihnen eine noch größere Wiederholung des Pandämoniums im oberen Korridor. Die Menschen lagen auf dem Bürgersteig und auf den Straßen; manche still, andere laut schreiend.

Ryll taxierte die Szene. Abgestellte Fahrzeuge umsäumten die Gehwege. Andere waren gegen Hauswände gefahren und verspritzten Kühlwasser und Benzin, während ihre Insassen stöhnten oder unbeweglich und still dasaßen.

Bitte, Wytee! Tu ihnen nicht so weh!

Nishi Ryll nicht reden Schmerz. Nishi Ryll rennen!

Sie konnten nichts anderes tun als dem Besänftiger zu gehorchen.

Um die Ecke hinter dem Madison fanden sie einen Wagen, dessen Fahrer in der offenen Tür sabberte. Seinen Augen waren vor Schmerz glasig.

Mit Nishis Hilfe legte Ryll den Mann auf den Gehsteig und nahm sich seinen Wagen.

Als sie zum National Airport rasten, schwenkten die Fahrzeuge vor ihnen zur Seite und schufen ihnen eine Gasse.

Das Ausmaß der Macht, die Wytee über die Erder hatte, verblüffte Ryll so sehr, daß er um Mäßigung bat, doch der Besänftiger reagierte erst, als sie in der Abflughalle waren.

Gehen großes Flugding Ausgang sechs!

Nishi sah das Ausgangszeichen und führte sie. Am Ausgang sechs fanden sie eine France Boeing Rocketeer, die zum Abflug fertig war, doch alle an Bord, die Mannschaft inklusive, waren bewußtlos.

Ryll sah sich wütend im Innern des Flugzeugs um. *Und jetzt Wytee?*

Ryll nicht machen Flugding fliegen?

Und wie soll ich das machen?

Ryll weiß wie Lutt fliegen Flugding.

Dies ist nicht die Vortraveler!

Wytee helfen.

Und Wytee fing an, seinen Geist mit dem Wissen zu füllen, das er der bewußtlosen Mannschaft entnahm.

Ryll sprach ein stummes Gebet zu Habiba, schloß die Türen der Maschine, räumte die ohnmächtige Mannschaft aus dem Cockpit und stellte sicher, daß die leblosen Passagiere fest angeschnallt waren. Dann setzte er sich in den Pilotensitz und studierte die Instrumente und Kontrollen. Nishi nahm im Sitz des Copiloten Platz.

Ryll Nishi tun, was Wytee sagen.

Was sollten wir auch sonst tun, Wytee.

Der Besänftiger verstand die Ironie der Frage nicht; er war damit beschäftigt, sie in Sicherheit zu bringen.

Wir gehen Frankreich. Machen Legion fröhlich Ort für Liebeskur.

Als die Maschine vom Boden abhob, spürte Ryll zwar, daß er errötete, aber hoffte durchaus, daß Wytee sein Versprechen erfüllte.

Die ungewöhnlichen Phänomene, zu denen es im Zusammenhang mit dem Mord an Präsident Hanson kam, sind auf einen Angriff außerirdischer Kreise zurückzuführen. Die vereinigten Streitkräfte unseres Planeten werden diese infame und heimtückische Brut zurückschlagen. Wie lange es auch dauern mag, der Sieg ist unser!

Jahoon Clanton
Kommissarischer Präsident der USA

»Schau dir das an, Osey!«

Raj Dood deutete auf den Bildschirm seines Nachrichtenempfängers, den er im Schatten eines aus Stroh gefertigten Sonnenschutzes am Ende der baufälligen Pier aufgestellt hatte. Die Bucht und die nahe Hütte wurden von der Mittagshitze gebraten. Der glänzende Empfänger wirkte in der primitiven Umgebung völlig fehl am Platze.

Osceola, mit einem rosagrünen Muu-Muu bekleidet, jagte hinter der Pier mit einem Speer nach Fischen. Im Moment konzentrierte sie sich gerade auf einen roten Schwimmer, der verheißungsvoll auf dem glitzernden Wasser dümpelte.

»Jetzt nicht«, sagte sie. »Gleich hab ich einen.«

»Es ist aber wirklich interessant. Da steht, ›Die heutigen Modeschlagzeilen beherrschte Nishi D'Amato, die schärfste Modeschöpferin von Paris, die ihre neue *Venusflammen*-Kollektion vorstellte‹. — Beruflich nennt sie sich zwar noch D'Amato«, fügte er hinzu, »aber privat ist sie Mrs. Ryll. So hieß doch der Dreen, weißt du noch?«

»Also das hat sie getan, nachdem sie deinen Neffen kaltgemacht hat?« Osceola riß die Speerspitze hoch, aber der Haken war leer. »Verdammt! Er hat den Köder abgefressen!«

»Wie oft soll ich dir noch sagen, daß der verdammte Besänftiger ihn getötet hat?«

»Und daß du ihn nicht retten konntest?«

Raj Dood schüttelte traurig den Kopf. »Ich glaube, niemand hätte ihn noch retten können, nach allem, was der alte L.H. ihm angetan hat.«

»Dann hat der Besänftiger ihn also umgebracht. Aber wer hat ihm gesagt, daß er töten soll?«

»Das brauchte ihm gar keiner zu sagen! Was kann man denn sonst in Washington lernen?«

Während Osceola einen neuen Köder an ihrem Speer befestigte, sagte sie: »Du hättest das Vieh besser untersuchen sollen, bevor du es weggeworfen hast.«

»Hölle und Verdammnis! Du bist das widerspenstigste Weib, das mir je begegnet ist! Ich mußte es so schnell wie möglich in eine andere Dimension schicken. Es war schon völlig durchgedreht.«

Osceola warf die Leine ins Wasser und setzte den Schwimmer sanft wieder auf. »Dann sind also noch immer zwei Dreen auf der Erde — der eine, der mit der D'Amato verheiratet ist, und der andere, den man den ›Basilikumkönig von Texas‹ nennt. Solltest du nicht etwas gegen sie unternehmen?«

»Ich sag dir, sie sind harmlos.«

»Aber Dreen können sich Besänftiger beschaffen, und Besänftiger können töten.«

»Nur dann, wenn man's ihnen vormacht. Besänftiger sind für jeden Wahnsinn empfänglich, der sie umgibt. Sie können nicht mehrere Personen gleichzeitig heilen. Wenn sie nicht funktionieren können, drehen sie durch.«

»Yeah? Tja, wäre ich du, würde ich keins dieser Viecher mehr auf der Erde erlauben. Und ich würd unsere beiden Dreen im Auge behalten, besonders den ollen Basilikumkönig. Er ist vielleicht der größte Produzent und Händler in der Branche, aber das Zeug macht ihn auch high. Wer weiß, was er anstellt, wenn er bedröhnt ist.«

Raj Dood beugte sich näher an den Bildschirm heran. »Galoppierende Gurus!« murmelte er. »Weißt du, was die Dreen als nächstes planen?«

»Du quasselst zuviel«, beschwerte sich Osceola. »Verscheuchst mir die Fische. Ich versuch doch gerade, unser Abendessen zu fangen.«

Er ignorierte sie. »Hier steht, ›die seit langem befreundeten Ehepaare Subiyama und Ryll haben vor, einen verwegenen Drachenflieger-Urlaub im Himalaya zu verbringen‹.«

Osceola stellte ihren Speer in einem Halter ab, gesellte sich zu ihm unter den Sonnenschutz und blickte über seine Schulter auf den Schirm.

»Gottverdammich! Ich habe doch gesagt, die Dreen sind gefährlich!« sagte sie. »Wenn unsere Annahme stimmt, und den beiden letzten stößt was zu, dann löst sich die Erde und alles andere in Rauch auf.«

Raj Dood schaltete den Empfänger ab. »Wir besorgen uns lieber was Warmes zum Anziehen«, sagte er. »Sieht so aus, als würden wir unseren Urlaub im Himalaya verbringen. — He!« Er deutete auf den Speer, der wild in seinem Ständer auf und ab tanzte. »Du hast was gefangen!«

»Als Geliebter kostest du mich zwar den letzten Nerv«, sagte Osceola, »aber einen Besseren gibt's wahrscheinlich nicht.« Sie schlenderte in den Sonnenschein hinaus, hob den Speer aus dem Halter und sah erfreut zu, wie er sich unter dem Gewicht eines schweren Fisches bog. »Aber wenn man erst mal einen an der Angel hat, dann hat man einen.«